딩씨 마을의 꿈

딩씨 마을의 꿈

옌롄커 장편소설 김태성 옮김

자음과모음

비상을 다투는 새의 울음

저는 중국에서 항상 논쟁의 와중에 있고, 언제나 '환영받지 못하는' 작가입니다.

저의 글쓰기는 대부분 모종의 메커니즘과 권리, 사상, 의식, 도덕 그리고 모두가 공통적으로 좋아하는 예술 형식에 진입하지 못하고 항상 갈등을 만들어내고 있습니다.

문학 창작에 대한 저의 추구와 희망은, 자신의 손에 든 펜이 칼이 되거나 총이 되지 않고, 유미주의 중국화의 가느다란 붓이나 색깔이 되지 않으며, 현실과 영혼을 비추는 탐조등이 되어 어둠 속에서 빛을 발함으로써 모든 사람들의 영혼이 진정한 인성의 빛을 발하게 하는 것입니다. 바로 이런 이유 때문에 저는 중국식 글쓰기에서 '별종' 혹은 '이단아'가 된 것입니다.

한국에서 이전에 출판된 저의 작품 『인민을 위해 복무하라(爲人民服務)』가 그랬고, 이번에 여러분께 소개하는 이 작품 『딩씨 마을의 꿈(丁莊夢)』도 같은 경우였는데, 솔직하게 말씀드리겠습니다. 『인민을 위해 복무하라』는 2005년 중국에서 판금 조치를 당하기 전에도 중국 독자들과 진정한 만남의 기회를 가졌다고 말하기는 어렵습니다. 광저우(廣州)에서 발행되는 『화성(花城)』이라는 잡지에 작품의 일부가 발표되었을 뿐입니다. 책이 되어 세상에 태어난 작품의 생명이 국가의 문건으로 인해 요절당하고 말았던 것이지요.

이에 비하면 『딩씨 마을의 꿈』은 훨씬 나은 운명이었습니다. 이 작품은 출판되자마자 수많은 중국 독자들을 만날 수 있었으니까요. 비록 출판되고 얼마 지나지 않아 『인민을 위해 복무하라』와 마찬가지로 판금 조치와 함께 발행, 재판, 홍보가 전면 금지되는 운명을 맞긴 했지만 말입니다. 하지만 어찌 되었든 이 작품은 적지 않은 독자들과 만날 수 있었습니다. 앞으로 이런 조치가 풀려 젊은 독자들이 이 작품을 이해하게 될 날이 올 수 있을지 모르겠습니다만, 출판되었던 것만으로도 저는 큰 위안과 만족을 느낍니다.

이 작품이 조사를 거쳐 판금 조치를 당했을 때, 『인민을 위

해 복무하라』가 판금 조치를 당했던 이유를 알지 못했던 것
처럼 이 책이 똑같은 조치를 당하게 된 진정한 이유가 무엇
인지 저는 알 수 없었습니다. 단지 중국인들이 흔히 말하는
'금기를 범했고', '민감한 사안을 건드렸기' 때문일 것이라고
짐작할 뿐입니다.

　하지만 이 작품이 판금 조치를 당하게 되면서 저는 다시
한번 출판과 관련하여 소송에 휘말리게 되었습니다. 『딩씨
마을의 꿈』을 출판한 중국 출판사가 이 작품이 '국가의 명예
에 큰 손상을 입혔고, 자신들에게도 거대한 정치적·경제적
손실을 입혔다'는 이유로 저를 고소한 것입니다.

　글을 썼다는 이유만으로 피고가 된 후로 저는 법원의 재판
과정을 통해 저의 글쓰기와 『딩씨 마을의 꿈』이라는 책이 중
국에서 '어떤 죄를 범한' 것인지 알게 되었습니다. 그리고 오
랜 사유 끝에 사실은 작가인 제가 비상을 쟁취하기 위해 몸
부림치는 한 마리 새라는 것을, 『딩씨 마을의 꿈』과 저의 글
쓰기가 사실은 비상을 쟁취하기 위해 몸부림치는 새의 울음
소리라는 것을 깨달았습니다.

　『딩씨 마을의 꿈』은 현실을 쓴 것인 동시에 꿈을 쓴 것이
고, 어둠을 쓴 것인 동시에 빛을 쓴 것이며, 환멸을 쓴 것인
동시에 여명을 쓴 것이었습니다. 제가 쓰고자 한 것은 사랑
과 위대한 인성이었고, 생명의 연약함과 탐욕의 강대함이었

습니다. 인류의 생존과 발전을 둘러싸고 있는 고난을 극복하고 선과 미를 추구하고자 하는 영혼의 교육이었습니다. 그리고 오늘과 내일에 대한 기대와 인성의 가장 후미진 구석에 자리한 욕망의 그 꺼지지 않고 반짝이는 빛이었습니다.

그래도 이 작품이 '국가의 명예에 손상을 입혔다'고 한다면 그건 제가 이 글을 쓰기 전에 생각한 바가 아니라, 글이 완성된 후 '독자'들의 열독 행위에 기인한 것입니다. 그리고 이는 제 글쓰기에 대한 비평이나 비판이 아니라 문학에 대한 모종의 포폄(褒貶)과 칭송일 것입니다.

때문에 저는 이 자리를 빌려 가장 진지한 자세로 한국 독자들께 『딩씨 마을의 꿈』은 한 편의 소설에 불과하지만 그 안에는 어떤 몸부림과 그 몸부림으로 인한 울음이 가득 차 있다는 사실을 말씀드리고 싶습니다.

저의 이런 울음은 피를 토하는 날카로운 외침이자 문학의 높은 가지에 엎드려 토해내는 잠꼬대입니다. 그리하여 마침내 비상하게 되었을 때의 노랫소리이자 천 리를 날아간 뒤 죽음을 맞게 되었을 때의 재잘거림입니다. 또한 이 울음은 사실을 전하기 위한 몸부림이자, 그 몸부림 속에서 던지는 글쓰기에 대한 질의이며 탐구입니다.

존경하는 한국 독자 여러분, 이 작품을 읽기 전에 먼저 강한 심장을 준비하시기 바랍니다. 그리고 새의 몸부림을 느끼

고 몸부림에서 쏟아져 나오는 피울음과 잠꼬대를 경청해주
시기를 부탁드립니다. 감사합니다.

2010년 3월, 중국 베이징에서

옌롄커

차례

일러두기

1. 모든 주는 옮긴이의 것이다.
2. 원문의 강조는 고딕체로 처리했다.

1부

술 맡은 관원장의 꿈

꿈속에서 포도나무를 보았는데, 가지에 싹이 나서 꽃이 피고, 포도송이가 익었다. 내 손에 파라오의 잔이 있기에 내가 포도를 따서 잔에 즙을 짠 다음, 그 잔을 파라오의 손에 들려주었다.

떡 맡은 관원장의 꿈

꿈속에서 흰 떡 세 광주리가 내 머리 위에 있고, 그 맨 위 광주리에 파라오를 위해 만든 각종 구운 음식이 들어 있었다. 새들이 내 머리 위의 광주리로 날아와 그것을 먹었다.

파라오의 꿈

꿈속에서 강가에 서 있는데 아름답고 살진 일곱 마리 암소가 강에서 올라와 갈대밭에서 풀을 뜯어 먹었다. 그 뒤에 또 흉악하고 파리한 다른 일곱 마리 암소가 강에서 올라와 아름답고 살진 일곱 마리 암소를 다 먹어치웠다. 이에 잠에서 깼다. 다시 잠들어 두 번째 꿈을 꾸었다. 꿈에서 한 줄기에 아주 튼실하고 아름다운 이삭 일곱 알이 나더니 얼마 후 또 동풍에 가늘고 약한 이삭이 자라났다. 이 가늘고 약한 이삭들이 튼실하고 아름다운 일곱 이삭을 전부 삼켜버렸다.*

* 『구약성경』, 「창세기」에 나오는 이야기.

2부

1장

1

황혼으로 물든 늦가을의 어느 날이었다. 노을 사이로 보이는 일몰이 위둥(豫東)의 평원 위에 핏덩어리처럼 뭉쳐 있었다. 하늘과 땅이 온통 붉게 물들었다. 이 붉은 기운에 잠긴 채 가을이 깊어갔다. 가을이 깊어가면서 추위도 더해졌다. 그 추위 때문에 시골의 길가나 마을 어귀에도 사람들의 발길이 끊어졌다.

개들은 보금자리로 돌아갔다.

닭들도 닭장으로 들어갔다.

외양간의 소들도 서둘러 자리에 누워 몸을 데웠다.

마을 안의 정적, 그 진한 정적이 모든 소리와 호흡을 끊어 버렸다. 딩씨 마을(丁莊)은 살아 있지만 죽은 것이나 다름없었다. 너무나 조용하기 때문에, 가을의 끝이기 때문에, 황혼이기 때문에, 마을이 위축되고 사람들도 시들었다. 위축된 상태에서 세월도 따라서 말라버렸다. 마치 땅속에 묻힌 시신 같았다.

세월이 시신 같았다.

평원 위의 풀들도 말라버렸다.

평원 위의 나무도 말라버렸다.

평원 위의 모래흙과 농작물도 피처럼 붉어지더니 이내 시들어버렸다.

딩씨 마을의 사람들도 집 안에 틀어박혀 밖으로 나오지 않았다.

할아버지 딩수이양(丁水陽)이 도시에서 돌아왔을 때에는 이미 황혼이 평원을 뒤덮고 있었다. 그를 태웠던 장거리 버스는 웨이(渭)현을 출발하여 멀리 둥징(東京)으로 가는 도중에 그를 길가에 떨궈주었다. 가을이 길가에 낙엽을 떨어뜨리고 간 것 같았다.

딩씨 마을로 통하는 길은 십 년 전 딩씨 마을 사람들이 피를 팔아 닦은 시멘트 길이었다. 할아버지는 그 길가에 서서 딩씨 마을을 바라보고 있었다. 때맞춰 불어오는 바람에 멍했던 머리가 조금은 맑아지는 것 같았다. 돌아오는 길에는 혼란스러웠던 생각들이 조금씩 정리되었다. 날이 밝자마자 차를 타고 신시가지로 가면서 차에 타고 있던 사람들이 했던 말들이 반나절이나 알쏭달쏭했는데, 이제 딩씨 마을로 통하는 길에 이르게 되자 해가 뜨면 하늘이 밝아지듯 분명하게 깨달은 것이다.

그는 구름이 많으면 비가 내린다는 것을 깨달았다.

가을이 깊어지면 추위가 몰려온다는 것을 깨달았다.

십 년 전 피를 팔았던 사람들은 지금 틀림없이 열병에 걸려 있을 것이라는 사실을 깨달았다. 열병에 걸리면 반드시 죽게 될 것이다. 나뭇잎이 바람에 날리는 것처럼 가버릴 것이다.

열병은 핏속에 숨어 있었다. 할아버지는 꿈속에 숨어 있었다.

열병은 피를 사랑했고, 할아버지는 꿈을 사랑했다.

할아버지는 매일 꿈을 꾸었다. 사흘 내내 할아버지는 똑같은 꿈을 꾸었다. 꿈속에서 그는 전에 가본 적이 있는 웨이현 현성과 둥징성 지하에 마치 거미줄처럼 얽혀 있는 파이프를 보았는데, 파이프에는 피가 흐르고 있었다. 제대로 접합되지 않은 파이프 연결 부

21

위와 파이프가 꺾어지는 지점에서는 피가 분수처럼 솟구쳐 허공을 향해 뿌려지고 있었다. 붉은 비가 내리는 것 같았다. 진한 피비린내가 코를 찔렀다. 할아버지는 평원의 우물과 강물 모두 새빨갛고 비린내가 진하게 풍기는 피로 변해 있는 것을 보았다. 도시와 시골의 모든 의사들이 열병 때문에 목을 놓아 슬프게 울고 있었다. 어떤 의사들은 매일 딩씨 마을의 거리에 나와 웃고 있었다. 햇빛은 노란 황금빛이었고, 딩씨 마을 안은 조용하고 평안하기만 했다. 마을 사람들 모두 문을 굳게 닫아걸고 서로를 피했지만 한 중년 의사는 눈처럼 흰 가운을 걸치고 자신의 약상자를 발밑에 내려놓았다. 그런 다음, 그는 마을 길가의 오래된 홰나무 아래서 웃었다. 홰나무 아래 놓인 바위에 앉아 웃었다. 하하 소리를 내며 웃었다. 아주 큰 소리로 웃었다. 웃음 소리는 금빛으로 찬란했고, 맑고 낭랑했다. 마을의 누런 낙엽들이 우수수 흩날려 떨어졌다. 가을바람이 끊임없이 마을 안으로 불어오고 있는 것 같았다.

꿈을 꾸고 난 며칠 후, 상부에서 할아버지를 불러 현에서 열리는 회의에 참석하게 했다. 딩씨 마을에는 촌장이 없었기 때문에 촌장 대신 할아버지를 회의에 참석하게 한 것이다. 회의를 마치고 돌아오면서 할아버지는 일련의 사건들을 확실히 알게 되었다.

첫째, 이 열병이 사실은 열병으로 불리지 않는다는 것을 알게 되었다. 이 열병의 정확한 학명은 에이즈였다. 둘째, 올해 피를 판 적이 있는 사람들 가운데 피를 팔고 난 후 열흘에서 보름 사이에 몸에 열이 있었던 사람들은 지금 틀림없이 에이즈에 걸려 있다는 사실을 알게 되었다. 셋째, 에이즈에 감염되면 나타나는 첫 증상은, 팔 년 혹은 십 년 전과 마찬가지로 감기에 걸려 열이 나는 것과 흡사해서 해열제를 먹으면 열이 물러가고 이내 원래의 몸 상태를 회복하게 되지만, 반년 혹은 서너 달이 지나면 다시 증세가 나타나기 시작하는데 온몸에 힘이 없어지고, 몸에 부스럼이 생기거나 혀끝에 궤양이 나타나며, 수분이 전혀 없는 것처럼 세월이 말라간다는 사실을 알게 되었다. 이런 세월을 견디면서 석 달 내지 반년쯤 지낼 수도 있고, 잘하면 여덟 달도 버틸 수 있지만, 일 년을 꼬박 채우기는 어렵다는 사실도 알게 되었다. 그다음에는, 그다음에는 죽고 만다는 것을 알게 되었다.

나뭇잎이 바람에 날리는 것처럼 죽고 마는 것이다.

등불이 꺼지면 사람은 더 이상 이 세상에 남아 있지 않게 된다.

할아버지가 깨달은 네 번째 사실은 두 해가 채 지나지 않아 딩씨 마을에서 매달 사람이 죽어나가게 되었다는 것이다. 거의 모든 집에서 사람들이 죽어나갔다. 연이어 마흔 명이나 되는 사람들이 죽어나갔다. 마을 어귀에 무덤들이 마치 밭에 빼곡하게 누워 있는 보릿단 같았다. 병에 걸린 사람들 가운데 어떤 이는 간염에 걸렸다고 생각했고, 어떤 이는 폐에 그림자가 비친다고 말했다. 또 어떤 이는 간과 폐에는 이상이 없다고 하면서도 밥을 한 술도 뜨지 못했다. 보름쯤 지나 이 사람은 굶어서 몸이 불쏘시개처럼 말라버렸고, 하루가 멀다 하고 피를 토했다. 어떤 때는 반 대야나 되는 피를 쏟더니 기어이 세상을 등지고 말았다. 나뭇잎이 바람에 날리는 것처럼 죽고 말았다. 등불이 꺼진 것처럼 더 이상 이 세상에 남아 있지 않았다. 그때 사람들은 위에 병이 났다고 말하기도 했고, 간에 병이 났다고 말하기도 했으며, 폐에 병이 났다고 말하기도 했지만, 사실은 모두 열병이었다. 모두 에이즈였다. 할아버지가 깨달은 다섯 번째 사실은 열병이 원래는 전부 외국인들의 병이고, 도시 사람들의 병이며, 심성이 바르지 못한 사람들만 걸리는 병이었는데 이제는 중국에도 이런 병이 생겼고, 시골에도 이런 병이 생겼으며, 병에 걸린 사람들 모두가 바른 생활을 하는 사람들이라는 것이다. 게다가 병은 생기자마자 순식간에 퍼져나가 마치 누리 떼가 논밭을 뒤덮듯이 엄청난 지역을 휩쓸고 지나갔다. 할아버지가 깨달은 여섯 번째 사실은 이 병에 걸린 사람은 반드시 죽게 된다는 것이다. 이 병은 이 세상에 나타난 또 하나의 죽을병이라 아무리 많은 돈을 쓴다고 해도 치료가 불가능했다. 할아버지가 깨달은 일곱 번째 사실은 이 병은 이제 막 시작이라 대규모 창궐은 내년이나 후년쯤에야 도래한다는 것이다. 그때가 되면 사람들이 마치 참새나 나방, 개미 떼처럼 무더기로 죽어나가게 될 것이다. 지금은 사람이 죽는 것이 개가 죽는 것과 같았다. 개는 나방이나 참새보다는 훨씬 귀중한 존재인 것이다. 할아버지가 깨달은 여덟 번째 사실은 할아버지네 집 뒤 담벼락 밑에 묻혀 있는 내가 겨우 열두 살이라는 것이다. 학교를 오 년밖에 다니지 못하고 죽고 말았다. 나는 토마토를 먹고 죽었다. 마을 어귀에서 토마토를 하나 집어 먹고 곧장 죽고 말았다. 중독사였다. 반년 전에는 우리 집 닭이 사람들이 뿌려놓은 독약을 먹고 죽었다. 또 한 달 뒤에는 우리 엄마가 키우던 돼지가 마을 길가에서 누군가가 던져놓은 무를 먹고 죽었다. 그리고 다시 몇 달 뒤, 내가 마을 어귀에서 토마토를 하나 집어 먹고 죽었다. 그 토마토는 내가 학교를 파하고 집으로 돌아가는 길가 바위 위에 누군가가 놓아둔 독이 묻은 토마토였다. 나는 토마토를 먹자마자 배 속의 창자를 가위로 잘라내는 것처럼 아파 몇 걸음 걷지도 못하고 마을 길가에 쓰러졌다. 달려온 아버지가 나를 안아 집으로 데려가서는 침상 위에 눕혔지만 나는 눕자마자 흰 거품을 토하면서 죽고 말았다.

나는 죽었지만 열병이나 에이즈에 걸려 죽은 것이 아니었다. 십 년 전, 우리 아버지가 딩씨 마을에서 대대적으로 피를 매집했기 때문에 죽었다. 피를 사고팔았던 일 때문에 죽은 것이다. 아버지가 딩씨 마을과 류씨 마을(柳莊), 황수이(黃水), 리얼 마을(李二莊) 등 열여덟 개 마을에서 가장 많은 피를 사고팔았기 때문에 죽은 것이다. 아버지는 피의 왕이었다. 내가 죽던 날, 아버지는 울지 않았다. 대신 내 옆에 앉아 담배를 피웠다. 그러고는 아버지는 날카로운 쇠가래를, 둘째삼촌은 번쩍이는 큰 칼을 들고 거리로 나섰다. 두 사람은 딩씨 마을 한가운데 있는 사거리에서 목이 터져라 고함을 외치고 욕을 해댔다.

삼촌이 외쳤다.

"어떤 종자인지 썩 나와! 안 보이는 곳에 숨어서 독약이나 풀지 말고 어서 나와서, 이 딩량(丁亮)이 칼로 네놈을 작살내는 것을 보란 말이다!"

아버지는 끝이 뾰족한 쇠가래를 들고서 욕을 해댔다.

"나 딩후이(丁輝)가 돈도 많고 병에 걸리지도 않은 게 배가 아파서 그런 거지? 셈이 나서 그런 거지, 그렇지? 내가 네놈들의 조상 팔 대를 가만두지 않을 거야. 네놈들이 우리 집 닭을 독살하고 우리 집 돼지를 독살하더니 결국에는 우리 귀한 아들한테까지 독약을 먹였겠다!"

고래고래 소리를 지르며 욕을 해댔다. 점심때쯤 시작한 욕은 날이 어두워질 때까지 이어졌지만 밖에 나와 우리 아버지의 말을 받아주는 사람은 아무도 없었다. 삼촌의 말을 받아주는 사람도 아무도 없었다.

결국 나를 땅에 묻는 수밖에 없었다.

그렇게 나는 땅에 묻히고 말았다.

나는 아직 열두 살밖에 되지 않았고 성년이 아니었기 때문에 규례에 따라 선조들의 묘지에 묻힐 수 없었다. 하는 수 없이 할아버지는 나의 작은 몸을 잘 싸서 당신이 묵고 있는 딩씨 마을 초등학교 건물 뒤쪽에 묻었다. 아주 작고 좁은 백목관에 교과서와 숙제장 그리고 숙제할 때 쓰던 연필을 함께 넣어 묻어주었다.

할아버지는 글깨나 읽은 사람이었지만 학교에서는 종 치는 일을 맡고 있었다. 온몸에서 글 읽은 티가 나서 그런지 마을 사람들은 할아버지를 딩 선생님이라고 불렀다. 또한 할아버지는 내 관 속에 이런저런 책들도 함께 넣어주었는데, 이야기 선집과 신화와 전설이 실려 있는 책 몇 권 그리고 사전도 있었다.

그런 다음에는 무엇을 했을까? 더 할 일이 없었던 할아버지는 내 무덤 앞에 서서 마음속으로, 앞으로도 마을 사람들이 딩씨 집안 사람들에게 독약을 먹일까, 손녀인 잉즈(英子)에게도 독약을 먹일까, 아직 살아 있는 손녀들과 삼촌네 샤오쥔(小軍)에게도 독약을 먹일까, 하는 생각을 했다. 이어서 아버지와 삼촌에게 딩씨 마을의 모든 집들을 일일이 찾아다니며 개두(磕頭)*의 예를 갖추면서 제발 딩씨 집안 사람들에게 독약을 먹이지 말아달라고, 딩씨 집안에 대가 끊기지 않게 해달라고 애원하도록 시켜야겠다는 생각을 했다. 이런저런 생각이 꼬리를 무는 사이에 둘째삼촌도 열병에 걸리고 말았다. 할아버지는 둘째삼촌이 열병에 걸린 것은 인과응보로, 우리 아버지가 피를 사고팔았기 때문이라고 믿었다. 그래서 삼촌에게는 집집마다 다니면서 개두를 하라고 시키지 않고, 우리 아버지에게만 집집마다 돌아다니면서 개두를 하게 해야겠다고 생각했다.

할아버지가 깨달은 아홉 번째 사실이 있었다. 그것은 한두 해가 지나지 않아 우리가 사는 평원 위에 열병이 대폭발하리라는 것이다. 딩씨 마을과 류씨 마을, 황수이 마을, 리얼 마을에 홍수처럼 대폭발이 일어나 황허(黃河)의 제방이 무너진 것처럼 수많은 마을과 가구들을 집어삼키게 될 것이라는 사실이다. 그때가 되면 죽어나가는 사람이 개미 떼와 같을 것이고, 바람에 떨어지는 나뭇잎과 같을 것이다. 등불이 꺼지면 사람은 더 이상 이 세상에 남아 있지 않을 것이고, 나뭇잎이 바람에 흩날리듯 죽어나갈 것이다. 그때가 되면 딩씨 마을 사람들은 거의 전부가 죽을 것이다. 이때부터 딩씨 마을은 이 세상에

* 머리를 땅에 대고 절하는 예법.

서 사라지게 될 것이다. 딩씨 마을 사람들은 오래된 나무의 잎새처럼 누렇게 말라비틀어지다가 결국에는 전부 부스스 떨어져버릴 것이다. 바람이 지나가고 나면 나뭇잎과 딩씨 마을은 어디로 갔는지 알 수 없게 될 것이다.

딩씨 마을은 나뭇잎처럼 어디로 갔는지 알 수 없게 될 것이다.

할아버지가 깨달은 열 번째 사실도 있었다. 상부에서는 피를 팔지 않은 사람들에게까지 열병이 전염될 것을 우려하여, 병에 걸린 모든 사람들을 한곳에 모아 거주하게 하라는 지시를 내릴 예정이라는 것이다. 상부에서는 할아버지에게 이렇게 말했다.

"딩 선생님, 그해에 피를 사고팔 때 댁의 큰아드님이 피의 왕이었으니 이번에도 힘을 좀 써주시지요. 선생님이 앞에 나서서 딩씨 마을의 환자들이 전부 학교에 모여 집단 거주할 수 있게 해주셔야겠습니다."

이런 말을 들은 할아버지는 반나절이나 말이 없더니 지금까지도 뭔가 마음 가득한 말을 내뱉지 못하고 있는 것만 같았다. 손자인 내가 죽었고, 아버지가 피의 왕이었다는 사실을 생각하기만 하면, 할아버지는 지금이라도 아버지에게 집집마다 돌아다니며 개두를 해야 한다고 말하고 싶었다. 개두가 끝나면 죽어버리라고 말하고 싶었다. 우물에 몸을 던져도 좋고, 독약을 먹어도 좋고, 목을 매도 좋았다.

당장 죽기만 하면 되는 것이다.

마을 사람들의 눈앞에서 죽기만 하면 되는 것이다.

아버지에게 마을의 모든 사람들 앞에서 개두를 하고 죽으라고 말할 것을 생각하자 할아버지는 매우 당황스러웠다. 할아버지는 마을을 향해 걸어갔다.

우리 집을 향해 걸어갔다.

정말로 우리 집으로 갔다.

할아버지는 아버지에게 개두를 한 다음 죽어버리라고 말할 생각이었다.

2

딩씨 마을에 엄청난 일이 일어났다. 인구가 다 합쳐서 팔백 명도 안 되고, 전체 가구가 이백 호도 안 되는 작은 마을에서 이 년도 채 안 되는 기간 동안 마흔 명이 넘는 사람들이 죽어나간 것이다. 계산해보니 이 기간 동안 딩씨 마을에서는 열흘 내지 보름 간격으로 한 사람씩 죽어나간 셈이었다. 게다가 사람이 죽어나가는 계절은 이제 막 시작일 뿐이고, 내년이 되면 죽어나가는 사람이 가을날의 양곡처럼 많아질 것이다. 무덤이 여름날의 보릿단처럼 많아질 것이다. 죽은 사람 가운데 가장 나이가 많은 사람은 쉰이 넘었고, 가장 어린 사람은 겨우 서너 살이었다. 모두가 하나같이 발병하기 전에 열흘이나 보름 동안 열이 났다. 때문에 이 병은 열병이라 불리게 되었다. 본격적으로 퍼지기 시작한 열병은 이미 딩씨 마을의 목을 조여왔다. 딩씨 마을에서는 죽어나가는 사람이 끊이질 않았고, 곡소리가 그치지 않았다.

마을에서 관을 짜는 목공들은 톱과 도끼를 미리 서너 개나 갈아야 했다.

죽음은 마치 캄캄한 밤처럼 딩씨 마을을 철저하게 뒤덮고 있었고, 주위의 다른 마을들도 뒤덮고 있었다. 매일 마을의 거리를 오가는 이야기는 전부가 검은 소식들뿐이었다. 어느 집 누구의 몸에 열이 나기 시작했다는 소식, 아니면 어느 집 누가 어젯밤에 세상을 떠났다는 소식이었다. 어느 집 사내가 세상을 떠나 그 집 며느리가 곧 개가를 하게 되었다는 소식도 있었다. 아주 먼 곳, 아주 먼 산속으로 개가하여 열병이 만연한 이 평원의 귀신 붙은 땅을 떠나려 한다는 것이었다.

견디기 힘든 세월이었다. 죽음은 매일 모든 집의 문 앞을 서성거렸다. 이리저리 날아다니는 모기처럼 어느 집 앞에서 방향을 틀기만 하면 그 집은 영락없이 열병에 감염되었고, 다시 석 달 남짓한 시간이 지나면 누군가 침상 위에서 죽어나갔다.

죽는 사람은 너무나 많았다. 동쪽 집에서 하루 또는 반나절을 통곡하다가 애써 큰돈을 들여 흑목으로 된 관을 사서 죽은 사람을 땅에 묻고 나면, 서쪽 집에서는 통곡도 못 하고 시신을 둘러싸고 반나절을 말없이 바라보다가 긴 탄식과 함께 시신을 땅에 묻었다.

관을 짤 수 있는 오동나무 목재는 이미 다 소진되어 마을에서는 더 이상 찾아볼 수가 없었다. 하루도 빠짐없이 관을 짜다 보니 세 명의 나이 든 목수 가운데 두 명은 허리 통증이 도지고 말았다. 종이를 말아 꽃을 만들고, 이를 엮어 화환을 만드는 재주를 지닌 왕(王)씨는 가위와 칼을 가지고 너무 많은 꽃을 만들다 보니 처음에는 손에 열 개가 넘는 물집이 생기더니 나중에는 물집이 전부 터져 상한 피부가 말라붙으면서 손에 열 개가 넘게 누런 굳은살이 박였다.

살아 있는 사람들도 이미 넋이 나가 죽은 것이나 다름없었다. 죽음이 문 앞을 지키고 있어 어느 집에서도 더 이상 밖에 나가 농사지을 생각을 하지 못했다. 밖에 나가 일을 해서 돈을 벌어야겠다는 생각도 할 수 없었다. 열병이 문틈으로 들어올까 봐 모든 문을 꼭 닫고 대문도 굳게 걸어 잠갔다. 사실은 열병이 쳐들어오기를 기다리고 있었다. 열병을 기다리면서 하루하루 문 앞을 지켰다. 어떤 사람은 정부가 열병이 발생한 집에 곧장 군용 트럭을 보내 환자를 간쑤(甘肅)의 사막으로 끌고 가 산 채로 묻어버린다고 말하기도 했다. 옛날에 역병이 돌 때 사람들을 산 채로 묻었던 것과 같은 방법이다. 사람들은 이런 소문이 모두 유언비어라고 말하면서도 마음속으로는 은근히 이 소문을 믿고 있었다. 이렇게 집 안에서 기다리다가, 문을 꼭꼭 닫아걸고 기다리다가, 열병이 닥쳐오면 사람들은 곧 죽고 마는 것이다.

너무 많은 사람들이 죽다 보니 마을도 따라서 죽어버렸다.

땅이 황폐해져도, 아무도 땅을 갈러 나가지 않았다.

밭이 말라버려도, 아무도 물을 주러 나가지 않았다.

어떤 집에서는 사람이 죽었는데도 매끼마다 밥은 꼭 챙겨 먹었지만 더 이상 설거지를 하지 않았다. 한 끼를 먹고 나서 다음 끼니를 준비할 때도 설거지를 하지 않은 솥에 그대로 밥을 했고, 설거지를 하지 않은 밥그릇과 수저를 그대로 사용해 밥을 먹었다.

어떤 사람이 있었다. 열흘이 지나고 보름이 되어도 마을 거리에서 그의 모습을 본 사람이 없었다. 그가 어디로 갔는지 묻는 사람도 없었다. 모두들 마음속으로 그가 죽었다고 생각하는 것 같았다.

그 역시 자신이 죽게 될 거라고 생각했다.

그러다가 갑자기 누군가 물을 길러 우물가에 갔다가 역시 물을 길러 나온 그와 마주쳤다. 두 사람 모두 몹시 놀란 표정을 지으며 한참을 서로 뚫어지게 쳐다보았다. 두 사람 가운데 하나가 먼저 물었다.

"맙소사! 자네 아직 살아 있었군?"

또 다른 사람이 대답했다.

"며칠 동안 머리가 좀 아프기에 열병인 줄 알았지. 그런데 아니더군."

두 사람 모두 다행이라는 표정으로 웃었다. 한 사람은 물이 찬 물통을 물지게에 지고, 다른 한 사람은 빈 나무통에 물을 채워 어깨를 스치며 우물가를 떠났다.

이것이 바로 딩씨 마을의 모습이었다.

이것이 바로 딩씨 마을이 가슴 졸이며 애타게 기다리는 열병과 세월이었다.

큰길에서 걸음을 옮겨 마을로 향하던 할아버지는 마을 입구에 이르러 한평생 추자희(墜子戱)*를 좋아했고, 지금은 열병에 걸린 마샹린(馬香林)을 만나게 되었다. 마샹린은 자기 집 처마 밑에 앉아 지는 해의 햇살 속에서 몇 해 동안 사용하지 않아 칠이 다 벗겨진 추호아(墜胡兒)**를 매만지고 있었다.

---

* 허난(河南) 지방에서 유행하던 민간 희곡 예술로 추금 반주에 맞춰 창을 하기 때문에 추자희라 불리게 되었다.
** 추자희에 사용되는 현악기의 일종.

그의 붉은 벽돌 기와집 세 칸은 그가 피를 팔아서 지은 것이었다. 그는 지금 그 집 처마 밑에 앉아 추호아를 잘 갈무리해두고서 나무껍질 같은 목소리로 창(唱)을 하고 있었다.

　해는 동해에서 떠올라 서산으로 지네. 시름이 많아도 하루, 즐거워도 하루일 뿐이네.
　양식을 팔아 푼돈을 버네. 많이 벌어도 하루, 적게 벌어도 하루일 뿐이네.

　그의 행색은 전혀 병에 걸린 사람 같지 않았다. 하지만 할아버지는 그의 얼굴에서 죽음의 빛을 보았다. 푸른빛이 한 겹 한 겹 그의 마른 얼굴에 번지고 있었다. 게다가 알알이 말라붙은 썩은 종기의 진한 고름이 햇볕에 말리려고 널어놓은 완두콩처럼 검붉은빛으로 얼굴에 달라붙어 있었다. 할아버지를 발견한 그는 추호아를 갈무리해 집어넣으며 누런 얼굴에 미소를 지어 보였다. 눈에는 몹시 굶주려 뭔가 먹으려고 덤비는 기색이 역력했고, 목소리에는 아직 한 가닥 창의 곡조가 남아 있었다.
　"딩 선생님, 상부에 회의하러 가시나요?"
　할아버지가 그를 바라보았다.
　"샹린아, 어쩌다 이렇게 마른 거야?"

그가 얼른 대답했다.

"안 말랐어요. 한 끼에 만터우를 두 개나 먹을 수 있다고요. 한데 상부에서는 이 병을 치료할 수 있다고 하던가요?"

할아버지는 잠시 생각에 잠겼다가 대답했다.

"그럼, 치료할 수 있고말고. 곧 신약이 도착할 거라고 하더군. 신약이 도착하는 대로 주사 한 대만 맞으면 곧 나을 거래."

그의 얼굴에 약간 윤기가 돌았다.

"신약은 언제 도착한대요?"

"얼마 안 지나서 곧 도착한다더구나."

"얼마 안 지나서가 도대체 얼마나 걸리는 건데요?"

"얼마 안 지난다니까 며칠 안 걸린다는 말이지."

"도대체 며칠이 걸린다는 거예요?"

할아버지가 말했다.

"며칠 있다가 내가 다시 상부에 가서 물어보고 오마."

이야기를 마치고 할아버지는 곧장 자리를 떴다.

할아버지는 골목을 따라 앞으로 걸어갔다. 골목 양쪽의 집들 문설주마다 어김없이 하얀 대련(對聯)이 붙어 있었다. 대련은 갓 붙인 것도 있고 붙인 지 오래된 것도 있었지만 하나같이 흰색이라 눈이 부실 정도였다. 그 앞을 지나가다 보면 마치 눈이 가득 쌓인 하얀 골목을 지나는 것 같았다. 할아버지는 이렇게 골목을 따라 걷다가 아직 오복(五服)*을 벗지 않은 같은 가문의 아우네 집 대문에 이르게 되었다. 이 집에서는 서른이 채 되지 않은 아들이 열병에 걸려 죽었기 때문에 대문에 대련을 붙여놓았다. 대련에는 "사람이 떠나니 빈집에 삼 년째 탄식이 이어지고, 해가 지면 등불 대신 석양을 태우네(人走屋空三秋戲, 燈滅日落熬夕陽)"라고 적혀 있었다. 리(李)씨 성을 가진 또 다른 집에서는 맞아들인 지 얼마 안 되는 젊은 며느리가 죽었다. 이 며느리의 열병은 친정에서 가져온 것으로 그녀의 남편에게도 전염되었고, 아이를 낳은 후에는 아이에게도 전염되었다. 아들과 손자의 열병을 치료하기 위해 대문에 붙인 대련에는 "달이 지고 별빛마저 희미해지니 온 집안이 암흑이네. 바라건대 내일은 빛이 밝게 비치기를(月落星稀一家黑, 但願來日光明照)"이라는 문구가 적혀 있었다. 그다음 집 대문에는 흰 문련(門聯) 종이만 붙어 있고, 문련 위에 아무런 문구도 쓰여 있지 않았다. 흰 문련 종이만 붙여놓고 글을 쓰지 않은 것을 의아하게 여긴 할아버지는 가까이 다가가 자세히 살피고 만져보고 나서야 뜻밖에도 문련 종이 밑에 두 겹의 문련이 더 붙어 있는 것을 발견하게 되었다. 열병으로 죽은 사람이 최소한 세 명이 넘다 보니 문련을 붙이는 것이

---

* 중국 고대의 상례 제도에서 망자와의 친소에 따라 달리 입는 다섯 가지 상복. 즉 참최(斬衰), 자최(齊衰), 대공(大功), 소공(小功), 시마(緦麻) 등을 말한다.

두렵기도 하고 귀찮기도 해서 붙이기는 하면서도 아무런 문구도 쓰지 않았던 것이다.

할아버지가 그 집 문 앞에 멍하니 서 있는데, 등 뒤에서 마샹린이 쫓아오면서 외치는 소리가 들렸다.

"딩 선생님, 신약이 곧 도착한다니 우리 축하 잔치를 벌이는 게 어떨까요? 선생님께서 사람들을 전부 학교로 불러 모으시면 그분들을 위해 추자희를 불러드리겠습니다. 제가 창을 좀 하잖아요. 지금 마을 사람들 모두가 집 안에 갇혀 있는 처지라 갑갑해죽을 지경이거든요."

할아버지가 몸을 돌려 그를 바라보았다.

마샹린이 앞으로 몇 걸음 더 내디디며 말을 이었다.

"학교는 추자희를 하기에 안성맞춤인 장소이지요. 선생님께서는 사람들을 부르시기만 하면 돼요. 예전에 딩씨 마을에서 피를 팔 때도 선생님 말씀 한마디에 모두들 피를 팔러 갔었잖아요. 다들 선생님 댁 큰아드님인 딩후이에게 피를 팔았지요. 그때 딩후이는 채혈을 하면서 약솜 하나로 세 사람의 팔을 닦았어요. 약솜 하나로 아홉 번을 문지른 셈이지요. 지금 이런 말을 해도 소용없지만요. 솜 하나로 아홉 번이나 문지르는데도 저는 매번 딩후이에게만 피를 팔았어요. 모두들 그에게 피를 팔았지요. 그에게 피를 팔았는데 지금은 길거리에서 마주쳐도 저와 이야기하는 걸 꺼려요. 이제는 무슨 말을 해도 소용없게 되었지만요. 다 지나간 일이에요. 저는 선생님께서 마을 사람들을 학교로 불러주셨으면 하고 바랄 뿐이에요. 마을 사람들에게 창 몇 가락 들려주고 싶거든요."

그러고는 한마디 덧붙였다.

"딩 선생님, 다른 이야기는 안 할게요. 저는 그저 허난 추자희 몇 곡만 부르면 돼요. 추자희를 부르면서 신약을 기다리고 싶거든요. 창을 못 하면 마음이 너무 갑갑하고 허전해요. 창을 못 하면 신약이 내려오기도 전에 죽을 것 같아 두려워요."

말을 마친 마샹린은 할아버지와의 거리가 몇 걸음밖에 안되는 위치에 멈춰 섰다. 얼굴 가득 빌어먹고 얻어 마시느라 굶주리고 목마른 빛이 역력했다. 할아버지는 그를 바라보다가 그의 어깨 너머로 눈길을 옮겼다. 그의 등 뒤에 몇몇 사람들이 서 있는 것이 보였다. 열병에 걸린 리싼런(李三仁)과 자오씨우친(趙秀芹), 자오더취안(趙德全)이었다. 그들의 얼굴과 눈에도 뭔가 묻고 싶어 하는 빛이 역력했다.

그들 모두가 신약에 대해 묻고 싶어 한다는 것을 모르지 않았던 할아버지가 목소리를 높여 말했다.

"신약은 곧 도착할 거야. 샹린아, 창은 언제쯤 하는 것이 좋겠느냐?"

마샹린의 얼굴이 금세 붉어지면서 희색이 돌았다.

"오늘 저녁은 너무 늦었으니까 내일 저녁에 하도록 하지요. 마을 사람들이 좋다고만 하면 저는 창을 매일 할 수도 있어요."

3

할아버지는 마샹린과 약속을 하고 헤어진 후 우리 집을 향해 걸어갔다.

우리 집은 마을 남쪽의 신시가지에 있었다. 신시가지는 역시 신시가지였다. 이 시가지는 딩씨 마을이 부유해진 다음에 새로운 구획에 따라 건설된 거리였다. 집에 돈이 있고 새집을 지을 생각이 있는 사람이면 누구나 마을에서 나와 신시가지에 정부의 구획에 따라 이층 건물을 올릴 수 있었다. 땅 한 무(畝)*에 이층집을 짓고 삼면을 담장으로 둘러쌀 수 있었다. 건물에는 온통 흰색 세라믹 타일을 붙이고, 건물을 둘러싼 담장을 전부 기계로 찍은 붉은 벽돌로 쌓을 수 있었다. 세라믹 타일은 일 년 사계절 내내 하얀 맛을 냈고, 기계로 찍어낸 벽돌은 일 년 사계절 내내 붉은 맛을 냈다. 그 맛이 한데 뒤섞

* 논밭 넓이의 단위로 한 무는 약 삼십 평에 해당한다.

여 희고 붉은 맛으로 변하면서 황금빛 유황 맛이 났다.

시가지 전체가 온통 새 벽돌과 새 기와의 유황 맛이었다.

일 년 사계절 내내 새 벽돌과 새 기와의 유황 맛이었다.

세상이 온통 새 벽돌과 새 기와의 유황 맛이었다.

우리 집은 바로 이런 유황 맛 속에 자리 잡고 있었다. 유황 맛은 낮이나 밤이나 코를 자극했고 귀를 때렸으며 눈을 찔렀다. 사람들의 마음을 빼앗고 있는 것이다. 마을의 수많은 사람들이 이런 유황 맛 속에서 살고 있었다. 수많은 사람들이 이런 유황 맛 속에서 살고 싶어 했다. 그래서 모두 피를 팔았다.

그래서 모두 열병에 걸렸다.

신시가지에는 다 합쳐 스무 가구 남짓이 살고 있었다. 이 스무 가구 남짓한 집안의 주인들은 과거에 모두 피를 파는 데 앞장섰던 피 우두머리들이었다. 피 우두머리들은 돈을 많이 벌었기 때문에 신시가지에 집을 지을 수 있었다. 그리고 모두 신시가지에서 살았다. 그래서 신시가지가 생겨났다. 우리 아버지는 당시 가장 먼저 피 우두머리가 되었다. 피의 왕이 된 것이다. 그래서 우리 집은 신시가지 한가운데 살게 되었고, 이층집이 아닌 삼층집에 살게 되었다. 정부의 건설 규정에 따르면 누구나 이층집밖에 지을 수 없었는데도 우리는 삼층집을 지었다.

남들이 삼층집을 지으려고 하면 정부가 나서서 단속을 했지만 우리가 삼층집을 지을 때에는 아무도 관여하지 않았다.

우리 집도 처음부터 삼층으로 지은 것은 아니었다. 남들이 초가집이나 토담에 기와를 얹은 집에 살고 있을 때, 아버지는 순전히 벽돌과 기와만 사용해 집을 지었다. 남들이 순전히 벽돌과 기와만 사용해 지은 집에 살 때, 아버지는 벽돌과 기와로 된 집을 허물어버리고 새로 이층집을 지었다. 남들이 이층집을 지으려고 하자 아버지는 한 층을 더 올려 삼층집을 지었다. 남들이 한 층을 더 올리려 하거나 삼층집을 지으려고 하면 정부가 즉시 나서서 간섭을 했다. 현에 있는 모범 마을들도 전부 이층집이지 삼층집은 없다는 것이었다.

우리 집은 삼층이었다. 삼층은 이층보다 한 층이 더 높았다.

우리 집 마당이 건물과 잘 어울리지 않는 것은 양옥 건물에 어울리지 않게 마당에 돼지우리와 닭장이 있고, 처마 밑에는 비둘기 둥지도 있다는 점 때문이다. 집을 지으면서 아버지는 둥징의 양옥 건물들을 완벽하게 모방하여 집 안 바닥에는 흰색과 담홍색 큰 타일을 섞어 깔았고, 마당에는 일 미터에 하나씩 네모난 시멘트 블록을 깔았다. 천년만년 노천에서 쭈그리고 앉아 일을 보던 재래식 화장실도 좌변기가 설치된 실내 화장실로 바뀌었지만, 우리 아버지와 어머니는 좌변기에 아무리 오래 앉아 있어도 똥이 나오지 않자 다시 건물 밖에 있는 노천에 쭈그리고 앉아 변을 볼 수 있는 구덩이를 팠다.

건물의 화장실에는 세탁기도 한 대 있었지만 어머니는 대야를 마당에 내놓고 손으로 빨래하는 것을 좋아했다.

그러다 보니 좌변기는 장식물이 되어버렸다.

세탁기 역시 장식물이 되어버렸다.

냉장고도 있었지만 냉장고 역시 장식물이 되어버렸다.

식당과 식탁도 모두 장식물이 되어버렸다.

할아버지가 우리 집에 왔을 때는 마침 온 가족이 대문을 닫아걸고 마당에 나와 저녁밥을 먹고 있었다. 하얗게 찐 만터우와 쌀죽, 가는 당면과 무를 넣고 만든 배추찜을 먹고 있었다. 배추 잎사귀에 흩어져 있는 고추가 마치 갈기갈기 찢어놓은 연화(年畵)*처럼 붉었다. 마당 한가운데 작은 탁자가 하나 놓여 있었고, 아버지와 어머니는 낮은 의자에 앉아 있었다. 온 가족이 이 작은 탁자에 둘러앉아 저녁밥을 먹고 있었다. 할아버지가 문을 두드렸다. 여동생이 문을 열자 어머니는 할아버지에게 드릴 죽을 내왔다. 의자도 하나 놓아드렸다. 다시 밥을 먹기 시작했을 때 할아버지는 손에 젓가락을 든 채 아버지를 뚫어지게 쳐다보기만 했다. 마치 낯선 사람을 쌀쌀맞게 쳐다보고 있는 것 같았다.

* 새해의 길상(吉祥)을 기원하는 집 안에 붙이는 그림. 주로 붉은 종이 위에 그린다.

아버지도 할아버지를 차가운 눈빛으로 바라보고 있었다. 마치 모르는 사람을 쳐다보고 있는 것 같았다.

마침내 아버지가 입을 열었다.

"아버지, 식사하세요."

할아버지가 말했다.

"큰애야, 이리저리 생각해봤지만 너한테는 이 일을 말해줘 야 할 것 같구나."

아버지가 말했다.

"말씀하실 필요 없어요. 식사나 하세요."

할아버지가 말했다.

"말을 하지 않고는 밥이 목구멍으로 넘어가지 않을 것 같 아. 밤에는 잠도 잘 수 없을 것 같고."

아버지는 손에 들고 있던 밥그릇을 탁자에 내려놓고 젓가 락을 밥그릇 위에 올려놓았다. 그러고는 할아버지를 힐끗 쳐 다보며 말했다.

"그럼 말씀해보세요."

할아버지가 말했다.

"오늘 상부에 가서 회의를 하고 왔단다."

"열병이 바로 에이즈라는 이야기를 하시려는 거죠? 에이 즈가 이 세상에 새로 생긴 불치병이라면서요?"

아버지가 말을 이었다.

"아버지, 식사나 하세요. 그 이야기는 안 하셔도 다 알아요. 마을 사람들 삼 분의 이가 이미 알고 있다고요. 단지 열병에 걸린 사람들만 모르고 있을 뿐이지요. 열병에 걸렸다는 사실을 알고 있는 사람들도 모르는 척하고 있지요."

아버지는 다시 한번 할아버지를 힐끗 쳐다보더니 아랫사람을 대하듯 차가운 표정을 지었다. 할아버지의 모습은 마치 학생이 선생님의 손에 들려 있는 자신의 시험 답안지를 쳐다보고 있는 것 같았다. 잠시 후 아버지는 다시 손으로 밥그릇을 받쳐 들고 젓가락을 집더니 골똘히 생각에 잠긴 듯한 표정으로 식사를 계속했다.

할아버지를 선생님이라고 부르는 것은 사실 할아버지가 한평생 학교에서 종을 쳤기 때문이다. 할아버지는 올해 환갑이 지났는데도 여전히 종을 치고 있었다. 때로는 병이 났거나 일이 있어서 학교에 나오지 못한 교사를 대신해서 아이들을 돌보기도 했다. 한번은 반나절 동안 일학년 어문을 가르치면서 칠판에 분필로 '상중하, 좌중우'라고 쓴 글씨가 밥그릇만큼이나 컸다.

아버지도 할아버지에게 수업을 들은 적이 있었다. 하지만 지금 아버지는 예전에 선생님들을 공경했던 것처럼 할아버지를 공경하지는 않는 것 같았다. 할아버지는 아버지 눈에서 그런 불경스러운 태도를 읽고 있었다. 할아버지는 아버지가 다른 사람들은 거들떠보지도 않고 밥그릇을 받쳐 든 채 밥 먹는 일에만 전념하고 있는 모습을 바라보면서 자신의 밥그릇을 탁자 위에 조용히 내려놓았다.

할아버지가 마침내 다시 입을 열었다.

"큰애야, 내가 너더러 마을 사람들 전체가 모인 자리에서 죽으라는 말은 못 하겠지만 그래도 마을 사람들 전부를 찾아다니며 그들 앞에 무릎을 꿇고 개두를 해야 할 것 같구나."

아버지가 눈을 부라리며 할아버지에게 말했다.

"제가 왜요?"

"네가 매혈의 우두머리였으니까."

"이 신시가지에 사는 사람들은 모두 매혈의 우두머리였다고요."

"그 사람들은 다 너를 따라 한 거잖아. 그들 중에 피를 팔아서 너만큼 부자가 된 사람은 없어."

아버지가 또다시 밥그릇을 탁자 위에 거칠게 내려놓자 그릇 안에 있던 국물이 넘쳐흘렀다. 함께 내던져진 젓가락은 바닥으로 굴러떨어졌다.

"아버지."

아버지가 할아버지를 향해 눈을 부라리며 말을 이었다.

"앞으로 다시는 제게 딩씨 마을에 가서 개두하라는 말 하지 마세요. 한 번만 더 그런 말씀을 꺼내시면 아버지는 제 아버지가 아닙니다. 그리고 돌아가실 때까지 제가 아버지를 잘 모실 거라는 기대도 하지 마세요."

그 자리에 그대로 몸이 굳어버린 할아버지는 젓가락을 손에 쥔 채 낮은 목소리로 말했다.

"이 아비가 네게 부탁을 해도 안 되겠냐? 마을 사람들을 찾아가 무릎 꿇고 개두하는 것도 못 하겠다는 거냐?"

아버지가 큰 소리로 말을 받았다.

"아버지, 그만 가세요. 한 마디만 더 하시면 아버지는 정말 제 아버지가 아닙니다."

할아버지가 말했다.

"후이야, 그저 개두만 하면 돼. 개두만 하면 모든 일이 다 조용히 지나가게 된다니까."

아버지가 말했다.

"어서 가세요. 지금 이 순간부터 아버지는 제 아버지가 아니에요. 제 아버지는 아니지만 돌아가시면 제가 무덤까지는 모셔다 드리지요."

할아버지는 잠시 멍하니 서 있다가 젓가락을 천천히 밥그릇 위에 올려놓고 몸을 일으키며 말했다.

"마을에서 죽은 사람이 마흔 명이 넘으니까 네가 집집마다 찾아다니며 개두를 하려면 마흔 번 넘게 해야 되겠지. 그게 그렇게 힘들다는 거냐? 그게 그렇게 힘든 일이냔 말이다!"

이렇게 따져 묻는 할아버지 역시 몹시 지친 모습이었다. 기력이 다했는지 할아버지는 우리 엄마를 한 번 힐끗 쳐다보고는 다시 잉즈의 얼굴로 눈길을 던지며 말을 이었다.

"잉즈야, 내년이면 너도 학교에 가겠구나. 이 할아비가 어문을 가르쳐주마. 너희 집에는 다시 오지 않겠지만, 앞으로 이 할아비와 함께 열심히 어문을 공부하자꾸나."

말을 마친 할아버지는 몸을 일으켜 밖으로 나갔다.

할아버지가 밖으로 나가는데도 아버지는 문밖까지 배웅하지 않았고, 엄마 역시 몸을 움직이지 않았다. 할아버지는 느릿느릿 걸어 나갔다. 등을 구부리고 머리를 푹 숙인 채 느릿느릿 걸어 나가는 모습이 마치 하루 종일 길을 걸은 늙은 염소 같았다.

2장

1

여기서 딩씨 마을에 관해 몇 마디 해두기로 한다.

딩씨 마을은 둥징에서 웨이현으로 가는 도로 남쪽에 위치해 있고, 마을에는 세 갈래 길이 있다. 동서로 한 갈래, 남북으로 두 갈래 길이 나 있는 것이다. 남북으로 난 두 갈래 길 사이에 새로운 길이 생겼다. 이 새 도로가 생기기 전에는 딩씨 마을의 도로는 딱 '열 십(十)' 자 모양이었으나 새 길이 나면서 '흙 토(土)' 자 모양으로 바뀌게 되었다.

새로 난 길로 걸어온 할아버지는 둘째삼촌 집에 들러 잠시 고민에 빠져 있다가 이내 학교로 돌아왔다.

마을 남쪽으로 한 리 반쯤 되는 곳에 원래 관공묘(關公廟)*
가 하나 있었다. 학교는 바로 그 묘당 곁채에 있고, 관공은 본
채 안에 모셔져 있었다.

딩씨 마을 사람들은 돈을 벌고 싶은 마음에 모두들 묘당
본채에 향을 올렸다. 수십 년 동안 향을 올린 덕분인지 결국
피를 팔아 돈을 벌게 되자 곧바로 묘당을 허물었다. 관공을
믿지 않고 매혈을 믿게 되었다.

매혈을 믿게 되면서 학교 건물을 새로 올리게 되었다.

새 학교 건물이 지어지자 할아버지도 학교에 상주하게 되
었다.

평원의 광야 위 열 무 남짓 되는 땅에 붉은 벽돌로 화려하
게 담장을 두르고, 가장 동쪽에 이층짜리 건물을 올린 후 커
다란 창문을 달았다. 교실 입구에는 '1-1반' '2-1반' '3-1반'
등의 글자가 새겨진 나무 팻말을 달았다. 학교 운동장에는
농구 골대가 하나 세워졌고, 철로 된 교문 위에는 '딩씨 마을
초등학교'라는 나무 팻말을 붙였다. 그리하여 학교가 생기게
된 것이다. 학교에는 우리 할아버지 외에 수학과 문화체육을
가르치는 선생님 두 분이 더 있었다. 둘 다 외지에서 온 사람
들로 아주 젊었지만 딩씨 마을에 열병이 퍼졌다는 소식을 들

* 관우를 신으로 모시는 사당.

자마자 더 이상 학교에 오지 않았다.

다시는 오지 않았다.

죽어도 오지 않을 것이다.

학교에는 우리 할아버지 한 분만 남아 창문과 유리, 책걸상과 칠판을 지키고 있었다. 딩씨 마을과 평원에 열병이 가득 퍼져가는 괴로운 나날을 지키고 있었다.

학교 안에서는 지금까지도 새 벽돌과 새 기와가 내뿜는 유황 냄새가 났다. 이 깊은 가을의 한밤중에 퍼지는 유황 냄새는 마을에 새로 난 도로보다 훨씬 짙었다. 할아버지는 학교 안에 풍기는 새 벽돌과 새 기와의 유황 냄새를 맡으면 마음속 초조함이 차분히 가라앉았는데, 그때 수많은 일들을 생각하곤 했다. 이미 황혼은 졌고, 평원의 고요함과 쉬지 않고 흐르는 물의 고요함이 학교 전체를 휘감고 있었다. 마치 학교 안에서 안개가 퍼져나가는 것 같았다. 할아버지는 운동장 한가운데 있는 농구대 밑에 앉아 고개를 들고 하늘을 바라보고 있었다. 그의 얼굴에서 가을밤의 축축한 기운이 미끄러져 내려오고 있었다. 할아버지는 배가 고팠다. 웨이현에 갔다 오면서 하루 종일 한 끼밖에 먹지 못했기 때문이다. 배가 고프니 마음이 더 다급해졌다. 마음이 다급해지니 가슴을 끈으로 세게 조이는 것만 같았다. 아주 가느다란 줄이 아프게 조여올 때마다 할아버지의 어깨도 덩달아 부르르 떨렸다.

어깨가 떨리면서 할아버지는 또다시 그해 봄에 있었던 일이 생각났다.

그해 봄에 있었던 일이 마치 푸른 나무에 잎이 피어나듯 할아버지 눈앞에 펼쳐졌다. 아주 분명하고 생생하게, 달빛처럼 환하게 할아버지 눈앞에 펼쳐졌다.

할아버지는 그해 봄에 있었던 일을 겪으면서 확실히 알게 되었다.

바람이 불어오자 나무의 잎사귀들도 서로 어깨를 부딪치며 흔들렸다. 이렇게 흔들리면서 그해 봄이 찾아왔다. 봄과 함께 현 교육국장도 찾아왔다. 대대적으로 매혈을 독려하기 위해 현 간부 두 명을 데리고 온 것이다. 중춘(仲春)이 되자 마을에는 봄날의 따스함과 상쾌함이 가득했고, 거리마다 상큼한 향기가 코를 자극했다. 교육국장은 이 상큼한 향기 속에서 촌장인 리싼런을 찾아가 상부에서 대대적으로 인민들의 매혈 운동을 전개하려고 한다는 사실을 전했다.

리싼런은 너무 놀라 입을 크게 벌리며 말했다.

"맙소사! 피를 팔게 한다고요?"

입이 더욱 크게 벌어졌다.

"하느님 맙소사! 인민들에게 피를 팔게 한단 말인가요?"

리싼런은 당장 회의를 열고, 딩씨 마을 사람들을 매혈에 동원해야 했지만 그렇게 하지 않았다. 그러자 사흘 뒤에 교육국장이 또 찾아왔다. 딩씨 마을에서 매혈 운동을 조직하라는 것이었다. 리싼런은 아무 말도 하지 않고 땅바닥에 쭈그리고 앉아 담배만 피워댔다.

다시 보름이 지나 교육국장이 또 리싼런을 찾아왔다. 이번에는 딩씨 마을에서 매혈 운동을 조직하는 일 때문에 온 것이 아니었다. 그에게 매혈 운동을 서두르게 하려는 것이 아니라 그를 촌장 자리에서 쫓아내기 위해 온 것이었다.

그는 사십 년 동안 맡았던 촌장 자리에서 쫓겨났다.

회의가 열리고 단 한 마디 선언으로 그는 촌장 자리에서 쫓겨났다.

촌장 자리에서 쫓겨난 후 리싼런은 입을 크게 벌린 채 한나절 동안 말을 하지 못했다. 그 회의에서 교육국장은 직접 딩씨 마을의 매혈 운동을 조직했다. 그는 마을 주민회의에서 사람들에게 아주 많은 이야기를 했다. 앞뒤 사정을 장황하게 설명한 다음 혈장(血漿) 경제를 발전시켜 이 마을과 나라 전체를 부강하게 해야 한다고 말했다. 그리고 마지막으로 마을 사람들을 응시하면서 큰 소리로 말했다.

"내 말 잘 알아들으셨겠지요? 딩씨 마을 주민 여러분께 부탁 좀 합시다. 몇 마디만 할게요. 제가 여기서 이렇게 한참을 떠들었는데 설마 여러분들의 귀를 전부 침대에 두고 나온 건 아니겠지요!"

그가 외치는 소리에 깜짝 놀란 닭이 혼비백산하여 꼬꼬댁거리며 회의장을 떠나 멀리 가버렸다. 놀란 개도 주인 옆에 있다가 벌떡 몸을 일으키며 국장을 향해 사납게 짖어댔다. 개의 분노는 또 주인을 깜짝 놀라게 했다. 놀란 주인이 개의 배를 발로 세게 걷어차며 욕을 해댔다.

"짖지 마! 짖지 말라고! 누가 감히 짖으랬어. 누가 짖으랬냐고!"

급기야 개도 깨갱거리며 멀리 달아났다.

급기야 교육국장은 손에 쥐고 있던 서류를 탁자에 팽개치면서 화난 표정으로 자리에 주저앉았다. 잠시 자리에 앉아 있던 그는 학교로 우리 할아버지를 찾아갔다.

학교에서 할아버지는 선생님이 아니었다. 하지만 그래서 할아버지는 선생님인 셈이었다. 가장 나이 많은 선생님이었다. 어렸을 때 그는 『삼자경(三字經)』*을 읽을 수 있었고 『백가성(百家姓)』**을 달달 외웠으며 『만년력(萬年曆)』***에 나오

---

* 송대 왕응린(王應麟)이 아이들의 문자 학습을 위해 편찬한 책으로 읽기 쉽게 한 구를 세 자로 하고, 구절마다 운을 달았다. 내용은 역사와 학문, 일상생활 등 다양한 분야의 지식을 유가의 입장에서 풀이한 것이다.

는 생신과 팔자를 계산할 수도 있었다. 해방**** 후에는 상부에서 마을마다 문맹 퇴치반을 설치하라는 지시가 내려왔고, 딩씨 마을에서는 마을 남쪽에 있는 관공묘에 초등학교를 설치하여 운영하게 되었다. 이때 할아버지는 이 학교의 선생님이 되었다. 처음에는 학생들에게 『백가성』을 가르치다가 나중에는 땅바닥에 나뭇가지로 『삼자경』을 써서 익히게 했다. 그 후에는 상부에서 전문 교사를 파견하여 류씨 마을과 황수이 마을, 리얼 마을의 아이들을 전부 딩씨 마을의 관공묘에 집합시켜 한꺼번에 가르치게 했다. 새로 온 선생님은 아이들에게 '상중하, 좌중우'는 물론 "우리나라는 중화인민공화국으로 수도는 베이징(北京)이다", "커다란 기러기 한 마리가 남쪽으로 날아간다" 같은 것을 가르치기 시작했다. 책을 가르칠 수 없게 되면서 할아버지는 자질구레한 일을 도맡아 했다. 종을 치거나 사람들이 묘당 안의 물건들을 훔쳐 가지 못하도록 관리하는 일도 할아버지의 몫이었다.

이렇게 할아버지는 수십 년 동안 관공묘를 관리해왔다. 새로 온 선생님의 보수는 현금이었지만 할아버지의 보수는 재

** 12세기 북송시대에 편찬된 중국 최초의 성씨에 관한 책으로, 438개의 성씨를 수록하고 있다.
*** 여러 해에 걸쳐 임의의 날짜에 해당하는 요일을 알아낼 수 있는 날짜 체계를 정리한 책.
**** 1949년 중화인민공화국 수립.

래식 화장실에 가득한 똥과 오줌이었다. 그 똥과 오줌은 전부 우리 할아버지가 경작하는 밭에 뿌려졌다. 이렇게 한 해, 또 한 해가 지나갔다. 한 해, 또 한 해 지나다 보니 어느새 수십 년이 흘렀다. 마을에서는 모든 사람들이 우리 할아버지를 선 생님으로 여겼다. 학교에서 월급을 줄 때는 우리 할아버지를 선생님으로 치지 않았지만, 갑자기 결원이 생겨 누군가 대신 수업을 해야 될 때면 우리 할아버지는 다시 선생님이 되었다.

할아버지는 선생님이 아니었다. 하지만 할아버지는 선생 님이기도 했다. 상부에서 내려온 교육국장이 우리 할아버지 를 찾았을 때, 할아버지는 학교 마당을 청소하고 있다가 국장 이 찾는다는 이야기를 듣고는 새빨개진 얼굴로 재빨리 손에 들고 있던 빗자루를 내던지고 교문을 향해 황급히 달려갔다. 할아버지가 부랴부랴 달려가 교문 앞에 서 있는 교육국장과 마주쳤을 때는 흥분된 얼굴이 가을날의 풍경과 똑같았다.

우리 할아버지가 말했다.

"국장님, 안으로 들어가 앉으시지요."

국장이 말했다.

"괜찮습니다. 한데 딩 선생, 우리 현에 속한 각 국과 위원 회에서 농민들에게 매혈 운동을 조직하라는 지시를 내렸소. 교육국에서는 나에게 쉰 개 마을을 배당했지 뭐요. 그래서 이번에 딩씨 마을에 내려와 매혈 운동을 조직하려 했는데 몇 마디 하기도 전에 난관에 봉착하고 말았구려."

우리 할아버지가 물었다.

"매혈이라고요?"

"선생께서는 덕망이 높은 데다 마침 이 마을에 간부가 없으니 아무래도 선생께서 나서주셔야 할 것 같소이다."

할아버지가 말을 받았다.

"맙소사! 저더러 피를 팔게 하라고요?"

"교육국에서는 쉰 개 마을을 혈액 공급촌으로 동원하려 하는데 딩씨 마을의 경우 딩 선생께서 나서지 않으면 누가 나선단 말입니까?"

할아버지가 말했다.

"하느님 맙소사! 사람들을 매혈에 동원하라는 거로군요."

"딩 선생, 딩 선생은 공부깨나 하신 분이 아니오? 어떻게 몸 안의 피가 샘물과 같아서 팔면 팔수록 더 왕성하게 만들어진다는 원리도 모른단 말이오?"

할아버지는 겨울의 시들어 마른 평원처럼 망연자실한 표정으로 그 자리에 그대로 서 있었다.

교육국장이 말했다.

"딩 선생, 딩 선생은 학교에서 종을 치고 학교를 지키는 일을 맡고 있으니 교사라고 할 수 없을 것이오. 하지만 나는 학교에서 몇 차례에 걸쳐 딩 선생을 모범 교사로 보고할 때마다 매번 통과시켜주었소. 그때마다 딩 선생은 상장에다 상금까지 받았을 것이오. 그런데 지금 이 교육국장이 딩 선생에게 맡기는 아주 작은 임무 하나도 완수하지 못한다면, 그야말로 이 교육국장을 무시하는 처사가 아니겠소?"

학교 정문 앞에 서서 우리 할아버지는 아무 말도 하지 못했다. 아무 말도 하지 않으면서 해마다 모범 교사를 선정할 때 수학 선생과 어문 선생이 서로 치열하게 경쟁하던 일을 생각해보았다. 두 사람의 경쟁이 너무 치열하여 학교에서는 차라리 할아버지를 모범 교사로 현에 보고했던 것이다. 현에서 할아버지가 모범 교사가 되는 것을 최종적으로 동의하면 상부에서 상장과 상금이 내려왔다. 액수는 그리 많지 않아 화학비료 몇 포대 사면 그만이었다. 상장은 매우 요염한 붉은색으로 지금 할아버지 방에 얌전히 걸려 있었다. 교육국장이 말했다.

"다른 국에서는 혈액 공급촌을 조직했다 하면 단번에 칠팔십 개 마을이 동원되는데, 우리는 아직 사오십 개도 동원하지 못했소. 이러니 앞으로 내가 어떻게 국장 자리를 보전할 수 있겠소?"

할아버지는 아무 말도 하지 않았다. 학교 학생들이 전부 창가에 기대어 서서 밖을 내다보고 있었다. 마치 수박 같은 아이들의 머리는 문과 창틀에 흩어져 있었다.

끝내 모범 교사가 되지 못한 두 선생들도 밖을 내다보고 있었다. 얼굴에는 평소와 다른 야릇한 표정을 지으면서 과거에 국장과 이야기를 주고받던 일을 떠올리고 있었다. 하지만 국장은 두 사람을 전혀 알지 못했다.

국장이 말했다.

"딩 선생, 내가 딩 선생에게 다른 일을 해달라는 게 아니잖소. 단지 딩씨 마을 사람들에게 가서 피를 파는 것이 그리 대단한 일이 아니라고 말해주기만 하면 된단 말이오. 정말로 피는 샘물과 같아서 팔면 팔수록 더 많아진다고 말해달란 말이오. 이 교육국장을 위해 말 몇 마디만 하면 되는 아주 간단한 일조차 못 해주겠단 거요?"

결국 할아버지는 내키지 않는 듯한 어투로 말했다.

"그럼 한번 해보겠습니다."

국장이 말했다.

"그래요. 말 몇 마디만 하면 되는 거예요."

다시 한번 종을 울려 사람들을 전부 마을 한가운데로 불러모은 다음 교육국장은 우리 할아버지에게 몇 마디 하게 했다. 마을 사람들을 향해 피는 샘물과 같아서 팔면 팔수록 더 많이 솟아난다는 원리를 설명하게 한 것이다. 할아버지는 마을 한가운데 있는 홰나무 아래 서서 새까맣게 모여든 마을 사람들을 바라보았다. 한참을 바라보던 할아버지가 마침내 사람들을 향해 침착하게 입을 열었다.

"모두들 따라와요. 나와 함께 마을 동쪽에 있는 모래사장으로 갑시다."

마을 사람들은 즉시 할아버지를 따라 마을 동쪽에 있는 메마른 모래사장으로 갔다. 딩씨 마을은 원래 황허의 오랜 수로 옆에 자리 잡고 있었다. 한번 자리를 잡은 뒤로 수천 년 동안 변화가 없었다. 이 지역의 마을들은 전부 황허의 옛 수로를 따라 자리를 잡고 있었다. 수백수천 년 동안 변함이 없었다. 때는 중춘이고 비가 내리긴 했지만, 모래밭이라 무척 푸석푸석했다. 하지만 필경 중춘의 비를 맞은 뒤였다. 할아버지는 가래를 하나 구해 오른손에 들고서 맨 앞에서 걸어갔다. 교육국장과 현 간부들이 할아버지 뒤를 따랐고, 마을 사람들도 그 뒤를 따랐다. 모래사장에 도착한 할아버지는 물기가 밴 땅을 파서 손에 모래를 움켜쥐고 비벼보더니 모래 밑의 흙을 더 파냈다. 물이 나올 때까지 파냈다. 웅덩이에는 금세 물이 반쯤 차올랐다. 할아버지는 어디선가 주워 온 깨진 사발로 웅덩이의 물을 퍼내기 시작했다. 퍼내고 또 퍼냈다. 한 사발 한 사발 계속 퍼냈다. 웅덩이의 물이 거의 없어지자 잠시 퍼내기를 멈췄다. 그러면 웅덩이에는 금세 물이 차올랐다.

결국 웅덩이의 물을 다 퍼낼 수 없었다. 뜻밖에도 물은 퍼낼수록 더 왕성하게 차올랐다.

할아버지는 사발을 모래밭에 던져버리고 손을 비비면서 딩씨 마을 사람들을 힐끗 한 번 쳐다보고는 입을 열었다.

"보셨지요?"

할아버지는 목청을 가다듬고 나서 말을 이었다.

"이것이 바로 사람의 핍니다. 퍼내면 퍼낼수록 더 왕성하게 생성되지요. 퍼내도 마르지 않습니다. 퍼낼수록 더 많아지지요."

말을 마친 할아버지는 교육국장에게로 눈길을 옮겼다.

"저는 다시 학교로 돌아가 종을 쳐야 합니다. 제가 종을 치지 않으면 아이들은 언제 수업이 끝나는지 모르거든요."

국장은 학생들의 수업이 끝나든 말든 관심이 없었다. 그는 우리 할아버지를 잠시 바라보다가 다시 마을 사람들을 곁눈질하더니 목청을 가다듬으며 큰 소리로 외쳤다.

"아시겠습니까? 물을 아무리 퍼내도 마르지 않는 것처럼 피도 역시 아무리 팔아도 없어지지 않아요. 피도 이 샘물과 같단 말입니다. 이게 바로 과학이에요."

마지막으로 국장은 모래 위에 버려진 사발을 한쪽으로 걷어차면서 말했다.

"가난뱅이로 살 건지 부자로 살 건지는 여러분 스스로 결정할 일입니다. 소강(小康)으로 가는 황금빛 대로를 달릴 것인지, 아니면 알거지가 되는 외나무다리를 달릴 것인지 여러분 스스로 선택해야 하는 것이지요. 여러분의 딩씨 마을은 현 전체에서 가장 가난한 마을입니다. 정말 형편없이 가난하지요. 부자가 될 건지 계속 가난뱅이로 남을 건지 집에 돌아가 잘 생각해보세요."

국장이 한마디 덧붙였다.

"다른 현들은 일찌감치 미친 듯이 피를 팔아서 마을에 한 채 한 채 건물을 올리고 있습니다. 그런데 여러분들의 딩씨 마을은 해방된 지 수십 년이 지났고, 공산당이 지도한 지 수십 년이 지났으며, 사회주의가 실행된 지 수십 년이 지났는데도, 여전히 마을 여기저기에는 초가집이 이어져 있을 뿐이지요."

국장은 말을 마치고 가버렸다.

우리 할아버지도 가버렸다.

딩씨 마을 사람들도 모두 흩어져 가버렸다. 집으로 돌아갔다. 가난하게 살 것인지 부자로 살 것인지는 그들이 결정할 문제였다.

황혼 속에서 황허의 옛 물길이었던 모래밭은 온통 벌판의 황량함으로 채워졌다. 석양빛에 검붉은색이던 표면의 모래가 빛을 반사하면서 점차 짙은 갈색으로 변했다. 피가 솟구치는 듯한 붉은빛이었다. 저 멀리 펼쳐진 마을 농지와 보리밭에서 진한 풀 내음이 밀려와 파도처럼 모래밭을 쓸고 지나갔다.

눈에 보이지 않는 파도 무늬처럼 쓸고 지나갔다.

우리 아버지는 가지 않았다. 황허의 옛 물길을 떠나지 않았다. 할아버지가 파놓은 웅덩이를 떠나지 않았다. 아버지는 줄곧 웅덩이 옆에 서서 안을 들여다보고 있었다. 한참을 들여다보다가 허리를 굽혀 손으로 웅덩이 안의 물을 떠서 마시더니 손을 씻었다. 그러고는 빙긋이 웃었다.

아버지가 손을 웅덩이 안으로 집어넣어 파기 시작하자 웅덩이는 살아 있는 샘물이 되었다. 샘물은 퐁퐁 솟아나와 웅덩이 밖으로 넘치더니 메말라 푸석푸석해진 모래밭으로 서서히 흘러갔다.

젓가락처럼 흘러갔다.

버드나무 가지 같은 물줄기가 점점 더 멀리 흘러갔다.

스물세 살의 우리 아버지는 웃고 있었다.

2

밤이 깊어 할아버지는 잠자리에 들었다.

잠이 들었다.

꿈을 꾸었다.

피를 파는 일이 밤바람을 타고 할아버지 꿈속으로 밀려왔다. 할아버지는 이내 그 열병의 모든 원인과 전후 관계를 분명히 보게 되었다. 매혈의 모든 자초지종을 전부 알게 되었다. 유복해진 사연을 다 알게 되었다. 봄에 작물을 심고 가을에 거두는 것 같은 무수한 일들을, 콩 심은 데 콩 나고 팥 심은 데 팥 나는 것 같은 수많은 일들을 알게 되었다.

할아버지가 자고 있는 방은 학교 정문 바로 옆에 있었다. 빨간 벽돌로 지은 평평한 지붕의 이 방 안에는 침대와 탁자가 놓여 있고, 방에 붙어 있는 바깥채에는 솥을 얹는 부뚜막이 설치되어 있었다. 그 옆에는 의자 하나와 밥그릇, 수저, 쟁반 등이 놓여 있었다. 할아버지가 이미 수없이 반복하여 익숙해진 일이 한 가지 있었다. 다름 아니라 이 두 칸의 방을 가지런하게 정리하는 것이었다. 바깥채에 있는 의자를 잠자기 전에 벽 아래로 옮겨놓고, 밥그릇과 수저를 도마 위에, 그리고 마실 물을 담는 통은 부뚜막 아래 놓아두어야 했다. 안채에는 모아둔 반 갑의 분필 조각을 탁자 오른쪽 모서리에 놓고, 학생들에게 걷은 낡은 책과 숙제장은 탁자 안쪽에 놓아두어야 했다. 갖가지 물건들을 있어야 할 자리에 잘 놓아두기만 하면 두 칸의 방이 가지런하게 정리되었다. 할아버지가 한밤중에 꾸는 꿈도 가지런하게 정리되어 있어야 했다. 다음 날 잠에서 깨어 눈을 떴을 때 밤중에 꾸었던 꿈이 보리는 보리로, 콩은 콩으로 눈앞에 생생하게 떠올라야 했다. 말 한 마디도 잊어서는 안 되고, 자잘한 내용까지 전부 기억해야 했다.

할아버지는 매일 밤 잠자기 전, 방을 한 차례씩 정리하곤 했다.

그의 꿈은 모범 학생들의 숙제장처럼 분명하고 가지런해야 했다.

할아버지는 꿈속에서 그 한 해 동안 피를 팔았던 일을 아주 선명하게 확인할 수 있었다.

현의 첫 번째 채혈소가 딩씨 마을 입구에 요란하게 자리를 잡았다. 짙은 녹색의 범포 천막이 햇빛 아래 푸른 무처럼 반짝거리고 있었다. '현 의원 채혈소'라는 크고 붉은 문구가 새겨진 하얀 나무 팻말이 천막 아래 세워졌다. 하지만 하루 종일 기다려도 딩씨 마을에서는 피를 팔러 오는 사람이 단 한 명도 없었다. 다음 날에도 피를 팔러 오는 사람이 아무도 없었다. 셋째 날 교육국의 가오(高) 국장이 지프를 타고 와서는 학교 정문에서 또다시 우리 할아버지와 몇 마디 이야기를 주고받았다.

그가 말했다.

"딩 선생, 현장이 나를 국장 자리에서 쫓아내려 하고 있습니다. 딩씨 마을의 채혈소를 어떻게 하실 생각인지 말해보세요. 딩 선생을 난처하게 하려는 것이 아닙니다. 내일 트럭 두 대를 보내줄 테니 딩씨 마을 사람들을 태워 차이(蔡)현으로 견학을 가보세요. 차이현은 성전체에서 가장 부유해진 모범 현입니다. 딩 선생은 나를 대신해서 집집마다 한 사람씩을 차이현에 보내 견학할 수 있도록 조직해주기만 하면 됩니다."

그가 또 말했다.

"차이현으로 견학을 가는 사람들에겐 매일 일 인당 십 위안씩 지급하고, 가는 길에 성도(省都)에 있는 2·7기념탑을 구경할 수 있게 해준다고 전하세요. 그리고 아시아백화점도 둘러볼 수 있다고 하세요. 미안합니다, 딩 선생. 딩 선생이 견학 참가자 모집을 도와주지 않으면 앞으로 이 학교의 종을 칠 필요가 없어요. 딩씨 마을 초등학교도 더 이상 운영할 필요가 없고요."

말을 마친 국장은 다시 지프에 올라 다른 마을을 향해 떠났다. 끝없이 넓게 펼쳐진 평원에서 국장의 지프 소리는 트랙터 소리보다 더 부드럽게 들렸다. 우리 할아버지는 학교 정문 앞에 서서 국장의 지프 뒤꽁무니에서 내뿜는 연기를 바라보고 있었다. 얼굴이 한층 더 하얗게 굳어졌다. 할아버지는 차이현이 또 다른 지구에 속한 극도로 가난한 현이라는 사실을 알고 있었지만, 그런 차이현이 어떻게 성에서 가장 치부(致富)를 잘한 모범 현이 되었는지는 알지 못했다. 가오 국장이 바람처럼 사라져버리고 나자 우리 할아버지는 하는 수 없이 한 집

한 집 마을 사람들을 찾아다니며 동원에 나섰다. 내일 아침 일찍 한 집에 한 사람씩 마을 입구에서 기다리고 있는 트럭을 타고 차이현으로 견학을 가야 한다는 사실을 전했다.

누군가가 정말로 모든 참가자에게 하루에 십 위안씩 지급하느냐고 물었다.

할아버지는 가오 국장이 그렇게 말했으니 지급하지 않고는 배겨내지 못할 것이라고 말했다.

누군가가 정말로 돌아오는 길에 성도에 들러 구경을 할 수 있느냐고 물었다.

할아버지는 가오 국장이 그렇게 말했으니 차가 성도를 지나게 되면 내려서 구경할 수 있지 않겠느냐고 말했다.

이렇게 사람이 전부 동원되기 시작하면서 딩씨 마을에서 피를 파는 일에 대한 기초가 다져졌다. 봄날에 추수를 위한 기초가 다져지는 것과 마찬가지였다. 할아버지는 꿈속에서 딩씨 마을 사람들이 차이현을 견학하는 광경을 바라보면서 침대 위에서 긴 탄식과 함께 몸을 뒤척였다. 그의 눈가에 눈물방울이 매달려 있었다.

차이현은 웨이현에서 삼백 리 남짓 떨어져 있었다. 딩씨 마을 사람들이 아침 일찍 일어나 트럭을 타고 차이현에 도착했을 때는 이미 정오가 가까워오고 있었다. 참가자들은 자신이 견학하는 곳이 차이현 어느 향(鄕)에 있는 마을인지 알지 못했다. 차가 차이현 경내로 들어서자 마치 천당에 온 것 같았다. 뜻밖에도 도로 양쪽에 있는 마을의 집들은 모두 서양식 주택으로 가득했다. 하나같이 붉은 벽돌에 붉은 기와를 얹은 이층집이었다. 집들이 일렬로 늘어서 있는 모습이 종이 위에 가지런히 그려놓은 그림 같았다. 집집마다 문 앞에는 꽃이 심어져 있고, 정원에는 감탕나무가 심어져 있었다. 큰길은 예외 없이 시멘트로 포장되어 있었다. 대문 앞 벽에는 누런 바탕에 붉은 장식이 된 네모난 팻말이 붙어 있었다. 어떤 팻말에는 빛나는 별이 다섯 개나 붙어 있고, 어떤 팻말에는 네 개가 붙어 있었다. 두말할 것도 없이 별이 다섯 개 붙어 있는 집은 오성급 매혈 가정이고, 네 개가 붙어 있는 집은 사성급 매혈 가정이었다. 별이 세 개 붙어 있는 집은 당연히 보통 수준으로 피를 판 가정이었다.

가오 국장은 딩씨 마을 사람들을 데리고 샹양 마을(上楊村)을 견학하기 시작했다. 일행은 어느 한 집에 들어가 구경하고 나와 또 다른 집으로 들어갔다. 이렇게 연이어 여러 집을 드나들었다. 뜻밖에도 샹양 마을은 도시와 마찬가지로 마을 골목마다 '광명가(光明街)' '대동가(大同街)' '양광가(陽光街)' '행복가(幸福街)' 등의 듣기 좋은 이름이 붙어 있었고, 집집마다 대문 앞과 정원에 배치되어 있던 진흙 돼지우리와 닭장은 전부 마을 어귀에 옮겨져 있었다. 돼지우리와 닭장에도 빨간 벽돌로 담장이 둘러져 있었다. 집 안으로 들어서면 하나같이 냉장고를 방문 왼쪽 입구 쪽에, 텔레비전은 소파 맞은편 붉은 선반 위에 배치해놓았다. 세탁기는 부엌과 마주 보고 있는 욕실에 설치되어 있었고, 문과 창문은 알루미늄 합금으로 되어 있었다. 집 안의 모든 상자와 장롱, 다용도 장식장 등은 붉은색 바탕칠 위에 노란 꽃이 그려져 있었다. 집집마다 침대 위에는 주단 이불이 포개져 있었고, 캐시미어 담요가 깔려 있었으며, 집 안 가득 진한 향기가 넘쳐났다.

가오 국장이 맨 앞에 서서 걸었다.

우리 아버지는 가오 국장 바로 뒤에서 따라갔다.

딩씨 마을 사람들은 전부 아버지 바로 뒤에서 따라갔다.

샹양 마을의 몇몇 부녀자들이 마을 저쪽에서 웃고 떠들면서 걸어오는 모습이 보였다. 사람들마다 손에 고기 몇 근과 신선한 채소 한 다발씩을 들고 있었다. 그들에게 채소를 사가지고 오는 거냐고 묻자 산 게 아니라 촌위원회에 가서 받아 오는 것이라고 했다. 매일 밥할 때가 되면 집집마다 촌위원회에 가서 채소를 받아 온다는 것이었다. 시금치가 필요하면 시금치 선반에서 시금치를 집으면 되고, 부추가 필요하면 부추 선반에서 부추를 집으면 된다는 것이었다. 돼지고기가 먹고 싶으면 돼지고기를 받아 올 수 있고, 생선이 먹고 싶으면 당장 양어장에 가서 생선을 건져 올 수 있다고 했다.

딩씨 마을 사람들은 도저히 믿어지지 않는다는 듯한 표정으로 이 마을 부녀자들을 바라보고 있었다. 그 의혹의 얼굴빛이 성벽처럼 두꺼웠다. 우리 아버지는 정말이냐고 묻고는, 그럴 리 없다고 말했다.

샹양 마을 부녀자들은 딩씨 마을 사람들을 차가운 눈빛으로 쳐다보고 나서 우리 아버지에게도 차가운 눈빛을 던지더니 밥을 짓기 위해 뿔뿔이 흩어져 집으로 돌아갔다. 우리 아버지의 질문이 마치 자신들을 모욕하기라도 한 것처럼 더 이상 우리 아버지와 이야기를 나누려고 하지 않았다. 자리를 뜬 부녀자들은 한참이 지나서야 다시 고개를 돌려 달갑지 않다는 듯이 멀리서 아버지를 훑어보았다.

아버지는 넋이 나간 듯한 표정으로 깨끗하고 잘 정리된 샹양 마을의 거리 위에 한참을 서 있다가 또다시 서른 남짓 되어 보이는 여자가 생선과 채소를 들고 걸어오는 것을 보고는 황급히 그녀의 앞을 가로막고는 그 생선과 채소가 정말로 촌위원회에서 나눠주는 것이 맞느냐고 물었다.

서른 남짓 되어 보이는 여자는 곧장 몸을 돌려 의심이 가득한 눈빛으로 아버지를 바라보았다.

아버지는 매일 생선과 고기를 나눠준다면 그 돈은 어디서 나오느냐고 물었다.

여자는 그 자리에서 자신의 소매를 팔꿈치 위까지 걷어 올리더니 붉은 참깨처럼 팔뚝에 가득한 주사 자국을 드러내 보이며 아버지를 노려보았다. 그러고는 샹양 마을에 견학하러 왔으면서 왜 자신들의 마을이 현뿐만 아니라 성 전체에서 가장 모범적인 혈액 공급 마을이라는 것을 모르느냐고, 샹양 마을에서는 집집마다 모두 피를 판다는 걸 모르느냐고 되물었다.

아버지는 그녀의 팔에 가득한 붉은 참깨 같은 주사 자국을 보면서 한참 동안 말을 하지 못했다. 그러다가 그녀를 걱정하듯 차가운 한숨을 내쉬고는 주사 자국이 아프지는 않느냐고 물었다.

여자는 빙긋이 웃으면서 비가 오는 날이면 약간 간지러운 정도라고 말했다. 개미가 기어다니는 것 같다고도 했다.

아버지는 이어서 그렇게 매일 피를 팔면 머리가 어지럽지 않느냐고 물었다.

여자는 놀란 표정으로 아버지를 쳐다보다가 어떻게 매일 피를 팔 수 있겠느냐고 반문하며, 열흘이나 보름에 한 번 팔 뿐이라고 설명했다. 그러면서 오래 피를 팔지 않으면 젖이 충분히 나오는데도 아이에게 젖을 주지 않았을 때처럼 몸이 찌뿌듯하고 불편한 느낌이 든다고 덧붙였다.

아버지는 더 이상 묻지 않았다.

여자는 생선과 채소를 들고 '광명가 25호'라는 팻말이 붙은 자기 집으로 들어갔다.

딩씨 마을 사람들은 다시 흩어져 상양 마을의 거리를 걷기 시작했다. 거리 양쪽에 있는 어느 이층집 마당에서, 마을 어귀의 돼지우리와 닭장에서, 혹은 마을 앞에 있는 붉은 기와에 맨 꼭대기를 녹색으로 마무리한 유치원에서, 마을 뒤편에 있는 흙먼지조차 보이지 않는 초등학교에서 보고 싶은 것은 무엇이든 다 보았고, 묻고 싶은 것은 무엇이든 다 물어보았다. 그들은 성과 지구, 현 전체에서 혈액을 공급하는 데 모범이 되는 이 마을의 천당과 같은 세월이 바로 피를 팔아서 얻은 것이라는 사실을 믿지 않을 수 없었다.

지구와 현의 채혈소는 이 마을 한가운데인 사거리에 자리 잡고 있었다. 병원처럼 입구 지붕에는 붉은색 '십자(十字)'가 세워져 있고, 그 안으로 의사들이 연신 들락거리고 있었다. 그들이 매일 하는 일은 사람들의 피를 뽑고 검사한 후 각종 유형의 혈장을 분류한 다음, 이를 모아 열 근 용량의 큰 병에 담아 소독과 밀봉 처리 과정을 거친 후에 다른 곳으로 운반하는 것이었다.

아버지는 그 채혈소를 둘러본 다음 마을 젊은이 몇몇과 함께 마을에서 가장 넓은 강장로(康莊路)라는 대로를 걸었다. 거리 한가운데 구락부가 자리 잡고 있는 것이 보였다. 구락부 안에는 청장년들이 하나같이 얼굴에 혈색이 가득하고 활기가 넘치는 모습으로 포커 게임을 하거나 장기를 두고 있었다. 호박씨를 까먹으며 텔레비전을 보거나 소설을 읽고 있는 사람들도 있었다. 학교나 시내에서만 즐길 수 있는 탁구를 치는 사람들도 있었다. 따스한 봄날이라 평원의 온기는 이미 초여름처럼 무르익었다. 사람들은 밭에 나가 농사를 짓지 않고 구락부에서 놀면서도 마치 농사를 짓는 사람들처럼 하나같이 이마에 구슬땀이 맺혀 있었다. 카드놀이를 하거나 장기를 두다가 흥분하여 소매를 말아 올리며 소리를 질러대거나 팔뚝에 힘을 주곤 했다. 이 청장년들도 조금 전 마주친 서른 남짓 되어 보이는 부녀자와 마찬가지로 햇볕에 말리기 위해 널어놓은 검붉은 깨처럼 팔뚝마다 바늘 자국이 가득했다.

　이들을 잠시 바라보다가 아버지는 곧 딩씨 마을 사람들을 데리고 구락부 밖으로 나왔다. 딩씨 마을 사람들은 시멘트로 포장된 넓고 평평한 대로 위에 서서 환한 햇볕을 받으며 샹양 마을에서 피어오르는 진한 꽃향기와 따스한 온기를 즐기고 있었다. 모두들 옷소매를 팔꿈치 위까지 둘둘 말아 올려 팔뚝을 드러내자 햇빛이 그 팔뚝의 살결과 피부를 비춰주었다. 한 마디, 한 토막의 홍당무를 큰길 위에 늘어놓은 것 같았다. 그 팔뚝에서 나는 살결과 피부의 설익은 냄새가 샹양 마을의 하늘 아래 가득 퍼져나갔다. 마치 진흙을 머금은 탁하고 걸쭉한 강물이 깨끗한 길 위를 흘러 지나가는 것 같았다.

　사람들은 자신들의 매끈매끈한 팔뚝을 바라보며 말했다.

　"젠장, 우리는 사람이고 저 사람들은 사람이 아니란 말이군!"

　사람들은 흉터가 하나도 없는 자신의 팔뚝을 두드리며 말했다.

　"염병할, 우리도 팔자고. 죽는 한이 있어도 파는 거야."

　사람들은 손으로 자신의 팔에 드러난 혈관을 꼬집어보았다. 팔뚝살이 누군가에게 얻어맞기라도 한 것처럼 푸르뎅뎅하게 변했다. 마치 돼지의 삼겹살 같았다.

　"염병할, 이놈의 팔에 흐르는 피가 금처럼 비싸단 말이지?"

딩씨 마을은 피를 팔기 시작했다.

딩씨 마을은 너도나도 미친 듯이 피를 팔기 시작했다.

하룻밤 사이에 주민 수가 몇백밖에 안 되는 딩씨 마을에 갑자기 열 개가 넘는 채혈소가 우후죽순으로 생겨났다. 현 의원 채혈소, 향 의원 채혈소, 향 정부 채혈소, 공안국 채혈소, 조직부 채혈소, 선전부 채혈소, 수의(獸醫)원 채혈소, 교육국 채혈소, 상업국 채혈소, 주둔군 채혈소, 적십자회 채혈소, 교배장 채혈소 등이 나무로 만든 간판을 하나씩 세워놓고, 그 위에 채혈소 이름만 몇 자 쓴 다음 간호사와 회계사만 갖추고서 채혈소 업무를 시작했다.

마을 어귀에서도, 사거리에서도, 어느 집 비어 있는 방에서도 피를 사고팔기 시작했다. 심지어 버려진 외양간을 깨끗이 청소하고 문짝을 떼어다 구유 위에 깐 다음, 그 위에 바늘과 주사기, 알코올 병 등을 펼쳐놓고 외양간 대들보에는 뽑은 피를 담을 유리병을 걸어놓은 다음 피를 사고팔기 시작했다.

마을 안 어디에나 덩굴처럼 피가 통과하는 플라스틱 관과 붉은 포도 같은 혈액 병이 걸려 있었다. 어디에나 내버린 소독용 솜과 폐기된 주삿바늘이 굴러다녔다. 어디에서나 깨진 주사기 유리와 피가 담긴 유리병을 볼 수 있었다. 어디에서나 채집한 O형, A형, B형 그리고 AB형의 혈액 병과 혈액 통이 걸려 있거나 놓여 있는 것을 볼 수 있었다. 땅 위에는 온통 떨어지고 뿌려진 빨간 핏방울이 가득했고, 공기 중에는 하루 종일 빨간 피비린내가 진하게 흩어져 있었다. 봄날의 나뭇가지 위에도, 푸른 잎사귀 위에도 매일 붉은 공기와 피 냄새가 떠다녔고, 이것을 호흡한 참죽나무와 느릅나무, 오동나무 잎들이 점차 옅은 핏빛을 띠기 시작했다. 홰나무의 잎은 아주 얇고 연했다. 이전에 햇볕 아래 새로 피어난 홰나무 잎들은 모두 담황색이었고 실 같은 잎맥은 검정에 가까운 진한 녹색이었으나, 그해에 새로 피어난 홰나무 잎은 붉은색에 가까운 분홍색이었고 붉은 잎맥은 갈색이 섞인 자두색이었다. 수의원 채혈소는 바로 딩씨 마을 서쪽의 홰나무 아래 차려져 있었는데, 채혈을 너무 많이 하다 보니 놀랍게도 얼마 지나지 않아 홰나무의 노란 잎이 가을 감나무 잎처럼 붉어지고 말았다. 뿐만 아니라 그해의 홰나무 잎은 예년에 비해 훨씬 크고 두꺼웠다.

딩씨 마을의 개들은 매일 피 냄새를 맡고는 채혈소를 향해 달려갔다. 사람들에게 마구 걷어차이면서도 피를 닦은 솜을 몇 개 물고 도망쳐 어딘가에 숨어서 피 묻은 솜을 배 속으로 삼켰다.

흰 가운을 입은 의사와 간호사들은 손발이 쉴 틈이 없을 정도로 바쁘게 일했다. 이마에는 항상 땀이 흥건했고, 묘회(廟會)*에 오기라도 한 것처럼 쉴 새 없이 왔다 갔다 했다. 그들은 누구를 보든 주사 맞은 자리에 약솜을 대고 오 분 동안 누르고 있으라고 반복해서 말했

---

* 명절이나 특정한 날에 절 안이나 입구에 개설되던 임시 시장으로 축제의 성격을 띤다.

다. 오 분 동안 누르고 있으라는 말이 모든 의사와 간호사들의 구두

선이 되었다.

의사들은 피를 뽑고 나면 사람들에게 설탕물을 마시게 했다. 그래

서 마을 전체의 상점에 설탕이 동이 나 서둘러 외지로 가서 설탕을

조달해 와야 했다.

의사들은 사람들에게 피를 뽑고 나면 며칠은 침대에 누워 쉬라고

했다. 그래서 딩씨 마을의 마당이든 골목이든 가리지 않고 햇빛이 드

는 곳이면 대나무 침대나 나무 침대가 늘어섰다.

의사들은 이웃 마을의 사람들도 모두 딩씨 마을로 와서 피를 팔게

했다. 그래서 딩씨 마을로 통하는 길은 오가는 사람들의 행렬이 흐르

는 물처럼 끊이지 않았다. 딩씨 마을 거리에는 식당을 여는 사람들이

늘어났고, 소금과 설탕 그리고 보양식품 등을 전문으로 파는 조그만

가게도 몇 집 더 생겨났다.

딩씨 마을은 번화해졌다.

딩씨 마을은 떠들썩해졌다.

딩씨 마을은 순식간에 웨이현의 모범적인 혈액 공급 마을이 되었

다. 교육국의 가오 국장은 그해에 자신의 지프를 팔고 최신 모델의

소형 승용차를 한 대 샀다. 새 차를 몰고 딩씨 마을을 다시 찾은 가오

국장은 마을을 한 바퀴 둘러보고 채혈소마다 들러 상황이 어떤지 물

어보았다. 그러고 나서 우리 집으로 와서 계란국수를 두 그릇이나 먹

었다. 그런 다음 딩씨 마을 초등학교에 들러 우리 할아버지의 손을

부여잡고는 할아버지가 놀랄 만한 말을 했다.

"딩 선생, 딩 선생은 딩씨 마을의 구세주입니다! 딩 선생이 바로 딩씨 마을을 가난에서 벗어나 큰 부를 이루게 한 구세주란 말입니다!"

4

딩씨 마을의 전성기는 너무 빨리 지나가버렸다. 얼마 안 가서 모든 것이 드러나고 말았다.

딩씨 마을의 번성함은 너무 빨리 지나가버렸다. 얼마 안 가서 조금씩 썰렁해지기 시작했다.

이때, 딩씨 마을에 때맞춰 우리 아버지가 나타났다.

딩씨 마을에서 매혈은 정해진 순서에 따라 번갈아가며 진행되고 있었다. 나이와 혈액형, 몸 상태에 따라 십팔 세부터 오십 세까지 대부분의 딩씨 마을 사람들에게 채혈 카드가 발급되었다. 채혈 카드는 옅은 황색의 소포 용지로 만들어져 있었고, 가로가 한 치(寸) 반, 세로가 두 치 정도 되었다. 앞면에는 성명, 나이, 혈액형 그리고 지병 등이 기록되어 있고, 뒷면에는 표식이 하나 그려져 있어 매번 피를 판 날짜와 양이 기록되어 있었다. 이 카드의 기록에 따라 어떤 사람은 세 달에 한 번, 어떤 사람은 두 달에 한 번 피를 팔 수 있도록 규정했다. 다행스럽게도 대부분의 사람들이 매달 한 번씩 피를 팔 수 있었다. 십팔 세부터 이십오 세 사이의 젊은이들은 조혈 속도가 아주 빨라 보름에 한 병씩 피를 팔 수 있었다.

때문에 채혈소는 여러 마을을 돌아다니며 채혈을 해야 했다. 이번 달에는 딩씨 마을에 자리를 잡았다면 다음 달에는 류씨 마을이나 황수이 마을 또는 리얼 마을로 옮겨 가야 했다.

그래서 딩씨 마을 사람들은 더 이상 편하게 피를 팔 수 없게 되었다. 밥그릇을 손에 들고 식사를 계속하면서 동시에 가죽 끈에 매달린 혈액 병을 향해 한쪽 팔을 들어 올리고 피를 뽑는, 결국 밥도 배불리 먹고 피도 한 병 뽑아 돈을 수중에 쥐는 그런 편한 매혈은 할 수 없게 되었다. 딩씨 마을 사람들은 예전처럼 밭에 일하러 가는 길에 채혈소에 들러 피를 한 병 팔고 나서, 피를 판 값으로 받은 백 위안짜리 지폐를 햇빛에 비춰 거기에 찍힌 위인의 얼굴로 위조지폐가 아닌 것이 확인되면, 혈액 병이 햇빛 아래서 반짝이듯 얼굴 가득 웃음을 머금을 수 없게 되었다.

이리하여 어느 날 갑자기 우리 아버지가 시내에 나갔다 돌아오는 길에 주삿바늘과 주사기, 알코올에 적신 솜, 피를 담는 유리병 등을 한 보따리 등에 지고 왔다. 아버지는 집에 도착하자마자 이 물건들을 침대 위에 올려놓고 돼지우리에서 판자 하나를 뽑아 그 위에 '딩가(丁家) 채혈소'라는 상호를 쓴 다음, 마을 한가운데 있는 홰나무 아래로 가서는 돌을 하나 집어 종을 치면서 목이 터지도록 딩씨 마을 사람들을 향해 소리쳤다.

"피를 파실 분들은 언제든지 저 딩후이를 찾아오세요. 다른 데서는 피 한 병에 팔십 위안을 주지만, 저 딩후이는 팔십오 위안을 드립니다."

이렇게 연달아 몇 번 외치자 과연 딩씨 마을 사람들이 정말로 집에서 나와 한 무리, 또 한 무리 우리 집으로 몰려들기 시작했다.

몰려든 사람들은 금세 우리 집을 에워쌌다. 딩가 채혈소는 바로 이날 정오, 이렇게 탄생하게 되었다.

반년 뒤, 딩씨 마을에는 열 개가 넘는 사설 채혈소가 더 생겨났다. 채혈을 한 다음 피를 어디에 팔아야 할지 몰랐던 그들은 채혈한 피를 전부 아버지에게 팔았고, 아버지는 이를 한데 모아 한밤중에 길가에 서 있는 혈액 수거차에 약간의 이윤을 붙여 되팔았다.

딩씨 마을은 피를 팔면서 점차 피에 미쳐갔다. 평원에서 피를 팔면서 피에 미쳐갔다. 십 년 후에는 하루도 쉬지 않고 내리는 궂은비처럼 열병이 쏟아져 내렸고, 피를 팔았던 사람들은 모두 열병에 걸렸다. 열병에 걸린 사람들은 개가 죽은 것처럼, 개미가 죽은 것처럼 그렇게 죽어나갔다.

나뭇잎이 떨어지자 사람들은 존재하지 않았다. 등불이 꺼지자 사람들은 이 세상을 떠났다.

3장

1

다음 날, 가을날의 이른 아침이었다. 이른 아침의 해가 위등 평원 위에 떠 있었다. 이른 아침의 해가 핏덩이처럼 한 덩어리로 뭉쳐 서서히 세상을 붉게 물들이고 있었다. 붉은빛이 퍼지면서 이날 아침이 찾아왔다. 이른 아침에 우리 할아버지는 집집마다 돌아다니면서 모두에게 저녁에 마샹린이 추자희를 부르는 것을 들으러 학교로 오라고 전했다. 마을 사람들에게 추자희를 들으러 오라고 알리면서 할아버지는 어느집 문을 열고는 말했다.

"이보게, 오늘 밤에 학교에 추자희를 들으러 오시게나. 곧

열병을 치료할 수 있는 신약이 나올 거래. 집에 틀어박혀서
뭐 하나?"

사람들이 물었다.

"정말 신약이 나온대요?"

우리 할아버지가 웃으며 대답했다.

"나는 평생 글을 가르치면서 한 번도 거짓말을 한 적이 없
다네."

그다음 집 문을 열고 할아버지가 말했다.

"이보게, 날마다 집 안에 틀어박혀 걱정만 하지 말고 저녁
에 학교에 와서 추자희나 들어보게."

집주인이 말했다.

"마샹린이 부르는 추자희인가요?"

할아버지가 말했다.

"보면 모르겠나? 마샹린의 열병이 심해질 대로 심해져서
죽기 전에 추자희나 한 자락 시원하게 부르고 가려는 게지.
저녁에 별일 없으면 모두들 와서 들어요. 마샹린이 창을 하
다 보면 신이 나서 신약이 나올 때까지 정말 죽지 않고 기다
릴 수 있을지도 모르는 일 아니겠나."

집주인이 말했다.

"정말 신약이 나온답니까?"

할아버지가 말했다.

"나는 평생 글을 가르치면서 한 번도 거짓말을 한 적이 없다네."

할아버지는 이렇게 집집마다 다니며 알렸다.

할아버지가 신시가지에 이르렀을 때 우리 아버지와 엄마, 동생 잉즈는 신시가지의 시멘트 길을 걸어 집으로 가고 있었다. 엄마의 손에는 채소 한 단이 들려 있었다. 두말할 필요도 없이 세 식구는 이른 아침에 채소밭에 갔다 돌아오는 길이었다. 세 식구는 할아버지를 보자 어리둥절한 표정으로 거리 한가운데에 멈춰 섰다. 마치 마주치고 싶지 않은 사람을 만난 것 같은 표정이었다. 할아버지는 거리 한가운데에 서서 얼굴에 억지로 웃음을 지어 보이며 손녀에게 말했다.

"잉즈야, 밤에 학교에 와서 추자희 창을 들어보도록 해라. 집에서 텔레비전을 보는 것보다 더 신나고 재미있을 거야."

잉즈가 대답할 틈도 없이 엄마가 잉즈의 팔을 잡아끌고 집으로 돌아갔다. 할아버지 옆으로 몸을 스치면서 집으로 돌아갔다.

엄마와 잉즈가 돌아가자 할아버지와 아버지만 남겨졌다. 부자는 길 위에 얼굴을 마주하고 서 있었다. 두 사람의 머리 위로 햇빛이 쏟아졌다. 두 사람의 얼굴에는 어색한 빛이 역력했다. 거리의 시멘트 냄새와 벽돌 냄새, 기와 냄새 속에서 가을의 따뜻함이 느껴졌다. 마을 밖 들판으로부터 불어오는 담담한 서늘함 속에는 새 흙의 상큼한 향기가 섞여 있었다. 할아버지가 고개를 들어 새 건물의 모퉁이 쪽을 바라보니 자오씨우친의 남편 왕바오산(王寶山)의 모습이 눈에 들어왔다. 그는 자기 집 밭에서 한창 밭을 갈고 있는 중이었다. 원래 그는 며느리가 열병에 걸려 농사지을 흥이 나지 않는다며 그 밭을 방치해두고 있었다. 하지만 이제 열병을 고칠 수 있는 신약이 나온다는 소식을 듣고는 농사철이 지났는데도 밭을 갈러 나온 것이었다.

그는 밭을 잘 갈아놓아야 기름진 토질을 유지할 수 있다고 했다.

늦지 않게 배추 모종을 심어야 한다고 했다.

채소를 심지 않더라도 씨앗을 뿌리지 않더라도 땅을 잘 갈아놓아야만 숙성된 토양이 척박한 땅으로 변하지 않게 된다고 했다.

그는 그렇게 계속 밭을 갈았다. 할아버지는 밭을 갈고 있는 그를 잠시 바라보다가 이내 시선을 거둬들였다. 그러고는 흐뭇한 미소를 띤 얼굴로 아버지를 쳐다보며 말했다.

"너도 저녁에 마샹린의 창을 들으러 오는 게 좋겠다."

아버지가 말했다.

"제가 그걸 들어서 뭐하게요?"

할아버지가 말했다.

"오늘 저녁에 딩씨 마을 사람들이 모두 올 게다. 사람들이 많이 모였을 때 단상에 올라가 개두하면서 사죄하는 거야. 개두하면서 사죄하기만 하면 모든 일이 다 지나가버릴 게다."

아버지가 다시 할아버지를 똑바로 쳐다보면서 말을 받았다.

"아버지, 혹시 정신이 나간 거 아니에요? 딩씨 마을 사람들 중에 저더러 이래라저래라 하는 사람은 아무도 없어요. 아버지만 저에게 이래라저래라 하고 계시다고요."

할아버지가 아버지의 모습을 자세히 살펴보니 얼굴에 문신(門神)의 그림을 붙여놓은 듯 붉으락푸르락 노기가 가득했다. 할아버지가 흥, 하고 콧방귀를 끼면서 말을 이었다.

"후이야, 너는 내가 모를 거라고 생각하는 모양이구나. 그때 사람들의 피를 뽑으면서 너는 세 사람에게 소독용 솜을 단 한 개만 사용했어. 주삿바늘도 여러 사람에게 하나만 사용했지."

아버지는 할아버지가 미웠다.

"아버지, 아버지가 제 친아버지가 아니었다면 정말로 귀싸대기를 날렸을 거예요."

말을 마친 아버지는 엄마가 밟고 간 길을 그대로 밟고 가버렸다. 할아버지 옆으로 몸을 스치면서 가버렸다.

할아버지는 재빨리 몸을 돌려 아버지 뒤를 따라가면서 큰 소리로 외쳤다.

"후이야, 사람들에게 무릎을 꿇고 개두를 하라는 게 아니야. 그저 마을 사람들을 찾아가 용서를 빌기만 하면 되는데, 그걸 못 하겠단 말이냐?"

아버지는 뒤를 돌아보지 않았다. 더 이상 할아버지의 말에 대꾸도 하지 않았다.

할아버지는 다시 몇 걸음 따라가면서 물었다.

"잘못했다는 말을 단 한 마디도 하지 못하겠다는 게냐?"

아버지는 우리 집 대문을 열었다. 대문을 연 다음 고개를 돌려 할아버지를 향해 큰 소리로 말했다.

"아버지는 더 이상 저 딩후이를 원망할 필요가 없어요. 우리는 올해 안으로 딩씨 마을을 떠날 거니까요. 앞으로 이 아들 얼굴 볼 생각일랑 하지 마세요."

말을 마친 아버지는 몸을 옆으로 틀어 자기 집 정원 안으로 비집고 들어가더니 쿵, 하고 문을 닫았다. 혼자 남겨진 할아버지는 말뚝처럼 선 채로 신시가지를 향해 큰 소리로 외쳤다.

"후이야, 너 그러다가 제명에 죽지 못할 수도 있다는 걸 모르겠니?"

날이 저물고 달이 뜨자 창희(唱戱)가 시작되었다.

추자희의 설창(說唱)이 시작된 것이다.

교실의 전선을 밖으로 끌어내고, 농구 골대에 백 와트짜리 전구 두 개를 달아놓으니 교정 전체가 대낮처럼 밝아졌다. 무대도 연극할 때처럼 높은 무대가 아니라 땅바닥에 벽돌 몇 개를 받쳐놓고 그 위에 문짝 두 개를 떼어다가 기울어지지 않게 잘 깔아놓았다. 그 위에 다리가 긴 의자 하나만 놓아두면 마샹린이 창을 하다가 앉아서 추자를 연주할 수 있었다. 그리고 그 다리 긴 의자 옆에 약간 낮은 의자를 하나 놓고, 그 위에 주전자와 찻잔을 놓아두었다. 찻잔에 차를 따라놓기만 하면 모든 준비가 완벽하게 갖춰지는 셈이었다. 이렇게 창희의 무대 설치가 끝났다. 무대 아래에는 수많은 딩씨 마을 사람들이 앉아 있었다. 병이 있든 없든 모두가 창희를 들으러 왔다. 밥을 먹고 나서 모두들 마을에서 학교로 통하는 길을 따라 시끌벅적하게 모여들었다.

무대 아래는 사람들로 가득했다.

까마귀 떼처럼 새까맣게 자리를 메우고 있었다.

이백 명이 넘었고, 삼백 명에 가까웠다. 이삼백 명의 사람들이 까마귀 떼처럼 새까맣게 모여 있었다. 병이 있는 사람들은 앞에 모여 앉았고, 병이 없는 사람들은 뒤쪽에 자리를 잡았다. 까마귀 떼처럼 새까맣게 모여 앉아 있었다.

늦가을이었다. 늦가을 밤, 서늘한 기운이 성과 현에 두루 퍼져 있었다. 거대한 위등 평원에 두루 퍼져 있었다. 딩씨 마을과 류씨 마을, 황수이 마을, 리얼 마을 그리고 주변의 모든 마을과 촌락에도 이미 서늘한 기운이 가득했다. 마샹린의 추자회 창을 들으러 온 딩씨 마을 사람들 가운데는 두툼한 솜옷을 입고 온 사람도 있었다. 두툼한 솜옷을 입지 않고 어깨 위에 걸친 사람도 있었다. 열병에 걸린 사람들은 감기에 걸리는 것을 가장 두려워했다. 감기에 걸리면 곧바로 죽게 되기 때문이었다. 이것은 마을에서 한두 번 일어난 일이 아니었고, 그렇게 죽은 사람들도 이미 한둘이 아니었다. 그래서 모두들 두꺼운 솜옷을 입거나 몸에 걸쳤다. 그런 모습으로 마치 겨울을 맞은 것처럼 운동장에 모여 앉아 있었다. 수많은 사람들이 모여 어수선하게 이야기를 주고받기 시작했다. 어지럽게 온갖 이야기들이 쏟아졌다. 신약이 나온다는 이야기도 있었다. 주사 한 대만 맞으면 열병이 곧 나을 거라는 이야기에 큰 행운을 만나기라도 한 듯이 사람들의 얼굴에 희색이 번졌다. 안도하는 표정이 역력했다. 매미 날개처럼 사람들의 얼굴에 웃음이 날아들었다. 이때, 달은 이미 학교 뒤편 하늘에 걸려 있었다. 마샹린은 사람들이 자신을 위해 미리 준비한 다리 긴 의자에 앉아 있었다. 그의 얼굴에는 푸른 빛이 감도는 죽음의 기운이 아직 사라지지 않았다. 마을 사람들은 모두 그의 열병이 막바지에 이르렀다는 것을 잘 알고 있었다. 그가 얼마 살지 못한다는 것을 알고 있었다. 열흘이나 보름 안에 신약이 도착하지 않으면 그가 이 세상을 떠나야 한다는 것을, 그는 곧 죽게 된다는 것을 알고 있었다.

그는 곧 죽게 될 것이다.

하지만 그는 매일 이곳에서 추자희를 불렀다. 창을 하고 있으면 마음속이 후련해졌다. 어쩌면 이런 이유 때문에 그의 짧은 목숨이 무사히 열흘 또는 보름, 한 달 또는 두 달까지 버틸 수 있을지도 모를 일이었다. 사람들은 그에게 추자희 창을 하게 했고, 모두들 그의 창을 들으러 왔다.

우리 할아버지가 더운물 한 주전자와 밥그릇 두 개를 들고 자신의 방을 나섰다. 그리고 운동장으로 걸어와서는 무대 아래 잔뜩 무리 지어 앉아 있는 사람들을 향해 외쳤다.

"물 마실 분 계세요?"

아무런 반응이 없자 몇 명의 연장자들에게 다시 물었다.

"물 안 마실래요?"

물을 마시겠다는 사람이 없자 할아버지는 주전자와 밥그릇을 무대 한쪽에 올려놓았다. 그러고는 곧 세상을 떠나게 될 마상린을 향해 큰 소리로 말했다.

"시작합시다. 달이 이미 높이 떠올랐어요."

창이 시작되었다.

또다시 창이 시작되었다.

창을 시작하자마자 마샹린의 몸에 기적이 일어났다. 그는 추금의 현을 튕겨보았다. 추금은 이미 현이 잘 조율되어 있었지만, 그래도 무대 위에서 다시 한번 맞춰보려는 것이었다. 무대 위에 앉아 공연 시작을 기다리는 그의 모습은 평소와 전혀 다르지 않았다. 흰머리와 얼굴 위 푸르스름한 부스럼, 검푸른 입술, 이 모든 것들이 죽음을 앞두고 나타나는 징조임을 모르지 않았다. 그러나 창이 시작되고 추금의 두 현이 튕겨지자마자 갑자기 마샹린의 얼굴에 발갛게 홍조가 나타나더니 윤기가 돌기 시작했다. 붉은 기운은 미세하게 나타나 점차 짙어져갔다. 마을 사람들을 향해 한차례 환한 웃음을 보이고는, 이내 웃음을 거두고 추금 현을 튕기기 시작하는 순간 그의 얼굴은 혼례를 올리는 젊은 사람들처럼 붉게 상기되었다. 얼굴의 검푸른 부스럼 자국들도 붉은빛으로 변하면서 등불 아래서 하나하나 작은 광점으로 변해갔다. 머리칼은 여전히 마른 잿빛이었지만 까무잡잡한 입술에 혈색이 가득해서 잿빛 머리칼 또한 붉은색으로 보였다. 그는 머리를 가볍게 흔들며 반쯤 눈을 감고서 무대 밑에 아무도 없는 것처럼 아무것도 쳐다보려 하지 않았다. 추금 현을 누른 왼손은 만속(滿速)을 달리하며 부지런히 움직였고, 활을 든 오른손 역시 만속을 달리하며 이리저리 움직였다. 추금 소리가 메마른 모래땅을 흘러가는 물처럼 울려 퍼졌다. 맑고 시원한 가운데 메마르고 뜨거운 마찰음이 간간이 섞여 있었다. 현을 다 고른 그가 고개를 몇 번 가볍게 흔들고 나서 말했다.

"먼저 개장백(開場白)* 한 자락을 부르도록 하겠습니다."

개장백으로 목청을 가다듬은 그는 이어서 마을 사람들이 다 아는 〈출문사(出門詞)〉를 노래했다.

마샹린의 창이 시작되었다.

아이가 집을 나서 멀리 떠나려 하니,

어미가 아이를 마을 어귀까지 배웅하네.

몇 마디 당부는 실없는 소리 같지만,

자세히 생각해보니 구구절절 천근만근 무거운 이야기네.

어미가 말하길(대사)

아들아……

문을 나서면 집에 있는 것과 같지 않으니,

날이 추우면 옷을 단단히 껴입고,

배가 고프면 든든히 먹어두어라.

* 희극의 서막.

노인을 만나거든 할아버지로 모시고,
노파를 만나거든 할머니로 모셔라.
아주머니를 만나거든 숙모라 부르고,
큰누이를 만나면 아주머니로 모셔라.
여자아이를 만나면 누나로 모시고,
남자아이를 만나면 형으로 모셔라.

〈출문사〉를 다 부른 그는 곧바로 〈목계영(穆桂英)〉을 부르기 시작하더니, 이어서 〈정교금(程咬金)〉과 〈양가장(楊家將)〉〈삼협오의(三俠五義)〉〈소팔의(小八義)〉 등의 곡목을 줄줄이 노래했다. 그가 무대 위에서 위풍당당하게 설창 공연을 하고 있을 때에야 마을 사람들은 그가 원래는 그렇게 많은 대사와 가사를 외우지 못한다는 사실이 생각났다. 그가 추자희 설창을 배울 때도 가장 걱정했던 것이 바로 이 엄청난 가사를 외우는 것이었다. 설창을 좋아하면서도 가사를 외우는 것이 힘들고 걱정스러웠다. 게다가 추금을 켜면서 창을 하다 보니 늘 곡조를 놓치는 바람에 그의 사부도 그에게 창을 그만두게 하는 수밖에 없었다. 때문에 그는 한평생 무대 위에서 정식으로 설창을 한 적이 없었고, 집에 숨어서 혼자 추금을 켜면서 창을 해야 했다. 드디어 오늘 밤 무대 위에서 이삼백 명이나 되는 마을 사람들을 앞에 앉혀놓고 설창을 할 수 있게 되었지만, 그는 작품 전체를 다 노래할 수는 없었다. 극 전체를 노래할 수 없으니 이 대목 저 대목 생각나는 대로 창을 해야 했다. 자신이 기억나는 부분만 창을 하긴 했지만, 창을 하는 부분마다 하나같이 극 중에서 가장 중요한 대목들이었다.

마샹린이 기억하고 있는 대목은 모두 중요하고 인기 있는 대목이었다. 창을 할 수 있는 대목도 하나같이 훌륭한 대목이었다. 이렇게 그가 밤새 노래한 곡들은 전부 극 전체에서 가장 중요하고 핵심적인 대목이라 아주 오래된 술보다 더 맛깔나게 들렸다. 다시 말해서 이번이 평생 단 한 번 그가 정식으로 마을 사람들을 위해 추자회를 공연하는 자리였다. 그것도 무대 위에서 창을 할 수 있는 자리였다. 열병이 가장 심해졌을 때, 우리 할아버지가 특별히 설창 무대를 마련해준 것이었다. 그러니 그가 공연에 백배로 몰입하는 것은 너무나 당연한 일이었다. 그는 허리를 꼿꼿하게 펴고 고개를 치켜든 채 눈을 반쯤 감았다. 아무도 쳐다보지 않았다. 왼손은 추금의 현 위아래를 부지런히 오갔고, 오른손은 활을 쥔 채 현 위를 앞뒤로 열심히 움직였다. 목이 좀 쉬긴 했지만 쉰 목소리는 오히려 사골국에 소금을 넣은 것 같았다. 소금이 조금 들어가면 국이 맛있어지는 것처럼 그의 쉰 목소리는 창을 더욱 맛깔나게 했다. 그의 입에서 쏟아져 나오는 방언과 토어를 딩씨 마을 사람들은 하나도 빠짐없이 다 이해했다. 그가 노

93

래하는 추자희 전체의 이야기와 등장인물들도 마을에서 나이깨나 있는 사람이면 누구나 다 알고 있었다. 목계영이니, 정교금이니, 양육랑(楊六郎)이니 하는 인물들은 세밀 연화에 자주 등장하는 사람들이라 딩씨 마을 사람들에게는 그들의 이야기가 바로 어제 본 일처럼 생생하기만 했다. 이미 아는 이야기인 데다 가장 중요하고 재미있는 대목만 골라서 들려주니 한 상 가득 차려진 음식 중에서 맛있는 것들만 골라 먹는 것이나 마찬가지였다. 어린아이나 젊은이들은 이야기가 어떻게 전개되는 것인지 갈피를 잡을 수 없었지만 마샹린이 몰입한 창과 연기를 보고 듣는 것만으로도 구경 나온 보람이 충분했다. 어느새 마샹린의 이마에서 땀이 솟아났다. 곧 죽을 사람의 얼굴에서 붉은빛이 활활 타올랐다. 머리를 흔드는 순간, 이마에 맺혀 있던 땀방울이 턱 밑으로 흩어져 떨어졌다. 그가 무대 위에서 진주를 뿌려대는 것 같았다. 발로 무대 바닥인 버드나무 문짝을 탁탁 두드리는 소리는 끊임없이 목어를 두드려 창에 반주를 더하는 것 같았다. 양육랑이 생사의 기로에 처하게 되는 대목처럼 창이 절정에 이를 때면 그의 오른발이 바닥의 문짝을 세게 구르기도 했다. 마치 발로 북을 치는 것 같았다.

사람이 마치 북 위에 앉아 있는 것 같았다.

학교 안에는 마샹린이 쏟아내는 음악과 소리가 가득했다.

메아리치는 그의 노랫소리 외에는 다른 어떤 소리도 들리지 않았다. 완벽한 고요함이었다. 별과 달은 하늘에 우윳빛으로 떠 있었다. 평원 위에 우윳빛 영롱한 빛을 뿌리고 있었다. 들판에는 보리 새싹이 연한 초록으로 넘쳐났고, 그 커가는 소리가 마치 참새의 깃털 반쪽이 하늘에서 떨어져 내리는 것 같았다. 가을밤에 이미 바싹 말라버린 풀과 황폐해져 경작이 불가능한 밭의 풀들이 달빛 아래서 메마른 향기를 내뿜고 있었다. 그리 멀지 않은 곳에 황허 고도의 마른 모래 냄새, 불에 볶은 모래에 다시 물을 뿌린 듯한 냄새가 학교 안에 잔뜩 깔려 있었다. 이런 냄새는 널리 퍼져 또 다른 형태의 고요함으로 사람들을 유혹했다. 그리고 마샹린의 창으로 인해 맛을 갖게 되었다.

그는 그렇게 머리를 흔들며 미친 듯이 창을 했다. 절창을 뽑아내듯 노래에 열중했다. 목에서 갈수록 더 쉰 목소리가 나고 있다는 것도 알아채지 못했다. 딩씨 마을 사람들도 모두 그렇게 몰입하여 마샹린의 창을 듣고 있었다. 어쩌면 듣는 데 완전히 몰입하고 있는 것이 아니라 그를 바라보는 데 몰입하고 있는 것인지도 몰랐다. 마샹린이 죽기 전 마지막 절창에 몰입하고 있는 모습을 보면서 자신도 그와 마찬가지로 열병에 걸린 환자라는 사실과, 오늘 아니면 내일 혹은 모레 죽게 될 것이라는 사실을 잊으려는 것 같았다. 모두들 그의 몰입에 전염되어갔다. 그 순간에는 모든 것을 잊었다. 뭐든지 다 잊었다. 아무것도 기억나지 않았다. 전부 기억하지 못했다. 학교 마당에는 마샹린의 노랫소리와 추금 소리, 발바닥으로 문짝을 두드리는 소리 외에는 아무 소리도 들리지 않았다.

아무 소리도 들리지 않았다.

기이할 정도로 조용했다. 죽은 듯이 고요했다. 바로 이 적막 속에서, 이삼백 명이 마치 한 사람처럼 느껴지는 이 극도의 고요함 속에서 마샹린이 '설인귀(薛仁貴)가 군대를 이끌고 서역을 정벌하러 가면서 사흘 밤낮을 달려 팔백 리를 갔으나, 사람도 말도 모두 지쳐 작은 마을에 머물렀다가 천군만마가 한자리에서 무너지고 만' 대목을 노래하는 순간, 학교 안 설창 공연장이 소란해지기 시작했다. 처음에는 귓속말을 주고받는 소리가 들리더니 나중에는 대놓고 떠드는 소리가 들렸다. 이어서 누군가 고개를 돌려 뒤를 바라보았다. 웬일인지 모든 사람들이 고개를 돌려 뒤를 바라보았다. 사람들이 뒤를 바라보면서 뭔가 이야기를 주고받는 사이에 갑자기 무리 속에서 자오씨우친과 그녀의 남편 왕바오산이 일어나 목이 터져라 소리쳤다.

"딩 선생님, 딩 선생님!"

갑자기 설창 소리가 멈췄다.

우리 할아버지가 사람들 사이에서 일어나 물었다.

"무슨 일인가?"

자오씨우친이 할아버지에게 큰 소리로 말했다.

"정말 열병을 치료할 수 있는 신약이 있는 겁니까? 마을 사람들을 전부 속여서는 안 되잖아요."

우리 할아버지가 물었다.

"나는 평생 글을 가르쳐왔네. 내가 딩씨 마을에서 거짓말 하는 것을 본 적이 있나?"

그러자 왕바오산이 따지는 듯한 어투로 한마디 던졌다.

"저 뒤에 댁의 큰아드님 딩후이가 그러는데, 열병을 치료 할 수 있는 신약이 있다는 말은 애당초 들어보지도 못했다고 하던대요."

그러고는 재빨리 고개를 돌려 뒤로 가버렸다.

딩씨 마을 사람들 모두 그를 따라 고개를 뒤로 돌렸다.

모두들 우리 아버지 딩후이가 내 동생 잉즈의 손을 잡고 뒤에 서 있는 것을 보았다. 우리 아버지가 추자희를 들으러 오리라고는 아무도 생각하지 못했다. 아버지는 떠들썩한 분 위기에 함께 어울리고 싶었다. 쓸쓸한 것이 두려워서 많은 사람들이 모여 떠들썩하게 웃으며 즐기는 자리를 찾아와 추 자희를 듣고 있었던 것이다.

추자희 창을 들으면서 아버지는 열병을 치료할 수 있는 신약이 없다는 말을 했다.

이런 말을 하는 바람에 일이 터지고 말았다.

화근을 불러일으키고 말았다.

딩씨 마을 사람들 전체가 고개를 돌려 우리 아버지를 바라
보았다. 마치 아버지의 얼굴에서, 입 안에서, 열병을 치료할
수 있는 신약을 얻으려는 것 같았다.

마샹린은 더 이상 창을 하지 않았다. 그는 무대 위에 서서
무대 아래에서 벌어지고 있는 일들을 바라보고 있었다. 무대
아래는 조용했다. 깊은 가을의 서늘함처럼 조용했다. 짙은
가을만큼이나 조용했다. 막 화약에 불을 붙인 것처럼 조용했
다. 너무나 조용해서 딩씨 마을 사람들은 숨도 제대로 쉴 수
없었다. 누군가 숨을 쉬기라도 하면 화약이 곧 터져버릴 것
만 같았다. 모두들 우리 아버지를 바라보았다. 우리 할아버
지를 바라보았다. 두 부자를 바라보며 폭발하기를 기다렸다.
물이 쏟아지고 돌이 날아드는 것처럼 서로의 감정이 폭발하
기를 기다렸다.

아버지가 할아버지에게 말했다. 도대체 그가 아직 할아버
지의 아들이기나 한 것인지는 모르지만 할아버지에게 이렇
게 말했다. 사람들과는 아주 멀찌감치 떨어져 큰 소리로 말
했다.

"아버지, 이렇게 마을 사람들을 속여서 어떻게 할 작정이

세요. 정말로 열병을 치료할 수 있는 신약을 만들어낼 수 있단 말인가요?"

마을 사람들은 또다시 우리 할아버지에게로 눈길을 모았다. 할아버지는 아무 말도 하지 않았다.

할아버지는 잠시 차가운 눈빛으로 서 있다가 주위를 둘러보았다. 눈에 보이는 것은 전부 딩씨 마을 사람들이었다. 할아버지는 모여 있는 사람들을 에돌아 아버지가 있는 곳으로 다가갔다. 당신의 아들에게로 다가갔다. 다급하지도 않고 여유롭지도 않게 다가갔다. 할아버지는 마을 사람들의 눈길 속에서 몸을 빼내려고 발버둥 쳤다. 마을 사람들의 눈길 속에서 몸을 빼낸 할아버지는 그렇게 걸어갔다. 걸어서 사람들 뒤로 돌아가더니 우리 아버지 앞에 한 걸음 정도 떨어져 멈춰 섰다. 얼굴은 온통 붉으락푸르락했다. 위아래 어금니를 꽉 깨물고, 입술을 굳게 다문 채 우리 아버지를 매섭게 노려보았다. 당신의 아들을 노려보았다. 금방이라도 눈알이 튀어나올 것만 같았다. 등불이 노랗게 빛나고 있는 가운데 우리 할아버지의 눈동자는 빨갛게 충혈되어 있었다. 할아버지는 아버지를 쳐다보며 아무 말도 하지 않았다. 손에는 자신도 모르게 땀이 쥐어졌다.

아버지도 말을 하지 않았다. 할아버지를 노려보는 얼굴에 '나를 어떻게 하실 겁니까?' 하고 따져 묻는 듯한 눈빛이 역력했다. 할아버지와 아버지는 그렇게 서로 마주 보고 서 있었다. 한 사람의 눈빛은 차가웠고, 한 사람의 눈빛은 싸늘했다. 한 사람의 눈빛은 딱딱했고, 한 사람의 눈빛 속에는 부드러운 강인함이 서려 있었다. 두 사람은 그렇게 서로를 바라보고 있었고, 딩씨 마을 사람들도 전부 두 사람을 바라보고 있었다. 교정에 가득한 사람들의 눈길은 숲의 나무처럼 빽빽했고, 평원 위로 하늘 가득 날리는 모래알처럼 많았다. 할아버지와 아버지는 그렇게 아무 말도 하지 않고 서로를 바라보고 있었다. 죽도록 바라보고 있었다. 차가운 눈길로 노려보고 또 노려보았다. 할아버지의 양손에는 땀이 흘렀고, 입 주위의 주름도 팽팽하게 당겨져 있었다. 이렇게 팽팽한 긴장 속에서 갑자기, 너무나 갑자기 할아버지가 "아!" 하고 소리를 질렀다. "아!" 하는 소리와 동시에 아버지에게 달려들어 목을 조르기 시작했다.

할아버지가 "아!" 하는 소리와 함께 아버지를 땅바닥에 넘어뜨리고는 목을 조르고 있었다.

할아버지가 아버지에게 달려들어 목을 조르리라고는 누구도 예상하지 못했다. 할아버지는 손을 풀지 않은 채 이를 악물고 큰 소리로 말했다.

"신약이 없다는 걸 네놈이 어떻게 알아? 신약이 없다는 걸 어떻게 아느냔 말이다!"

할아버지는 계속 큰 소리로 말했다.

"내가 네게 사람들 피를 팔게 했지!"

"내가 네게 사람들 피를 팔게 했어!"

할아버지는 소리를 지르며 양쪽 엄지손가락으로 아버지의 목을 세게 눌러댔다. 힘을 주어 더 세게 눌러댔다. 아버지는 아무런 방비도 없이 불시에 할아버지에게 떠밀려 땅바닥에 넘어져서는 서쪽을 향해 머리를 쳐들었다. 할아버지는 곧바로 아버지의 몸 위로 올라타서는 두 손가락으로 정확하게 아버지의 목을 졸라댔다. 할아버지의 손은 단번에 아버지의 기도까지 압박했고, 당장이라도 눈알이 터질 것만 같았다. 아버지는 간신히 다리를 움직이기 시작했다. 바닥에서 몇 번 버둥거리더니 점차 움직임이 잦아들었다. 있는 힘껏 할아버지의 가슴을 밀어내던 손에도 방금 전 같은 힘은 남아 있지 않았다.

일은 순식간에 벌어졌다. 구름이 보이지도 않았는데 천둥소리가 들리는 것 같았다. 요란한 소리를 내며 할아버지가 아버지를 목 졸라 죽이는 일이 일어날 것 같았다. 수습이 불가능했다. 따지고 보면 우리 할아버지는 아버지의 아버지, 그것도 친아버지였다. 우리 아버지는 우리 할아버지의 친아들, 친자식이었다. 두 사람이 이래서는 안 될 일이었다. 서로 죽고 죽여서는 안 될 일이었다. 죽느니 사느니 소란을 피워서는 안 될 일이었다. 하지만 두 사람은 이렇게 죽자 살자 싸우고 있었다. 내 여동생 잉즈가 그 옆에서 큰 소리로 울고 있었다. 울면서 아버지를 불러댔다.

"아버지! 아버지!"

"할아버지! 할아버지!"

다른 사람들도 놀라움을 금치 못했다. 몹시 놀란 표정으로 모두들 아무 말도 하지 못하고 옆에 서 있었다. 미동도 하지 않고 두 사람을 에워싼 채 바라보고 있었다. 너무 놀란 듯했다. 아무 말도 없이 닭 두 마리가 싸우는 모습을 구경하고 있는 것 같았다. 소 두 마리가 싸우는 모습을 구경하고 있는 것 같았다. 싸움이 빨리 결판나기를 기다리고 있는 것 같았다.

할아버지가 아버지를 산 채로 목 졸라 죽이기를 기다리고 있는 것 같았다.

하지만 그 옆에서 내 여동생이 울면서 소리치고 있었다.

"할아버지! 아버지!"

"아버지! 할아버지!"

이렇게 소리를 질러대자 할아버지의 손이 갑자기 아버지의 목에서 움직임을 멈췄다. 방금 전처럼 힘이 실리지 않았다. 누군가 뒤에서 뒤통수를 내리치기라도 한 것처럼 손에 힘이 풀려버렸다.

아버지의 목을 조르던 할아버지의 손이 풀어졌다.

사건은 이렇게 지나가버렸다. 한바탕 뇌우처럼 지나가버렸다.

할아버지는 꿈에서 깨어난 것처럼 아버지의 몸 위에서 자신의 몸을 일으켰다. 그러고는 사람들 틈에 나무처럼 멍하니 선 채 불빛 아래 쓰러져 있는 아버지를 바라보며 다른 사람이 알아들을 수 없을 정도로 낮은 목소리로 중얼거리듯 말했다.

"이렇게 사람들이 많을 때 개두를 시키려 했는데, 네 녀석은 끝까지 개두를 하지 않을 생각이구나?"

아버지는 잠시 땅바닥에 누워 있었다. 잠시 누워 있다가 숨을 좀 돌리자 천천히 일어나 앉았다. 얼굴은 창백한 데다 벌겋게 부어올라 있었다. 잠시 창백해졌다가 이내 붉어졌다. 마치 가파른 비탈길을 오르느라 힘을 다 써버린 것 같았다. 비탈길을 오르느라 힘이 다 빠져서 땅바닥에 주저앉아 거친 숨을 몰아쉬며 쉬고 있는 것 같았다. 아버지는 목 아래 옷깃을 열어젖혀 목 주위로 바람이 통하게 했다. 이어서 가을에 입는 둥근 깃의 셔츠도 밑으로 세게 잡아당겨 목으로 바람이 통하게 했다. 아버지의 목에는 할아버지의 손가락 자국이 선명하게 드러났다. 아버지의 눈가에 참았던 눈물이 맺혔다. 말은 하지 않았다. 말이 나오지 않았다. 목구멍 안에서 그르렁대는 소리가 천식에 걸린 사람의 숨소리 같았다. 그르렁그르렁 소리가 났다.

아버지는 한참 동안 거친 숨소리를 내다가 땅바닥에서 일어섰다. 그러고는 차가운 눈빛으로 할아버지를 노려보았다. 증오로 가득한 눈빛이었다. 그러더니 느닷없이 내 여동생 잉즈의 뺨을 세게 후려치면서 거칠게 소리쳤다.

"오지 말라고 했는데, 고집부리고 오더니 이게 무슨 꼴이야! 뭐하러 여길 따라왔어! 뭐하러 따라온 거냐고!"

아버지는 다시 한번 할아버지를 차갑게 노려보았다. 증오로 가득한 눈빛이었다. 이어서 아버지는 할아버지가 자신의 목을 조르는 것을 옆에 서서 지켜보고 있던 마을 사람들을 노려보았다. 목을 조르는데도 어느 누구 하나 나서서 할아버지를 말리지 않았던 마을 사람들을 노려보았다. 그러고는 울고 있는 잉즈의 손을 잡아끌고 가버렸다.

자기 딸의 손을 잡아끌고 가버렸다.

그렇게 가버렸다.

불빛 속에서 할아버지는 아버지가 한 걸음 한 걸음 교문 밖으로 걸어가는 모습을 바라보았다. 아버지의 그림자가 학교 대문 밖으로 희미해지고 나서야 할아버지는 눈길을 거두고 몸을 돌렸다. 얼굴에는 땀이 흥건했다. 다시 한 걸음 한 걸음 무대 위로 걸어간 할아버지는 멍하게 서 있는 마샹린 앞으로 다가가 멈춰 섰다. 멍한 표정을 짓고 있는 마을 사람들 앞에 선 할아버지는 그들의 눈을 한 번 훑어본 다음 갑자기 무릎을 꿇었다. 땅이 울릴 정도로 거친 동작으로 무릎을 꿇고는 큰 소리로 마을 사람들에게 말했다.

"저 딩수이양이 지금 여러분들 앞에 무릎을 꿇었습니다. 제 나이 예순이 되어서 이렇게 여러분들 앞에 무릎을 꿇은 것은 제 큰아들 딩후이를 대신해 여러분들께 사죄하기 위해서입니다. 여러분들께 간곡히 부탁하건대 우리 둘째아들 딩량도 열병에 걸렸고, 이제 갓 열두 살이 된 우리 손자가 누군가에게 독살된 것을 봐서라도, 마을의 열병이 전부 우리 큰아들이 대대적으로 채혈을 하다가 전염되어 지금 이 지경에 이른 것이라 할지라도 부디 마음에 두지 말아주시기 바랍니다."

여기까지 말한 할아버지는 무대 위에서 딩씨 마을 사람들을 향해 머리가 땅에 닿도록 절을 올리며 말을 이었다.

"저 딩수이양이 여러분들께 무릎을 꿇고 개두를 올립니다. 부디 우리 딩씨 집안을 원망하지 말아주세요."

할아버지는 또다시 개두를 올렸다.

"저 딩수이양이 여러분들께 사죄의 말씀을 올립니다. 애당초 피가 샘물과 같아서 팔수록 더 왕성하게 솟아나온다고 말한 사람은 바로 접니다."

할아버지는 개두를 계속했다.

"제가 한 일이 또 있습니다. 제가 정부를 대신해 여러분들 모두 차이현으로 견학을 가도록 조직했고, 바로 그때부터 여러분들은 피를 팔기 시작했습니다. 그때부터 피를 팔다가 오늘의 이 열병이 돌게 된 것입니다."

할아버지가 처음 개두를 했을 때 누군가 다가가 할아버지를 일으켜 세우려 애쓰며 계속해서 만류했다.

"이러실 필요 없습니다. 이러지 않으셔도 된다고요."

극구 말렸지만 할아버지는 끝내 자신의 몸을 빼내 세 번 개두를 하면서 자신이 하고자 하는 말을 다 하고 나서야 소원이 성취되기라도 한 듯이 몸을 일으켰다. 몸을 일으킨 할아버지는 마치 선생님이 반 아이들을 바라보듯이 마을 사람들을 훑어보았다. 무대 아래에 일어서 있거나 앉아 있는 사람들이 모두 할아버지를 쳐다보고 있었다. 할아버지는 수업 시작을 선포하듯 엄숙한 목소리로 말했다.

"지난 몇 년 동안 딩씨 마을에는 간부가 없었습니다. 여러분들께서 이 딩수이양을 잘 믿어주신 덕분이지요. 내일부터 열병에 걸린 사람들은 모두 학교로 오세요. 먹고 자는 문제를 전부 학교에서 해결하는 겁니다. 제가 상부에 요청해서 여러분들께 제공할 식량을 마련하도록 하겠습니다. 학교에서 무슨 일이 생기면 무조건 제게 말씀하세요. 저 딩수이양이 여러분들을 위해 노력하지 않는다면 또다시 제 큰아들 딩후이와 둘째아들 딩량의 집에 찾아가 독약을 풀어도 좋습니다. 그들 집의 돼지를 독살해도 좋고, 그들 집의 닭을 독살해도 좋습니다. 그들 집안의 다른 사람들을 독살해도 좋습니다."

할아버지는 잠시 쉬었다 말을 이었다.

"솔직히 말씀드리지요. 상부에서는 애당초 열병을 치료할 수 있는 신약이 있다는 이야기를 한 적이 없습니다. 사람들은 이 열병이 바로 에이즈라고 말합니다. 일종의 온역(溫疫) 같은 전염병이지요. 나라에서도 치료할 방법이 없다고 합니다. 일단 걸리면 죽는 수밖에 없는 새로운 질병입니다. 여러분들 가운데 이 병에 걸리고도 가족에게 전염될 것이 두렵지 않은 분들은 그대로 집에 계시면 됩니다. 전염이 두려우신 분들은 학교로 오십시오. 학교에서 자고, 학교에서 식사를 해결하시면 됩니다. 그러면 병이 없는 분들은 집에서 안전하게 생활하실 수 있을 겁니다."

여기까지 말하고 나서 갑자기 무슨 생각을 하는지 할아버지는 다시 눈길을 돌려 마을 사람들을 훑어보았다. 그리고 뭔가 다시 말을 하려는 순간 갑자기 등 뒤에서 콰당, 하는 소리를 들었다. 세워둔 나무토막 하나가 무대 위에서 넘어진 것 같았다. 몸을 돌려보니 마샹린이 자신이 앉아 있던 의자에서 그대로 고꾸라진 것이었다. 목은 구부러져 있고, 얼굴은 대련을 쓰는 종이처럼 희었다. 추금은 그의 옆에 떨어져 있었고, 현이 떨리면서 여전히 가는 소리를 내고 있었다.

마샹린은 우리 할아버지에게 정말로 신약이 없다는 말을 들자마자 콰당, 하고 고꾸라진 것이었다. 입가에는 피가 한 가닥 흘러나와 있었고, 코에서도 피가 두 가닥 흘러내리고 있었다.

학교 안에 죽은 사람의 피 냄새가 풍기기 시작했다.

3

이렇게 세상을 떠났다.

마샹린이 세상을 떠났다.

그가 세상을 떠난 것도 설창을 하던 무대 위에서였다. 마샹린을 땅에 묻으면서 할아버지는 그의 며느리와 몇 마디 이야기를 주고받았다. 마샹린의 장례 절차에 관한 이야기였다. 딩씨 마을에 열병이 만연해 있다는 사실을 모르는 화공을 불러다가 마샹린의 초상화를 그려주는 문제를 이야기하고 있었다.

그의 초상화는 무대 위에 앉아 취한 듯 열창하고 있는 모습으로 그려졌다. 그리고 무대 아래 가득 모여 설창을 듣고 있는 마을 사람들의 모습도 그려 넣었다. 수천수만의 사람들이 무대 아래 모여 그가 추금을 연주하며 창을 하는 모습을 바라보고 있는 광경도 그려 넣었다. 무대 아래에서 그의 설창을 경청하고 있는 사람들과 자리가 부족해 학교 담장에 올라가 있거나 학교 안에 있는 나무 위로 올라가 있는 몇몇 사람들의 모습도 그려 넣었다. 인산인해를 이룬 사람들, 수천 수만의 사람들을 그려 넣었다. 묘회가 열린 것처럼 군고구마를 파는 사람과 삶은 배를 파는 사람, 막대사탕이나 빙당호로(氷糖葫蘆)*를 파는 사람들도 설창을 듣고 있는 마을 사람들 사이를 돌아다녔다.

아주 요란하고 떠들썩한 그림이 되었다.

이 그림을 둘둘 말아 관 속, 마샹린의 시신 옆에 넣어주었다. 그의 시신 옆 다른 한쪽에는 그가 즐겨 타던 추금을 넣어주었다.

이렇게 마샹린을 묻어버렸다.

이렇게 묻어버렸다.

* 과일을 꼬치에 끼워 뜨거운 설탕물을 입힌 것.

3부

1장

1

마샹린을 땅에 묻고 나서 열병 환자들은 줄줄이 학교로 와서 먹고 자기 시작했다.

겨울이 왔다. 날씨는 몹시 추웠고, 한차례 눈이 내렸다. 함박눈이 거위 털처럼 가볍게 흩날렸다. 밤새도록 거세게 휘날리더니 세상이 온통 하얗게 변해버렸다. 세상이 온통 흰빛이었다. 평원이 마치 한 장의 백지가 되어버린 것 같았다. 사각거리는 종이 같았다. 솜으로 만든 종이 같았다. 마을 전체가 백지 위에 그려진 물건들 같았다. 사람들은 종이 위에 점으로 찍어놓은 닭이나 돼지, 고양이, 개, 오리처럼 보였다. 나귀와 말도 있었다.

겨울이 왔다.

딩씨 마을 사람들 중에 열병에 걸린 사람들은 날이 추워져 갈 곳이 없게 되자 모두 학교로 와서 생활하고 싶어 했다. 학교는 열병 환자들의 활동 장소가 되어버렸다. 학교는 예전에는 관공묘였다가 나중에 딩씨 마을 초등학교가 되었다. 그리고 지금은 열병 환자들의 활동 장소가 되었다. 작년에 학생들을 위해 불을 피우려고 장만해두었던 석탄과 장작을 전부 환자들을 위해 때게 되었다. 불을 때자 환자들은 더욱 많이 몰려들었다. 리싼런의 열병은 중기를 지나 말기로 치닫고 있었다. 그는 집에서 밥을 먹고 잠을 자고 한약을 달여 먹었으나 아내가 제대로 돌봐주지 않자 학교로 오게 되었다. 학교에 와서 다시는 돌아가려고 하지 않았다. 사색에 가까운 그의 얼굴에 미소가 걸려 있었다. 그가 미소를 지으며 말했다.

"딩 선생님, 제가 학교로 와서 생활하면 안 될까요?"

리싼런은 정말로 이부자리를 학교로 옮겨 왔다. 학교는 그의 집보다 좋았다. 벽으로 바람이 새어 들어오지도 않았고, 땔감도 충분했다. 밥은 때로는 우리 할아버지와 함께 먹기도 했고, 때로는 건물 앞에 있는 방에서 혼자 먹기도 했다.

겨울이 왔다.

겨울이 오자 마을에는 피를 판 적이 없는데도 열병에 걸린 사람이 죽어나갔다. 그녀의 이름은 우샹즈(吳香枝)였다. 이제 막 서른을 넘겼지만 딩유에진(丁躍進)에게 시집올 당시에는 아직 스물두 살이 채 되지 않았었다. 당시 그녀는 아주 어린 데다 겁이 많아 피를 보자마자 마을 어귀에서 기절하고 말았다. 때문에 그녀의 남편은 그녀를 너무 아끼다 못해 자신은 피를 팔다가 죽는 한이 있어도 그녀에게는 피를 팔지 못하게 했다. 그런데 지금, 그녀의 남편은 피를 팔고도 여전히 살아 있는데 그녀는 피를 팔지 않았는데도 오히려 열병에 걸려 죽고 만 것이다. 몇 년 전 그녀가 딸아이에게 젖을 물렸을 때, 딸아이가 먼저 열병에 걸려 죽고 말았다. 이때부터 사람들은 열병이 다양한 방법으로 전염될 수 있다는 사실을 믿지 않을 수 없었다. 그리하여 모두들 학교로 우르르 몰려와 생활하게 되었다.

둘째삼촌도 학교로 왔다.

둘째숙모가 삼촌을 학교 정문 앞까지 데려다주었다. 두 사람은 눈밭에 서 있었다. 둘째삼촌이 숙모에게 말했다.

"어서 가. 여기는 환자들이 많단 말이야. 내가 당신한테 병을 옮기진 않겠지만 누군가 다른 사람이 옮길지도 모르잖아."

둘째숙모는 교문 밖에 서 있었다. 눈송이가 그녀의 머리 위로 흩날렸다.

둘째삼촌이 말했다.

"어서 가봐. 아버지가 여기 계시니까 손해 볼 일은 없을 거야."

둘째숙모가 떠났다. 집으로 돌아가는 아내의 모습이 점점 멀어지자 둘째삼촌은 또다시 저 멀리 보이는 눈밭을 향해 소리쳤다.

"잊지 마. 매일 나를 보러 와야 해!"

둘째삼촌은 이 말이 자신의 아내에게 전해졌는지 꼭 확인하고 싶었다. 그녀가 자신을 향해 고개를 끄덕이는 것을 보고서도 그는 여전히 학교 안으로 들어가지 않았다. 여전히 눈밭에 서서 둘째숙모를 바라보고 있었다.

넋을 잃고 바라보고 있었다.

넋을 잃고 바라보는 모습이 마치 둘째숙모가 가고 나면 다시는 만날 수 없을 것 같았다.

둘째삼촌은 숙모를 사랑했다.

이 세상을 사랑했다.

둘째삼촌의 열병은 이미 몇 달이 지난 터라 맨 처음 견디기 힘든 고비는 지나간 셈이었다. 물 반 통을 들 힘조차 없었지만 그래도 만터우 하나는 먹을 수 있었고, 국 반 그릇은 마실 수 있었다. 연초에 처음 열병이 그의 몸을 덮쳤을 때만 해도 흔한 감기나 발열 정도로 여겼다. 그러나 석 달의 안정기

가 지나자 몸이 가렵기 시작했다. 밤새 얼굴과 허리, 다리 등
몸 곳곳에 대상포진이 돋아났다. 머리를 쳐들고 벽을 향해 돌
진하고 싶을 정도로 온몸이 가려웠다. 목구멍 안도 이상하게
아팠다. 위 역시 날마다 강이 뒤집히고 바다가 뒤집어지듯 요
동을 쳐 배가 고파도 음식을 삼킬 수가 없었다. 음식을 한 입
삼키면 금세 두 입만큼 토해내야 했다. 그제야 그는 자신이
열병에 걸렸다는 사실을 알게 되었고, 병이 숙모와 아들 샤오
쥔의 몸으로 전염되지나 않을까 두려워서 본채에서 사랑채
로 방을 옮겼다. 그러고는 숙모에게 말했다.

"조만간 내가 죽게 되거든 샤오쥔을 데리고 재가하도록
해요. 남들처럼 아주 멀리 시집을 가버리란 말이오. 이 귀신
붙은 딩씨 마을 땅을 떠나야 해."

그러면서 우리 아버지에게는 전혀 다른 말을 했다.

"형, 쑹팅팅(宋婷婷)과 샤오쥔은 둘 다 웨이현에 가서 검사
를 받았어요. 두 사람은 열병에 걸리지 않았대. 내가 죽고 나
면 형이 꼭 두 모자가 살아갈 수 있도록 대책을 세워줬으면
좋겠어. 내가 죽더라도 그 사람이 재가하는 일은 없게 해줘.
죽어서도 마음이 불안하지 않게 말이야."

둘째삼촌은 숙모를 사랑했다.

이 세상을 사랑했다.

그는 자신이 열병에 걸려 얼마 지나지 않아 죽게 된다는

117

사실을 떠올릴 때마다 얼굴을 눈물로 적셨다.

둘째숙모가 말했다.

"그렇게 운다고 무슨 소용이 있겠어요?"

삼촌이 말했다.

"내가 죽는 건 겁나지 않아. 단지 혼자 남겨질 당신이 너무 불쌍해서 그러지. 내가 죽으면 샤오췬을 데리고 다른 집으로 시집을 가도록 해요."

그러면서 삼촌은 우리 할아버지를 찾아가 다른 말을 했다.

"아버지, 팅팅이 아버지 말씀은 잘 듣잖아요. 세상에 저보다 더 그녀를 아껴줄 사람은 없어요. 어느 집으로 시집을 가든지 저처럼 잘해줄 사람은 없을 거라고요. 그럴 바에야 차라리 아버지가 그녀에게 자주 말씀을 해주세요. 앞으로도 집 안을 잘 지키며 재가할 생각일랑 하지 말라고 말이에요."

할아버지는 숙모가 재가하지 못하게 하겠다는 말은 하지 않았다.

할아버지가 말했다.

"둘째야, 네가 건강하게 살아 있기만 하면 그 애가 재가하는 일은 없지 않겠느냐."

할아버지가 말을 이었다.

"모든 일에는 예외가 있기 마련이야. 모두들 암이 불치병이라고 하지만 암에 걸리고도 팔 년, 십 년을 사는 사람들이 있지 않더냐."

둘째삼촌은 이런 예외 때문에 살아가고 있었다. 또다시 볶음요리 두 개만 있으면 백주(白酒) 두 잔을 마시곤 했다. 둘째삼촌에게 가장 큰 고통은 자신은 아직 서른 살이 채 안 됐고, 숙모도 이제 겨우 스물여덟 살인데 매일 밤 자신이 숙모의 몸을 만지는 것이 허락되지 않는다는 것이었다. 숙모는 손을 잡는 것조차 허락하지 않았다. 둘째삼촌은 애써 예외를 위해 산다고 해도 아무런 의미가 없다고 생각했다. 다른 사람들과 이 일에 대해 이야기하고 싶기도 했지만 어디서부터 이야기를 꺼내야 할지 도무지 갈피를 잡을 수가 없었다.

삼촌은 숙모를 사랑했다.

이 세상을 사랑했다.

하지만 우리 숙모가 마을을 향해 돌아갈 때, 우리 삼촌이 교문에서 한참 동안 그녀를 아득히 멀리서 바라보고 있을 때, 그녀는 고개를 돌려 삼촌을 쳐다보는 것을 잊고 말았다. 삼촌은 그곳에 서서 숙모의 뒷모습을 아득하게 바라보고 있었다. 울지는 않았다. 자신의 아랫입술만 거칠게 깨물었다.

힘을 주어 아랫입술을 깨물면서 땅바닥에 있는 돌덩이 하나를 세게 두 번 걷어찼다.

학교에는 갑자기 사람들이 많아졌다. 나이 어린 학생들은 없고, 성년들만 수십 명이나 되었다. 대부분 서른 살에서 마흔다섯 살 전후의 남자와 여자들이었다. 모두들 우리 할아버지의 지시에 따라 남자들은 이층의 교실로 갔고, 여자들은 일층의 교실로 갔다. 집에서 침대를 가져온 사람들도 있었고, 어디서 났는지 널빤지 몇 장을 가져온 사람도 있었다. 책상을 몇 개 붙여 잠자리를 만드는 사람도 있었다. 건물 맨 앞에 있는 수도꼭지에서는 쉬지 않고 물이 흐르고 있었다. 교정 안에는 항상 물이 흐르듯 말소리가 끊이지 않았다. 수돗가 양쪽에 있는 두 개의 방은 원래 학교의 빈 창고로 망가진 탁자나 부러진 의자 등을 쌓아두던 곳이었으나 이제는 환자들이 밥을 지어 먹는 주방이 되었다. 어떤 집에서는 문 앞에 솥을 걸었고, 어떤 집에서는 창문 바로 밑에 밀가루 조리대를 만들었다. 이 방 안은 금세 발 디딜 틈도 없이 온갖 조리 기구로 가득 들어차게 되었다.

교정 안에 가득했던 흰 눈이 사람들의 발에 밟히면서 한 조각 진흙땅이 드러났다.

계단 아래에는 질동이와 곡식 자루들이 가득 놓였다.

우리 할아버지는 학교 안을 바쁘게 돌아다니면서 이건 여기에 놓아라, 저건 저리로 옮겨라 쉴 새 없이 지시를 내렸다. 칠판과 분필, 학생들이 남기고 간 숙제장과 공책 등 학교에서 필요한 물건들은 전부 방 한 칸에 쌓아놓고 문을 잠가버렸다.

새 책상과 의자들도 방 안에 넣고 잠가버렸다.

학생들은 더 이상 수업을 듣지 않았다. 하지만 학교는 필경 쓸모가 있었다. 사람들이 살게 된 것이다. 우리 할아버지는 몹시 바빠지면서 얼굴에는 젊은 사람처럼 땀방울이 맺혔고, 낙타처럼 약간 굽었던 등도 곧게 펴진 것 같았다. 반백의 머리칼도 여전히 희끗희끗하긴 했지만 이전처럼 메마른 반백이 아니라 기름칠이라도 한 것처럼 윤기가 흐르고 반짝반짝 빛이 나는 반백이었다.

이학년 교실에 있던 탁자들을 한쪽으로 치워버리고, 교실 한가운데에 의자들을 가지런히 늘어놓았다. 이곳이 바로 열병 환자들의 회의장이었다. 이 회의장에서 밥을 지을 줄 모르는 환자 하나가 말했다.

"어차피 곧 죽을 사람들이니 스스로 밥을 지어 먹는 것보다 모두 함께 밥을 지어 나눠 먹는 게 낫지 않을까요?"

그 말에 모두들 계산을 해보았다. 집집마다 환자들이 직접 밥을 지어 먹으려면 땔감과 양식을 낭비하게 된다는 결론이 나왔다. 한꺼번에 밥을 해서 집집마다 환자 수대로 타다 먹으면 땔감과 양식을 크게 절약할 수 있었다.

무엇보다 중요한 것은 함께 생활하고 함께 식사를 할 경우 상부에서 약간의 정제분과 쌀을 보조해주기로 한 사실이었다. 남의 식량을 먹으면 자신의 식량을 절약할 수 있는 데다

121

열병에 걸린 몸으로 매일 밥을 짓는 수고를 덜 수 있으니 단체로 밥을 지어 먹지 않을 이유가 없었다.

이리하여 우리 할아버지는 교실에 모든 환자들을 모아놓고 회의를 열었다. 할아버지는 누가 뭐래도 선생님인 셈인데다 이곳에 있는 사람들은 대부분 글을 읽을 줄 몰랐고, 간신히 아는 몇 글자마저도 우리 할아버지가 다른 교사 대신 수업에 들어가 가르쳐준 것이라 모두들 우리 할아버지의 학생인 셈이었다. 이곳에 모인 사람들은 모두 성인이었지만 할아버지보다 나이가 많은 사람은 한 명도 없었다. 이곳은 학교였고, 학교는 원래부터 우리 할아버지가 관리하던 곳이었다. 그리고 이곳에 모여 있는 사람들은 전부 환자였다. 오늘은 있지만 내일을 기약할 수 없는 사람들이었다. 오직 우리 할아버지의 몸에만 열병이 없었다. 할아버지는 자신의 몸에 열병이 전염되는 것이 두렵지 않았다. 할아버지는 아주 자연스럽게 이곳 사람들의 관리자가 되었다.

지도자가 된 셈이었다.

모두들 교실 안 여기저기에 흩어져 앉아 있었다. 딩유에진과 자오씨우친, 딩쾅즈(丁椿子), 리쌴런, 자오더취안, 그 밖에도 딩씨 마을 사람들이 여럿 뒤섞여 있었다. 수십 명의 사람들이 앉거나 선 채로 교실 안을 가득 메우고 있었다. 사람들이 꽉 들어차자 따스한 온기가 느껴졌고, 환자들의 얼굴마다 편안한 웃음이 걸렸다. 모두들 우리 할아버지를 바라보면서 아무 말도 하지 않았다. 마치 수업을 기다리고 있는 학생들 같았다.

우리 할아버지는 벽돌을 삼층으로 쌓아 만든 강단 위에 올라서서 환자들을 바라보았다. 마치 학생들을 바라보는 것 같았다. 할아버지가 말했다.

"앉으세요. 모두들 앉으시라고요."

벽이나 창틀에 몸을 기대고 있던 몇몇 사람들이 모두 자리에 앉자 할아버지는 풍부한 경험에서 우러나는 노련한 태도로 사람들을 향해 입을 열었다.

"먼저 듣기 싫은 소리를 한마디 하겠습니다. 저는 학교에서 한평생을 보낸 사람으로서 절반은 선생이나 다름없습니다. 여러분들이 학교에 온 이상 모두들 제 말을 잘 들으셔야 합니다. 지금 제 말을 듣고 싶지 않은 사람이 있으면 손을 들어보세요."

할아버지는 강단 아래 앉아 있는 사람들을 두루 훑어보았다.

어른들 몇몇이 어린아이처럼 강단 아래에서 웃고 있었다. 키득키득 소리를 내면서 웃었다.

할아버지가 말했다.

"아무도 손을 들지 않았으니 모두들 제 말을 따르겠다는 뜻으로 알겠습니다. 자, 잘 들으세요. 첫째, 상부에서 보조하는 양식이 아직 내려오지 않은 상태라 집집마다 양식을 각출해야 합니다. 딩유에진이 회계를 맡도록 하겠습니다. 가져온 양곡은 거친 곡물과 가는 곡물로 구분해서 장부에 기록하세요. 이번 달에 많이 내는 집은 다음 달에 적게 내고, 이번 달에 적게 내는 집은 다음 달에 많이 내면 됩니다. 둘째, 학교 안에서 마시는 물에 대해서는 돈을 받지 않지만 사용하는 전기에 대해서는 전기료를 납부해야 합니다. 또한 밤늦게까지 자지 않는 것도 허용되지 않습니다. 누구나 자기 집에서 하던 것처럼 전기를 아껴야 합니다. 셋째, 밥을 짓는 일은 여자들이 도맡아서 하고, 육체노동은 남자들이 전담합니다. 여자들의 밥 짓는 일은 씨우친이 맡아서 관리하게 될 겁니다. 병세가 가벼운 사람들은 일을 많이 하고, 병세가 중한 사람은 일을 덜 하도록 합시다. 하루에 한 번씩 번갈아가며 밥을 해도 좋고, 사흘에 한 번씩 교대해도 좋습니다. 넷째, 저는 이미 나이가 예순이 넘었고, 여러분들 역시 오늘 얼굴을 마주하면서도 내일은 기약할 수 없는 처지입니다. 하지만 우리가 하는 이야기들은 모두 미래를 위한 겁니다. 우리가 죽더라도 다른 사람들은 여전히 살아서 다음 세월을 보내야 합니다. 앞으로 아이들이 이곳에 와서 공부를 해야 한단 말입니다. 여러분들이 학교에 와서 생활하기로 한 이상, 오늘부터 일이 있든 없든 집으로 돌아가 피부가 벗겨지고 피가 나는 상태로 아내와 아이들에게 입을 맞추는 일이 있어서는 안 됩니다. 가족들에게 열병을 전염시킬 수 있기 때문입니다. 이곳에 와서 생활하는 동안 학교의 탁자와 의자, 창문 등 모든 기물을 아껴주시기 바랍니다. 자기 집이 아니라고 해서 물건을 함부로 사용해서는 안 됩니다. 다섯째, 여러분들이 이렇게 학교에 와서 생활하는 것은 가족들에게 병을 옮기게 될 것이 두려워서이기도 하지만 모두 다 같이 하루라도 즐겁게 보내기 위해서이기도 합니다. 그러니 장기를 두거나 텔레비전을 보는 것 외에도 하고 싶은 것이 있거나 먹고 싶은 것이 있으면 언제든 말씀하세요. 하고 싶은 건 뭐든지 다 하고, 먹고 싶은 건 뭐든지 다 먹읍시다. 한마디로 말해서 이곳에 와서 먹고 자게 된 이상, 열병에 걸리긴 했지만 하늘이 무너지는 한이 있더라도 마지막 남은 날들을 최대한 즐겁게 보내자는 겁니다."

여기까지 말하고 나서 강단 위에 선 할아버지는 잠시 말을 멈췄다. 그러고는 고개를 돌려 창밖으로 큰 눈이 내리는 하늘을 바라보았다. 눈송이는 배꽃처럼 컸고, 배꽃처럼 희었다. 눈 깜짝할 사이에 교정 안의 진흙 발자국이 하얗게 변해버렸다. 온통 아득하게 하얀빛으로 물들어버렸다. 문밖에서 한 줄기 차갑고 신선한 한기가 밀려들어와 교실 안의 혼탁한 열병의 냄새와 마주했다. 맑은 물과 혼탁한 물이 한데 뒤섞이는 것처럼 어렴풋하게 뭔가를 휘젓는 듯한 소리가 들리는 것 같았다. 교정의 농구 골대 쪽에서 어느 집 얼룩무늬 개 한 마리가 어슬렁거렸다. 주인을 찾으러 온 것이었다. 개는 농구장에 멍하니 서서 이쪽을 바라보고 있었다. 몸이 온통 하얀 눈으로 뒤덮여 마치 집을 찾지 못한 한 마리 양 같았다.

우리 할아버지는 개에게서 시선을 거둬들여 다시 교실을 가득 채우고 있는 딩씨 마을 사람들을 바라보았다. 무쇠의 푸른빛과 검정빛이 뒤섞인 얼굴들을 바라보며 할아버지가 입을 열었다.

"다른 의견 있으면 말해보세요. 의견이 없으면 밥을 짓도록 합시다. 오늘은 다 함께 하는 첫 번째 식사이니 누가 밥을 짓든지 잘해봅시다. 솥은 마을 밖에 사는 학생들을 위해 학교에서 마련해놓은 큰 쇠솥을 쓰면 됩니다. 주방은 농구장 서쪽에 있는 학생용 주방을 쓰도록 하세요."

이렇게 회의가 끝났다.

모두들 해죽거리며 교실 한가운데 있는 난로가로 모여들거나 아직 침대를 설치하지도 이부자리를 깔지도 않은 자기 교실로 돌아갔다.

할아버지는 교실을 나왔다. 그의 얼굴 위로 눈발이 흩날렸다. 마치 얼굴에 물을 뿌리는 것 같았다. 바람이 불자 눈은 스스로 흩날리는 것이 아니라 바람에 의해 할아버지 얼굴에 팽개쳐지고 있었다. 펑펑 소리를 내며 마구 얼굴을 때리고 있었다. 할아버지의 얼굴에는 아직 교실 안의 온기가 남아 있었다. 방금 할아버지가 말했던 첫째, 둘째, 셋째, 넷째의 열의가 남아 있었다. 눈은 할아버지의 얼굴에 내팽개쳐지자마자 그대로 녹아버렸다. 빗방울과 바람에 날려 얼굴로 빗발치는 것 같았다.

땅이 온통 하얘졌다.

끝없이 하얀빛이었다.

발을 디디면 뽀드득뽀드득 소리가 나는 하얀빛이었다.

이렇게 눈 위를 걷고 있을 때 삼촌이 뒤에서 할아버지를 따라왔다. 삼촌이 "아버지!" 하고 할아버지를 불렀다. 그러고는 할아버지가 몸을 돌리자 말을 이었다.

"저도 다른 사람들과 함께 그 큰 방에서 자야 하나요?"

할아버지가 말했다.

"넌 나랑 같이 자자꾸나. 방이 작아서 훈훈한 맛이 있을 게야."

삼촌이 말했다.

"아버지, 왜 유에진에게 장부를 맡기셨나요?"

할아버지가 말했다.

"그가 마을에서 회계를 맡은 적이 있잖니."

삼촌이 말을 받았다.

"차라리 저를 시키지 그러셨어요."

할아버지가 물었다.

"그런 일을 맡아서 뭐하려고?"

삼촌이 대답했다.

"좋든 싫든 저는 아버지 아들이잖아요. 제가 맡으면 아버지도 마음이 놓이실 테고요."

할아버지가 말했다.

"그가 맡아도 마음을 놓을 수 있어."

둘째삼촌이 웃으면서 말을 받았다.

"사실 누가 맡아도 마찬가지지요. 모두가 곧 죽을 사람들이니까요."

두 부자는 교문 쪽에 있는 일층 건물 안으로 들어갔다. 눈을 헤치며 이야기를 주고받다 보니 두 사람은 눈 깜짝할 사이에 눈 속으로 녹아들어갔다.

눈 덮인 땅에 녹아들어갔다.

2

얼마쯤 지나 눈이 녹은 뒤로 열병에 걸린 환자들의 세월은 천당에서 지내는 것보다 나아졌다. 밥이 다 되면 우리 할아버지가 목청껏 소리를 질렀다. 그러면 모두들 밥그릇을 들고 서쪽 건물 앞으로 부리나케 몰려와서는 식사를 했다. 먹고 싶은 만큼 얼마든지 먹을 수 있었고, 먹고 싶은 것은 뭐든지 먹을 수 있었다. 걸쭉한 것이 먹고 싶으면 걸쭉한 것을 만들어 먹었고, 멀건 것이 먹고 싶으면 멀건 것을 만들어 먹었다. 채식도 있고, 육식도 있었다. 식사가 끝나면 모두들 물가로 가서 설거지를 했다. 설거지가 끝난 밥그릇은 한자리에 모아두거나 자루에 담아두었다. 나무나 농구 골대 위에 걸어두기도 했다. 열병을 치료할 수 있다는 한약 처방전을 구하면 큰 솥에 한약을 달여 모두 다 함께 한 그릇씩 타다 마셨다. 어느 집에서 바오쯔(包子)*를 쪄서 보내오면 모두들 나와 한 덩어리씩 가져다 먹었다. 식사를 마치면 으레 약을 먹었다. 그러고 나면 별로 할 일이 없었다. 햇볕을 쬐고 싶으면 햇볕을 쬐고, 텔레비전을 보고 싶으면 텔레비전을 보았다. 포커 게임을 하고 싶으면 함께할 사람 넷을 찾아 나섰고, 돌멩이로 말을 그려 두 사람씩 장기를 두기도 했다. 바람을 피해 양지바른 곳에 쭈그리고 앉아 열심히 대국에 열을 올리곤 했다.

아무 생각도 없이 세월이 갔다. 유유자적 마당을 거닐고

* 야채와 고기, 버섯 등 푸짐한 소를 넣고 찐 만두의 일종.

있어도 뭐 하느냐고 묻는 사람이 없었고, 침대 위에서 코를 골며 잠을 자도 신경 쓰는 사람이 없었다. 사람들은 모두 풀밭의 민들레처럼 자유로웠다.

집에 돌아가고 싶으면 딩씨 마을에 가서 잠시 둘러보고 오면 되었다.

자기 집 작물이 궁금하면 자기 집 밭으로 가서 잠시 서 있다가 올 수도 있었다.

뭔가 하고 싶은 일이 있으면 가족들에게 잠시 학교로 와달라고 전갈을 보내면 되었다.

열병 환자들의 세월은 천당의 세월보다 훨씬 좋았다. 그러나 보름이 지나면서 더 이상 좋지만은 않았다. 도둑이 나타난 것이다. 도둑은 생쥐처럼 학교 안 곳곳을 돌아다녔다. 처음에는 주방에 있던 반쯤 남은 쌀자루가 없어지더니 다음에는 주방 한구석에 놓아두었던 노란 콩 한 자루가 사라졌다. 얼마 후에는 리싼런이 자신의 베개 밑에 눌러두었던 돈 몇십 위안이 흔적도 없이 사라졌다고 말했다. 마을에 갓 시집온 새색시도 있었다. 우리 삼촌을 형이라고 부르는 사촌동생 딩샤오밍(丁小明)의 아내였다. 그녀의 남편 딩샤오밍과 우리 아버지 그리고 우리 삼촌은 할아버지가 같았다. 그녀의 시아버지와 우리 할아버지는 아버지가 같았다. 그녀의 나이는 스무살 남짓이었고, 이름은 양링링(楊玲玲)이었다. 그녀는 시집오자마자 열병에 걸렸다. 몇 년 전 그녀는 친정에 있을 때 피를 판 적이 있었다. 지금 열병에 걸린 것에 대해 그녀는 누구도 원망하지 않았다. 그저 매일 수심에 가득 찬 얼굴로 말 한마디 하지 않고 단 한 번도 웃는 얼굴을 보이지 않을 뿐이었다. 그녀가 열병에 걸렸다는 사실을 알게 되던 날, 딩샤오밍은 그녀의 뺨을 세게 후려치면서 말했다.

"우리가 처음 만났을 때 내가 피를 판 적이 있느냐고 물었더니 너는 피를 판 적이 없다고 잘라 말했어. 그런데 왜 지금은 피를 판 적이 없다고 말을 못 하는 거야?"

따귀 한 대에 그녀의 뺨이 부어올랐다.

따귀를 맞은 뒤로 다시는 웃는 낯을 보이지 않게 되었다.

따귀 한 대에 살아 있다는 의미마저도 잃어버리고 말았다.

그리하여 그녀는 학교로 보내져 열병 환자들과 함께 생활하게 되었다.

학교로 온 지 일주일째 되던 날, 그녀는 자신의 침상에 걸어둔 붉은 비단 솜저고리가 보이지 않는다고 말했다. 하루 종일 눈에 띄었는데 해가 질 무렵이 되어 입으려고 하니 솜저고리가 보이지 않더라는 것이었다.

도둑은 생쥐처럼 학교 전체를 헤집고 돌아다녔다. 이제 더이상 모른 척하고 있을 수 없었다. 날이 어두워지기 전에 할아버지는 사람들을 전부 교실 두 칸에 모이게 한 다음, 모두

앉으라고 명령했다. 하지만 사람들 중에 몇 명만 앉고 대부분 그대로 서 있었다. 할아버지가 큰 소리로 말했다.

"이 지경에 이르러 목숨도 얼마 남지 않았는데 여러분은 여전히 돈을 훔치고, 양식을 훔치고 남의 새 옷을 훔치고 있습니다. 목숨이 없는데 돈이 있으면 뭐하겠습니까? 곧 저세상으로 갈 텐데 양식은 또 있어서 뭐하겠습니까? 불을 잘 때주고 있는데 남의 솜저고리를 가져서 뭐하겠습니까?"

할아버지는 잠시 쉬었다 하던 말을 계속했다.

"모두들 제 말 들으세요. 첫째, 오늘은 누구도 마을로 돌아갈 수 없습니다. 훔친 물건을 집으로 가져갈 수 없다는 말입니다. 둘째, 누가 물건을 훔쳤는지 저도 캐내지 않을 겁니다. 오늘 밤에 여러분 스스로 제자리에 가져다 놓으세요. 훔친 양식은 주방에 가져다 놓고, 훔친 돈은 주인에게 돌려주세요. 남의 솜저고리를 훔친 사람은 옷을 원래 주인의 침상 머리맡에 가져다 놓으세요."

옅게 물든 석양이 학교 안으로 스며들어와 교실 안에 붉은 황혼 빛을 가득 채우고 있었다. 거센 겨울바람이 불어와 교실 안에 피워둔 불가의 재를 사방으로 흩뿌렸다. 딩씨 마을의 환자들은 증상이 가벼운 사람이든 무거운 사람이든 할아버지의 이야기를 들으면서 서로의 표정을 유심히 살피기 시작했다. 마치 쳐다보기만 하면 도둑을 알아보고, 도둑을 찾아낼 수 있기라도 한 것처럼 서로 쳐다보기 시작했다. 하지만 한참을 서로 쳐다보았지만 도둑을 찾아내지는 못했다. 그러자 우리 삼촌이 사람들 틈에서 큰 소리로 말했다.

"소지품 검사를 합시다! 짐을 뒤져보자고요!"

젊은이들은 하나같이 소지품을 검사하자고 외쳤다.

할아버지는 강단 위에 서서 말했다.

"무슨 소지품 검사를 한단 말이오? 밤중에 물건을 가져다 놓으면 그만이지. 물건 주인에게 직접 전달하거나 침대 밑에 가져다 놓기가 쑥스러우면 마당에 가져다 놓도록 해요."

할아버지의 말에 사람들은 아무런 대꾸도 하지 못하고 흩어졌다. 모두들 교실을 나서며 남자들은 도둑을 향해 빌어먹을 못난 놈이라고 욕을 해댔다. 목숨도 부지하지 못하면서 쌀 반 자루와 콩 한 자루를 탐해서 무엇 한단 말인가!

둘째삼촌이 동생의 아내에게 다가가서 말했다.

"링링, 어째서 자기 옷 하나 제대로 간수하지 못한 거요?"

"솜저고리잖아요. 안 입는 동안 침상에 걸어두지 않으면 어디다 보관한단 말이에요?"

"내게 남는 스웨터가 하나 있으니 가져다줄게요."

"필요 없어요. 저는 지금 스웨터를 두 개나 입고 있다고요."

밤이 되자 사람들은 평소와 다름없이 텔레비전을 보거나 서로 한담을 주고받았다. 어떤 사람들은 큰 솥에서 달이는 약을 믿지 못해 주방이나 자신이 묵고 있는 방에서 직접 약을 달여 마시기도 했다. 교실과 방, 건물 복도 등 도처에 질그 릇 약탕기가 즐비했고, 여기저기 검은 약재 찌꺼기가 버려져 교실과 학교 그리고 평원 전체에 밤낮으로 고약한 한약 냄새 가 코를 찔렀다. 마치 딩씨 마을 초등학교가 한약 공장이 된 것 같았다.

각자 약을 달여 마신 다음에는 곧 잠자리에 들었다. 모두 들 줄줄이 잠에 빠져들었다. 교정이 들판처럼 조용해졌다. 들판도 교정처럼 조용해졌다. 겨울바람만 호루라기를 불듯 이 교정 안에 요란한 소리를 내면서 불어댔다.

둘째삼촌은 할아버지 방에서 지냈다. 원래 공책이 가득 놓 여 있던 책상을 치워버리고 창가에 침대를 하나 가져다 놓고 는 할아버지와 함께 생활했다. 쑹팅팅은 친정집으로 돌아갔 다. 그녀가 친정으로 돌아가자 삼촌은 몹시 허전해하며 할아 버지에게 말했다.

"아버지, 제가 팅팅에게 해달라고 부탁했던 말 안 하셨어 요?"

"뭘 말하라고 했었지?"

"제가 죽더라도 재가하지 못하게 해달라고 했잖아요."

"그만 가서 자거라!"

두 부자는 더 이상 말을 하지 않았다. 아주 음산하고 썰렁

한 방 안으로 어둠이 끈적끈적하게 내려앉아 있었다. 방 전체에 풀을 발라놓은 것 같은 공기가 흐르고 있었다. 밤은 이미 깊었다. 마른 우물처럼 깊었다. 그 깊고 적막한 한밤중에 삼촌은 밖에서 누군가 걸어오는 듯한 소리를 들었다. 그 소리에 자세히 귀를 기울이다가 다시 침대 위에서 몸을 뒤척이며 할아버지에게 물었다.

"아버지, 이 많은 열병 환자들 중에 누가 도둑일 것 같아요?"

삼촌은 할아버지의 대답을 기다렸지만 돌아오는 건 말라버린 우물 같은 고요함뿐이었다. 그 고요함 속에서 또다시 누군가 걸어오고 있는 듯한 소리가 들렸다.

삼촌이 약간 긴장하며 물었다.

"아버지, 주무세요?"

여전히 대답이 없었다.

할아버지 쪽에서 아무런 기척도 들리지 않자 삼촌은 천천히 침대에서 내려왔다. 누가 훔친 물건을 마당에 가져다 놓는지 가서 확인하고 싶었다. 삼촌은 소리 없이 옷을 입고 살그머니 침대에서 내려왔다. 막 방을 나서려고 할 때 할아버지가 침대 위에서 몸을 뒤척였다.

"어딜 가는 게냐?"

"안 주무셨어요?"

"내가 묻고 있잖니. 어딜 가느냐고?"

"팅팅이 오늘 또 친정으로 가서 그런지 잠이 안 오네요."

할아버지가 침대에서 몸을 반쯤 일으켜 앉으며 말했다.

"둘째야, 넌 어찌 이리도 못났냐."

삼촌이 말했다.

"아버지, 제가 솔직하게 말씀드릴게요. 팅팅은 제게 시집 오기 전부터 이미 또 다른 시댁을 물색해놓았어요. 그 남자 집이 바로 팅팅의 친정과 같은 마을에 있단 말이에요."

할아버지는 아무 말도 하지 않았다. 어둠 속에서 둘째삼촌 을 바라보고 있었다. 마치 연기에 검게 그을린 기둥을 바라보 고 있는 것 같았다. 그렇게 잠시 바라보다가 할아버지가 다 시 입을 열었다.

"오늘 달인 한약은 먹었니?"

"저를 속이실 필요 없어요. 이 병이 고칠 수 없는 병이라는 사실은 저도 알고 있다고요."

"고칠 수 없다고 해도 고치려는 시도는 해봐야지."

"그게 무슨 소용이에요. 고칠 수 없으면 고치지 못하는 거 지요. 이 병을 팅팅의 몸에 옮겨서 재가를 할 수 없게 만들 수 만 있다면 전 죽어서도 마음을 놓을 수 있을 것 같아요."

할아버지는 몹시 놀라 아연실색한 표정을 지었다. 둘째삼 촌은 솜저고리를 껴입고 밖으로 나갔다. 마당으로 나오니 달 빛이 드넓은 교정을 비추고 있었다. 땅바닥에 살얼음이 깔려 있었다. 땅바닥에 얇은 유리가 한 겹 깔려 있는 것 같았다. 삼촌은 조심스레 발을 내디뎠다. 유리가 깨질까 봐 두려워하는 듯한 표정으로 시험 삼아 조심스럽게 두 걸음을 내딛고는 잠시 멈춰 서서 정확히 서쪽 방향에 서 있는 건물을 바라보았다. 이층 건물이었다. 원래는 교실로 쓰이던 건물인데, 지금은 한 방에 다섯 내지 여덟 명의 남자 또는 여자들이 살고 있었다. 이 건물은 열병 환자들의 집이 되어버렸다. 동시에 도둑의 집이기도 했다. 모두들 잠에 취해 있었다. 수십 명이나 되는 사람들이 모두 잠에 곯아떨어져 있었고, 드르릉드르릉 코 고는 소리가 끊어졌다 이어지기를 반복했다. 수로를 타고 물이 흐르는 소리 같았다. 삼촌은 그 건물의 그림자 속으로 걸어 들어갔다. 그 어두운 그림자 속에서 도둑으로 보이는 물체 하나가 쌀자루를 가져다 놓는 것 같은 모습을 보았다. 삼촌은 그 물체를 향해 다가갔다.

가까이 다가가니 역시 사람이었다.

그의 사촌동생의 아내, 반년 전에 이 마을로 시집을 온 양링링이었다.

"누구요?"

"저예요. 딩량 아주버님이세요?"

"링링이군요. 이 밤중에 여기서 뭘 하고 있는 거예요?"

"딩씨 마을 사람들 중 누가 도둑인지, 누가 제 솜저고리를 훔쳐 갔는지 알고 싶어서요."

삼촌이 웃으며 말했다.

"나랑 같은 생각을 하고 있었군요. 나도 누가 도둑인지, 누가 링링의 솜저고리를 훔쳐 갔는지 알고 싶었어요."

이렇게 말하면서 그는 링링과 함께 바닥에 쭈그리고 앉았다. 링링이 위쪽으로 좀 더 다가가 두 사람은 몸을 붙이고 앉았다. 마치 양곡 자루 두 개를 함께 세워놓은 것 같았다. 달빛이 매우 밝아 저 멀리 교정 안을 뛰어다니는 들고양이와 쥐들을 볼 수 있었다. 들고양이와 쥐들이 바스락바스락 운동장의 모래를 밟고 다니는 소리도 들을 수 있었다. 삼촌이 말했다.

"링링, 무서워요?"

링링이 말했다.

"예전에는 뭐든지 다 무서웠어요. 사람들이 닭을 잡는 광경만 봐도 다리가 풀릴 정도였지요. 하지만 피를 팔고 나서부터는 겁이 없어지더라고요. 제게 이런 병이 있다는 사실을 알고부터는 무서운 것이 없어졌어요."

삼촌이 물었다.

"왜 피를 팔았어요?"

링링이 대답했다.

"샴푸를 한 병 사고 싶었어요. 우리 마을에 어떤 여자애가 샴푸로 머리를 감았는데 머리카락이 아주 매끄럽더라고요.

마치 흐르는 물결 같았어요. 저도 써보고 싶다는 생각이 들었지요. 그런데 그 애가 그 샴푸를 피를 판 돈으로 샀다는 거예요. 저도 당장 가서 피를 팔아 샴푸를 사게 됐지요."

링링이 말을 마치자 삼촌은 파란 물 같은 하늘을 바라보며 힘없이 말했다.

"그랬군요."

"아주버님은 왜 피를 파셨는데요?"

"큰형이 매혈 운동의 우두머리였어요. 다른 사람들이 모두 형을 찾아와 피를 팔기에 나도 팔았지요."

링링은 삼촌을 잠시 바라보다가 다시 말을 이었다.

"사람들은 다들 큰형님이 못됐다고 하더군요. 사람들에게 피를 사면서 한 병 뽑는다고 하고서 실제로는 한 병 반을 뽑았대요."

삼촌이 웃었다. 링링을 쳐다보면서 빙긋이 웃던 삼촌은 피에 관한 이야기는 그만하기로 했는지 팔꿈치로 링링의 팔꿈치를 툭툭 쳤다. 그러고는 웃으면서 말했다.

"남들이 링링의 저고리를 훔쳐 갔으니 링링도 가서 다른 사람 것을 훔치지 그래요?"

링링이 말했다.

"모름지기 사람은 평판이 나빠져서는 안 되는 거예요."

"곧 죽게 될 텐데 아직도 그 개똥 같은 평판 타령을 하고 있는 건가요?"

삼촌이 다소 흥분하며 말했다.

"링링은 평판이 좋은 편이지요. 그런데 링링의 남편 샤오밍은 링링이 열병에 걸렸다는 이야기를 듣자마자 뺨을 때렸다면서요? 병에 걸린 사람을 아껴주지는 못할망정 모질게 뺨을 때리다니!"

삼촌은 잠시 쉬었다 말을 이었다.

"링링은 그래서 안 되는 거예요. 나 같았으면 이런 병에 걸렸어도 남편에게 말하지 않고 병을 그대로 남편에게 옮겨버렸을 텐데 말이에요."

링링은 약간 놀란 표정으로 둘째삼촌을 바라보았다. 전혀 모르는 낯선 사람을 바라보는 것 같았다. 그러고는 도둑을 피하듯이 삼촌에게서 멀리 몸을 피했다.

"아주버님은 형님한테 병을 옮기셨나요?"

"조만간 그렇게 되겠지요."

삼촌은 이렇게 말하면서 처마에서 물방울이 떨어지는 시멘트 벽돌담에 등을 기댄 채 고개를 들어 하늘을 올려다보았다. 시간이 지나면서 벽돌담의 한기가 그의 솜저고리를 뚫고 등 뒤로 파고들었다. 등으로 한 줄기 차가운 냉기가 흘렀다. 얼음처럼 차가운 물이 척추를 타고 흘러내려가는 것 같았다. 삼촌은 여전히 하늘을 올려다보며 아무 말도 하지 않았다.

뜻밖에도 얼굴 위로 두 줄기 눈물이 흘러내리고 있었다.

링링은 삼촌의 눈물을 보지는 못했지만 그의 목소리가 울먹이고 있다는 것을 놓치지 않았다.

그녀가 고개를 들어 삼촌을 쳐다보았다.

"아주버님은 형님이 원망스러우신가요?"

삼촌이 눈물을 닦으며 말했다.

"그 사람도 예전에는 나한테 무척 잘했어요. 하지만 내가 병에 걸리고 나서부터 함부로 대하기 시작했지요."

삼촌은 고개를 돌려 어두운 그림자 속에서 제수씨를 바라보면서 말을 이었다.

"나를 비웃어도 괜찮아요, 링링. 링링이 나를 비웃는다고 해도 전혀 아무렇지 않아요. 문제는 내가 병에 걸린 뒤로 우리 집사람이 자기한테 가까이 오지도 못하게 한다는 거예요. 링링이 말 좀 해줘요. 내 나이가 아직 서른도 안 됐다고 말이에요."

링링은 다시 고개를 숙였다. 바닥에 닿을 때까지 머리를 숙이려는 것 같았다. 그녀는 입을 굳게 다물고 아무 말도 하지 않았다. 아주 오랫동안 아무 말도 하지 않았다. 삼촌은 그녀의 얼굴이 빨갛게 달아오르고, 화끈화끈한 열기가 느껴지는 것을 보지 못했다. 한참 후에 얼굴에 붉은 기운이 가시고 열기가 가라앉자 그녀는 다시 고개를 들어 삼촌을 힐끗 쳐다보았다. 그러고는 가벼운 목소리로 느릿느릿 말했다.

"저도 마찬가지예요, 딩량 아주버님. 아주버님이 저를 비웃으셔도 두렵지 않지만, 병에 걸린 뒤로 샤오밍 역시 저를 한 번도 건드리지 않았어요. 저는 올해 겨우 스물네 살이에요. 갓 스물네 살이 되었고, 시집온 지도 겨우 몇 달이 지났을 뿐이라고요."

마침내 두 사람은 얼굴을 마주하고 서로를 바라보았다.

아주 가까이 서로를 마주 보았다.

달빛은 이미 학교 밖으로 옮겨 갔지만 학교 안은 여전히 밝았다. 물이 녹아내리고 있는 것처럼 밝았다. 축축하게 밝았다. 얼음이 한 겹 얼어 있는 것 같았다. 얇은 유리가 한 겹 깔려 있는 것 같았다. 그 밝은 빛 덕분에 두 사람은 건물 아래의 어두운 그림자 속에서 서로를 분명하게 바라볼 수 있었다. 삼촌은 잘 익은 사과 같은 링링의 얼굴을 선명하게 볼 수 있었다. 너무나 잘 익은 사과였다. 간간이 반점이 보일 정도로 잘 익은 사과였다. 반점은 다름 아닌 열병으로 인해 그녀의 얼굴에 돋아난 종기였다. 그 사과 위에는 종기 말고도 몇 개의 반점이 나 있었다. 반점에는 너무나 애처롭고 귀여운 느낌을 주는 어떤 냄새가 담겨 있는 것 같았다. 삼촌은 반점이 생길 정도로 잘 익은 사과 같은 링링의 얼굴을 바라보면서 그녀의 몸에서 종기 냄새 외에도 결혼하지 않은 여자에게

서 나는 억누를 수 없는 냄새를 맡고 있었다. 사람의 손을 타지 않은 맑은 물에서 나는 냄새였다. 갓 시집온 여인의 냄새였다. 한 번 끓인 뒤에 다시 식힌 맑은 물에서 나는 냄새였다.

헛기침을 한 삼촌은 목청을 가다듬고 나서 대담하게 말했다.

"링링, 링링에게 하고 싶은 이야기가 있어요."

그녀가 물었다.

"무슨 이야기인데요?"

삼촌은 너무나 갑작스럽게 뜻밖의 이야기를 꺼냈다.

"젠장, 차라리 우리 둘이 잘해보는 게 어때요?"

링링이 멍한 표정으로 되물었다.

"뭐라고요?"

삼촌이 말했다.

"우리 둘 다 결혼한 데다 곧 죽을 사람들이에요. 그러니 서로 좋기만 하다면 못 할 일이 없지요."

링링은 또다시 몹시 놀란 표정으로 둘째삼촌을 바라보았다. 마치 모르는 사람을 바라보고 있는 것 같았다.

새벽이 되어 추워지자 둘째삼촌의 얼굴에는 조금씩 푸른빛이 돋아났다. 열병의 종기들은 그 푸른빛 속에서 얼어붙은 땅속에 박혀 있는 돌멩이 같았다. 링링은 둘째삼촌을 바라보았고, 둘째삼촌은 그녀를 바라보았다. 두 사람의 눈길이 달빛 속에서 부딪치며 요란한 소리를 냈다. 결국 그녀는 삼촌의 눈길을 이겨내지 못했다. 둘째삼촌의 눈은 두 개의 블랙홀처럼 그녀를 산 채로 송두리째 삼키려 하고 있었다. 하는 수 없이 그녀는 또다시 고개를 숙여야 했다.

"딩량 아주버님, 샤오밍이 아주버님과 사촌형제라는 걸 잊으셨나요?"

"샤오밍이 링링에게 잘해주었다면 나도 이런 생각은 안 했을 거예요."

삼촌이 말했다.

"하지만 샤오밍은 링링을 너무 막 대했어요. 급기야 때리기까지 했고요. 쑹팅팅도 내게 그렇게 못되게 굴었지만 나는 그 여자를 한 번도 때린 적이 없다고요."

"좋든 나쁘든 아주버님은 샤오밍의 형이고, 샤오밍은 아주버님의 동생이에요."

"형이면 뭐하고, 동생이면 뭐하겠어요. 어차피 우리 둘은 곧 죽을 사람들이잖아요."

"그런 사실을 남들이 알게 되면 아주버님이랑 제 살 껍질을 벗길 거예요."

"얼마든지 벗기라고 해요. 어차피 링링이나 나나 곧 죽을 목숨인데요, 뭘."

"사람들이 정말로 아주버님과 제 살 껍질을 벗길 거예요."

"그래 봤자 우린 곧 죽을 사람들이에요. 남들이 알게 되면 둘이 함께 죽어버리면 그만이지요."

링링은 다시 고개를 들어 둘째삼촌을 바라보았다. 삼촌이 정말로 자신이 말한 대로 죽을 수 있는 사람인지 확인이라도 해두려는 것 같았다. 그녀는 문득 낮에는 푸른빛이 돌았던 둘째삼촌의 얼굴이 지금은 푸르지 않다는 것을 발견했다. 희미한 어둠 속에서 삼촌의 얼굴은 희미한 검정빛이었다. 그러나 그 희미함 속에서 둘째삼촌이 말을 할 때, 그의 입에서 분출되는 열기는 아주 진한 흰색이었다. 그 흰 열기가 전부 링링의 얼굴을 향해 분출되고 있었다. 수증기처럼 따스하게 그녀의 얼굴을 향해 분사되고 있었다.

링링이 물었다.

"아주버님이 죽으면 저와 함께 묻힐 수 있을까요?"

삼촌이 대답했다.

"그렇게만 될 수 있다면 정말 더 좋을 게 없겠군요."

링링이 말했다.

"샤오밍은 자신이 죽더라도 저와 함께 묻히지는 않을 거라고 했어요."

삼촌이 말했다.

"나는 진심으로 링링과 함께 묻히고 싶어요."

이렇게 말하면서 삼촌은 몸을 움직여 링링에게 가까이 다가갔다.

삼촌은 시험 삼아 링링을 끌어안았다. 먼저 그녀의 손을 잡은 다음, 곧이어 그녀를 품에 끌어안았다. 마치 반평생 찾아 헤매던 집 안의 새끼 양을 안듯이 꼭 끌어안았다. 그녀가 후회하면서 마음을 바꾸고 몸을 뺄까 봐 두려워하는 것 같았다. 그녀도 그가 자신을 안아주자 그의 품 안에 가만히 안겼다. 밤은 이미 끝나가고 있었다. 밤이 다하면 곧 날이 밝을 것이고, 날이 밝으면 다음 날이 될 것이었다. 드넓은 평원, 한밤의 고요한 밤기운이 모든 소리를 들을 수 있게 해주었다. 밤기운은 음지에 쌓여 있는 눈을 등진 채 죽음 속으로 걸어 들어가고 있는 것 같았다. 눈이 어는 소리는 셀 수 없이 무수한 얼음 알갱이들로 하늘을 떠다니다가 건물 담장에 부딪쳐 삼촌과 링링의 몸 위로 미세하게 떨어져 내리고 있었다. 주변에 부딪쳐 휘리릭 소리를 내고 있는 것 같았다.

두 사람은 그렇게 서로를 끌어안고 앉아 있다가 말없이 바닥에서 일어났다.

아무 말도 하지 않고 주방이 있는 건물 안으로 걸어 들어갔다.

주방 옆에 있는 방은 창고였다. 열병 환자들의 양식과 잡동사니를 보관하는 곳이었다. 두 사람은 아무 말도 하지 않고 그 방으로 들어갔다.

방 안은 아주 따뜻했다. 방으로 들어서자 두 사람은 곧 따뜻해지기 시작했다.

따뜻해진 두 사람은 삶의 의미를 움켜쥐기 시작했다.

3

햇빛이 딩씨 마을을 밝고 따스하게 비춰주고 있었다.

하룻밤 사이에 꽃들이 요란한 소리를 내면서 사방팔방에서 일제히 피어나기 시작했다. 마을의 거리와 마당에도, 마을 어귀의 논밭과 그보다 더 멀리 떨어져 있는 황허 고도에도 국화와 매화, 모란, 작약, 장미 그리고 야생 개나리와 난초가 피어났다. 평상시에도 산과 절벽이 있는 곳이면 어디든지 피어나던 개망초와 민들레, 강아지풀, 청비취 등이 일제히 꽃을 피워 빨간색과 노란색, 자주색, 분홍색, 흰색 그리고 자주와 빨강이 반반씩 섞인 색, 빨강과 초록이 반반씩 섞인 색, 남색에 푸른빛이 섞인 색의 이름조차 알 수 없는 무수한 꽃들이 피어났다. 밥그릇만큼이나 큰 꽃에서 단추만 한 작은 꽃까지 한꺼번에 우르르 피어났다. 집집마다 돼지우리 울타리와 닭장, 외양간과 쇠먹이 통에도 각양각색의 꽃들이 만발했다. 코를 찌르는 꽃향기가 마을 전체에 미친 듯이 흘러 다니고 있었다. 마치 향기를 뿜는 홍수가 딩씨 마을을 덮쳐 범람시킨 것 같았다. 할아버지는 이 무수한 꽃들이 왜 한밤중에 피어난 것인지 알지 못했다. 할아버지는 가슴 가득 의구심을 품은 채 마을 신작로를 따라 동쪽에서 서쪽으로 걸어가면서 집집마다 주인들의 얼굴을 쳐다보았다. 어른 아이 할 것 없이 모두들 얼굴에 웃음을 띤 채 온갖 꽃들이 피어 있는 마을길을 오가면서 바쁘게 움직이고 있었다. 옷으로 덮은 두 개의 광주리를 메고 있는 사람이 있는가 하면 입구를 꽉 동여맨 자루를 지고 있는 사람도 있었다. 심지어 몇 살 되지 않은 남자아이와 여자아이들의 손에도 하나같이 묵직한 자루 같은 무엇인가가 안겨져 있었다. 사람들에게 무얼 하고 있는 것인지, 무엇 때문에 그렇게 분주한 것인지 물어보았지만 그들 가운데 누구도 대답해주지 않았다. 그저 허둥지둥 자기 집 쪽으로 뛰어가거나 집 안에서 황급히 밖으로 뛰어나오고 있었다. 그들은 말로는 걷는 것이라고 했지만 실제로는 뛰는 것이나 다름없었다.

할아버지는 그들을 따라서 꽃이 만발해 있는 거리 한가운데를 지나갔다. 그리고 마을 서쪽 입구에 이르러서야 마을 밖에 있는 논밭마다 온 천지를 뒤덮을 듯이 활짝 핀 꽃의 바다가 끊임없이 이어져 있는 것을 보았다. 마을 어귀에서 바라보니 말이 마음껏 달릴 수 있을 정도로 드넓은 평지를 뒤덮고 있는 꽃의 바다가 바람이 부는 대로 물결치고 있었다. 거대한 아름다움이 하늘을 분홍색과 옅은 노란색으로 물들이고 있었다. 바삐 움직이던 마을 사람들은 모두 삼삼오오 무리를 지어 자기 집 논밭으로 갔다. 남자들은 곡괭이를 들거나 호미를 쥐고서 꽃나무의 아랫부분을 파거나 캐고 있었다. 입동이 되기 전에 땅에서 고구마를 캐려는 것 같았다. 땅콩을 파내려는 것 같았다. 우리 할아버지는 마을 어귀에 서서 좀처럼 말이 없던 리쌴런이 지금은 사람들과 함께 어울려 바삐 움직이고 있는 것을 보았다. 얼굴에 미소까지 띠고 있는 그는 이마에 땀을 흘리며 자기 밭에서 엉덩이를 치켜들고 한 삽 한 삽 흙을 뒤집으며 땅을 파고 있었다. 허리를 굽혀 캐낸 꽃나무를 쉴 새 없이 털어내더니 그것을 한쪽으로 던져놓았다. 그러고는 황급히 달려가 다시 꽃 한 포기를 캤다. 열 그루가 넘고 스무 그루가 넘자 그는 갑자기 무릎을 꿇고 앉아 아내와 아들딸과 함께 털어놓은 꽃나무를 광주리에 담았다. 전부 담은 다음 침대보로 광주리를 덮고는 두 개의 묵직한 광주리를 메고 집으로 향했다. 걷다가 휘청거리기를 반복하는 모습이 마치 말을 세우려다 고꾸라질 뻔했지만 애써 몸을 지탱하며 버티고 있는 것 같았다.

리쌴런은 딩씨 마을의 촌장이었다. 군대에서 복무한 경력이 있는 그는 우리 할아버지보다 몇 살 어렸다. 남방의 천당이라고 불리는 항저우(杭州)에서 군대 생활을 하는 동안 그는 철조망으로 둘러쳐진 군영에서 입당을 하고 공을 세웠다. 부대에서 그를 간부로 발탁하려고 했을 때 그의 머릿속에는 온통 승진하고 싶은 생각밖에 없었다. 그는 손가락을 깨물어 상부에 보내는 편지 한 통을 썼다. 피로 쓴 결심의 편지였다. 이 편지에 그는 반드시 고향으로 돌아가 자신의 고향을 '작은 강남(江南)'*으로 만들겠다고 썼다.

이리하여 그는 부대를 떠나 고향으로 돌아왔다.

마을의 간부가 되었다.

수십 년 동안 마을의 간부로 일하면서 밤낮없이 마을 사람들을 이끌고 퇴비를 만들고, 밭을 갈아 파종을 했으며, 물을 대어 관개를 하고, 수확을 했다. 상부에서 땅을 갈아엎으라고 하면 곧바로 땅을 갈아엎었고, 목화를 심으라고 하면 밀의 싹을 밟아서라도 목화를 심었다. 이렇게 수십 년이 흘렀다. 하지만 수십 년의 세월은 해가 떴다가 지는 것처럼 매일 똑같이 흘러갔고, 마을은 수십 년 전과 똑같은 모습이었다. 인구가 약간 늘어난 것을 제외하고는 기와집 한 채도 더 늘지 않았다. 기계 한 대도 늘지 않았고, 전동제분기 한 대도 늘지 않았다. 손으로 잡아야 작동하는 트랙터 역시 한 대도 늘지 않았다. 류씨 마을이나 황수이 마을, 리얼 마을과 비교하면 오히려 더 가난한 편이었다. 딩씨 마을은 여전히 모든 것이 말라버린 가난한 마을이었다. 결국 누군가 그의 얼굴에 침을 뱉으면서 말했다.

"리쌴런, 아직도 이 마을 간부라고 그렇게 얼굴을 들고 다니는 거요."

---

* 창장(長江) 이남을 총칭하는 말로 북방에 비해 비교적 풍요로운 지역을 의미한다.

또 다른 사람이 말했다.

"이봐요, 리싼런. 당신이 수십 년 동안 촌장과 지부서기를 맡는 바람에 우리 집에서는 수십 년 동안 설을 쇠면서 만터우 한 번 제대로 빚어본 적이 없다고요."

결국, 피를 팔 때가 되어서야 그는 자리에서 물러나게 되었다.

결국, 그는 말이 거의 없는 사람으로 변해버리고 말았다.

결국, 그의 얼굴에는 항상 사람들이 구두창으로 때려서 생긴 것 같은 먼지가 묻어 있게 되었다.

결국, 상부에서는 매혈의 우두머리로서 머리 회전이 빠른 우리 아버지를 촌장으로 삼으려 했다. 자신은 채혈을 한 적이 없는 우리 아버지로 하여금 딩씨 마을에 채혈소를 여러 곳 설치하여 여러 명의 매혈 우두머리를 선발하게 하려는 것이었다. 우리 아버지는 마음속으로 생각해보았다. 혈액 우두머리가 많아지면 자기가 채혈하는 양이 적어질 것이라고 판단한 아버지는 촌장을 맡지 않기로 했다. 그리하여 마을에 촌장이 없어졌다. 더 이상 촌장은 존재하지 않았다. 지금까지도 마을에는 촌장이 없다. 촌장이 없어지자 모두들 몰려가 피를 팔려 했다. 리싼런은 굳건히 피를 팔지 않았다. 죽어도 피를 팔려 하지 않았다. 그는 자신이 반평생 촌장직을 맡은 것은 사람들에게 피를 팔러 가게 하기 위함은 아니었다고 말했다. 하지만 수많은 사람들이 피를 팔아 기와지붕에 푸른 벽돌 담장을 갖춘 집과 건물을 사게 되자 그의 마누라가 사람들이 다 보는 길거리에서 그를 욕하기 시작했다.

"리싼런, 넌 감히 피도 팔지 못하지. 네가 그러고도 남자냐? 너 같은 놈이 수십 년 동안 마을 간부를 해먹었으니 이렇게 가난해질 수밖에 없지. 수십 년 동안 딩씨 마을의 처녀와 며느리들이 달거리 때가 되어도 그 종이 살 돈조차 없을 정도로 가난해진 것도 알고 보니 너 같은 놈이 촌장을 맡고 있기 때문이었어. 모든 게 네놈이 불을 깐 사내처럼 감히 피를 한 병도 팔지 못했기 때문이었어. 피를 반 병도 팔지 못했기 때문이었어. 피를 한 방울도 팔지 못했기 때문이었다고. 어서 말해봐. 감히 피도 팔지 못하면서 네가 그러고도 남자냔 말이야?"

그때 리싼런은 문가에 쭈그리고 앉아 밥을 먹고 있었다. 그는 자기 마누라가 입이 찢어져라 욕을 하도록 내버려두었다. 자기 마누라가 입이 찢어져라 욕하는 소리를 다 들어주고 있었다.

마누라의 욕설이 거의 끝나갈 즈음에야 그는 다 먹은 밥그릇을 문가 땅바닥에 조용히 밀어놓고는 아무 말 없이 나가버렸다. 마누라의 욕설과 모욕이 듣기 싫어 나가는 것 같았다. 그러나 그의 마누라가 집으로 와서 솥과 밥그릇을 닦고 돼지

먹이를 준비하고 있을 때, 그는 손에 백 위안을 쥐고 돌아왔다. 옷은 한쪽 소매가 팔까지 내려와 있었고, 한쪽 소매는 어깨에 걸쳐져 있었다. 소매가 내려와 있는 팔의 손을 뻗어 소매가 올라간 팔의 팔꿈치를 잡고 있었다. 얼굴에는 약간 흰빛이 돌았다. 심장이 놀라기라도 했는지 창백한 얼굴에 땀방울이 맺혀 있었다. 집으로 돌아와 돈을 부엌 부뚜막 한 귀퉁이에 올려놓은 그는 마누라를 바라보며 눈물을 머금은 얼굴로 한마디 내뱉었다.

"이봐, 애들 엄마. 나도 피를 팔기 시작했소."

그의 마누라가 설거지하던 손을 멈추고서 다소 창백해진 그의 얼굴을 바라보며 웃는 낯으로 말했다.

"이제 됐네요. 이제야 남자가 된 것 같아요."

그러고는 그에게 물었다.

"설탕물 마시고 싶지 않아요?"

그는 눈물을 머금은 얼굴로 말을 받았다.

"안 마셔. 반평생 혁명을 했던 나도 이제 피를 팔기 시작했단 말이오."

이렇게 그는 피를 팔기 시작했다. 처음에는 한 달에 한 번씩 팔다가 나중에는 이십 일에 한 번씩 팔았다. 그다음에는 열흘에 한 번씩 팔았다. 그 뒤로는 피를 팔지 않으면 오히려 혈관이 부어오르는 것처럼 느껴졌다. 혈관이 답답해서 뚫어주지 않으면 안 될 것 같았고, 혈관 안쪽에 있는 피를 빼내지 않으면 저절로 밖으로 솟구쳐 나올 것처럼 느껴졌다.

당시에는 피를 파는 사람이 아주 많았지만 매혈 우두머리들도 많았다. 수많은 매혈 우두머리들이 채혈 기계를 들고 집집마다 돌아다니면서 피를 수매했다. 집집마다 찾아가 피를 수매하는 모양새가 마치 집집마다 돌아다니며 못쓰게 된 쇠붙이나 헌신짝을 사들이는 것 같았다. 돌아다닐 필요도 없이 집 안에 앉아 있으면 오래지 않아 "피 삽니다. 피 파실 분 안 계세요?" 하고 외치는 소리를 들을 수 있었다. 머리카락을 바늘과 바꿔주는 사람이나 채소 장수, 폐품 수집하는 사람이 외치는 소리와 다르지 않았다.

누군가 밭에서 김을 매거나 땅을 갈아엎고 있을 때면 어김없이 매혈 우두머리들이 찾아와 밭머리에 서서 외쳤다.

"이봐요, 피 안 팔래요?"

밭에 있는 사람이 큰 소리로 대답했다.

"그냥 가슈. 나는 방금 피를 팔았다우."

그래도 그는 가지 않고 다시 말했다.

"밀이 아주 잘 자라네요. 푸른 새싹들이 전부 검정색으로 무성해졌어요."

밭에 있던 사람이 그 말을 듣고 신이 나서 말을 받았다.

"내가 화학비료를 얼마나 많이 뿌렸는지 아슈?"

피를 사는 사람은 밭머리에 쭈그리고 앉아서는 부러운 듯한 표정으로 밭일하는 사람을 바라보며 밀의 새싹을 어루만졌다.

"화학비료를 얼마나 뿌렸는지는 모르지만 화학비료를 사는 데 든 돈이 틀림없이 피를 팔아서 번 돈이라는 건 잘 알지요."

그러고는 다시 말을 이었다.

"피를 한 병 팔면 화학비료 두 포대를 살 수 있지요. 화학비료를 한 포대만 뿌려도 이 밭은 틀림없이 풍작을 거두게될 겁니다. 사실 농사가 가장 중요하고 근본이 되는 일이지요. 그런데 많은 사람들이 피를 팔고는 다시 농사를 지으러가질 않는단 말입니다. 심지어 더 이상 땅도 원하지 않지요. 피가 아무리 팔아도 마르지 않는다고는 하지만 사람이 백 년을 살 수 있는 것도 아니고, 설령 백 년을 산다 해도 백 년 동안 피를 팔 수는 없는 일이지요. 반면에 땅은 백년천년 씨를뿌릴 수 있습니다. 백년천년 씨를 뿌려도 변함없이 풍성한작물을 가져다주지요. 하지만 생각해보세요. 사람이 백년천년 피를 팔 수 있겠어요?"

두 사람은 이렇게 이야기를 주고받았다. 밭을 갈던 사람이 밭에서 나와 어느 마을에서 왔는지도 모르는 매혈 우두머리와 밭머리에 앉아서 이야기를 나눈 것이다. 한참 이야기를 주고받는 동안 밭을 갈던 사람은 조금씩 흥분하기 시작했다. 그가 소매를 걷어 올리며 말했다.

"좋아요. 누가 우리 두 사람을 의기투합하게 만들었는지 모르지만 형씨에게 피를 한 병 팔도록 하겠소."

이렇게 밭 갈던 사람은 또다시 매혈 우두머리에게 피를 한 병 팔았다.

이렇게 매혈 우두머리는 또다시 밭 갈던 사람에게서 피를 한 병 샀다.

두 사람은 다시 헤어졌다. 친구처럼 헤어졌다. 훗날 그 매혈 우두머리는 밭 갈던 사람의 친구가 되었고, 그 뒤로 항상 밭 갈던 사람의 혈관에 주사기를 꽂아 피를 뽑아 갔다.

리싼런은 자기 집 밭머리에서 땅을 갈아엎고 있었다. 쟁기가 미치지 않는 밭 언저리를 갈아엎고 있었다. 매달 피를 팔았고, 그것도 매달 두세 번씩 팔다 보니 얼굴이 누렇게 떠 있었다. 초를 먹인 것처럼 누런빛을 띠고 있었다. 처음 그가 촌장이 되었을 때는 곡괭이를 들고 있는 것이 호미 한 자루를 들고 있는 것처럼 가벼워 보였다. 하지만 지금 그가 곡괭이를 들고 있는 모습은 둥근 궁글대를 들고 있는 것처럼 힘겨워 보였다. 밀을 다 수확하면 가을작물을 심어야 했다. 옥수수를 심어야 했다. 가을작물을 심는 것은 여름작물을 파종하는 것과 달라 이른 새벽부터 저녁까지 씨를 뿌려야만 수확할 때 다른 집보다 사나흘 더 익은 작물을 거두어들일 수 있었다. 그 사나흘은 계절을 앞당기는 것이나 마찬가지였다. 리싼런은 무슨 일이 있어도 이틀 동안 옥수수 씨를 다 뿌려야 했다. 그러려면 쟁기가 닿지 않은 밭 언저리를 한 번 갈아엎어줘야 했다. 절기상으로는 이미 가을이었지만 아직 무더위가 완전히 지나간 것은 아니었다. 평원으로 눈길을 돌려보니 평평하고 드넓은 대지에서 사방팔방 불을 때고 있는 것처럼 보였다. 그렇게 밭을 갈고 있는 그의 얼굴에 땀이 비 오듯 흘러내렸다. 신발을 신지 않은 그의 발등은 막 물속에서 걸어 나오기라도 한 것처럼 땀으로 흥건했다. 밖으로 드러난 두 팔에는 참깨 같은 주사 자국이 멍울이 진 채 붉게 튀어나와 있었다. 약간 부어서 그런지 조금 가렵기도 했다. 모기에 물린 직후에 발갛게 솟아나온 멍울 같았다. 정말로 힘이 없었다. 작년 같았으면 반나절 만에 밭 언저리를 전부 갈아엎었을 것을, 올해는 반년 동안 피를 팔아서인지 땅도 사람도 이전과 달랐다. 이틀을 꼬박 땅을 갈았는데도 아직 절반밖에 갈아엎지 못한 것이다.

절반 정도 갈아엎었을 때, 해는 정남향에 떠 있었다. 딩씨 마을에서는 밥 짓는 연기가 피어오르고 있었다. 마치 하얀 비단이 하늘 위에서 펄럭이고 있는 것 같았다. 우리 할머니가 세상을 떠난 지 이미 석 달이나 되었을 때였다. 석 달 전에 할머니는 피가 담긴 대야에 발을 헛딛는 바람에 A형 혈액을 온몸에 뒤집어썼다. 도처에 피가 흥건한 것을 보는 순간, 할머니는 그만 놀라서 땅바닥에 쓰러지고 말았다. 이때부터 할머니는 심장이 미친 듯이 뛰는 병이 생겼다. 그러다가 미친 듯이 뛰는 심장 때문에 돌아가시고 말았다. 더 이상 심장이 뛰지 않았다. 할머니가 돌아가시자 아버지와 삼촌은 함께 울면서 앞으로 다시는 채혈도 하지 않고 매혈도 하지 않겠다고 말했다. 다시는 채혈과 매혈을 하지 않겠다고 다짐했다. 그러나 석 달이 지나자 아버지는 삼촌을 끌고 다니면서 채혈과 매혈을 다시 시작했던 것이다.

이때 우리 아버지와 삼촌은 다른 촌과 마을들을 돌아다니다가 딩씨 마을로 돌아오는 길이었다. 두 사람은 대로에서 멀리 떨어진 외진 마을로 가서 채혈을 한 다음, 거둬들인 혈액 병과 자루를 전부 삼륜차에 실었다. 농사일이 바빠지기 시작했다. 농사일이 바빠지자 사람들은 모두 밭에 나가 분주하게 일하느라 채혈소에 가서 피를 팔 엄두를 내지 못했다. 하지만 우리 아버지는 계약된 대로 혈액 수거차에 매일 다량의 피를 건네줘야 했다.

그래서 하는 수 없이 인근의 다른 마을로 가서 피를 수거

해야 했다.

하는 수 없이 밭머리마다 찾아다니며 피를 팔라고 소리쳐야 했다.

우리 아버지와 삼촌은 돌아오는 길에 밭머리에서 땅을 갈아엎고 있는 리싼런을 발견했다. 삼촌이 삼륜차를 밭머리에 세우고는 큰 소리로 외쳤다.

"이봐요, 피 파실래요?"

리싼런은 고개를 들어 삼촌을 힐끗 쳐다보고는 아무 말 없이 다시 땅을 갈아엎기 시작했다.

삼촌이 소리쳤다.

"이봐요, 대체 피를 판다는 겁니까, 안 판다는 겁니까?"

이에 리싼런이 거칠게 한마디를 내뱉었다.

"당신네 딩씨 집안은 딩씨 마을 전체가 피를 팔다가 죽게 되는 것이 두렵지도 않은가?"

당시 이제 막 열여덟 살이 된 삼촌은 작은 목소리로 욕을 한마디 했다.

"이런 염병할 놈 같으니라고. 돈을 네놈 집 밭머리로 가져다준다고 해도 받지 않을 거냐!"

그러고는 밭머리에 서서 우리 아버지가 오기를 기다렸다. 뒤에 따라오던 아버지도 리싼런을 바라보면서 밭머리에 잠시 서 있다가 리씨네 밭 한가운데로 걸어갔다. 푹신푹신한 땅을 밟고 있으니 마치 솜을 밟고 있는 것 같았다. 한 걸음씩 내딛을 때마다 모래의 열기와 단내가 피어올랐다. 리싼런 앞에 다다른 아버지는 '이봐요'라고 말하는 대신 '촌장 어르신' 하고 그를 불렀다. 리싼런은 손에 들고 있던 곡괭이를 허공을 향해 치켜든 채 뭔가에 홀린 듯 우리 아버지의 얼굴을 빤히 쳐다보았다.

벌써 이 년 가까이 그를 촌장이라고 부르는 사람이 없던 터였다.

아버지가 말했다.

"촌장 어르신……."

리싼런은 아무 말도 하지 않고 높이 치켜들고 있던 곡괭이를 내려놓았다.

"촌장 어르신, 며칠 전에 현에서 열리는 매혈 경험 교류회에 다녀왔습니다."

우리 아버지가 말했다.

"현장님과 국장님 모두 저희 딩씨 마을의 채혈량이 너무 적다고 비판하시더군요. 그러면서 마을에 이 일을 이끌 간부가 없다고 나무라셨습니다. 현장님과 국장님 모두 제게 촌장 자리를 맡기려 하시더군요."

아버지는 여기까지 말하고 나서 잠시 이야기를 멈추고는 리싼런의 얼굴을 쳐다보았다.

리싼런도 아버지의 얼굴을 쳐다보았다.

아버지가 말했다.

"물론 저는 그 자리를 맡을 수 없습니다. 우리 마을이 부자 마을로 거듭나는 일을 관장하고 계시는 현장님과 교육국장님께 말씀드렸지요. 딩씨 마을에는 촌장 어르신 말고 촌장을 맡을 만한 사람이 없다고 말이에요."

리싼런은 아버지의 얼굴을 뚫어져라 쳐다보았다.

"우리 딩씨와 어르신네 리씨가 같은 성이 아니라고 생각하진 마세요."

아버지가 말을 이었다.

"저 딩후이가 누구보다도 잘 알고 있습니다. 한평생 온 마음을 다 바쳐 딩씨 마을을 위해 일할 수 있는 사람은 오직 어르신뿐이란 것을 말입니다."

리싼런이 말했다.

"이 한평생."

아버지가 말했다.

"어르신께서 촌장을 안 하시면 그 누구도 감히 이 마을의 촌장을 할 수 없을 겁니다."

리싼런이 다시 말했다.

"이 한평생."

아버지가 물었다.

"어르신께서 촌장을 안 하시면 누가 감히 이 마을의 촌장을 한단 말입니까?"

이런 이야기를 하고 나서 아버지는 곧장 리씨네 밭을 나왔다. 새로 갈아엎은 모래땅 위를 팔짝팔짝 뛰어다니던 메뚜기와 귀뚜라미가 아버지의 발등 위에 올라타자 차가운 기운이 온몸으로 퍼졌다. 아버지는 발을 들어 귀뚜라미를 떨쳐버리고는 한 걸음 한 걸음 밭을 나왔다. 밭 밖으로 걸어 나오자마자 등 뒤에서 리싼런이 부르는 소리가 들렸다.

"이보게 딩후이, 이리 좀 와보게. 내가 큰맘 먹고 피를 한번 더 팔겠네."

아버지가 말했다.

"아저씨, 얼굴이 약간 노래지신 것 같네요. 그러지 말고 며칠 더 지나서 팔지 그러세요?"

리싼런이 말했다.

"내가 수십 년 동안 별의별 일을 다 겪었는데 이까짓 피 좀 흘리는 걸 겁낼까 봐 그러나?"

그러고는 다시 말을 이었다.

"젠장, 우리나라에 좋은 일이라는데 내가 이까짓 피 좀 흘리는 걸 겁낼까 봐 그러냐고?"

리싼런은 밭머리에 있는 홰나무 아래 누웠다. 그가 자신의 곡괭이 자루에 머리를 베고 눕자 아버지가 혈액 주머니를 홰나무 가지에 걸었다. 삼촌이 그의 팔에 주삿바늘을 꽂자 그의 피가 젓가락처럼 굵은 비닐 관을 통해 혈액 주머니 속으로 흘러들어갔다.

그 혈액 주머니는 겉으로는 오백 시시 한 근이 들어가는 주머니였지만 실제로 주머니를 꽉 채우면 육백 시시 한 근 두 냥을 담을 수 있었다. 피를 빼면서 주머니를 잘 두드려주기만 하면 칠백 시시 한 근 녁 냥을 담을 수도 있었다.

아버지는 채혈하는 내내 주머니를 두드렸다. 그러면서 두드려주지 않으면 피가 응고되기 때문이라고 말했다. 이렇게 아버지는 피를 뽑으면서 리싼런과 한마디 또 한마디 이야기를 주고받았다.

아버지가 말했다.

"아저씨 말고는 정말로 이 마을의 촌장을 맡을 만한 사람이 없는 것 같아요."

리싼런이 말했다.

"한평생 해왔지만 여간 성가신 일이 아니지."

아버지가 말했다.

"아직 쉰도 안 되었으니 한창 좋으실 나이잖아요."

리싼런이 말했다.

"만일 내가 재기하게 된다면 딩후이 자네가 꼭 나를 좀 도와줘야 하네."

아버지가 말했다.

"이미 현장님과 교육국장님에게 제 입장을 밝혔어요. 아저씨께서 그만 산에서 나와 촌장을 맡지 않으신다면 저는 죽어도 이 마을의 간부가 되지 않겠다고 말이에요."

리싼런이 물었다.

"얼마나 뺐나?"

삼촌이 말했다.

"조급해하지 마세요. 조금만 더 빼면 다 차요."

이렇게 혈액 주머니가 가득 채워졌다.

팽팽하게 부풀어 오른 혈액 주머니는 마치 더운물 주머니에 물을 가득 채워놓은 것처럼 움직일 때마다 찰랑찰랑 흔들렸다. 서서히 잿빛으로 물들어가는 들판 위로 진한 피비린내가 퍼져가고 있었다. 막 나무에서 떨어진 여린 대추를 물속에 넣고 끓일 때 나는 냄새 같았다. 리싼런의 구부린 팔 안쪽에서 바늘을 빼낸 다음 혈액 주머니를 거두면서 아버지는 그에게 피값으로 백 위안을 건넸다. 그 돈을 받으면서 리싼런이 말했다.

"거슬러 줘야 하나?"

아버지가 말했다.

"요즘 혈액 가격이 많이 내렸어요. 한 주머니에 팔십 위안밖에 안 돼요."

리싼런이 말했다.

"그럼 내가 이십 위안을 거슬러 주지."

그가 돈을 꺼내자 아버지가 황급히 말리면서 말했다.

"촌장 어른, 싼런 아저씨. 아저씨께서 돈을 거슬러 주는 건 제 뺨을 치는 거나 마찬가지예요. 십 위안이나 이십 위안은 말할 것도 없고, 오십 위안이라 해도 저는 거슬러 받지 않았을 거예요."

리싼런은 다소 미안해하는 듯한 표정을 지으며 돈을 도로 집어넣었다. 아버지와 삼촌은 그 자리를 떠나면서 그의 얼굴이 창백하게 변하는 것을 보았다. 얼굴에는 송골송골 땀방울이 맺혀 있었다. 초를 먹인 얼굴에 비를 막기 위한 주렴을 걸어놓은 것 같았다. 자기 밭으로 가기 위해 몸을 일으키려 했지만 서너 걸음을 내딛고는 몸이 휘청거려 이내 곡괭이를 쥔채 꿇어앉고 말았다.

리싼런이 큰 소리로 우리 아버지를 부르며 말했다.

"이보게, 딩후이. 머리가 너무 어지럽네. 하늘과 땅이 눈앞에서 빙빙 도는 것 같아."

우리 아버지가 말했다.

"제가 말려도 굳이 피를 팔겠다고 하시더니! 제가 다리를 들어 피가 거꾸로 돌게 해드릴까요?"

리싼런이 말했다.

"몸을 거꾸로 세워주게."

리싼런이 다시 밭머리에 눕자 아버지와 삼촌이 각각 다리를 한 짝씩 들어 올려주었다. 발을 위로 올리고 머리를 아래로 향하게 하여 피가 다리와 몸에서 머리 꼭대기로 흐르게 한 것이다. 머리 꼭대기에 피가 충분히 흐르게 하기 위해 아버지와 삼촌은 천천히 그의 두 다리를 흔들어주기도 했다. 마치 빨아놓은 바지를 들고 바짓가랑이에 스며 있는 물기를 바지 허리통을 통해 흘려버리고 있는 것 같았다.

아버지와 삼촌이 리싼런의 다리를 충분히 흔들어준 다음 다시 땅바닥에 내려놓으며 물었다.

"좀 나아지셨어요?"

리싼런은 땅을 딛고 천천히 몸을 일으켜 두어 걸음 걸어보고는 고개를 돌려 웃으면서 말했다.

"많이 좋아진 것 같네. 반평생을 이렇게 살았는데 이까짓 피 좀 쏟은 걸 겁내겠나!"

아버지와 삼촌은 삼륜차를 타고 그 자리를 떠났다.

리싼런은 다시 밭으로 돌아가 일을 하기 위해 곡괭이를 짚고 일어났다. 뒤뚱뒤뚱 걸어가는 모습을 보면서 아버지와 삼촌은 그가 밭에서 갑자기 넘어질 것이라고 생각했다. 하지만 그는 넘어지지 않았다. 오히려 밭 한가운데에 이르자 다시 몸을 돌려 큰 소리로 부탁하는 것이었다.

"딩후이, 언젠가 내가 다시 재기해서 촌장을 맡게 되면 자네가 꼭 나서서 부촌장을 맡아줘야 하네."

아버지와 삼촌은 고개를 돌려 그를 힐끗 한 번 바라보고는 웃으면서 딩씨 마을로 돌아갔다. 마을 어귀와 마을 거리에 햇빛이 드는 양지마다, 마을 안에 바람을 피할 수 있고 햇빛이 드는 거리 입구마다 피를 팔아 온종일 어지러워하는 사람들이 눈에 띄었다. 그들은 하나같이 마을의 경사진 언덕에 누워 머리는 아래로, 발은 위로 향한 채 피를 거꾸로 흐르게 하려고 애쓰고 있었다. 자기 집 마당에 문짝을 떼어다 침대를 만들어놓고 누워 있는 사람도 있었다. 문 한쪽은 높은 의자로, 다른 한쪽은 낮은 의자로 받쳐 비스듬하게 놓은 다음 그 위에 거꾸로 누워 있었다. 젊은 사람들도 일이 없을 때는 담에 기대어 물구나무를 서서 머리는 아래로, 발은 위로 한채 피가 머리로 몰리게 하고 있었다. 아버지와 삼촌은 자신들이 다른 촌, 다른 마을로 가서 피를 걷어 오는 사이에 어떤 사람들이 딩씨 마을로 와서 피를 걷어 갔다는 사실을 알고는 길거리에 멍하니 멈춰 섰다. 아버지는 아무 말도 하지 않았지만 삼촌은 욕을 두 마디나 내뱉었다.

"이런 염병할 놈 같으니라고!"

"에이, 이런 염병할 놈!"

삼촌이 누구를 욕하는 것인지는 알 수 없었다.

이리하여 리싼런은 쉰 살이 채 되지 않아서 피를 팔기 시작했다. 한번 피를 팔기 시작하자 이내 수습하기 어려운 지경이 되고 말았다. 시작은 분명히 있었지만 끝이 보이지 않았다.

그는 예순이 되지 않아 열병에 걸리고 말았다. 일단 열병에 걸리자 다른 사람들보다 훨씬 증상이 심했다. 말할 기력조차 없을 정도로 심했다. 역시 끝은 있는 셈이었다. 그 끝이란 그가 여러 해 동안 촌장을 맡게 되기를 기다렸지만 아주 오랫동안 마을에 간부가 없었고, 향에서도 누가 촌장을 맡든지 임명하러 오는 사람이 없다는 것이었다.

리싼런은 이미 늙고 창백해져 있었다.

아직 예순도 되지 않았는데 일흔이 넘어 보였다.

몇 달만 더 지나면 그가 세상을 떠나게 될지도 모를 일이었다.

그의 병은 이미 가볍지 않았다. 길을 걸을 때면 발등에 큰 돌을 두 개 묶어놓은 것 같았다. 그의 아내가 말했다.

"리싼런, 열병에 걸린 사람들은 다들 학교로 가서 복을 누리고 있는데, 당신은 아직도 집에 남아 매일 내게 시중을 들게 하고 있네요."

이 말에 그는 곧장 학교로 가서 열병 환자들과 함께 살게 되었다. 사람들과 함께 지내면서도 그는 매일 아무 말도 하지 않고, 날마다 혼자 천천히 학교 안을 걸으면서 이곳저곳을 구경했다. 그러다가 자신이 벽 한 귀퉁이에 만들어놓은 침대에 올라가서 잠을 청했다. 매일 죽음을 기다리고 있는 것 같았다. 그러나 이날은 눈이 부시도록 햇빛이 밝았다. 딩씨 마을 곳곳에 꽃이 만발했다. 하늘과 땅을 온통 뒤덮을 듯이 활짝 핀 신선한 꽃들이 휘날리며 하늘과 땅을 뒤덮을 듯이 향기를 내뿜고 있었다. 사람들은 그 꽃의 바다 속에서 뭔가를 파고, 캐고, 메고, 들었다. 모두들 너무 바빠 숨이 차 말을 못 할 지경이었다. 모두들 얼굴에 땀방울을 흘리면서 미소를 머금은 채 분주하게 왔다가 또 분주하게 갔다. 우리 할아버지는 마을 입구에 서서 리싼런이 열병에 걸렸음에도 대바구니 두 개를 메고 있는 것을 바라보았다. 대바구니는 침대보로 덮여 있었고, 그 안에 담긴 물건은 대바구니 바닥이 꺼질 정도로 무겁게 내리누르고 있었다. 리싼런이 앞을 향해 한 걸음씩 내딛을 때마다 대바구니와 멜대에서 요란하게 삐걱대는 소리가 났다. 그의 열병은 이미 위중한 상태였다. 살날이 얼마 남지 않은 것이다. 그런데도 지금 이 순간, 그는 그 무거운 멜대를 메고 할아버지 쪽으로 걸어오고 있었다. 얼굴에 환한 빛을 내뿜으며 우리 할아버지 앞까지 다가오자 할아버지가 허둥지둥 그를 맞으며 물었다. "싼런, 뭘 그렇게 메고 가는 겐가?" 하지만 그 역시 다른 사람들처럼 웃기만 할 뿐 아무 말도 하지 않았다. 할아버지 앞에서 멜대를 다른 어깨로 옮겨 멘 그는 이내 할아버지 곁을 비켜 지나갔다. 자기 집 쪽으로 향해 가는 것이었다. 이때 리싼런네 대여섯 살 먹은 손자가 폴짝폴짝 뛰면서 그를 뒤에서 쫓아가고 있었다. 아이의 품에는 옷으로 감싼 뭔가가 안겨 있었다. 아이는 걸으면서 "할아버지, 할아버지!" 하고 불러댔다. 리싼런네 손자는 우리 할아버지 앞으로 뛰어오다가 길 한가운데 뻗어 올라와 있는 개나리 가지에 걸려 넘어지고 말았다. 손자의 품에 안겨 있던 물건들이 와르르 쏟아지면서 땡그랑땡그랑 요란한 소리를 냈다. 우리 할아버지는 소리가 나는 쪽을 바라보는 순간 놀라움을 금치 못했다. 놀라우면서도 기뻤다. 아이의 보따리에서 쏟아져 나온 물건은 놀랍게도 금빛 찬란한 금괴와 금덩이들이었다. 땅콩처럼 크고 튼실한 황금 콩도 있었다. 알고 보니 이 평원의 지상에는 꽃이 만발한 반면 지하에서는 금이 잔뜩 자라고 있었던 것이다. 리싼런의 손자는 자신의 품에서 빠져나간 황금 콩이 땅 위 여기저기로 흩어지는 것을 보고는 그 자리에서 울음을 터뜨렸다. 우리 할아버지는 다가가 아이를 일으켜주고 싶었다. 하지만 아이에게로 손을 뻗는 순간, 할아버지는 꿈에서 깨고 말았다.

리싼런이 할아버지를 깨운 것이었다.

4

리싼런이 우리 할아버지를 깨웠다.

할아버지는 자고 있는 것 같기도 했고, 애당초 잠들지 않았던 것 같기도 했다. 할아버지는 몽롱한 상태에서 리싼런이 살금살금 다가와 자신의 침대 머리맡에 한동안 서 있다가 조심스럽게 "수이양 형님" 하고 부르는 것을 보았다.

단 한 번 부르는 소리에 할아버지는 잠에서 깨어났다. 잠에서 깬 할아버지는 리싼런 손자의 손을 잡아주려 했던 자신의 손이 이불 밖으로 나와 있는 것을 보았다. 온 하늘과 땅을 뒤덮은 꽃의 바다가 평원 위로 끝없이 펼쳐진 것을 보았다. 딩씨 마을과 딩씨 마을 어귀로, 논밭과 황허 고도 위로 끝없이 펼쳐진 것을 보았다. 온갖 색깔의 빛을 뿜어내면서 황금 벽돌과 황금 기와, 황금 가지, 금괴와 금 구슬을 연결시키고 있었다. 우리 할아버지는 곧바로 눈을 뜨지 못하고 다시 한번 땅 위에는 신선한 꽃들이 만발하고, 땅 밑에서는 황금 열매가 맺히는 광경을 바라보았다. 그러고는 침대 위에서 가만히 몸을 뒤척여 그 광경에 매달리려는 순간, 리싼런이 또다시 나지막한 소리로 "수이양 형님" 하고 부르는 목소리를 들었다. 할아버지는 그에게 그윽한 미소를 지어 보이면서 "싼런 아우, 방금 꿈에서 자넬 보았네"라고 말하고 싶었지만, 이 말이 입가에까지 나왔을 때 리싼런의 얼굴이 창백하게 변해 있는 것을 보게 되었다. 땅이 무너지기라도 한 것처럼 뭔가 중요한 이야기를 하려는 것 같았다.

할아버지가 황급히 구부정한 몸을 일으키며 물었다.

"싼런, 무슨 일이라도 일어난 겐가?"

리싼런이 잠긴 듯한 목소리로 몹시 화를 내며 말했다.

"네미, 하늘도 없고 법도 없는 더러운 세상이에요. 저 무법 무천한 도둑놈들이 뭐든지 가리지 않고 훔쳐 가고 있잖아요."

할아버지가 다급한 목소리로 다시 물었다.

"또 뭘 잃어버렸다는 게야?"

리싼런이 여전히 화난 목소리로 말했다.

"어젯밤에 그 도둑놈이 물건을 훔쳐서는 도로 가져다 놓지 않았잖아요. 그리고 오늘 또 제 물건을 훔쳐 갔다고요."

할아버지가 물었다.

"또 뭘 잃어버렸다는 게야?"

리싼런은 여전히 화가 풀리지 않은 목소리였다.

"도둑놈이 절대로 가져가서는 안 될 가장 중요한 물건을 훔쳐 갔어요."

할아버지는 다급한 어투로 다시 물었다.

"도대체 뭘 잃어버린 게야?"

그러고는 침대에서 내려와 옷을 꿰입으며 말했다.

"싼런, 촌장일 때는 말도 잘하고 일처리도 똑 부러지던 사람이 어째서 지금은 말도 분명하게 못 하는 겐가?"

리싼런은 할아버지의 얼굴을 바라보면서 잠시 머뭇거리다가 말을 이었다.

"수이양 형님, 형님한테는 사실대로 말씀드리지요. 딩씨 마을 촌위원회의 관인을 줄곧 제가 몸에 지니고 있었습니다. 지난 십 년, 지부서기와 촌장이 없는 동안 저는 줄곧 그 관인을 몸에 지니고 다녔지요. 게다가 약간의 돈도 있었습니다. 그 관인과 돈은 어제 잠잘 때만 해도 제 베개 밑에 있었는데 오늘 아침에 일어나 보니 둘 다 감쪽같이 사라지고 없는 겁니다."

그러면서 그는 한마디 덧붙였다.

"돈은 없어져도 상관없어요. 하지만 그 관인만은 절대 잃어버려선 안 되는 물건입니다. 무슨 일이 있어도 그 관인은 꼭 찾아야 돼요. 지금까지 십 년 동안 관인을 한 번도 제 몸에서 떼어놓지 않았는데, 오늘 아침에 일어나 보니 보이질 않는 겁니다."

하늘은 더없이 투명했다. 문과 창문을 통해 밝은 햇빛이 쏟아져 들어와 실내를 맑고 환하게 비춰주고 있었다. 삼촌은 아직 밖에서 돌아오지 않았다. 자신의 침대에 있던 할아버지는 눈길을 거둬들였다. 그의 얼굴에는 안개 같은 어둠이 드리워져 있었다. 리싼런의 더 야위고 작아진 몸과 어쩔 수 없다는 무력감으로 가득한 얼굴을 본 할아버지는 그에게 물었다.

"다 합쳐서 얼마를 잃어버린 게야?"

리싼런이 대답했다.

"돈을 잃어버린 건 상관없어요. 빨리 그 관인을 찾아야 한 단 말입니다."

할아버지가 다시 물었다.

"도대체 돈을 얼마나 잃어버린 거야?"

리싼런은 똑같은 대답을 반복했다.

"돈을 잃어버린 건 상관없어요. 빨리 그 관인을 찾아야 한 단 말이에요."

할아버지는 리싼런을 똑바로 쳐다보았다. 마치 그를 처음 보는 것 같았다. 예전에 한 번도 본 적이 없는 사람, 애당초 전혀 알지 못하는 사람을 쳐다보고 있는 것 같았다. 마침내 할아버지가 다시 물었다.

"싼런, 그럼 어떻게 찾을 생각인지 말해보게."

"수색을 해야지요."

리싼런이 차갑고 강경한 어조로 대답했다.

"수이양 형님, 형님은 평생 선생이셨지요. 지금까지 학생들에게 남의 물건을 훔쳐선 안 된다고 가르쳐왔잖아요. 하지만 형님이 열병 환자들을 전부 한데 모아놓은 뒤로 형님 눈앞에서 도둑질이 벌어지고 있다고요."

할아버지는 자신의 방을 나왔다.

동쪽의 지평선 위에는 벌써 황금물결이 일고 있었다. 온 하늘과 땅을 뒤덮을 듯이 밭에서 밭으로 이어지면서 한 무더기, 또 한 무더기 꽃이 만발해 있었다. 꽃이 한데 뭉쳐 거대한 산맥을 이루고 있었다. 그 꽃들의 빛과 색은 학교 안으로 쏟아져 내렸고, 학교는 이내 꽃 속에 모습을 감춰버렸다. 이층 건물의 교실에서 잠을 자고 있던 열병 환자들은 모두 아직 일어나지 않은 상태였다. 한겨울이라 잠자리에서 일어나면 이불 속에 뭉쳐 있는 따스함이 사라지기 때문이었다. 교정 안 오동나무 잔가지에서는 이미 까치 울음소리가 들리기 시작했다. 까치가 운다는 것은 곧 경사스러운 일이 생긴다는 것을 의미했다. 이 교정 안에 경사스러운 일이 생긴다는 뜻이었다. 열병 환자들에게 경사스러운 일이 생긴다는 뜻이었다.

우리 할아버지는 나무 밑으로 가서는 나무 가장귀에 끼워두었던 종봉(鐘棒)을 꺼내 '땡땡땡! 땡땡땡!' 집합하라는 의미로 종을 쳤다. 서둘러 집합하라는 뜻의 종소리였다.

이 종과 종봉은 아주 오랫동안 아무도 사용하지 않아 붉은 녹이 잔뜩 슬어 있었다. 종을 한 번 치자 종과 종봉에서 녹이 떨어져 내렸다. 학교에서 학생들이 사라진 뒤로 종은 장식품이 되었다. 또한 교정 한가운데서 약간 동쪽에 세워져 있는 시멘트 단상에 꽂혀 있는 페인트 칠을 한 쇠파이프 깃대도 쓸모가 없어졌다. 전에는 규정에 따라 매일 수업할 때마다 한 차례씩 기를 올려야 했다. 하지만 지금은 그 깃대 역시 그 자리에 장식품으로 서 있었다.

장식품으로 굳세게 서 있었다.

그러나 지금 다시 종이 울리며 소리를 내고 있었다. '땡땡땡! 땡땡땡!' 울리는 종소리는 마치 교정 안에서 사냥용 총을 난사하는 소리처럼 급하고 요란하게 들렸다.

누군가 윗도리를 걸치고 이층 창문으로 올라가 소리를 질렀다.

"무슨 일이오?"

리싼런은 과거에 자신이 간부였을 때처럼 찢어지는 목소리로 건물 위를 향해 대답했다.

"집합! 어서 다들 내려와 집합해요!"

누군가 또다시 물었다.

"도둑을 잡은 건가요?"

리싼런이 악을 쓰듯 대답했다.

"모두 집합하면 도둑이 누구인지 곧 알게 될 걸세."

딩씨 마을의 사람들, 환자들이 전부 방에서 나왔다. 눈을 비비는 사람도 있었고, 옷을 걸친 다음 단추를 채우고 있는 사람도 있었다. 사람들은 줄줄이 방에서 나와 오동나무와 농구장 사이에 커다란 무리를 이루고 서 있었다. 그중에는 우리 삼촌과 링링도 끼어 있었다. 두 사람이 어디서 나왔는지 본 사람은 아무도 없었다. 두 사람은 군중 속에 서 있었고, 옷 매무새도 단정했다. 얼굴에는 여전히 환한 빛을 띠고 있어 전혀 환자처럼 보이지 않았다. 두 사람은 군중 속에 서 있었지만 서로 떨어져 있었다. 마치 한 번도 같이 있었던 적이 없는 것 같았다. 해는 이미 동쪽 지평선 위로 높이 솟아올라 있었다. 펑, 하고 해가 솟아오르면서 새로운 하루가 시작되었다. 이렇게 도둑을 잡기 위한 수색이 시작되었다.

우리 할아버지가 말했다.

"사람들이 모두 병에 걸려 있는 지금, 오늘은 살아 있지만 내일은 어떻게 될지 모르는 처지요. 이런 처지에서도 여러분은 아직도 도둑질을 하고 있어요. 아직도 도둑질을 하고 있단 말이오. 어젯밤에는 또 리쌴런의 돈을 훔쳐 갔더군요."

옆에 있던 리쌴런이 끼어들며 큰 소리로 말했다.

"돈을 잃어버린 건 괜찮아요. 하지만 도둑이 딩씨 마을 촌위원회의 관인도 가져갔어요. 그 관인은 십 년 동안 내 몸에서 떨어진 적이 없던 물건인데, 바로 어젯밤에 도둑이 훔쳐 가버렸다고요."

할아버지가 다시 말을 받아 목청을 높였다.

"아무래도 수색을 하지 않으면 안 될 것 같습니다. 누가 나서서 쌴런과 나를 따라다니며 한 방 한 방 수색해주겠소?"

말을 마친 할아버지는 군중을 향해 눈길을 던졌다. 모든 사람들에게 일일이 다 눈길이 미치기도 전에 흥분한 삼촌이 사람들을 비집고 앞으로 나섰다. 그러고는 큰 소리로 말했다.

"제가 하겠습니다. 죄를 지은 놈에게 제가 반드시 죗값을 치르게 하겠습니다. 누가 제 사촌동생의 제수씨인 링링의 비단 저고리를 훔쳐 갔는지 꼭 찾아내고 말겠습니다."

순간 링링의 얼굴이 해가 솟는 것처럼 빨개졌다.

삼촌은 사람들 사이를 헤치고 걸어 나왔다. 걸어 나와서는 영웅처럼 그 자리에 서 있었다.

두 사람이 더 나서자 마침내 위층에서 아래층으로 한 칸한 칸 방을 수색하기 시작했다.

이렇게 해서 도둑 둘이 잡혔다.

그중 하나는 자오씨우친이었다. 모든 사람들에게 밥을 해주던 자오씨우친이었다.

자오씨우친의 열병도 이미 때가 다 된 상태였다. 얼굴에 종기가 한 알 한 알 늘어나더니 잘 익은 완두콩처럼 부풀어 있었다. 옷 바깥으로 드러난 손과 손등, 손목에 난 종기는 얼굴에 난 것과 달랐다. 가라앉았다가 다시 돋아난 종기들로 신선한 붉은색을 띠고 있었다. 평원에 떠오른 해와 똑같은 모습으로 다닥다닥 붙어 자라나 있었다. 너무 가려워 늘 긁어대서 종기는 이미 곪아 문드러져 있었다. 팔에는 온통 허연 진물이 흘렀고, 남들에게 들키고 싶지 않은 고약한 냄새가 풍겼다.

여러 가지 정황으로 볼 때 열병에 걸린 지 이미 반년이 지났고, 몸의 종기도 네 번이나 솟아났다가 가라앉았으니 일찌감치 죽었어야 정상이었다. 하지만 이상하게도 그녀는 여태 살아 있었다.

보통 사람들은 종기가 세 번 솟아났다가 세 번 가라앉으면 곧 죽었지만, 그녀는 네 번 솟아났다가 네 번 가라앉았는데도 여전히 살아 있는 것이었다.

그녀보다 열 살 위인 왕바오산은 피를 팔아 그녀를 아내로 맞았었다. 그녀는 그 돈을 자신의 남동생에게 주어 아내를 맞이할 수 있게 했다. 그런 다음 왕바오산을 따라 피를 팔아서 자신을 아내로 맞이하느라 빌린 돈을 남편 대신 갚았다. 그러나 십 년이 지나도록 왕바오산은 열병에 전염되지 않았는데 오히려 그녀가 열병에 걸리고 말았다.

반년 전, 몸에 몹시 열이 나던 그 며칠 동안 그녀는 매일같이 자신의 집 마당에 주저앉아 있는 힘을 다해 땅바닥의 흙을 걷어차면서 울고 또 소리쳤었다.

"난 정말 억울해."

"난 정말 억울하단 말이야."

왕바오산이 밖으로 나와 그녀를 데리고 들어가려 했지만 그녀는 왕바오산의 얼굴을 피가 나도록 할퀸 다음 욕을 해 댔다.

"네가 날 망쳤어, 이 개새끼야!"

"네가 날 망쳤단 말이야, 이 개새끼야!"

그녀는 땅바닥에 앉아 마구 울어대면서 소란을 피웠다. 그녀의 발길질에 땅바닥의 흙이 거세게 튀어 올랐다. 그러나 며칠이 지나자 그녀는 더 이상 울지 않았다. 소란을 피우지도 않았다. 전과 똑같이 밥을 지었고, 전과 똑같이 닭에게 모이를 주었다. 전과 똑같이 밥상을 차려 왕바오산의 손에 들려주었다.

이제 그녀는 자신의 남편에게 밥을 차려주는 것이 아니라 마을 전체의 환자들에게 밥을 지어주기 시작했다.

마을 전체의 환자들에게 밥을 지어주면서 그녀는 오히려 마을 전체의 환자들을 상대로 도둑질을 하기 시작했다.

자오씨우친은 아래층에 있는 일학년 교실에서 잠을 잤다. 교실 맨 안쪽 벽에 바싹 붙어서 잤다. 우리 할아버지와 리쌴런은 사람들을 이끌고 아래층 교실을 하나하나 샅샅이 뒤지기 시작했다. 침대를 뒤집고 이불을 들췄다. 사람들의 옷을 담아두거나 싸놓은 보따리와 종이 상자도 전부 풀거나 열어보았다. 할아버지와 리쌴런이 자오씨우친의 침대 앞에 이르렀을 때 그녀는 그곳에 있지 않았다. 날이 밝기도 전에 밥을 지으러 갔기 때문이다. 그녀는 밥을 짓고 솥을 씻고 설거지를 하면서도 불평 한마디 없이 열심히 일했다. 새벽부터 일어나 밤늦게까지 일을 했다. 한 번도 하기 싫다는 소리 없이 기꺼이 일을 했고, 때로는 사람들 입에 맞는 몇 가지 요리를 해주기도 했다. 하지만 소지품을 수색할 때 그녀는 그 자리에 없었다. 그녀는 주방에서 사람들에게 줄 아침밥을 짓고 있었다. 할아버지가 그녀의 이불을 들췄다. 리쌴런은 그녀의 베개를 들어 올리면서 왠지 좀 무겁다는 느낌이 들었다. 안에 납덩어리를 집어넣은 것처럼 무거웠다. 베개의 재봉 선을 뜯자마자 그 안에 들어 있던 눈부시게 하얀 쌀이 눈에 들어왔다.

눈부시게 하얀 쌀이 딩씨 마을의 모든 열병 환자들 눈앞에 드러났다.

모든 사람들의 얼굴이 일제히 굳어지면서 놀란 기색이 역력했다. 그녀가 사람들에게 밥을 지어주면서 뜻밖에도 양식을 훔쳤다는 것은 아무도 생각지 못한 일이었다. 사람들이 주방에 가서 그녀를 불러왔다. 이때 우리 삼촌은 이층에서 다른 도둑을 이불 속에서 끌어내고 있었다. 또 다른 도둑이 평생 다른 사람에게 큰 소리 한 번 제대로 쳐본 적이 없는 자오더취안이라는 것 역시 아무도 생각지 못한 일이었다. 이미 반백의 나이가 된 자오더취안이 이런 일을 하리라고는 아무도 생각지 못했다. 모두들 밖으로 나와 집합할 때 자오더취안은 집합에 응하지 않았다. 그는 며칠 전부터 유난히 몸에 기력이 없다고 말했고, 사람들은 그가 앞으로 며칠밖에 살지 못할 것이라고 걱정하던 차였다. 걸을 기운조차 없는 그가 자고 나면 침대에서 일어나지 못할지도 모른다고 걱정하던 차였다. 그때 이층에 있는 다른 방들은 전부 수색이 끝났고, 자오더취안의 침대만 아직 뒤지지 않은 상태였다. 자오더취안은 침대에 누워 있었고, 창을 통해 들어온 햇빛이 그의 얼굴을 비추고 있었다. 그의 얼굴은 적포도주빛이었다. 햇빛이 미라의 얼굴을 비추고 있는 것 같았다. 모두들 자오더취안은 수색할 필요가 없는 사람이라고 생각했다. 그는 평생 성실하게 농사를 지었다. 장사를 할 때는 저울을 확인할 필요도 없었고, 얼마를 주고 얼마를 받아야 하는지 따져볼 필요도 없이 그저 그가 주는 대로 받으면 될 정도였다. 팔구 년 전, 딩씨 마을이 미친 듯이 피를 팔고 샀을 때도 그는 피를 얼마나 팔고 얼마를 받게 되는지 따져 물은 적이 없었다. 언제나 주는 대로 돈을 받았고, 피를 얼마나 빼든지 전혀 개의치 않았다.

우리 아버지가 그에게 물었었다.

"얼마를 뽑을까요?"

그가 대답했다.

"자네가 잘 보고 있다가 내 얼굴이 누렇게 변하면 그만 뽑도록 하게."

아버지는 가장 큰 혈액 주머니를 찾아 주머니 가득 피를 채웠다. 그의 얼굴이 누렇게 변하고 이마에 땀방울이 맺히자 아버지는 주삿바늘을 뺐다. 그에게 돈을 줄 때는 항상 이 위 안 정도 더 주었다. 그럴 때면 그는 돈을 받고서 우리 아버지를 쳐다보며 이렇게 말하곤 했다.

"딩후이, 채혈하는 사람들 중에서 자네가 내게 가장 잘해주는 것 같네."

그래서 그는 항상 우리 아버지를 찾아 피를 팔았다.

우리 삼촌은 그가 링링의 새 비단 저고리를 훔쳤을 거라고는 생각지 못했다. 그가 남의 집 새색시의 저고리를 훔치리라고는 누구도 생각지 못했다. 햇빛이 창문 가득 비춰 들어오자 그의 얼굴은 마치 미라처럼 햇빛 아래서 빛났다. 죽은 물고기 같은 눈은 흰빛을 띠고 있었다. 죽은 물고기 같은 흰빛이었다. 도둑을 잡으려는 사람들이 그의 앞을 지나가는 순간, 자신과 마찬가지로 열병에 걸렸지만 기풍 있게 왔다 갔다 하는 사람들을 바라보는 그의 얼굴에는 부러워하는 기색이 역력했다. 다른 사람들이 씩씩하게 살아 있는 것을 부러워하는 눈빛이었다. 부러워하는 그의 눈에서 눈물이 흐르고 십 리, 이십 리까지 들리도록 장탄식이 터져 나오자 사람들은 그에게 좀 더 넉넉한 마음을 가지라고 권하면서 "일찍 죽으면 그만큼 일찍 이생의 고통에서 벗어난다"라는 농담을 건넸다. 그렇게 그를 위로해주려 했는데 그런 그가 도둑이리

라고는, 남의 집 새색시의 비단 저고리를 훔친 도둑이리라고
는 생각지도 못했다.

　모두들 그의 침대 곁을 그냥 지나쳤고, 모두들 다음 방을
수색하려고 준비하고 있었다. 모두들 문 앞에 이르렀을 때,
왜 그랬는지 모르지만 우리 삼촌이 다시 고개를 돌려 그를 바
라보았다. 왜 그랬는지 모르지만 삼촌은 그를 의심하고 있었
다. 왜 그랬는지 모르지만 갑자기 몸을 돌린 삼촌은 빠른 걸
음으로 자오더취안의 침대로 다가가 그의 발 아래쪽 이불을
들추더니 그 속에서 천 보따리를 하나 꺼냈다. 보따리를 펼쳐
보니 과연 그 안에서 링링의 붉은색 비단 저고리가 나왔다.

　비단 저고리는 갓 솟아나온 햇빛처럼 붉었다. 갓 솟아나온
햇빛과 똑같았다.

　이리하여 부엌에 있던 자오씨우친을 불러오게 되었다.

　자오더취안을 아래층으로 데리고 내려왔다.

　둘 다 성이 자오(趙)였다. 이 세상에 자오씨 성을 가진 모
든 사람들의 얼굴에 먹칠을 하게 되었다.

　이때 교정에는 따사로운 햇살의 온기가 번지고 있었다. 햇
빛이 교정을 뒤덮었다. 뜨거운 빛이 깔리고 있었다. 들판의
맑고 신선한 공기가 교정 안으로 퍼져 들어오고 있었다. 새
울음소리가 머리 위로 빗방울이 떨어지듯, 마당 안으로 떨어

지고 있었다. 수십 명의 딩씨 마을 사람들, 열병에 걸린 사람들은 처음부터 자오씨우친이 도둑이라는 것을 알았다는 듯이 부엌에 있던 그녀를 불러놓고는 아무도 미안한 표정을 짓지 않았다. 모두들 자오씨우친이 딩씨 마을 사람들에게 미안해해야 한다고 생각했다. 여기저기 흩어져 있던 사람들이 종이 달려 있는 오동나무 밑으로 모이자 누군가가 자오씨우친을 데리고 왔다. 모두들 그녀가 고개를 숙이고 부엌에서 나올 것이라고 생각했다. 얼굴에 수치심과 죄책감이 가득한 채로 사람들 앞에 나와 설 것이라고 생각했다. 그러나 뜻밖에도 그녀는 얼굴에 부끄러운 기색이라고는 눈곱만큼도 없이 허리에 두른 천으로 손에 묻은 물기를 닦으면서 걸어 나왔다. 손에 묻은 밀가루 반죽과 물기를 닦으면서 당당한 표정으로 마을 사람들 앞에 나와 섰다. 마치 마을 사람들이 자신을 불러내지 말았어야 한다는 듯한 표정으로 얼굴에 놀라거나 부끄러워하는 기색이라고는 털끝만큼도 없이, 강대한 적과 맞닥뜨리고서도 전혀 허둥대지 않는 그런 모습으로 서 있었다.

할아버지가 오동나무 바로 앞에 서서 베개 속의 쌀을 바라보면서, 그리고 눈앞에 서 있는 자오씨우친을 바라보면서 말했다.

"씨우친, 자네가 부엌의 쌀을 가져간 건가?"

그러나 그녀의 대답은 의외였다.

"아니요. 무슨 일인데 그러세요?"

할아버지가 말했다.

"듣자 하니 자네가 예전에도 곧잘 남의 집 종자와 채소를 훔치곤 했다더군. 하지만 지금은 상황이 달라. 모두들 곧 죽을 처지란 말일세. 그런데도 자네는 아직도 곧 죽을 사람들에게서 조금씩 걷은 쌀과 밀가루를 훔치고 있다니."

이렇게 말하면서 할아버지는 땅바닥에 놓인 베개 속의 쌀을 힐끗 쳐다보았다. 자오씨우친도 베개 속에 담겨 있는 눈부시게 흰 쌀을 보고는 처음에는 잠시 멍하니 있더니 갑자기 달려들어 쌀이 담겨 있는 베개를 품에 끌어안았다. 마치 자신의 아이를 남들이 빼앗아 갈까 봐 경계하는 듯한 모습이었다. 할아버지 앞에 쭈그리고 앉은 그녀는 두 발로 땅바닥의 흙과 모래를 번갈아 파헤치다가 마른 울음을 울면서 큰 소리로 말했다.

"당신들이 내 물건을 뒤지다니, 당신들이 나를 수색하다니! 늑대와 개의 심보를 가진 사람들이었어. 감히 내게 한마디 말도 없이 함부로 내 물건을 뒤지다니!"

그녀는 울면서 소리쳤다.

"당신들은 병에 걸리더니, 열병, 에이즈에 걸리더니 이제는 양심도 잃어버리고 말았군. 한마디 말도 없이 감히 내 침

186

대를 수색하다니."

그녀의 넋두리는 계속되었다.

"내가 무엇 때문에 당신들 시중을 들어야 해? 당신들 시중을 드느니 차라리 우리 집으로 돌아가 남편 왕바오산의 시중을 드는 게 낫겠네. 우리 집 어른들을 모시고, 아이들을 돌보는 게 낫겠어. 내가 매일 아침 날이 밝기 무섭게 일어나 당신들에게 밥을 지어 먹이면 당신들은 배 터지게 먹고 나서 밥그릇을 내려놓고 그냥 가버렸지. 내가 뭐 때문에 솥을 씻고 설거지를 해야 하는 거지? 내가 왜 우물에 가서 물을 길어다 이렇게 많은 사람들이 먹을 밥을 하고 마실 물을 끓여야 하느냐 말이야? 게다가 당신들은 내가 길어 온 물을 아껴 쓸 줄도 모르고 밥그릇 하나 씻는 데 물을 반 대야나 허비했지."

그녀의 울분은 좀처럼 가라앉을 줄 몰랐다.

"당신들도 열병에 걸렸지만 나도 열병에 걸린 몸이야. 당신들도 곧 죽겠지만 나도 올해를 넘기지 못하기는 마찬가지야. 모두가 곧 죽을 목숨인데 내가 왜 매일 당신들의 시중을 들어야 하느냐 말이야? 그렇게 당신들 시중을 들면서 내가 매달 이 정도의 양식도 가져가선 안 된단 말이야? 내가 병에 걸리지만 않았어도 밖에 나가 다른 사람들에게 밥을 해주면 그 사람들은 이 정도의 쌀만 주는 것이 아니라 돈도 몇백 위안이나 쥐어주었을 거라고. 그런데 여기서 당신들한테 밥을

187

해대면서 내가 돈을 달라고 한 적 있어? 내가 당신들한테 한 푼이라도 돈을 달라고 요구한 적 있느냐고?"

그녀는 쉬지 않고 소리쳤다.

"당신들 모두 내가 해준 밥이 맛있다고 했지. 내가 볶아준 채소가 입맛에 꼭 맞는다고 했잖아. 내가 왜 당신들한테 그렇게 맛있는 밥과 입맛에 딱 맞는 반찬을 해줘야 하는 건지 말해봐. 내가 왜 당신들 시중을 들어야 하는지 말해보라고. 내게 이까짓 양식 한 자루 가져갈 자격도 없단 말이야?"

그녀는 말하다가 소리치고, 소리치다가 말하기를 반복했다. 울기도 했지만 눈물은 한 방울도 나오지 않았다. 운 것이 아니라 사실은 그 강한 어조 속에 불평이 가득했던 것이다. 말을 다 마친 그녀는 손으로 눈물 한 방울 흘리지 않은 눈과 얼굴을 훔쳤다. 마치 분명히 눈물을 흘렸지만 다 말라버리기라도 한 듯한 표정으로 딩씨 마을 사람들을 바라보고 있었다.

할아버지가 말했다.

"자네 집에 양식이 부족한 겐가?"

자오씨우친이 할아버지를 노려보며 대답했다.

"우리 집은 양식만 부족한 게 아니라 땔감이랑 볏짚도 부족해요."

할아버지가 버럭 고함을 질렀다.

"부족하면 내가 주면 될 게 아니야."

그녀가 곧장 말을 받았다.

"제가 왜 어르신한테 그런 걸 얻어야 해요? 제가 번 것도 필요 없는 마당에 어르신 것을 얻어서 뭐하게요?"

이쯤 되자 오히려 우리 할아버지가 할 말이 없어졌다. 그 자리에 있던 딩씨 마을 사람들 모두 입을 꼭 다문 채 아무 말도 하지 못했다. 자오씨우친이 딩씨 마을 사람들에게 면목이 없는 것이 아니라 딩씨 마을 사람들 모두가 자오씨우친에게 면목이 없는 상황이 되어버렸다. 바로 이때 우리 삼촌이 사내 몇 명과 함께 위층에서 자오더취안을 데리고 내려왔다.

자오더취안에게는 자오씨우친 같은 담력과 기개가 없었다. 원래 사내들은 여자들 같은 담력과 기개를 갖추고 있지 못했다. 그의 얼굴은 창백하면서도 누리끼리했고, 위층에서 걸어 내려오는 모양새가 형장으로 끌려가는 수인 같았다. 이마에는 땀방울이 잔뜩 맺혀 있었다. 몹시 추운 날인데도 땀을 많이 흘렸다. 아주 좁은 보폭으로 천천히 걷고 있었다. 앞을 향해 걷고 있는데도 뒷걸음질 치고 있는 것 같았다. 건물을 내려온 그는 고개를 들어 마당 한가운데 모여 있는 마을 사람들을 살펴보고는 등 뒤에 있던 우리 삼촌에게 뭔가를 이야기했다. 우리 삼촌도 그에게 뭐라고 한마디 했다. 다시 고개를 돌린 그의 얼굴빛은 하얘졌다가 누리끼리해지기를 반복했다. 정말로 병이 깊어져 있었다. 수명이 다해가고 있었다. 그의 몸은 마른 장작개비처럼 비쩍 말라 있었다. 예전에는 몸에 꼭 맞았던 솜저고리와 바지가 이제는 커다란 통처럼 되어 몸에 걸치면 이리저리 부딪치면서 요란한 소리가 날 정도였다. 뼈는 장작개비가 되었고, 살가죽은 잎사귀가 되어 길을 걷는 모습이 바람에 나부끼는 것 같았다. 사람이 바람에 나부끼는 것이 아니라 귀신이 나부끼는 것 같았다. 그렇게 그는 딩씨 마을 사람들 앞으로 걸어 내려왔다. 사람들 앞에 이르자 그는 고개를 푹 숙였다. 마치 남의 시험지를 베끼다가 현장에서 붙잡힌 학생 같았다. 몹시 추운 날이었는데도 그의 이마에는 아주 가느다란 땀방울이 맺혀 있었다. 얼굴은 여전히 누리끼리했다가 하얘지기를 반복하고 있었다. 이때 모든 눈길이 자오씨우친에게서 자오더취안에게로 옮겨 갔다. 누구도 그가 링링의 저고리를 훔쳤다는 사실을 감히 믿지 못했다.

링링도 그가 자신의 저고리를 훔쳤다는 사실을 믿지 못했다. 그녀는 잠시 자오더취안을 바라보다가 다시 눈길을 둘째 삼촌에게로 옮겼다.

둘째삼촌이 비단 저고리를 링링에게 건네주었다. 삼촌이 말했다.

"그의 이불 발치에서 찾아냈어."

이렇게 자오더취안이 보는 앞에서 저고리를 링링에게 돌

려주었다.

자오더취안은 천천히 무릎을 꿇고서 땅바닥에 머리를 숙였다. 그의 눈앞에서 저고리 한 점을 건네준 것이 아니라 그의 얼굴 껍질을 한 겹 벗겨내 건네준 것 같았다. 그의 얼굴은 또다시 누리끼리해졌다. 밀랍처럼 누런색으로 변해버렸다. 죽은 물고기 같은 눈은 조금도 움직이지 않고 자신의 발끝만 바라보고 있었다. 그는 잔뜩 위축되어 있었다. 그 자리에서 얻어맞을까 봐 두려워 몸을 움츠리고 있는 한 마리 개 같았다.

우리 할아버지가 말했다.

"더취안, 그 저고리를 정말 자네가 가져갔던 겐가?"

자오더취안은 몸을 바짝 움츠리며 아무 말도 하지 않았다.

할아버지가 다시 물었다.

"정말 자네가 가져간 것이 맞느냐는 말일세?"

자오더취안은 여전히 몸을 움츠린 채 아무 말도 하지 않았다.

할아버지가 또다시 다그쳤다.

"자네가 가져간 게 아니라면 아니라고 말을 해야 할 게 아닌가."

자오더취안은 고개를 들어 우리 할아버지 얼굴을 쳐다보면서도 여전히 바닥에 달라붙어 말라 죽기라도 한 듯이 아무

191

말도 하지 않았다. 마른 우물처럼 굳게 입을 다물고 있었다.

삼촌이 말했다.

"자오더취안, 내가 당신 이불 속에서 저고리를 찾아냈어. 내가 당신에게 누명을 씌운 건지 아닌지 말해보라고."

자오더취안은 더 낮게 고개를 숙이고서 여전히 아무 말도 하지 않았다. 할아버지가 차가운 눈초리로 삼촌에게 말했다.

"둘째야, 너는 입에 무슨 말을 그리 많이 달고 다니는 게냐!"

삼촌도 입을 다물었다. 마른 우물처럼 입을 다물었다. 까마득히 깊은 우물이었다. 해는 이미 지평선을 벗어나 있었다. 그 끈적끈적하고 걸쭉한 금물, 금탕(金湯) 위로 한 장(丈) 높이로 솟아올라 학교 전체를 투명하게 비춰주었다. 햇빛 아래 서 있는 딩씨 마을 사람들은 아무도 말을 하지 않았다. 모두들 할아버지를 바라보면서 동시에 자오더취안을 바라보고 있었다. 일의 결말과 마무리를 기다리고 있는 것이다. 할아버지가 말했다.

"이보게 자오더취안, 자네는 애들이 전부 결혼할 나이면서도 남의 새색시 저고리를 훔친단 말인가."

그러자, 딱 여기까지 이야기하고 나자, 자오더취안의 이마에 맺혀 있던 땀방울이 땅바닥으로 떨어졌다.

무척 추운 날이었는데 땀방울이 땅바닥에 떨어졌다.

침묵이 흘렀다. 딩씨 마을 사람들 모두 침묵하고 있었다.

자오씨우친이 갑자기 침묵을 깨고 바닥에서 일어서더니 베개 속에 가득 든 쌀을 안고서 부엌을 향해 걸어갔다.

우리 할아버지가 물었다.

"어디 가는 게야?"

자오씨우친이 고개를 돌려 대답했다.

"불 위에 솥을 얹어놓고 왔어요. 밥이 타면 어떻게 먹겠어요?"

리싼런이 그녀를 뒤쫓아 가며 물었다.

"씨우친, 혹시 당신이 딩씨 마을 촌위원회의 관인을 가져가지 않았소?"

자오씨우친이 언짢은 기색을 보이며 말했다.

"그 도장이 금덩이라도 되나 보군요."

리싼런이 잠시 멍한 표정을 지으며 생각에 잠기더니 다시 자오더취안 곁에 쭈그리고 앉아 아주 친근하고 가벼운 어조로 물었다.

"더취안 아우, 우리 둘 다 오십을 넘긴 사람들이잖아. 혹시 내가 베개 밑에 놓아둔 관인을 아우가 가져간 거라면 어서 내게 돌려주게."

자오더취안은 진지한 태도로 고개를 가로저었다.

리싼런이 다시 물었다.

"정말 가져가지 않았나?"

자오더취안은 고개를 끄덕였다.

리쌴런은 극도로 실망한 표정으로 몸을 일으켰다. 당혹감으로 자오더취안의 이마에 맺혀 있던 땀이 그에게 전염된 탓인지 그의 이마에도 갑자기 땀이 흥건하게 흘러나왔다. 그는 할아버지에게 하소연할 때와 같은 모습으로 마을 사람들을 바라보며 큰 소리로 말했다.

"잃어버린 돈은 못 찾아도 좋습니다. 하지만 여러분 중에 촌위원회 관인을 가져간 사람이 있으면 꼭 돌려주시기 바랍니다. 그 관인은 수십 년 동안 한 번도 제 몸에서 떨어져본 적이 없어요. 집에서도 항상 상자 안에 넣고 잠가두었었고, 나갈 때는 품 안에 지니고 다녔었지요. 그런데 어젯밤에 그 관인과 돈이 모두 제 베개 밑에 있었는데 오늘 아침 일어나 보니 둘 다 어디로 갔는지 안 보인단 말입니다."

리쌴런은 큰 소리로 울부짖듯 말했다.

"돈은 없어도 그만이지만 제발 그 관인만은 제게 돌려주기 바랍니다."

사건은 이렇게 지나가버렸다.

소리 없이 조용히 지나가버렸다.

사나흘이 지났다. 사나흘이 지나자 사람들 모두 학교에서 다시 평온한 생활을 시작했다. 너무나 평온했다. 링링이 학교의 변소를 향해 걸어가고 있었다. 남자 변소는 건물 동쪽에 있고, 여자 변소는 건물 서쪽에 있었다. 링링은 서쪽으로 걸어가고 있었다. 자신의 붉은색 비단 저고리를 입고 있었다. 불덩이 하나가 흔들리며 서쪽으로 다가가는 것 같았다. 마침 해가 남쪽에 걸려 있어 매우 따스했다. 사람들 모두 건물 아래에서 따사로운 햇볕을 쬐고 있었다. 옆으로 나란히 서서 햇볕을 쬐고 있었다. 세월을 달이고, 수명을 달이고, 열병과 자신들의 목숨을 달이고 있었다. 이때 자오더취안도 링링이 붉은색 저고리를 입고 서쪽으로 어슬렁어슬렁 걸어가는 모습을 바라보고 있었다. 그는 따사로운 햇볕을 쬐면서 졸고 있는 사람들의 눈치를 살피더니 자신도 슬그머니 서쪽을 향해 걸어가기 시작했다.

그는 변소에서 그리 멀지 않은 곳에서 링링을 기다렸다.

링링이 변소에서 나왔다.

두 사람은 잠시 서로를 응시했다. 링링이 거들떠볼 가치도 없다는 듯한 표정으로 자오더취안을 쳐다보다가 이내 지나치려 하자, 자오더취안이 그녀를 가로막으며 작은 목소리로 말을 걸었다.

"링링, 그 비단 저고리를 내게 팔면 안 될까?"

링링은 더더욱 시큰둥한 표정으로 그를 쳐다보았다.

그는 오히려 얼굴에 웃음을 띠었다. 아주 건조한 웃음, 무

195

척 가늘고 희미한 웃음, 다소 경직되어 있는 웃음이었다.

"링링이 비웃는 건 두렵지 않아."

그가 웃으면서 말했다.

"내가 올해 겨울을 넘기지 못하리라는 것도 잘 알고 있지."

그러고는 갑자기 웃음을 거두면서 말했다.

"네가 비웃는 건 두렵지 않아. 내가 네 숙모랑 결혼할 때 붉은 비단 저고리를 한 벌 해주겠다고 약속한 적이 있어. 그런데 지금 내 아들이 곧 결혼을 하게 되고, 나는 곧 죽게 될 마당에 네 숙모가 아직도 내가 자기에게 붉은 비단 저고리 한 벌을 빚지고 있다는 것을 기억하고 있더라고. 나는 곧 죽을 거야. 죽기 전에 꼭 그 사람에게 붉은 비단 저고리를 한 벌 입게 해주고 싶어서 그래."

링링은 잠시 멈춰 서는가 싶더니 이내 아무 말도 하지 않고 자오더취안 앞을 지나쳐 가버렸다.

그가 그녀를 뒤쫓아 가며 말했다.

"내가 오십 위안을 줄게. 안 되겠어?"

링링은 그를 피해 걸음을 재촉했다.

"팔십 위안이면 되겠니?"

그녀는 그에게서 더 멀어졌다.

"백 위안 줄게. 어때?"

이미 저만큼 멀어진 링링이 고개를 돌려 말했다.

"웨이현 현성에 가도 이런 저고리를 살 수 없을 거예요."

5

사건은 평온하게 지나가버렸다. 아주 평이하고 담담하게
지나가버렸다.

잃어버린 물건이라고는 양식과 돈 약간에 지나지 않았다.
관인 하나와 저고리 한 벌을 잃어버린 것에 불과했다. 잡아야
할 도둑도 모두 잡았다. 자오더취안은 죽기 전에 자기 마누라
에게 붉은 비단 저고리 한 벌을 해주고 싶었다. 결혼할 때 했
던 약속을 지키고 싶었다. 그러나 자기 아들이 이제 곧 결혼
을 하고 자립을 하게 되었는데도, 오래전 약속을 지키지 못한
채 그림자가 되고 말았다. 열병에 걸려 이제 곧 죽을 처지인
데도 아직 비단 저고리 한 벌을 빚지고 있었다. 이런 생각을
하다가 그는 결국 도둑질을 하게 되었다. 자오씨우친은 자신
이 아무런 이유 없이 다른 사람들의 시중을 들고 있는 것이
커다란 손해라고 생각했다. 그래서 양식을 조금씩 훔치는 것
이 당연한 일이라고 여겼다. 이 일로 인해 새로운 규정이 생
기게 되었다. 자오더취안은 저고리를 양링링에게 돌려주어
야 했다. 한편 자오씨우친과 그녀와 함께 밥을 짓던 다른 두

여자는 그대로 밥 짓는 일을 도맡아 하되, 다른 사람들은 매달 자기 집에서 쌀과 밀가루, 잡곡 등을 가져다 이곳에 납부해야 하지만 이 세 여자는 양식을 가져올 필요가 없이 밥을 짓는 대가로 공짜 밥을 먹도록 한 것이다. 동시에 누구든지 또다시 안 좋은 손버릇을 보이다가 발각될 경우 무조건 자기 집으로 돌아가 병으로 죽을 때까지 자기 집 침대에 누워 있게 한다는 결정이 내려졌다.

모두들 오늘은 살아 있지만 내일을 기약할 수 없는 사람들이라 더 이상 따지고 생각할 겨를이 없었다. 그러나 리쌴런은 촌위원회 관인을 찾지 못해 내내 마음이 편치 않았다. 그는 "안 찾아. 그걸 찾아서 뭐해. 어차피 딩씨 마을에는 이미 촌위원회도 없는걸" 하고 말하면서도 항상 사람들의 침상이나 옷을 넣어둔 상자를 뒤지곤 했다. 심지어 이층 교실 곳곳에 나 있는 쥐구멍까지 샅샅이 뒤져보았다. 쥐구멍에 남아 있는 쥐똥까지 한 알 한 알 까보지 않고는 견딜 수가 없었다.

그러나 끝내 관인은 찾을 수 없었다.

관인을 찾지 못한 그는 항상 속을 끓이면서 어디에 앉든지 불쑥불쑥 탄식을 내뱉곤 했다. 너무나 긴 탄식이었다. 마치 마음속에 하늘처럼 넓고 땅처럼 광활한 원한을 품고 있는 것 같았다. 그러던 어느 날, 하루 종일 그는 건물 아래 양지에 앉아 있지도 않고, 건물 이층에 올라가 창문을 통해 쏟아져 들어오는 햇빛 아래 앉아 있지도 않았다. 자기 이불 속에만 틀어박혀 있었던 것이다. 밤에 이불 속으로 파고들어가더니 아침에도 이불 속에 틀어박혀 있었고, 오전에도 여전히 이불 속에 틀어박혀 있었다. 점심 먹을 때가 다가오는데도 그는 여전히 이불 속에서 나오지 않았다. 할아버지가 삼촌을 시켜 그에게 밥 먹으러 오라고 전했다. 우리 삼촌은 자신의 법랑 밥그릇을 두드리며 리싼런이 묵고 있는 교실 문 앞에 가서 그를 불렀다.

"싼런 아저씨, 식사하세요."

아무런 대답이 없자 다시 몇 번을 연달아 불렀다.

"촌장 어르신, 식사 안 하세요?"

여전히 대답이 없자 삼촌은 그의 침대 가까이 다가가 손으로 그의 몸을 흔들어보았다. 움직이지 않는 돌기둥을 흔드는 것 같은 느낌이었다. 황급히 이불을 들추고 자세히 살펴보니 그의 얼굴은 이미 푸른색으로 변해 있었다.

시퍼런 채소 빛깔이었다.

그는 이미 세상을 떠난 것이었다.

벌써 세상을 떠난 지 오래였다. 어쩌면 어제저녁에 죽었는지도 모를 일이었다. 어제 한밤중에 죽었는지도 몰랐다. 베개 가장자리에는 그가 토해낸 피가 흥건했다. 시커먼 피는 더럽고 까만 진흙 덩이 같았다. 이미 얼어버려 시커먼 진흙

얼음 같았다. 자오더취안은 병세가 그보다 더 위중했지만 아직 살아 있었다. 리싼런은 자오더취안보다 병세가 가벼웠지만 오히려 먼저 세상을 떠난 것이다. 피를 토하기는 했지만 얼굴에 그다지 심각한 변형이 없는 것으로 보아 죽기 전에 견딜 수 없을 정도로 심한 고통은 없었던 것 같았다. 어쩌면 기침을 조금 하다가 피를 토하고는 곧바로 세상을 떠난 것인지도 몰랐다. 하지만 죽기 직전의 얼굴에는 다소 여한이 남아 있었던 것 같았다. 눈을 뜨고 있었고, 입도 약간 벌리고 있었다. 마치 누군가에게 뭔가 말을 하려다가 미처 입 밖으로 내뱉지 못하고 세상을 떠난 것 같았다.

삼촌은 그의 침상 앞에 그대로 멈춰 서 있었다. 얼굴이 새파랗게 질린 채로 서 있었다. 무서워서가 아니라 마음속이 서늘했기 때문이다. 자신도 머지않은 어느 날 갑자기 세상을 떠나게 될 것이라는 생각에 마음이 서늘해진 것이었다. 법랑 밥그릇도 삼촌의 손에 들린 채로 딱딱하게 얼어붙어버렸다. 젓가락도 삼촌의 손에 그대로 얼어붙어 있었다. 잠시 멍하니 서 있던 삼촌은 아주 조심스럽게 리싼런의 코에 손을 대보았다. 그의 콧구멍에서는 차가운 숨결조차 느껴지지 않았다. 삼촌은 재빨리 허리를 펴고 일어나 창가로 가서는 창문을 열고 머리를 밖으로 내밀었다. 그리고 건물 일층으로 밥을 먹으러 가고 있는 사람들에게 소리쳤다.

"이봐요, 리싼런이 죽었어요!"

아래에 있던 사람들이 고개를 들면서 말했다.

"지금 뭐라고 한 거야?"

삼촌이 다시 말했다.

"리싼런이 세상을 떠났다고요. 몸이 아주 차가워요."

모두들 멍한 표정으로 서로 얼굴만 쳐다보다가 부엌으로 가지 않고 몸을 돌려 건물 이층의 교실로 서둘러 달려갔다. 대여섯 명쯤 되는 사람들이 리싼런을 이리저리 살펴보다가 하나같이 손을 뻗어 리싼런의 코에 대보고는 얼굴이 창백해 졌다.

우리 할아버지도 왔다. 역시 창백한 얼굴이었다.

할아버지도 그의 코에 손을 대보고는 얼굴에 창백한 빛을 띠며 고개를 돌려 말했다.

"누가 리싼런의 집에 가서 말 좀 해주게. 서둘러 관과 수의 를 준비하라고 말일세."

누군가 할아버지를 쳐다보면서 말했다.

"밥부터 먹고 나서 전해줄게요. 안 그러면 밥이 식어버리 거든요."

할아버지는 잠시 생각에 잠기더니 이불을 끌어 리싼런의 얼굴을 덮어주고는 사람들을 이끌고 건물 아래로 내려가 식 사를 했다. 식사를 하는 동안 누구도 리싼런이 이불 속에서 죽었다는 사실을 입 밖에 내지 않았다. 이런 사실을 아는 사람들은 예전과 거의 같은 양의 밥을 먹었고, 이런 사실을 모르는 사람들도 전과 똑같은 양의 식사를 했다. 바람은 불지 않았다. 햇빛은 부엌에서 서쪽으로 약간 비스듬하게 비치고 있었다. 교정 안에는 따스함과 고요함이 가득했다. 모두들 바닥에 앉거나 선 채로 만터우를 먹고 자오씨우친이 큰 솥에 볶은 채소를 먹었다. 그리고 그녀가 소금물을 넣고 끓인 옥수수탕을 먹었다. 교실에서 가지고 나온 앉은뱅이 의자에 앉아서 먹는 사람이 있는가 하면, 자기 신발을 깔고 앉아 호호 입김을 불면서 먹는 사람도 있었다. 마을 안에 있었던 수많은 일들을 이야기하면서, 우스운 일과 웃지 못할 일들을 이야기하면서 먹었다.

중요한 이야기도 있었고, 전혀 중요하지 않은 이야기도 있었다.

아무 일도 일어나지 않은 것과 마찬가지였다.

링링과 둘째삼촌은 한자리에 쭈그리고 앉아 식사를 하고 있었다. 링링이 물었다.

"촌장 어르신이 돌아가셨나요?"

둘째삼촌이 그녀를 힐끗 쳐다보며 대답했다.

"돌아가시긴? 몸이 불편해서 밥 생각이 없다고 하던걸."

링링이 다시 말했다.

"누군지 모르지만 그 어른의 관인을 돌려주기만 하면 될 텐데 그러네요. 너무 오래 속을 끓이시면 안 되는데."

둘째삼촌이 말을 받았다.

"자기 솜저고리를 찾았으면 됐지, 여태 그렇게 많은 일에 신경을 쓰고 있는 거요?"

모두들 밥을 먹을 때는 고개를 숙이고, 이야기를 할 때는 고개를 들었다. 할아버지는 식사를 마치고 나서야 자오씨우친을 비롯하여 다른 사람들에게도 리쌴런이 죽었다는 사실을 말해주었다.

"리쌴런은 더 이상 학교에서 지내고 싶지 않은가 봐. 앞으로 그가 먹을 밥은 하지 않아도 될 것 같네."

모두들 멍한 표정이었다. 할아버지의 말뜻을 알아들은 것 같기도 하고 못 알아들은 것 같기도 했다. 모두들 서로 얼굴만 쳐다보았다. 못 알아들은 사람도 누군가에게 묻지는 않았다. 한순간에 식사하는 자리가 사람들의 숨소리만 들릴 정도로 조용해졌다. 숨 쉬는 소리마저도 이내 사라져버렸다. 바람이 불어 건물 위에 있던 깃털이 떨어졌다. 깃털은 날면서도 뭔가 분명한 소리를 내고 있었다. 이때 부엌 입구에 앉아 있던 딩쭈이쭈이(丁嘴嘴)가 목청을 한 번 가다듬더니 사람들에게 재미있는 이야기를 해주겠다고 나섰다.

그의 이야기가 시작되었다. 아주 옛날 어느 현에 아문(衙門)의 심부름꾼으로 일하는 똑똑한 사내가 하나 있었다. 그에게는 무슨 일이든지 손바닥 뒤집는 것처럼 쉬웠다. 하루는 현의 태야(太爺)가 그를 시험해보기 위해 관아를 나서 교외까지 나왔다가 문득 아가씨 하나가 채소밭 쪽에서 걸어오는 것을 보게 되었다. 태야가 그에게 말했다.

"가서 저 낭자와 몇 마디 이야기를 주고받고 오너라. 만일 저 낭자가 네게 자신과 입을 맞추는 것을 허락한다면 이 태야의 관인을 사흘 동안 네게 맡기도록 하겠다. 하지만 저 낭자가 네게 입 맞추는 것을 허락하지 않을 경우에는 곤장 오십 대를 칠 것이다. 어떠냐?"

이 똑똑한 사내는 잠시 생각에 잠기더니 곧바로 아가씨가 걸어오고 있는 채소밭 쪽으로 가까이 다가가 그녀에게 몇 마디 말을 건넸다. 그러자 아가씨는 이내 자발적으로 입을 내밀었고, 이 똑똑한 사내는 어렵지 않게 입을 맞출 수 있었다.

이리하여 똑똑한 사내는 현으로 돌아와 사흘 동안 현의 태야가 되었다.

"이 똑똑한 사내가 낭자에게 가서 뭐라고 했을까요?"

딩쭈이쭈이가 이야기를 잠시 멈추고 딩씨 마을 사람들에게 물었다. 그러고는 밥 먹는 것도 멈추고 자신이 들려주는 우스운 이야기에 귀를 기울이고 있는 사람들을 둘러본 다음,

뜸을 들일 생각인지 천천히 국을 몇 모금 마셨다. 모두들 한참을 기다리고 나서야 그의 이야기가 이어졌다.

그 똑똑한 사내가 채소밭 앞에서 아가씨의 길을 막고 서서 말했다.

"이봐요, 낭자. 그냥 가던 길을 가면 될 것을 왜 길을 에돌아 남의 집 채소밭에서 부추를 훔쳐 가는 거요?"

아가씨가 말했다.

"저는 지금 제 갈 길을 가고 있어요. 누가 댁의 부추를 훔쳤다는 거예요?"

똑똑한 사내가 말했다.

"댁이 부추를 훔쳐 입에 넣는 걸 내가 이 두 눈으로 분명히 봤는데, 어떻게 훔치지 않았다고 말할 수 있단 말이오?"

그러자 아가씨는 이 똑똑한 사내 앞으로 다가와 입을 쩍 벌리면서 말했다.

"내가 부추를 먹었다고요? 이리 와서 내 입 안을 보면 알 것 아니에요?"

똑똑한 사내는 부추가 이미 배 속으로 들어갔을 텐데 어떻게 눈에 보일 수 있느냐고 따졌다. 아가씨가 말했다.

"그럼 배를 갈라서 보여달라는 말인가요?"

똑똑한 사내가 말했다.

"그럴 필요까진 없어요. 부추는 냄새가 강하기 때문에 댁의 입 냄새를 맡아보면 알 수 있을 거요."

그 말에 아가씨는 사내에게 입을 벌려주었고, 똑똑한 사내는 그녀의 입에 코를 들이대고 냄새를 맡을 수 있었다.

현의 태야는 이 사내에게 관인을 넘겨주고 그가 사흘 동안 태야 행세를 하도록 하는 수밖에 없었다. 딩쭈이쭈이는 이 똑똑한 사내가 사흘 동안 시골이나 산골에 사는 자신의 친척과 친구들을 전부 현성으로 불러 현 아문의 각 부서에서 관리를 맡거나 장사를 하게 함으로써 즐거운 세월을 보낼 수 있게 해주었다고 말했다.

딩쭈이쭈이는 며칠 전 학교로 이사 와 열병 환자들과 함께 살게 된 사람이었다. 열병에 걸리자 그는 자신의 가족들에게 천국에 가서 편안한 나날을 보내고 싶다고 말했다. 그러고는 웃으면서 가족들에게 자신을 학교로 보내달라고 졸랐다. 그가 온 날부터 학교에는 웃음소리가 떠나지 않았고, 아무리 들어도 늘 우스운 이야기가 그칠 줄 몰랐다. 우리 할아버지가 리싼런이 더 이상 학교에서 생활하고 싶지 않아 자기 집으로 돌아가려 한다고 말했을 때는 모두들 멍한 표정을 지었었다. 그러나 딩쭈이쭈이가 우스운 이야기를 들려주자 멍해 있던 사람들이 일제히 정신을 차린 듯 가가대소했다.

애써 입을 오므리면서 웃어댔다. 얼굴을 하늘로 향하고서 웃어댔다. 어떤 사람은 웃다가 그만 앉아 있던 앉은뱅이 의

자에서 떨어져 손에 들고 있던 밥그릇을 바닥으로 내동댕이
치는 바람에, 밥과 국을 온몸에 뒤집어썼다.

6

리싼런이 죽은 지 이틀이 지나 입관을 하던 날, 울지도 않
던 그의 마누라가 우리 할아버지에게 리싼런 그 귀신이 무엇
때문에 죽어서도 입을 다물지 못하고 눈을 감지도 못한 것인
지, 도대체 내려놓지 못할 무슨 일이 있었던 것인지 물었다.
할아버지가 리싼런에게 다가가보니 과연 그는 영구를 안치
해두는 막 안에 누워 입을 크게 벌리고 있었다. 입만 크게 벌
리고 있는 것이 아니라 눈도 살아 있을 때보다 커 보였다. 흰
자위가 상복처럼 눈에 걸려 있었다. 아무 말도 하지 않은 채
할아버지는 잠시 생각에 잠기더니 혼자서 딩씨 마을을 떠났
다. 어디로 가는지 알 수 없었다. 한나절이 지나서야 할아버
지가 돌아왔다. 손에는 새로 판 딩씨 마을 촌위원회의 관인
을 쥐고 있었다. 둥근 도장이었다. 새 도장이었다. 도장을 찍
을 때 필요한 인주도 있었다. 리싼런이 생전에 품었던 여한
을 보상해주기 위해 할아버지는 돌아오자마자 도장과 인주
를 리싼런의 관 속에 넣어주었다. 도장을 그의 오른손에 쥐

어주고 인주는 그의 왼손에 쥐어주었다. 그러고 나서 할아버지가 말했다.

"싼런, 내가 학교에서 도장을 찾아 자네에게 돌려주는 걸세. 아무도 도장을 훔치지 않았어. 바로 자네 침대 머리맡 틈새에 떨어져 있었다네."

그러고 나서 할아버지는 손을 리싼런의 눈으로 가져가 가볍게 두 눈을 어루만졌다. 그제야 리싼런의 눈이 감겼다. 벌어져 있던 입도 마침내 다물어졌다.

눈이 감겼다. 입도 다물어졌다.

눈이 감기고 입이 다물어지자 혐오스럽기만 하던 리싼런의 얼굴도 금세 변했다. 몸은 비록 비쩍 말라 있었지만, 그의 얼굴에는 편안한 표정이 가득했다. 부족한 것도, 여한도 없는 평안한 모습이었다.

리싼런은 몸과 마음이 두루 평안해졌다.

2장

1

우리 집 이야기를 좀 해둬야겠다.

우리 아버지 이야기를 좀 해둬야겠다.

우리 할아버지가 꾸었던 아버지와 우리 집에 관한 꿈 이야기를 좀 해둬야겠다. 십 리, 이십 리에 달하는 아주 긴 꿈이다.

아버지는 기필코 딩씨 마을을 떠나 다른 곳으로 이사를 하려고 했다. 딩씨 마을은 이미 황량하고 썰렁해졌기 때문이다. 극도로 황량했다. 사람 사는 냄새가 사라져버렸다. 병에 걸린 사람들은 대부분 마을 밖에 있는 초등학교로 갔다. 학교로 가지 않은 사람들도 온 종일 자기 집 안에만 틀어박혀 있었다. 마을 거리는 돌아다니는 사람이 한 명도 보이지 않을 정도로 한산해졌고, 사람들이 떠드는 소리도 듣기 어려웠다. 언제부턴가 누구네 집에 사람이 죽어도 더 이상 흰색 대련을 붙이지 않게 되었다. 사람이 죽는 것이 너무나 일상적인 일이라 대련을 붙이는 것마저 귀찮아졌다. 또한 하늘이 놀라고 땅이 뒤흔들릴 정도로 요란하게 장례를 지내는 일도 불필요해졌다. 친척과 친구들이 와서 문상을 할 필요도 없어졌다. 사람이 죽는 일이 등불이 꺼지는 것과 마찬가지가 되었다. 가을에 나뭇잎이 떨어지는 것과 다름없었다. 마을 안은 항상 적막하고 고요하기만 했다. 적막한 묘지 속의 고요함이었다. 신시가지에서도 이미 여러 집이 웨이현 현성으로 이사를 갔고, 둥징시로 이사하는 사람들도 있었다.

후다닥 이사를 가버렸다.

촌락과 새로 기와집을 올린 마당만 덩그러니 남겨졌다.

사람들이 떠나자 집은 텅 비어버렸다.

딩씨 마을은 황량하고 썰렁해졌다. 사람 사는 냄새가 사라져버렸다.

아버지는 할아버지가 자신을 목 졸라 죽이려 했던 일을 겪고 난 뒤로 기필코 딩씨 마을을 떠나려고 마음먹었다. 계산을 해보니 웨이현이나 둥징으로 이사를 가려면 집에 있는 돈만으로는 많이 부족했다. 돈이 부족하자 아버지는 잠을 이루지 못했다. 그날 밤 아버지는 밤새 침상에서 뒹굴다가 동이 트자마자 방을 나와 마당에 한참을 서 있었다. 그러고는 다시 집을 나와 마을로 갔다. 마을을 가로질러 마을 입구에 선 아버지는 평원 동쪽에서 이른 새벽부터 한약을 달이는 쓴 냄새가 밀려오는 것을 느꼈다. 마을 서쪽의 공터에 서 있던 아버지는 그 약 냄새를 맡고는 학교 안에서 생활하고 있는 환자들이 아침 일찍 일어나 약을 달이는 것이라고 생각했다. 그러나 약을 달이는 연기가 올라오는 곳에 눈길이 미치는 순간, 아버지의 마음이 갑자기 흔들리기 시작했다.

쾅, 하고 마음이 흔들렸다. 마치 누군가 손으로 그의 마음을 마구 밀어대는 것 같았다.

학교 상공에서 짙었다가 엷어지기를 반복하며, 때로는 금빛이었다가 때로는 은빛으로 비치는 그 연기를 바라보면서 아버지는 냉정하게 생각했다. 마을에 그렇게 많은 사람들이 죽었고, 아직도 그렇게 많은 열병 환자들이 죽음을 기다리고 있는 상황에서 상부가 마을 사람들에게 뭔가 말을 해줘야 한다는 생각이 들었다. 마을 사람들에게 무엇을 어떻게 해야 하는지 말해줘야 한다는 생각이 들었다.

어떻게 상부에서 아무 말도 안 하고 아무런 행동도 취하지 않으며, 와서 살펴보지도 않고 관여하지도 않을 수 있단 말인가.

2

아버지는 천성적으로 큰일을 도모하고 싶어 했던 사람이다.

아버지는 큰일을 도모하기 위해 이 세상에 온 사람이었다. 큰일을 도모하기 위해 딩씨 마을에 할아버지의 아들로, 나의 아버지로 온 사람이었다. 처음부터 아버지는 딩씨 마을에서 딩씨 마을과 딩씨 마을 주변 반경 몇십 리 안에 사는 사람들의 피와 목숨을 주관하는 데서 그칠 생각이 아니었다. 얼마 후 아버지는 이 사람들이 죽은 뒤에 사용하게 될 관과 무덤까지 관여하려고 했다. 아버지는 자신이 살면서 그렇게 많은 일을 하게 될 거라고는 생각지 않았다. 단지 시도해보고 싶었을 뿐이다. 웨이현 정부에 가서 시도해보았을 때, 아버지의 그런 시도는 뜻밖에도 너무 쉽게 성공했다. 손을 뻗어 문을 열자 방 안 가득 햇빛이 들어오는 것과 같았다.

아버지는 웨이현 현성으로 갔다.

아버지는 이미 비할 데 없이 번화한 현성으로 가서 가오 현장을 찾았다. 가오 현장은 과거에 교육국장으로 있던 가오 국장인데, 지금은 가오 부현장이 되어 있었다. 현 열병위원회의 책임자였던 그는 아버지와 많은 이야기를 나누고 많은 일들을 상의했다.

가오 현장이 말했다.

"딩씨 마을에서 이미 수십 명이 죽었는데 왜 좀 더 일찍 나를 찾아오지 않은 건가? 딩후이 자네는 이 가오 현장이 딩씨 마을에 대해 남다른 애정을 갖고 있는 걸 모른단 말인가? 자네 아버지인 딩 선생님도 내가 딩씨 마을에 대해 남다른 애정을 갖고 있다는 걸 모른단 말인가?"

아버지는 고개를 돌려 가오 현장의 얼굴을 바라보았다.

가오 현장이 말했다.

"열병에 걸린 사람들 가운데 한 사람이 죽을 때마다 현에서 관을 하나씩 지원한다는 것을 딩씨 마을에서는 모르고 있었단 말인가? 이 문건의 정신을 딩씨 마을에 알려준 사람이 아무도 없었단 말인가?"

가오 현장과 아버지는 앉아서 아주 많은 이야기를 나누었다.

가오 현장이 말했다.

"이전에 죽은 사람들은 이미 지나간 일이니 어쩔 수 없고, 앞으로는 열병으로 사망한 사람들을 수속하고 정부에 보고하기만 하면 무조건 검은 관 한 벌씩을 지급하기로 하겠네."

아버지가 가오 현장의 얼굴을 쳐다보았다.

가오 현장이 말했다.

"돌아가보게. 그리고 딩씨 마을에서 자라는 쥐깨풀이 먹고 싶으니 다음에 올 때는 연한 쥐깨풀을 좀 가져다주게."

3

할아버지는 자신이 꿈을 꾸고 있다는 것을, 자신이 본 모든 것이 꿈이라는 것을 모르지 않았다. 계속 보고 싶지는 않았지만, 그 꿈속의 광경은 너무나 기이하고 신기한 데다 보기 드문 것이었다. 그래서 할아버지는 그 넓은 마당 안으로 들어가지 않을 수 없었다.

넓은 마당은 관 공장이었다.

관 가공 공장이었다.

그곳이 어디인지는 알 수 없었다. 할아버지는 꿈에서 그곳이 꿈속이라는 것은 알았지만 꿈에서 자신이 간 곳이 어디인지는 알지 못했다. 평원의 황량한 들판을 지나 황허 고도 위로 드넓게 펼쳐진 모래언덕 사이, 모래가 쌓여서 생긴 계곡 사이에 작은 분지가 하나 있었다. 말이 작은 분지이지 실제로는 끝이 보이지 않았다. 끝없이 넓게 펼쳐진 평원 위에서, 평원 위로 완만하게 굴곡을 이룬 모래언덕 사이에서 할아버지는 그 관 공장을 발견했다. 주변은 온통 철조망으로 둘러싸여 있었고, 이렇게 둘러싸인 완만한 평지에는 이미 완성된 검은 관이 엄청나게 쌓여 있었다. 관은 크기와 두께가 제각기 달랐고, 관 윗면에는 그 다름에 따라 분필로 '갑' '을' '병' '정' 등의 글자가 쓰여 있었다. 정오가 되어 해는 평원 위 하늘 한가운데 가로놓여 있었다. 황금빛 빛무리가 쏟아져 내렸다. 하늘에 무수한 금줄과 금 망사가 수직으로 드리워져 있는 것 같았다. 먼 곳의 황허 고도와 평원 위의 녹슨 철조망을 뚫고 햇빛이 모래밭 위에서 물결처럼 반짝이는 것을 볼 수 있었다. 아득히 먼 곳으로부터 홍수가 밀려오고 있는 것 같았다.

할아버지는 관 공장의 그 드넓은 평지 위에 관을 잔뜩 늘어놓은 곳에 서서 수백수천 점의 검은 관을 보았다. 무수한 관이 일개 마을보다 더 넓은 시멘트 바닥 위에 빽빽하게 쌓여 있었다. 관들은 온통 새까만 빛으로 정오의 햇빛을 받고 있었다. 모든 관의 뚜껑마다 대야만 한 크기로 '제(祭)' 자와 '전(奠)' 자가 새겨져 있었다. 글자체는 팔뚝처럼 굵고 솔처럼 거칠었다. 금빛의 '제' 자와 '전' 자는 하얀빛 아래서 눈을 찌를 듯이 반짝였다. 할아버지는 이곳이 바로 정부가 열병 환자들을 위해 세운 전문 관 공장이라는 것을 알게 되었다. 막 문 안으로 들어서려던 할아버지는 관 공장 위에 내걸린 대련을 보게 되었다. 상련(上聯)에는 "당신이 세상에 태어난 것을 소중히 여깁니다"라고 쓰여 있고, 하련(下聯)에는 "천국으로 가는 길을 편안하게 모십니다"라고 쓰여 있었다. 대련이 걸려 있는 바로 그곳에서 할아버지는 대문을 지키고 있는 수위에게 이곳이 무슨 공장이냐고 물었다. 수위는 관 공장이라고 말해주었다. 어디서 운영하는 것이냐고 묻자 수위는 현에서 운영하는 것이라고 대답했다. 할아버지가 들어가 구경 좀 할 수 있느냐고 묻자 수위는 관 공장을 참관하고 싶어 한다는데 어떻게 막을 수 있겠느냐고 말했다. 할아버지는 공장 안으로 들어가 수백수천 점의 관을 보았다. 검고 윤기가 흐르는 관들이 길게 늘어서 있는 것이 마치 땅바닥에 검고 윤기가 흐르는 호수가 생겨난 것 같았다. 반짝반짝 빛을 발하는 '제' 자와 '전' 자가 그 호수 위를 펄쩍펄쩍 뛰어다니는 것이 검은 호수 위를 돌아다니는 이무기와 금붕어 같았다.

앞으로 더 가보니 우르릉, 하고 요란한 기계 소리가 들려왔다. 마치 경칩의 천둥소리 같았다. 고개를 들어 시선이 시멘트 바닥을 따라 모래언덕으로 향하자 아주 멀리 큰 기계실 두 칸과 기계실 안을 분주하게 왕래하고 있는 목수와 칠장이, 조각 장인 등이 보였다. 목수는 기계 위에서 아래로 내린 목판을 흰 관으로 합치고 있었고, 조각 장인은 그 흰 관의 뚜껑에 '제' 자와 '전' 자를 새기느라 바삐 움직이고 있었다. 칠장이는 조각이 끝난 흰 관을 기계실 밖에 있는 선반 위로 옮겨 칠을 하느라 정신이 없었다. 까맣게 칠을 하고 나면 또 다른 사람이 관 뚜껑의 글씨 위에 금가루 물을 입혔다. 이 모든 공정이 끝나면 또 누군가 완제품 위에 품질에 따라 '갑' '을' '병'으로 등급을 매겼다.

작업장에서 일하는 목수와 칠장이들은 하나같이 비지땀을 흘리면서 열심히 일하느라 우리 할아버지와 이야기 한마디 나눌 겨를이 없었다. 모두들 할아버지를 향해 눈길 한 번 던지고는 각자 자신의 일로 바삐 움직이고 있었다. 할아버지는 그 작업장을 지나 또 다른 작업장으로 갔다. 가는 길에 관 위에 '갑' '을' '병' 등급을 적고 있는 중년의 사내를 만난 할아버지는 관에도 등급이 있느냐고 물었다. 사내는 "양곡에도 거친 것이 있고 가늘게 정미된 것이 있지 않소" 하고 중얼거리듯 무뚝뚝하게 대답했다.

사내가 중얼거리며 가버리자 할아버지는 잠시 멍하니 서 있다가 소나무와 강철로 선반이 설치되어 있는 또 다른 작업장으로 들어갔다. 그곳에 가서야 할아버지는 원래 그 작업장도 관을 만드는 곳이긴 하지만 그곳에서 만드는 관은 밖에 있는 것들과 완전히 다르다는 것을 알게 되었다. 완성된 검은 관 십여 벌을 늘어놓은 곳에서 할아버지는 세 벌이 모두 두께가 네 치나 되는 오동나무 목판으로 되어 있고, 더욱 놀랍게도 두께가 네 치 반이나 되는 홍송(紅松)으로 된 관도 있다는 것을 알게 되었다. 홍송은 땅속에 묻어도 벌레가 먹지 않고 습기와 부패에 잘 견디기 때문에 중원 일대에서는 상품(上品)의 관에 사용되는 목재였다. 세밀하게 가공된 관은 뚜껑에만 '제' 자와 '전' 자가 새겨진 것이 아니라 글자 주변에도 용이 누워 있거나 봉황이 일어서는 형상의 화려한 장식이 조각되어 있었다. 관 양옆의 판자에도 바닥에 새긴 '영혼승천도(靈魂昇天圖)'와 '천당영친도(天堂迎親圖)'가 새겨져 있었다. 울긋불긋하고 황금빛이 휘날리는 그 관은 궁전의 화원처럼 화려했다. 다시 몇 걸음 앞으로 걸어가니 훨씬 더 큰 관이 두 개의 앉은뱅이 의자 위에 걸쳐져 있었다. 뜻밖에도 네 명의 조각공이 관 양쪽에서 열심히 작업을 하고 있었다. 관 양쪽에 '영혼승천도'와 '신선영접도(神仙迎接圖)' 그리고 '백조조봉도(百鳥朝鳳圖)'와 '극락세계도(極樂世界圖)'를 조각하고 있었다. 그 그림에 칠장이는 금과 은으로 칠을 입혀 온갖 부귀함과 화려함을 더하고 있었다. 또 다른 조각공은 관 뚜껑을 벽에 기대어놓고 집안에 자손들이 가득 모여 잔치를 벌이고 있는 장면과 망자가 금의환향하여 춤을 추는 광경을 조각하고 있었다. 노인과 어린아이, 여인 할 것 없이 하나같이 살아 있는 것처럼 생생하게 조각되고 있었다. 금의환향하는 주인을 위해 춤을 추고 있

는 시녀들도 말로 형언할 수 없을 정도로 아름다워 마치 대당(大唐) 왕
조의 궁녀들 같았다. 조각공들이 그토록 진지한 자세로 세심하게 작
업하고 있는 모습만 보면, 그 관이 땅에 묻히는 것이 아니라 어딘가에
전시될 예정인 것 같았다. 우리 할아버지는 의아해하면서 그 조각공
들 앞으로 다가가서야 그 다섯 명의 장인이 공동으로 조각하고 있는
관이 놀랍게도 전부 측백나무인 데다 목판 하나하나가 나무 한 그루
인 것을 알게 되었다. 다른 나무들을 이어 붙여 만든 것은 하나도 없
었다. 이 측백나무관 앞에 서 있던 할아버지는 그 자리에서 숨조차 제
대로 쉬지 못하고 아무 말도 하지 않은 채 장인들이 관의 나무판 하나
하나에 새겨진 다양한 그림들 속에 금룡(金龍)과 은봉(銀鳳)을 조각하
고 높은 산과 흐르는 물, 이 마을의 들판과 산맥을 조각하는 것을 바
라보고 있었다. 또 다른 관의 나무판에는 '천당대연도(天堂大宴圖)'에
중화(中華)표 담배와 마오타이주(茅台酒), 잘 익은 통자계(桶子鷄)*와
쟁반에 담긴 황허어(黃河魚)가 새겨져 있었다. 마작과 트럼프, 당나라
황제 가까이에서 부채질과 안마를 해주는 궁녀와 하인들의 모습도
새겨져 있었다. 가장 기이한 것은 '극락세계도'를 조각하는 사람이었
다. 그는 자신의 그림 속에 텔레비전과 냉장고, 세탁기, 그리고 할아
버지가 그때까지 구경조차 해보지 못한 각종 가전제품과 기계를 새
겨 넣고 있었다. 그리고 기계들 옆에는 고색창연한 건물 하나를 새기

---

* 송나라 때부터 내려온 닭요리로, 나무통을 이용해 조리한다.

고 있었다. 건물 위의 기와는 고대의 반원형 기와였고, 기와 바로 아래의 문설주에는 중국인민은행이라는 여섯 글자가 새겨져 있었다. 장인들은 하나같이 정성을 다해 세밀하게 조각에 전념하고 있었다. 하나같이 불상이라도 조각하고 있는 것처럼 진지한 모습이었고, 이마에는 가는 땀방울이 맺혀 있었다. 매일같이 조각에 전념해서 그런지 눈동자가 눈 밖으로 튀어나올 것만 같았다. 각자 손에 들고 있는 조각도도 납작한 것이 있는가 하면, 초승달처럼 둥근 것도 있고 발등을 찍을 듯이 날카로운 모양으로 된 것도 있었다. 그들의 조각도 밑에는 날려 떨어진 순백과 황금빛의 측백나무 파편들이 바닥에 두껍게 쌓여 층을 이루고 있었다. 마치 화초나 쌀알이 깔려 있는 것 같았다. 측백나무로 만든 관과 파편에서 진동하는 측백나무의 기름 냄새가 방 안을 한 바퀴 빙 돌아 문밖으로 퍼져나갔다. 할아버지는 도대체 이 관을 누가 사용하게 되는지, 어떤 열병 환자가 이처럼 화려한 장례의 복을 누리게 되는지 몰라 조각공 하나가 칼을 가는 틈을 타서 다가가 물었다.

"관의 목재가 정말 좋네요."

조각공은 할아버지를 쳐다보면서 말했다.

"용관(龍棺)이니까 그렇죠."

"이것이 바로 용관이었구려."

할아버지는 고개를 돌려 소나무관 위에 '영송도(迎送圖)'가 새겨진 관은 무슨 관이냐고 물었다.

조각공은 기린관(麒麟棺)이라고 알려주었다.

할아버지는 앞에 있는 오동나무관 뚜껑에만 조각이 있는 것은 무슨 관이냐고 다시 물었다.

조각공은 수왕관(獸王棺)이라고 대답했다.

할아버지가 용관은 누가 쓰게 되느냐고 물었다.

조각공은 더 이상 귀찮아서 대꾸하기 싫다는 듯한 표정으로 고개를 들어 할아버지를 빤히 쳐다보았다. 할아버지가 물어서는 안 되는 것을 물었다는 듯한 표정이었다. 할아버지는 그 자리에 의기소침한 모습으로 잠시 서 있었다. 용관과 기린관, 수왕관을 만드는 작업장을 나오니 모래언덕 맨 꼭대기에 걸려 있던 해가 이미 모래언덕 서편으로 기울고 있었다. 겨울의 따스함 속으로 차갑고 싸늘한 바람이 불어왔다. 앞에 있는 갑, 을, 병 등급의 검은 관들은 더 이상 검은 호수처럼 보이지 않고 관으로 이루어진 진영처럼 보였다. 이때 마침 그 관의 진영 속을 왔다 갔다 하는 사람이 눈에 들어왔다. 손가락으로 이것저것 가리키면서 뭔가 말하는 모습이 관을 고르고 있는 것 같았다.

관의 진영의 한쪽에는 관을 가득 실은 대형 트럭이 한 대 서 있었다. 트럭은 관을 실어 나르는 것이 아니라 검은 산을 운반하고 있는 것 같았다. 산 위에 있는 한 사람이 가장 늦게 고른 관을 조심스럽게 산 정상으로 올리고 있었다. 이것저것 지시를 하던 사람은 차 위에서 관을 싣고 있는 사람에게 관이 마모되거나 부딪치지 않도록 모서리와 뚜껑에 볏짚 방석을 씌우라고 말했다. 지휘하는 사람은 작은 몸집

220

에 파란색 외투를 입고 있었고, 목에는 붉은 털이 달린 깃을 세우고 있었다. 말하는 목소리가 크고 거친 데다, 손짓 발짓까지 하고 있는 사내의 목소리가 이곳을 나가자마자 마주칠 집안 식구처럼 귀에 익숙했다.

할아버지가 그 사람 쪽으로 고개를 돌려 바라보았다.

과연 자기 집 식구 하나가 눈에 들어왔다. 차에 관을 싣는 것을 지휘하던 사람은 놀랍게도 우리 아버지였다. 놀란 할아버지는 의아한 생각을 떨치지 못하고 그 자리에 잠시 서 있다가 자신의 아들에게로 다가갔다. 할아버지가 빠른 걸음으로 관의 진영 사이를 뚫고 관을 가득 실은 트럭 앞으로 다가가고 있을 때, 차에 관을 싣고 있던 사람들은 이미 굵은 삼밧줄로 차에 실은 관들을 단단히 고정시키고 있었다. 차는 시동을 걸자마자 시커먼 연기를 내뿜으며 대문을 향해 나아갔다. 차에 관을 싣던 사람들도 우리 아버지가 트럭에 오르자마자 눈 깜짝할 사이에 자취를 감추고 말았다.

할아버지는 방금 전까지 트럭이 세워져 있던 공터에 서서 멀리 사라져가는 트럭을 바라보며 소리쳐 불렀다. 후이야, 후이야!

부르다가 잠에서 깼다.

꿈에서 깬 할아버지는 뜻밖에도 아버지가 자신의 침대 앞에 서서 얼굴에 미소를 띠고 다정하게 자신을 부르고 있는 것을 보았다. 아버지는 현성에 가서 가오 현장을 만나고 왔다고 말했다. 아버지는 할아버지에게 가오 현장이 원래는 교육국의 가오 국장이었는데 지금은 부현장이 되었고, 열병위원회의 책임자가 되었다고 알려주었다. 가오 현장이 자신에게 딩씨 마을로 돌아가면 할아버지에게 안부를 전해달라고 했다는 말도 했다. 또한 딩씨 마을의 열병 환자가 있는 가정마다 설에 기름 다섯 근과 폭죽을 나눠주고, 딩씨 마을 사람들 모두 즐겁게 새해를 맞이할 수 있게 해주겠다고 약속했다는 말도 전했다.

할아버지는 놀라움을 금치 못하며 나무토막처럼 침대 가장자리에 앉아 아버지를 쳐다보았다. 아직도 꿈속에 빠져 있는 것처럼 관 공장의 꿈을 반추하고 있었다.

3장

1

대년(大年)*과 소년(小年)**이 다 지나갔다.

소년이 지나자마자 마을에는 또 하나의 사건이 터졌다.

설을 쇠다 보면 친척들 사이에 왕래가 있기 마련이었다. 사람들이 서로 오가는 사이에 어느 마을에서는 열병으로 사람이 죽자 정부가 검은 관을 하나씩 지급했다는 사실을 알게 되었다. 현에서는 성의 변두리 지역에 관 공장을 설치하여 전문

---

* 음력 설.
** 음력 12월 23일이나 24일로 지역마다 차이가 있지만 대개 부뚜막신, 즉 조왕신에게 제사를 지내는 풍속이 있다.

적으로 열병 환자들에게 나눠줄 관을 만들고 있다는 사실을 알게 되었다. 똑같은 병이고, 똑같은 현에 사는 사람들인데 무엇을 근거로 다른 사람들에게는 몇백 위안이나 되는 관을 나눠주면서 딩씨 마을 사람들에게는 겨우 십 위안 남짓 되는 기름 한 통과 몇 위안도 안 되는 폭죽만 지급한단 말인가.

사람들은 곧바로 아버지를 찾아가 물었다.

이런 물건들을 아버지가 직접 수령했기 때문에 아버지를 찾아가 물었던 것이다.

정월 열엿새 날 아침을 먹은 직후였다. 자오씨우친과 딩유에진이 우리 아버지를 찾아가 물었다. 아버지는 마침 마당 한 귀퉁이의 땅을 갈아엎고 있었다. 그곳에는 원래 돼지우리와 닭장이 있었지만 닭과 돼지가 모두 마을 사람들에게 독살당하자 더 이상 닭과 돼지를 먹이지 않았다. 대신 우리를 부수고 땅을 갈아엎어 그 땅에 쥐깨풀을 심을 생각이었다. 깨진 벽돌이 마당 한쪽에 쌓여 있고, 갈아엎은 모래흙은 진흙처럼 검은빛을 드러내고 있었다. 진흙처럼 검은 흙이었다. 이 땅은 아주 오랫동안 돼지를 키우고 여러 해 동안 닭을 키웠기 때문에 흙이 모두 거무튀튀하고 기름기가 많아 쥐깨풀을 심기에 이보다 더 좋은 토양이 없었다. 검은 흙에서는 작물이나 채소들이 모두 좋아하는 인분 거름의 구린내가 났다. 아버지는 솜으로 된 상의를 벗어 던지고 그 검은 냄새 사이에서 흙을 갈아엎고 있었다. 바로 이때 열병 환자들이 우리 집 대문 주위를 둘러싸고는 다른 마을에서는 사람이 죽게 되면 검은 관이 지급되는데, 어째서 우리 마을에서는 당장 사람이 죽어도 고작 채자유(菜子油) 열 근밖에 주지 않는 거냐고 물었다.

아버지가 갈아엎던 땅에서 걸어 나와 대문을 가로막으며 말했다.

"내가 이리저리 뛰어다니지 않았다면 당신네들은 그 기름마저도 얻지 못했을 거라고."

아버지는 어떤 마을에서는 주민 수가 겨우 이백 명밖에 안 되는데 한 해에 백 명 가까이 죽었다면서, 이에 비하면 딩씨 마을은 여간 다행인 것이 아니라고 말했다. 그러니 어떻게 다른 사람들과 관을 가지고 다툴 수 있겠느냐는 것이었다.

또 어떤 마을은 주민이 오백 명인데 현재 삼백 명이 열병에 걸려 있다면서, 딩씨 마을에서 굳이 그 사람들과 아귀다툼을 벌여 관을 꼭 챙겨 와야겠느냐고 반문했다.

결국 모두들 아무 말도 하지 못했다.

더 이상 아무 말도 하지 못하자 아버지는 다시 가서 자신의 땅을 갈아엎었다.

겨울이 가고 봄이 왔다. 봄이 오자 그 땅에 쥐깨풀 씨앗을 뿌리고 이틀에 한 번씩 물을 주었다. 일주일이 지나자 쥐깨풀이 싹을 틔우기 시작했다.

보름이 지나자 쥐깨풀의 형체가 드러나고 줄기가 자라나더니 옅은 녹색과 남색의 아린 향기가 사방으로 퍼져나가기 시작했다.

쥐깨풀이 자라는 사이에 마을에서는 또 한 사람이 죽었다. 아직 서른도 되지 않은 사람이었는데 관이 없자 모두들 마을 입구에 서서 이런저런 이야기를 나누다가 결국 우리 집으로 가서 관을 요구해보라고 입을 모았다.

"후이 형님, 상부에 가서 이 아우를 위해 관 한 벌만 얻어 줘요."

아버지가 난처한 기색을 보이며 말했다.

"자네들도 생각해보게. 관을 얻을 수 있었으면 내가 여태 가만있었겠나? 채자유랑 폭죽도 자네들이 얻어 온 게 아니라 내가 얻어 온 것 아니었나?"

사람들은 그냥 돌아갔다.

아버지가 심은 쥐깨풀은 빼곡히 자라나 우리 집 마당 가득 향기를 채우고 있었다.

나비가 날아왔다. 날아왔다 다시 날아가버렸다.

꿀벌이 날아왔다. 날아왔다 다시 날아가버렸다.

쥐깨풀에서는 아린 향이 났다. 차갑고 아린 향은 꿀벌과 나비를 불러들이지 못했다. 하지만 어쨌든 우리 집 마당에는 봄볕이 가득했다.

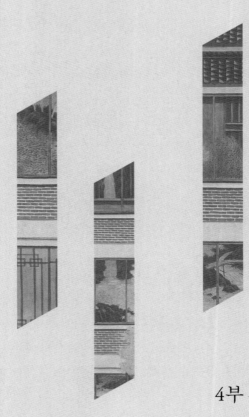

4부

1장

1

설이 지났다.

정월 보름도 지났다. 정월도 하루하루 지나가고 있었다.
세월은 예전 모습 그대로였다. 햇볕이 비추면 따스했고, 바
람이 불면 추웠다. 열병에 걸리면 약을 달여 먹었고, 누군가
죽으면 곧장 내다 묻었다.

생각해보면 사람을 묻기에는 학교만 한 곳이 없었다. 열병
과 열병이 함께 지내며, 이야기와 웃음을 나누며, 경쾌하게
세월을 보낼 수 있기 때문이었다. 열병 환자들이 각자 집으로
흩어지자 집 안에는 적막이 쌓였고, 뜰에도 적막이 가득했다.

삼 할의 병은 곧 칠 할의 병이 되었고, 칠 할의 병은 곧 세상을 떠나게 되었다. 그래서 모두들 학교로 돌아가 예전의 집단생활을 하고 싶어 했다. 학교로 돌아가자면 여럿이 함께 우리 아버지를 찾아가 관을 사야 했다. 그 과정에서 대거리를 하거나 말다툼을 하게 될 것이 뻔했다. 그래서 우리 할아버지를 찾아가 이야기하기가 편치 않았다. 어쨌든 할아버지는 우리 아버지의 아버지로서 피를 나눈 혈육이기 때문이었다.

이날 아침을 먹고 나서 해가 하늘에 걸리자 마을은 약한 불에 데워지기라도 한 것처럼 따스해졌다. 자오더취안과 딩유에진, 쟈껀주(賈根柱), 딩주시(丁竹喜), 자오씨우친 등은 모두 마을 안에서 햇볕을 쬐고 있었다. 우리 삼촌과 링링도 햇볕을 쬐면서 사람들 사이에서 서로 눈길을 주고받고 있었다.

두 사람은 도둑 연애를 하고 있었다. 도둑처럼 사랑하고 있었다.

두 사람이 도둑 연애를 하고 있는 사이에 누군가 말했다.

"누가 딩 선생님을 찾아가 모두들 아직도 학교에서 지내고 싶어 한다고 말 좀 해봐요."

삼촌이 빙긋이 웃으며 열병에 걸린 사람들을 향해 말했다.

"내가 갈게요."

모두들 그가 가는 것이 낫겠다고 거듭 말했다. 삼촌이 다시 사람들을 쳐다보며 큰 소리로 물었다.

"누구 나랑 같이 갈 사람 없어요?"

누군가 대답을 하기도 전에 삼촌이 곧바로 다시 물었다.

"링링, 링링이 나랑 같이 가는 게 어때요?"

링링이 머뭇거리자 자오씨우친이 재빨리 대신 말했다.

"링링, 네가 가. 너는 병도 심하지 않고 아직 다리에 힘도 남아 있잖아."

링링과 삼촌은 딩씨 마을을 나와 학교를 향해 걷기 시작했다.

학교로 가는 길은 그리 멀지 않았다. 길 양쪽에는 이미 밀이 포근한 겨울 날씨에 푸른빛을 드러내고 있었고, 해초 냄새 같은 새싹의 향기가 햇빛 속에 흩날리고 있었다. 평원의 투명함 속에서 멀리 보이는 류씨 마을과 황수이 마을, 리얼 마을이 텅 빈 하늘 아래 그림자처럼 지면을 덮고 있었다. 등 뒤로 보이는 딩씨 마을은 매우 가까웠지만 마을 입구에는 사람 그림자 하나 없었다. 사람들은 모두 마을 한가운데 있는 밥 짓는 곳으로 가서 햇볕을 쬐면서 모여 있었다. 삼촌은 링링과 어깨를 나란히 하고 걸으며 고개를 돌려 이리저리 둘러보다가 다시 앞쪽을 살펴보고는 링링의 손을 잡아끌었다.

링링도 깜짝 놀라 이리저리 고개를 돌려 사방을 둘러보고는 앞쪽을 살펴보았다.

삼촌이 말했다.

"아무도 없어."

링링이 웃으며 물었다.

"제가 보고 싶었어요?"

삼촌이 대답했다.

"링링은 내가 보고 싶지 않았단 말이야?"

링링이 정색을 하면서 말을 받았다.

"네."

"못 믿겠어."

"매일매일 제 병만 생각했어요. 언제 죽을지 모르니까요."

삼촌은 링링의 얼굴을 바라보면서 작년에 비해 훨씬 더 생기를 잃어버린 그녀의 얼굴에 죽음의 어두운 빛이 드리워져 있는 것을 발견했다. 검은빛을 띤 붉은색 천으로 말라버린 썩은 물을 덮고 있는 것 같았다. 연초에는 그녀의 얼굴에 종기가 거의 보이지 않았는데 연말이 되자 홍갈색 빛에 고름까지 차 있는 종기 십수 개가 이마에 돋아나 있었다. 삼촌은 링링의 손을 들어 올려 앞뒤로 뒤집으며 손등과 손목까지 자세히 살펴보았지만 새로 난 종기는 몇 개 되지 않았다. 피부에도 여전히 그녀 나이에 맞게 옅은 빛이 돌고 있었다. 새색시에게서나 볼 수 있는 스무 살 남짓 된 여인의 살색이었다.

삼촌이 말했다.

"괜찮으니까 걱정하지 말아요."

링링이 되물었다.

"뭐 좀 볼 줄은 알아요?"

"병에 걸린 지 일 년이 되어가니 의사가 다 되었지."

삼촌이 빙긋이 웃으며 말을 이었다.

"허리에 난 종기는 어떤 모양인지 좀 볼까."

링링은 그 자리에 멈춰 서서 삼촌의 얼굴을 뚫어지게 쳐다보았다.

"링링, 더 이상 못 참겠어."

눈길을 그녀의 허리에서 거둬들인 삼촌은 그녀를 잡아끌고 길가 풀밭으로 들어갔다. 누구네 땅인지 농사를 짓지 않아 잡초가 무릎까지 자라 있는 그곳은 황량하기만 했다. 늦은 겨울이라 풀은 이미 말라 있었지만 무릎까지 자란 잡초는 지난해의 왕성했던 흔적을 그대로 간직하고 있었다. 말라버린 잡초에서는 썩은 독초 향기가 겨울 내내 퍼져나가, 사람들의 폐부를 푸른빛으로 적셔주고 있었다. 링링은 죽어도 그 풀밭으로 들어가려고 하지 않았다. 삼촌이 그녀에게 물었다.

"링링은 정말 내가 보고 싶지 않았어?"

링링이 대답했다.

"보고 싶었어요."

삼촌이 또다시 링링의 손을 힘껏 잡아끌자 그녀가 말했다.

"의미가 없어요. 산다는 것이 아무런 의미도 없어요."

233

삼촌이 더 세게 그녀를 잡아끌며 말했다.

"그래, 아무 의미도 없는 삶이야. 하루를 살면 하루의 의미가 생겨날 뿐이지."

삼촌은 그녀를 이끌어 풀밭 안으로 걸어 들어갔다. 마른 풀들을 밟으며 앞서거니 뒤서거니 하면서 잡초가 자란 깊숙한 곳까지 들어가서야 풀을 깔고 자리에 앉았다.

풀을 깔고 그 자리에 누웠다.

미친 듯이 정사를 치렀다. 삼촌은 거의 미친 것 같았다. 링링 역시 미쳐 있었다. 서로가 미쳐 있었다. 병을 잊은 채 마치 아무 병도 없는 사람들과 똑같이 정사를 치렀다. 두 사람의 몸 뒤로 햇빛이 비쳐오자 삼촌은 링링의 몸에 있는 종기에 피가 가득 차 있는 것을 발견했다. 종기는 붉은 마노처럼 빨갛게 빛나고 있었다. 허리에도, 등에도 모두 그런 종기가 나 있었다. 마치 도시의 거리에 박혀 있는 내자등(奶子燈)* 같았다. 격정에 휩싸이자 그녀의 얼굴에서는 빛이 났다. 검고 건조하던 얼굴이 핏빛으로 빛나면서 햇빛을 받은 유리처럼 반짝거렸다. 그제야 삼촌은 그녀가 아직 젊을 뿐만 아니라 아주 예쁘다는 사실을 깨달았다. 그녀는 커다란 눈에 초롱초롱하고 검은 눈망울을 가지고 있었다. 오똑한 콧날은 반

* 축전지를 사용하여 도로 바닥에 신호용 조명을 제공하는 빨간 등.

234

듯하게 각이 잡힌 젓가락 같았다. 그녀는 바람을 피해 초지의 마른풀 사이에 누워 있었다. 조금 전까지만 해도 잔뜩 메말라 있던 그녀는 순식간에 촉촉해졌다. 흘러넘치는 물 같았다. 몸에 종기가 나 있었지만 오히려 종기 때문에 그녀의 몸은 더 여리고 가냘파 보였다. 피부도 하늘에서 흰 구름이 내려온 것처럼 희었다. 삼촌은 그녀에게 미쳐 있었고, 그녀는 삼촌의 이런 광기를 받아들였다. 풀밭이 평원에 부는 봄바람의 따스한 온기를 받아들이는 것 같았다.

광란의 시간이 지나자 땀이 흘렀다. 눈물도 흘렀다. 두 사람은 땅바닥에 반듯이 누워 서로 어깨를 나란히 붙인 채 하늘을 바라봤다. 햇빛 때문에 가늘게 실눈을 뜨고 있었다.

삼촌이 말했다.

"링링이 내 마누라였으면 좋겠다."

링링이 말했다.

"저는 올해를 넘기지 못할 것 같아요."

삼촌이 말했다.

"앞으로 한 달밖에 못 산다 해도 링링이 내게 시집오고 싶다고 하면 난 기꺼이 맞아들일 거야."

링링이 말했다.

"팅팅 형님은 어쩌고요?"

삼촌이 말했다.

"신경 쓸 것 없어."

풀밭에서 몸을 일으켜 앉은 링링이 잠시 생각에 잠기더니 맥없이 말했다.

"됐어요. 우린 둘 다 곧 죽을 사람들인데요, 뭘."

삼촌도 몸을 일으켜 앉아 잠시 생각해보았지만 역시 그럴 필요가 없겠다는 결론을 내렸다. 두 사람은 서로를 부축해 일어나서는 자신들에 의해 평평하게 눌린 초지를 내려다보며 함께 웃었다.

얼굴에 담담한 미소를 띠고 서로의 입가를 어루만지면서 학교를 향해 걸어갔다.

할아버지는 작년에 사람들이 자주 모였던 큰 교실을 정리하고 있었다. 걸레를 들고 누군가 분필로 칠판에 써놓은 돼지, 개, 멍청이 같은 단어들을 지우고 있었다. 그 돼지, 개, 멍청이 같은 단어들 옆에 쓰여 있는 이름들도 지워야 했다. 한참 칠판을 지우던 할아버지는 삼촌이 문가에 서서 빙긋이 웃고 있는 것을 보고는 물었다.

"네가 쓴 거냐?"

삼촌이 말했다.

"모두들 다시 학교로 돌아와서 살고 싶다는군요."

할아버지가 말했다.

"아이들에게 학교에 와서 공부할 수 있게 해줘야 해."

삼촌이 물었다.

"어른들이 전부 곧 죽을 텐데 아이들이 학교에 다녀서 무슨 소용이 있겠어요?"

할아버지가 재빨리 대답했다.

"어른들이 죽어도 아이들은 살아남아야 하니까."

"어른들이 전부 죽으면 누가 아이들을 키우나요?"

할아버지의 얼굴을 바라보면서 링링은 갑자기 할아버지의 얼굴이 친근하게 느껴졌다. 마치 만나본 적도 없는 자신의 시아버지처럼 느껴졌다. 그녀의 시아버지는 일찍 세상을 떠났다. 그녀가 딩씨 마을로 시집와서 본 것은 본채의 탁자 위에 놓여 있는 시아버지의 사진 한 장뿐이었다. 시아버지의 수척한 모습에는 인간사에 대한 아쉬운 마음이 담겨 있는 것 같았다. 이제 그녀는 우리 할아버지를 자신의 시아버지로 여기면서 이렇게 말했다.

"아저씨, 한번 생각을 좀 해보세요. 어른들이 하루 더 살면 아이들은 하루 덜 고아가 되는 셈이니, 그 하루만큼 덜 미안하지 않겠어요?"

할아버지는 손에 들고 있던 걸레를 칠판 선반에 박혀 있는 못에 걸어놓고 손에 묻은 분필 가루를 털면서 말했다.

"그럼 환자들 모두 돌아오라고 하지."

링링과 우리 삼촌은 곧장 딩씨 마을로 돌아가 모두들 다시 학교에서 생활할 수 있게 되었다는 사실을 알리기 위해 학교를 나왔다. 교문을 나서자마자 두 사람은 다시 손을 잡았다. 마른 잎이 무성한 풀밭에 이르자 두 사람은 서로를 한 번 쳐다보고는 아무 말도 하지 않았다. 그렇게 서로를 쳐다보다가 손을 잡고 다시 그 무성한 풀밭 한가운데로 들어갔다.

앉았다.

누웠다.

하늘 한복판에 떠 있는 해가 홀딱 벗은 두 사람의 알몸을 비추고 있었다.

2

학교에서 생활하기 위해서는 먼저 환자들에게 양식을 거둬야 했다. 지난번 기준에 따라 모두가 매달 일정량의 밀과 옥수수 가루 또는 쌀을 납부해야 했다. 마을 한가운데서 거둬들인 밀을 한 포대에 담고, 쌀도 한 포대에 담았다. 콩과 팥은 섞어서 한 포대에 담았다. 역시 유에진이 회계를 맡아 저울에 양곡을 달아 많으면 덜고 부족하면 채워 넣으며 사람들에게 거친 양곡과 가늘게 정제한 양곡을 구분하여 공용 양식 포대에 담게 했다. 자오씨우친은 취사 담당이라 양곡을 납부할 필요가 없었다. 그녀는 양식이 다 거둬질 때까지 기다렸다가 밀가루 포대와 쌀 포대를 꽉 채워 주둥이를 잘 묶었다. 포대 주둥이를 묶다가 그녀는 가득 채워진 밀가루 포대 안에 벽돌이 몇 장 들어가 있는 것을 발견했다. 벽돌 한 장의 무게가 다섯 근이니 네 장이면 스무 근이나 되는 셈이었다. 얼른 다른 밀가루 포대 안에 손을 넣어 만져보니 그 포대 안에서는 벽돌은 발견되지 않았지만 밥그릇 모양의 돌덩이가 하나 나왔다. 다시 쌀 포대 속을 뒤져보니 벽돌도 없고 돌덩이도 없었지만 이번에는 한 개에 몇 근이나 되는 기와가 몇 장 들어 있었다. 포대 안에서 꺼낸 벽돌과 돌덩이, 기와를 길 한복판에 꺼내놓자 길이 하얘졌다. 한 무더기나 되었다. 돌덩이는 삭발한 남자들의 머리통 같았고, 벽돌과 기와는 밀가루로 만든 네모난 떡과 만터우 같았다. 밀가루가 묻은 벽돌과 돌덩이, 기와 조각이 땅바닥에 한 무더기나 쌓였다. 백 근이 넘는 양이었다. 거둬들인 양곡을 전부 합치면 밀가루 네 포대 반과 쌀 두 포대, 콩 한 포대 남짓 그리고 옥수수 몇 포대였는데, 이 가운데 벽돌과 돌, 기와가 한 자루나 차지했다. 사람들은 모두 이 벽돌과 돌, 기와 더미를 둘러싸고 신기하다는 듯한 표정으로 한마디씩 서글픈 심정을 털어놓았다.

"맙소사, 이런 고약한 인심을 보았나! 다들 열병을 앓고 있으면서도 농간을 부리다니."

"네미! 곧 죽을 사람들이 이렇게 부도덕한 짓을 한단 말인가."

자오씨우친은 밀가루가 묻은 벽돌 하나를 집어 들고서 목청을 높여 소리쳤다.

"어떤 놈인지 어서 나와! 다들 밀가루를 다섯 근씩 냈는데 네놈 하나만 벽돌을 넉 장 넣었겠다. 네놈 혼자서 밀가루 스무 근을 덜 낸 셈이잖아."

그러다가 또 욕을 해댔다.

"이 심장이 썩고 폐가 문드러질 놈아, 네놈이 밀가루 스무 근을 덜 내서 내가 밥을 할 때 양곡이 부족하게 되면 모두들 이 자오씨우친이 또 식량을 훔쳐 간 거라고 생각할 것 아니야!"

그녀는 벽돌을 손에 든 채 이 포대 앞에서 저 포대 앞으로 왔다 갔다 하면서 찢어질 듯한 목소리로 소리를 질러댔다.

"이봐요, 딩씨 마을 사람들 모두 똑똑히 봤겠지? 전에 당신들 모두 나 자오씨우친을 마을의 도둑이라고 욕했지? 내가 도둑이라면 나는 그저 어느 집 채소밭을 지나다가 파가 보이면 파 한 뿌리 뽑고, 무가 보이면 무 한 개 뽑아다가 집에 있는 내 남편과 아이들에게 무채를 버무려준 것뿐이었어. 오이가 보이면 오이 하나 따서 물 대신 목을 좀 축였을 뿐이라고. 그런데 당신들은 도둑이 아니라면서 어떻게 감히 밀가루 오십 근 속에 벽돌 넉 장을 넣을 수 있는 거지? 어떻게 감히 쌀 반 포대 속에 큰 돌덩이 몇 개를 넣을 수 있는 거냐고?"

자오씨우친은 손에 들고 있던 벽돌을 밀가루 포대 옆으로 던져버린 다음 이번에는 밀가루가 묻은 하얀 돌덩이를 안아들었다. 밥그릇처럼 큰 돌덩이였다. 예전에 열병에 걸리지 않았을 때는 이런 돌덩이 몇 개를 한꺼번에 안을 수 있었고 두 광주리쯤 거뜬히 멜 수 있었지만 이제는 열병에 걸려 기력이 없었다. 그녀는 돌덩이를 안기는 했지만 들어 옮기지는 못했다. 다시 한번 힘을 쓰고서야 간신히 안을 수 있었다. 어린아이의 머리통을 안은 것 같았다. 그녀는 이 돌덩이를 품에 안고 사람들 사이를 이리저리 오가면서 소리를 질러대기 시작했다.

"똑똑히 보라고. 이 돌이 얼마나 무거운지 알아? 내가 제대로 안지도 못할 지경이라고. 어떤 못된 자식이 이 돌덩이를 양식 포대 안에 넣어두었는지 모르겠지만 어디 재주가 있으면 당신들이 이 돌덩이를 집으로 가지고 가서 솥에 넣고 끓여 먹어봐."

그러고는 돌덩이를 쿵 소리가 나도록 땅바닥에 내던지더니 오른발을 돌덩이 위에 올려놓고 왼발은 땅바닥을 짚은 채 남정네들처럼 양손을 허리에 얹고 계속 욕을 해댔다.

"당신들 집에서는 매일 솥에다 쌀은 넣지 않고, 대신 돌덩이를 넣어 삶아 먹는 모양이지? 당신들 집에서는 어른 아이

할 것 없이 전부 똥이랑 침만 먹고 사나 보지? 당신들 집에서는 어른들에게 효도할 때도 세숫대야에다 돌덩이나 기와 조각을 담아 한 상 푸짐하게 차려주나 보지?"

자오씨우친은 사람들 사이에서 마구 욕을 해댔다. 왔다 갔다 하면서 욕을 해대다가 지쳐버렸다. 지친 그녀는 양식 포대 위에 엉덩이를 걸치고 앉았다. 양식을 거둔 것은 점심식사 후였다. 해는 이미 남쪽 하늘에 걸려 마을 전체를 비추고 있었다. 온 마을이 이불을 덮어놓은 것처럼 따뜻했다. 겨울이 다 가지 않았는데도 봄이 오고 있었다. 사람들은 여전히 안에 솜저고리를 입고 있었고, 그 위에 긴 외투나 짧은 외투를 걸치고 있었다. 노인들은 여전히 양가죽 저고리를 껴입고 있었다. 그러나 홰나무 나뭇가지에는 이미 연한 초록과 노란색 새싹들이 돋아나 있었다. 투명한 황록색 가지에는 햇빛 속의 수증기 물방울이 매달려 있는 것 같았다. 모든 사람들, 마을의 모든 사람들이 집 밖으로 나와 있었다. 양식을 거둬 모으는 것이 워낙 중요하고 시끌벅적한 일이었기 때문이다. 양식 안에서 벽돌과 돌덩이, 기와가 발견된 것은 더없이 대단한 일이었다. 지난 이 년 동안 마을에 열병이 돌기 시작한 이래로 마을 안을 이렇게 떠들썩하게 만든 일은 없었다. 남녀노소 할 것 없이 집 밖으로 나와 꾸역꾸역 모여든 사람들은 포대를 에워싸고 구경하면서 양심 없는 사람들을 욕했다.

자오씨우친이 양심 없는 사람들을 욕하는 것을 구경했다.

쟈젠주는 새로 열병에 걸리자 누구보다도 학교에 가서 생활하고 싶어 했다. 그가 학교로 가서 생활하게 되면서 그의 엄마는 더 이상 매일 자신의 신세를 한탄하며 남몰래 눈물을 흘리지 않아도 되었다. 그의 아내도 열병이 자신이나 아이에게 전염되지나 않을까 염려하지 않아도 되었다. 양식을 납부할 때 자신들은 쌀도 가장 흰 것으로 내고 밀가루도 가장 고운 것으로 냈는데, 남들은 거친 쌀에 거친 밀가루를 낸 것을 보고는 은근히 손해를 봤다는 생각이 들었다. 그가 쌓여 있는 돌무더기를 바라보면서 말했다.

"이런 씹할! 씹할 놈들 같으니라고! 내가 낸 쌀과 밀가루도로 내놔. 학교에 가지 않겠어."

우리 삼촌이 말했다.

"그렇다면 자네가 낸 것에서 밀가루 열 근을 제하고 돌려주지."

쟈젠주가 뱁새눈을 하고 말했다.

"왜 그래야 하는데?"

삼촌이 말했다.

"모두들 양식을 돌려달라고 하면 벽돌과 돌덩이, 기와는 누구에게 돌려주겠나?"

쟈젠주는 잠시 생각에 잠기더니 이내 태도를 바꿨다.

"젠장, 그렇다면 하는 수 없이 학교에 가서 살아야겠네."

양식을 납부한 딩씨 마을 사람들 모두가 돌덩이와 기왓장 무더기 앞으로 가까이 다가가 만져보았다. 해는 서쪽으로 뉘엿뉘엿 기울고 있었고, 거리의 모든 길들이 붉게 물들어가고 있었다. 늦겨울의 바람이 평원에서 불어오고 있었다. 사람들은 모두 길거리에서 발을 동동 구르고 손을 비비면서 몸을 녹이고 있었다. 이때 우리 할아버지가 나타났다. 할아버지는 학교에 있다가 마을 사람들을 기다리다 못해 찾아온 것이었다. 자초지종을 물어본 할아버지는 돌덩이와 기왓장이 쌓여 있는 곳으로 가서 잠시 살펴보고 나서 말했다.

"누가 이런 농간을 부렸는지 찾아내지 못하면 다들 학교로 가지 않을 생각인가?"

모두들 이구동성으로 말했다.

"가야죠. 누가 집에서 가만히 죽기만을 기다리고 싶겠어요."

할아버지가 말했다.

"그럼 갑시다."

그러나 사람들은 몸을 움직이지 않았다. 모두들 땅바닥에 쌓여 있는 벽돌과 돌덩이, 기왓장을 노려보면서 하나같이 큰 손해를 본 것 같은 표정을 짓고 있었다. 엄청난 손해를 본 것은 아니었지만 자기가 남들보다 더 많은 것을 챙기지 못했다는 것에 대한 아쉬움이었다.

이렇게 모두들 불편한 표정으로 서거나 앉은 채로 자리를 뜨지 않고 있었다.

할아버지가 말했다.

"학교로 갈 생각이 아니라면 모두들 집으로 돌아가도록 해요."

하지만 모두들 여전히 말이 없었다.

"학교로 갈 거면 빨리 수레를 준비해서 양식을 학교로 옮기도록 하고."

사람들은 서 있거나 앉아 있는 채로, 양손을 소매 안이나 호주머니 속에 집어넣은 채로 서로의 얼굴만 쳐다보면서 여전히 입을 다문 채 이 일이 이렇게 넘어가서는 안 된다고 생각하고 있었다. 이렇게 모두들 마을 한가운데에서 몸이 굳은 채 서성거리고 있는 사이에 해는 고요함 속에서 서쪽으로 기울고 있었다. 불덩어리가 떨어지고 있는 것처럼 마지막 빛을 발하고 있었다. 온기도 아직 남아 있었다. 모두들 움직이지도 않고 말도 하지 않고 있는 것을 보고는 마침내 할아버지가 딩유에진에게 물었다.

"돌덩이와 기왓장의 무게가 얼마나 되나?"

딩유에진이 말했다.

"한번 달아봐야겠네요."

쟈젠주와 자오더취안이 광주리에 밀가루가 묻은 돌덩이

와 벽돌, 기왓장을 담은 다음 유에진에게 한 광주리씩 달아
보게 했다. 계산을 해보니 다 합쳐 무게가 아흔여섯 근이었
다. 할아버지는 전부 몇 명의 사람들이 학교에 가서 생활할
것인지 물었다. 사람 수를 따져 거친 양곡과 가는 양곡이 한
사람에게 얼마나 돌아가는지 알아보기 위해서였다. 할아버
지의 말이 채 끝나기도 전에 쟈껜주가 할아버지 앞으로 나서
면서 말했다.

"딩 선생님, 저를 때려 죽인다 해도 저는 이 양식을 나눠
먹을 수 없습니다. 못 믿으시겠다면 딩유에진에게 물어보세
요. 제가 낸 쌀과 밀가루는 최상품이란 말입니다. 쌀알은 크
고 하얀 것이 꼭 아기 젖니 같고, 밀가루는 강가에 튀어 오르
는 물방울처럼 보드랍단 말이에요."

쟈껜주의 말이 끝나자 자오더취안 그 뒤를 이어 말했다.
밀가루 포대 위에 엉덩이를 걸치고 앉아 참았던 한마디를 마
침내 퉁명스럽게 내뱉는 것이었다.

"저…… 저도 양식을 나누고 싶지 않아요."

다른 사람들도 모두 양식을 똑같이 나눌 수 없다고 말했다.

할아버지는 잠시 서성거리며 생각을 가다듬는가 싶더니
아무 말도 없이 마을 동쪽을 향해 걸어갔다. 사람들을 마을
한가운데에 내버려둔 채 신시가지를 향해 가고 있었다. 마을
사람들은 할아버지가 무엇을 하려는 건지 알지 못해 모두들

마을 한가운데서 할아버지가 돌아오기만을 기다리고 있었다. 날이 가물어 한바탕 비가 내리기를 기다리는 사람들 같았다. 얼마 지나지 않아 할아버지가 정말로 돌아왔다. 신시가지에서 돌아오는 길이었다. 마을은 이미 일몰에 젖고 있는 중이었다. 할아버지는 아버지에게 자전거로 밀가루 포대 두 개를 싣고 자기 뒤를 따라오게 했다. 두 부자는 서로 앞서거니 뒤서거니 하면서 길을 갔다. 아버지가 앞에 가고 할아버지가 그 뒤를 따라갔다. 놀라움과 신기함으로 가득 찬 마을 사람들의 눈길을 받으며 마을의 고요함 속으로 들어갔다. 당황하지도 않고 서두르지도 않으면서 침착하게 걸었다. 아버지가 끄는 자전거 체인에서 밝은 은빛 소리가 울렸다. 마치 노랫소리 같았다. 자전거가 가까이 다가오자 사람들은 아버지가 싣고 온 밀가루가 정부의 공장에서 생산된 표준 밀가루라는 것을 확인할 수 있었다. 우리 집에서 먹는 밀가루는 전부 현성 사람들이 먹는 표준 밀가루였다. 우리 아버지는 앞에서 밀가루를 실은 자전거를 밀고 있고, 할아버지는 그 뒤를 따라가고 있었다. 처음에는 아버지의 얼굴에 약간 오만한 기색이 보였다. 딩씨 마을 사람들을 무시하는 듯한 모습이었다. 그러나 사거리에 가까워져 마을 사람들이 그의 얼굴을 알아볼 수 있게 되자 아버지의 얼굴에 다시 넉넉한 미소가 걸렸다. 붉게 빛나는 미소였다. 사람들 가까이 다가간 아버지는 딩유에진과 쟈졘주, 자오씨우친 그리고 다른 사람들을 힐끔힐끔 쳐다보았다. 모두 다 자기 집을 찾아와 관을 맞췄던 사람들인 것을 확인한 아버지는 이들을 향해 웃으면서 말했다.

"아흔 근밖에 안 되는 밀가루를 가지고 같은 고향 한마을 사람들끼리, 그것도 다들 열병에 걸린 처지에 그렇게 시비를 따질 필요가 있겠소?"

이렇게 말하면서 아버지는 밀가루가 묻은 돌무더기를 힐끗 쳐다보고는 밀가루 두 포대를 양식을 모아놓은 자리에 내려놓았다. 그런 다음 자전거 짐받이에 묻은 하얀 밀가루를 탁탁 털어내면서 말했다.

"밀가루 백 근이오. 모두 현성 사람들이 먹는 정제분이지요. 이 딩후이가 여러분들에게 주는 작은 성의라고 생각해주세요."

말을 마친 아버지는 자전거를 돌렸다. 어느새 목소리에 잔뜩 힘이 들어가 있었다.

"잘 기억해둬요. 나 딩후이는 딩씨 마을에서 여러분들에게 한 치의 잘못도 저지른 적이 없다는 걸 말이에요. 여러분들이 내게 미안해할 일이 있으면 있었지, 내가 여러분들에게 미안해할 일은 하나도 없단 말입니다."

말을 마치고 아버지는 자리를 떴다.

말을 마치자마자 자리를 떴다.

자전거를 밀고 몇 걸음 걷다가 재빨리 올라타서는 아주 **빨**리 사라졌다.

일은 이렇게 해결되었다. 딩씨 마을 사람들은 점차 깨닫기 시작했다. 우리 아버지에게 미안해해야 한다는 것을 깨닫기 시작했다. 우리 딩씨 집안에게 미안해해야 한다는 것을 깨달았다. 이때부터 아주 오랫동안 사람들은 우리 아버지가 무슨 일을 하든지 의심을 품지 않게 되었다.

밤이 되자 학교 안은 평소와 같은 모습을 되찾았다. 사람들은 다시 원래 머물던 곳으로 자러 갔다. 우리 삼촌은 여전히 할아버지 방에서 잤다. 잠들기 전에 할아버지와 **삼촌**은 침대에 누워 불을 끈 채 몇 마디 이야기를 나눴다.

삼촌이 말했다.

"젠장, 아무래도 손해를 본 것 같아요."

할아버지가 말했다.

"뭘 손해 봤다는 게냐?"

삼촌이 말했다.

"저는 쌀 포대 속에 돌덩이 하나밖에 넣지 않았는데 형이 사람들에게 밀가루를 두 포대나 주더라니까요."

할아버지는 얼른 침대에서 일어나 창가에 있는 둘째삼촌을 쳐다봤지만 아무 말도 하지 않았다.

둘째삼촌이 말했다.

"아버지, 밀가루 포대에 벽돌을 넣은 사람이 누군지 알아
맞혀보세요."

둘째삼촌이 말을 이었다.

"제가 보기엔 유에진일 것 같아요. 그가 저울로 양식을 달
았거든요. 그가 혼자서 저울을 다뤘기 때문에 감히 양식 포
대 안에 벽돌을 네 장씩이나 넣을 수 있었던 것이지요. 스무
근이나 되는 벽돌을 말이에요. 게다가 작년에 자기 마누라가
죽었을 때 그의 집에서 벽돌을 산 적이 있잖아요. 벽돌을 사
들여 자기 마누라의 무덤 입구에 빙 둘러주었잖아요."

이런 이야기를 주고받고 있는데 창밖에서 소리가 났다. 기
침 소리 같았다. 기침 소리는 딱 한 번 들리고는 금세 뚝 그쳐
버렸다. 어디로 가는지 발자국 소리만 은은하게 들렸다. 삼
촌은 그 소리를 듣고 나서 다시 할아버지와 몇 마디 이야기
를 주고받고는 변소에 다녀와야겠다면서 곧장 옷을 걸치고
소리를 따라 나섰다.

3

이십여 일이 지나 삼촌과 링링은 쌀과 밀가루를 저장해두

는 방에 갇히고 말았다. 할아버지가 불려 왔을 때는 학교 안의 모든 열병 환자들이 그 문 주위를 에워싸고 있었다.

밤인데도 날은 청량하게 밝았고, 학교 안에는 달빛이 물처럼 뿌려지고 있었다. 사람들은 그 방문 앞에 이리저리 흩어져 서 있었다. 모두들 문을 열자고, 문을 열어 그들을 끌어내자고 말했지만 열쇠가 어디에 있는지 찾을 수가 없었다. 모두들 진풍경을 구경하기 위해 옷을 입고 밖으로 나왔다. 멋진 구경을 하기 위해, 세상에서 가장 볼만한 구경거리인 간통 현장을 목격하기 위해 나온 것이었다.

문밖에서 사람들의 발자국 소리가 한바탕 요란하게 울리더니 모두들 조용히 숨을 죽이고 있었다. 방 안에 있던 우리 삼촌이 큰 소리로 외쳤다.

"모두들 곧 죽을 사람들이고, 오늘을 살면서 내일을 보장할 수 없는 사람들인데 나와 링링에게 이렇게 모질게 구는 이유가 뭐요?"

자오씨우친이 사람들 틈에서 걸어 나와서는 주방의 밝은 등을 끌어다가 불빛을 입구 쪽으로 향하게 하여 창고 문의 자물쇠를 비춰보았다. 새로 단 자물쇠라 검정 칠의 광택이 선명하게 남아 있었다. 자오씨우친이 창고 방을 향해 소리쳤다.

"이봐, 딩량 아우. 이 문은 내가 걸어 잠근 게 아니야. 나는 자네랑 링링이 서로 좋아하는 사이라는 걸 진작에 눈치채고 있었어. 하지만 누구에게도 말한 적이 없었지. 내 입은 이 문만큼이나 무겁다고. 이 자물쇠는 누군가 자기 집에서 가지고 온 새 강철 자물쇠야. 진작부터 아우와 링링을 잡으려고 했던 모양이야."

삼촌은 방 안에서 잠시 말이 없더니 몹시 씩씩거리며 문밖에 대고 큰 소리로 말했다.

"잡아서 또 뭘 어쩔 건데? 지금 당장 나를 총살시킨다고 해도 두렵지 않아. 나와 함께 병에 걸린 사람들 몇 명은 이미 죽었으니, 내가 지금 살아 있는 것도 덤으로 사는 거나 마찬가지지. 간통 현장에서 잡힌다 해도 나는 두려울 게 없다고."

문밖의 소란도 잦아들어 이내 쥐 죽은 듯이 고요해졌다. 이쯤 되자 오히려 모두들 할 말이 없었다. 우리 삼촌과 링링을 창고 방에 가둔 것이 크게 잘못된 일인 것 같았다. 대단히 잘못된 일인 것 같았다. 오히려 우리 삼촌과 링링은 그 방 안에서 즐겁게, 그리고 정정당당하게 대화를 주고받고 있었다. 딩마이취안(丁麥全)과 왕꾸이즈(王貴子), 쟈건주, 딩유에진, 자오씨우친 등 수많은 사람들은 그 방문 밖에 서서 무슨 말을 해야 할지 몰라 서로 얼굴만 쳐다볼 뿐이었다.

사람들 중에서 자오더취안은 비교적 나이가 많은 편이었다. 그는 등불에 의지하여 문 앞에 서 있는 사람들을 바라보면서 우리 삼촌을 대신하여 사정하듯이 말했다.

"문을 열어줍시다."

쟈껀주도 그를 힐끗 쳐다보면서 말을 받았다.

"열쇠 갖고 있어요?"

자오더취안은 또다시 말뚝처럼 바닥에 주저앉아서는 말도 하지 않고 몸을 움직이지도 않았다.

딩유에진이 사람들 사이에서 걸어 나와서는 그 문 앞으로 가서 자물쇠를 당겨 잠시 살펴보더니 고개를 돌려 사람들을 향해 물었다.

"누가 문을 잠근 거예요?"

그러고는 다시 말을 이었다.

"모두들 곧 죽을 사람들인데 간통하는 현장을 잡아서 뭘 어쩌겠다는 겁니까? 하루라도 즐거울 수 있다면 최대한 즐겁게 보내게 해주자고요. 어서 문을 열어요. 딩량은 그의 형 딩후이보다 훨씬 괜찮은 사람이라고요. 그러니 어서 문 열어요."

쟈껀주도 앞으로 나가서 자물쇠를 살펴보고는 고개를 돌려서 말했다.

"문 열어줍시다. 딩량과 링링은 이제 막 스무 살이 넘은 사람들이에요. 하루를 살아도 사람답게 살아야지요. 이 일을 마을 전체에 떠벌려서는 절대로 안 됩니다. 이 일이 두 사람의 집안에까지 알려지면 사람답게 사는 건 불가능할 테니까요."

모두들 앞으로 다가가 자물쇠를 살펴보고는 다시 고개를

돌려 문을 열어주자고 말했다. 하지만 누가 자물쇠를 채운 것인지 알 수 없었고, 열쇠가 누구의 손에 들려 있는지도 알 수 없었다. 링링이 창고 방 안에서 울기 시작했다. 벽 한쪽 구석에 쭈그리고 앉아 울기 시작했다. 울음소리가 문틈을 스치는 바람처럼 방 안으로부터 흘러나오자 모두들 그녀를 가엾다고 생각했다. 그녀는 스물이 갓 넘은 나이에 딩씨 마을로 시집을 와서는 행복한 신혼생활도 며칠 누리지 못하고 자신이 열병에 걸렸다는 사실을 알게 되었다. 그녀가 자신이 열병에 걸렸다는 사실을 알고는 서둘러 딩씨 마을로 시집을 오게 된 것인지, 아니면 시집온 후에 열병에 걸렸다는 사실을 알아차리게 된 것인지는 알 수 없었다. 어쨌든 그녀는 시댁에 재앙을 몰고 왔다. 어쨌든 그녀가 들어오고 나서 시댁에는 평온한 날이 하루도 없었다. 그녀의 시댁은 그녀에 의해 박살 난 유리 같았다. 하루하루가 깨진 유리 조각으로 변해갔다. 자연스럽게 그녀는 시댁 식구들로부터 냉대와 괄시를 받게 되었다.

열병에 걸려 있는 데다 남자와 사통까지 했다는 사실을 딩샤오밍이 알게 된다는 것은 너무나 가혹한 일이었다. 그것도 사통한 남자가 바로 그의 종친이자 사촌형인 딩량이라는 사실은 더더욱 놀라웠다. 일이 수습할 수 없는 지경에 이르면 우는 수밖에 없었다. 하늘이 무너지기라도 한 듯이 슬피

우는 수밖에 없었다. 링링이 그 방 안에서 목 놓아 울고 있을 때, 삼촌이 그 방 안에서 덜컹덜컹 요란하게 창틀을 흔들고 있을 때, 우리 할아버지가 그 소리를 듣고 밖으로 나왔다. 할아버지는 그제야 삼촌이 한밤중이면 항상 할아버지 곁을 벗어나 다른 사람들과 한담을 나누러 간다거나, 다른 방에 가서 장기를 두고 오겠다고 했던 것이 알고 보니 매번 밖에 나가 링링과 남몰래 운우지정을 즐기기 위한 것이었음을 알게 되었다.

할아버지가 분기탱천한 얼굴로 다가오자 사람들은 자동적으로 몸을 비켜 길을 내주었다. 할아버지는 잰걸음으로 앞을 향해 나아갔다. 모두들 숨을 죽이고 할아버지가 이 일을 어떻게 처리하는지 지켜보고 있었다. 이때 창고 방 안에서 우리 삼촌이 할아버지를 부르는 소리가 들렸다.

"아버지……."

마침내 할아버지가 문 앞에 서서 숨을 헐떡이며 말했다.

"네 아비는 오래전부터 너와 네 형 때문에 기가 막혀 죽을 지경이다."

삼촌이 말했다.

"아버지, 우선 문부터 열어준 다음에 다시 이야기하지요."

할아버지는 아무 말도 하지 않았다.

삼촌이 다시 말했다.

"먼저 문부터 열어준 다음에 다시 이야기하자고요."

할아버지는 몸을 돌려 마을 사람들을 바라보면서 열쇠를 내줄 것을 요구했다. 정적이 흐르는 가운데 사람들은 서로 얼굴만 쳐다보고 있었다. 누가 그 문에 자물쇠를 채웠는지 아무도 모르고 있었다. 링링도 더 이상 훌쩍훌쩍 울지 않았다. 그녀는 문 뒤에 삼촌과 함께 서서 자물쇠가 열리고 밖으로 나갈 수 있기를 기다리고 있었다. 죽든지 살든지 우선은 밖으로 나가야 했다. 하지만 아무도 열쇠를 가져오지 않았다. 문 열쇠를 봤다고 말하는 사람도 없었다. 교정 밖에서는 이미 늦겨울의 한기가 올라오고 있었다. 학교 담장과 물이 찰랑거리는 제방의 가장자리를 넘어오고 있는 것 같았다. 한기가 평원 위를 유동하는 소리를 들을 수 있었다. 휘리리, 하고 울리는 소리를 들을 수 있었다. 고요한 숲에 바람이 스치는 듯한 소리였다. 곤충의 울음소리 같은 것도 들렸다. 겨울밤에 간간이 들을 수 있는 곤충 소리였다. 찌르르찌르르 울리는 소리가 고요한 밤에 황허 고도에서 들려오는 것인지, 아니면 평원 깊은 곳에서 나는 곤충들의 울음소리인지 알 수 없었지만 이 순간에는 깊은 정적 때문에 들을 수 있었다.

소리는 아주 맑고 선명하게 들려왔다.

할아버지가 말했다.

"열쇠를 내게 주면 안 되겠소? 내가 먼저 량과 링링을 대신해서 여러분들 앞에서 무릎을 꿇겠소. 그래도 안 되겠소?"

할아버지가 말했다.

"잘했든 잘못했든 모두 한마을 사람들이지 않소? 다들 며칠 못 살 사람들이지 않소?"

삼촌은 창고 방 안에서 소리쳤다.

"아버지, 그냥 자물쇠를 부숴버려요!"

이 말에 누군가 주변에서 돌을 찾기 시작했다. 부엌에 가서 장도리와 식칼을 가져다가 자물쇠를 비틀어 부수려는 사람도 있었다. 그러나 바로 그때 갑자기 문을 부술 필요도, 비틀어 열 필요도 없게 되었다.

마을에 있던 링링의 남편 딩샤오밍이 황급히 학교로 달려온 것이었다.

삼촌의 사촌동생이자 나의 당숙인 딩샤오밍이 밖에 있다가 학교 안으로 뛰어들어왔다.

그는 열병에 걸리지 않았다. 피를 판 적이 없기 때문에 열병에 걸리지 않았다. 그의 아버지는 피를 팔았다. 하지만 그의 아버지는 오래전에 열병으로 세상을 떠났으므로 이제 와서 또다시 이 열병 때문에 고통받을 필요가 없었다. 당숙은 병에 걸리지 않은 데다 매우 젊었다. 그는 학교 대문 밖에서부터 큰 걸음으로 걸어 들어와서는 곧장 사람들이 있는 쪽을 향해 다가왔다.

사람들 뒤쪽에서 누군가가 갑자기 소리를 질러댔다.

"저기 좀 봐, 저기 좀 보라고! 저기 걸어오는 사람 꼭 렁렁의 남편 같지 않아?"

모든 사람들이 일제히 고개를 돌렸다.

모두들 딩샤오밍이 사람들을 향해 빠른 걸음으로 다가오고 있는 것을 보았다. 호랑이나 표범처럼 맹렬한 속도로 다가오고 있었다. 또 모두들 등불 아래 서 있는 우리 할아버지의 얼굴이 하얗게 변하는 것을 보았다. 창백해진 낯빛은 마치 학교의 하얀 담장 같았다. 딩샤오밍의 아버지는 우리 할아버지보다 두 살 어리고 같은 부모에게서 태어난 친형제였다. 그러나 피를 팔기 시작한 그해에 우리 집이 삼층집을 짓고 삼촌네 집이 기와집을 지은 데 비해, 딩샤오밍의 집은 여전히 초가에서 살게 된 이후로 서로 왕래가 뜸해졌다. 그리고 샤오밍의 아버지가 갑자기 세상을 떠나자 어느 날 샤오밍의 어머니는 마을 길가에 서서 아무 이유도 없이 삼촌의 기와집을 가리키며 말했다.

"저게 무슨 기와집이야. 저건 온 마을의 피를 보관하고 있는 창고야."

또 삼층집인 우리 집의 흰 담벼락을 가리키며 말했다.

"저게 어떻게 도자기로 쌓은 담이겠어. 저건 순전히 사람들의 뼈로 지은 거야."

이 말이 아버지와 삼촌의 귀에까지 전해지자 두 집안은 서로 갈라서게 되었고, 성묘할 때를 제외하고는 같은 자리에 함께 서는 일도 없었다.

딩씨 마을에 열병이 만연해진 뒤에 내가 독살을 당하자, 이 소식은 딩씨 마을의 집집마다 전해졌고, 딩샤오밍 어머니의 귀에까지도 전해졌다. 그녀는 입에서 튀어나오는 대로 이 일이 인과응보라고, 정말로 살아서 천벌을 받게 된 거라고 내뱉었다. 우리 엄마가 곧장 딩샤오밍네 집으로 쳐들어가 한바탕 시끄럽게 소리를 지르고 싸우면서 소란을 피운 뒤로 두 집안은 다시는 서로 왕래하는 일이 없었다.

이때부터 한 집안이면서도 서로 다른 두 집안이 되어버렸다.

그러나 지금 우리 삼촌과 링링이 몰래 사통한 사건이 벌어지자 딩샤오밍이 호랑이나 표범 같은 모습으로 두 사람을 향해 맹렬하게 다가가고 있었다. 모두들 황급히 그를 위해 길을 내주었다. 그가 가까이 오기도 전에 모두들 길을 비켜주었다. 달빛 속에서 그의 낯빛이 무슨 색이었는지는 알 수 없었지만 모두들 그가 스쳐 지나갈 때 바람이 이는 것을 느낄 수 있었다. 그는 사람들이 재빨리 몸을 피해 내어준 길로 돌진해 들어왔다. 등불 아래에서 모든 사람들의 낯빛이 창백하게 변하는 것을 보았다. 모든 사람들이 열병에 걸렸고, 아직 죽지 않았지만 얼굴에 병색이 가득했다. 종기가 잔뜩 돋아난 새파랗고 파리한 모습이었고, 물 먹은 종이나 햇볕에 바싹 마른 것처럼 흰빛을 띠고 있었다. 혈색은 찾아볼 수 없었다.

우리 할아버지는 창고 방 문 앞에 몸이 굳은 채 서 있었다.

모든 사람이 그 문 앞에 몸이 굳은 채 서 있었다.

한순간에 사방이 고요해졌다. 극도로 고요해졌다. 평원의 깊은 고요함 속에 울리던 가는 소음도 들리지 않았다. 소리가 사라져버렸다. 모두들 딩샤오밍이 창고 방으로 다가가는 모습만 지켜보고 있었다. 돌진해 가는 모습을 바라보고 있었다. 그가 우리 할아버지 곁을 바람을 일으키며 지나가는 것을 지켜보고 있었다. 바람이 한 그루 마른 고목 옆을 스쳐 지나가는 것 같았다.

생각지도 못한 일이 벌어졌다. 누구도 예상하지 못하고, 아무도 상상하지 못한 일이 일어났다. 뜻밖에도 나의 당숙인 그의 손에 창고 문 열쇠가 쥐어져 있었던 것이다. 뜻밖에도 그가 그 자물쇠의 열쇠를 가지고 있었다. 그가 열쇠를 가지고 있다는 것은 너무나 뜻밖의 일이었다. 문 앞에 이르러 걸음을 멈춘 그는 손에 쥐고 있던 열쇠로 창고 문을 열었다. 처음에는 문이 열리지 않았다. 자물쇠에 반대 방향으로 열쇠를 꼽고 돌려서인지 처음에는 열쇠가 들어가지도 않았고 문이 열리지도 않았다. 그는 다시 열쇠를 제대로 꼽고 방금 전과 반대 방향으로 돌렸다.

문이 열렸다.

찰칵, 하는 소리와 함께 자물쇠가 열렸다.

문이 열렸다. 혹서에도 한기가 느껴지는 것 같았다. 혹서 와 혹한 사이에 한차례 우박이 쏟아지는 것 같았다. 와르르 타다닥 소리가 날 것만 같았다. 한순간이었다. 와르르 한차 례 우박이 지나가고 나자 날씨는 원래의 상태를 회복했다.

문이 열리자 당숙이 한 손으로 링링을 꽉 붙잡았다. 마치 링링이 문 앞에서 어서 그가 다가와 붙잡아주기를 기다리고 있었던 것 같았다.

그는 링링을 잡아끌고 문밖으로 걸어 나왔다. 단단한 체구 였다. 키가 그리 큰 편은 아니었지만 제법 살이 쪄 통통했다. 그는 링링의 옷의 어깨 부분을 움켜쥐고 밖으로 나왔다. 호 랑이가 새끼 양을 잡은 것 같은 모습이었다. 밖으로 끌려 나 가는 링링은 얼굴은 파래졌다가 하얘지기를 반복했다. 머리 칼은 그가 들어 올렸는지 어깨 근처에 흐트러져 있었다. 두 발이 땅 위에 들려 있는 듯이 걷고 있었다. 그는 한 마디도 하 지 않은 채 새파래진 얼굴로 먼저 문 앞에 몸이 굳은 채 서 있는 우리 할아버지 곁을 지나쳐, 다시 사람들이 몸을 비켜 내어준 길을 번개처럼 지나가고 있었다. 끌려가는 링링도 사람들 앞을 스쳐 지나갔다. 하얗고, 창백한 얼굴로 번개처럼 빠르게 지나갔다. 딩샤오밍이 우리 할아버지 곁을 스쳐 지나 갈 때 할아버지는 아무 말도 하지 않았다. 단지 몸을 돌려 그 가 격분하여 걸음을 옮기는 모습만 바라보고 있었다. 그의 등이 보이기 시작하자 할아버지는 앞으로 한두 걸음 뒤쫓아 가다가 다시 멈춰 서서 그를 소리쳐 불렀다.

"샤오밍아……."

그가 걸음을 멈추고 몸을 돌렸다.

"링링의 병세가 위중하니까 그냥 내버려두게."

몸을 돌리자마자 말한 것도 아니고 한참을 머뭇거리다 말 한 것도 아니었다. 나의 당숙 딩샤오밍은 불빛 속에서 할아 버지를 한참 노려보다가 땅바닥에 퉤, 하고 침을 뱉었다. 우 리 할아버지의 면전에 퉤, 하고 침을 뱉었다. 그러고는 코웃 음을 치며 차가운 어투로 말했다.

"댁의 자식들이나 잘 관리하세요!"

이렇게 말하고 그는 자리를 떴다.

몸을 돌려 가버렸다.

몸을 돌려 링링을 질질 끌고 가버렸다.

이때 학교 안에 있던 열병 환자들, 자오씨우친과 딩유에 진, 쟈껀주, 자오더취안 등 일고여덟, 여덟아홉 명의 사람들 은 일이 이렇게 처리되어서는 안 된다고 생각하고 있었다.

큰 구경거리가 간단히 끝나버려서는 안 된다는 생각에 모두들 당숙이 링링을 끌고 학교 밖으로 사라져가는 모습을 그 자리에 서서 계속 지켜보고 있었다. 마치 무슨 일이 생길지도 모른다는 듯이 모두들 그 자리에 서 있었다.

이렇게 모두들 나무처럼 우두커니 서 있었다.

멍하니 서 있었다.

할 일이 없는 것처럼 그대로 서 있었다.

달은 서쪽으로 기울고 있었다.

문득 삼촌이 생각났다. 간통을 하려면 반드시 두 사람이 있어야 한다는 생각이 들었다. 여자는 떠났지만 아직 남자가 남아 있었다. 모두들 고개를 돌려 삼촌을 바라보았다. 언제 방에서 나왔는지 삼촌은 옷매무새를 고치고 윗도리를 단정하게 가다듬었다. 그러고는 저고리의 목 단추까지 꼭 채우고 창고 방 문지방에 걸터앉았다. 집에서 쫓겨난 어린아이처럼 머리를 숙인 채 문지방에 앉아 양팔을 두 무릎 위에 늘어뜨리고 있었다. 손을 늘어뜨리고 있었다. 손은 팔에 매달린 듯 늘어져 있었다. 배가 고픈 것처럼 머리도 힘없이 내려뜨리고 있었다.

사람들은 일제히 고개를 돌려 우리 둘째삼촌을 바라보다가 또 우리 할아버지를 바라보았다. 우리 할아버지와 삼촌이 다음에 어떤 일을 벌일지 궁금해하며 기다리고 있었다.

할아버지가 앞으로 다가가 일을 냈다. 앞으로 다가가 갑자기 다리를 치켜들더니 변명할 틈도 없이 삼촌을 발로 걷어찬 것이었다.

"어서 방으로 들어가지 못해. 여기서 망신살이 뻗쳐 죽고 싶은 게야?"

삼촌은 몸을 일으켜 방 안으로 들어갔다. 사람들 옆을 지나치는 그의 얼굴에는 뜻밖에도 미소가 번져 있었다. 억지로 짜낸 웃음이었다. 그는 마을 사람들을 힐끗 쳐다보면서 웃는 얼굴로 담담하게 말했다.

"마음대로 비웃어요. 실컷 비웃으라고요. 그 대신 제발 우리 마누라에게 알리지만 말아줘요. 곧 죽을 몸이지만 난 아직도 마누라가 이런 사실을 아는 것이 제일 무섭거든요."

삼촌은 사람들에게서 아주 멀리 떨어진 뒤에도 다시 고개를 돌려 큰 소리로 부탁했다.

"부탁이에요. 제발 우리 마누라에게 알리지 말아요."

2장

1

딩유에진과 쟈껀주가 우리 할아버지를 찾아왔다. 할아버지를 찾아가 사람들이 생각지도 못한 일을 상의하기 위해서였다.

해는 여전히 평소와 다름없이 떴다가 평소와 다름없이 졌다. 해가 떠오를 때면 평소와 다름없이 평원에 남은 늦겨울의 한기가 물러갔고 학교 안에도 온기가 가득했다. 학교 안에 심어져 있는 버드나무와 오동나무는 초록빛을 머금고 있었다. 봄날이 이슬처럼 나뭇가지에 매달려 있었다. 버드나무에는 솜털처럼 돋아난 검은색과 붉은색의 새싹이 공중에 매달려 있었다. 어제 낮까지만 해도 없었는데 하룻밤 사이에 우리 삼촌과 링링의 간통을 거치면서 봄이 왔고, 버드나무 가지에도 솜털 같은 새싹이 돋아난 것 같았다. 오동나무에는 포도송이처럼 동령(桐鈴)이 주렁주렁 매달려 있었다. 나무에서 맑고 신선한 기운이 만들어져 퍼져나갔다. 학교 안까지 날아들어와서는 이리저리 떠다니고 있었다. 교정을 둘러싸고 있는 담장은 벽돌담이었다. 벽돌담의 갈라진 틈 사이에서 흙이 떨어지고 있었다. 연두색 새싹이 그 틈을 뚫고 나와 자라면서 황금빛으로, 연노랑으로 투명하게 빛났다. 풀잎 너머를 바라보면 햇빛의 황금빛 푸름을 볼 수 있었다. 물속에서 금박이 반짝거리는 것 같았다. 봄이 왔다. 그렇게 아무런 기척도 없이 조용하게 찾아왔다. 학교 안에서 벌어진 간통 사건 때문에 봄은 학교 안으로 먼저 찾아와 혼탁한 겨울 숨결 속에 맑고 신선한 기운이 흐르게 해주었다. 사람들은 모두 잠을 자고 있었다. 밤새 간통 현장을 잡느라 피곤했기 때문이다. 딩씨 마을에 해가 떠오르자 딩씨 마을에서 열병에 걸리지 않은 사람들은 모두 잠자리에서 일어나 돼지우리와 닭장의 문을 열고, 닭과 돼지에게 새로운 하루를 시작하게 해주었다. 그러나 날이 환하게 밝았는데도 열병에 걸린 사람들은 그제야 막 꿈속으로 빠져들고 있었다.

코 고는 소리가 방 안에 메아리쳤다.

잠꼬대를 하는 사람들이 몇 마디 하지도 않았는데 쟈껀주와 딩유에진은 이미 깨어 있었다. 두 사람은 같은 방에서 잠을 잤다. 학교의 이층 교실에서 잤다. 동쪽으로 치우쳐 있는 방에서 잤다. 쟈껀주는 창문 아래서 잤다. 햇빛이 금빛 물결처럼 창을 넘어와 그의 이불 위로 흘렀다. 그의 얼굴 위로도 흘렀다. 따스한 온기가 그를 깨웠다. 눈을 뜨고서 잠시 멍하니 있던 그는 몸을 일으켜 창밖을 내다보았다. 창밖을 내다보다가 갑자기 허둥지둥 건너편 침대로 달려가 딩유에진을 불렀다. 부른 것이 아니라 흔들어 깨웠다. 딩유에진은 깜짝 놀라며 침상에서 몸을 일으켰다.

잠시 멍하니 있던 딩유에진은 그 일을 생각해내고는 쟈껀주와 함께 방을 나왔다. 이층에서 내려와 학교 입구에 있는 방으로 들어갔다. 할아버지의 방 앞에 도착한 두 사람은 창문을 기어올라 안을 들여다보고는 곧장 문을 두드렸다. 문을 두드리는 순간 등 뒤에서 대답이 들려왔다. 우리 삼촌은 죽은 듯이 자고 있었다. 너무 피곤해서 죽은 듯이 자고 있었다. 그렇게 큰일을 치렀을 때부터 이미 피곤해 보였는데, 방으로 돌아와 할아버지와 몇 마디 말다툼을 하고 나서는 곧바로 잠이 들어버렸다. 우리 할아버지와 작은 소리로 몇 마디 말다툼을 하다가 잠이 들어버린 것이었다.

삼촌이 잠들기 전에 할아버지는 이렇게 말했었다.

"량아, 이 아비는 네가 그렇게 못난 놈일 줄은 상상도 하지 못했다. 그렇게도 체면을 생각하지 못하다니."

삼촌은 입을 열지 못했다.

할아버지가 말했다.

"이 못난 놈아, 이 체면도 없는 놈아. 너는 제명에 죽지 못할 거야. 제대로 죽지 못할 거라고, 알아?"

삼촌이 말했다.

"제대로 죽지 못하면 어때요? 어차피 이놈의 열병으로 곧 죽을 텐데요, 뭐."

할아버지가 말했다.

"팅팅에게는 얼굴을 들 수 있겠니?"

삼촌이 대답했다.

"팅팅도 저랑 결혼하기 전에 이미 남자가 있었는데요, 뭘. 그 애는 저한테 한 번도 미안하다고 말한 적이 없어요."

할아버지가 말을 받았다.

"그럼 네 자식인 샤오쥔한테도 미안하지 않다는 게냐?"

삼촌이 말했다.

"아버지, 졸려죽겠어요. 그만 잘게요."

할아버지가 말했다.

"네놈이 그러고도 잠이 온단 말이냐?"

삼촌은 대답하지 않았다. 애써 잠을 청하고 있었다.

할아버지가 다시 말했다.

"팅팅과 네 장모가 알게 되면 어쩔 셈이야?"

삼촌이 몸을 돌려 되물었다.

"팅팅이 어떻게 알 수 있겠어요?"

그러고는 정말로 곧장 잠이 들어버렸다. 가늘게 코까지 골면서 아주 빨리 잠들어버렸다. 간통 사건이 있고 나서, 사람들에게 요란하게 간통 현장을 들키고 나서 그는 아주 먼 길을 달려온 사람처럼 기진맥진해져 아주 빨리 잠들어버렸다.

할아버지는 잠들지 못했다. 삼촌이 밉기도 하고 걱정되기도 했기 때문이다. 잠이 오지 않자 할아버지는 혼자 침대 머리맡에 앉아 길게 늘어졌다가 짧아지기를 반복하는 삼촌의 코 고는 소리를 듣고 있었다. 침대에서 일어나 삼촌을 산 채로 목 졸라 죽이지 못하는 것이 한스러울 뿐이었다. 목을 조르고 싶었지만 몸에 기력이 조금도 남아 있지 않았다. 그저 그렇게 침대 위에 초췌한 모습으로 앉아 있을 뿐이었다. 할아버지는 옷도 벗지 않은 채 이불을 뒤집어쓰고 우두커니 앉아 있었다. 그렇게 마른 나무처럼 앉아 있었다. 많은 일들을 생각한 것 같지만 실은 아무것도 생각하지 않은 셈이었다. 밤이 깊을 때까지 머릿속이 윙윙 울리더니 동이 틀 무렵이 되자 오히려 머리가 황량한 들판처럼 하얗게 비어버렸다. 끝없는 황야의 막막함처럼 하얗기만 했다. 삼촌이 미워도 미워할 수 없었고, 무척 가엾다가도 도무지 가여워할 수가 없었다. 창가에 푸른빛으로 동이 트는데도 눈꺼풀이 풀리지도 않고 졸음도 쏟아지지 않자 할아버지는 자리에서 일어나 문밖으로 나가려고 했다. 삼촌이 자고 있는 침대 앞을 지나는 순간 갑자기 허리를 굽혀 삼촌의 목을 조르고 싶은 충동이 일었다. 그러나 허리를 굽힌 할아버지는 목을 조르기는커녕 오히려 삼촌이 침대 밑으로 떨어뜨린 이불자락을 집어 올려 삼촌의 드러난 어깨를 덮어주었다. 삼촌의 어깨에 새로 돋아난 종기 몇 개가 눈에 들어왔다. 붉은 너덧 개의 종기가 물에 불린 완두만큼이나 컸다.

할아버지는 침대 옆에 서서 삼촌의 종기를 자세히 살펴보다가 밖으로 나갔다.

삼촌의 종기를 매만지다가 밖으로 나갔다.

학교 밖에 있는 밭과 그 주변을 걷다가 멈춰 서기를 반복하다가 다시 학교 안으로 돌아온 것이었다.

돌아와보니 딩유에진과 쟈건주가 할아버지의 방문을 두드리고 있었다. 할아버지가 그들 뒤로 다가가면서 애처로운 어투로 물었다.

"유에진, 껀주, 자네들이 웬일인가?"

뜻밖의 일이 바로 이렇게 생겨났다. 해가 서쪽에서 떠서 동쪽으로 지는 것만큼이나 뜻밖의 일이었다. 마치 들판에서 하룻밤 자고 났더니 밤새 평지에 높은 산이 하나 솟아난 것 같은 일이었다. 백 년 동안 말라 있던 황허 고도가 다시금 넘실대는 물살로 가득 찬 것과 같은 일이었다. 겨울이 가고 봄이 오는 계절인데도 대지가 유월에나 볼 수 있는 잘 익은 밀로 가득 찬 것 같은 일이었다. 문을 두드리려고 반쯤 쳐든 딩유에진의 손이 허공에 그대로 굳어버렸다. 그와 쟈껀주가 동시에 고개를 돌려 등 뒤에 서 있는 우리 할아버지를 보았다. 할아버지는 두 사람으로부터 한 걸음 정도 떨어져 있었다. 얼굴에는 피곤한 기색이 역력했고, 눈에는 붉은 거미줄 같은 실핏줄이 가득 쳐져 있는 것 같았다. 할아버지와 이들 두 사람은 서로를 조용히 쳐다보기만 할 뿐, 한참 동안 아무 말도 하지 않았다.

딩유에진이 얼굴에 담담한 미소를 띠면서 말했다.

"아저씨, 밤새 한잠도 못 주무셨나 봐요."

할아버지가 쓴웃음을 지으며 대답했다.

"잠이 안 오더군."

쟈껀주가 딩유에진을 바라보았다. 서로 눈을 맞춘 두 사람은 다시 고개를 돌려 우리 할아버지를 쳐다보면서 말했다.

"딩 선생님, 저희 둘이 선생님과 상의할 일이 한 가지 있습니다."

할아버지가 말했다.

"무슨 일인지 어서 말해보게."

쟈껀주가 학교 입구로 눈길을 던지면서 말했다.

"저쪽으로 가서 말씀드리지요."

할아버지가 말했다.

"어디서 말하든 마찬가진데, 뭘."

딩유에진이 말했다.

"딩량이 깨지 않게 하려고요."

그들은 학교 대문 안 한쪽 모퉁이로 가서는 건물 처마 밑에 서서 한참이나 서로를 응시했다. 그러다가 마침내 쟈껀주가 딩유에진을 힐끗 쳐다보며 말했다.

"네가 말해."

딩유에진이 다시 쟈껀주를 쳐다보며 말했다.

"아니야, 네가 말해."

쟈껀주가 잠시 동안 할아버지의 얼굴로 눈길을 던지더니 먼저 두 입술을 한일자로 굳게 다물었다가 다시 혀를 내밀어 입술을 핥으면서 말했다.

"딩 선생님, 저랑 유에진은 둘 다 며칠 못 살아요. 그래서 말인데 아무리 생각해봐도 선생님께 이 일을 속일 수는 없을 것 같습니다."

할아버지가 다시 두 사람을 쳐다보았다.

쟈껀주가 미소를 지으며 말했다.

"사실 딩량과 링링을 그 방에 가둔 건 저와 유에진이었어요."

할아버지의 낯빛이 달라졌다. 약간 파래졌다가 다시 하얘졌다. 두 사람을 쳐다보던 눈빛이 아득해졌다. 거친 들판처럼 아득해졌다. 뒤에 있는 사람을 붙잡지 않으면 허공에서 땅바닥으로 떨어져버릴 것 같은 놀랍고도 당혹스러운 아득함이었다. 결국 눈길을 딩유에진의 얼굴로 돌리면서 할아버지는 그가 몹시 죄송해하며 고개를 떨어뜨리고 있을 것이라고 생각했다. 하지만 딩유에진은 오히려 고개를 쳐들고 방금 쟈껀주가 그랬던 것처럼 얼굴에 미소를 띠고 있었다. 우리 삼촌의 얼굴에 항상 걸려 있던 능글맞은 웃음이었다. 미소 띤 얼굴로 우리 할아버지를 바라보면서 입을 굳게 다문 채 아무 말도 하지 않는 것이 마치 두 사람 모두 할아버지의 얼굴에서 무언가를 찾고 있는 것 같았다.

할아버지도 약간 놀란 듯한 표정으로 두 사람을 바라보았다.

쟈껀주가 먼저 입을 열었다.

"솔직히 말씀드리면 저희 둘이 방에 자물쇠를 채워놓고 사람을 시켜 열쇠를 링링의 남편에게 보냈습니다."

딩유에진이 이어서 말했다.

"껀주는 딩량의 아내에게도 열쇠를 하나 보내야 한다고

했지만 제가 그러지 못하게 막았지요."

쟈건주가 딩유에진을 힐끗 쳐다보며 다시 말했다.

"딩 선생님께서 저희를 가르쳐주셨던 일이 생각나서 그런 거지, 딩량이 좋아서 그랬던 것은 아니었어요."

딩유에진이 말했다.

"아저씨, 상의할 일이 한 가지 더 있어요."

쟈건주가 말했다.

"딩 선생님, 저희는 선생님이 딩량과 링링의 간통 사실을 딩량의 아내가 알게 되는 것을 가장 두려워하실 거라고 생각합니다."

딩유에진이 말을 받았다.

"그래서 이렇게 아저씨께 이 일을 상의하려는 거예요."

쟈건주가 말했다.

"뭐 그리 대단한 일은 아닙니다."

딩유에진이 말했다.

"아저씨한테 그리 나쁠 것도 없는 일이에요. 그냥 승낙해주시기만 하면 됩니다."

쟈건주가 말했다.

"승낙만 하시면 즉시 천하가 태평해질 겁니다."

우리 할아버지가 말했다.

"대체 무슨 일인데 그러나. 어서 말해보게."

딩유에진이 말했다.

"젠주, 아무래도 네가 말하는 게 좋겠어."

쟈젠주가 말했다.

"누가 말하든 마찬가진데, 뭐."

딩유에진이 말했다.

"그럼 네가 말해."

쟈젠주가 말했다.

"그래, 그럼 내가 말하지."

그러고는 고개를 돌려 우리 할아버지를 보면서 말을 이었다.

"딩 선생님, 듣고 나서 화내지 마세요. 저희는 선생님이 듣고 나서 화내실 게 두렵기 때문에 이렇게 말씀드리는 거예요. 먼저 말씀드리고 나서 상의하려고요. 선생님은 사리가 분명한 분이라는 걸 잘 알기 때문에 이렇게 상의를 드리려는 것이라고요. 마을의 다른 사람과는 상의하려 하지 않았을 거예요. 예컨대 리싼런이 아직 살아 있어서 딩씨 마을의 촌장 겸 지부서기, 지부서기 겸 촌장직을 맡고 있다고 해도 유에진과 제가 생각하고 말한 것을 곧장 행동으로 옮겼지, 애당초 그와 상의하지는 않았을 거란 말입니다."

할아버지가 말했다.

"자네들 도대체 무슨 일로 그러는 겐가?"

쟈젠주가 말했다.

275

"다름이 아니라 학교 안에서의 일을 말하는 겁니다. 앞으로 선생님은 어떤 일에도 관여하지 말아주셨으면 합니다. 열병 환자들에 관한 일 역시 조금도 관여하시면 안 됩니다. 이제부터는 이 모든 일을 저와 유에진이 알아서 처리하겠습니다."

딩유에진이 말을 받았다.

"아저씨, 솔직히 말씀드릴게요. 아저씨께서 저희 두 사람을 교장으로 세워주셨으면 합니다. 저희가 여기 모여 있는 모든 열병 환자들의 지도자이자 마을의 촌장 겸 지부서기가 되는 겁니다. 아저씨도 앞으로 저희 두 사람이 무슨 말을 하든지 순순히 따라주셔야 합니다. 아저씨가 저희 말을 들어주셔야만 열병 환자들 중에 누구도 저희 말에 거역하는 사람이 생겨나지 않을 테니까요."

할아버지는 잠시 웃음을 지었다. 아연실색한 웃음이었다. 그러고는 두 사람에게 되물었다.

"이 말을 하려던 겐가?"

"네, 바로 이겁니다."

쟈껀주가 엄숙한 얼굴로 말을 이었다.

"선생님이 열병 환자들을 전부 모아놓고 한 말씀 해주셔야 되겠습니다. 앞으로 학교 안에서 일어나는 모든 일을 저희 두 사람에게 일임하고, 정부에서 관여하는 일들도 전부 저희 두 사람이 알아서 처리하게 한다고 선포하시면 됩니다.

276

들리는 소문에 의하면 딩후이가 촌위원회의 관인을 가지고 있다고 하던데, 선생님께서 딩후이에게 그 관인을 내놓으라고 하세요. 그 관인은 앞으로 저희 두 사람이 관리하도록 하겠습니다. 저희 두 사람이 촌장과 지부서기가 되어 모든 일을 처리하겠습니다."

할아버지는 두 사람을 바라보면서 아무 말도 하지 않았다.

딩유에진이 말했다.

"아저씨가 선포해주시기만 하면 돼요."

쟈껀주가 말했다.

"선생님께서 나서서 선포해주시지 않으면 저희는 딩량의 일을 쑹팅팅에게 알릴 수밖에 없어요. 팅팅에게 이런 사실을 알리면 선생님 집안은 쑥대밭이 될 것이고, 몹시 괴로운 나날을 보내게 될 겁니다."

딩유에진이 말했다.

"아저씨, 저희 둘이 환자들을 관리하고 마을의 모든 일을 도맡아 처리할 수 있게 해주신다면 안 좋은 일은 전혀 일어나지 않을 거예요."

쟈껀주가 말했다.

"선생님보다 더 잘 해내겠다고 약속할게요. 저희는 다 알고 있습니다. 선생님의 큰아들 딩후이가 상부에서 우리에게 제공한 관을 전부 팔아치우고 있다는 사실을 말입니다. 듣자

하니 그는 돈을 좀 더 벌면 이사를 할 예정이라고 하더군요. 둥징으로 가든지 아니면 현성으로 간다고 합니다. 게다가 댁의 둘째아들 딩량은 간통을 저질렀을 뿐만 아니라 그 상대가 바로 자기 사촌동생의 아내였어요. 그런데도 선생님께서 계속 이 마을의 일을 관리하고 학교의 모든 일들을 처리한다는 것이 과연 적합한 것인지 말씀해보시지요.”

딩유에진이 말했다.

“아저씨, 마을 일과 학교 일을 저희가 맡는 것은 아저씨를 위해서도 좋은 일이고, 아저씨네 집안을 위해서도 좋은 일이에요.”

쟈껀주가 말했다.

“선생님께서 저희 두 사람의 제안에 동의하지 않는다면 저희는 딩량과 링링이 간통 현장에서 붙잡힌 사실을 팅팅에게 알리고 말 겁니다. 그렇게 되면 선생님 집안은 쑥대밭이 될 것이고 집안이 망하는 일을 앞당기게 되겠지요.”

두 사람은 쌍황(雙簧)*을 하듯이 번갈아가며 말했다. 마샹린이 추자희를 하는 것 같았다. 우리 할아버지는 그 자리에서 그저 구경만 하고 있었다. 그 자리에서 그저 듣기만 하고 있었다. 햇살이 할아버지의 얼굴을 비춰 하얀빛을 내뿜게 했

* 한 사람은 동작을 하고, 한 사람은 뒤에 숨어 설(說)이나 창(唱)을 하는 민간 기예의 일종.

다. 창백한 얼굴에 아주 가늘게 땀방울이 맺혀 있었다. 물로 얼굴을 씻기라도 한 것처럼 가는 물방울이 맺혀 있었다. 순식간에 할아버지는 늙어버렸다. 희끗희끗하던 머리카락도 완전히 흰색으로 변해버렸다. 은빛이 감도는 하얀 머리로 할아버지는 그렇게 처마 밑에 서 있었다. 할아버지의 머리는 마치 현성에서 파는 허공을 둥둥 떠다니는 풍선 같았다. 목이 지탱해주지 않았다면 할아버지의 머리는 아마 허공에서 흔들렸을 것이다. 흔들리다가 학교 대문 안으로 세게 떨어졌을 것이다. 할아버지는 같은 마을에 사는 샤껀주를 알지 못하는 듯이, 한 집안의 조카인 딩유에진을 알지 못하는 듯이 두 사람을 멍하니 바라보고 있었다. 학교에서 강의를 대신할 때 교과서에 나오는 의미를 알 수 없는 그림 두 장을 물끄러미 바라보듯, 해답이 나오지 않는 산수 문제를 바라보듯, 그렇게 두 사람을 바라보고 있었다. 입은 반쯤 벌린 채였다. 두 사람의 이야기가 시작될 때부터 끝날 때까지 계속 입을 반쯤 벌린 채 듣고 있었다. 미동도 하지 않았다. 입을 다물지도 않았고 눈을 깜빡거리지도 않았다.

교정 안의 오동나무 가지에서는 물이 흐르는 것처럼 참새들이 졸졸졸 지저귀고 있었다. 세 사람이 서 있는 적막 속에서 교정 안으로 한바탕 소나기라도 쏟아져 내리듯이 와르르 퍼져나가고 있었다. 세 사람은 고요 속에 그렇게 서 있었다.

죽은 듯이 침묵하고 있었다. 그렇게 죽은 듯이 침묵하면서 서로의 얼굴만 뚫어져라 쳐다보고 있었다. 마침내 쟈껀주가 먼저 더 이상 참지 못하겠는지 목구멍이 간질거리는 것처럼 기침을 해댔다. 한차례 기침을 하고 나서 그가 말했다.

"딩 선생님, 저희 두 사람이 한 이야기 잘 알아들으셨지요?"

2

할아버지는 쟈껀주와 딩유에진이 말한 대로 선포해주었다. 식사하는 자리에서 그런 사실을 선포했다. 다른 이야기는 하지 않고 단지 자신이 늙은 데다 못난 두 아들 딩량과 딩후이 때문에 체면이 땅에 떨어져 더 이상 학교의 일을 관장하는 것이 너무나 면목 없는 일이 되었고, 자신이 열병 환자들을 돌보는 것 역시 이제는 바람직하지 못하기 때문이라고만 말했다. 마을의 일은 더더욱 맡을 수 없고, 또한 자신의 천성에도 맞지 않기 때문에 앞으로는 쟈껀주와 딩유에진이 이런 일들을 전담하게 될 거라고 말했다.

아울러 두 사람은 병세가 심하지 않고, 뜨거운 가슴을 가지고 있는 만큼 이런 일을 맡는 것이 바람직하다고 말했다.

사람들은 주방과 창고 방 옆 햇볕이 내리쬐는 양지에 쭈그리고 앉아 식사를 하면서 모두들 지난밤 삼촌과 링링의 간통 사건을 떠올리고 있었다. 그러면서 할아버지가 더 이상 어떤 일을 맡아서 처리하기에는 확실히 체면이 서지 않는 것 같다고 생각했다. 자기 아들을 제대로 관리하지 못하는 사람이 어떻게 다른 사람들의 일을 관리할 수 있단 말인가. 모두들 고개를 돌려 우리 삼촌이 어디 있는지 찾아보다가 창고 방에서 가장 멀리 떨어진 동쪽 처마 밑에서 밥을 먹고 있는 그를 발견했다. 사람들이 자신을 쳐다보자 삼촌도 사람들을 쳐다보았다. 얼굴에 뻔뻔스러운 미소까지 띠면서, 마치 지난밤의 간통 소동이 아무렇지도 않은 일인 듯 태연한 모습을 보였다. 할아버지가 더 이상 학교의 크고 작은 일에 관여하지 못하게 된 것도 별일 아니라는 듯한 태도였다. 쟈젠주와 딩유에진이 할아버지 대신 모든 일을 도맡아 처리하게 된 것도 그다지 중요한 일이 아니라는 듯한 태도였다. 삼촌의 얼굴에는 일부러 꾸며낸 것 같은 미소가 흐르고 있었다. 간통 현장에서 붙잡힌 것이 그다지 떳떳하지 못한 일도 아니라고 정말로 생각하는지 연신 야릇한 미소를 짓고 있었다. 사람들은 삼촌의 웃음이 어떤 의미인지 도무지 알 수가 없었다. 누군가 주방 한쪽에서 큰 소리로 물었다.

"딩량, 공짜로 즐기는 맛이 어땠어?"

우리 삼촌이 대답했다.

"어차피 곧 죽을 텐데 남몰래 하루라도 더 즐길 수 있으면 즐겨야지."

쟈건주와 딩유에진은 삼촌의 웃는 모습은 거들떠보지도 않고 손에 들고 있던 밥그릇을 바닥에 내려놓고는 할아버지의 말에 귀를 기울였다. 다 듣고 나서 두 사람은 가까이에 있는 창턱에서 표어가 적힌 종이를 집어 든 다음, 솥을 닦을 때 사용하는 솔로 밥그릇 안에 남은 밥알을 묻혀 그 붉은 종이를 주방 앞 포플러나무에 붙였다.

두 사람은 아무 말도 하지 않고 그저 엄숙한 표정으로 커다란 붉은 종이를 붙이고 있었다. 사람들이 우르르 다가가 종이에 적힌 내용을 읽어보았다. 종이에는 두 사람이 정한 여러 조항의 규정들이 차례로 적혀 있었다.

1. 모든 환자들은 매달 정해진 표준량에 따라 식량을 납부한다. 부족한 양을 납부하거나 양을 속이는 자가 있으면 그쳐 죽일 놈의 가족을 전부 열병에 걸려 죽게 만든다.

2. 정부에서 제공하는 양식과 기름, 약품 등은 일체 학교에서 일괄적으로 관리한다. 따라서 남들보다 더 많이 가지려고 욕심 부릴 필요도 없다. 욕심을 부리는 사람은 조상 팔 대와 후손 십육 대까지 모두 열병에 걸려 죽게 될 것이다.

3. 정부에서 환자 각각에게 한 벌씩 나눠주는 검은 관은 쟈

껀주와 딩유에진이 상의하여 지급한다. 두 사람의 지시에 따르지 않는 사람들에게는 관을 지급하지 않는 것은 물론이요, 마을 사람들을 전부 동원하여 조상 팔 대와 후손 십육 대까지 욕을 보이고 말 것이다.

4. 학교의 재산은 누구도 개인적으로 가져가거나 점용할 수 없고, 부득이하게 사용하고자 하는 사람은 반드시 쟈껀주와 딩유에진의 동의를 받아야 한다. 남몰래 가져가거나 사용하는 자는 제명에 죽지 못할 것이고, 죽은 뒤에도 관이 열리고 시신을 도둑맞게 될 것이다.

5. 모든 사람들의 이익과 관련된 크고 작은 일들은 반드시 사전에 쟈껀주와 딩유에진의 동의를 구해 관인을 받아 처리한다. 촌위원회의 관인이 찍혀 있지 않는 사항은 모두 무효 처리한다. 이를 어기는 자는 반드시 요절하게 될 것이고, 그 부모 역시 제명에 죽지 못할 것이며, 자식들은 교통사고로 죽게 될 것이다.

6. 학교에서 생활하는 사람들은 남몰래 연애를 하거나 풍기를 문란케 하는 일을 해서는 안 된다. 이런 행위를 하다가 적발될 경우 마을로 돌려보내 고깔모자를 씌우고 목에 죄행을 적은 팻말을 걸어 조리돌림을 시킬 것이고, 열병에 걸린 피를 가족들 모두의 얼굴과 몸에 뿌릴 것이다.

7. 위의 규정에 동의하지 않는 자들은 강을 건널 때 다리가

끊어질 것이고, 꿈도 죽는 꿈만 꾸게 될 것이다. 자신의 열병이 가족 전체에게 전염될 것이고, 가까운 친척이나 지인, 친구들에게도 전염될 것이다. 또한 즉시 학교에서 내쫓아 집에서 죽을 날을 기다리게 할 것이다. 학교에서는 반나절도 더 머물지 못할 것이고, 반나절을 지체할 경우 즉시 열병이 발작하게 될 것이다.

모두들 일곱 조항의 규정을 보면서 얼굴에는 하나같이 자신이 누군가에게 직접 욕을 해대고 있기라도 한 듯한 웃음을 머금고 있었다. 잘 제정된 규정에 속이 다 후련하다는 듯한 표정이었다. 딩씨 마을 사람들은 모두 고개를 돌려 쟈껀주와 딩유에진을 바라보았다. 쟈껀주와 딩유에진은 담벼락 밑에 쭈그리고 앉아 밥을 먹고 있었다. 검은 구름이 잔뜩 낀 하늘처럼 굳은 표정으로 한껏 엄숙함을 연출하고 있었다. 결국 모든 규정이 이렇게 확정되었다.

그 결과 이런 규정으로 인해 학교와 마을에서는 오히려 수상쩍은 일들이 훨씬 더 많이 생겨나게 되었다.

이제 딩씨 마을은 예전의 딩씨 마을이 아니었다.

그리 대단한 일은 아니지만 쟈껀주의 집에 경사가 생겼다. 열병에 걸린 그의 동생이 혼인하게 된 것이었다. 딩씨 마을 사람들은 이웃 마을 사람들에게 그의 동생의 몸이 아주 건강 하다고 말하고는 했다. 한 끼에 큰 만터우 세 개에, 요리 두 접시를 먹고 나서 국을 두 그릇이나 비울 정도로 건강하다고 했다. 마침내 이웃 마을에 사는 열병에 걸리지 않은 처자가 그에 관한 소문을 듣고 마음이 움직였고, 그에게 시집오기로 약속하기에 이르렀다. 혼인하기로 약속한 지 사나흘 만에 혼 례를 올리기로 한 것이었다. 동생이 결혼을 하면서 잔치를 열고 손님들을 초대하기 위해 탁자 열 개가 필요하게 된 것 이었다. 집집마다 손님을 접대하기 위해 갖추고 있던 네모난 탁자는 전부 해체하여 관을 만드는 데 사용했기 때문에, 쟈 껀주는 동생 쟈껀바오(賈根寶)의 혼인에 필요한 잔치용 팔선 탁(八仙桌)을 구할 수 없게 되었다. 이에 그는 동생에게 학교 에 가서 수업용 책상을 빌려 오게 했다.

한참 후 쟈껀주의 동생인 쟈껀바오가 짐수레에 책상 몇 개 를 싣고 끌고 가려 하자, 우리 할아버지가 문 앞에서 그를 막 아서면서 그 누구도 마음대로 책상을 가져갈 수 없다고 말했 다. 아이들이 수업을 하는 경우가 아니라면 누구도 책상에 손을 댈 수 없다는 것이다. 누군가 자신을 때려 죽인다 해도 책상을 가져가게 할 수 없다는 것이 할아버지의 태도였다.

노란색 칠을 한 여섯 개의 책상이 다리를 서로 포갠 채 짐수레에 실려 있었다. 할아버지는 수레에 올라가 그 책상들을 다시 내려놓으려 했고, 스물두 살인 쟈껀바오는 책상을 수레 위로 올리려고 발버둥 치고 있었다. 결국 싸움이 벌어졌고, 학교 안에 있던 열병 환자들이 전부 달려 나왔다.

쟈껀주와 딩유에진도 밖으로 나왔다.

쟈껀주와 딩유에진이 학교의 주인이 되고 나서 사흘째 되던 날 벌어진 일이었다. 이 사흘 동안 쟈껀주와 딩유에진은 다른 사람들보다 밥도 적게 먹고 달여놓은 한약도 다른 사람들보다 적게 마시면서 두 번이나 향에 찾아가 환자들을 돌봐줄 것을 요구한 결과, 모든 환자들에게 밀가루 열 근과 콩 다섯 근이 지급되었다. 또한 열병 환자가 있는 집마다 밀이 다 익은 후에 토지세의 삼 분의 일을 줄여서 납부할 수 있도록 정부에 말해주겠다고 약속했다. 이렇게 얻을 것은 더 얻고 줄일 것은 더 줄임으로써 집집마다 스무여 근 남짓한 양식을 더 확보하게 되었고, 세금 납부액도 크게 줄어들게 되었다. 적어도 매년 세금 액수 때문에 정부와 다퉈야 하는 일을 덜게 된 셈이었다. 이런 일로 모두들 한창 신이 나 있는 차에 우리 할아버지와 쟈껀바오가 다투게 된 것이었다.

할아버지가 말했다.

"학교의 책상은 그 누구도 가져갈 수 없네."

쟈젠바오가 말했다.

"딩 선생님, 제가 열병에 걸렸다는 건 알고 계시죠?"

할아버지가 말했다.

"자넨 열병에 걸렸으면서도 결혼을 하겠다는 건가?"

쟈젠바오가 말했다.

"맙소사, 그럼 선생님은 제가 평생을 건달로 살 거라고 생각하셨다는 말인가요?"

모두들 할아버지가 학교 입구를 가로막고서 책상을 수레에 싣지 못하게 하는 광경을 바라보면서, 일제히 할아버지를 말렸다.

"책상 좀 빌려주는 건데 안 될 것 있나요? 안 돌려줄 것도 아닌데요."

"사람들이 전부 죽어나가는 마당에 마을에서 아내를 맞아들이는 게 그리 쉬운 일인 줄 아십니까?"

"딩 선생님, 설마 쟈젠주가 학교를 관리하지 못하게 한 것에 대해 앙갚음하시려는 건 아니겠지요?"

할아버지는 아무 말도 하지 않고 그저 학교 입구를 막고서 있었다. 따스한 햇살이 정수리를 타고 몸 아래로 흘러내리자 모든 사람들이 일제히 솜옷을 벗었다. 낡은 스웨터를 입은 사람도 있었고, 융으로 된 새 옷을 입은 사람도 있었다. 홑저고리를 입고 솜옷을 어깨에 걸친 사람도 있었다. 이런 계절에는 홑저고리만 입으면 너무 춥고 솜옷을 입으면 너무 덥기 때문에 홑저고리를 입고 그 위에 솜옷을 걸치는 것이 춥지도 덥지도 않아 안성맞춤이었다. 우리 할아버지는 새것도 아니고 헌것도 아닌 노란색 융 옷을 입고 있었다. 노란색 융 옷이 할아버지의 누리끼리한 낯빛을 드러내주고 있었다. 그 누리끼리한 얼굴 위로 한 겹 덮여 있던 가는 땀방울들이 햇빛을 받자 마치 황톳빛 대지 안에서 배어 나온 물처럼 보였다. 할아버지는 학교의 철문 한가운데에 서서 한쪽 문을 끌어당겨 닫은 다음 널찍하게 벌어진 문틈을 몸으로 막아서고 있었다. 두 다리를 쫙 벌리고 선 모습이 마치 땅에 말뚝 두 개를 박아 놓은 것 같았다. 할아버지는 열병에 걸린 모든 사람들을 쳐다보면서, 열병에 걸린 모든 사람들을 향해 말했다.

"쟈껀주가 죽고 난 다음에 그의 자식들은 공부하러 학교에 오지 않을 거라고 누군가 보장할 수만 있다면 껀바오가 이 책상들을 가져가도록 허락하겠네."

아무도 입을 열지 않았다.

할아버지가 큰 소리로 물었다.

"누가 감히 이를 보장할 수 있겠소?"

여전히 아무도 입을 열지 않았다. 모두들 표정이 굳어버렸

288

다. 공기도 얼어버렸다. 사람들이 멍하니 서서 어떻게 해야 좋을지 몰라 망설이고 있을 때, 쟈건주가 도착했다. 얼굴색이 붉으락푸르락한 것이 애써 노기를 억누르고 있는 것 같은데도 그는 조금도 당황하거나 서두르지 않고 천천히 걸어왔다. 그러고는 사람들 틈을 헤치고 나와 우리 할아버지 앞에 서서 목소리를 가다듬으며 차가운 어투로 말했다.

"딩 선생님, 사흘 전에 저희가 했던 이야기를 잊으셨습니까?"

할아버지는 쟈건주를 힐끗 쳐다보면서 높지도 낮지도 않은 목소리로 말했다.

"나는 단지 관심을 가지고 이 학교를 지켜보는 것뿐일세. 누구도 이 책상들을 가져가게 할 수는 없네."

쟈건주가 말했다.

"선생님이 학교 일에 관심을 가지시는 것은 좋습니다. 하지만 이 학교는 딩씨 마을의 초등학교이지 않습니까?"

"그래, 딩씨 마을의 초등학교가 맞네."

할아버지는 이 학교가 딩씨 마을의 학교가 아니라고는 말할 수 없었다. 할아버지가 딩씨 마을의 초등학교가 맞다고 하자 쟈건주는 대꾸할 말이 없어졌다. 그는 호주머니에서 종이 한 장을 꺼낸 다음 다시 촌위원회 관인을 꺼내 들고 쭈그리고 앉아 무릎 위에 종이를 펼쳤다. 그러고는 관인을 입으로 호호 분 다음 종이 위에 선홍색 도장을 찍어 할아버지에게 건네며 말했다.

"이제 가져가도 되는 겁니까?"

그래도 우리 할아버지가 여전히 대문을 막아선 채 미동도 하지 않자, 그는 다시 쭈그리고 앉아 무릎 위에 종이를 대고 연필로 종이에 "심사숙고한 결과 쟈껀바오가 학교 책상 열두 개를 가져가서 사용하는 것에 동의함"이라고 쓴 다음 자신의 이름을 적고 서명을 했다. 그는 붉은 관인 위에 자신의 이름이 선명하게 적힌 종이를 다시 할아버지에게 내밀며 말했다.

"이래도 아직 하실 말씀이 있으십니까?"

할아버지는 종이와 그 종이 위에 적힌 이름과 도장을 힐끗 쳐다보고는 다시 쟈껀주를 노려보았다. 마치 평소에 거짓말을 밥 먹듯이 하는 아이를 노려보는 것 같았다. 아이를 경멸하는 것 같기도 하고 불쌍히 여기는 것 같기도 한 눈빛이었다. 쟈껀주와 대문 앞에 모여 있는 모든 열병 환자들은 할아버지의 눈빛에 담긴 경멸의 느낌을 간파하고서 하나같이 할아버지가 잘못하고 있다고 생각했다. 그들은 종이에 관인이 찍혀 있고, 고작해야 책상 몇 개뿐이니 어서 사람들을 보내주라고 눈빛으로 항변하고 있었다. 그 종이에 '심사숙고를 거쳐 동의한다'라는 문구가 있으니 책상 몇 개쯤은 가져가게 해야 한다는 것이었다. 혼례라는 경사를 놓고 어떻게 그럴 수 있느냐는 것이었다. 이때 우리 삼촌이 사람들 사이를 비집고 나와 쟈건주를 대신하여 인지상정을 이야기하기 시작했다.

"아버지, 우리 집 책상도 아닌데 그렇게까지 하실 필요 있어요?"

할아버지가 말했다.

"너는 입 좀 다물고 있어. 네가 아니었으면 오늘 같은 일은 일어나지도 않았을 게다."

삼촌은 더 이상 아무 말도 하지 못하고 얼굴에 미소만 띠고 있다가 다시 사람들 속으로 물러나면서 빙긋이 웃으며 말했다.

"좋아요. 알았다고요. 저는 관여하지 않을게요. 제가 빠지면 되잖아요."

자오씨우친이 사람들 사이를 비집고 나와서 말했다.

"딩 선생님, 왜 이렇게 속 좁게 구시는 거예요. 이 책상이 딩씨네 물건도 아니잖아요."

우리 할아버지가 말했다.

"자오씨우친, 자기 이름도 쓸 줄 모르면서 자네가 뭘 안다고 그러는 게야?"

자오씨우친은 입을 헤벌린 채 아연실색한 표정을 지었다. 입을 벌리고 있지만 할 말이 없었다.

뒤에 서 있던 딩유에진이 앞을 막고 있던 사람들을 밀치고 나오면서 말했다.

"아저씨, 껀바오가 책상을 가져가는 것은 제가 허락한 일이에요. 어서 껀바오가 책상을 가져갈 수 있게 해주세요."

할아버지가 말했다.

"네가 동의하면 가져가도 된다는 말이냐?"

말을 마친 할아버지는 눈으로 딩유에진을 윽박지르고 있었다. 눈으로 그를 집어삼키려는 태세였다.

우리 할아버지를 무서워하지 않는 딩유에진은 할아버지가 자신을 쩨려보는 것처럼 똑같이 할아버지를 쩨려보면서 한껏 목청을 높여 강경하게 말했다.

"저랑 껀주가 이미 동의한 일입니다. 충분한 상의를 거쳐 껀바오가 책상을 가져갈 수 있도록 허락한 것이라고요."

할아버지는 목을 꼿꼿이 세우고 고개를 위로 쳐들었다. 그러고는 쟈껀주와 딩유에진은 쳐다보지도 않고 딩씨 마을의 열병 환자들을 쭉 훑어보고는 허공으로 눈길을 던지며 말했다.

"이 책상들을 끌고 가려면 수레로 내 몸을 밟고 가야 할 걸세."

말을 마친 할아버지는 있는 힘을 다해 양쪽 철문을 닫고서 마치 자신과 철문을 한데 용접해 붙이듯이 문틈 사이로 비집고 들어가버렸다. 쟈껀주와 딩유에진이 잡아당기고 끌어낸다 해도 절대로 철문에서 떨어지지 않을 것 같은 기세였다.

이리하여 상황은 더 삭막해졌다. 완전히 굳어버렸다. 공기도 또다시 얼어버렸다. 아무도 입을 열지 않았다. 모두들 쟈껀주와 딩유에진 그리고 우리 할아버지를 바라보면서 이들이 이 삭막하고 어색한 상황에서 어떻게 연극을 마무리하는지 구경하고 있었다. 점차적으로 사람들은 이 일이 책상의 문제도 아니고, 우리 삼촌과 링링이 간통 현장에서 붙잡힌 일과 관련된 문제도 아니라는 것을 알게 되었다. 앞으로 누가 학교를 관리할 것인가, 누가 학교의 책상을 관리할 것인가, 하는 문제에 관한 일이라는 것을 알게 되었다.

이렇게 모두들 침묵하고 있었다.

아주 어둡고 무거운 침묵이었다. 초봄의 따사로운 햇살 속에서도 한기를 느끼게 하는 침묵이었다.

동의한다는 문구가 쓰여 있고 관인도 찍혀 있는 종이가 쟈껀주의 손에서 떨리고 있었다. 아주 미세하게 떨리고 있었다. 그의 얼굴에는 죽은 사람의 얼굴에서 볼 수 있는 푸르스름한 빛이 한 꺼풀 덮여 있었고, 입술은 일직선으로 굳게 다물어져 있었다. 그런 얼굴로 우리 할아버지를 바라보고 있었다. 늙어서도 여전히 사람들을 들이받는 소를 구경하듯이 그렇게 바라보고 있었다.

늘어서도 죽지 않는 소를 구경하듯이 그렇게 바라보고 있었다.

딩유에진은 쟈껜주 옆에 서 있었다. 그의 얼굴에서 푸르스름한 빛은 찾아볼 수 없었지만 사람들이 퉤, 하고 침을 뱉기라도 한 것처럼 몹시 난처하고 곤혹스러운 기색이 역력했다. 우리 할아버지가 바로 자신의 숙부이기 때문이었다. 좋든 싫든 자신의 숙부이자 글을 가르쳐주었던 선생님이기 때문이었다. 그런 할아버지를 곤경에 빠뜨리기 쉽지 않았던 것이다. 그가 쟈껜주를 힐끗 쳐다보았다. 쟈껜주는 어떻게 해서든지 할아버지를 철 대문에서 떼어내고 껀바오에게 책상을 가져갈 수 있게 해주고 싶은 모습이었다. 어차피 그 책상들은 쟈껜주 형제가 사용하려고 요청한 것이고, 이런 상황에 이르렀으니 쟈껜주가 뒷수습을 하는 것이 마땅했다. 쟈껜주의 동생은 스물두 살로 그가 열병에 걸렸다는 사실은 모두가 다 알고 있었다. 그는 피를 판 적이 없지만 어떻게 된 일인지 열병에 감염되고 말았다. 딩씨 마을 사람들 전체가 이런 사실을 숨기고 있었기 때문에 그가 남의 집 아가씨를 감쪽같이 속이고 아내로 얻을 수 있게 된 것이었다. 아직 스무 살도 채 안된 이웃 마을의 아가씨는 그보다 두 살 반이 어렸다. 얼굴도 예쁘고 제법 교양도 갖춘 아가씨로서 대학시험도 치렀지만 합격하지는 못했다. 점수를 몇 점만 더 받았다면 대학에 붙을 수 있었을 것이고, 대학에 붙었다면 열병 환자인 쟈껀바오에게 시집올 필요도 없었을 것이다. 하지만 그녀는 시험에 붙지 못했고, 딩씨 마을의 쟈껀바오에게 시집오게 된 것이었다.

혼인을 결정하기 전에 그녀가 물었었다.

"엄마, 사람들 이야기로는 딩씨 마을 사람들이 집집마다 열병에 걸렸다고 하던데요?"

그녀의 엄마가 말했다.

"딩씨 마을 사람들 모두 껀바오는 열병에 걸리지 않았다고 했잖니. 그가 열병에 걸리지 않았는데 뭐가 그리 걱정이냐."

그녀의 엄마가 또 말했다.

"내가 너를 십 년이나 뒷바라지하면서 공부를 시켰는데도 대학에 떨어졌으니, 내가 평생 너를 낳아 키운 것이 완전히 헛고생이었지. 낳고 키우느라 십 년이나 헛고생을 했는데 설마 나더러 이 어미 집에서 너를 늙어 죽을 때까지 먹여 살리라는 것은 아니겠지?"

아가씨는 울음을 터뜨리고 말았다.

한바탕 울고 나서는 딩씨 마을에 시집가는 데 동의했다. 그리고 동의한 지 사흘 만에 혼례를 올리게 된 것이었다.

쟈껀바오는 사흘 만에 결혼하게 됨으로써 남자가 된 셈이었고, 후대를 갖게 된 셈이었으니 열병에 걸린 것이 그렇게 유감스러운 일은 아니었다. 이렇게 그는 혼례를 기다리고 있었다. 혼례와 관련된 일들을 준비하고 있었다. 모든 것이 다 준비되고 단지 잔치에 쓸 탁자가 몇 개 부족할 뿐이었는데, 우리 할아버지가 막으리라고는 생각지도 못했었다.

이것은 그가 책상 몇 개 가져가는 것을 막는 일이 아니라 그의 혼사를 가로막는 일이었다. 그는 비쩍 마른 데다 몸에 병이 생긴 터라 아직 열도 가라앉지 않았고, 정신과 기력이 모두 부족했다. 게다가 손윗사람인 우리 할아버지를 어떻게 해볼 도리가 없었다. 그래서 더욱 처량한 눈빛으로 자기 형을 바라볼 뿐이었다. 그의 형은 앞으로 학교나 마을에서 일어나는 모든 일을 자신이 맡아서 관리하게 되었다고 말했다. 그의 형은 살아 있는 동안 집안의 대를 잇는 문제를 잘 처리하고 동생이 가정을 이루는 모습도 지켜볼 것이며, 부모님의 백 년 후사를 책임지면서 살아 있는 동안에 열심히 피를 팔아 다 짓지 못한 몇 칸의 기와집도 마저 지을 생각이라고 말했다. 그런데 지금 우리 할아버지가 그가 책상을 가져가는 것조차 막고 있으니 처량한 눈빛으로 자기 형을 바라보는 수밖에 없었다. 자기 형이 나서서 몇 마디 하면 할아버지가 문 앞에서 물러날 것이고, 그러면 자기도 혼례에 쓸 책상을 가져갈 수 있을 것이라고 기대하고 있었던 것이다.

쟈껀바오는 이렇게 반은 애걸하는 듯한 표정으로, 반은 형 때문에 난처한 지경에 빠졌다고 항변하는 듯한 표정으로 쟈껀주를 바라보았다. 동생이 이런 눈빛으로 자신을 바라보자 쟈껀주가 입을 열었다. 갑자기 침착하게 가라앉은 목소리로 입을 열었다.

"껀바오, 이 책상들을 어디서 가져왔니? 원래 있던 곳에 도로 가져다 놔."

껀바오는 더더욱 이해할 수 없다는 표정으로 자기 형을 바라보았다. 쟈껀주가 말했다.

"내 말 들어. 어서 책상을 있던 자리에 도로 가져다 놔."

껀바오는 잠시 머뭇거리다가 책상을 실은 수레를 끌고 다시 학교 안으로 들어갔다. 수레와 책상이 움직이면서 덜그럭거리는 소리가 요란하게 들렸다. 잿빛 먼지가 사방으로 흩날렸다. 환자들도 책상을 실은 수레가 다시 학교 안 깊숙한 곳으로 끌려가는 것을 멀리서 멍하니 바라보면서 하나같이 얼굴에 말할 수 없는 유감을 드러냈다. 쟈껀주가 대체 왜 이러는 것인지 알지 못한 채, 그토록 성대한 연극의 내막을 알지 못한 채, 이렇게 흐지부지 사태가 마무리되고 있었다. 해는 이미 하늘 한가운데서 학교를 비추고 있었고, 교정 안에는 초봄의 숨결이 더욱 진하게 풍겼다. 평원 위로 차오르는 초목이 싹을 틔우는 촉촉한 냄새를 맡을 수 있었다. 마치 강가에 서서 물 냄새를 맡고 있는 것 같았다.

할아버지는 일이 이렇게 마무리되리라고는 미처 생각하

지 못했다. 쟈젠주가 이토록 쉽게 강경한 태도를 굽히게 되리라고는 꿈에도 생각지 못했다. 할아버지는 갑자기 쟈젠주에게 미안하고, 쟈젠바오의 혼사에 대해서도 미안하다는 생각이 들어 건너편 교실에서 책상을 내려놓고 있는 쟈젠바오를 바라보며 쟈젠주에게 말했다.

"젠바오가 사용할 손님 접대용 탁자는 내가 구해보겠네. 마을에서 팔선탁 몇 개 빌릴 수 없다는 것이 믿어지지가 않네."

"그러실 필요 없어요."

쟈젠주가 차가운 미소를 지으며 담담한 어투로 말했다. 담담한 어투로 말하면서 할아버지 곁을 지나쳐 철문을 밀치고 나갔다. 할아버지와 어깨를 스치고 지나갈 때 그의 얼굴에 또다시 푸르스름한 기운이 돌기 시작하면서 목에도 잔뜩 힘이 들어갔다. 푸른 버드나무 가지 몇 가닥이 그의 목 안에 들어가 있는 것 같았다. 그는 그렇게 차갑게 할아버지 곁을 지나쳐 모든 환자들의 시선을 한 몸에 받으며 딩씨 마을을 향해 걸어갔다. 빠르지도 느리지도 않은 걸음으로 걸어갔다. 잔가지가 없는 나무줄기 하나가 평원 위를 걸어가고 있는 것 같았다. 초봄 속으로 들어가고 있는 것 같았다.

초봄이 오자 나무들이 전부 싹을 틔웠다. 모든 일들이 싹을 틔우고 있었다.

4

일은 꼬리에 꼬리를 물고 이어졌다.

한 고리에서 또 다른 고리로 연결되어 있어 그 가운데 어느 것 하나도 생략할 수 없을 것 같았다.

쟈껀주가 마을로 돌아온 지 얼마 되지 않아 우리 숙모인 쑹팅팅이 딩씨 마을에서 나왔다. 한 줄기 바람이 딩씨 마을을 휘돌아 나오는 것 같았다. 그녀는 회오리바람처럼 학교를 향해 불어왔다. 길을 걷는 그녀의 얼굴은 누렇게 변해 있었다. 입 주위의 살이 경련이 일듯 실룩거렸다. 그녀와 손을 잡고 함께 걷는 아들 샤오쥔은 엄마의 걸음을 따라잡지 못해 종종걸음으로 뛰듯이 끌려가고 있었다. 샤오쥔의 걸음걸이는 북장단을 맞추듯이 힘들게 엄마의 걸음을 쫓아가고 있었다.

평원 위에는 연녹색 밀이 온통 푸른빛으로 출렁이고 있었다. 그 황량한 들판에서, 그 황량한 들판의 농지에서도 여리고 여린 초록 풀들이 땅을 뚫고 나와 머리를 내밀고 조심스럽게 주위를 두리번거리면서 세상에서 일어나는 일들을 바라보고 있었다. 멀리 황수이 마을이나 샤오리(小李) 마을에서는 열병에 걸리지 않은 사람들이 자기 집 밀밭에서 김을 매거나 봄밀에 물을 대고 있었다. 사람들은 너무나 먼 하늘 아래 있어 마치 바람 속에 한 묶음, 한 다발로 묶여 밭 위에 세워진 풀처럼 보였다. 우리 숙모는 회색으로 빛나는 그 길을 휩쓸듯이 걸어오고 있었다. 샤오쥔은 숙모의 손에 끌려오 듯이 종종걸음을 치면서 쫓아왔다. 그 광경이 마치 딩샤오밍 이 그날 밤 링링을 창고에서 잡아채 끌고 가는 것 같았다. 너무나 흡사한 모습이었다.

정오가 되었다. 밥을 지어 점심을 먹을 때가 되었다. 그러나 딩씨 마을 사람들은 점심밥을 짓지 않았고, 점심을 먹지도 않았다. 불을 피워 밥을 짓던 부녀자들은 모두 장작불을 꺼버렸다. 물이 끓고 있던 솥에 찬물을 더 가져다 부었다. 밥을 푸고 밥을 먹던 사람들은 밥그릇을 도마 위로 밀어놓았다. 사람들은 마을에 무슨 일이 일어났는지 알지는 못했지만, 곧 무슨 일이 생길 것이라는 사실은 알고 있다는 듯이 남녀노소 할 것 없이 전부 우리 숙모 뒤를 따라 학교로 바람처럼 밀려오고 있었다. 사람들이 몰려오면서 땅바닥에 한바탕 흙먼지가 일었다. 한 무리의 마대(馬隊)가 마을에서 학교를 향해 달려오고 있는 것 같았다.

어떤 사내 하나가 문 앞에 서서 욕을 해댔다.

"평생 대단한 구경거리를 본 적이 없어서 그러는 거야? 당장 이리 돌아오지 못해?"

그의 아내는 얼른 사람들의 무리에서 빠져나와 남편에게로 돌아갔다.

어떤 노파 하나가 마을 한가운데에 서서 잔소리를 해댔다.

"마을에 열병으로 죽은 사람 수가 아직 부족해서 그래? 열병으로도 죽지 않으니까 목을 매서라도 죽게 하려고 그렇게들 몰려가는 게야?"

노파의 자식들 또는 손자들도 전부 걸음을 멈췄다. 마을 입구에 선 채 가까이 다가가지 못하고 그저 멀리서 구경할 뿐이었다.

하지만 어떤 아낙네는 자기 아들딸들의 손에서 밥그릇을 받아 내려놓으며 말했다.

"우리도 가보자. 가서 구경해보자."

"어서 가자. 빨리 가서 구경해보자."

그녀의 아들딸과 다른 아이들도 사람들을 따라 학교를 향해 뛰기 시작했다.

딩씨 마을에 이런 구경거리가 사라진 지 이미 이 년이 넘었다. 열병이 퍼지기 시작한 뒤로 이처럼 떠들썩한 광경은 없었다. 이런 소란은 마샹린의 설창보다 훨씬 더 큰 구경거리였다. 생생하고 현장감이 넘쳤고, 희곡을 보는 것보다 훨씬 더 짜릿하고 성대했다.

이때 학교 안은 이미 조용해지고 있었다. 자오씨우친은 부녀자 둘을 데리고 남쪽으로 가서 밥을 짓기 시작했고, 다른 사람들도 모두 각자의 방으로 돌아간 상태였다. 교정이 텅 빈 채 적막감만 가득해 마치 겨울철 드넓은 들녘을 보는 것 같았다. 우리 숙모는 아들의 손을 잡아끌고서 바람을 휘감아 오듯이 학교 안으로 들어섰다. 뒤따라온 수많은 어른과 아이들 역시 우당탕 요란한 발소리를 내면서 들어왔다. 학교 철문을 밀어 열어젖히는 순간 잇몸을 시리게 하는 쇳소리가 났다.

학교 안에서 가장 먼저 그 소리를 들은 사람은 우리 할아버지였다. 할아버지와 우리 삼촌이었다. 그때 두 사람은 방안에서 뭔가를 이야기하고 있었다. 방금 전에 일어난 일을 이야기하면서 서로를 원망하고 있었다. 쟈젠바오를 그렇게 대한 것이 옳았는지의 여부를 놓고 서로를 원망하고 있었다. 삼촌이 말했다.

"잘했든 잘못했든 껀바오도 환자잖아요."

할아버지가 말을 받았다.

"열병에 걸렸으니 더더욱 남의 집 아가씨를 속여서 결혼을 해선 안 된다는 말이다."

삼촌이 말했다.

"딩씨 마을 아가씨도 아닌데 뭘 그렇게까지 참견하시는 거예요."

할아버지가 말했다.

"네놈도 그리 착한 놈이 아니라는 건 나도 알고 있다."

이렇게 말하는 순간 사건은 이미 학교로 몰려와 있었다.

문 앞에 도착해 있었다. 할아버지는 방에서 나오려다가 문 앞에서 우리 숙모와 마주쳤다.

한 사람은 문 안에 있고, 한 사람은 문 밖에 있었다. 우리 삼촌은 할아버지의 등 뒤에 서 있었다.

두 사람의 시선이 부딪쳤다. 마을 밖 도로에서 차가 서로 부딪친 것 같았다. 차 두 대가 동시에 멈춰 섰다.

아무도 소리를 내지 않았다.

할아버지가 쑹팅팅을 바라보았다. 원래 촉촉하게 윤기가 흐르던 붉은 얼굴이 지금은 회녹색으로 변해 있었다. 그녀의 얼굴에도 봄날의 신록이 물들기 시작하더니, 이내 모든 일을 알게 된 것 같았다. 곧 발생할 일을 알게 된 것 같았다. 삼촌도 알게 되었다. 곧 일어날 일을 알게 되었다. 삼촌은 할아버지의 등 뒤에 서서 잠시 자기 아내를 바라보다가 이내 몸을 움츠리면서 방 안으로 들어갔다.

할아버지가 고개를 돌리더니 방 안을 향해 큰 소리로 외쳤다.

"량아, 어서 이리 나와라. 나와서 네 아내 앞에 당장 무릎을 꿇어라!"

삼촌은 방 안에서 아무 말도 하지 않았다. 꼼짝도 하지 않았다. 방 안에 아무도 없는 것 같았다.

할아버지가 다시 삼촌을 불렀다. 노기등등한 목소리로 불

303

렀다.

"못난 놈 같으니라고. 어서 나오지 못해? 당장 나와서 팅팅 앞에 무릎을 꿇으란 말이다!"

삼촌은 밖으로 나오지 않았다. 오히려 안에서 방문을 걸어 잠가버렸다.

할아버지가 버드나무로 된 문을 발로 걷어찼다. 쾅쾅 소리가 나도록 세게 걷어찼다. 걷어차도 문이 열리지 않자 이번에는 앉은뱅이 의자를 들어 방문을 부수려고 했다. 하지만 의자를 들어 올리는 순간 사정이 변하고 말았다. 밀려오던 홍수가 수그러든 것 같았다. 거대한 회오리바람의 눈이 위축되어버린 것 같았다. 학교 안으로 들어선 우리 숙모는 갑자기 문 앞에 서서 아무 말도 하지 않았다. 얼굴의 푸른빛도 점차 희미해졌다. 폭발 직전의 분노를 담고 있는 얼굴이 간신히 가라앉는 것 같았다. 애써 화를 가라앉힌 숙모는 차가우면서도 격정이 가득한 목소리로 "아버님" 하고 우리 할아버지를 불렀다. 그러고는 이마 위로 흘러내려온 머리카락을 귀 뒤로 넘기면서 여자로서는 좀처럼 보기 드문 넓은 도량으로 말했다.

"아버님, 그 사람 부를 필요 없어요. 저 사람은 애당초 인간이 아니기 때문에 아버님이 부르셔도 대답하지 않을 거예요."

할아버지는 의자를 허공에 들어 올린 채 몸이 굳어버렸다.

숙모가 차분한 어투로 말했다.

"이것도 괜찮아요. 저는 한평생 딩씨 가문에 잘못한 일이 하나도 없으니까요. 이혼하고 친정집으로 돌아가면 더 이상 저와 샤오췬의 몸에 열병이 옮지 않을까 걱정하면서 마음을 졸이지 않아도 될 테니까 말이에요."

할아버지가 허공에 들고 있던 앉은뱅이 의자가 힘없이 아래로 내려왔다. 하지만 여전히 할아버지의 손에 들려 있었다. 의자가 밧줄로 묶인 채 할아버지의 허리와 다리 사이에 매달려 있는 것 같았다.

팅팅은 잠시 말을 멈추고 다시 한번 혀로 입술을 축였다. 그러자 이내 얼굴이 붉게 물들었다. 붉은빛으로 엷게 물든 얼굴로 하던 말을 계속했다.

"아버님, 샤오췬은 제가 데리고 가겠습니다. 손자가 보고 싶으시면 언제라도 저희 친정집으로 오세요. 하지만 딩량이 아들을 보러 왔다가는 저희 오빠와 동생들을 시켜 다리몽둥이를 부러뜨려버릴 테니까 그런 줄 아세요."

이렇게 말을 마친 숙모는 곧장 자리를 떴다.

우리 할아버지가 미처 한 마디도 꺼내기 전에 가버렸다.

몸을 돌려 그렇게 가버렸다.

5

쟈껀주는 딩씨 마을에서 돌아와 딩유에진과 함께 다시 교실 쪽으로 걸어오고 있었다. 우리 할아버지 딩수이양을 찾아오고 있는 것이었다. 두 사람이 할아버지의 방문 앞에 이르렀을 때, 팅팅은 막 할아버지 방에서 나온 상태였다. 한가하게 구경하러 온 사람들은 아직 돌아가지 않고 그 자리에 남아 있었다. 쟈껀주가 말했다.

"다들 돌아가요, 돌아가라고요. 뭐 좋은 구경거리가 있다고 그래요!"

간부라도 된 듯한 그의 말투에 마을에서 온 사람들은 이해할 수 없다는 듯한 표정으로 일제히 그를 쳐다보았다. 뒤에 있던 딩유에진이 해명하듯 말했다.

"못 들으셨어요? 학교에서 일어나는 일은 크든 작든 전부 우리가 관리합니다. 모두 저랑 쟈껀주가 알아서 처리한단 말입니다."

마을 사람들에게 이렇게 말하고는 두 사람은 우리 할아버지 방으로 들어가버렸다.

딩유에진이 싱글싱글 웃으며 할아버지를 불렀다.

"아저씨, 저희 둘이 또 아저씨와 상의할 이야기가 있습니다."

쟈껀주는 웃지 않았다. 대신 종이를 한 장 내밀었다. 얼마

전 '심사숙고를 거쳐 동의함'이라고 써 있던 종이와 똑같이
붉은 줄이 쳐져 있는 흰 편지지였다. 편지지 오른쪽 아랫부
분에는 촌위원회의 관인이 찍혀 있었다. 그리고 관인 위에는
네모를 이룬 문구가 한 구절 적혀 있었다.

하늘과 땅을 진동시킬 만한 문구였다.

심사숙고를 거쳐 딩수이양에게서 딩씨 마을 초등학교를
관리하는 자격을 박탈하는 동시에 교사로서의 자격도 취소
하는 데 동의함. 지금부터 딩씨 마을의 딩수이양 동지는 딩씨
마을 초등학교 사람이 아님. 앞으로 딩수이양 동지는 딩씨 마
을 초등학교의 모든 일과 사물에 관여할 수 없음.

관인 위에는 딩유에진과 쟈껀주의 이름이 위아래로 나란
히 적혀 있었다. 그리고 그 밑에는 날짜가 적혀 있었다. 할아
버지는 그 종이를 받아 들고 말없이 한 번 읽고 나서는 도저
히 믿을 수 없다는 듯한 표정으로 고개를 들어 딩유에진과
쟈껀주를 바라보았다. 그러고는 고개를 숙이고 다시 한번 종
이를 읽어보았다. 읽는 동안 늙고 초췌해진 얼굴이 경련을
일으키듯 가늘게 떨리고 있었다. 종이에 적힌 내용을 읽으면
서 할아버지는 종이를 구겨서 동그랗게 뭉쳐 딩유에진과 쟈
껀주의 얼굴에 던질까 하는 생각도 해보았다. 하지만 다시

고개를 들어보니 딩유에진과 쟈껀주의 등 뒤로 젊은 열병 환자 몇몇이 서 있는 것이 눈에 들어왔다. 쟈홍리(賈紅禮)와 쟈싼껀(賈三根), 딩싼즈(丁三子), 딩샤오유에(丁小躍) 등 서른 전후의 젊은이들이었다. 모두 쟈껀주와 딩유에진의 집안에서 오복의 상례를 벗어나지 않는 가까운 친척들로서 열병에 걸린 지 얼마 되지 않아 눈에 차가운 빛이 서려 있었다. 이들은 마침내 원수를 찾았다는 듯한 눈빛으로 할아버지를 쳐다보면서 아무 말도 하지 않았다. 팔짱을 끼고 있는 친구가 있는가 하면, 문설주에 몸을 기댄 채 입가에 냉소를 흘리고 있는 친구도 있었다.

할아버지가 물었다.

"너희들은 나를 잡아먹을 작정인 게로구나, 그렇지?"

쟈껀주가 말했다.

"딩수이양, 당신은 더 이상 학교 일에 관여할 수 없는 사람이야. 당신네 큰아들이 딩씨 마을 사람들의 피를 전부 팔아치웠거든. 환자들의 관까지도 모조리 가로채 팔아먹었단 말이야. 지금은 다른 마을 사람들의 관까지 팔고 있다더군. 당신네 둘째아들은 큰아들에 비하면 그나마 피라미인 셈이지. 그렇다고 제 형보다 나을 것도 없어. 본인은 열병에 걸려 있고, 마누라도 있는 주제에 학교에 와서 생활하면서 남의 마누라와 문란한 소동을 일으켰고, 게다가 그 상대가 바로 자

308

기 사촌의 제수씨였어. 사촌의 제수씨였다고! 딩수이양, 당신이 선생으로 있었기 때문에 그놈이 이런 불륜을 배우게 된 거란 말이야, 알아?"

쟈젠주가 물었다.

"어디 한번 말해봐요! 그래도 당신이 아직 이 학교의 관리를 맡는 것이 합당한 일인지."

그러고는 다시 선포하듯 말했다.

"오늘부터 당신은 더 이상 딩씨 마을 초등학교의 교사가 아니오. 그러니 다시는 이 학교에서 일어나는 크고 작은 일에 관여할 생각하지 마시오."

할아버지는 아무 말도 하지 않고 줄곧 방 한가운데에 서 있었다. 갑자기 몸이 어디론가 이식되고 있는 것 같았다. 누군가에 의해 몸의 근육과 뼈가 뽑히는 것 같더니 순식간에 쓰러질 것 같았다. 방 안에서 쓰러질 것 같았다. 하지만 할아버지는 아직 쓰러지지 않았다. 할아버지는 자신의 발가락으로 땅을 파듯이 좋든 싫든 여전히 방 안에 버티고 서 있었다.

그날 밤, 칠흑 같은 어두운 밤에, 교실 등불은 대부분 그대로 켜져 있었다. 학교 입구에 있는 방에만 등불이 꺼져 있었다. 죽음만큼이나 무거운 어둠이 내리누르는 가운데, 방 안에 검은 돌이 가득 차 있는 것 같았다. 우리 할아버지와 삼촌

309

은 방 안에서 그 돌들 사이에 끼여 있는 것 같았다. 하늘은 금방이라도 비가 쏟아질 것 같았다. 진하고 끈적끈적한 습기가 어둠 사이를 흐르고 있었다. 바닥에 앉아 있는 할아버지의 얼굴과 손에는 물기가 축축했다. 삼촌은 자기 침대에 누워 밤을 응시하고 있었다. 죽음처럼 무거운 어둠이 삼촌의 얼굴을 내리누르고 있었다. 그의 호흡을 내리누르고 있었다.

갑갑해죽을 지경이었다.

할아버지가 말했다.

"량아, 네가 집에 한번 다녀와야겠다."

삼촌이 물었다.

"집에 가서 뭐하게요?"

할아버지가 말했다.

"팅팅을 돌봐줘야지. 절대로 그 애를 친정으로 가게 해서는 안 된다."

삼촌은 생각에 잠겼다. 생각하고 또 생각하다가 결국 집으로 돌아갔다.

학교에서는 몇몇 사람들이 밤새 책상을 수레에 싣고 있었다. 쟈젠주와 쟈젠바오가 밤새 책상을 옮기고 있는 것이었다. 쟈훙리와 쟈싼건도 책상 싣는 일을 거들고 있었다. 자오씨우친도 이들을 돕고 있는 것 같았다. 그들은 서로 뭔가 이야기를 주고받고 있었지만 제대로 알아들을 수 없었다. 혼사에 대해 이야기하고 있는 것 같았다. 그들은 또 웃고 있었다. 비가 내리는 날 황허 고도를 넘실대며 흘러가는 물처럼 웃고 있었다.

삼촌은 대문 근처에서 그들이 책상을 실으며 떠드는 소리를 듣고 있었다. 웃는 소리를 듣고 있었다. 헛기침을 한 번 하고서 그쪽의 소리가 잦아들기를 기다렸다가 조용히 대문을 나섰다.

집으로 돌아왔다.

집 문 앞에 이르러 대문에 매달려 있는 자물쇠를 보는 순간 가슴이 서늘해졌다. 황급히 문설주 틈새를 더듬어 열쇠 두 개를 꺼냈다. 자물쇠를 열고 걸음을 재촉하여 집 마당으로 들어간 삼촌은 다시 집 자물쇠를 열고 등을 켠 다음 사방을 살펴보았다. 본채 안은 전과 똑같은 모습이었지만 탁자위 어머니의 사진 위로 먼지가 뽀얗게 내려앉아 있었다. 조상의 위패 위에도 역시 먼지가 쌓여 있었다. 담 아래에 놓여 있는 등받이 없는 의자 위에는 삼촌의 세탁하지 않은 옷과 바지가 놓여 있었다. 삼촌은 다시 방 안으로 들어가 옷장 문을 열어보았다. 옷장 안에 있던 팅팅과 샤오쥔의 옷이 보이지 않았다. 허둥지둥 손을 뻗어 옷장의 서랍 안 구석구석을 더듬어보았다. 그 안에 넣어둔 돈과 옷장 색깔과 똑같은 붉은빛의 통장을 찾기 위해서였다. 한참을 더듬다가 다시 빈손을 꺼내는 순간, 삼촌은 팅팅이 이미 떠나버렸고, 딩씨 집안은 또다시 망하게 되었다는 사실을 깨달았다.

딩량 자신도 조만간 세상을 떠나게 될 것이라는 사실에 생각이 미치자 두 눈에 눈물이 고였다.

3장

1

또다시 차례로 사람이 죽고 집안이 망하기 시작했다. 쟈껜 주가 말한 것처럼 그렇게 사람이 죽고 집안이 망하는 일이 앞당겨 일어나기 시작했다.

사람이 죽고 집안이 망하는 일은 이해 봄이 그랬던 것처럼 앞당겨 찾아왔다. 빠른 걸음으로 서둘러 찾아왔다.

평원은 이미 온통 초록으로 물들어 있었다. 들판의 보리 도 줄기가 단단해지기 시작했고, 겨울 내내 축적된 지력이 이제는 전부 밀의 생장에 사용되고 있었다. 좋은 밭이건 안 좋은 모래밭이건 초봄에는 밀의 왕성한 생장을 위한 자양을 주기에 충분했다. 단지 보름 동안만 왕성할 뿐이었다. 한 달이 지나 중춘이 오고 모래밭이나 척박한 땅이 지력을 다하고 나면 그제야 땅의 두께를 분간할 수 있었고, 마르고 누렇게 뜬 종자를 찾아낼 수 있었다. 초봄이라 천지가 온통 초록이었다. 길가나 밭머리 그리고 씨앗을 심지 않은 황무지에는 들풀들이 미친 듯이 자라나 있었다. 마구잡이로 미친 듯이 자라나 있었다. 붉은 꽃과 흰 꽃, 노란 꽃과 자주 꽃이 온통 푸르른 풀 사이를 떠다녔다. 잘못 인쇄된, 마구잡이로 인쇄된 꽃무늬 천 같았다. 빨강 한가운데에 초록이 있고, 초록 한가운데에 빨강이 있었다. 희미한 빛깔 속에 노란색이 있고, 노란색 속에 희미하게 초록이 있었다. 온갖 색과 빛을 자랑하는 다양한 꽃들이 가득한 가운데 풀 한 포기, 꽃 한 송이가 전부 미친 풀, 미친 꽃이 되어 날뛰는 것 같았다. 평원에 우뚝 서 있는 나무들에게서 고독의 모습은 찾아볼 수 없었고, 초록 잎새들이 반공중에 걸려 흔들리고 있었다. 공중에서 눈부시게 흔들리는 모습이 마치 노래를 부르며 생장하고 있는 것 같았다.

천년의 고도, 모래로 평평하게 뒤덮인 황허 고도는 폭이 넓은 곳은 천 미터나 됐고, 좁은 곳도 백 미터가 넘었다. 평원 위를 굽이굽이 흐르면서 넓게 퍼져나갔다. 수백 리까지 퍼져나가기도 했다. 사실은 그 길이가 얼마나 되는지 아무도 알지 못했다. 하늘만큼이나 긴 것 같았다. 하늘만큼 길었지만 평원보다 지대가 낮았기 때문에, 평원보다 일이 미터 낮았기 때문에 황허 고도는 마른 모래의 회백색을 띠고 있었다. 지구 위에 아주 낡고 오래됐지만 여전히 튼튼한 허리띠가 매어져 있는 것 같았다. 그러나 이제 봄이 왔다. 황허 고도 주변 곳곳에 들풀이 미친 듯이 자라나 있었다. 그 허리띠 같은 계곡이 이제 평원과 똑같은 색으로 한데 어우러져 있었다. 계곡의 깊이도 분간할 수 없었다. 평원은 정말로 말이 마음껏 뛰놀 수 있는 그런 광활한 평원이 되었다. 말이 뛰노는 푸른 산천이 되었다. 온 세상이 푸른빛이 되었다.

하늘과 땅이 온통 푸른빛으로 물들어 있었다.

나무들도 전부 초록으로 변했다.

땅에 심은 씨앗들도 전부 초록으로 변했다.

마을이 초록으로 변했다.

천지가 모두 초록으로 변했다.

봄이 되자 시끌벅적한 농촌의 분위기가 되살아나기 시작했다. 사람들이 바빠지기 시작했다. 누구도 병에 걸리지 않은 것처럼 모두들 학교에서 나와 자기 집으로 이사를 했다. 환자들은 자신들에게 배분된 책상과 의자, 심지어 칠판까지 가지고 갔다. 교사 방에 있던 장식장과 침대, 세숫대야 받침대, 그리고 어디에서 떼어 왔는지 모를 널빤지와 도리, 서까

래까지 옮기고 있었다.

삼촌은 이미 딩씨 마을로 돌아와 있었다. 이미 자기 집으로 돌아와 생활하고 있었다. 친정집으로 돌아간 숙모 쑹팅팅이 친정에서 소식을 보내왔다. 죽어도 우리 삼촌을 보고 싶지 않다는 것이었다. 우리 삼촌이 죽은 뒤의 모습을 보는 것만으로도 충분하다는 것이 숙모의 생각이었다. 숙모는 삼촌이 죽고 나면 딩씨 마을로 돌아와 집을 팔고 가산을 정리하는 것으로 모든 게 끝이라고 말했다. 우리 삼촌은 학교에서 나와 집으로 돌아와 생활하면서 집을 잘 지켜야 했다. 하지만 삼촌이 죽고 나면 숙모가 와서 집을 팔고 물건들을 가져가게 될 것이었다.

학교에서 할아버지는 이미 관리자가 아니었다. 누구도 할아버지를 관리자나 교사로 대하지 않았다. 할아버지는 그저 학교에서 생활하는 딩씨 마을의 노인에 불과했다. 열병에 걸린 사람들이 밥을 먹고, 장기를 두고, 약을 달이는 일들이 할아버지와는 전혀 무관한 것이 되어버렸다. 그들의 병이 가볍든 위중하든 더 이상 할아버지가 신경 쓸 일이 아니었다. 누구도 더 이상 할아버지를 존경하지 않았다. 할아버지는 여전히 학교 입구에 있는 방에서 생활하고 있었지만, 그 앞을 지나가는 사람들은 할아버지를 향해 가볍게 고개만 숙여 예를 표했고 할아버지도 고개를 숙이는 것으로 답례할 뿐이었다.

사람들이 할아버지에게 고개를 숙여 인사하면 할아버지도 부랴부랴 사람들을 향해 고개를 숙여 답례했다. 그 수십 명의 열병 환자들이 교실에서 무슨 일을 하고 무슨 말을 하는지, 병세가 가벼워진 사람들은 또 무슨 일을 하는지, 이 모든 것들이 할아버지와는 이미 아무런 관련도 없었다.

할아버지는 계속 학교에 남아 있을 수 있는 것만으로도 충분히 좋았다.

한번은 할아버지가 스무 살 남짓 된 젊은 환자에게 물었다.

"껀주의 동생은 혼례를 잘 마쳤나? 빌려 간 학교 책상은 도로 가져다 놓았는지 모르겠군?"

젊은이가 말했다.

"함부로 껀주라고 부르지 마세요. 그분은 엄연히 쟈 주임이시라고요."

할아버지는 문 앞에 멍하니 서서 그 젊은 환자를 바라보면서 아무 말도 하지 못했다.

얼굴 가득 종기가 돋아나 있던 그 젊은 환자가 건방진 태도로 걸음을 옮기며 말했다.

"아직 모르시는군요? 우리 껀주 삼촌과 유에진 삼촌은 이미 우리의 주임이 되었다는 걸 말이에요."

젊은 환자는 이렇게 말하고는 학교 안으로 들어가버렸다. 우리 할아버지 혼자 문 밖에 남았다. 세상 밖에 혼자 남겨진 것 같았다.

어제저녁 황혼 무렵, 금빛 찬란하던 해가 연분홍색이 감도는 붉은빛으로 변해갈 때, 밖에 나갔던 자오씨우친이 학교 안으로 돌아오고 있었다. 그녀의 한쪽 팔에는 대나무 광주리가 들려 있었고, 광주리 안에는 배추와 당면, 당근, 고기 몇 근, 물고기 두 마리 그리고 술 한 병이 담겨 있었다. 고기는 신선한 돼지고기였고, 술은 지역 최고의 술인 쑹허예(宋河液)로 술병 마개를 열지도 않았는데 그 향기가 십 리 밖까지 퍼져 나갔다. 맞은편에서 걸어오고 있는 자오씨우친을 보고서 할아버지가 구차한 미소를 지으며 말을 건넸다.

"좀 멋지게 살아볼 생각이로구먼?"

자오씨우친도 얼굴에 미소를 띠면서 대답했다.

"쟈 주임과 딩 주임에게 식사를 준비해주려고요."

할아버지가 말했다.

"다 같이 고기를 먹으려는 게 아니고?"

자오씨우친이 대답했다.

"쟈 주임과 딩 주임이 정부에 요구해서 보조금을 받아 왔거든요. 그래서 모두들 두 사람에게만 고기 몇 근과 술 한 병을 대접하기로 한 거예요."

그제야 할아버지는 쟈겐주가 더 이상 '겐주'라고 불리지 않을 뿐만 아니라 딩씨 마을 열병위원회의 쟈 주임으로 행세하고 있다는 사실을 알게 되었다. 딩유에진도 더 이상 '유에진'이라고 불리지 않을 뿐만 아니라 역시 딩씨 마을 열병위원회의 딩 주임으로 행세하고 있었다. 할아버지는 학교 안에 새로운 천지가 생겨나고, 새로운 서열이 생겨났다는 것을 깨닫게 되었다. 향 정부와 현 정부가 있고, 그 위에 지구와 성의 지도자가 바뀐 것과 마찬가지였다. 모든 것이 원래의 모습이 아니었다.

하늘이 바뀌고 땅이 변했다.

할아버지는 가슴이 약간 저려오는 것을 느꼈다. 쓰라린 한기였다. 하지만 다시 생각해보면 결국 열병 환자들의 생활이 좋아지고 있는 것이라 달리 뭐라 할 말도 없었다. 참견하거나 나서서 관리할 것이 없었다. 그러나 오늘, 밤이 지나 다시 오늘이 될 때까지 너무나 무료하고 심심했던 할아버지는 방에서 나와 학교 대문 앞을 잠시 서성이다가 학교 담장을 한 바퀴 빙 돌아 천천히 거닐었다. 초봄의 신록을 빙 돌아 거닐었다. 자기 집 주위를 돌듯이 한 바퀴 빙 돌고 나서 다시 학교 대문 앞으로 돌아와보니 환자들이 하나같이 비지땀을 흘리며 학교 안에 있던 물건들을 이고 지고 학교 밖으로 나가고 있었다. 교실에 있던 책상 두 개를 어깨에 메고 가는 사람이 있는가 하면, 커다란 칠판을 들고 가는 사람도 있었다. 학교 담장 밑에 통풍을 위해 놓아두었던 커다란 도리대를 둘이서

319

들고 가는가 하면, 아무것도 들거나 메지 않고 몇 명이서 수레 한 대를 이용하여 원래 이 학교의 선생님이 쓰던 침대를 밀고 가는 사람들도 있었다. 이들은 하나같이 빛이 나는 환한 얼굴로 신바람이 나서 학교의 물건들을 딩씨 마을로, 자기 집으로 운반하고 있었다. 할아버지가 꿈에서 본 땅 위에 신선한 꽃이 가득 피고 땅 밑에는 황금 열매가 맺힐 때 바삐 움직이던 딩씨 마을 사람들과 똑같은 모습이었다. 하나같이 손발을 바삐 움직이는 사람들이 길을 걸으며 말했다.

"자네 책상이 내 책상보다 좋군. 나무판만 해도 내 것보다 훨씬 두꺼운걸."

"자네 책상은 느릅나무로 되어 있잖아. 내다 팔면 이 오동나무 책상보다 훨씬 비쌀 거야."

"자네가 배당받은 침대는 밤나무로 된 거잖아? 우리 집에 배당된 침대는 참죽나무로 만든 거라고."

이런 이야기를 주고받으며 사람들은 활짝 열린 학교 대문을 밀물처럼 빠져나갔다. 갑문이 열리자마자 밀려 나오는 거대한 물줄기 같았다. 할아버지는 도무지 무슨 일이 일어난 건지 알지 못한 채 학교 담장을 따라 사람들을 향해 잰걸음으로 쫓아갔다. 그리고 학교 입구에서 열병에 걸렸음에도 세 개나 되는 책상을 한꺼번에 어깨에 짊어지고 나오는 쟈껀주의 사촌동생 쟈홍리를 막아서며 물었다.

"자네들 대체 무슨 짓을 하는 겐가?"

쟈훙리는 공중을 향해 높이 짊어진 책상 아래로 고개를 내밀어 할아버지를 힐끗 쳐다보고는 대답했다.

"무슨 짓을 하냐고요? 댁에 가서 큰아들 딩후이에게 물어보세요. 지금 우리가 뭘 하는지 말이에요."

말을 마친 그는 그대로 가버렸다.

몹시 화가 나서 가버렸다. 혼자서 책상 세 개를 메고 가는 모습이 마치 화난 산양이 풀이 자랄 수 있는 산을 짊어지고 가는 것처럼 보였다. 할아버지는 그래도 무슨 일이 일어난 것인지 몰라 멍하니 교문 앞에 서 있었다. 또 다른 사람이 칠판을 메고 나오는 것을 바라보다가 칠판의 한쪽 모서리에 나사못이 박혀 있는 것을 발견하게 되었다. 다름 아닌 평소에 자신이 대신 수업에 들어갔을 때 가장 애용하던 느릅나무 칠판이었다. 할아버지는 표면이 매끄럽고 광택이 있는 데다 나무 무늬가 조밀하고 글씨를 쓸 때도 잘 미끄러지며 분필이 잘 먹던 그 칠판인 것을 금세 알아보았다. 할아버지는 칠판을 쉽게 지우기 위해 칠판의 오른쪽 아래 귀퉁이에 나사못 하나를 꽂아놓고, 그 위에 만터우를 찔 때 사용하는 천을 칠판지우개로 걸어두고는 했다. 그러나 지금 그 칠판이 누군가의 등에 업혀 학교를 떠나고 있었고, 밑에서 칠판을 떠메고 가는 사람은 껍질 속에 숨은 달팽이처럼 눈에 잘 보이지 않왔다.

할아버지가 다가가 칠판을 단번에 들어 올려서는 학교 입구에 조심스럽게 내려놓았다.

칠판 밑에서 모습을 드러낸 사람은 자오더취안이었다. 그는 할아버지의 얼굴에 미안해하는 듯한 웃음이 걸려 있는 것을 보고는, 우물쭈물하다가 어색한 표정으로 할아버지를 불렀다.

"딩 선생님!"

"자네였군!"

할아버지가 말했다.

"칠판을 집으로 가져가서 누구를 가르칠 생각인가?"

자오더취안은 약간 두려워하는 기색으로 할아버지를 한 번 쳐다보더니 황급히 고개를 돌려 사방을 둘러보고는 사정을 이야기했다.

"저도 가져오지 않을 수 없었어요. 이건 쟈 주임과 딩 주임이 제게 배당해준 것이거든요. 모든 사람들이 물건을 배당받았어요. 제가 받지 않는다면 그건 모두에게 잘못하는 일이 되고, 두 분 주임께도 죄를 짓는 일이 되는 거라고요."

말을 마친 그는 다시 뒤를 조심스럽게 살피더니 학교 안에 아무도 없는 것을 확인하고는 황급히 할아버지에게 다시 입을 열었다.

"딩 선생님, 선생님께서 이 칠판을 가장 아끼셨다는 것은 저도 잘 알아요. 가져가셔서 집 안에 잘 보관해두세요. 제가 드렸다는 말만 하지 않으시면 돼요."

할아버지가 칠판을 매만지면서 말했다.

"자네는 이 칠판을 가져다가 뭐에 쓰려고 했나?"

"관으로 사용할 생각이었지요."

자오더취안은 고개를 들어 할아버지를 바라보았다. 그 얼굴에 가벼운 미소가 스쳐 지나갔다.

"사람들이 다들 그러더군요. 선생님 댁 큰아드님이 현에서 이웃 여러 마을 환자들에게 지급하는 관을 전부 팔아버렸다고 말이에요. 그래서 주임을 맡은 쟈껀주와 딩유에진이 환자들에게 각자 관으로 사용할 수 있도록 판자를 나눠주고 있는 거래요."

할아버지는 그 자리에서 몸이 굳어버렸다. 학교 대문 앞에 나무처럼 서서 자오더취안의 미소 뒤에 죽음의 푸른빛이 스치는 것을 보았다. 할아버지는 그가 며칠 못 살 것이 분명하니 관이 필요할 것이라고 생각했다. 동시에 거의 두 달 동안 우리 아버지를 보지 못했다는 데 생각이 미쳤다. 문득 아주 오래전에 우리 아버지가 현성에 있는 공장에서 관을 실어 나르고 있는 꿈을 꾸었던 것이 생각났다. 며칠 전에 아버지가 도처에 관을 대량으로 판매하는 꿈을 꾸었던 것이 생각났다.

달빛이 햇빛처럼 밝았다. 햇빛이 달빛처럼 따스하고 부드러웠다.

마침내 봄이 왔다. 끝없이 넓게 펼쳐진 밀의 윗줄기가 튼튼해지더니 아랫줄기도 단단해지기 시작했다. 들판 여기저기에 물을 대는 사람들과 김을 매는 사람들이 흩어져 있었다. 열병의 증상이 그리 심하지 않아 걷고 움직이는 것이 가능한 사람들도 모두 나와 바쁘게 몸을 움직이고 있었다. 딩씨 마을과 황수이 마을, 리얼 마을 그리고 주변에 여기저기 흩어져 있는 샤자지(夏家集)와 구다오커우(古道口), 라오허커우(老河口), 밍왕(明王) 마을에도 봄철 농번기를 맞아 도처에 괭이나 삽을 들고 있는 사람들로 가득했다. 우리 아버지는 여전히 이 마을 저 마을 돌아다니며 검은 관을 팔고 있었다. 마을에 도착할 때마다 아버지는 책상을 마을 입구에 펼쳐놓고, 그 위에 현에서 발행한 관인이 찍힌 양식을 올려놓았다. 그런 다음 마을 주민들 가운데 열병 환자가 있는 집마다 일일이 통지했다. 그 양식에 필요한 사항을 기입하기만 하면, 이름과 나이, 병력과 함께 현재의 병세가 어떤지 등을 적고 촌위원회의 관인을 받은 다음 다시 그 밑에 이름을 쓰고 지장을 찍기만 하면, 열병에 걸렸다는 사실에 대해 확실한 증명을 받을 수 있고, 지금은 살아 있지만 내일이면 죽을지도 모르는 처지에 있다는 사실에 대해 확실한 증명을 받을 수 있다고 주민들에게 통지했던 것이다. 그리고 이런 증명을 받기만 하면 원가로 검은 관을 구입할 수 있다고 통지하는 것이었다. 그 관을 시장에서 사려면 사백 위안, 심지어 오백 위안을 주어야 하지만 이 양식을 기입하기만 하면 누구나 단돈 이백 위안에 살 수 있다고 통지하는 것이었다.

누구나 정부가 열병 환자들을 구제하기 위해 제공하는 관을 가질 수 있게 되는 것이었다.

아버지는 어디를 가나 가장 환영받는 사람 가운데 하나였다. 아버지가 가는 곳마다 사람들이 마을 입구까지 나와 줄을 서서 환영해 주곤 했다. 아버지는 어제 라오허커우에 가서 환자들을 위해 봉사했고, 오늘은 밍왕 마을을 찾아왔다. 밍왕 마을은 딩씨 마을에서 수십 리 떨어진 곳으로 황허 고도의 동쪽에 자리 잡고 있었다. 밍왕 마을에서는 열병이 이미 절정기에 이르러 마을의 관 수요가 흉년 때의 양식 수요와 다를 바 없었다. 아침에 집을 나선 아버지는 현성에 가서 어제 열병 환자들이 기입한 양식을 제출하고는, 오늘 수령하기로 되어 있는 트럭 두 대 분량의 검은 관 팔십 점을 싣고 밍왕 마을을 향해 차를 몰았다.

아버지는 한참을 달려서야 밍왕 마을에 도착했다.

관을 실은 두 대의 트럭이 황허 고도 옆의 도로를 따라 마을로 진입하려고 하자 밭에서 물을 대거나 김을 매던 밍왕 마을 사람들이 전부 밭에서 나와 황급히 모여들었다. 해가 마을을 금빛으로 물들이자 밍왕 마을이 통째로 빛을 발하고 있었다. 봄 햇살이 피를 팔아 지은 양옥집과 기와집들을 비추자 그 따스함 때문에, 집집마다 일률적으로 갖추고 있는 유리문과 창문 그리고 순백의 타일을 붙인 벽과 기둥에 비친 햇빛 때문에 밍왕 마을은 점점 환해지고 따스해지는 것 같았다. 마을 어귀에 대형 트럭 두 대가 멈춰 섰다. 트럭 한 대에 마흔 점이 넘는 관이 실려 있었다. 그 모습이 마치 검은 산맥 두 개를 차 위에 올려놓은 것 같았다. 검은 관에 칠해진 도료가 코를 찌를 정도로 진한 냄새를 풍겼다. 바람이 불어올 때마다 관의 검은 도료 냄새와 목재의 하얀 대팻밥 냄새, 관에 접착제로 사용된 노란 풀 냄새, 그리고 관의 틈새를 봉하는 데 사용된 쇠못 냄새까지 마을 어귀에서 풍겨오는 다양한 냄새들이 눈 깜짝할 사이에 밭 위에 가득 넘치던 봄 내음을 뒤덮어버렸다. 큰 골목 작은 골목 할 것 없이 검은 관의 도료 냄새만 가득했다.

아버지는 직접 나서서 관을 팔지 않았다. 젊은이들 몇 명을 데리고 다녔다. 이들 가운데는 마을 사람들을 도와 양식을 기입해주는 사람도 있었고, 트럭에서 관을 내리는 일을 도와주는 사람도 있었다. 이들 덕분에 아버지는 책상 앞에 앉아 물을 마시거나 양식을 다 기입한 사람을 자기 쪽으로 불러 접수를 하고, 돈을 받아 세어본 다음 항상 몸에 지니고 다니는 검정색 가죽 지갑에 돈을 잘 챙겨 넣기만 하면 되었다. 돈을 낸 사람들에게 영수증을 한 장 발급해주고 그들이 관을 싣고 온 트럭으로 가서 관을 받아 갈 수 있게 해주기만 하면 그만이었다.

밍왕 마을은 딩씨 마을보다 훨씬 부유했다. 딩씨 마을에서 매혈을 동원할 때 견학하러 갔었던 차이현의 샹양 마을이 딩씨 마을에 비해 환자의 비율이 더 높고 인구도 많은 데다 거의 모든 집에 열병 환자가 있었고 한 집에 여러 명의 환자가 있는 경우가 다반사였음에도, 당시 그곳이 매혈로 부유해진 모범촌이었다는 이유로 지금까지도 사람을 매장할 때 짚더미와 멍석을 사용하지 않고 마을 입구나 주변에 아무 곳이나 흙구덩이를 파서 매장하지도 않는 것과 같았다. 밍왕 마을 사람들은 죽은 사람을 매장할 때 일률적으로 검은 관을 사용했다. 죽는 사람이 많아지자 집집마다 사용할 수 있는 나무를 모두 베어버렸고, 심지어 길가나 인근 마을의 나무들마저 전부 사들여 온통 민둥산으로 만들어버렸다. 이때 마침 아버지가 관을 싣고 팔러 온 것이다.

큰 눈이 왔을 때 숯을 보내주는 것과 같은 일이었다.

씨앗을 뿌리던 밭에서 황급히 돌아온 밍왕 마을 사람들은 저렴한 가격으로 검은 관을 구입하기 위해 자발적으로 마을 입구에 장사진을 쳤다. 줄이 신작로 어귀에서 신작로 한가운데까지 이백 미터나 이어졌다. 한 집에 환자가 한 명뿐인데도 관을 두 개나 사려는 사람들이 있는가 하면, 환자가 둘밖에 없는데도 관을 세 개나 사두려는 사람들도 있었다. 아버지는 이런 일을 방지하기 위해 밍왕 마을의 촌장을 불러오게 했다. 아버지가 말했다.

"촌장님, 번거롭겠지만 도와주십시오. 여기 서서 검사를 좀 해주세요."

327

촌장이 잠시 생각해보고 말했다.

"당장 김을 매주지 않으면 우리 집 밀이 다 죽게 생겼네."

아버지가 말을 받았다.

"댁에는 열병 환자가 없나요?"

촌장이 말했다.

"우리 집 식구들은 애당초 피를 팔지 않았다네."

아버지가 말했다.

"나이 많으신 어르신도 계신가요?"

촌장이 대답했다.

"우리 아버님 연세가 올해 여든넷이라네."

아버지가 말했다.

"그럼 촌장님 아버님이 쓰실 관 하나를 사서 준비해두셔야 하지 않겠습니까?"

촌장은 잠시 입을 다물고 있다가 물었다.

"좀 더 싸게 해줄 수 없겠나?"

아버지가 잠시 생각해보고 나서 대답했다.

"원가보다 오십 위안 더 싸게 드리겠습니다."

"그럼 좋은 걸로 하나 주게."

"갑 등급 관이 세 개 있으니 그중에서 하나 고르세요."

이리하여 촌장이 아버지를 도와 사람들을 검사하게 되었다. 손에 밍왕 마을 촌위원회의 관인을 들고 있는 그는 사람들이 줄을 선 곳으로 가서 마을 사람들의 얼굴을 한 번씩 확인하고는 그들 가운데 집안에 열병 환자가 없는 사람들을 색출해냈다. 그런 다음 우리 아버지 쪽으로 다가가 마을 사람들이 제출한 양식 가운데 병세가 심각하지 않은데도 위중하다거나 사망 직전이라고 기입한 것들을 가려냈다. 그러고 나서야 마침내 관 판매가 시작되었다.

정오가 되자 해는 이미 정남향에 걸려 있었고, 마을 사람들은 저마다 집으로 관을 운반하느라 바빴다. 거리와 골목마다 관을 맞들거나 끌고 집으로 향하는 사람들로 가득했다. 도처에 정부에 대한 칭송이 가득했다. 사람들은 밍왕 마을의 열병위원회가 최고라고 말했다. 관을 집 문 앞까지 옮겨 와서는 한동안 마당 안으로 들여놓지 못하고 길거리에 방치해두는 사람도 있었고, 마당 안으로 들여놓긴 했지만 집 안으로 들여가지 못하고 마당 한가운데에 놓아둔 사람도 있었다. 순식간에 팔십 개의 관이 각 가구로 분배되면서 밍왕 마을은 도처에 관이 넘쳐나게 되었다. 마을이 온통 관 마을이 되어버렸다. 그렇게 싼값에 관을 구입하게 된 사람들은 정부가 관을 지원해줬다는 생각에 자신이 열병에 걸린 것도 잊고, 집 안에 곧 죽음을 맞이할 사람이 누워 있다는 것도 잊은 채 미소를 띤 얼굴로 이리저리 돌아다니며 가볍고 즐거운 농담을 주고받았다. 너무 기쁜 나머지 얼굴에 눈물을 흘리는 사람도 있었다. 어떤 사람은 원래 자기 집에 열병에 걸린 사람이 없어 당연히 관을 살 수 없었지만 무사히 관문을 통과하여 결국 관을 손에 넣게 되자, 겁 없이 눈을 똑바로 뜨지 않고 관을 들고 집으로 돌아와서는 방에 자물쇠를 잠가놓았다. 그런 다음 다시 대문 밖으로 나가 만나는 사람들마다 "봄이 왔나 봐요. 날씨가 따뜻한 게 참 좋네요"라고 인사를 건넸다.

다음 날 아버지 일행은 밍왕 마을에서 그리 멀리 떨어지지 않은 구허 마을로 갔다. 아버지는 관을 실은 세 대의 트럭을 마을 밖 몇 리 떨어진 인적이 드문 곳에 세워두고서 우선 마을 안으로 들어가 한 바퀴 돌아보았다. 아버지는 먼저 마을의 거리와 집들을 둘러보았다. 거리는 온통 오 년 또는 팔 년 전에 깔아놓은 시멘트 길이었고, 집들 역시 오 년, 팔 년 또는 십 년 전에 지은 기와집과 양옥집들로서 이 마을이 팔 년 전 혹은 십 년 전에 매혈을 했던 정황을 여실히 보여주고 있었다. 아울러 마을의 넉넉한 형편도 보여주고 있었다. 집집마다 열병 때문에 약을 달이고 있었지만, 그래도 관을 살 만한 돈은 지니고 있음을 알 수 있었다. 아버지는 곧장 마을 지부서기의 집을 찾아가 자신이 현 열병위원회의 부주임이라고 밝혔다. 현 정부의 소개장을 꺼내 젊은 지부서기에게 보여주자 그는 허둥지둥 아버지에게 자리를 권하며 마실 물을 내왔다. 아버지는 물을 마시면서 마을 안에 만연해 있는 열병 상황과 사망률에 관해 물은 다음 마지막으로 속내를 떠보기 위한 질문을 던졌다.

"댁에는 열병에 걸린 사람이 없습니까?"

젊은 지부서기는 금세 고개를 떨어뜨렸다. 그의 두 눈에는 눈물이 그렁그렁 맺혀 있었다. 아버지가 동정 어린 어투로 물었다.

"몇 명이나 걸렸기에 그러세요?"

지부서기는 자기 형이 열병으로 죽었고, 아우는 방에 자리를 깔고 누워 있으며, 요 며칠 사이에는 자신도 형제들과 마찬가지로 몸에서 열이 나기 시작했다고 말했다.

아버지는 잠시 말을 멈추고 손수건을 꺼내 지부서기에게 눈물을 닦으라고 건네주었다. 그러고는 마침내 결심한 듯 이야기를 꺼냈다.

"지부서기 동지, 내가 무슨 말을 더 하겠소. 내가 가져온 관들을 구허 마을로 운반하여 이 마을의 환자들에게 우선적으로 지급하도록 하겠소."

이어서 우리 아버지는 지부서기에게 부탁했다.

"지부서기 동지, 열병에 걸리지 않은 사람이 관을 싸게 사는 일과 반대로 병에 걸린 사람들이 필요한 관을 구하지 못하는 일이 없도록 하기 위해 지부서기께서 나를 대신해 심사를 좀 해주셔야겠습니다. 관의 공급량이 대단히 부족한 형편이거든요. 상부에서는 마을 사람들에게 원가만 받고 관을 제공하고자 합니다. 지부서기께서도 아시다시피 시장에서는 관을 하나 사려면 오백 위안은 주어야 하지만 구허 마을 사람들에게는 내가 책임지고 이백 위안에 공급하도록 하겠습니다."

아버지는 잠시 생각에 잠겼다가 태연한 어투로 다시 입을 열었다.

"그리고 동지의 동생은 이미 말기 환자이니 내 권한으로 관 하나를 특별히 원가의 절반인 백 위안만 받고 지급하도록 하지요."

331

우리 아버지를 바라보던 지부서기의 눈가에 또다시 감격의 눈물 방울이 맺혔다. 아버지가 말했다.

"이렇게 합시다. 상부의 규정에 따르면 열병의 증세가 가벼운 경우에는 당분간 관을 지급하지 않기로 되어 있어요. 발병한 지 석 달이 안 된 사람들에게도 관을 제공하지 못하도록 되어 있지요. 하지만 동지는 마을의 지부서기라 이를테면 기층 지도자인 셈이니 어떤 방법으로든 다른 대우가 있어야 할 것 같군요. 관 배분이 다 끝나면 동지도 백 위안만 내고 자신의 관을 하나 준비해두도록 하세요. 마을 사람들만 모르게 하면 되는 것 아니겠소!"

지부서기는 방으로 들어가더니 잠시 후 백 위안짜리 지폐 두 장을 가지고 나와 우리 아버지에게 건네주었다. 그러고는 웃으면서 마을 주민들이 전부 마을 한가운데로 나와 관을 살 수 있도록 종을 울렸다.

다시 오후가 되자 구허 마을에도 밍왕 마을처럼 도처에 관이 넘치게 되었다. 검은 관의 도료 냄새가 마을 신작로에 냇물처럼 끊임없이 퍼져나갔고, 크고 작은 거리와 골목마다 나무 향기가 천지를 뒤덮듯이 가득 채워졌다. 구허 마을에서는 열병에 걸린 사람이건 걸리지 않은 사람이건 관을 얻기만 하면 죽어도 아무 걱정이 없을 것처럼 보였다. 두 해 동안 거의 흔적을 감췄던 웃음이 다시금 마을로 돌아왔다.

할아버지는 벌써 두 달 동안 우리 아버지를 보지 못했다. 할아버지는 아버지를 만나고 싶었다. 우리 집에 와서 우리 아버지와 몇 마디 이야기를 나누고 싶었다. 하지만 할아버지는 우리 집에 와서 우리 엄마를 만나면 무슨 말을 해야 할지 몰랐다. 할아버지는 하루 종일 우리 집에 와서 우리 아버지를 만날 일만 생각하고 있었다.

황혼 무렵 삼촌이 왔다.

삼촌이 할아버지의 방으로 들어서면서 한마디 던졌다.

"아버지, 형이 아버지더러 집에 와서 식사나 함께하자고 하네요. 아버지한테 드릴 말씀이 있대요."

할아버지는 주저하지 않고 삼촌과 함께 우리 집으로 왔다. 중춘의 햇빛이 우리 집을 약한 불로 데우듯이 포근하게 비춰 주었다. 노란 햇빛을 반사하고 있는 흰 타일이 붙은 담장은 할아버지가 보았던 밍왕 마을, 구허 마을의 집과 마당과 다르지 않았다. 유일하게 다른 점이 있다면 그것은 바로 우리 집 뜰 남쪽에 있던 닭장과 돼지우리가 없어졌다는 것이다. 아버지와 엄마는 그곳에 쥐깨풀을 심었다. 검은빛으로 무성하게 자란 쥐깨풀은 나무젓가락처럼 길었고, 모양이 홰나무 잎 같았지만 홰나무 잎보다는 두꺼웠다. 겉에도 홰나무 잎

같은 윤기는 없었고, 세밀하면서도 굵은 무늬와 힘줄이 드러나 있었다. 한 포기 한 포기 촘촘하게 자란 쥐깨풀은 무성해져 뜰 절반을 차지하고 있었다. 정원 가득 아린 향이 퍼졌다. 박하 향과 비슷한 쥐깨풀 향기였다. 하지만 박하 향은 쥐깨풀보다 섬세했고, 쥐깨풀 향기는 박하 향보다 거칠었다. 바로 그 거친 향기 때문에 가오 현장이 쥐깨풀을 즐겨 먹었던 것이다.

아버지와 엄마는 가오 현장에게 주기 위해 이 거친 쥐깨풀을 심었다.

삼촌이 앞에 서고 할아버지가 그 뒤를 따라왔다. 집에 도착한 할아버지는 뜰에 무성하게 자란 쥐깨풀을 보았다.

엄마가 밀가루를 한 바가지 떠서 부엌으로 들고 가면서 말했다.

"아버님, 점심에 쥐깨풀을 넣고 국수를 삶으려고요."

엄마는 할아버지와 한 번도 불화했던 적이 없던 것처럼 행동했다. 여러 해 전에 처음 딩씨 집안으로 시집왔을 때와 똑같은 모습이었다. 아버지도 할아버지와 불화한 적이 없는 것처럼 문 앞에 서서 서로를 쳐다보고 있었다. 두 사람 모두 조금은 넋이 나가 있었다. 아버지가 재빨리 얼굴에 미소를 띠며 할아버지에게 등받이에 푹신푹신한 방석이 달린 의자를 가져다주었다. 그러고 나서 삼촌과 함께 셋이서 삼각형을 이

334

루며 자리를 잡고 앉았다. 그러자 오히려 할아버지가 더 민망해졌다. 아들과 며느리는 둘 다 전처럼 자기에게 공경을 다하는데, 자신은 오히려 두 사람을 서먹하게 대하고 있다는 생각이 들었다. 얼굴이 화끈거리자 할아버지는 얼른 고개를 돌려 다른 곳을 쳐다보았다. 집 안의 모습은 예전 그대로였다. 백회 칠을 한 벽의 정면 아래쪽에는 붉고 긴 탁자가 하나 놓여 있고, 벽 양쪽에는 소파와 텔레비전이 놓여 있었다. 텔레비전을 올려놓는 궤짝도 붉은색이었다. 궤짝 문에는 노란색 모란꽃이 새겨져 있었다. 벽의 모서리 안쪽에는 거미줄이 쳐져 있었다. 평소에 엄마는 거미줄을 보기만 하면 치웠지만 지금은 거미줄이 벽 모서리부터 냉장고 위까지 길게 이어져 부채처럼 커다랗게 자리를 차지하고 있었다.

바로 이 거미줄 때문에 집이 예전과 달라진 것을 알 수 있었다. 할아버지는 그 거미줄을 보고서 집 안이 예전과 달라졌다는 것을 깨달았다. 거미줄이 쳐져 있는 벽 모서리에서 시선을 옮긴 할아버지는 반대쪽 문 뒤에 있는 벽 한 귀퉁이에 커다란 나무 상자 몇 개가 잘 묶여 있는 것을 발견했다. 한눈에 이사를 가려는 것임을 알 수 있었다.

할아버지가 그 상자들 위로 눈길을 던지며 말했다.

"솔직히 말해봐라."

아버지가 담배를 한 모금 빨면서 말했다.

"준비가 끝나는 대로 이사하려고요."

할아버지가 아버지를 뚫어지게 쳐다보았다.

"어디로 이사할 생각인데?"

아버지가 다른 쪽으로 시선을 돌리며 대답했다.

"우선 현성 안으로 이사한 다음에 돈이 좀 더 모이면 다시 둥징으로 이사할 생각이에요."

할아버지가 다시 물었다.

"네가 현 열병위원회의 부주임이 됐다는 게 사실이냐?"

아버지는 얼굴에 희색을 띠며 말했다.

"아버지도 들으셨군요?"

할아버지가 다시 물었다.

"며칠 전에 밍왕 마을과 구허 마을에 트럭으로 관을 실어다 판 적이 있니?"

아버지는 입에 물고 있던 담배를 얼른 빼면서 얼굴에 다소 놀라는 기색을 띠었다.

"누구한테 들으셨어요?"

할아버지가 말했다.

"내가 누구한테 들었는지는 알 것 없고, 그런 일이 있었는지만 말해보거라."

순간 아버지의 얼굴이 굳어졌다. 어느새 기쁨에서 놀라움으로 표정이 바뀐 아버지는 할아버지를 바라보면서 아무 말도 하지 않았다.

할아버지가 말을 이었다.

"네가 밍왕 마을에 트럭 두 대에 팔십 점의 관을 실어다 판게 맞지? 그리고 구허 마을에서는 트럭 세 대로 백열 점의 관을 팔았고?"

아버지는 갈수록 더 놀라움을 금할 수 없었다. 아연해하는 표정이 마치 진흙으로 된 피부가 벗겨져 떨어져 내리는 것 같았다. 놀란 표정으로 그 자리에 우두커니 서 있었다. 얼굴은 얼어붙어 영원히 풀리지 않을 것만 같았다. 세 부자는 이렇게 서로 대치하는 듯한 모습으로 앉아 있었다. 부엌에서는 엄마가 밀가루 반죽을 얇게 밀어서 펴는 소리가 들려왔다. 부드럽게 통탕대는 소리가 뜰을 거쳐 방문까지 들려왔다. 누군가 오동통한 손으로 세 사람 뒤에 있는 벽을 두드리고 있는 것 같았다. 이때 안쪽에 앉아 있던 아버지가 갑자기 손에 들고 있던 담배를 비벼 끄더니, 동강 난 담배를 다시 바닥에 던져 발로 비벼 담배와 종이 껍질을 가루로 만들어버렸다. 그러고는 삼촌을 한 번 힐끗 쳐다보더니 다시 할아버지의 얼굴과 하얀 백발 위로 시선을 옮겼다.

"아버지!"

우리 아버지가 말했다.

"알아야 할 일이라면 다 아셔야겠지요. 저는 아무 말도 하고 싶지 않아요. 한 가지만 말씀드릴게요. 저를 아무리 모질게 대하신다고 해도 저는 여전히 아버지의 친아들이니까요. 우리 가족은 누가 뭐라고 해도 이 딩씨 마을에서는 더 이상 살 수 없어요. 잉즈 엄마와도 이미 상의를 마친 일이에요. 우리가 이 집에서 이사하게 되면, 아무리 둘째가 오늘은 살아 있지만 내일을 기약할 수 없는 몸이라 해도 이 집과 가구를 전부 둘째에게 물려줄 생각입니다. 옷가지만 제외하고 집에 있는 물건들은 하나도 가져가지 않을 생각이에요. 이 집과 가구가 있어야 쑹팅팅이 친정집에서 돌아올 수 있을 테고, 이 가산들을 마다하는 일도 없을 겁니다. 그리고 아버지는⋯⋯."

아버지는 잠시 말을 멈췄다가 다시 입을 열었다.

"저희들을 따라 현성으로 함께 가셔도 좋고, 이곳에 남아 둘째와 지내셔도 좋습니다. 둘째가 세상을 떠나면 다시 현성으로 오셔도 돼요. 그때는 저희가 모실게요."

이렇게 우리 아버지는 이야기를 마쳤다.

둘째삼촌의 얼굴에 또다시 눈물이 흘렀다.

4

한밤중에 우리 집에서 자신의 거처로 돌아간 할아버지는

결코 잠을 이룰 수 없었다. 머릿속은 아버지가 관을 팔아 이사를 가는 일로 꽉 차 있었다. 아버지가 관을 판 일을 생각하기만 하면 할아버지는 속으로 '큰애는 차라리 죽는 게 낫겠어'라는 생각을 떨칠 수 없었다. 이런 생각에 할아버지는 도저히 잠을 이룰 수 없었다. 머리가 지끈거렸다. 할아버지는 침대 위에서 이리저리 몸을 뒤척이다가 문득 평원에 사는 사람들이 생각났다. 평원에 사는 사람들은 어느 집에 원한을 품게 되면 그 집 문 앞에 복숭아나무나 버드나무로 만든 긴 막대기 하나를 땅에 묻었다. 그 나무 막대기의 뾰족한 끝에 죽기를 바라는 사람의 이름을 적어 그 집 문 앞 혹은 집 뒤에 몇 번 내리친 다음 땅에 묻으며 그가 죽기를 바라며 저주하는 것이었다. 물론 그런다고 해도 그가 정말로 죽지 않는다는 것을 잘 알면서도 그렇게 하는 것이었다. 그렇게 하면 어쩌면 그 사람이 조금 일찍 죽을 수도 있고, 또 어쩌면 차 사고로 팔을 잃거나 다리가 부러지거나 손가락이 잘릴 수도 있다는 기대 때문이었다.

할아버지는 침상에서 내려와 등불을 켜고 방 안을 뒤져 버드나무 막대기 하나를 찾아낸 다음 그 끝을 뾰족하게 깎았다. 그리고 종이를 한 장 찾아내 그 위에 '내 아들 딩후이는 절대 곱게 죽어서는 안 된다'라는 문구를 적은 다음, 한밤중인데도 그 버드나무 막대기를 우리 집 뒤뜰에 묻었다.

막대기를 묻고 나서 방으로 돌아온 할아버지는 옷을 시원하게 다 벗고 침상에 오르자마자 금세 잠이 들었다.

할아버지가 버드나무 막대기를 땅에 묻고 나서도 아버지는 여전히 잘 살고 있었고, 오히려 자오더취안이 일찍 죽고 말았다.

봄이 되면 만물이 소생하기 때문에 아무리 큰 병에 걸렸다 해도, 하늘이 무너지고 땅이 꺼질 병에 걸렸다 해도, 약을 달여 먹으며 혹독한 겨울을 난 뒤였으므로 이치대로라면 생명이 왕성해야 했다. 그리고 여름에도 약을 달여 먹으며 무사히 가을을 넘기고 또 한 해를 살게 되는 것이었다.

하지만 자오더취안은 이 봄을 넘기지 못했다. 어느 날 그는 학교에 있던 커다란 칠판, 느릅나무로 된 그 오래된 칠판을 메고 마을로 걸어가고 있었다. 걷다가 쉬고 쉬다가 다시 걷기를 반복하면서 간신히 마을 입구에 도착했을 때 마을 사람들이 일제히 그에게 물었다.

"자오더취안, 그 칠판을 가져다가 누굴 가르칠 생각인가?"

그러면서 한마디 덧붙였다.

"열병에 걸린 사람들이 학교에 가서 생활하면서 결국에는 학교의 재산을 나눠 갖게 될 줄은 생각도 못 했네."

또 다른 사람이 말했다.

"세상에, 칠판까지 집으로 가져가다니. 자네가 죽으면 자네 아이들은 학교도 가지 말고 공부도 하지 말라는 건가?"

모두들 이런 질문을 던졌지만 대답할 말이 없었던 그는 쉬지 않고 걷기만 했다. 딩씨 마을 서쪽에서 딩씨 마을 동쪽에 이를 때까지 계속 걸은 그는 꺾어지는 골목으로 들어가 자기 집 마당 담벼락에 칠판을 기대놓자마자 녹초가 되어 바닥에 드러누워 다시는 일어나지 못했다.

예전에는 그도 이백 근이 넘는 바위나 쌀 같은 물건을 메고서 한달음에 몇 리 길을 갈 수 있었다. 하지만 지금은 겨우 백 근, 아니 어쩌면 몇십 근밖에 안 되는 칠판을 메고서 마을 서쪽에서 동쪽까지 몇백 미터를 왔을 뿐인데도 온몸에 땀이 흥건하게 배어 나왔고, 집에 도착하자마자 다시는 회생 불가능한 몸이 되고 말았다. 뜰 한가운데 온몸이 마비된 채 드러누운 그는 다시는 일어나지 못했다. 숨을 몰아쉬는 소리가 마치 바람이 거세게 부는 소리 같았다.

그의 아내가 물었다.

"이 칠판을 뭐하러 집까지 메고 온 거예요?"

"학교에서 나눠준 거야. 관을 만들 때 쓰라고."

자오더취안은 이 한마디를 내뱉고 나서 곧장 얼굴이 창백해졌다. 다시 뭔가 말을 하려고 했지만 목구멍이 가래에 막힌 것처럼 계속 헐떡거리기만 할 뿐, 말이 나오지 않았다. 숨이 막힌 것처럼 얼굴 전체가 핏빛으로 변했다. 얼굴에 난 종기는 그 빨간 얼굴에서도 거무튀튀한 자줏빛을 드러냈고, 크고 불룩해진 모습이 금방이라도 얼굴에서 떨어져 나갈 것 같았다. 그의 아내가 황급히 그의 뒤로 가서 등을 두드렸다. 몇 번 두드리자 피 같은 가래, 가래 같은 피가 쏟아져 나왔다. 그렇게 쓰러진 자오더취안은 다시 일어나지 못했다.

칠판을 메고 집으로 돌아가서는 다시는 학교로 돌아오지 못했다.

며칠 후, 그의 아내가 학교로 와서는 쟈젠주와 딩유에진을 찾아가 말했다.

"쟈 주임님, 딩 주임님, 우리 남편이 이 학교에 올 때만 해도 몸을 움직일 수 있었어요. 하지만 지금은 숨을 쉴 수 있는 기력만 남아 자리를 깔고 집에 누워 있다고요. 곧 저세상으로 갈 것 같아요. 그런데 왜 다른 사람들에게는 책상이나 의자를 나눠줬으면서 우리 남편에게는 나무 칠판을 나눠준 건가요?"

그녀의 하소연은 계속되었다.

"저는 딩씨 마을로 시집와 평생 그 사람의 아내로 살아왔습니다. 다른 사람들은 자기 마누라에게 욕을 하고 때리기도 하지만 이날 이때까지 그 사람은 단 한 번도 제게 욕을 하거나 손찌검을 한 적이 없었어요. 그런 그 사람이 죽어가고 있는데 저는 관 하나도 마련해주지 못하고 있습니다. 그 사람은 살아 있는 동안 피를 팔아 저와 자식들에게 멋진 기와집을 지어주었는데 그 사람이 죽게 된 지금, 저는 관 하나 마련해주지 못하고 있다는 말입니다."

쟈젼주와 딩유에진은 그녀를 데리고 젊은이들 몇 명과 함께 학교 안을 이리저리 돌아다니면서 텅 빈 교실 안을 살펴보았다. 그리고 뭐든지 쓸 만한 물건이 보이면 집으로 가져가 관을 만드는 데 쓰라고 말했다. 여러 교실을 차례로 살펴보았지만 하나같이 텅 비어 있었다. 학교에는 쓸 만한 것이 아무것도 없었다. 책상이나 의자, 장의자 등은 말할 것도 없고, 심지어 칠판과 칠판 틀, 교사들의 침대와 그들의 숙소에 걸려 있던 액자 틀, 교사들이 옷가지나 책을 담아두던 상자에 이르기까지 남아 있는 것이 하나도 없었다. 난장판이 된 텅 빈 방에는 바닥에 학생들의 숙제장과 해진 양말 따위만 굴러다니고 있었다. 교실들도 전부 텅 비어 있었다. 교실 바닥에는 온통 못 쓰는 종이와 백묵 가루 그리고 잿빛 먼지만 수북이 쌓여 있었다. 학교 안에는 환자들이 거주하고 있는 방에 남아 있는 그들의 물건을 제외하면 다른 것은 아무것도 없었다. 부엌 안에도 먹을 것 말고는 어떤 것도 남아 있지 않았다.

모조리 다 분배되어버렸다.

모조리 다 도둑맞아버렸다.

학교 안에 있는 농구대도 틀은 남아 있었지만 틀 위의 나무판은 사라지고 없었다. 빈 틀만 남게 되자 그 위에 옷을 널어 말리기에 안성맞춤이었다. 쟈껀주와 딩유에진이 자오더 취안의 아내를 데리고 학교 운동장으로 나왔을 무렵에는 해가 이미 서쪽으로 기울고 있었다. 이들은 운동장 한가운데에 빈손으로 서 있었다.

딩유에진이 말했다.

"원하신다면 내가 앉는 의자를 드리지요."

쟈껀주가 말했다.

"그러지 말고 그 개 같은 딩후이를 찾아가봐요. 그가 관 하나쯤 마련해줄지도 모르잖아요."

이리하여 사람들은 곧장 우리 아버지를 찾아갔다.

한 무리의 사람들이 우리 아버지를 찾아갔다. 사람들은 우리 집 대문 앞에서 싸움이라도 하듯이 웅성거렸다. 모두들 우리 아버지가 다른 마을에서 관을 팔아먹고 있다고 말했다. 열병 환자들의 검은 관을 팔아먹고 있다는 소문을 들었다고 말했다. 정부가 모든 열병 환자들에게 돈을 받지 않고 나눠준 검은 관이라고 했다. 아버지가 마을 사람들을 물끄러미 쳐다보면서 아무 말도 하지 않자 사람들은 싸움이라도 걸듯이 거친 목소리로 시끌벅적하게 말했다. 말하는 사람들마다 입에 게거품을 물고 있었다. 쟈껀주가 호통을 치면서 말했다.

"이렇게 아우성만 쳐서 뭘 하겠다는 겁니까!"

갑자기 사람들이 조용해지자 쟈껀주가 딩유에진과 함께 앞으로 나섰다. 두 사람이 맨 앞에 서서 말했다.

"우리는 딩씨 마을을 대표하여 당신에게 관을 요구하러 왔소. 당신이 관을 팔아먹었는지 안 팔아먹었는지 한번 말해 보시오."

아버지가 말했다.

"팔았지."

쟈껀주가 말했다.

"누구한테 팔았소?"

아버지가 말했다.

"관을 원하는 사람이면 누구에게나 팔았지. 원한다면 자네 들에게도 팔 수 있어."

아버지는 이렇게 말하고 나서 집 안으로 들어가 소가죽으 로 된 커다란 서류 가방을 들고 나와서는 그 안에서 자신의 신분증을 꺼냈다. 현 열병위원회 부주임 신분증이었다. 신분 증 외에도 여러 가지 서류를 함께 꺼냈다. 현 열병위원회와 현 정부의 관인이 찍혀 있는 홍두문건(紅頭文件)*도 있고, 시 와 성의 관인이 찍힌 홍두문건도 있었다. 성에서 하달된 두

---

* 각급 정부 기관, 주로 중앙의 일급 기관에서 하달한 붉은 글씨의 중요 문서.

건의 문건 가운데 하나는 '향촌의 열병 및 에이즈 보급과 확산 예방에 관한 긴급 통지'라는 제목이 붙어 있고, 문건 맨 뒤에 성위원회와 성 정부의 커다란 원형 관인이 찍혀 있었다. 또 다른 문건의 표제는 '열병 환자들이 저가로 관을 구입하여 장례를 치르는 일에 관한 통지'로서 문건 뒷면에 성 열병위원회의 커다란 원형 관인이 찍혀 있었다. 시의 문건과 현의 문건은 모두 상급 기관의 통지를 전달하는 통지문으로서 뒷면에 시와 현 열병위원회의 관인이 찍혀 있었다. 아버지는 이 문건들을 쟈건주와 딩유에진에게 보여주었다. 두 사람이 문건을 다 훑어보고 나자 아버지가 두 사람에게 물었다.

"자네들이 딩씨 마을 열병위원회 주임인가?"

두 사람은 서로 얼굴만 쳐다보았다. 무언의 인정이었다.

아버지가 웃으면서 말했다.

"나는 현 열병위원회의 부주임일세. 현 전체의 열병 환자들에게 관을 팔고 환자들을 돌보는 일을 전담하고 있지. 일전에 자네들이 향에 가서 환자들을 위한 보조금과 환자 개개인에게 지급되는 쌀 열 근과 밀가루 열 근을 수령한 적이 있었지? 그것 역시 전부 내가 딩씨 마을을 위해 결재해준 것이었네. 자네들은 허가를 한 서류에 서명된 내 이름도 보지 못했단 말인가?"

아버지가 말을 이었다.

"문건의 규정에 따르면 환자들에게 판매하는 보급용 관은 한 점에 최소 이백 위안을 받아야 하네. 하지만 내가 딩씨 마을 사람이니 자네들 중에 관이 필요한 사람이 있으면 특별히 한 점에 백팔십 위안에 주도록 하지. 어느 집에 관이 필요한지 지금 말해주면 내일 당장 사람을 시켜 마을로 배달해주도록 하겠네."

해는 이미 서쪽으로 기울어 있었다. 초봄의 일몰에는 한 줄기 따스한 향기가 남아 있었다. 들판 어디선가 향기가 날아와 마을의 거리와 골목마다 은은하게 퍼져나가고 있었다. 아버지는 쟈젠주와 딩유에진에게 어느 집에 관이 필요한지 물으면서 문 앞에 있는 열병 환자들을 바라보았다. 아버지는 문 앞 계단 위에 서 있었는데, 마치 주석대에 올라서 있는 것 같았다. 마을 사람들의 얼굴을 살피면서 아버지가 또다시 큰 목소리로 말했다.

"사실 이 관은 그렇게 싼 편이 아닐세. 자네들이 직접 만든다 해도 이 정도 비용이면 얼마든지 만들 수 있을 걸세. 이 관이 싼 편이었다면 왜 내가 일찌감치 자네들에게 사라고 권하지 않았겠나?"

아버지가 말을 이었다.

"내 형제들도 사고 싶어 했지만 내가 사지 못하게 했네. 나무가 아직 마르지 않았기 때문에 며칠 지나지 않아 관에 손가락 하나가 들어갈 만한 틈이 벌어질 게 분명하거든. 이 관을 사느니 차라리 나무를 사는 게 나을 걸세. 나무를 사다가 직접 자신이 원하는 모양대로 만드는 것이 낫다는 말이야."

아버지의 설명은 계속되었다.

"우리 모두 같은 마을의 이웃사촌들이 아닌가? 이렇게 눈을 부라리고 화를 내면서 싸울 필요가 있겠나? 정 누가 센지 겨뤄보고 싶다면 한번 따져보게. 자네들은 딩씨 마을 열병위원회의 주임이고, 나는 현 열병위원회의 부주임이니 누가 더 센지는 자명하지 않겠나? 대체 누가 누구의 말을 들어야 한다는 겐가? 자네들이 굳이 싸움을 벌이고 소란을 피우겠다면 나로서는 상부에 보고하고, 즉시 경찰과 공안을 출동시키는 수밖에 없네. 하지만 그런 상황이 벌어진다면 이 딩후이를 어찌 딩씨 마을 사람이라 할 수 있겠나? 그러고도 사람이라 할 수 있겠나?"

그러고는 더 이상 아무 말도 하지 않았다.

모두들 아무 말도 하지 않았다.

이리하여 모두들 또다시 우리 집 앞에서 흩어져 학교로 돌아갔다. 해는 이미 붉은 납덩이처럼 가라앉아 있었다. 붉지만 아주 무겁게 하늘에서 밑으로 가라앉고 있었다. 골목 입구에서 바라보면 서쪽 평원이 불에 타고 있는 것 같았다. 타닥타닥 측백나무 숲이 불에 타는 소리가 들릴 것만 같았다.

4장

1

또다시 밤이 찾아와 잠자리에 들 시각이 되었다. 모두들 잠이 들자 학교는 죽은 것 같았다. 숨소리조차 들리지 않았다. 한낮에는 하늘이 맑아 하늘을 뚫고 하늘 밖의 하늘을 볼 수 있을 것 같았다. 높이를 알 수 없을 정도로 짙푸른 하늘이었다. 그러나 밤이 깊어지자 하늘도 어두워지기 시작했다. 몹시 음침했다. 파헤쳐진 무덤 속에서나 볼 수 있는 축축한 음산함이었다. 학교 안은 고요하기만 했다. 우물처럼 깊은 고요함이었다. 하늘에 떠가는 구름의 움직이는 소리가 들릴 정도로 고요하기만 했다.

모두들 잠들었다.

할아버지도 잠들었다.

누군가 창문을 두드렸다. 학교의 철문은 오래전부터 잠그지 않았다. 쟈젼주와 딩유에진이 대문 열쇠를 가져가버린 뒤로는 건물의 문도 잠그지 않았다. 한밤중에 누구든지, 언제든지 드나들었기 때문에 문을 잠가두지 않았다. 따라서 철문을 열어달라고 사람을 부를 필요도 없었다. 사람들은 바깥에서 안으로 곧장 들어와 할아버지 방의 창문을 두드릴 수 있었다. 톡톡 창문을 두드리는 소리는 마치 북을 치는 소리 같았다.

이렇게 누군가 찾아와 창문을 두드리고 있었다.

"누구요?"

할아버지가 물었다.

문을 두드린 사람이 숨을 헐떡이면서 대답했다.

"저예요, 딩 선생님. 문 좀 열어주세요."

문을 열어보니 자오더취안이 서 있었다. 며칠 못 본 사이에 살이라고는 한 점도 찾아볼 수 없이 뼈만 남아 있었다. 얼굴에도 살이 없고 골격만 남아 새파랗고 거무튀튀한 피부를 간신히 붙잡고 있었다. 무수한 종기가 굳어버린 가죽이었다. 눈구멍은 사람이 파놓은 흙구덩이처럼 깊게 패여 있었다. 할아버지는 그토록 짧은 시간에 그의 몸에 죽음의 그림자가 질게 드리워진 것을 확인할 수 있었다. 얼굴에서 빛이 나지 않았고, 눈도 이미 빛을 상실했다. 문 앞에 서 있는 자오더춰안의 모습은 옷을 입혀놓은 해골 같았다. 등불을 비췄지만 활기 없는 그의 모습에서는 살아 있는 사람의 부드러운 기색을 찾아볼 수 없었다. 그림자만 멀쩡하게 움직이고 있었다. 벽에 붙어 있는 검은 그림자는 마치 검고 얇은 수의가 바람에 흔들리는 것 같았다. 할아버지를 보자 그의 얼굴에 슬프고도 처량한 미소가 피어올랐다. 누렇고 비쩍 마른 미소였다. 이렇게 미소를 지으며 그가 말했다.

"딩 선생님, 아무리 생각해봐도 제가 아직 몸을 움직일 수 있을 때 그 칠판을 끌어다가 선생님께 돌려드려야 할 것 같아서요."

그러고는 다시 말을 이었다.

"아무리 궁리를 해도 대를 끊는 일을 해서는 안 될 것 같아요. 이건 칠판이지 그냥 목판이 아니거든요. 열병이 지나가고 아이들이 다시 학교에 다니게 되었을 때 선생님들이 글씨를 쓸 칠판이 없다는 것은 말도 안 되는 일이지요. 설령 제가 죽고 나서 관을 짤 나무가 없게 된다 하더라도 아이들이 공부할 때 사용할 칠판을 없앨 수는 없지요."

할아버지는 문 입구에 짐수레가 한 대 서 있는 것을 보았다. 커다란 칠판이 수레 위에 실려 있었다.

"딩 선생님, 저 혼자서는 안 되겠어요. 등이 움직이질 않아서요. 선생님이 나오셔서 저랑 같이 칠판을 안으로 들여봐주세요."

할아버지는 문밖으로 나와 그와 함께 칠판을 맞들었다. 두 사람은 칠판을 옮겨 할아버지 방 벽에 세워놓았다. 달그락달그락 요란한 소리가 났다.

할아버지가 말했다.

"좀 천천히 옮기도록 하세."

자오더춰안이 말했다.

"괜찮아요. 어차피 저는 곧 죽을 몸인데요, 뭘. 껀주와 유에진이 이 칠판을 보게 되면 제가 다시 학교로 가져와 돌려드린 거라고 말씀하세요."

숨을 헐떡이면서도 그의 얼굴에는 미소가 떠나지 않았다. 연하고 누런 미소는 마치 얼굴에 누런 종이가 붙어 있는 것처럼 보였다. 칠판을 안으로 들여놓고 나서 손에 묻은 흙을 털어내면서 할아버지는 그가 곧 돌아갈 것이라고 생각했다. 그러나 그는 가지 않았다. 그는 여전히 웃음을 머금은 얼굴로 할아버지의 침상에 앉아 있었다. 아무런 소리도 나지 않는 미소 때문인지 그의 얼굴에는 미소가 종이처럼 붙어 있는 것 같았다. 그는 할아버지를 바라보면서 아무 말도 하지 않았다. 아직 뭔가 할 일이 더 남아 있는 것처럼 보였지만 아무 일도 없었다. 할아버지가 그에게 마실 물을 가져다주었지만 그는 손을 내저으며 받지 않았다. 할아버지가 물을 따라주며 손을 씻으라고 했지만 손도 씻지 않았다. 그는 이렇게만 말했다.

"딩 선생님, 저는 괜찮아요. 그냥 선생님이 계신 곳에 잠시 앉아 있고 싶은 것뿐이에요."

할아버지가 그의 맞은편에 앉으며 말했다.

"할 이야기가 있으면 해보게."

그는 웃음을 거두고 정색을 하면서 말했다.

"정말 아무 일 없어요."

두 사람은 그렇게 앉아 있었다. 한밤중의 고요함, 깊고 두꺼운 고요함이 평원을 짓누르고 있었다. 학교 안에는 이따금씩 새나 벌레들의 울음소리가 그 고요함 속에서 버둥거리며 기어 나오기도 했다. 튕겨져 나오기도 했다. 그러나 잠시 후, 울음소리가 지나가고 나면 또다시 정적이었다. 더 깊은 정적이었다. 할아버지는 잠자코 있다가 할 말을 찾았다.

"다시 학교로 돌아와 지내야지."

"저를 보고도 모르시겠어요?"

자오더취안이 할아버지를 쳐다보면서 말했다.

"저는 며칠밖에 못 산단 말이에요."

할아버지가 말했다.

"그럴 리가 있나? 약을 달여 먹으며 겨울을 나고 봄을 맞이하기만 하면 환자들 모두 최소한 일 년을 더 살게 된다네."

그가 또다시 웃었다. 쓴웃음을 지으며 침대에서 몸을 조금 움직이자 침대와 벽에 달라붙어 있던 그림자가 검은 비단 수의처럼 흔들렸다. 그의 몸은 앉은 채로 더 이상 움직이지 않는 게 분명한데, 그림자는 여전히 움직이고 있었다. 그의 영혼이 주위를 떠다니고 있는 것 같았다.

"관은 준비했나?"

할아버지는 그가 살날이 며칠 남지 않았다는 생각에 단도직입적으로 물었다.

"품질이 좋든 나쁘든 관 하나는 구해놓아야지."

그는 할아버지를 바라보면서 다소 난처한 표정을 지었다.

"집사람이 껀주와 유에진을 찾아갔더니 마을에 있는 오동나무를 한 그루 벨 수 있는 허가서를 써주더래요."

이 한마디를 내뱉고서 자오더취안은 손으로 침대 가장자리를 짚고 일어섰다. 그러고는 곧 돌아가려는 것 같더니 결국 다시 입을 열었다.

"딩 선생님, 사실 제가 여길 찾아온 것은 선생님께 드릴 말씀이 있어서입니다. 저희 집에서 관을 만들기 위해 오동나무 한 그루를 벤 것은 껀주와 유에진이 관인을 찍어주었기 때문에 가능한 일이었습니다. 그런데 지금 집집마다 모두 저희를 따라서 마을 안에 있는 오동나무와 백양나무를 베어내고 있어요. 관을 만들지 않아도 되는 사람들도 마을에 있는 나무를 전부 베어내고 있단 말입니다. 날이 밝으면 마을 안에 큰 나무건 작은 나무건 하나도 남지 않고 다 베어질 겁니다."

자오더취안의 설명은 계속되었다.

"딩 선생님, 선생님께서 관리를 하지 않으면 안 될 것 같습니다. 나무가 다 베어져버리면 마을이 마을 같지 않을 거예요. 저는 관을 만들지 않아도 좋습니다. 사실 저는 죽기 전에 집사람에게 붉은 비단 저고리를 주고 싶었어요. 이 일은 결혼하기 전에 집사람에게 약속한 일이거든요. 사람이 죽고 나면 관이 다 무슨 소용이겠습니까? 마을의 나무가 전부 베어져버리는데 말입니다."

2

할아버지는 학교에서 나와 마을을 향해 걸어갔다. 망설이다가 결국 마을로 가기로 한 것이다. 캄캄한 밤이 평원 위를 뒤덮고 있었다. 마치 온 천지가 검은 호수로 변한 것 같았다. 달빛도 별빛도 없어서인지 어둠 속에서 희미한 그림자 하나만 흔들리고 있었다. 마을로 통하는 길은 짙은 어둠에 녹아들어 깊은 걸음과 얕은 걸음을 반복하다 보면 수시로 길 양쪽의 밀밭으로 빠지기 일쑤였다. 다행히 꽤 먼 곳에 등불이 하나 빛나고 있어 할아버지가 방향을 잡을 수 있도록 안내해 주고 있었다. 할아버지는 그 한 점 불빛을 따라 마을 안으로 들어가고 있었다. 마을에서 그리 멀지 않은 곳에 이르자 칠흑같이 어두운 공기 속으로 신선한 하얀 톱밥 냄새가 풍겨왔다. 처음에는 희미하게 마등(馬燈)*이 켜져 있는 곳에서 불어오더니 나중에는 덩어리가 되어 마을 서쪽에서 흘러들어왔다. 마을 남쪽에서도 흘러들어왔다. 마을 북쪽에서도 흘러들어왔고 마을 동쪽의 골목으로도 휘저어 들어왔다. 이렇게 흘러들어오는 톱밥 향기 사이로 간간이 톱으로 나무를 켜는 소리와 도끼로 나무를 찍는 소리, 사람들의 이야기 소리가 섞여 있었다. 마치 오래전에 마을의 어른과 아이 할 것 없이 한밤중에 철을 제련하느라 소란을 떨던 때 같았다. 오래전에 밤낮으로 대규모 수리 공사를 일으켜 분투하던 때 같았다.

할아버지는 걸음을 재촉했다. 마을 서쪽, 마등이 걸려 있는 곳으로 갔다. 가장 먼저 눈에 들어온 것은 같은 마을에 사는 딩싼즈와 그의 아버지였다. 이들 부자는 마을 서쪽에 있는 밀밭 어귀에서 그곳에 있는 가장 큰 백양나무 아래에 크기가 집 반절이나 되는 구덩이를 파고 있었다. 백양나무의 뿌리가 전부 밖으로 드러나 있었고, 사발 두 개만 한 굵기의 나무뿌리를 도끼로 찍어대고 있었다. 딩싼즈

* 1970년대 중국에서 가장 많이 사용했던 휴대용 조명기구로 등유를 사용하는 유리 램프의 일종이다.

의 아버지는 몸에 걸친 옷을 다 벗어 던지고 속잠방이만 달랑 입은 채 벌거벗은 등을 드러내고 있었다. 얼굴과 목, 등에 땀이 비 오듯 흐르고 있었다. 도끼에서 튄 모래와 톱밥이 그의 얼굴과 목, 어깨 할 것 없이 몸 전체를 뒤덮고 있었다. 마치 진흙을 뒤집어쓴 것 같았다. 허공으로 뻗어 있는 나뭇가지 위에 동여맨 굵은 삼베 끈을 비스듬하게 내려뜨리고, 그것을 멀찌감치 서 있는 딩싼즈가 밀밭 쪽으로 잡아당기고 있었다. 딩싼즈가 있는 힘을 다해 끈을 잡아당겨보았지만 나무는 잠시 흔들리면서 금방이라도 부러질 듯이 뿌리에서 우지끈, 하는 소리만 날 뿐 넘어지지는 않았다. 딩싼즈가 건너편을 향해 소리쳤다.

"아버지, 아버지도 이리 오셔서 함께 잡아당겨야겠어요!"

딩싼즈의 아버지가 대답했다.

"내가 여기서 뿌리를 베면 될 것 같으니까 조금만 기다려라."

이때 할아버지가 도끼를 들고 있는 딩싼즈 아버지 앞으로 다가가 말했다.

"이보게, 싼즈 아범. 누가 자네들에게 이 나무를 베라고 하던가?"

딩싼즈의 아버지는 도끼를 허공에 치켜든 채 멍하니 서 있다가 다시 천천히 도끼를 아래로 내리면서 아들을 불렀다. 건너편 밀밭에 있다가 달려온 딩싼즈는 우리 할아버지를 보고서 아무 말도 하지 않았다. 대신 흥, 하고 콧방귀를 뀌고는 벗어놓은 옷의 주머니를 뒤져 접혀 있는 종이 한 장을 꺼내더니 할아버지에게 건넸다.

딩씨 마을 촌위원회의 공문서용 종이였다. 종이 위에는 '딩싼즈네가 마을 서쪽의 큰 백양나무를 베는 것을 허락함'이라고 적혀 있었다. 그 밑에는 딩씨 마을 촌위원회의 관인이 찍혀 있었고, 그 위에 딩유에진과 쟈껀주의 이름이 적혀 있었다.

할아버지는 마등의 불빛에 의지하여 종이에 적힌 내용을 읽고 나서야 그 종이가 딩씨 마을의 벌목 허가서라는 사실을 알게 되었다. 허가서를 손에 든 할아버지가 딩싼즈와 그의 아버지를 쳐다보면서 뭐라고 말해야 좋을지, 그들에게 나무를 베라고 해야 할지 베지 말라고 해야 할지 몰라 망설이고 있을 때, 딩싼즈가 할아버지의 손에 들려 있던 허가서를 빼앗아 다시 주머니에 넣으면서 친절하지도 차갑지도 않은 어투로 말했다.

"딩후이 형은 우리에게 지급된 관을 팔아먹더니 영감님은 관을 만들 나무도 베지 못하게 하시는 겁니까?"

열병에 걸렸지만 여전히 건장한 딩싼즈는 이 한마디를 던지고 다시 밀밭으로 들어가 나무를 맨 끈을 잡아당겼다. 어찌 해볼 도리가 없었던 할아버지는 그 자리에 잠시 멍하니 서 있다가 불빛이 있는 다른 쪽으로 걸음을 옮겼다. 채 몇 걸음 가기도 전에 등 뒤에서 우지끈하고 뭔가 격렬하게 무너지는 소리가 들렸다. 요란한 소리가 마치 할아버지의 머릿속에서 울리는 것 같았다. 할아버지는 가슴속 깊은 곳에서 은밀하면서도 격렬한 통증을 느꼈다. 문득 또다시 아들 딩후이를 목 졸라 죽여야겠다는 충동이 일면서, 노화된 근육으로 이루어진 두 손에 땀이 솟았다.

마을 어귀에 잠시 서 있던 할아버지는 다시 마을 안에 있는 버드나무 쪽으로 걸음을 옮겼다. 그 버드나무 위에도 종이 한 장이 붙어 있었다. 딩싼즈가 보여주었던 벌목 허가서와 같은 종이에 같은 관인이 찍혀 있고, 똑같이 쟈껀주와 딩유에진의 이름이 적혀 있었다. 그리고 '쟈홍리네가 마을 서쪽 골목 입구 서북쪽 모퉁이에 있는 오래된 버드나무를 베는 것을 허락함'이라는 문구가 적혀 있었다.

할아버지는 벽에 붙은 공지문을 보듯이 그 허가서를 바라보았다. 할 말이 없었다. 사람들이 나무를 베는 것도 확실한 명분이 있는 일이라는 생각에 할아버지는 우두커니 그 버드나무 아래 서 있었다. 나뭇가지에 매달린 등불 아래서 그 불빛에 의지해 나뭇가지를 베고 있는 쟈홍리를 바라보면서 할아버지는 잠시 생각에 잠겼다가 찢어지는 듯한 목소리로 그를 불렀다.

"홍리야, 그렇게 높이 올라가면 어떡해? 죽고 싶은 게냐?"

쟈홍리가 나무 베는 일을 잠시 멈추고 말을 받았다.

"죽는 게 뭐 대수라고 그러세요? 어차피 얼마 살지도 못할 텐데요."

할아버지는 다시 나무 아래 있는 쟈홍리의 아버지에게 말했다.

"쟈쥔(賈俊), 나무 한 그루 때문에 아들 목숨을 소홀히 하면 안 되지."

쟈쥔이 웃는 얼굴로 나무에 붙어 있는 허가서를 가리키며 말했다.

"괜찮아요. 우리 집에 발급된 허가서가 나무에 붙어 있으니 영감님은 그거나 잘 살펴보세요."

할아버지는 앞으로 더 다가갔다. 마을 안에 있는 느릅나무와 홰나무, 오동나무, 참죽나무, 쥐엄나무 할 것 없이, 마을 앞에 있든 뒤에 있든, 앞 골목에 있든 뒷골목에 있든, 통이 굵은 나무마다 마등이 걸려 있었다. 마등이 없는 곳에는 촛불이 켜져 있거나 석유등이 켜져 있었다. 어떤 집은 간편하게 어디선가 쥐꼬리만 한 전선을 끌어다가 나무 위나 벽에 전등을 걸어놓았다. 딩씨 마을 전체가 불빛으로 환했다. 몇몇 집을 제외하고 거의 모든 집의 대문 밖에 환하게 등불이 밝혀져 있었다. 딩씨 마을 전체가 대낮처럼 환했다. 불빛이 비추는 곳마다, 등불이 나무의 몸통을 비추는 곳마다, 어김없이 딩씨 마을 촌위원회의 관인이 찍힌 벌목 허가서가 붙어 있었다. 마치 커다란 나무들 몸에 사형 선고문이 붙어 있는 것 같았다. 퍽퍽 나무를 찍는 소리가 끊이지 않았고, 쉭쉭 톱으로 나무를 켜는 소리가 요란했다. 코를 찌르는 신선한 나무 향기가 진액과 함께 밤의 어둠을 헤치고 사방으로 퍼져나가고 있었다. 딩씨 마을이 살아나고 있었다. 사람들은 일제히 톱과 도끼를 들고 거리로 나와서 촌위원회에서 나눠주는 벌목 허가서를 받으러 가고 있었다. 열병에 걸린 사람들에게는 관을 만들 수 있는 나무가 분배되었고, 열병에 걸리지 않은 사람들에게도 역시 국가 소유의 나무에 대해 일정한 지분이 있는 만큼 관을 만들기에 적당하지 않은 참죽나무와 멀구슬나무, 홰나무 등이 분배되었다. 버드나무와 백양나무, 오동나무는 관을 만들기에 썩 좋은 편은 아니었지만 그래도 참죽나무, 멀구슬나무, 홰나무는 땅에 묻으면 습기를 흡수할 뿐만 아니라 벌레들이 좋아하기 때문에 열병에 걸리지 않은 사람들에게 나눠주어 아들이 장가들거나 딸을 시집보낼 때 가구를 만드는 데 사용하게 했다.

딩씨 마을에서는 우리 집을 제외하고 거의 모든 집이 목재가 될 만한 나무를 배정받았다. 그리하여 딩씨 마을은 봄날 밤에 모두들 바삐 움직이고 있었다. 집집마다 잠도 자지 않고 나무를 베어 서둘러 집으로 운반하느라 정신이 없었다.

도대체 어디서 그렇게 많은 톱과 도끼들이 나온 것인지 알 수 없었지만, 일제히 벌목을 하도록 사전에 통지를 받고 집집마다 공구를 준비하고 있었던 것 같았다. 한밤중에 쇠로 된 공구들이 부딪치는 소리는 청아하고 낭랑하기만 했다. 나뭇가지를 꺾을 때마다 나는 우지끈하는 소리가 마을 동쪽에서 울려 마을 서쪽의 평원까지 전해지고 있었다. 마을 서쪽에서 들리는 소리도 마을 동쪽의 신작로까지 울려퍼지고 있었다. 딩씨 마을이 요란해졌다. 예사롭지 않은 요란함이었다. 오고가는 사람들의 발걸음 소리가 멈추지 않았고, 나무를 싣고 가는 수레의 바퀴 소리도 끊이지 않았다. 장(張) 아무개가 이(李) 아무개의 나무가 좋은 목재라고 말하면, 이 아무개는 장 아무개의 나무가 더 질이 좋은 나무라고 말했다. 서로를 부러워하며 사람들은 손에 들려 있거나 나무에 걸린 등불의 환한 빛에 의지해 딩씨 마을 거리를 이리저리 오가고 있었다. 열병에 걸린 사람들은 나무를 베는 열기 때문에 하나같이 얼굴에 붉은 광채를 띠고 있었다. 열병에 걸리지 않은 사람들도 파종과 수확을 서두르는 농부들처럼 흥분해 있었다. 그날 밤 딩씨 마을 전체가 어수선하고 요란한 소리와 톱밥의 비릿한 향으로 뒤엉켜 있었다. 사람들은 뭔가 말을 하면서 어디선가 바쁘게 왔다가 어디론가 바쁘게 갔다. 서로 얼굴을 마주칠 때면 간단하게 몇 마디만 주고받을 뿐이었다.

"이보게, 자네 집은 느릅나무를 분배받았나?"

"에구, 우리 집에는 들보가 하나 있어야 하기 때문에 느릅나무를 분배받아야 한단 말일세."

"이보게, 나무를 그렇게 짧게 베면 집에 가져가봤자 뭐에 쓸 수 있겠나?"

"보고도 모르겠나? 이거야말로 옷장 서랍을 만드는 데 딱 맞는 목재란 말일세."

또 이렇게 말하는 사람들도 있었다.

"자네 아나? 마을 서쪽에 있던 제일 큰 참죽나무를 리왕(李旺)네가 분배받았대."

"리왕네가 차지했다고? 그럴 리가 있나?"

"내 말을 못 믿겠나? 리왕네 딸이 딩유에진의 사촌에게 시집가기로 정해졌대."

이야기하는 사람이 비밀을 전하듯 조심스레 말하면 이야기를 듣는 사람은 갑자기 중요한 사실을 알게 되었다는 듯이 길가에 잠시 서 있고는 했다. 그러다가 금세 헤어져 제 갈 길을 가서는 비밀을 털어놓듯 똑같은 이야기를 다른 사람에게 전했다.

할아버지는 딩씨 마을의 거리 위를 맥없이 걷고 있었다. 이 나무 아래 잠시 서 있다가 또 저 나무 아래로 가서 잠시 서 있었다. 이날 밤 베어 넘어지는 모든 나무를 한 번씩 다 돌아볼 작정인 것 같았다. 나무를 볼 때마다 할아버지는 또다시 딩씨 마을의 땅 위에는 신선한 꽃이 피고, 땅 밑에는 황금이 맺히는 꿈이 생각났다. 이렇게 할아버지는 넋을 놓고 마을 곳곳을 살펴보고 있었다. 다시 마을 한가운데로 돌아온 할아버지는 세 사람이 함께 껴안아도 안지 못할 정도로 크고 오래된 홰나무에도 벌목 허가서가 붙어 있는 것을 보았다. 자오씨우친과 그의 남편 왕바오산 그리고 마을 밖에 사는 자오씨우친의 건장한 동생 둘을 함께 보았다. 이들은 마침 홰나무에 걸려 있던 큰 종을 내려 옆에 있는 작은 홰나무로 옮겨 걸고 있었다. 종을 다 옮기고 나자 자오씨우친의 형제들은 사다리를 받치고 나무 위로 올라가서는 톱으로 나뭇가지를 베기 시작했다. 나머지 사람들은 나무 밑을 파고 있었다.

방금 그곳을 지나칠 때만 해도 늙은 홰나무는 온전하고 의연한 모습으로 그 자리에 서 있었다. 그러나 한 바퀴 빙 돌고 오자 사람들이 덤벼들어 도끼로 찍고 톱으로 켜면서 나무를 벌목하고 있는 것이었다. 할아버지는 그 늙은 홰나무 아래로 다가갔다. 맞은편에서 사람들이 전선을 끌어다가 자신의 머리 위에 전등을 설치하고 있었다. 나뭇가지 위에 달린 전구는 어림잡아도 이백 와트는 되었고, 밤에 이 나무 아래서 마을 사람들을 소집하여 회의를 열 때면 그곳을 대낮처럼 환하게 비춰주던 전구였다.

할아버지가 말했다.

"씨우친, 이 나무가 자네 집에 배당되었나?"

등불 아래 앉아 있던 자오씨우친이 고개를 들어 할아버지를 쳐다보았다. 얼굴에는 붉은빛과 누런빛으로 흥분과 불안이 그대로 드러나 있었다. 마을에서 가장 크고 오래된 나무를 분배받은 것에 대해 미안해하는 표정이 역력했다. 그녀가 얼굴에 빙긋이 미소를 띠며 대답했다.

"쟈 주임과 딩 주임이 그렇게 양심 있는 사람들인 줄은 미처 몰랐어요. 두 사람이 학교에서 생활할 때 먹고 싶은 것이 있다고 말하면 제가 곧장 만들어주곤 했거든요. 술 생각이 난다고 하면 언제든지 몇 가지 맛있는 볶음요리를 해서 올렸지요. 그래서인지 제가 마을에 있는 큰 나무들은 전부 다 분배되고 마을 한가운데 있는 이 홰나무 하나만 남았다고 하자, 이걸 제게 배정하겠다고 서명을 해주지 뭐예요."

할아버지는 끊임없이 이어지는 나무 베는 소리 속에 서서 또다시 평원의 땅 위에는 신선한 꽃이 가득 피고 땅 밑에는 황금이 맺히는 광경을 보았다.

364

3

하룻밤 사이에 딩씨 마을의 나무들은 정말로 모두 사라지고 말았다.

조금이라도 큰 나무들은 모두 사라지고 없었다. 원래는 통이 굵은 나무들만 베기로 했었지만, 해가 뜨고 마을 사람들이 모두 일어나 나와보니 마을 안팎으로 굵기가 사발만 한 나무들은 전부 사라지고 없었다. 큰길에는 도처에 관인이 찍힌 벌목 허가서가 버려져 나뒹굴고 있었다. 간밤에 바람이 불었고, 하룻밤의 바람에 나뭇잎이 모두 떨어져버린 것 같았다. 봄날의 해는 여느 때와 마찬가지로 딩씨 마을을 비춰주고 있었지만 따스한 봄볕이 아니라 몹시 건조하고 더운 햇볕처럼 느껴졌다.

조금이라도 큰 느릅나무와 홰나무, 오동나무, 멀구슬나무, 참죽나무, 백양나무, 감나무는 전부 사라져버렸고, 남아 있는 것이라고는 팔뚝만 한 굵기의 묘목들뿐이었다. 그것마저도 황무지의 어린 나무들처럼 듬성듬성 흩어져 있었다. 해가 떠오르자 사람들의 몸으로 곧장 햇볕이 쏟아졌다. 마른 열기가 딩씨 마을을 곧장 내리쬐고 있었다.

해가 뜨자 사람들은 모두 잠자리에서 일어났다. 그러고는 하나같이 자기 집 대문 앞에 놀라서 하얗게 질린 얼굴을 하고 서 있었다.

너무 놀라서 하얗게 질려 있었다.

"맙소사, 이런 꼴이 되고 말다니……."

"아이고 조상님들, 이런 지경에 이르고 말다니요……."

"아이고 조상님들, 정말 이런 꼴이 되고 만 건가요……."

4

자오더취안이 죽었다.

나무가 모조리 베여 나간 다음 날 정오에 세상을 뜨고 말았다. 그가 세상을 뜨기 전에 할아버지가 둘째삼촌에게 말했다.

"링링의 비단 저고리를 가져다가 더취안에게 주면 안 되겠니?"

삼촌은 링링의 친정이 있는 마을로 갔다. 그날 밤으로 곧장 달려갔다. 사실 그날 밤으로 돌아올 수도 있었다. 가는 데 이십 리, 돌아오는 데 이십 리가 조금 넘는 길이었다. 그러나 삼촌은 링링의 친정집에서 하룻밤을 묵고서야 돌아왔다. 삼촌이 돌아왔을 때 자오더취안은 아직 살아 있었다. 삼촌이 링링의 비단 저고리를 그의 아내에게 전해주는 것을 보는 순간, 그는 잠시 웃음을 지어 보였다. 웃음이 끝나자 곧 세상을 떠났다.

염을 하고 입관을 할 때까지 자오더취안의 얼굴에는 붉은 비단 저고리 같은 웃음이 걸려 있었다.

5부

1장

1

우리 삼촌과 링링은 다시 함께 살게 되었다.

부부처럼 함께 살게 되었다.

딩씨 마을 사람들 앞에서 두 사람이 배짱 좋게 함께 살리라고는 누구도 생각지 못했다.

두 사람은 물과 모래땅 같았다. 물이 모래땅 위를 흐르자마자 모래땅이 흐르는 물을 빨아들였다. 자석의 음극과 양극처럼 한 번 부딪치자마자 척, 하는 소리와 함께 하나로 들러붙었다. 두 사람은 풀씨와 황토 같았다. 바람이 불면 풀씨가 날렸고, 바람이 가라앉으면 풀씨도 가라앉았다. 모래땅에 떨어진 풀씨는 곧장 뿌리를 내렸다.

링링은 남편에게 한차례 두들겨 맞고 나서 남편과 시어머니에 의해 친정으로 쫓겨났다. 남편과 시어머니가 쫓아내자 그렇게 친정으로 쫓겨 갔다. 사람들은 또다시 딩샤오밍에게 아내를 얻어주자는 이야기를 꺼냈다. 링링은 열병에 걸렸다. 에이즈였다. 곧 죽을 목숨인 데다 본가의 사촌형과 사통했으니 맞아도 쌌다. 친정집으로 쫓겨 간 것도 당연한 일이었다. 사람들이 이제 겨우 스무 살이 갓 넘었고 열병에 걸리지도 않은 딩샤오밍에게 새 아내를 구해주려 하는 것도 당연한 일이었다. 적당한 여자가 있고, 무엇보다도 열병에 걸린 여자가 아니기만 하면 링링이 죽은 다음에 아내로 맞아들여도 되고, 링링과 서둘러 이혼한 다음에 맞아들여도 될 일이었다. 링링의 친정 식구들도 모두 도리를 아는 사람들이라 시댁 식구들과 마주한 자리에서 이렇게 말했다.

"저희 집에서 딸자식을 잘못 키워 이렇게 된 일이니 샤오밍에게 다시 장가를 들라고 하세요. 여자 쪽에서 돈을 많이 요구하면 샤오밍이 링링에게 주었던 예물도 다시 돌려드릴게요."

이리하여 시댁에서는 여러 사람들에게 부탁하여 딩샤오밍의 새 아내가 될 여자를 찾기 시작했다.

링링은 친정 식구들에게 욕을 먹으면서 끌려갔다.

그러나 봄은 온다고 하면 왔다. 여름도 온다고 하면 재빨리 찾아왔다. 날이 따스해지는가 싶더니 금세 더워졌다. 겨울 솜옷을 벗고 나자 곧이어 봄옷도 벗어버려야 했다. 여름 홑옷을 입어야 할 때가 되어서야 링링은 여름옷을 가지러 다시 딩씨 마을을 찾았다. 보따리 하나에 자신의 여름옷을 전부 싸서 손에 들고는 남편 집 문을 나섰다. 시어머니가 그녀를 문 앞까지 배웅하면서 그녀의 불룩한 보따리를 의심스러운 눈길로 바라보았다.

"링링, 보자기 속에 다른 사람 옷을 넣어 가는 건 아니겠지?"

링링이 말했다.

"아니에요."

시어머니가 말했다.

"샤오밍은 곧 아내를 맞이할 게다. 네가 그때까지 살아 있게 되면 다시 와서 이혼해야 할 거야. 그때는 돌아오지 않으면 안 된다."

링링은 아무 말도 하지 않았다. 딩씨 마을의 거리 입구에 그냥 서 있었다. 자신의 시댁에서 겨우 몇 걸음 떨어진 곳에 서 있었다. 시댁 문루 위에 상감된 타일 틈새에 먹으로 그려 놓은 듯, 검고 곧게 뻗어 있는 빛을 볼 수 있었다.

그렇게 잠시 서 있다가 이내 걸음을 옮겼다.

마을을 떠났다.

마을 밖에서 딩씨 마을로 통하는 시멘트 길은 아주 곧게 들판으로 연결되어 있었고, 지면보다 반 자 정도 높게 올라와 있었다. 몇 년 전에는 길 양쪽으로 도랑을 파서 물이 빠져나갈 수 있게 해놓았고, 도랑을 따라 화살 모양의 백양나무를 줄지어 심어놓았었다. 그러나 이제 백양나무는 딩씨 마을 사람들에 의해 모조리 베어져버렸다. 지금은 도랑 가득 풀이 자라나 있었다. 조금만 바람이 불어도 이 풀들은 바람을 따라 거세게 요동치면서 후드득후드득 소리를 냈다. 이제 길 양쪽 밭에는 밀이 철사처럼 단단하게 몸을 곧게 세우고 자라나 있었다. 밭에서 바삐 움직이고 있는 사람들은 밀에 물을 대고 있었다. 한낮이라 햇볕이 무섭게 내리쬐고 있었다. 그 환하고 반들반들한 길 위를 걷는 것은 불길 위를 걷는 것이나 마찬가지였다. 링링은 이 길을 걷고 있었다. 얼굴의 종기가 조금 가려웠지만 감히 손을 올려 긁지 못하고 가볍게 매만질 뿐이었다. 갓 태어난 어린아이를 어루만지듯 자신의 얼굴을 어루만졌다. 그렇게 얼굴을 어루만지면서 허전한 듯 아주 천천히 걸음을 옮기고 있었다. 고개를 푹 숙인 채 그렇게 걷다가 누군가 부르는 소리를 들었다.

우리 삼촌이 부른 것이었다. 가볍지도 않고 무겁지도 않은 목소리로 불렀다. 마치 하늘 위에서 내려오는 소리 같았다.

"링링."

링링이 걸음을 멈췄다.

그러고는 길 저 앞에 우리 삼촌이 서 있는 것을 보았다. 예전과 마찬가지로 몇 걸음밖에 떨어져 있지 않았다. 얼굴에는 곧 죽을 사람처럼 푸른빛이 어른거리고 있었다. 두 사람은 그렇게 서로를 바라보고 있었다. 서로를 바라보다가 링링이 갑자기 등 뒤의 길을 살펴보았다. 우리 삼촌이 말했다.

"아무도 없어. 있다고 해도 겁나지 않아."

링링이 물었다.

"여기서 뭐 하는 거예요?"

삼촌이 먼저 길가에 앉으면서 말했다.

"링링이 딩씨 마을로 돌아온다기에 여기서 기다리고 있었어."

"무슨 일 있어요?"

"좀 앉아봐."

링링이 머뭇거리자 삼촌이 다시 말했다.

"쑹팅팅은 아직 친정집에 있어."

그제야 링링도 삼촌 곁에 나란히 앉았다.

두 사람은 한참 동안 아무 말도 하지 않았다. 그러다가 삼촌이 말했다.

"여름옷들을 가지러 온 거지?"

링링은 그렇다고 간단히 대답하면서 손에 들고 있는 보따리를 흔들어 보였다. 삼촌이 물었다.

"병세는 좀 어때?"

링링이 말했다.

"그냥 그래요."

삼촌이 다시 물었다.

"나도 그냥 그래. 겨울을 났으니 봄과 여름도 무사히 날 수 있을 거야."

그러고 나서 두 사람은 또다시 아무 말도 없었다. 잠시 침묵이 흐르고 나서 삼촌이 웃으면서 그녀의 손을 잡아끌었다. 그녀도 손이 끌려가도록 내버려두었다. 자오더취안이 죽은 지 며칠 지나지 않은 때였다. 얼마 전에도 두 사람은 링링의 친정집에서 만난 적이 있었다. 하지만 두 사람은 여러 해 동안 만나지 못한 사람들처럼 서로를 바라보았다. 말없이 서로를 바라보다가 삼촌이 링링의 손을 자신의 손에 올려놓고 손등과 손바닥에 딱딱하게 굳어 있는 종기를 살펴보았다. 그러고는 자신의 손으로 그녀의 손을 가볍게 긁어주었다. 링링은 눈물을 글썽이며 삼촌의 손에서 자신의 손을 거둬들였다. 삼촌이 말했다.

"가지 마."

링링이 삼촌을 쳐다보았다.

삼촌이 다시 말했다.

"쑹팅팅은 나랑 이혼하게 될 거야. 딩샤오밍도 링링과 이혼할 생각이잖아. 두 사람 다 우리와 이혼하고 나면 함께 살 수 있어."

그녀는 말이 없었다.

어느새 삼촌은 눈시울을 적시고 있었다.

"며칠밖에 살지 못할 사람들이잖아. 올겨울이면 열병이 크게 폭발하게 될 거라고 하더군. 링링이나 나나 올해를 넘기지 못할지도 몰라. 그러니 사는 것처럼 살려고 노력해봐야지. 그리고 죽어서도 함께 묻히는 거야. 죽어서도 부부가 되는 거지."

링링이 고개를 들어 삼촌을 바라보았다. 그녀의 눈에 맺힌 눈물방울이 진주만큼이나 크고 맑았다.

삼촌이 그녀의 눈물을 닦아주며 말했다.

"울긴 왜 울어. 어차피 링링과 나는 곧 죽을 사람들이야. 남들이 뭐라고 하던 신경 쓸 것 없다고. 우리끼리 그냥 마을에서 함께 살면 돼. 남들이 링링과 나를 어떻게 대하는지 두고 보자고."

삼촌의 눈에도 눈물이 맺혀 있었다.

"함께 살면서 우리가 사는 모습을 보여주자고. 딩샤오밍과 그 가족들에게도 보여주고, 쑹팅팅과 딩씨 마을 사람들에게도 보여주자고."

눈물이 맺힌 삼촌의 얼굴에 어느새 웃음이 걸렸다.

"지금은 그 사람들이 링링과 나에게 이혼을 요구하고 있지만, 우리가 함께 살게 되면 오히려 우리가 그 사람들에게 이혼을 요구하게 될 거야."

삼촌이 말을 이었다.

"링링이 친정집으로 돌아가면 부모님들도 링링을 가엾게 여길 것이고, 형님도 링링을 동정할 거야. 하지만 올케는 링링의 몸에 열병이 있다는 사실을 알고 링링을 차가운 눈빛으로 바라보지 않을까?"

삼촌이 또 말했다.

"링링이 원한다면 우리 집으로 가서 살아도 돼. 쑹팅팅이 쓰던 물건들과 마주치는 것이 걱정되면 마을 밖에 있는 맥장(麥場)*에서 살아도 돼. 내가 집에 있는 부엌세간들을 전부 그리로 가져가면 되잖아."

이리하여 두 사람은 조금도 망설이지 않고 함께 살기 시작했다. 부부처럼 함께 살기 시작했다. 아무런 두려움 없이 함께 살기 시작했다.

함께 살면 함께 사는 것이었다. 마을 밖 맥장의 두 칸짜리

---

* 수확한 밀을 쌓아두거나 탈곡하는 데 사용되던 공터.

흙벽돌 기와집 안에 삼촌은 집에 있던 솥을 옮겨다 놓았다. 그릇을 옮겨다 놓고, 요와 이불을 옮겨다 놓았다. 두 사람은 그곳에서 사는 것처럼 살았다. 전답은 가구마다 배분되어 있었지만 맥장은 일반적으로 몇 가구 또는 몇십 가구가 함께 사용하도록 되어 있었다. 이 맥장은 원래 해방 후에 호조조 (互助組)의 소유였다가 인민공사(人民公社)와 생산대(生産隊)를 거쳐 지금은 각 촌민소조(村民小組)의 소유로 되어 있었지만 여전히 맥장으로 쓰이고 있었다. 땅은 분배되어 있었지만 맥장은 공동으로 사용하고 있었다. 맥장의 초가 건물이 무너지자 마을 사람들은 흙벽돌을 찍어 집을 다시 짓고 기와로 지붕을 올려 번듯한 두 칸짜리 기와집을 만들어놓았다. 맥장은 다른 용도로 사용되지 않았고 농번기에만 집집마다 돌아가며 탈곡을 하는 데 사용되었다. 마을 사람들은 피곤하면 이곳에서 쉬기도 하고 잠을 자기도 했다. 농한기에는 농기구 등을 보관하기도 했다.

그러나 이제 맥장은 삼촌과 링링의 새 보금자리가 되었다.

판자 몇 개를 가져다가 안쪽 방 창문 밑에 바닥을 깔고, 바깥쪽 방은 부엌으로 개조하여 갖가지 물건들을 잘 정리해두었다. 부엌에 놓아야 할 물건들은 부엌에 놓고, 부엌에 놓지 말아야 할 물건들은 부엌에 놓지 않았다. 벽에는 못을 쳐서 젓가락 통을 걸고, 솥을 받치고 있는 나무판 옆에다 그릇과

대야를 놓아두니 보통 집과 다를 바 없었다.

두 사람에게도 집이 생겼다.

집이 생기면 집이 있는 것이었다. 며칠 전 그 집으로 솥과 그릇을 들고 올 때까지만 해도 삼촌은 남들의 눈에 띌까 봐 두려워 조심스럽게 행동했었다. 그러나 며칠이 지나면서 아무리 조심한다고 해도 사람들이 알게 되는 것을 막을 수는 없다는 생각에 아예 신경을 쓰지 않게 되었다. 적군이 쳐들어오면 장군을 내보내 막고, 홍수가 밀려오면 흙으로 둑을 쌓아 막으면 된다는 태도였다. 삼촌은 대담하게 땔감과 쌀, 기름과 소금을 그곳으로 가져왔다. 아는 사람을 만나면 묻는 말에 있는 그대로 솔직하게 다 이야기해주었다.

친구 하나가 삼촌에게 물었다.

"딩량, 집 안에 있는 물건들을 대체 어디로 가져가는 건가?"

삼촌이 걸음을 멈추고 대답했다.

"자네 집 물건을 가져가는 것도 아닌데 왜 참견이야?"

말문이 막힌 친구는 잠시 생각에 잠겼다가 다시 말했다.

"이 사람아, 다 자네를 생각해서 이러는 거라고."

삼촌이 재빨리 말을 받았다.

"나를 생각해서라고? 그럼 내 열병을 자네에게 옮겨줄 테니 자네의 병들지 않은 몸을 나랑 바꿔주게."

친구가 말을 받았다.

"어허, 이 사람이……."

삼촌이 말했다.

"내가 어쨌다고?"

친구가 말했다.

"어서 가게."

삼촌은 그 자리에 선 채 집요하게 말을 받았다.

"내가 자네 집 안에 서 있기라도 했나? 자네가 뭔데 나더러 가라 말라 하는 건가?"

삼촌이 가려고 하지 않자 친구가 먼저 그곳을 떠났다. 감히 더 이상 삼촌과 링링의 일에 관해 묻지 못했다. 그러나 자리를 피한 친구는 자기 집으로 돌아가지 않고 딩샤오밍의 집으로 갔다. 눈 깜짝할 사이의 일이었다. 딩샤오밍은 밖으로 나오지 않았지만 딩샤오밍의 엄마가 집 밖으로 나와서는 곧장 마을 서쪽의 맥장으로 달려갔다. 화가 나서 파래진 얼굴에 머리는 어지럽게 흐트러져 있었고, 손에는 석 자 정도 되는 몽둥이를 들고 있었다. 굵기가 팔뚝만 한 몽둥이였다. 길에서 손 닿는 대로 주워 든 마른 장작을 무기처럼 들고서 그녀는 바람을 일으키며 마을 서쪽으로 향했다. 그녀의 등 뒤로 십수 명의 여인네와 아이들이 구경거리를 놓치지 않으려 따라가고 있었다.

마을 서쪽 맥장에 이르자 그녀는 맥장 한가운데에 서서 입에 거품을 물고 욕설을 퍼부었다.

"양링링, 이 화냥년아. 썩 나오지 못해!"

링링은 나가지 않고 삼촌이 밖으로 나갔다. 삼촌은 덩샤오
밍 엄마에게서 몇 미터쯤 떨어진 곳에 서 있었다. 손은 바지
호주머니에 쑤셔 넣은 채, 한쪽 발은 앞으로 내밀고 다른 한
쪽 발은 뒤로 빼 몸을 뒤쪽으로 반쯤 기울인 채 서 있었다. 삼
촌은 조금도 부끄러움이 없는 듯한 얼굴로 가볍게 말했다.

"숙모, 욕을 하고 싶으면 저를 욕하시고, 때리고 싶으면 저
를 때리세요. 제가 링링을 꼬신 거예요. 친정으로 돌아가려
는 링링을 제가 붙잡아 억지로 여기서 살게 한 거라고요."

덩샤오밍의 엄마가 눈을 부릅뜨며 말했다.

"어서 링링을 불러와라."

삼촌이 말했다.

"이제 링링은 제 아내니까 무슨 일이 있으면 저를 찾으시
면 돼요."

덩샤오밍의 엄마는 눈을 더욱 크게 부릅떴다.

"그 애가 네 아내라고? 그 애는 아직 샤오밍하고 이혼하지
않았으니 샤오밍의 아내야. 그리고 우리 집 며느리지. 이 낯
짝 두꺼운 놈아, 그래도 네 형은 체면이라도 있지. 네 아비가
평생 학생들을 가르치면서 살아온 사람인데 어떻게 그런 아
비 밑에서 너희들처럼 후안무치한 형제들이 자식으로 태어

날 수 있단 말이냐."

삼촌이 빙긋이 웃으며 말했다.

"숙모, 제가 낯 두꺼운 놈이라는 걸 아셨으면 됐어요. 욕하고 때리고 싶을 때마다 저를 찾아와 욕하고 때리세요. 죽도록 욕하고 죽도록 때리세요. 때리고 싶은 만큼 때리시고, 욕하고 싶은 만큼 욕하세요. 그래도 링링은 제 사람이에요."

딩샤오밍 엄마의 얼굴은 이제 푸른빛을 띠는 것으로 그치지 않고 자줏빛을 띠었다. 하얗게 질렸다가 온통 빨갛게 물들기도 했다. 파랗다가 하얗다가 빨개지기를 반복하고 있었다. 삼촌의 말에 심한 모욕감을 느끼고 있는 것 같았다. 삼촌이 그녀의 얼굴에 가래침을 뱉기라도 한 것처럼 입술이 떨리고 손도 떨리고 있었다. 이쯤 되자 정말로 때리거나 욕을 하지 않으면 안 될 것 같았다. 때리거나 욕을 하지 않으면 사태가 마무리되지 않을 것 같았다. 그녀는 입을 열어 찢어지는 듯한 목소리로 뭐라고 욕을 해대면서 정말로 손에 들고 있는 몽둥이를 허공으로 치켜들었다.

삼촌은 손을 바지 주머니에서 빼내 가슴 앞에 얌전하게 모으고, 그녀 앞에 무릎을 꿇고 앉았다.

"때리세요, 숙모. 죽도록 때리세요."

딩샤오밍 엄마의 손에 들린 몽둥이가 허공에 그대로 굳어버렸다. 때리려고 하자 그가 무릎을 꿇으면서 마음대로 때리라고 자청하는 것이었다. 그녀는 원래 조카를 때릴 마음이 없었고 단지 분을 가라앉히기 위해, 체면을 살리기 위해 욕이나 실컷 하려던 것이었다. 욕도 안 하고서야 어떻게 딩씨 마을에서 체면을 유지할 수 있단 말인가. 욕도 안 하고서야 어떻게 얼굴을 들고 딩씨 마을에서 사람답게 살 수 있단 말인가. 처음부터 때릴 생각이 없었는데 그가 꿇어앉으면서 때려달라고 자청하고, 게다가 자신을 숙모라고 부르며 죽도록 때려달라고 하니 더더욱 때릴 수 없는 처지가 되고 말았다. 몽둥이는 허공에 그대로 굳어 있었다. 봄 햇볕이 투명한 빛으로 맥장을 내리쬐고 있었다. 주변의 밭과 밀 이삭 위로 푸른빛이 반짝거리고 있었다. 어느 집 것인지 양 몇 마리가 몰려다니고 있었다. 세월이 이런 지경에 이르렀는데도 어느 집에선가 양을 치고 있는 것이었다. 어느 집 양인지 밀밭에서 밀 줄기를 뜯어 먹고 있었다. 음매, 하는 울음소리가 나풀대는 명주실처럼 길게 이어졌다.

삼촌은 맥장에 무릎을 꿇고 앉아 가슴 앞으로 팔짱을 낀 채로 딩샤오밍의 엄마가 때리기를 기다리고 있었다.

딩샤오밍의 엄마는 삼촌을 때리지 못하고 갑자기 몽둥이를 거둬들이며 말했다.

"모두들 와서 봐요. 딩량이 이래도 사내 녀석으로 보인단 말이에요? 이놈이 그 화냥년을 위해서 여기 이렇게 무릎 꿇고 앉아서는 나더러 때리라는 거예요, 글쎄."

그러더니 고개를 돌려 다시 악을 써대며 소리를 질렀다.

"모든 사람이 봐야 돼요. 모두들 이런 모습을 봐야 한다고
요. 어서 학교로 가서 딩씨 마을 사람들한테 전부 와서 이 꼴
을 좀 보라고 하세요. 우리 수이양 아주버님이 평생 학생들
을 가르치면서 도대체 어떻게 자식들을 가르쳤는지 어서들
와서 보라고 해요. 요부 하나 때문에 체면도 내던진 아들 녀
석을 보라고 하세요."

그녀는 이렇게 소리를 질러대면서 딩씨 마을로 향했다. 자
신이 직접 가서 사람들을 불러올 기세였다. 그녀가 걸으면서
도 소리를 지르자 구경하러 따라온 사람들도 커다란 무리를
이뤄 딩씨 마을로 향하는 그녀의 뒤를 따라갔다. 그러면서 끊
임없이 고개를 돌려 우리 삼촌을 바라보았다. 삼촌이 땅바닥
에서 일어나 그 자리에 선 채로 멀어져가는 숙모를 향해 큰
소리로 말하는 모습을 바라보았다.

"숙모, 오늘 나는 충분히 욕을 먹었고, 숙모와 사람들이 내
체면을 떨어뜨린 셈이니 저와 링링은 죽든 살든 여기서 생활
할 거예요. 앞으로도 걸핏하면 찾아와 오늘 같은 행동을 하면
이 딩량도 가만히 당하고 있지만은 않을 겁니다."

이리하여 삼촌과 링링은 맥장 건물에서 계속 생활하게 되

었다. 아주 떳떳하고 대담하게 부부처럼 살았다. 아무것도 두려워하지 않았다. 이런저런 물건들을 가지러 마을로 돌아갈 때도 떳떳하게 큰길로 다녔고, 감히 노래를 흥얼거리기도 했다.

길을 가다가 우연히 나이 많은 어르신들과 마주칠 때도 있었다. 수많은 인생사를 겪은 어르신들은 삼촌을 만나면 우선 한참 동안 바라보기만 하다가 간신히 한마디 묻곤 했다.

"량아, 뭐 부족한 건 없냐? 부족한 게 있으면 와서 가져가도록 하거라."

그럴 때면 삼촌은 길가에 서서 얼굴에 무척 감동한 듯한 표정을 지어 보였다. 심지어 눈물을 글썽이기까지 했다. 나이가 많은 어르신들을 바라보면서 아저씨 또는 삼촌이라고 부른 다음 담담한 어투로 이렇게 말하곤 했다.

"부족한 것 없어요, 아저씨. 웃음거리가 되어서 죄송해요."

어르신이 말했다.

"웃음거리는 무슨, 목숨이 길든 짧든 어차피 한평생인 게야. 이제 와서 남 흉을 봐서 뭐하겠나."

삼촌은 참지 못하고 눈물을 흘렸다.

한번은 마을 젊은이 하나가 마을 서쪽 맥장으로 향하는 삼촌을 보았다. 삼촌은 양식과 작은 탁자를 어깨에 멘 채 걸어갔는데 이마에 땀이 송글송글 맺힐 정도로 힘들어 보였다.

젊은이는 아무 말 없이 다가와 삼촌이 어깨에 메고 있는 물건을 자신의 어깨로 옮기면서 가볍게 나무랐다.

"옮길 물건이 있으면 저를 부르시면 될 텐데, 이 몸을 하고 어떻게 무거운 것들을 나른단 말이에요!"

삼촌이 웃으면서 말했다.

"괜찮아. 이 형님이 쌀벌레인 줄 아나 보지?"

젊은이도 따라 웃으면서 삼촌과 어깨를 나란히 하고 걸으며 말했다.

"형님, 사실대로 말해보세요. 열병에 걸렸는데도 형님과 링링이 그 일을 치르는 데 아무 문제가 없단 말이에요?"

삼촌이 큰소리치며 대답했다.

"그럼, 문제 없고말고. 매일 밤마다 두 번씩이나 하는걸."

물건을 메고 있던 젊은이는 놀라움을 금치 못하며 걸음을 멈추고 그 자리에 섰다.

"정말이에요?"

삼촌이 말했다.

"하루에 두 번도 안 해주면 링링이 이름을 더럽히면서까지 나와 함께 살려고 하겠어?"

동생뻘 되는 젊은이는 그제야 삼촌의 말을 믿기 시작하면서도 도무지 이해할 수 없다는 듯한 표정으로 삼촌과 어깨를 나란히 하고 걸음을 옮겼다.

맥장에 이르러서 더 이상 이야기를 주고받을 수 없게 되자 젊은이는 링링의 뒤에서 유심히 그녀의 모습을 살펴보았다. 링링은 잘빠진 몸매에 가는 허리와 튼실한 엉덩이, 넓은 어깨를 지니고 있었다. 새까만 머리카락은 어깨 아래로 한 올 한 올 흘러내리고 있었다. 마치 물이 흐르고 있는 것 같았다. 젊은이가 링링의 머리카락을 유심히 쳐다보고 있는 것을 발견한 삼촌이 그의 귀에 대고 낮은 목소리로 말했다.

"내가 빗어준 거야."

젊은이는 숨을 한 번 들이쉬더니 고개를 돌려 삼촌을 쳐다보며 말했다.

"정말 엉큼하시네요."

삼촌이 웃었다. 링링도 등 뒤에서 나는 소리를 듣고 있었지만 물이 뚝뚝 털어지는 옷을 줄에 너느라 황급히 몸을 돌릴 뿐이었다. 이 순간 젊은이는 링링의 완벽한 아름다움을 보았다. 어느 모로 보나 쑹팅팅보다 못할 것이 없었다. 그녀의 둥근 얼굴이 쑹팅팅의 갸름한 얼굴보다 사람들의 눈을 더 편안하게 해주지는 못하겠지만, 그래도 그녀는 젊었다. 이제 갓 스물을 넘긴 그녀는 몸 전체에 억제할 수 없는 젊음의 생기가 돌고 있었다. 이는 쑹팅팅에게서는 찾아볼 수 없는 것이었다.

젊은이는 그렇게 넋을 놓고 링링을 바라보고 있었다.

삼촌이 발로 젊은이의 엉덩이를 걷어찼다. 젊은이의 얼굴이 빨개졌다. 링링도 얼굴이 빨개졌다. 젊은이가 메고 온 물건을 방 안에 가져다 놓자 링링이 재빨리 안으로 들어가 물을 내왔다. 방금 넋을 놓고 그녀의 몸을 훔쳐보았던 젊은이는 감히 앉아서 물을 받아 마실 수 없어 그녀를 곁눈질로 쳐다보다가 그럴듯한 이유를 대고 이내 자리를 떴다. 링링이 젊은이를 문까지 배웅하자 삼촌이 서둘러 그를 맥장 밖으로 내쫓았다.

맥장 밖으로 나오면서 젊은이는 다시 걸음을 멈추고 한마디 던졌다.

"량 형님, 행복하게 사세요. 저도 링링을 얻을 수만 있다면 열병에 두 번 걸려도 괜찮을 것 같네요."

삼촌이 웃으면서 말을 받았다.

"곧 죽을 몸들이니 이런 도둑 사랑이라도 즐겨야지."

젊은이가 정색을 하면서 말했다.

"결혼하세요. 결혼만 하면 두 사람 모두 정정당당하게 집에 들어가 살 수 있잖아요."

삼촌은 웃지 않았다. 젊은이를 쳐다보면서 마음속으로 뭔가를 생각하고 있었다.

2

어느 날 할아버지가 바쁘게 일을 하고 있을 때 삼촌이 찾아왔다. 할아버지에게 할 이야기가 있어서 찾아온 것이었다. 삼촌은 할아버지에게 링링과의 결혼에 관한 이야기를 꺼냈다. 삼촌이 숙모 쑹팅팅과 이혼하는 문제와 링링이 그녀의 남편인 딩샤오밍과 이혼하는 문제에 관해서도 이야기했다.

이야기해야 할 몇 가지 일들이 있었다.

할아버지를 찾아온 삼촌이 웃으면서 말했다.

"아버지, 저 링링과 결혼하고 싶어요."

할아버지가 멍한 표정으로 말을 받았다.

"죽지도 않았으면서 무슨 낯짝으로 나를 보러 온 게냐?"

삼촌과 링링이 함께 살기 시작한 지 보름이 지난 뒤의 일이었고, 삼촌이 할아버지의 방을 찾은 것은 이번이 처음이었다. 처음으로 할아버지와 진지하게 이야기를 나누려 한 것이다. 삼촌은 할아버지에게 중요한 일을 이야기하려 했지만 할아버지는 다짜고짜 욕부터 했다. 그래도 삼촌은 여전히 얼굴에 여유 있는 웃음을 띠고 있었다. 능글맞게 웃으면서 몸을 탁자에 비스듬하게 기댄 채 삼촌이 말했다.

"저, 링링과 결혼하고 싶어요."

할아버지가 삼촌을 힐끗 쳐다보며 말했다.

"너도 네 형과 마찬가지다. 차라리 죽는 게 나아."

삼촌이 몸을 똑바로 세우고 얼굴에 걸려 있던 웃음을 거두면서 말했다.

"아버지, 저희 두 사람은 정말 결혼하고 싶단 말이에요."

할아버지는 다소 놀란 눈으로 삼촌을 뚫어지게 쳐다보았다. 한참을 쳐다보던 할아버지가 이를 앙다문 채 차분한 어투로 말했다.

"너 미쳤니? 생각을 해봐라. 네가 앞으로 며칠이나 더 살수 있을 것 같으냐? 그 애는 또 며칠이나 더 살 수 있겠니?"

삼촌이 말했다.

"미치긴 누가 미쳐요. 며칠을 더 살 수 있는지는 중요한 문제가 아니라고요."

할아버지가 다시 말했다.

"네가 올겨울을 넘길 수 있을 것 같으냐?"

삼촌이 말했다.

"그래서 살아 있을 때 꼭 결혼을 해야겠다는 거예요. 단 하루를 살아도 즐겁게 살아야지요."

잠시 정적이 흘렀다. 한평생 동안의 정적 같았다.

할아버지가 물었다.

"어떻게 결혼하겠다는 게냐?"

삼촌이 말했다.

"쏭팅팅에게 가서 이혼해달라고 이야기해보려고요."

이렇게 말하는 삼촌의 얼굴에 또다시 미소가 걸렸다. 득의양양한 미소였다. 뭔가 자신에게 유리한 조건을 확보한 것 같았다. 이미 승리를 장담하고 있는 것 같았다.

"이번에는 팅팅이 이혼하자고 할까 봐 두려워 떠는 게 아니라 제가 먼저 이혼을 요구하는 거라고요."

잠시 웃던 삼촌은 다시 웃음을 거두며 말을 이었다.

"링링은 차마 시댁을 찾아갈 수가 없을 거예요. 그래서 말인데, 아버지가 대신 가서 링링의 시어머니와 딩샤오밍과 이혼 문제를 상의해주셨으면 해요."

할아버지는 대답하지 않았다. 한참 동안 입을 다물고 있었다. 한평생 입을 다물어온 것 같았다. 그 한평생이 지나고 할아버지는 또다시 이를 앙다문 채 차갑고 강경한 어투로 말했다.

"나는 못 간다. 네 아비에게는 이제 그럴 면목이 없다."

삼촌은 할아버지 방을 나왔다. 나오기 전에 웃는 얼굴로 할아버지를 쳐다보며 말했다.

"아버지가 안 가시겠다면 제가 링링을 데려다가 아버지 앞에 무릎을 꿇게 하는 수밖에 없겠네요."

이리하여 링링이 왔다.

정말로 할아버지 앞에 무릎을 꿇었다.

링링이 말했다.

"아저씨, 제가 이렇게 빌게요. 제가 보기에 딩량은 여름을 나지 못할 것 같아요. 간신히 여름을 난다고 해도 겨울까지 는 버티기 힘들 거예요. 두 다리가 온통 농창으로 헐어 있거 든요. 밤마다 제가 뜨거운 수건으로 한참이나 닦아줘야 할 정도로 헐어 있어요."

링링은 잠시 입을 다물었다가 하소연을 계속했다.

"저도 올해를 넘기지 못할 것 같아요. 샤오밍네 식구들은 저를 원하지 않고, 친정으로 돌아가자니 아버지와 엄마, 오 빠, 올케 모두 저를 혐오스럽게 여기면서 피하고 있어요. 저 는 죽지 못해서 억지로 살고 있는 거라고요. 아저씨, 안 그래 요? 아저씨가 보시기엔 제가 죽지 못해 살고 있는 것 같지 않 나요? 팅팅 언니는 딩량과 이혼하려 하고, 샤오밍네 가족들 도 그가 저랑 이혼하기를 원하고 있어요. 모두들 이혼을 원 하니 이혼하면 그만이지요. 이혼하고 나면 저는 딩량과 결혼 할 생각이에요. 반년을 살든, 석 달을 살든, 아니 한 달을 살 더라도 떳떳하게 부부로 살다가 죽을 것이고, 죽어서도 떳떳하게 함께 묻힐 거예요. 아저씨, 죽기 전에 아저씨를 단 한 번만이라도 아버님이라고 부를 수 있게 해주세요. 죽고 나서 아저씨께서 저와 딩량을 함께 묻어주세요. 저 사람은 저를 좋아하고, 저도 저 사람을 좋아해요. 함께 묻히면 저희 두 사람은 죽어서도 부부가 될 수 있을 것이고, 또 가정을 이루게 되니 아저씨도 마음 편하게 사실 수 있잖아요. 언젠가 아저씨께서 천수를 다하시고 돌아가시게 되면 저 링링이 지하에서나마 아저씨께 효도를 다할게요. 아저씨와 아주머니를 극진히 모실게요. 아저씨, 아저씨께서 저희 시댁을 찾아가 이혼 문제를 좀 상의해주세요. 저 링링이 이렇게 간절히 부탁드립니다. 아저씨의 아들, 며느리가 이렇게 간절히 부탁드립니다. 제가 개두라도 올릴까요?"

링링은 정말로 우리 할아버지에게 개두를 했다.

몇 번을 연달아 개두를 했다.

2장

1

초여름의 어느 날 밤, 평원의 시원한 기운이 사람들을 침대에 누워 잠들지 못하게 했다. 그렇게 좋은 밤을 방 안에 틀어박혀 헛되이 보낼 수 없었다. 최고의 날씨와 청량함이었다. 딩씨 마을 사람들과 류씨 마을 사람들, 나룻목 사람들과 평원 사람들, 열병에 걸린 사람들과 열병에 걸리지 않은 사람들 모두 문 앞이나 마을 어귀에 나와 한가로이 이야기를 나눴다. 화제를 가리지 않고 이야기를 나눴다. 옛날과 오늘을 이야기하고 남자와 여자를 이야기했다. 끝없이 이야기를 주고받으며 그 시원한 날씨를 즐기고 있었다.

우리 삼촌과 링링도 그 시원한 날씨를 즐기고 있었다.

두 사람은 맥장에 앉아 있었다. 한쪽에는 마을이 있고, 다른 한쪽에는 학교가 자리 잡고 있었다. 마을과 학교 사이의 거리는 이 리 정도였고, 두 사람은 그 사이에 한쪽으로 조금 치우쳐 앉아 있었다. 아주 조용하게 마을과 학교 사이에 한쪽으로 조금 치우쳐 앉아 있었다. 양쪽의 불빛이 희미하고 어두워서 그런지 달과 별이 훨씬 더 밝아 보였다. 이 맥장은 밀이 익을 때에야 맥장이지 수확기가 지나면 그냥 버려두는 평평한 땅이었다. 어느 집 마당처럼 텅 비어 있는 평지일 뿐이었다. 달빛은 머리 꼭대기에 걸려 있었다. 달은 마을에서 보면 마을 꼭대기에, 맥장에서 보면 머리 꼭대기에 걸려 평원을 온통 물색으로 물들였다. 빛으로 가득 찬 평원은 마치 끝이 보이지 않는 호수 같았다. 평평한 것도 호수 같고, 고요한 것도 호수 같고, 밝은 것도 호수 같았다. 마을에서 들려오는 개 짖는 소리는 호수에서 물고기들이 뛰어노는 소리 같았다. 맥장 밖 농지에서 밀이 자라는 소리는 마치 가느다란 물줄기가 모래밭으로 빨려들어가는 소리 같았다. 쭉쭉대는 소리가 밤에 흡수되어버렸다. 밤이 소리를 마셔버렸다.

바람도 불었다. 삼촌과 링링은 바람이 잘 드는 곳에 앉아 바람을 즐기고 있었다. 밤을 즐기고 있었다. 즐거움에 관해 이야기하고 있었다.

삼촌이 말했다.

"이리 가까이 와서 앉아봐."

링링은 의자를 삼촌 쪽으로 옮겼다.

두 사람은 그렇게 맥장 건물 앞에서, 맥장 한가운데 두 개의 작은 의자에 앉아 서로의 얼굴을 마주 보며 뒤로 몸을 기댔다. 한 자 정도 떨어져 앉은 두 사람은 달빛에 의지해 서로의 얼굴을 선명하게 볼 수 있었다. 달빛 아래 얼굴에 지는 코그림자까지 선명하게 볼 수 있었다. 조금 멀리 입김을 불면 서로의 얼굴에 닿을 수 있을 정도로 가까웠다.

링링이 말했다.

"내가 만든 국수 맛있어요?"

"맛있어. 쑹팅팅이 만든 것보다 백배는 더 맛있더군."

삼촌은 이렇게 대답하면서 신발을 벗고는 발을 링링의 허벅지 위에 올렸다. 그렇게 즐기면서 고개를 들어 하늘을 바라보았다. 하늘에 가득한 별들을 바라보면서, 끝없는 쪽빛 하늘을 바라보면서, 발로 링링의 몸을 더듬었다. 발가락으로 그녀의 살을 꼬집었다. 그렇게 즐기면서 하늘을 향해 말했다.

"우리가 몇 년 전에 결혼했다면 참 좋았을 텐데."

"뭐가 좋은데요?"

"뭐든지 다 좋지."

그러고는 다시 몸을 돌려 똑바로 앉으면서 링링의 얼굴

을 뚫어지게 쳐다보았다. 우물에 비친 그림자를 바라보듯 아
주 깊은 곳을 향하고 있었다. 링링도 삼촌의 눈길을 고스란
히 받아들이면서 미동도 하지 않았다. 달빛이 그런 그녀의
모습을 더욱 도드라지게 비춰주었다. 마치 움직이지 않는 거
울 같았다. 거울 속에 있는 사람이 얼굴은 움직이지 않고 손
만 움직이고 있는 것 같았다. 그녀는 두 손으로 삼촌의 다리
를 주무르고 있었다. 안마를 하듯이 정성껏 주무르고 있었
다. 자신이 줄 수 있는 편안함을 전부 삼촌에게 주려는 것 같
았다. 그녀의 얼굴이 발갛게 상기되어 홍조를 띠고 있었다.
눈에 보이지 않는 홍조였다. 마치 자신이 발가벗은 채로 삼
촌 앞에 서 있기라도 한 듯이 몹시 부끄러워하는 것 같았다.

링링이 말했다.

"다행히 우리 둘 다 열병에 걸렸네요."

삼촌이 되물었다.

"그게 어째서 다행이란 말이야?"

"열병이 없었다면 나는 딩샤오밍의 아내이고, 당신은 쑹팅
팅의 남편이었을 텐데 우리가 어떻게 한평생을 함께할 수 있
겠어요?"

삼촌은 잠시 생각해보더니 고개를 끄덕이며 말했다.

"그건 그렇군."

이런 말을 주고받고 나서 두 사람은 열병에 걸린 것을 감

사하게 여기는 듯한 표정으로 더 가깝게 다가앉았다. 삼촌이 다리를 링링의 허벅지에 올려놓자 링링은 또다시 삼촌의 다리를 주무르기 시작했다. 안마하듯 정성껏 주물렀다.

다 주무르고 나서 링링은 삼촌의 다리를 내려놓은 다음, 신발을 신겨주고 다리를 편안하게 놓아주었다. 그러고는 이번에는 자신이 신발을 벗고 발을 삼촌의 몸 위로 쭉 뻗었다. 삼촌의 허벅지 위에 다리를 얌전하게 올려놓고는 삼촌에게 주무르고 안마하게 했다. 삼촌은 링링의 종아리를 거칠게 주무르고 안마했다. 한 번 또 한 번, 발목에서 시작하여 차근차근 위로 올라가면서 조금씩 힘을 주면서 물었다.

"이러면 너무 센가?"

"조금 세요."

"그럼 이러면?"

"조금 약해요."

삼촌은 이내 어느 정도 힘을 주는 것이 적당한지 깨닫고서 어떤 부분은 세게, 어떤 부분은 약하게 누르기 시작했다. 링링의 바지를 걷어 올리자 종아리가 달빛 아래 그대로 드러났다. 그녀의 다리는 열병으로 인한 부스럼이나 종기의 흔적이 하나도 없었다. 두 개의 옥기둥처럼 빛이 나는 깨끗한 다리였다. 눈이 부시도록 희고 윤기가 넘치는 다리였다. 은은하게 사람의 살냄새가 났다. 삼촌은 그런 살냄새를 맡으며 링링의 종아리를 마구 거칠게 주무르고 안마했다.

"내가 주물러주니까 시원하지?"

링링이 미소를 지으며 대답했다.

"네, 시원해요."

삼촌은 웃지 않고 진지한 어투로 다시 말했다.

"링링, 진지하게 묻고 싶은 게 하나 있어."

두 사람은 고개를 들어 하늘을 바라보았다.

"말해봐요."

"솔직하게 말해야 해."

"글쎄, 말해보라니까요."

삼촌은 잠시 생각에 잠겼다가 다시 입을 열었다.

"내가 올해 여름까지 살 수 있다고 했지?"

링링이 어리둥절한 표정으로 되물었다.

"그런 걸 물어서 뭐해요?"

"그냥 물어보는 거야."

링링이 말했다.

"마을 사람들이 하나같이 겨울만 잘 견디면 그다음 한 해를 더 살 수 있다고 그러잖아요."

삼촌이 링링의 다리를 계속 주무르면서 말했다.

"요 며칠 동안 매일 엄마가 와서 나를 부르는 꿈을 꾸었어."

링링은 다소 놀란 표정으로 몸을 돌려 바로 앉으며 삼촌의 손에서 다리를 빼냈다. 그런 다음 신발을 제대로 고쳐 신고서 멍하니 삼촌의 얼굴을 쳐다보았다. 그러고는 어떻게 된 것인지 알겠다는 듯이, 또 아무것도 모른다는 듯이 삼촌에게 물었다.

"어머님이 뭐라고 하셨는데요?"

삼촌이 대답했다.

"아주 더운 날이었는데도 주무시는데 몸이 차갑게 느껴지더라는 거야. 그러면서 아버지의 수명이 아직 다하지 않았다고 하시더니 나더러 침대 머리맡에 와서 자면서 당신 발을 좀 따뜻하게 해달라고 하시더군."

링링은 말이 없었다. 삼촌이 한 말을 곱씹고 있었다.

삼촌도 말이 없었다. 꿈에서 어머니가 한 이야기를 곱씹고 있었다.

시간이 말없이 조용히 흘러갔다. 그렇게 얼마가 지나고, 반나절이 지나자 링링이 또다시 삼촌의 얼굴을 뚫어지게 쳐다보았다.

"어머님이 돌아가신 지 얼마나 됐지요?"

삼촌이 말했다.

"매혈을 시작하던 그해에 돌아가셨지."

링링이 말했다.

"우리 아버지도 그해에 돌아가셨어요."

"어떻게 돌아가셨는데?"

"간염으로요."

"매혈 때문이 아니었어?"

"정확한 건 잘 모르겠어요."

두 사람은 또다시 입을 다물었다. 죽은 사람들처럼 입을 다물었다. 죽음 같은 침묵이었다. 세상에 사람들이 존재하지 않는 것 같았다. 그들 두 사람마저도 이 세상에서 사라져버린 것 같았다. 눈에 보이지 않았다. 이미 땅에 묻혀버렸다. 지상에는 오로지 땅과 종자, 바람과 여름밤의 벌레 울음소리 같은 것들뿐이었다. 그리고 달빛이 비치고 있었다. 그 달빛 속에서, 논과 밭의 벌레 울음소리가 지르지르 가늘게 들려왔다. 사람이 무덤가에 서면 무덤 속에서, 관의 벌어진 틈으로 귀뚜라미 소리가 들리는 것처럼 으스스한 소리가 들려왔다. 그 울음소리가 이미 사람들의 뼛속까지 스며들고 있는 것을 느낄 수 있었다. 얼음처럼 차갑고 가느다란 칼바람이 뼈 사이사이로, 그리고 골수까지 파고들어가 사람들은 자신도 모르게 몸을 덜덜 떨었다. 하지만 링링은 몸을 떨지 않았다. 삼촌도 떨지 않았다. 죽음을 너무나 자주 입에 올리다 보니 이제는 죽음이 두렵지 않은 것이었다. 두 사람은 그렇게 서로를 마주 보고 있었다. 그러다가 한 사람이 먼저 입을 열었다.

"늦었군."

다른 한 사람이 말을 받았다.

"그만 자야겠어요."

이렇게 두 사람은 자러 들어갔다. 안으로 들어가 문을 닫자마자 집 안 가득 따스한 냄새가 느껴졌다.

며칠째 가시지 않는 풀 먹인 옷 냄새가 났다.

신혼의 새 침대 냄새가 났다.

바로 이날, 초여름의 시원한 밤에, 시원하고 상쾌한 밤에, 두 사람은 남들과 마찬가지로 즐기고 있었다. 낮에는 맥장에서 많은 이야기를 나눴고, 집으로 돌아와서는 부부의 일을 치렀다. 침대 맡에는 촛불이 켜져 있어 방 안에 희미하고 몽롱한 분위기가 가득했다. 사뭇 아련한 분위기였다. 부부의 일을 치르는 데 한참 열중하다가 링링이 갑자기 말했다.

"량, 항상 마음속에 저를 간직하고 있어야 해요."

우리 삼촌이 말했다.

"나는 늘 마음속으로 링링을 생각하고 있어."

링링이 말했다.

"아니에요. 당신 마음속에는 내가 없어요."

"내가 마음속으로 링링을 생각하고 있지 않다면 나는 사람이 아니라 개야."

링링이 다시 말했다.

"당신이 마음속으로 어머니가 아니라 저를 생각하게 할

수 있는 방법이 한 가지 있어요."

"어떤 방법인데?"

"저를 어머니라고 생각하면 돼요. 이제부터는 링링이라고 부르지 말고 어머니라고 불러요. 저를 어머니라고 부르기 시작하면 꿈속에서 어머니를 만나는 일도 없을 거예요. 그리고 너무 일찍 죽게 된다는 생각도 하지 않게 될 거예요."

삼촌은 아무 말도 하지 않았다. 열심히 하던 일을 멈추고 링링의 얼굴을 빤히 쳐다봤다.

링링도 삼촌의 몸 아래에서 자신의 몸을 빼내 일어나 앉으며 삼촌과 얼굴을 마주했다.

"저는 아버지를 잃은 지 십 년이 되었고, 당신은 어머니를 잃은 지 십 년이 되었어요."

링링이 말했다.

"앞으로는 당신이 바로 제 아버지예요. 그리고 저는 당신의 어머니고요."

이렇게 말하는 링링의 얼굴이 붉어졌다. 방금 침대 위에서 하던 일 때문에 붉어진 것이 아니라 자신이 한 마지막 한마디 말 때문에 붉어진 것이었다. 이 마지막 한마디 말 때문에 붉어진 것이었다. 중요하고 의미 있는 붉어짐이었다. 삼촌도 링링의 이런 성격을 모르지 않았다. 평소에는 부끄러움을 많이 타기 때문에 말할 때마다 고개를 숙이곤 했다. 하지만 주변에 아무도 없고 단둘이 있을 때에는 수줍어하는 한편, 황야처럼 거칠고 적극적인 사람으로 변했다. 때로는 삼촌보다 더 거칠고 적극적이었다.

어쨌든 그녀는 갓 스무 살을 넘긴 이십대 초반의 젊은 나이였다.

어쨌든 그녀도 죽음에 가까이 다가간 사람이었고, 내일을 기약할 수 없는 하루를 살고 있을 뿐이었다. 하루가 즐거우면 그것으로 만족해야 했다.

그녀는 이불을 한쪽으로 밀어놓고 몸에 아무것도 걸치지 않은 채 침대 머리맡에 앉아 역시 아무것도 걸치지 않은 삼촌을 바라보았다. 그러다가 장난치듯 얼굴에 아이 같은 웃음을 머금고는 입을 열었다.

"맞아요, 량! 앞으로는 저를 어머니라고 불러요. 저를 어머니라고 부르기만 하면 당신이 하라는 일은 뭐든지 다 할게요. 제가 당신 어머니처럼 당신을 끔찍하게 사랑해줄게요. 발 씻을 물도 떠다 줄 수 있어요. 저도 당신을 아버지라고 부를 거예요. 당신을 아버지라고 부르면 당신도 저를 진짜 아버지처럼 끔찍하게 사랑해줘야 해요. 제가 해달라고 하는 건 뭐든지 다 해줘야 해요. 우리 아버지가 아직 이 세상에 살아 있는 것처럼 해줘야 해요."

말을 마친 그녀는 어린아이가 어른에게 몸을 비비는 것처럼 삼촌에게 다가가 몸을 비벼댔다. 그러고는 애교를 부리며 고개를 들어 삼촌을 바라보았다. 웃지는 않았다. 그저 얼굴 위로 의미를 알 수 없는 야릇한 웃음이 언뜻 스쳐 지나갈 뿐이었다. 마치 지금 당장 삼촌에게 자신을 어머니라고 한번 불러보라고 조르기라도 하는 듯이, 마치 자신도 당장 삼촌을 아버지라고 한번 불러보기라도 할 듯이, 손끝으로는 삼촌의 등을 어루만지며 혀끝으로는 삼촌의 몸을 핥았다. 삼촌의 가슴 위에 난 종기를 핥자 종기 끝으로 물기를 머금은 바람이 스쳐 지나가는 것 같았다. 간지러웠다. 짜릿하게 간지러웠다. 간지러움을 참지 못한 삼촌은 웃음을 터뜨렸다. 그녀를 자기 몸 아래 깔고 싶었다.

삼촌이 말했다.

"링링은 요정이야."

링링이 말했다.

"당신은 남자 요정이에요."

삼촌이 말했다.

"링링은 여우 신선이야."

링링이 말했다.

"당신은 남자 여우예요."

삼촌이 다시 링링에게 말했다.

"어머니, 저 그거 하고 싶어요."

링링은 놀라움을 금치 못하며 멍한 표정을 지었다. 삼촌이 정말로 자신을 어머니라고 부르리라고는 예상치 못했다. 그런데 정말로 어머니라고 부르자 너무 놀라 고개를 들고서 삼촌의 얼굴을 빤히 쳐다보았다. 삼촌의 얼굴을 살피면서 진심으로 그렇게 부른 것인지 아니면 거짓으로 그렇게 불러본 것인지 판별하고 있는 것 같았다. 그렇게 삼촌의 얼굴에 여전히 옅은 미소가 걸려 있는 것을 바라보고 있었다. 뭔가를 애걸하는 듯한 웃음, 바보 같은 웃음이었다. 보채는 얼굴이 마치 정색하는 것 같기도 했다. 애걸하는 표정으로도 소용없자 링링을 향해 조르는 자세까지 취했다. 그러자 링링은 삼촌의 손을 가볍게 옆으로 밀쳐냈다. 삼촌은 더 이상 참을 수 없었다. 웃음을 거두고 잠시 정색을 하던 삼촌은 링링을 말없이 쳐다보다가 가볍지도 무겁지도 않게 그녀를 불렀다.

"어머니."

링링은 대답하지 않았다. 대신 뜻밖에도 삼촌의 눈에 또다시 눈물이 맺혀 있는 것을 뚫어져라 바라보고 있었다. 그녀는 그 눈물방울이 떨어지게 하지 않았다. 그저 잠시 동안 침묵하고 있다가 격려하듯이, 자신을 어머니라고 부른 것을 격려하듯이, 방금 뿌리쳤던 삼촌의 한 손을 다시 가져와 자신의 젖가슴 위에 얹었다.

방 안은 조용하기만 했다. 두 사람이 만들어내는 소리 외에는 어떤 소리도 들리지 않았다. 들리는 것은 침대 소리뿐이었다. 침대가 삐걱삐걱 요란한 소리를 내고 있었다. 금방이라도 다리가 부러질 것처럼 삐걱거렸다. 두 사람은 침대다리가 부러져 내려앉을지도 모른다는 것에 대해서는 신경도 쓰지 않고 침대 위에서 미친 듯이 그 짓을 했다.

그 짓을 하다가 미친 것 같았다.

정말로 미친 것처럼 그 짓을 했다.

이불이 발에 밀려 침대 밑으로 떨어졌다. 두 사람은 이불이 침대 밑으로 떨어지도록 그냥 내버려두었다.

두 사람의 옷도 발에 밀려 침대 밑으로 떨어졌다. 두 사람은 옷이 침대 밑으로 떨어지도록 그냥 내버려두었다.

미친 듯이 그 짓을 했다. 뭐든지 전부 침대 밑으로 떨어졌다.

미친 상태에 도달하기 위해 그 짓을 했다. 뭐든지 전부 침대 밑으로 떨어졌다.

다음 날, 해가 중천에 뜨고 나서야 링링은 잠에서 깼다. 지난밤의 일이, 지난밤의 미친 듯한 열기가 팔팔한 사람을 죽도록 피곤하게 만들었다는 생각이 들었다. 꿈도 죽는 꿈을 꿨다. 다음 날 잠에서 깨어보니 아직 살아 있는 것이었다.

먼저 잠에서 깬 링링은 방 안에서 몸이 축 늘어진 채 자고 있는 삼촌의 코 고는 소리를 듣는 순간, 지난밤에 두 사람이 미친 듯이 벌였던 일들이 생각났다. 삼촌은 그녀를 어머니라고 불렀고, 그녀는 삼촌을 아버지라고 불렀다. 미친 호칭이었다. 미친 어머니와 아버지였다. 두 사람은 미치고 싶었다. 그렇게 부르고 싶었다. 그녀는 자고 있는 삼촌 옆에서 얼굴을 붉히면서 살며시 웃었다. 그러고는 조용히 침대에서 내려와 발소리를 죽이며 문가로 가서는 문을 열어젖혔다. 햇빛이 쏟아져 들어오자 그녀는 그늘진 곳으로 몸을 피한 다음 문밖에 똑바로 서서 이미 중천에 떠오른 해를 바라보았다. 곧 오후가 될 것이었다. 문밖으로 파란색으로 펼쳐진 밀밭이 눈에 들어왔다. 밀밭 사이로 무언가가 금빛으로 이리저리 날아다니고 있었다. 멀지 않은 곳에 자리 잡고 있는 딩씨 마을은 여느 때처럼 조용하기만 했다. 그렇게 조용한 가운데 한 무리의 마을 사람들이 어깨에는 삽을 메고 손에는 밧줄과 긴 막대기를 든 채 맥장 뒤쪽에서 마을 안으로 걸어가고 있었다. 모두들 말이 없었다. 대부분 낡은 작업복을 입고 있었고, 그 가운데 몇몇은 모자를 쓰고 있었다. 모두들 말이 없었다. 나무처럼 무표정했고, 얼굴에는 슬픔이나 기쁨의 기색이 전혀 없었다. 즐거운 일은 아닌 것 같았다. 삽을 멘 사람들과 막대기를 든 사람들은 뭔가 이야기를 나누고 있었다. 웃으면서 이야기하고 있었다. 한 사람이 올해는 날씨가 좋아서 보리가 잘 자라겠지만 가을에는 아무래도 큰 가뭄이 들 것 같다고 말했다. 옆에 있던 사람이 어째서 그러느냐고 묻자 만년의 역서(曆書)에 그렇게 나와 있다고 말했다. 윤년 유월에 큰 가뭄이 찾아온다고 기록되어 있다는 것이었다. 사람들은 이렇게 말하면서 맥장의 다른 한 귀퉁이에 이르렀다. 링링은 이들 딩씨 마을 사람들을 알아보았다. 그 가운데 한 명이 자신이 딩샤오밍의 아내였을 때 바로 옆집에 살았던 사람임을 확인한 그녀는 문가에 서서 큰 소리로 물었다.

"아저씨, 누가 죽었나요?"

"자오씨우친이 죽었어."

링링은 너무 놀라 잠시 할 말을 잃었다.

"며칠 전에도 그 아주머니가 학교에서 쌀 한 자루를 머리에 이고 집으로 돌아가는 걸 봤는데요?"

이웃 사람이 말했다.

"그 정도면 이미 오래 버틴 셈이지. 열병에 걸린 뒤로 지금까지 일 년도 넘게 살았거든. 그런데 왜 죽었나 하면, 며칠 전에 쌀을 한 자루 가져다가 문 옆에 놓아두었는데 잠깐 한눈을 파는 사이에 집에서 키우던 돼지가 그걸 다 먹어버렸대. 자오씨우친은 너무 화가 나서 돼지를 쫓아다니며 두들겨 팼겠지. 돼지 등짝에서 피가 날 때까지 패다 보니 그녀도 지쳤던 모양이야. 그리고 위에서 피가 나기 시작하더니 며칠 전에 그만 세상을 뜨고 말았지."

링링은 그 자리에 그대로 선 채 얼굴이 새파래졌다. 마치 자신의 위에서도 희미하게 피 냄새가 나는 것 같았다. 혀로 자세히 입 안을 핥아보았다. 피 맛은 나지 않는 것 같다. 마음이 놓이긴 했지만 심장이 전보다 거세게 뛰는 것 같아 몸이 휘청거렸다. 벽을 짚어야 했다. 이웃 사람이 다시 말했다.

"밥 안 해?"

링링이 대답했다.

"지금 하고 있어요."

사람들은 가버렸다. 한 무리의 장례 행렬이 그렇게 지나갔다. 장례를 지내러 가는 사람들의 뒷모습을 바라보다가 막 몸을 돌리려 하는 순간, 딩샤오밍이 행렬의 맨 뒤에 처져서 걸어가고 있는 모습이 눈에 들어왔다. 그의 손에도 다른 사람들과 마찬가지로 삽이 한 자루 들려 있었다. 그가 왜 행렬의 맨 뒤에 처져 있는지는 알 수 없었다. 재빨리 방 안쪽으로 고개를 돌리려 했지만 딩샤오밍도 이미 그녀를 발견한 뒤였다. 숨으려 해도 이미 때가 늦은 것 같았다. 고개를 들어 딩샤오밍을 쳐다보는 수밖에 없었다.

"사람들 도와주러 가요?"

딩샤오밍도 그녀를 쳐다보며 대답했다.

"자오씨우친처럼 집도 있고 가정도 있는 사람도 이렇게 죽어나가는데 링링은 들판에서 귀신처럼 혼자 살면서도 아직 살아 있군. 어째서 일찌감치 죽지 않은 거지?"

이렇게 말하는 그의 목소리는 너무 컸다. 화약이 폭발하는
것처럼 그녀의 몸으로 날아왔다. 그녀가 말을 받기도 전에
그는 새파랗게 질린 얼굴로 재빨리 그녀 앞을 지나가버렸다.
그러고는 빠른 걸음으로 앞서가는 사람들을 뒤쫓아 갔다.

링링은 그 자리에 멍하니 서서 멀어져가는 딩샤오밍의 뒷
모습을 바라보다가 천천히 집 안으로 들어갔다. 우리 삼촌도
이미 잠에서 깨어 침대 맡에 앉아 옷을 주워 입고 있었다. 링
링이 눈물 맺힌 얼굴로 울면서 말했다.

"아버지, 우리 정말로 결혼해요. 하루라도 빨리 결혼해요.
결혼해서 마을에 들어가 사는 거예요. 어때요? 살아 있을 때
며칠이라도 떳떳하게 사는 게 어때요?"

3장

1

삼촌은 우리 숙모인 쑹팅팅을 찾아갔다. 바로 그날 링링과 함께 마을을 나선 삼촌은 십 리 길을 걸어 쑹팅팅을 찾아갔다. 자신의 아이인 샤오쥔에게도 주전부리를 한 무더기 사다 주었다. 링링은 마을 밖 나무 그늘 아래서 삼촌이 돌아오기를 기다리고 있고, 삼촌 혼자서 그 마을 안으로 들어갔다. 쑹잉(宋營)이라고 불리는 그 마을 안으로 들어갔다.

삼촌이 팅팅에게 말했다.

"이혼해줘. 솔직히 말해서 나는 죽기 전에 링링하고 결혼하고 싶어. 살아 있는 동안 며칠이라도 그녀와 뜨거운 시간을 보내고 싶다고."

우리 숙모의 얼굴이 파랗게 질렸다. 파래진 얼굴로 잠시 생각에 잠겼다가 차가운 어투로 말을 받았다.

"얼마든지 이혼해줄 수 있어요. 대신 당신 형한테 말해서 제게 관 두 점을 마련해주라고 하세요. 가장 품질이 좋은 관이어야 해요. 관 위에 멋진 꽃도 조각되어 있어야 하고요."

삼촌이 물었다.

"누가 쓸 건데?"

우리 숙모가 말했다.

"그건 상관하지 말아요."

삼촌은 어이없다는 듯이 웃었다. 웃으면서 말했다.

"누구를 위해 관을 마련하려는 건지 나도 다 알아. 그 친구도 열병에 걸린 모양이군?"

우리 숙모는 아무 말도 하지 않고 고개를 돌리며 한쪽으로 몸을 피했다. 눈가에 눈물이 맺혀 있었다.

삼촌도 더 이상 아무 말도 하지 않았다. 마음속에 뭔가 말할 수 없는 감정이 꿈틀대고 있었다.

할아버지가 딩샤오밍의 집을 찾아갔다.

딩샤오밍의 집에는 아무도 없었다. 할아버지는 다시 딩샤오밍의 밭으로 찾아갔다.

마침 마을 입구에서 자신의 제수, 즉 딩샤오밍의 엄마를 만난 할아버지는 마치 낯선 사람에게 길을 묻듯이 어색한 어투로 물었다.

"밭에 물 주러 가나?"

딩샤오밍의 엄마는 밭에 물을 주러 갔다. 밀밭에 물을 주러 갔다. 그녀의 집은 마을 동쪽 황허 고도 옆에 자리 잡고 있었다. 밭에 물을 주면서 문득 흐르는 물에 화학비료를 섞어야 한다는 생각이 들었다. 흐르는 물이 비료를 녹여서 밭에 스며들게 해야 한다는 생각에 비료를 가지러 다시 집으로 돌아왔다. 집으로 돌아오는 길에 황허 고도에서 우리 할아버지를 만나게 된 것이었다. 딩샤오밍의 엄마는 우리 할아버지가 뭔가 묻는 소리를 듣고서도 다시 한번 주변을 살펴보고 황허고도에 허리까지 자란 풀밖에는 아무것도 없다는 것을 확인하고서야 할아버지가 바로 자기한테 묻고 있다는 사실을 알아차렸다.

그리하여 그녀는 아무 생각 없이 입에서 나오는 대로 대답했다.

"네, 물을 주러 갔었지요."

할아버지는 나무처럼 멍하니 서서 딩샤오밍 엄마의 얼굴을 빤히 쳐다보면서 다시 말했다.

"우리 량이가 내일이라도 당장 죽어버리지 못하는 것이 한스러울 따름이네."

딩샤오밍의 엄마는 차가운 웃음을 지으며 되물었다.

"설마 샤오밍이 이혼해서 그 연놈들이 잘되게 해주기를 바라는 건 아니겠지요?"

갑자기 할아버지의 얼굴이 빨개졌다.

"그 애들은 죽어서도 얼굴을 들고 다니지 못할 사람들이지."

딩샤오밍의 엄마는 둑길 옆의 작은 나무 아래에 서서 우리 할아버지를 흘겨보고 있었다. 거들떠볼 가치도 없는 사람을 쳐다보는 것 같았다. 그녀의 입가가 살짝 움직이는 것 같더니 코로 홍, 하고 콧방귀를 끼고는 입술에 가벼운 미소를 보였다. 그렇게 잠시 말이 없던 그녀는 갑자기 부드러워진 목소리로 말했다.

"이렇게 하지요, 아주버님. 제가 숙모로서 솔직히 이야기할게요. 샤오밍에게 이혼하라고 하는 것도 나쁘지 않아요. 지금 샤오밍에게도 새로운 짝이 생겼으니까요. 역시 한창 나이의 양갓집 규수지요. 그런데 그 집에서 입만 열었다 하면

416

오천 위안을 납채로 가져와야 한다고 요구하고 있어요. 오천 위안만 가져오면 언제든지 딸을 딩씨 마을로 시집보내겠다는 거예요."

여기까지 이야기하고 나서 샤오밍의 엄마는 또다시 고도에 무성하게 자란 풀 더미 쪽으로 눈길을 돌리더니 이리저리 살폈다. 혹시 주변에 다른 사람들이 있는지 확인하려는 것 같았다. 다른 사람이 없다는 걸 확인한 그녀는 다시 입을 열었다.

"딩량의 생각은 살아 있는 동안만이라도 링링과 결혼해서 떳떳하게 살고 싶다는 것 아닌가요? 그렇다면 그 두 사람에게 오천 위안을 마련하라고 하세요. 그 돈만 주면 샤오밍은 곧장 결혼할 수 있을 테니까요. 그렇게만 되면 두 사람은 떳떳하게 살다가 죽어서도 당당하게 함께 묻힐 수 있잖아요."

할아버지는 한동안 아무 말도 하지 못하고 고도 한가운데 멍하니 서 있었다. 스쳐 가는 바람이 할아버지 몸으로 쑥 향기를 실어다 주었다. 쑥 향기는 할아버지 얼굴에서 사방으로 퍼져나갔다.

"어차피 샤오밍과 그 애의 아내 될 여자는 둘 다 열병에 걸리지 않은 사람들이에요."

샤오밍의 엄마가 이야기를 계속했다.

"그 처녀는 병원에서 발급해준 병이 없다는 증명서를 샤오밍에게 보여주기까지 했어요. 하지만 조카와 그 여우 같은 년은 살날이 얼마 남지 않은 사람들인데 더 기다릴 시간이 있겠어요? 그러니까 오천 위안만 가져오면 샤오밍은 그 자리에서 링링과 이혼하게 될 것이고, 샤오밍과 링링이 이혼하고 나면 조카도 그 여우 같은 년과 결혼할 수 있게 될 거예요. 물론 샤오밍도 그 처녀와 결혼할 수 있게 되고요. 그러면 양쪽 다 좋은 것 아니겠어요?"

할아버지는 그 자리에 나무처럼 멍하니 서 있었다.

샤오밍의 엄마는 다시 집 쪽으로 걸어가기 시작했다.

몸을 흔들면서 마을 쪽으로 걸어갔다.

할아버지는 또다시 몸을 돌려 샤오밍의 엄마를 바라보다가 큰 소리로 그녀를 불렀다.

"책에서 봤는데 화학비료를 주더라도 흐르는 물에 섞지는 말라고 하더군. 한번 생각해봐. 흐르는 물에 화학비료를 섞었다가는 정작 밭으로 가는 것은 절반도 안 되고 엉뚱한 풀들만 비료를 먹게 된다고."

샤오밍의 엄마는 걸음을 약간 늦추며 할아버지의 설명을 듣는 듯하더니 이내 다시 걸음을 재촉했다. 그러고는 꽤 멀리까지 가서야 다시 고개를 돌려 말했다.

"아주버님, 아주버님도 글을 가르쳤던 사람인데 어떻게 그 못난 연놈들을 위해 뻔뻔스럽게 찾아와서 그런 이야기를 하는 거예요?"

할아버지는 여전히 나무처럼 그 자리에 서 있었다. 황허 고도에 서 있는 한 그루 참죽나무 같았다. 풀들도 짙은 초록으로 무성하게 자라 있는데 그 참죽나무만 비쩍 마른 모습으로 하늘 아래 서 있었다.

할아버지는 해가 지기 전에 조카인 딩샤오밍을 찾아갔다. 딩샤오밍은 밭에 물을 주고 나서 황허 고도 둑길에 앉아 쉬고 있었다. 그의 엄마는 밥을 짓기 위해 마을로 돌아갔지만 그는 황허 고도 둑 위에서 쉬고 있었다. 지는 해는 요염하게 붉은빛으로 평원 전체를 자주색으로 물들이고 있었다. 요염하게 붉은빛과 푸른빛이 한데 어우러져 자주색이 된 것이다. 밀려오는 자주색 물결은 마치 평원 위에 자주색 바람이 불고 있는 것 같았다. 샤오밍은 둑길에 서 있는 홰나무 아래 앉아서 담배를 피우고 있었다. 그의 입에서 나온 하얀 연기가 하늘로 날아오르며 석양을 받아 금빛으로 빛났다.

할아버지가 왔다.

할아버지는 멋쩍은 듯한 표정으로 딩샤오밍 앞에 서서 물었다.

"샤오밍, 전에는 담배를 피우지 않더니 지금은 어떻게 된 게냐?"

샤오밍은 할아버지를 힐끗 쳐다보고는 다른 쪽으로 고개

를 돌렸다.

할아버지는 후안무치한 태도로 그 옆에 쭈그리고 앉았다.

"담배를 피워서 좋을 게 뭐가 있겠니?"

딩샤오밍은 담배를 세게 한 모금 빨았다. 피워서 좋을 것이 없다는 걸 알면서도 기필코 피워야겠다는 의지의 표현인 것 같았다.

"저는 딩후이 형 같은 현 열병위원회 관원이 아니라서 좋은 담배가 아무리 많아도 다 피우지 못하고, 좋은 술이 아무리 많아도 다 마시지 못하는 처지가 아니라고요. 좋은 담배를 피우지 못한다고 해서 싸구려 담배도 피울 수 없는 건 아니잖아요?"

할아버지는 다리를 구부려 앉으며 빙긋이 웃었다. 건조한 웃음이었다.

"딩후이와 딩량 둘 다 나쁜 놈들이지. 두 놈 다 자동차에 치어 죽었으면 좋겠는데 자동차가 그놈들을 깔아뭉개주지 않으니 어떻게 하겠니? 내가 그놈들을 산 채로 목 졸라 죽일 수도 없고 말이다. 게다가 나는 늙어서 그놈들 목을 조를 만한 힘도 없어."

딩샤오밍이 빙긋이 웃었다. 할아버지를 조롱하는 듯한 웃음이었다. 웃음은 그의 입가에 걸린 두 갈래의 금실 같았다. 그의 입가에 걸려 휘날리는 두 가닥의 채색 리본 같았다.

"그래서 큰아버지는 그들을 아주 잘 살게 내버려두시는 거로군요. 열병에 걸리지 않은 사람은 천당에서 사는 것처럼, 열병에 걸린 사람도 죽기 전까진 천당에 사는 것처럼 그렇게 말이에요."

할아버지는 자신의 친조카를 바라보면서 아무 말도 하지 못했다. 그런 할아버지의 얼굴에 어색해하는 기색이 역력했다. 얼굴색이 노랬다 빨갰다 하는 것이 누군가가 할아버지 빰을 때리고 있는 것 같았다. 그러면서 할아버지는 고개를 들었다 숙이기를 반복했다. 마치 조카에게 빰을 때려달라고 머리를 내미는 것 같았다.

"샤오밍아."

할아버지가 말했다.

"그렇게 화가 나거든 이 큰아버지의 빰이라도 치거라. 이 딩 선생의 빰을 치라고."

딩샤오밍이 또 웃었다. 아주 차갑게 웃었다.

"딩 선생님, 큰아버지. 큰아버지처럼 덕망이 높으신 분을 제가 감히 어떻게 때릴 수 있겠습니까. 제가 큰아버지 손가락 하나만 건드려도 딩후이 형이 사람들을 보내 저를 잡아갈 것이고, 딩량이 열병에 걸린 자신의 피를 우리 집 밥솥에 섞어 넣을 텐데 말이에요."

할아버지가 말했다.

421

"딩후이가 네 손가락 하나만 건드려도 네 큰아버지인 내가 그 앞에서 목숨 바쳐 막아줄 것이고, 딩량이 감히 네 앞에서 몇 마디 큰 소리만 쳐도 네 큰아버지인 내가 그 녀석 머리통을 베어버릴 게다."

이번에는 딩샤오밍이 웃지 않았다. 냉소를 짓지도 않았고 얼굴에 야릇한 미소가 걸리지도 않았다. 단지 얼굴이 뻣뻣하게 굳은 채 검은빛과 푸른빛을 번갈아 드러낼 뿐이었다. 마치 얼굴에 피가 뭉쳐 있는 것 같았다. 그가 낮은 목소리로 말했다.

"큰아버지, 큰아버지는 누가 뭐래도 평생 글을 가르치신 분이라 그런지 말을 아주 잘하시네요. 그런데 그렇게 사리에 밝으신 분이 어째서 딩량이 제 마누라를 빼앗아 갔는데도 아무 말도 하지 않으시는 건가요? 왜 욕도 안 하시고 때리지도 않고 뻔뻔스럽게 둘이 함께 살 수 있도록 내버려두시나요?"

할아버지가 말했다.

"샤오밍아, 이 큰아버지에게 솔직하게 말해봐라. 너는 아직도 링링을 원하는 게냐? 아직도 링링과 함께 살고 싶은 게냐?"

딩샤오밍은 흥, 하고 거칠게 코웃음을 치며 말을 받았다.

"저 샤오밍이 아무리 못났다 해도 밖에 나가 쓰레기를 주워 오지는 않아요."

할아버지가 말했다.

"그럼 이혼하고, 그 애들 둘이 잘 살게 해주는 게 어떻겠니?"

딩샤오밍이 말했다.

"딩 선생님, 큰아버지. 저에게 솔직히 이야기하라고 하셨지요? 그렇다면 아주 솔직하게 말씀드리지요. 저도 새 마누라를 찾았어요. 링링보다 더 젊고, 더 예쁘고, 키도 더 크고, 피부도 더 희면서도 똑같이 교양을 갖춘 여자라고요. 게다가 우리 집에 돈을 한 푼도 요구하지 않더군요. 단지 제게 병원에 가서 열병에 걸리지 않았다는 열병화학실험 증명서만 한통 떼어 오면 된다고 했어요. 그녀는 저 딩샤오밍이 피를 판적도 없고 열병에 걸리지도 않았다는 것만 확인하면 되고, 저도 그녀가 열병에 걸리지 않았다는 사실만 확인하면 돼요. 저도 그녀에게 병원에 가서 열병화학실험 증명서 한 장만 떼어 오라고 할 생각이에요. 이 증명서가 바로 우리의 결혼 예물이 될 거예요. 원래는 이달 중에 결혼할 계획이었는데 지금 딩량과 링링이 함께 살고 있는 거예요. 보란 듯이 아주 뻔뻔하게 살고 있지요. 그들도 결혼하고 싶어 하지 않겠어요? 죽기 전에는 떳떳하게 살다가 죽어서도 당당하게 함께 묻힐수 있기를 바라지 않겠어요? 흠, 그래서 저는 이제 결혼을 하고 싶지 않아졌어요. 링링과 이혼하고 싶지 않은 것이지요. 떳떳하게 살고 싶다고요? 그런 생각 얼마든지 하라고 하세요. 죽을 때까지 생각만 하라고 하세요."

할아버지는 힘과 분노가 가득 차 있는 딩샤오밍의 자신만

만한 이야기를 들었다. 이야기를 다 듣고 나서야 할아버지는
기대할 게 없다는 것을 알게 되었다. 할아버지는 황허 고도의
제방을 벗어나 학교를 향해 걷기 시작했다. 지는 해가 오래된
하천의 제방 위를 투명하고 밝게 그리고 아주 요염하게 비췄
다. 사방이 온통 금홍의 물결로 빛나고 있었다. 평원 위로 철
이른 매미 소리가 들려왔다. 놀란 매미들의 커다란 울음소리
가 황허 고도 쪽에서 들려왔다. 깨진 방울 소리처럼 들리는
매미 소리는 등 뒤에서도 들려왔다. 할아버지는 천천히 딩샤
오밍에게서 멀어져 학교로 돌아가기 시작했다. 몇 걸음 가지
않아 뒤를 돌아보니 딩샤오밍도 몸을 일으켜 집으로 돌아가
는 모습이 보였다. 두 사람의 눈길이 마주치는 순간 할아버지
는 또다시 걸음을 멈췄다. 딩샤오밍이 곧장 자신을 향해 다가
오고 있는 것이었다. 아직 할 말이 남아 있는 것 같았다.

　할아버지는 그 자리에 서서 당샤오밍이 가까이 다가오기
를 기다렸다.

　딩샤오밍이 가까이 다가와 소리쳐 말할 때까지 기다렸다.

　"딩량과 링링에게 조금만 기다리라고 하세요. 두 사람이
죽게 되면, 두 사람이 죽는 그날 바로 저 샤오밍도 정식으로
결혼할 예정이니까요."

　할아버지는 다시 고개를 돌려 가던 길을 갔다.

고도의 일부분은 오래된 모래언덕으로 그 위에는 쑥과 소나무가 똑같은 모습으로 자라나 있었다. 예전에 할아버지가 둥징에서 보았던 소나무와 똑같은 모양이었다. 탑 모양의 소나무였다. 쑥도 그때와 똑같았다. 포기끼리 서로 이어져 초록색의 거대한 군락을 이루면서 간간이 노란색이 돋아난 모양을 하고 있었다.

할아버지는 쑥이 잔뜩 자라 있는 밭으로 들어가 좁은 사잇길을 따라 걸어갔다. 작은 메뚜기들이 끊임없이 할아버지의 발등과 신발 그리고 몸 위로 뛰어 올라왔다. 할아버지는 그렇게 말없이 걸어갔다. 해가 거의 다 기울고 할아버지가 좁은 길에서 벗어나 학교 안으로 들어서려는 순간, 할아버지 등 뒤에서 누군가의 발소리가 들렸다. 고개를 돌려보니 딩샤오밍이 서 있었다.

뜻밖에도 딩샤오밍이었다.

얼굴에는 송골송골 땀방울이 맺혀 있었다. 빨리 걷느라 땀방울이 얼굴 위로 튀어 올랐다. 온몸이 땀과 먼지로 범벅이 된 채 뒤에서 달려오다가 할아버지가 걸음을 멈추는 것을 보고는 그 자리에 멈춰 섰다. 그리고 열 걸음 정도 떨어진 위치에서 할아버지를 향해 소리쳤다.

"저기요, 큰아버지."

"그래, 샤오밍이로구나."

"저더러 이혼하라고 하셔도 좋아요. 두 사람을 함께 살게 해달라고 하셔도 좋아요. 그 대신 저한테 약속해주셔야 할 일이 한 가지 있어요. 량 형도 약속해야 되는 일이에요."

"무슨 일인데?"

"약속하시는 거예요?"

"어서 말해보거라."

"제가 분명히 말씀드리지요. 당장 링링과 이혼해서 그녀가 량 형과 결혼할 수 있도록 해주겠어요. 두 사람이 떳떳하게 살다가 죽어서도 함께 묻힐 수 있게 해주면 되잖아요? 좋아요. 그렇게 해줄게요. 약속할게요. 그 대신 량 형에게 백지 위에 검은 글씨로 유서를 써달라고 하세요. 유서에 자신이 죽고 나면 집과 마당 그리고 가산 일체를 저에게 물려준다고 쓰게 하세요. 어차피 후이 형도 이사하고 나면 다시는 딩씨 마을로 돌아오지 않을 거잖아요. 후이 형 집은 아주 좋으니까 큰아버지에게 넘겨서 노년을 보낼 수 있게 하라고 하세요. 량 형의 집이랑 마당 그리고 가산은 후이 형 것만 못하니까 제게 물려줘도 되잖아요."

할아버지는 한쪽 구덩이 옆, 쑥이 자라 있는 곳에 서서 실눈을 뜬 채 자신의 조카 딩샤오밍을 바라보았다.

"큰아버지, 제 요구가 가능한지 가능하지 않은지 말씀해보세요. 가능하다면 내일 당장이라도 향에 가서 링링과 이혼

수속을 밟을 것이고, 그렇게 되면 두 사람은 내일모레 향에 가서 결혼 증명서를 받을 수 있을 거예요."

할아버지는 여전히 구덩이 옆, 쑥이 자라난 곳에 서서 눈을 가늘게 뜨고 자신의 조카인 딩샤오밍을 바라보고 있었다.

"못 들으셨어요? 딩 선생님, 선생님은 저의 큰아버지고 저는 친조카예요. 비료를 섞은 물은 남의 집 밭으로 흘러보낼 수 없는 것처럼, 량 형이 죽고 나면 재산을 제게 넘겨주는 것이 외부 사람들에게 빼앗기는 것보다 낫잖아요. 강제로 공동 재산으로 빼앗기는 것보다 낫잖아요."

할아버지는 여전히 구덩이 옆, 쑥이 자라난 곳에 서서 눈을 가늘게 뜨고 자신의 조카인 딩샤오밍을 바라보고 있었다.

"큰아버지, 량 형에게 그렇게 말해보세요. 죽은 뒤에 재산이 무슨 소용이 있겠느냐고요. 게다가 저는 량 형이 살아 있을 때 재산을 물려달라는 것이 아니라 량 형과 링링이 죽은 다음에 재산을 물려받겠다는 거예요. 량 형이 제게 이런 약속을 해주지 않으면 저도 링링과의 이혼을 약속할 수 없어요. 제가 이혼을 해주지 않는다는 것은 곧 량 형이 링링과 결혼할 수 없다는 뜻이지요. 사는 동안 링링과 떳떳하게 함께 생활하지 못한다면 죽어서도 마음의 병을 가지고 무덤에 묻히게 될 거라고요."

할아버지는 딩샤오밍의 이야기를 들으며 갑자기 눈앞이

화사해지는 것을 느꼈다. 피처럼 붉은 황금빛 석양이 그의 눈앞에서 천천히 맴돌기 시작했다. 나무와 풀, 쑥, 도롱이풀, 띠풀이 모두 그의 눈앞에서 빙빙 돌기 시작했다. 할아버지의 발밑에서 빙빙 돌면서 아주 먼 곳을 향해 이동해 가는 것 같았다. 천천히 돌고 있었다. 조카인 딩샤오밍도 저 멀리서 돌고 있었다.

"저 먼저 가요. 량 형에게 한번 생각해보라고 말해주세요. 인생을 살면서 좋을 날이 얼마나 있겠어요? 물건이란 태어날 때 가지고 오지도 못하고 죽을 때 가져가지도 못하는 법이라고요. 하루를 살더라도 마음 편하게 사는 것이 진정한 삶이라고요."

말을 마친 그는 가버렸다.

딩샤오밍은 말을 마치고 가버렸다. 천천히 걸어서 갔다. 몸이 조금씩 흔들리면서 금황, 금홍의 석양 속으로 걸어 들어갔다.

3

평원의 맨 가장자리인 서쪽 지평선에서 마을과 수목은 땅에 박힌 듯 조금도 움직이지 않았다. 종이 위에 그린 그림 같왔다. 황허 고도의 제방은 모래언덕으로 이루어진 둑이 되어버렸다. 햇빛을 받는 한쪽은 풀이 무성했지만, 음지는 풀한 포기 없이 완전히 밋밋했고 모래흙이 덩어리 지어 있었다. 상처를 태워 딱지가 가라앉은 것 같았다. 제방 위, 모래언덕의 가장 높은 곳은 항상 대머리처럼 반들반들했다. 회백색빛이었다. 황금색 흔들거리는 빛이었다. 해가 질 때면 한 줄기 따스한 풀 냄새와 모래 냄새가 비릿하면서도 달콤하게 사방으로 퍼져나갔다. 마치 설탕을 물에 탄 것처럼 끝없는 평원 위로 널리 퍼져나가고 있었다.

평원은 비릿하면서도 달콤한 호수 같았다.

평원은 비린 맛과 단맛으로 가득 차 있는 흐릿하고 끝없는 호수였다.

해가 저물었다.

어느 집 양 한 마리가 학교가 있는 쪽에서 딩씨 마을을 향해 가고 있었다. 음매, 하는 양 울음소리가 대나무 장대처럼 호수 수면 위를 떠다녔다. 순풍이 화살처럼 불어와 호수의 고요함에 구멍을 하나 뚫어놓았다.

해가 저물었다.

누군가 하루 종일 풀어놓았던 소를 몰고 천천히 마을을 향해 걸어가고 있었다. 음매, 하는 소 울음소리는 한 가닥 실처럼 평원을 관통하는 것이 아니라 진흙탕에 있는 것처럼 사방으로 천천히 스며들었다. 천천히 스며들어 양 울음소리가 뚫어놓은 구멍을 메웠다.

해가 저물었다.

누군가 딩씨 마을 입구에 서서 저 멀리 떨어진 밀밭에 있는 사내를 향해 외치고 있었다.

"셋째삼촌, 내일 바빠요?"

"안 바빠. 무슨 일인데?"

"아버지가 돌아가셨어요. 내일 와서 매장하는 걸 좀 도와주세요."

한동안 어색한 정적이 흐르다가 또다시 문답이 이어졌다.

"언제 돌아가셨니?"

"반나절쯤 되었어요."

"관은 마련했니?"

"유에진 형님과 껀주 형님이 우리 집에 버드나무 한 그루를 배정해주었잖아요."

"옷은?"

"엄마가 벌써 준비해놓았어요."

"그럼 됐다. 내가 내일 아침 일찍 건너가마."

평원은 다시 정적 속에 잠겼다. 바람 한 점 없는 따스한 호수 같았다.

나는, 나와 링링이 죽은 뒤에 집과 마당, 나무, 가구 그리고 왕(王)씨네, 장(張)씨네와 이웃해 있는 황허 고도 이북의 물 댄 땅 삼 무(畝) 오 분(分)을 전부 사촌동생인 샤오밍의 소유로 이전하는 데 동의한다. 주요 가산은 푸른 벽돌로 지은 방 세 칸짜리 기와집과 두 칸짜리 곁채─그 가운데 한 칸은 부엌이고 다른 한 칸은 잡옥(雜屋)임─이다. 마당은 삼 분 남짓한 땅과 그 안에 심어진 오동나무 세 그루, 버드나무 두 그루─이 나무들은 모두 나와 양링링이 살아 있는 동안 베거나 하지 못함─를 포함한다. 가구로는 장롱 한 점과 탁자 한 점, 나무판자로 만든 상자 두 개, 옷걸이 한 개, 세숫대야 받침 한 개, 붉은 칠을 한 등받이 의자 네 개, 작은 걸상 다섯 개, 등받이가 없는 긴 의자 두 개, 대형 침대 한 점, 소형 침대 한 점 등이 있다. 이 외에 큰 항아리 두 개와 밀가루 단지 여섯 개가 있다. 나와 링링이 살아 있는 동안에는 이 물건들을 하나같이 소중하게 여겨야 하며, 절대로 파괴하거나 다른 곳으로 가져가거나 버리지 못한다.

말만으로는 분명한 증거로 삼을 수 없기 때문에 백지에 검은 글씨로 적어 나의 유서로 삼는다. 이 유서는 나의 동생 딩샤오밍이 보관하되 나와 링링이 사망한 이후부터 효력이 발

생한다. 나의 부친 딩수이양은 나의 재산을 놓고 딩샤오밍과
다툴 수 없다.

입언자 : 딩량

○○○○년 ○월 ○일

5

　삼촌은 딩샤오밍에게 백지에 검은 글씨로 쓴 유서를 건네
기 위해 그의 집을 찾아가 그를 대문으로 나오게 했다. 삼촌
은 대문 밖에 있고, 딩샤오밍은 대문 안에 있었다. 삼촌이 백
지에 검은 글씨로 쓴 유서를 그의 얼굴에 내던지며 말했다.
　"자, 가져!"
　딩샤오밍은 유서의 내용을 읽어보고 나서 억울하다는 듯
이 말했다.
　"형, 내 마누라를 가로챘으면서 나를 이렇게 대해도 되는
거야?"

4장

1

삼촌과 링링은 결혼을 했다.

떳떳하고 명실상부한 부부가 되었다.

그리고 마침내 링링과 함께 집으로 이사해 들어갔다.

이사하는 그날, 수레를 한 대 끌고 와서 맥장 안에 있던 물건들을 두 번에 걸쳐 집으로 실어 날랐다. 집에 도착하자마자 링링의 몸에는 땀이 흥건했다. 그녀는 수레에서 이불과 솥단지, 밥그릇, 의자, 나무 상자 등을 내려놓은 다음 적당한 자리를 찾아 물건들을 배치했다. 이렇게 물건을 부리고 정리하다 보니 온몸이 땀투성이가 되었다. 옷을 벗고 바람이 잘 드는 곳을 찾아 바람을 쐬었다. 그러자 땀방울이 떨어졌다. 밤이 되자 몸에 약간의 열이 느껴졌다. 마음이 초조해졌다. 초조하고 불편했다. 감기라고 생각하고 감기약을 먹고 생강탕을 마셨지만 그 초조함과 발열 증상은 끝내 물러가지 않았다.

보름 후, 그렇게 열병이 발작했다는 것을 알게 되었다.

폭발했다.

곧 세상을 떠나게 되었다.

이미 온몸에 힘이 없었다. 밥 먹을 때 밥그릇을 들 힘조차 없었다. 하루는 삼촌이 링링에게 열을 내리게 하는 생강탕을 끓여주었지만 링링은 그것을 받아 마시지 않았다. 그녀는 삼촌의 이마에 새로 돋아난 종기 몇 개를 뚫어지게 쳐다보고 있었다. 비쩍 마른 얼굴에 놀란 표정이 가득했다. 그녀가 놀란 얼굴로 말했다.

"얼굴에 또 종기가 났어요?"

삼촌이 대답했다.

"괜찮아. 별것 아니야."

링링이 말했다.

"옷 좀 벗어봐요."

삼촌은 웃으면서 귀찮다는 듯한 어투로 말했다.

"괜찮다니까."

링링이 큰 소리로 다시 말했다.

"괜찮으면 옷을 벗고 보여주면 될 것 아니에요."

삼촌이 옷을 벗었다. 링링이 삼촌의 허리 주위를 자세히 살펴보았다. 허리띠를 찬 자리에 온통 부스럼이 나 있었다. 부스럼은 빨갛고 울긋불긋한 것이 금방이라도 피가 터져 나올 것만 같았다. 허리띠가 부스럼에 닿자 삼촌은 더 이상 허리띠를 하지 않고, 대신 넓은 천 조각으로 만든 끈으로 바지를 고정시켰다. 며칠 전 맥장에서 생활할 때까지만 해도 삼촌은 그 천 조각으로 만든 끈을 셔츠로 가리고 있었지만 이제는 그 끈을 가리지 않고 바지 앞에 늘어뜨리고 있었다. 그는 마치 이전 몇 세대에 걸친 농사꾼들처럼 허리띠를 바지 앞으로 길게 늘어뜨리고 있었다.

삼촌의 허리에 울긋불긋하게 나 있는 부스럼을 바라보는 링링의 눈에 눈물이 맺혔다. 그녀는 울면서도 입가에는 미소를 띠고 있었다. 웃으면서 말했다.

"이젠 괜찮아요. 우리 둘 다 열병에 걸려 있으니까요. 며칠 전까지만 해도 저 혼자 열병이 발작해 죽으면 어쩌하나 걱정했어요. 제가 먼저 죽으면 당신이 다시 팅팅이랑 같이 살게 될까 봐서요."

삼촌의 얼굴에도 덩달아 미소가 피어올랐다.

"에이, 사실은 감히 링링에게 말을 못했지만 열병이 발작한 건 내가 먼저야. 허리띠를 바꾸던 그날 속으로 이런 생각

435

을 했지. 하느님, 제발 링링도 열병이 빨리 발작하게 해주세요. 어느 날 갑자기 내가 먼저 죽고, 그녀가 평원 위에서 잘 살아가는 일은 없도록 해주세요."

삼촌이 웃었다. 약 올리듯 빙글빙글 웃었다.

링링이 삼촌의 몸을 가볍게 주물렀다.

삼촌이 생강탕 그릇을 침대 맡에 내려놓으며 말했다.

"지난 보름 동안 내가 잘 때 한 번도 링링을 건드리지 않다 보니 내 열병이 발작한 걸 느끼지 못했지?"

링링은 웃으면서 고개를 좌우로 흔들었다. 이어서 두 사람은 많은 이야기를 나누었다.

링링이 말했다.

"정말 잘됐어요. 집으로 이사해 들어오자마자 함께 열병이 발작했으니까요."

삼촌이 말했다.

"죽는다면 꼭 같이 죽어야지."

링링이 말했다.

"내가 먼저 죽는 게 좋을 것 같아요. 그래야 당신이 나를 잘 묻어줄 테니까요. 부탁하는데 제발 좋은 옷을 입혀서 묻어주세요. 절대로 수의는 입히지 마세요. 치마를 입혀서 묻어주세요. 두 벌요. 저는 어려서부터 빨간 옷을 가장 좋아했거든요. 그리고 흰색 치마도 하나 사주세요. 흰색이랑 빨간색이랑 번

갈아 입을 수 있게요."

삼촌이 말했다.

"내가 빨간 구두도 한 켤레 사줄게. 굽이 높은 걸로. 둥징의 아가씨들도 모두 그런 신발을 즐겨 신거든."

링링은 생각에 잠겼다. 한참을 생각하다가 갑자기 얼굴에서 편안한 표정이 사라졌다. 그러더니 삼촌의 얼굴을 자세히 살펴보기 시작했다.

"됐어요. 차라리 당신이 먼저 가는 게 낫겠어요. 당신이 살아 있는 한 마음을 놓을 수 없을 것 같아요."

삼촌도 잠시 생각해보고 나서 말을 받았다.

"링링이 먼저 가게 되면 내가 장례를 아주 잘 치러줄게. 장례를 잘 치른 다음 나도 곧장 따라갈 거야. 그러면 우리 아버지랑 형이 내 장례를 잘 치러주겠지. 하지만 내가 먼저 가고 나서 링링이 가게 되면 아버지와 형이 링링의 장례를 잘 치러주리라는 보장이 없어."

링링의 눈에 또 눈물이 맺혔다.

"말은 그렇게 하지만 당신이 살아 있는 한 마음을 놓을 수 없어요."

"마음 놓지 못할 일이 뭐가 있다고 그래?"

"마음 놓을 만한 일도 없잖아요."

두 사람은 이런저런 이야기를 나누면서 온갖 걱정과 불만을 털어놓았다. 마지막으로 링링이 말했다.

"그럼, 우리 같이 죽으면 되겠네요."

삼촌의 생각은 달랐다.

"아니야. 내가 먼저 가면 링링은 사는 날까지 더 살고 링링이 먼저 가면 나도 사는 날까지 더 사는 게 좋겠어."

링링이 말했다.

"제가 하루라도 더 살기를 바라는 것이 아니라 당신이 하루라도 더 살기를 바라는 거로군요."

삼촌은 그런 뜻이 아니라고 말했지만 링링은 그런 생각을 갖고 있는 게 분명하다고 우겼다. 두 사람이 아이들 장난 하듯 가볍게 말다툼을 하는 사이에 삼촌이 몸을 돌리다가 잘못하여 침대 맡에 있던 생강탕 그릇을 건드려 떨어뜨리고 말았다. 픽, 하고 그릇이 침대 밑에서 깨져버렸다.

두 사람은 말다툼을 멈췄다.

둘 다 깨진 그릇을 내려다보고 있었다. 약그릇이 깨지면 좋은 징조가 아니라는 것을 둘 다 알고 있었다. 살아 있을 날이 얼마 남지 않았다는 징조였다. 약을 더 먹어봤자 소용이 없었다. 두 사람은 말없이 서로를 바라보았다. 집 안에 아무 소리도 들리지 않았다. 집 안은 뭔가를 찌고 있는 증롱(蒸籠)처럼 덥고 답답했고, 두 사람의 몸에 콩알만 한 땀방울이 맺혔다. 몸은 말라 있었다. 둘 다 비쩍 말라 있었다. 원래 탱탱

했던 링링의 가슴, 삼촌이 그렇게도 좋아했던 가슴이 지금은 납작하게 처져 있었다. 가슴에 누렇게 마른 고기 한 덩어리를 붙여놓은 것 같았다. 매끄럽던 얼굴, 전에는 종기와 부스럼이 많아도 발갛게 윤기가 흐르던 얼굴이 지금은 쇠처럼 파래져 있었다. 검고 누런 녹이 슬어 퍼렇게 변한 쇠 같았다. 눈구멍은 계란이 들어갈 수 있을 정도로 깊게 패여 있었고, 광대뼈는 흰 천을 씌운 나무토막처럼 높아져 있었다. 그렇게 그녀는 이미 사람의 모습을 잃어가고 있었다. 머리카락도 메말라 며칠 머리를 빗지 않은 채 베개 위에 엉클어져 있었다. 마치 베개 위에 잡초 더미가 말라비틀어져 있는 것 같았다. 우리 삼촌은 어땠을까? 밥은 예전처럼 먹었지만 어디로 가는지 알 수 없었다. 네모난 얼굴은 칼처럼 얇아졌고, 눈에는 흰자가 많아지고 검은자는 작아졌다. 예전처럼 반짝거리지도 않았다. 그릇이 떨어져 깨졌을 때 삼촌은 방바닥에 가득한 그릇 조각을 한참이나 바라보다가 말했다.

"링링, 내가 링링이 먼저 죽기를 바라는 것이 링링을 위한 것이라는 말을 믿지 못하겠다면, 내가 지금 당장 링링의 눈앞에서 죽어버릴게."

링링이 되물었다.

"어떻게 죽을 건데요?"

"목매달아 죽으면 되지."

우리 삼촌이 대답했다.

"그럼, 어디 목매달아보시지."

링링이 침대에서 일어나 손으로 머리를 몇 번 매만지더니 차분한 어투로 말했다.

"어차피 우리 둘 다 살날이 얼마 남지 않았으니까 당신이 어디 가서 밧줄을 하나 구해 와요. 당신이 밧줄에 머리를 집어넣는 것을 보고 저도 곧장 또 다른 밧줄에 머리를 집어넣을 테니까요. 그런 다음 둘이 함께 발밑에 있는 의자를 한쪽으로 걷어차는 거예요. 둘이 함께 살 수 없다면 둘이 함께 죽는 게 나아요."

삼촌이 또다시 링링의 얼굴을 쳐다보았다. 링링이 말했다.

"가서 밧줄을 구해 오라니까요."

삼촌은 움직이지 않았다.

링링이 다시 입을 열었다.

"찾아봐요. 침대 밑에 마로 엮은 밧줄이 있을 거예요."

삼촌은 벽 한구석으로 몰린 기분이라서 입을 열지 못했다. 아무 말도 하지 않고 링링의 얼굴만 뚫어지게 바라보았다. 그러고는 정말로 침대 밑에서 밧줄을 하나 찾아내 의자 위로 올라섰다. 밧줄을 엮어 머리 두 개가 들어갈 수 있는 매듭을 만들어 대들보에 걸었다. 그런 다음 걸상 위에 올라서서는 고개를 돌려 링링을 쳐다보았다. 링링을 쳐다보는 모습이 마

치 그녀를 상대로 용기를 겨루려는 것 같았다. 눈빛은 따스
했다. 링링을 놀리는 듯한 표정도 느껴졌다. 하지만 삼촌은
평소에 링링이 무척 부드럽고 여성스럽지만 남녀 문제에 있
어서는 대단히 열정적이고 생사의 문제에 있어서는 더더욱
열정적이라는 것을 미처 생각하지 못했다. 그녀는 삼촌이 목
을 밧줄 사이에 집어넣고 금방이라도 당기려는 자세로 자신
을 바라보자 서두르지 않고 천천히 침대에서 내려와서는 얼
굴을 씻고 머리를 빗었다. 진지한 자세로 머리를 빗은 다음
밖에 나가 대문을 잠그고 돌아와서는 의자 위로 올라서서 삼
촌을 쳐다보며 말했다.

"우리 둘이 함께 죽을 수만 있다면 당신과 한 침대에서 잔
것이 헛되지 않을 거예요."

아직 점심때가 되지 않아 해는 여전히 동쪽 하늘에 남아
있었다. 불처럼 뜨거운 햇볕이 창문을 뚫고 들어와 두 사람
의 침대를 비췄다. 침대 위의 이불은 이미 반듯하게 개어져
있었고, 집 안의 책상과 의자, 옷 등도 모두 잘 정리되어 있
었다. 원래 벽에 걸려 있던 커튼마저 링링이 깨끗이 빨아놓
은 뒤였다. 이 집은 이미 링링의 집이었다. 집 안에 있는 모
든 물건이 쑹팅팅과는 아무런 관계가 없었다. 팅팅이 자던
침대보도 링링이 이미 치워버리고 삼촌과 자신이 깔고 자던
것으로 갈아 끼운 상태였다. 팅팅이 사용하던 상자도 물로

여러 번 닦아내 팅팅의 흔적과 숨결이 남아 있지 않았다. 링링은 팅팅이 사용하던 밥그릇마저 따로 빼내 닭 모이를 주는 데 사용하고 있었다. 이제 이 집은 완전히 이들 두 사람의 것이었으므로 죽어도 아쉬울 것이 없었다. 정리할 것들은 전부 잘 정리해두었고, 마당에 두어야 할 것들은 집 안에서 전부 꺼내 마당으로 내놓은 상태였다. 링링은 원래 문 뒤에 걸려 있던 삽은 문 뒤에 걸어놓고, 벽에 걸려 있던 호미도 벽에 걸어두었다. 처마 밑에 있던 것들은 전부 처마 밑에 가져다 놓았다. 집 안에는 이리저리 살펴봐도 더 정리할 것이 없었다. 사방이 깔끔하게 관리된 무덤처럼 더 이상 고치거나 정리할 것이 없었다. 링링은 집 안을 이리저리 살피다가 마지막으로 세숫대야에 걸쳐져 있는 젖은 수건으로 자신의 얼굴을 대충 닦은 다음 조금도 서두르지 않고 천천히 삼촌이 받쳐놓은 의자 위에 올라가서는 두 손으로 밧줄을 잡고 목을 그 안으로 들이민 채 삼촌을 쳐다보았던 것이다.

그녀는 삼촌이 머리를 집어넣을 수 있도록 손으로 밧줄을 더 넓히고는 삼촌을 기다렸다. 이쯤 되자 두 사람에게는 물러설 길이 없었다. 살 길도 없었다. 밧줄 안으로 목을 들이미는 수밖에 없었다. 삼촌은 두 손으로 밧줄을 잡고 있었고, 링링도 두 손으로 밧줄을 잡고 있었다. 그녀는 눈빛으로 삼촌을 압박했다. 삼촌이 목을 들이밀기만 하면 자신도 곧장 밧줄 안으로 목을 들이밀 작정이었다. 상황은 이미 죽음 쪽으로 몰려가고 있었다. 죽음 쪽으로 밀리고 있었다. 죽는 수밖에 없었다. 그러나 이때 우리 삼촌은 얼굴에 웃음을 보이고 있었다. 아주 못된 웃음, 장난기 섞인 웃음이었다. 삼촌이 웃으며 이렇게 말했다.

"하루라도 더 살 수 있으면 살아야지. 정 가고 싶으면 링링이 먼저 가. 나는 더 살아야겠어."

의자에서 내려온 삼촌이 침대에 걸터앉아 아직 두 손으로 밧줄을 잡고 있는 링링에게 말했다.

"어머니, 어머니도 내려오세요. 내려오시면 제가 정말 아들이 되어 아들처럼 잘 모실게요."

그러고는 다가가 링링을 안아 의자에서 내렸다. 링링을 안아 침대에 눕히고는 그녀가 입고 있던 옷을 전부 벗겼다. 옷을 벗기고 보니 그녀의 하얗고 윤기가 흐르던 몸은 이미 메말라 있었다. 겨울 풀 같은 색깔로 변하고 말았다. 얼굴에는 처량하고 서글픈 걱정이 가득했다. 눈가로 눈물이 흘러내리고 있었다. 링링이 말했다.

"우리 정말로 목매달아 죽는 건가요?"

삼촌이 말했다.

"아직은 아니야. 하루라도 더 살 수 있으면 살아보자고. 살아 있다는 것이 얼마나 좋은데 그래. 먹을 밥도 있고, 살 집도 있잖아. 배가 고프면 부엌에 가서 만터우를 해 먹을 수 있고, 또 목이 마르면 설탕물을 타 마시면 되지. 적적하면 거리에 나가 사람들과 이야기를 나눌 수도 있고 말이야. 링링이 보고 싶으면 링링의 얼굴을 만지거나 입을 맞출 수도 있고, 정 못 참겠으면 둘이 그 짓을 할 수도 있잖아."

이런 말을 할 때도 삼촌은 링링과 힘겹게 그 짓을 하고 있었다.

삼촌은 능글맞은 사람이었다.

그 짓을 하면서 링링이 물었다.

"우리 두 사람이 그 자리에 없어도 후이 아주버님이 결혼 증명서를 받아 올 수 있어요?"

삼촌이 자신 있게 대답했다.

"들리는 바에 의하면 형이 곧 열병위원회 주임이 될 거래. 그러니 결혼 증명서 한 장 받는 게 뭐 그리 어려운 일이겠어."

2

딩샤오밍과 쑹팅팅, 삼촌과 양링링이 얼굴을 내밀 필요도 없이 정말로 아버지는 그들을 대신해서 삼촌과 팅팅의 이혼 증명서와 삼촌과 링링의 결혼 증명서를 받아 왔다. 새빨간 종이에 '결혼을 허가함'이라는 문구가 선명하게 적혀 있고, 그 위에 향 정부의 혼인장이 찍혀 있었다.

아버지가 삼촌에게 링링과의 결혼 증명서를 가져다주었을 때 딩씨 마을 사람들은 모두 낮잠을 자고 있었다. 해는 지독한 열기를 쏟아내며 하늘 한가운데 걸려 있었다. 매미 소리와 산 소리, 물소리가 허공을 뚫고 들려왔다. 마을 신작로는 햇볕의 열기 때문에 끓는 물이 흘러 다니는 것 같았다. 그런데도 마을은 무척 고요했다. 이런 고요함을 밟고 아버지는 집에서 나와 딩씨 마을로 일을 처리하러 가는 길에 삼촌 집에 들렀다. 삼촌의 집은 굳게 잠겨 있어 문을 밀어도 열리지 않았다. 아버지는 사람을 부르지 않고 문만 점점 세게 두드렸다. 탕탕탕탕, 세게 두드렸다. 갈수록 더 힘을 주어 문을 두드렸다.

삼촌이 집 안에서 소리쳤다.

"누구세요?"

우리 아버지가 말했다.

"량아, 잠깐 좀 나와봐."

삼촌은 하얀 속옷 바지만 입은 채 달려 나와 대문을 열고는 한참을 멍하니 서 있다가 잠이 덜 깬 표정으로 말했다.

"형님이셨군요."

아버지가 차가운 어투로 말했다.

"쑹팅팅이 요구했던 관 두 개는 이미 전달했어. 최고급인 갑 등급으로 보내줬지. 관 위에는 양옥집과 기와집, 전자제품 같은 것도 새겨 넣었어. 아마 그 집 조상 십 대를 통틀어도 그런 관은 쓸 수 없었을 거야. 정말 멋진 관이지."

삼촌은 우리 아버지를 바라보면서 아무 말도 하지 않았다. 얼굴에는 아직 잠이 덜 깬 표정이 역력했다.

우리 아버지가 물었다.

"듣자 하니 이 집과 정원을 모두 딩샤오밍에게 주기로 했다면서?"

삼촌은 여전히 말이 없었다. 얼굴에 잠을 더 자야 할 것 같은 표정도 사라졌다. 삼촌은 고개를 돌려 우리 아버지를 쳐다보더니 다시 마당 한구석으로 눈길을 돌렸다.

아버지는 주머니에서 두 장의 결혼 증명서를 꺼냈다. 기름을 먹인 종이는 반짝반짝 빛이 났다. 아버지는 결혼 증명서를 반으로 접어 문밖에서 안에 있는 삼촌에게로 던져주었다. 빛나는 종이 두 장, 손바닥만 한 종이 두 장이 삼촌의 몸을 스쳐 지나가서는 오동나무 잎처럼 빙글빙글 공중을 돌다가 땅바닥에 떨어졌다.

"꼴좋다! 곧 죽을 놈이 여자 하나 때문에 이런 소란을 피우는 거야? 여자 하나 때문에 평생 모은 집과 재산을 전부 남에게 넘긴단 말이야? 정말 허리가 잘리고 대가 끊어질 일이지.

죽어서도 사람들이 너를 그리워하는 일은 없을 게다. 이렇게 살 바에는 빨리 죽어버리는 게 백번 낫지."

아버지는 어금니를 앙다물고 이런 독설을 쏟아냈다. 말을 마치자마자 재빨리 몸을 돌렸다. 그러고는 한두 걸음 가다 말고 다시 고개를 돌려 말했다.

"이혼 증명서 네 장에 결혼 증명서 두 장, 이 여섯 장의 문서를 처리하느라 특급 관 하나를 공짜로 주기로 약속했단 말이다."

이 한마디는 어금니 사이로 나온 것이 아니라 입에서 부드럽게 터져 나온 말이었다. 이렇게 호통을 치고 나서 아버지는 고개도 돌리지 않고 가버렸다. 아버지는 여전히 그런 아버지였다. 몸은 비쩍 말랐고, 도시에서나 살 수 있는 붉은 줄이 들어간 남색 저고리를 입고 있었다. 옷깃에 약간 주름이 잡힌 저고리는 돈 모양이 인쇄되어 있는 남색 마고자로 엄마가 항상 다려주는 회색 바지와 함께 입고 있었다. 이런 것들이 아버지를 딩씨 마을 사람이 아니라 도시 사람으로 보이게 했다. 도시에서 일하는 간부로 보이게 했다. 뿐만 아니라 검은 가죽 구두도 신고 있었다. 시골 마을에도 많은 사람들이 가죽 구두를 갖고 있긴 했지만 대부분 가짜 가죽으로 만든 것이었다. 진짜 가죽이라 해도 거의가 돼지가죽이었다. 반면에 아버지의 구두는 소가죽으로 만든 것이었다. 그것도 진짜

소가죽이었다. 아버지가 사람들에게 공짜로 관을 얻을 수 있는 관인을 찍어준 대가로 사람들은 아버지에게 검정 가죽 구두를 사주었다. 진짜 가죽, 그것도 소가죽이었다. 거울처럼 빛나는 소가죽 구두였다. 아버지가 이 구두를 신고 있으면 마을의 나무와 가옥들이 전부 구두에 비쳤다.

하지만 나무는 많지 않았다. 구두에 비친 것은 대부분 작은 나무들뿐이었다.

아버지는 마을 밖을 향해 걸어갔고, 삼촌은 아버지가 골목 모퉁이를 도는 모습을 바라보고 있었다. 그러고는 마침내 무슨 일이 일어났는지 깨달았다는 듯이 허리를 굽혀 두 장의 결혼 증명서를 주워 들고는 펼쳐보았다. 별로 신기할 것도 없었다. 여러 해 전에 쑹팅팅과 함께 받았던 증명서와 다르지 않았다. 단지 증명서에 적힌 이름과 날짜가 다를 뿐이었다. 달라진 것이 이 두 가지밖에 없다는 사실에 삼촌은 다소 실망한 눈치였다. 아무 의미도 느끼지 못하는, 뭔가를 후회하는 듯한 표정이었다. 삼촌은 다소 맥이 풀린 듯한 모습으로 잠시 그렇게 서 있다가 몸을 돌렸다. 링링이 바로 뒤에 서 있었다. 얼굴이 약간 창백하고 누런 것이 아버지가 하는 이야기를 다 듣고 있었던 모양이다. 아버지가 대문 밖에서 증명서를 던지는 모습을 그녀도 보았던 것이다. 그래서 얼굴이 누리끼리하고 창백해진 것이었다. 마치 누군가에게 따귀를 한 대 얻어맞은 것 같았다.

삼촌이 말했다.

"이럴 줄 알았으면 증명서를 받으려고 애쓰지 말 걸 그랬군!"

링링은 삼촌의 얼굴을 바라보면서 아무 말도 하지 않았다.

삼촌이 다시 말했다.

"염병할, 이까짓 증명서 없이 함께 산다고 해서 누가 감히 우리들 목을 베기라도 하겠어? 죽어서 링링과 내가 함께 묻힌다고 해서 누가 감히 다시 파내기라도 하겠냐 말이야?"

"누가 당신과 나를 함께 묻어준단 말이에요?"

링링이 물었다.

"이 증명서가 없어도 당신 아버지나 형님이 우리를 함께 묻어줄 것 같아요?"

이렇게 물으면서 링링은 삼촌 손에 있던 증명서를 건네받아 자세히 살펴보았다. 그러고는 증명서에 묻은 흙을 조심스럽게 닦아냈다. 마치 자신의 얼굴을 닦는 것 같았다.

3

정말 신기한 일이었다. 아버지에게 결혼 증명서를 받은 뒤로 링링의 몸에서 열이 사라진 것이었다. 약을 먹지도 않았는데 열이 나지 않았다. 갑자기 몸에 힘이 났다. 마치 열병이 나은 사람 같았다. 완전히 다 나은 사람 같았다. 몸은 여전히 말라 있었지만 정신은 더 맑았고, 얼굴에도 이전의 빛과 윤기를 회복했다. 아버지가 돌아간 뒤에 두 사람은 또다시 낮잠을 잤다. 삼촌은 아주 빨리 잠이 들었다. 자고 일어나 보니 링링은 자지 않고 있었다. 그녀는 집 안에 있는 물건들을 다시 한번 깨끗이 닦고 마당도 쓸었다. 옷도 다시 빨았다. 이런 일들을 다 해놓고 나서 그녀는 마을 어귀 신작로에 있는 가게로 가서 담배 몇 갑과 사탕 몇 근을 사다 놓았다. 화려한 색깔의 과일 사탕이었다. 그런 다음 침대 맡에 앉아 삼촌이 자는 모습을 내려다보면서 깨기를 기다리고 있었다.

잠에서 깬 삼촌이 그녀의 얼굴에 웃음이 걸려 있는 것을 보고서 물었다.

"왜 그러고 있어?"

그녀가 웃으면서 말했다.

"저는 다 나았어요. 열도 안 나요."

그녀는 삼촌의 손을 가져다가 자기 이마를 만지게 했다.

"마을 사람들 모두에게 우리 둘이 결혼했다는 사실을 알리고 싶어요."

삼촌은 또다시 손을 그녀의 이마에 대보았다. 그녀가 이런

말을 하는 것이 어쩌면 열이 더 심해져서 그럴지도 모른다고
생각했던 것이다. 그녀는 사탕 몇 근을 꺼내 삼촌 옆에 놓으
며 말했다.

"량, 아버지, 저 하나도 안 아파요. 우리 집집마다 찾아다
니며 사탕을 선물하고 우리가 결혼했다는 사실을 알려요. 마
을에 열병이 돌아 사람들을 집으로 초대하지는 못하지만 집
집마다 찾아다니며 사탕을 돌리는 건 꼭 해야 한다고요."

그녀는 웃으며 말을 이었다.

"두 번째 결혼이긴 하지만 저는 아직 스물네 살밖에 안 됐
기 때문에 초혼이나 마찬가지라고요."

그녀는 계속 삼촌에게 졸라댔다.

"가요, 아버지. 집집마다 찾아다니며 한 바퀴 돌고 오자고
요. 다시 집으로 돌아오면 제가 쉬지 않고 아버지라고 불러줄
게요. 적어도 백 번 이상 불러줄게요. 어서 가요, 아버지. 오늘
밤에는 아버지라고 부르는 소리를 듣고 싶지 않은가 보죠?"

그녀는 삼촌의 손을 끌면서 엄마처럼 수건에 물을 적셔다
가 그의 얼굴을 닦아주고 눈곱을 떼주었다. 코 양쪽을 잘 닦
아준 다음 마지막으로 삼촌의 두 손을 닦아주었다. 그러고는
삼촌의 저고리와 바지를 가져다가 엄마가 아이에게 옷을 입
혀주듯이 옷을 입히고 단추를 채워주었다. 그런 다음 삼촌의
손을 잡아끌고서 어린아이를 달래듯 자루에 든 물건을 챙겨

들고 집을 나섰다.

두 사람은 집집마다 찾아다니며 둘이 이미 결혼을 했고, 결혼 증명서를 받았으니 이제는 떳떳하다고 말했다. 기쁜 소식을 전하기라도 하듯이 집집마다 다니며 이렇게 말했다. 결혼 사실을 알리기 위해 집집마다 다니며 사탕을 나눠주었다. 가장 먼저 찾아간 집은 바로 이웃집이었다. 문을 두드리자 예순이 넘은 할머니가 나왔다. 링링이 희당(喜糖)*을 한 움큼 건네면서 말했다.

"할머니, 사탕 드세요. 저랑 딩량이 결혼해서 증명서를 받았거든요. 마을에 열병이 돌아 집으로 초대하기가 불편해서 이렇게 사탕을 드리러 찾아온 거예요."

두 번째 집에 도착하자 문을 열어준 사람은 마흔이 넘어 보이는 아주머니였다. 링링이 또 사탕을 한 움큼 건네며 말했다.

"아주머니, 사탕 드세요. 우리 둘이 결혼을 하고 증명서를 받았거든요. 마을에 열병이 돌아 집으로 초대하기가 불편해서 이렇게 사탕을 드리러 찾아온 거예요."

링링은 사탕을 아주머니의 주머니에 넣어주면서 결혼 증명서를 꺼내 아주머니의 얼굴에 들이대듯 보여주었다.

다섯 번째 집을 찾아갔을 때 문을 열어준 사람은 방금 결

---

* 중국인들은 혼례가 끝나면 신부가 하객들에게 사탕을 나눠주는 풍습이 있다.

혼했다가 친정집으로 돌아온 새댁이었다. 이름은 샤오추이 (小翠)라고 했다. 링링이 새댁의 손에 결혼 증명서를 건네며 말했다.

"샤오추이, 내 결혼 증명서가 네 것과 똑같은지 좀 봐줄래? 이 증명서의 붉은색이 가짜 같진 않거든."

샤오추이가 말했다.

"언니랑 딩샤오밍이 결혼했을 때 받은 증명서는 이 번호가 아니었던 것 같은데?"

얼굴이 빨개진 링링이 말을 받았다.

"나도 여러 번 보았는데 이 증명서의 붉은빛은 눈이 부실 정도야. 그때 내가 받은 것과는 사뭇 다른 것 같아."

샤오추이는 문가에 서서 결혼 증명서를 이리저리 좌우로 살펴보았다. 마치 지폐를 살피듯 빛에 비춰보기도 했지만 자신의 결혼 증명서와 어디가 다른지 찾아내지 못했다.

"완전히 똑같네. 크기도 같고, 붉은색도 같아. 똑같은 문구가 적혀 있고, 관인도 똑같네."

"똑같다니 마음이 놓이는구나."

링링은 가슴속에 매달려 있던 불안을 내려놓고는 편안해진 기분으로 걸음을 옮겼다. 걸음을 옮기다가 사탕을 전달하지 않은 것이 생각나 재빨리 다시 뛰어가 샤오추이의 손에 사탕을 크게 한 움큼 집어 주었다.

또 다른 골목으로 접어들어 어느 집 대문을 두드리다가 링링은 문득 골목 하나를 지나오면서 자신이 모든 문을 두드렸다는 사실을 기억해냈다. 그녀가 웃는 얼굴로 결혼 사실을 알리고 사탕을 나눠주거나 담배를 건네는 동안, 삼촌은 뒤에서 얼굴에 장난기 가득한 웃음을 지으며 맛있는 사탕을 입 안에 넣고 아작아작 깨물어 먹는 소리만 내고 있었다. 링링은 문을 두드리려고 치켜든 손을 내려놓으며 고개를 돌려 말했다.

"이번에는 당신 차례예요. 이 집에는 남자들이 많으니까 문을 두드리는 사람도 남자여야 해요. 어서 와서 문을 두드려요."

하지만 삼촌은 오히려 몸을 뒤로 뺄 뿐이었다.

링링이 다시 삼촌을 잡아끌었다.

삼촌이 웃으며 말했다.

"하지만 링링이 약속한 건 이게 아니라 오늘 밤에 백 번 넘게 나를 아버지라고 부르는 것이었잖아."

링링은 얼굴을 붉히면서 얼른 고개를 끄덕였다.

삼촌이 다시 말했다.

"그럼, 지금 당장 한번 불러봐."

링링이 삼촌을 불렀다.

"아버지."

삼촌이 말했다.

"다시 한번 더 크게 불러봐."

링링이 다시 큰 소리로 삼촌을 불렀다.

"아버지!"

그제야 삼촌은 웃으면서 다가가 문을 두드렸다.

마당 안에서 누군가 대꾸하는 소리가 들렸다.

"누구세요?"

삼촌이 대답했다.

"아저씨, 물건을 좀 빌리려고 왔어요."

문이 열리자 삼촌의 얼굴에 장난기 가득한 웃음이 걸리면서 재빨리 집주인에게 담배 한 개비를 건넸다. 그러고는 얼른 불도 붙여주었다. 집주인이 말했다.

"뭘 빌리러 왔나?"

삼촌이 말했다.

"실은 물건을 빌리러 온 게 아니에요. 저랑 링링이 결혼을 해서 결혼 증명서를 받았거든요. 링링이 담배나 사탕을 돌리지 않으면 안 된다고 해서요."

집주인은 무슨 뜻인지 알았다는 듯이 빙긋이 웃으면서 말했다.

"축하하네. 축하해."

두 사람은 또 다른 집을 찾아갔다. 다음 집은 딩샤오밍의 집이었다. 삼촌은 두피가 뻣뻣해지는 느낌으로 조심스럽게 문을 두드렸다. 링링이 재빨리 그를 잡아끌며 말렸다.

딩씨 마을의 거의 모든 집을 도는 사이에 사탕도 바닥이 났고, 담배도 다 떨어져버렸다. 집으로 돌아가 돈을 가져와 담배와 사탕을 더 사서 학교에 결혼 사실을 알리려 할 때, 우리 할아버지와 열병 환자들에게 결혼 사실을 알리려 할 때, 또 일이 생겼다. 아주 작은 일이었다. 또 일이 터졌다. 아주 큰일이었다. 삼촌이 자기 집 문을 넘다가 문턱에 걸려 넘어진 것이었다. 문밖에서 마당 안쪽으로 넘어진 것이었다. 여름이었고, 아주 더운 날이었다. 얇은 옷을 입고 있었던 삼촌은 살이 벗겨지면서 피가 났다. 팔에도 피가 났고 무릎에도 약간의 피가 흘렀다.

말하자면 그다지 대단치 않은 일이었다. 그저 피가 약간 났을 뿐이었다. 하지만 삼촌은 피가 난 부분이 아픈 것 외에도 온몸에 통증을 느꼈다. 몸 전체에 뜨거운 땀이 흘렀다. 등골이 으스스하면서 아파왔다. 땅바닥에 넘어진 삼촌은 간신히 몸을 세워 앉았다. 그러고는 손에 묻은 피를 닦으며 말했다.

"링링, 나 온몸이 아파."

링링은 황급히 삼촌을 부축해 침대에 눕힌 다음, 땀을 닦아주고 몸에 묻은 피도 닦아주었다. 삼촌은 침대에 몸을 구부리고 엎드려 있었다. 새우처럼 등을 구부린 채 웅크리고 있었다. 이마에서 커다란 땀방울이 침대 위로 떨어졌다. 온몸이 아파오면서 부들부들 떨리기 시작했다. 입술이 파래질 정도로 아팠다. 링링의 손을 잡고서 힘을 주다 보니 링링의 손도 파랗게 변했다. 삼촌의 손톱이 링링의 손등을 파고들었다. 삼촌이 손톱으로 링링의 손등을 할퀴며 소리쳤다.

"어머니, 이번 고비를 넘기기 힘들 것 같아요."

링링이 말했다.

"아버지, 괜찮아요. 지난 몇 년 동안 마을에 그렇게 많은 사람들이 죽었고, 아버지와 같은 시기에 병에 걸린 사람들은 이제 전부 가고 없지만 그래도 아버지는 멀쩡하게 살아 있잖아요."

삼촌이 눈물을 흘렸다. 예전처럼 장난기 섞인 웃음은 찾아볼 수 없었다.

"어머니, 이번에는 정말 힘들 것 같아요. 골수 속까지 찢어질 것처럼 아파요!"

링링은 삼촌에게 진통제를 먹이고 국을 반 그릇 정도 마시게 했다. 그런 다음 삼촌 옆에 앉아 많은 이야기들을 늘어놓았다.

아주 많은 이야기들이었다.

"아버지, 정말 이번 고비는 넘기 힘들 것 같다고 했나요?"

삼촌은 웃지 않았다. 예전처럼 장난기 섞인 웃음을 웃지 않았다.

"이번 고비를 넘기지 못할 것 같아."

"당신이 먼저 가면 나는 어떡해요?"

"내가 가더라도 당신은 계속 살아야지. 하루라도 더 살 수 있으면 살아야 해. 살아서 아버지와 형이 우리 두 사람의 무덤을 더 크고 넓고 높게, 우리가 사는 집만큼 크게 파는 걸 확실하게 보고서 죽어야 한다고."

"관은요?"

"형이 약속했어. 링링과 내가 죽으면 한 사람에 하나씩 아주 좋은 관을 마련해주기로 말이야. 아무리 못해도 오동나무나 잣나무로 만든 관일 거야. 판자의 두께도 세 치는 될 거라고."

"만일 형님이 관을 주지 않으면 어쩌지요?"

"좋건 싫건 형이야. 한 어머니의 젖을 먹고 자랐는데 안 줄이유가 없잖아?"

"형님이 결혼 증명서를 마당에 던지면서 왜 소란을 피우느냐고, 왜 집과 정원을 딩샤오밍에게 주기로 했느냐고 따지는 소리 못 들었어요?"

링링이 말을 이었다.

"형님은 당신이 나와 결혼한 것을 마음에 들어 하지 않아요. 형님이 정말로 큰 무덤을 파달라는 우리의 부탁을 무시하면 어떡해요? 죽고 나면 무덤이 크건 작건, 관이 좋건 나쁘건 다 마찬가지라고 생각하면 제가 무슨 방법으로 따질 수 있겠느냐고요? 한번 생각해봐요. 지금 다른 물건들은 비싸지 않지만 관 가격은 하늘 높은 줄 모르고 치솟고 있단 말이에요. 좋은 관은 사오백 위안 하던 것이 칠팔백 위안으로 올랐어요. 형님이 당신에게 좋은 관을 두 개 주기로 했다는데, 그걸 돈으로 따지면 천오백 위안이 넘는다고요. 그런 걸 내주면서 마음이 아프지 않겠어요?"

링링의 항변은 계속됐다.

"량, 형님이 관을 주지 않으면 제겐 아무런 방법이 없어요. 죽을 거면 차라리 제가 먼저 죽는 게 나아요. 당신이 살아 있어야 사람들이 우리의 무덤을 마당만큼 크게 파고, 관도 이 기와집처럼 잘 만드는 것을 확인할 수 있을 거란 말이에요. 아버지, 아버지는 살아야 해요. 반드시 둘 중 하나가 먼저 죽어야 한다면 차라리 제가 먼저 죽을게요."

두 사람은 이렇게 이야기를 주고받았다. 입을 쉬지 않았다. 쉬지 않고 떠들었다. 원래는 링링이 삼촌을 백 번 넘게 아버지라고 부르기로 했었다. 삼촌을 아버지라고 백 번 넘게 부르면서 옆에서 시중을 들어주면 삼촌은 기분 좋게 이를 즐기려고 했었다. 그러나 이제 링링의 몸은 좋아졌지만 삼촌의 몸이 망가져버리고 말았다. 더 이상 그 짓을 할 수 없게 되었다. 열병이 삼촌의 몸에 죽음의 뿌리를 내렸다. 링링이 뭔가 이야기를 하지 않으면 삼촌의 몸은 곧장 아파왔다. 원래는 넘어져서 살갗이 약간 벗겨진 것뿐이었는데 열병이 그의 몸을 아무것에도 저항할 수 없게 만들어버렸다. 저항할 수 있는 힘이 전혀 없었다. 어쩌다 한번 아프기 시작하면 골수 속까지 지독하게 아팠다. 모든 관절을 칼로 찌르고 도려내는 것 같았다. 쇠꼬챙이나 나무 몽둥이를 관절의 틈새로 쑤셔 넣어 비트는 것처럼 아팠다. 죽자 살자 쇠꼬챙이와 나무 몽둥이를 비틀어대는 것 같았다. 녹이 슨 쇠바늘에 마로 된 거친 천을 감아 아래에서 위로 골수를 관통하고 있는 것 같았다. 이를 악물어 어금니가 얼얼할 정도로 아팠다. 이마에서 땀이 줄줄 흘러내렸다.

밤은 이미 깊어 있었다. 마을 안의 골목들처럼 깊었다. 평원 깊은 곳의 작은 길처럼 깊었다. 문밖의 달은, 그 월색은 우유처럼 흰빛이었다. 우유처럼 흰빛이 창문으로 새어 들어오고 있었다. 귀뚜라미 울음소리도 창문을 통해 새어 들어오고 있었다. 너무도 답답했다. 달빛 속에서 귀뚜라미가 울고 있었다. 하얗고 밝게 울고 있었다. 과거에는 처량하고 음울하게 울던 것이 오늘 밤에는 너무 답답했는지 울음소리가 아주 뜨거웠다. 아파서 그런지 삼촌의 가슴속도 불처럼 뜨거웠다. 커다란 화로를 피워놓은 것 같았다. 철도 주조할 수 있을 것 같은 불이었다. 삼촌은 몸을 새우처럼 구부린 채 침대 한가운데 엎드려 엉덩이를 허공을 향해 반쯤 쳐들고 있었다. 그러다가 이내 침대 위로 고꾸라지고 말았다. 죽은 새우처럼 침대 한가운데 몸을 둥글게 만 채 쓰러졌다. 잠시 후에는 몸을 뒤집어 눕더니 두 무릎을 구부려 허공으로 치켜들었다. 두 손은 누렇게 변한 무릎을 감싸 안고 있었다. 몸이 굳은 채 죽어 있는 새우와 똑같은 모습이었다. 죽은 지 오래된 새우 같았다. 죽은 새우처럼 몸을 구부리자 통증이 조금 가벼워졌다.

고통이 가벼워지자 삼촌은 쉴 새 없이 입을 놀렸다.

"링링, 나는 더 못 살 것 같아. 어머니, 진통제 좀 더 주세요."

삼촌은 이렇게 소리치면서 침대보를 둘둘 말아 뭉쳐놓았다. 몸에서 흐르는 땀이 삼촌과 침대보를 한 덩어리로 붙여주었다. 링링은 쉴 새 없이 삼촌의 땀을 닦아주고, 쉴 새 없이 이야기를 해주었다. 이야기를 들으면 삼촌의 통증이 조금 가벼워지는 것 같았다. 이야기가 들리지 않으면 주먹으로 베개를 두드리면서 악을 써댔다.

"아파서 죽을 것 같은데 아직도 그 이야기야?"

링링은 황급히 물수건으로 삼촌의 몸에 난 땀을 닦아주고 나서 화제를 바꿔 다른 이야기를 했다.

"아버지, 화내지 말아요. 아버지한테 한 가지 물어보고 싶은 게 있어요."

461

삼촌이 고개를 돌려 링링을 바라보았다. 그의 이마에 땀방울들이 반짝거렸다. 링링이 물었다.

"아버지, 쑹팅팅이 자기 친정 마을의 어느 집 남자와 좋아하는 사이라고 했죠?"

삼촌이 말을 받았다.

"어머니, 내 몸이 충분히 아프다는 걸 못 믿겠어요?"

링링이 웃으면서 말했다.

"둘이 아무리 좋아 죽는다고 해도 우리만 못할 거예요."

그녀를 바라보는 삼촌의 눈빛이 부드러워졌다.

링링이 말했다.

"저는 당신을 아버지라고 부르는데, 팅팅도 그 남자를 아버지라고 부를까요? 당신은 저를 어머니라고 부르는데, 그 남자도 팅팅을 어머니라고 부를까요?"

그러고는 잠시 멈췄다가 다시 말을 이었다.

"아버지, 저는 당신 아내예요. 언제든지 아내가 되라고 하면 아내가 될 거예요. 학교에서나 밀밭에서도, 학교 밖의 밭에서도, 맥장에서도, 낮이건 밤이건 당신이 원하기만 하면 저는 당신의 아내가 될 거예요. 저는 단 한 번도 당신의 말에 토를 달아본 적이 없어요. 무조건 순종했다고요. 단것이 먹고 싶으면 단것을 가져다드리고 짠 것이 먹고 싶으면 짠 것을 가져다드릴게요. 밥을 할 때는 당신이 부엌 근처에 얼씬

·도 하지 못하게 하고, 빨래를 할 때는 당신 손에 물 한 방울 안 묻히게 할 거예요. 이만하면 제가 정말 잘해주는 거죠?"

삼촌의 대답을 기다릴 필요도 없었다. 대답을 듣기 위한 물음이 아니라 자신을 위해 혼자 자문자답하는 것 같았다.

"제가 이렇게 아내가 되어줄 수도 있지만 당신이 엄마가 되어달라고 보채면 얼마든지 엄마가 되어줄 수 있어요. 매일 밤 엄마처럼 당신을 품에 안고 제 젖을 당신 입에 물려줄 수 있어요. 그리고 잠들 때까지 몸을 토닥여줄 수 있어요."

링링의 자문자답은 계속됐다.

"량, 생각해봐요. 저는 당신에게 훌륭한 규수가 되어줄 거예요. 입을 열 때마다 친아버지를 부르듯이 당신을 아버지라고 부를 거예요. 매일 열 번도 넘게 당신을 아버지라고 불러줄 거예요. 어느 날……."

링링이 잠시 말을 멈췄다가 다시 이었다.

"어느 날 제가 셈을 해보니 저는 적어도 오십 번 넘게 당신을 아버지라고 불렀는데 당신은 저를 어머니라고 한 번밖에 부르지 않았다 해도, 그것도 발을 씻겨달라고 그렇게 부른 것이라 해도 저는 어머니라고 불러준 것만으로 만족할 것이고, 당신의 발을 씻어줄 뿐만 아니라 발 씻은 물을 대신 갖다 버려줄 거예요. 한밤중에 제가 잠들었는데 당신이 깨워도 저는 몸을 씻고 와서 당신의 요구에 응해드릴 거예요. 말해봐요. 량, 오빠, 아버지, 제가 당신한테 정말로 잘해주는 것 같아요, 아니면 거짓으로 잘해주는 것 같아요?"

링링이 삼촌을 바라보았다. 자신에게 면목이 없는 사람을 바라보았다.

"말해봐요. 제가 정말로 잘해주는 것 같아요, 아니면 거짓으로 잘해주는 것 같아요?"

삼촌은 그녀가 정말로 자신에게 잘해주고 있다는 것을 잘 알고 있었다. 자신이 그녀에게 정말로 잘해주고 있다는 사실도 모르지 않았다. 하지만 그녀에게서 이런 말을 들으니 자신이 그녀에게 뭔가 잘못하고 있는 것이 아닌가 하는 생각이 들었다. 그녀에게 상처를 주고 있는 것 같았다. 그녀에게 상처를 주는 그 일을 자신이 저지른 것이 분명한데 단지 일시적으로 생각이 나지 않는 것 같았다. 그 일 때문에 삼촌은 링링에게 면목이 없었다. 그녀를 바라보는 것이 마치 원망이 가득한 어머니를 바라보는 것 같았다. 오빠에게 원망이 가득한 여동생을, 남동생에게 불만이 가득한 누나를 바라보는 것 같았다. 그녀는 침대 옆에 앉아 있었다. 짧은 바지에 반소매 상의를 입고 있었다. 그녀가 삼촌의 손을 잡아끌고는 그의 손가락을 자신의 손으로 가져갔다가 다시 제자리에 두었다. 마치 삼촌의 손가락 수를 세고 있는 것 같았다. 자신이 삼촌의 손을 잡았던 사실을 완전히 잊어버린 것 같았다. 삼촌을 바라보는 그녀의 얼굴에 희미하게 붉은빛이 비쳤다. 몸은 비쩍 말라 있는데 그녀 얼굴의 붉은빛은 무척 밝았다. 수줍음을 많이 타는 처녀가 난생처음으로 사내와 가까이 앉아 마음속 깊은 곳에 있는 말을 털어놓고 있는 것 같았다. 집 안의 불빛이 은은하게 방 안을 떠돌았다. 막 밤이 되었을 때는 모기 한 마리가 날아다니더니 지금은 어딘가에 엎드려 두 사람의 이야기를 엿듣고 있는지 아무런 소리도 나지 않았다. 방 안은 아늑한 고요함에 젖어 있었다.

부드러운 고요함이었다.

따스하고 부드러운 고요함이었다.

삼촌의 몸은 더 이상 새우처럼 굽어 있지 않았다. 다리도 쭉 펴고 있었다. 몸을 옆으로 기울여 머리를 베개 위에 얹어놓았다. 아프다는 말도 하지 않았다. 집 안이 덥다는 말도 하지 않았다. 숙모가 하는 말에 귀를 기울이고 있었다. 어린아이가 누군가 들려주는 이야기를 듣고 있는 것 같았다.

이미 잊어버린 자신의 일에 관해 듣고 있는 것 같았다.

링링이 말했다.

"아버지, 제가 이렇게 잘해주는데 왜 아버지는 입만 열었다 하면 말도 안 된다고 하는 거예요? 열병으로 그렇게 많은 사람들이 죽었지만 간이 아프면 빨리 죽고, 위나 폐에 문제가 있으면 천천히 죽는 게 아니에요. 발열이 멎지 않는 사람

465

이 천천히 죽고, 뼈가 아픈 사람은 더 천천히 죽는 거예요. 당신은 폐나 위가 멀쩡하고 간에도 아무런 문제가 없으면서 왜 자꾸만 곧 죽네, 정말 죽네 하는 거예요?"

링링이 또 말했다.

"당신은 뼈와 살이 아픈 증상을 경험했으니 가장 늦게 죽을 텐데도 자꾸 죽는다고 하는 걸 보니 정말로 살고 싶지 않은 것 아니에요? 스스로 죽음을 앞당기려 하는 것 아니에요? 죽음을 침대 곁으로 불러들여 어쩔 건가요? 저 링링이 당신에게 잘해주지 않아서 먼저 떠나시려는 건가요, 아니면 몸에 열병이 있어서 살아봤자 별 의미가 없다고 생각한 건가요?"

링링이 또 말했다.

"저를 좀 보세요, 아버지. 제가 결혼 증명서를 받자마자 보름 동안이나 계속됐던 열이 싹 사라졌잖아요. 열이 조금도 없어요. 열병에 걸리지 않은 사람들과 똑같다고요. 왜 그런 줄 알아요? 당신을 좋아하기 때문이에요. 아버지, 저는 우리 둘이 방금 결혼해서 함께 보내게 된 이 세월이 너무나 좋아요. 우리 두 사람이 오늘에야 결혼 증명서를 받았으니 이제 정식으로 부부가 된 셈이에요. 아직 겨를이 없어 그 일을 한 번도 못 했는데 어떻게 자꾸만 곧 죽는다는 말을 입에 올리는 거예요?"

링링이 또 말했다.

"아버지, 량, 저를 좋아하지 않나요? 저를 좋아한다면, 아직도 제가 전처럼 그렇게 소중하다면 죽는다는 말은 하지 말아요. 이 고비를 넘기지 못할 것 같다는 말은 하지 말아요. 저 링링을 더 많이 생각하고, 더 많이 어머니라고 불러주세요. 더 많이 시중을 들 수 있게 해주세요. 먹는 것, 입는 것 전부 제가 시중을 들게요. 그리고 그 일도 얼마든지 해줄게요."

링링이 또 말했다.

"이제 우리가 결혼을 해서 떳떳해졌는데 당신에겐 그렇게 많이 아버지라고 불러놓고 정작 시아버님에게는 아버님이라고 불러드리지 못했네요. 딩 선생님을 아버님이라고 불러드리지 못했네요."

링링이 또 말했다.

"내일 제가 학교에 가서 아버님을 모셔다가 우리와 함께 지내시게 해야겠어요. 제가 밥도 차려드리고 빨래도 해드려야겠어요. 몸에 기력이 생기고 병세가 좀 더 가벼워지면 아버님께 털실로 스웨터와 바지도 떠드려야겠어요. 당신에게도 스웨터와 바지를 떠드릴게요."

링링이 또 말했다.

"아버지, 제 뜨개질 솜씨가 얼마나 대단한지 아직 모르죠? 친정에 있을 때 이웃집 사람들이 전부 제게 뜨개질을 가르쳐달라고 했다니까요."

이렇게 말하면서 링링은 두 눈을 감고 있는 삼촌을 쳐다보았다.

링링이 물었다.

"아버지, 주무실래요?"

삼촌이 대답했다.

"눈꺼풀이 좀 무거워진 것 같아."

링링이 물었다.

"통증은 좀 가벼워졌나요?"

삼촌이 말했다.

"그런 것 같아. 지금은 안 아픈 것 같아. 하나도 안 아파."

링링이 말했다.

"아프지 않으면 눈을 감고 한숨 푹 자요. 내일도 둘이 같이 실컷 자자고요. 해가 엉덩이를 비출 때까지 계속 자요. 아침 겸 점심을 먹을 때까지 미친 듯이 자는 거예요."

이렇게 말하는 사이에 정말로 삼촌의 눈꺼풀이 붙어버렸다. 눈꺼풀에 기와를 얹어놓은 것처럼 잠이 들었다. 하지만 입으로는 연신 뭔가를 중얼거리고 있었다.

"아프진 않아. 하지만 가슴이 타는 것 같아. 몸이 아주 뜨거워. 가슴속에서 불이 타고 있는 것 같아."

그녀가 물었다.

"그럼 어떻게 하죠?"

삼촌이 말했다.

"링링이 젖은 수건으로 내 가슴을 좀 문질러줘."

그녀는 물을 적신 차가운 수건을 가져다 삼촌의 가슴을 문질렀다. 삼촌의 가슴과 등을 전부 문질렀다. 다 문지르고 나서 다시 물었다.

"좀 좋아졌어요?"

삼촌이 눈을 감은 채 대답했다.

"가슴 안쪽이 화로처럼 뜨거워. 어디 가서 얼음을 좀 구해다가 내 몸을 덮어줘."

링링은 밤사이 얼음처럼 차가워진 우물물을 한 통 길어다가 수건을 적셔 삼촌의 가슴 위에 얹어놓았다.

"이제 괜찮아요?"

삼촌이 잠시 눈을 가늘게 뜨고서 말했다.

"조금 좋아진 것 같아."

조금 좋아졌다고 말하긴 했지만 삼촌 몸에서 나는 뜨거운 열로 수건은 순식간에 뜨거워졌다. 초조하게 침대에서 몸을 뒤척이던 삼촌은 다시 몸을 구부렸다.

"내 몸에 정말로 불이 붙은 것 같아. 빨리 어디서 얼음을 구해다 내 몸을 좀 덮어줘."

링링은 벌떡 일어나 잠시 생각에 잠기더니 입고 있던 옷을 벗어 침대 맡에 내려놓고는 젖은 수건을 들고 마당으로 나갔다. 밤은 이미 깊어 있었다. 한밤중을 지나 새벽에 가까워지자 땅에서 발생한 차가운 공기가 허공을 떠돌다 내려왔다. 바람도 마당 안에서 회오리를 일으키고 있었다. 마당 안은 우물물처럼 차가웠다. 달은 어디로 갔는지 보이지 않고 별들만 마을 어귀 하늘에 걸려 있었다. 평원 저 멀리 하늘 위에 희미하게 걸려 있었다. 마을의 고요함과 서늘함이 마당 안으로 밀려들어왔다. 링링은 그 고요함 속에서 마당 한가운데 섰다. 몸에 실오라기 하나 걸치지 않은 채 그 차가운 우물물 옆에 섰다. 그러고는 표주박으로 차가운 물을 떠서 자신의 몸에 끼얹었다. 한 번 끼얹고 또 한 번 끼얹었다. 자신의 몸에 진저리가 쳐질 때까지, 도저히 참을 수 없을 때까지 물을 끼얹은 다음 수건으로 몸에 묻은 물기를 닦아냈다. 그런 다음 슬리퍼를 신고 재빨리 방 안으로 뛰어들어와서는 침대로 올라가 삼촌의 뜨거운 몸에 찰싹 달라붙었다. 커다란 얼음 기둥 하나가 삼촌의 몸 위로 쓰러지는 것 같았다.

링링이 삼촌에게 물었다.

"아버지, 이제 조금 괜찮아졌어요?"

삼촌이 말했다.

"시원해졌어."

링링은 삼촌에게 자신을 안고 자게 했다. 자기 몸의 냉기로 삼촌 몸의 열기를 흡수하려는 것이었다. 그녀의 몸이 삼촌 몸의 열기로 따뜻해지면 삼촌의 몸은 또다시 불덩이가 되었다. 그러면 링링은 또 마당으로 나가 차가운 물을 자신의 뜨거운 몸에 끼얹었다. 기침이 나오고 진저리가 쳐지면 다시 수건으로 물기를 닦아내고 재빨리 방 안으로 뛰어들어가 다시 삼촌 몸에 달라붙었다. 그렇게 누운 채 얼음처럼 차가운 자신의 벌거벗은 몸으로 삼촌 몸의 열기를 빨아들였다. 이렇게 네 번, 다섯 번, 침대에 올라갔다 내려가기를 거듭하면서 온몸에 진저리가 쳐지고 기침이 멈추지 않을 때까지 링링은 자신의 벌거벗은 몸으로 삼촌의 열을 빨아들였다. 여섯 번째로 자신의 차가운 몸을 자고 있는 삼촌의 몸에 대어주자 삼촌 몸에서 열이 내리기 시작했고, 그제야 삼촌은 잠이 들었다.

너무나 달콤한 잠이었다. 드르렁드르렁 풀무질하는 소리를 내며 코까지 골고 있었다.

4

풀무질하는 소리와 밭에서 흘러나오는 물소리가 집 안을 가득 메웠다. 다음 날, 해가 중천에 떴을 무렵에야 삼촌은 꿈에서 깨어났다. 꿈에서 깨자 온몸이 나른했다. 과로로 몸이 피곤할 때 한 차례 목욕을 하고 난 것처럼 몸이 나른했다. 눈

471

을 떠보니 링링은 자기 옆에서 자고 있지 않았다. 지난밤, 링링이 그의 옆에서 벌거벗은 채로 잘 때 그녀의 몸은 옥기둥처럼 시원하고 상쾌했었다. 삼촌이 링링의 차갑고 시원한 몸을 끌어안고 잘 수 있게 해주고서, 다음 날 아침에 깨보니 그녀는 삼촌 곁에서 자고 있지 않는 것이었다.

링링은 침대에서 자고 있지 않았다.

그녀는 침대 밑 방 한가운데에 자리를 깔고서 단정한 옷차림으로 자고 있었다. 하얀 바지에 새 무명옷을 단정하게 입고 있었다. 한여름인데 양말도 신고 있었다. 살색 양말이었다. 머리도 단정하게 빗고서 잠들어 있었다. 마치 어디론가 외출을 하려는 듯한 모습이었다. 하얀 바지와 분홍색 무명옷, 살색 양말 그리고 빗질한 검은 머리칼이 청량하면서 상쾌한 색의 조합을 이루며 삼촌의 눈을 시원하게 해주고 있었다.

삼촌의 눈을 시원하게 해주면서 링링은 새로 짠 돗자리에 누워 자고 있었다.

눈처럼 하얀 돗자리에 누워 자고 있었다.

죽은 것이었다.

자는 것처럼 죽어 있었다.

고통을 참느라 그랬는지 얼굴이 약간 변형되어 있었다. 그다지 심하지는 않았다. 변형된 얼굴이 너무도 편안해 보였다.

침대에서 일어나 앉은 삼촌은 링링이 돗자리 위에서 자고 있는 것을 보고는 '링링' 하고 불러보았다. 이어서 '어머니' 하고 불러보았다. 대답이 없었다. 후다닥 침대에서 내려온 삼촌은 다시 한번 큰 소리로 '링링' 하고 불러보았다. 다시 큰 소리로 '어머니' 하고 불러보았다. 링링은 듣지 못하는 것 같았다. 마음이 초조해졌다. 혹시 이미 죽은 것이 아닌가 하는 생각이 들었다. 삼촌은 재빨리 그녀의 손을 끌어당겨 두 손으로 그녀의 머리를 감싸 안았다. 그러고는 목청이 찢어지도록 소리쳐 불렀다.

"어머니."

"어머니!"

링링은 삼촌의 품 안에서 전혀 움직이지 않았다. 너무 깊이 잠이 든 어린 여자아이 같았다. 머리는 한쪽으로 기울어져 있었다. 삼촌의 품을 향해 기울어져 있었다. 삼촌은 링링의 얼굴에 아직 홍조가 남아 있긴 하지만 입술은 이미 말라서 갈라져 있는 것을 보았다. 많이 갈라진 데다 한 겹 한 겹 살갗이 일어나 있었다. 마치 잠자리 날개 같았다. 그녀가 고열로 사망했음을 알 수 있었다. 열로 인해 죽은 것이었다. 어젯밤 자신의 몸에 차가운 물을 대여섯 번이나 끼얹었기 때문이다. 몸에 얼음처럼 차가운 우물물을 너무 자주 끼얹었기 때문에 열이 난 것이었다.

고열이 멈추지 않자 강해진 열병이 맹렬하게 공격해오는

바람에 죽은 것이었다. 어쩔 수 없이 이 세상과 이별해야 했다. 어쩔 수 없이 딩씨 마을과 할아버지와 삼촌 곁을 떠나야 했다. 그녀는 자신이 죽는다는 것을 알고 있었다. 우리 삼촌과 딩씨 마을을 떠나야 한다는 것을 알고 있었다. 자신 때문에 자고 있는 삼촌이 깰까 봐 두려워 침대 밑으로 내려가 옷을 입고 바닥에 깔린 돗자리 위에 누운 채 발열에 의해 사망한 것이었다.

산 채로 열이나 죽었다.

입술이 불을 쬔 것처럼 바싹 말라 있었다.

이렇게 죽었다.

세상을 떠난 것이었다. 입술이 바싹 말라 있기는 했지만 옅은 미소가 걸려 있었다.

살포시 웃는 모습이 마치 죽기 전에 우리 삼촌에게 한 일에 만족하는 것 같았다. 평생 만족하는 것 같았다. 그렇게 옅은 미소를 띤 채 세상을 떠났다.

죽었다.

세상을 떠나고 말았다.

5장

1

할아버지가 삼촌 집에 도착했을 때, 삼촌은 이미 칼로 자신의 다리를 한 차례 내리찍은 뒤였다. 피가 샘물처럼 뿜어져 나왔다. 어제저녁 땅바닥에 넘어져 살갗이 벗겨졌을 때 삼촌은 죽을 것처럼 아팠다. 이번에 자기 다리를 내려찍은 것은 자신이 죽을 차례이기 때문이었다. 삼촌이 죽을 차례였다. 링링이 그곳에 누워 삼촌을 기다리고 있었다. 삼촌은 그녀를 따라 세상을 떠나기 위해 걸음을 재촉해야 했다.

바로 이때, 할아버지가 왔다.

할아버지가 바람처럼 달려왔다.

할아버지는 꿈속에서 필사적으로 몸을 빼내 삼촌 집으로 달려온 것이었다. 할아버지가 삼촌 집에 막 도착했을 때 삼촌은 이미 세상을 떠난 뒤였다. 이미 빠른 걸음으로 링링의 뒤를 따라가고 있었다.

다음 날 정오 무렵이었다. 딩씨 마을은 전날과 똑같이 고요하고 똑같이 더웠다. 마을 사람들도 전날과 똑같이 낮잠을 자고 있었다. 학교에 있는 환자들도 똑같이 바람이 통하는 입구를 찾아 낮잠을 잤다. 할아버지는 꿈속에서 낮잠을 자고 있다가 어렴풋이 링링이 연달아 '아버님' 하고 부르는 소리를 들었다. 그 소리는 마치 새하얗게 번뜩이는 칼날처럼 평원 위를 어수선하게 날아다녔다. 할아버지는 링링이 자신을 부르는 것이라 여기고는 침대 위에서 몸을 일으켜 앉았지만 링링이 눈앞에 보이지 않자 잠시 멍하니 있다가 다시 침대에 누워버렸다. 매미들이 울어대는 소리가 창밖에서, 문밖에서 밀려들어 오고 있었다. 할아버지는 잠시 매미 울음소리를 듣다가 다시 잠이 들어버렸다. 그러자 또다시 요란한 울음소리가 들리면서 할아버지의 귓가를 마구 날아다녔다. 할아버지는 자신이 꿈을 꾸고 있다는 것을 알고 있었다. 그 꿈이 물이 되어 침대를 삼키고, 집과 학교, 딩씨 마을과 평원을 삼켰다. 링링이 부르는 소리를 따라가보니 삼촌이 집 안에서 밖으로 나오는 모습이 보였다. 링링이 삼촌 뒤에 무릎을 꿇고 앉아 다리를 부여잡고 외쳐댔다. 아버지, 이러면 안 돼요.

아버지, 제발 나처럼 되지 말아요.

할아버지는 왜 링링이 삼촌을 량 또는 여보라고 부르지 않고 아버지라고 부르는 것인지, 왜 자기 남편을 아버지라고 부르는 것인지 알 수가 없었다. 링링이 부르는 소리에 정신이 나간 할아버지는 그 자리에서 그녀가 부르는 소리를 들으며 두 사람이 울면서 몸부림치는 모습을 바라보았다. 마치 연극을 보고 있는 것 같았다. 그 자리에 선 채 미동도 하지 않고 두 사람을 바라보고 있었다. 링링이 삼촌의 한쪽 다리를 부여잡고 집밖으로 나가지 못하게 하고 있었다. 하지만 그녀는 너무 야위고 힘이 없었다. 삼촌은 그녀를 질질 끌고서 밖으로 나가려 애쓰고 있었다. 결국 그녀를 집에서 마당까지 끌고 나왔다. 마당의 광경은 삼촌과 링링이 이사해 들어오기 전과 똑같았다. 오동나무가 공터 같은 큰 마당을 덮고 있었고, 햇빛이 무성한 가지와 잎새 사이로 드문드문 빛을 뿌리면서 시원하게 그늘진 마당 여기저기에 환한 동그라미를 잔뜩 만들어놓았다. 옷을 말리기 위해 설치해놓은 철사 줄도 여전히 두 나무 사이에 매어져 있어 나무줄기에 아주 깊은 상처가 남아 있었다. 상방(上房) 담벼락 밑에는 오랫동안 사용하지 않아 잔뜩 녹이 슨 호미가 걸려 있었다. 부엌문 입구에는 한때 돼지를 먹이던 먹이통이 놓여 있었다. 이제 팅팅이 없어지자 그 돼지도 없어지고 빈 먹이통만 남아 있었다. 이전과 달라진 것이 아무것도 없었다. 유일하게 달라진 것이라곤 하얀 양철 물통뿐이었다. 원래 사용하지 않을 때는 부얼 입구에 놓아두던 것인데 지금은 어떻게 된 일인지 마당 한가운데 놓여 있었다. 통 안에는 물이 반쯤 차 있고, 바가지도 하나 들어 있었다. 누군가 날이 더워 그 안에 들어 있는 물을 사용하고는 부엌 앞에 도로 놓아두지 않았다는 것을 한눈에 알 수 있었다. 할아버지는 삼촌이 마당으로 나와 그 물통을 쳐다보는 모습을 지켜보고 있었다. 삼촌은 물통을 한참 쳐다보다가 물통 옆을 지나치더니 뒤에서 붙잡고 있는 링링을 질질 끌고서 부엌 안으로 들어갔다. 도마 쪽으로 다가간 삼촌은 그 위에 있던 식칼을 집어 허공으로 높이 쳐들었다. 할아버지는 삼촌이 그 칼로 링링을 내려치려는 것으로 알고는 황급히 달려가 말리려고 했다. 그러나 뜻밖에도 삼촌은 자신의 왼쪽 다리를 들어 도마 위에 올려놓고는 손에 든 식칼로 내리치는 것이었다.

식칼로 내리치면서 삼촌은 목청이 찢어지도록 소리를 질렀다.

"네미 씹할, 마누라가 죽었는데 내가 살아서 뭐해!"

"네미 씹할, 링링이 죽었는데 내가 살아서 뭐하냐는 말이야!"

삼촌의 절규와 동시에 할아버지는 넋이 나가버렸다. 칼을 들어 올렸다 내리치는 것을 보는 순간, 할아버지의 눈앞으로 한 줄기 하얀빛이 번개처럼 스쳐 지나갔다. 곧이어 칼이 삼촌의 허벅지에서 뽑히면서 한 줄기 피가 솟구쳐 올랐다. 둥징에 있는 광장 분수에서 솟구치던 것과 다르지 않았다. 버섯 모양의 피 분수 주변으로 진주처럼 붉은 핏방울들이 흩어졌다. 그 순간, 부엌 창문을 통해 햇빛이 쏟아져 들어와 삼촌의 몸 위로 떨어졌다. 솟구치는 피는 투명한 기둥처럼 보였다. 그 기둥이 붉은 유리 젓가락처럼 비스듬히 한 자 높이로 솟아올랐다가 바닥으로 떨어지면서 사방으로 붉은 점들이 튀어 흩어졌다. 피는 삼촌의 다리를 타고 땅바닥으로 흘러내리고 있었다.

링링이 소리쳤다.

"량, 아버지, 정말 바보처럼 왜 그랬어요!"

"아버지, 하루라도 더 살 수 있으면 살아야지, 왜 저를 따라오는 거예요!"

삼촌은 링링을 향해 웃음을 보였다. 누리끼리하고 창백한 웃음이었다. 힘없이 웃고 있는 것 같았다. 그런 웃음도 얼굴에 얼마 머물지 못했다. 극도의 고통이 몸을 엄습하자 삼촌은 이내 칼을 떨어뜨렸다. 그러고는 두 손으로 하얀 뼈와 붉은 살이 드러난 한 치 깊이의 상처를 감싸 쥐고서 허리를 굽혀 도마 위에 무릎을 꿇었다. 이마에는 콩알만 한 땀방울이 촘촘히 맺혀 있었다.

꿈에서 깨어난 할아버지는 가장 가까운 길을 골라 삼촌네 집으로 달려가서는 문을 열고 마당 안으로 뛰어들어갔다. 정말로 마당 한가운데 물통이 놓여 있었다. 하얀 양철 물통이었다. 통 안에는 아직 물이 반쯤 차 있었고, 바가지 하나가 그 위를 배처럼 떠다녔다. 마당 안 오동나무에서 매미 소리가 아래를 향해 떨어져 내렸다. 잘 익은 과일이 떨어지는 것 같았다. 오동나무 잎새들 사이로 쏟아져 내리는 햇살 속으로 부엌에서 흘러나온 피가 보였다. 빨간 줄 같은 피였다. 마당 가득 피비린내가 진동했다. 할아버지는 마당에 잠시 멍하니 서 있었다. 그러다가 후다닥 상방 안으로 뛰어들어갔다. 화살처럼 빠른 걸음으로 뛰어들어갔다. 방 안으로 들어가보니 삼촌은 이미 링링의 시신 곁에 죽어 있었다. 그녀와 어깨를 나란히 하고 얼굴을 위로 향한 채 죽어 있었다. 다리에서 흘러나온 피가 링링의 치마 옆으로 흘렀다. 링링의 치마에 붉은 꽃이 만발했다.

2

장례를 지내는 일은 사람의 외관을 수습하는 일이었다.

공교롭게도 사람들은 줄줄이 이런 일을 치르게 되었다. 삼촌이 죽자마자 딩유에진의 아들 딩샤오유에(丁小躍)도 죽었다. 링링이 죽었을 때와 같은 시각에 공교롭게도 쟈건주의 동생 쟈건바오가 죽었다. 네 사람이 죽었다. 네 사람이 세상을 등진 것이었다. 마을에는 장례를 지낼 사람들의 손이 모자랐다. 할아버지가 재빨리 마을로 달려가 일손을 구하려 했지만 모두들 쟈 주임과 딩 주임이 먼저 부탁을 했기 때문에 그 두 집으로 가야 한다면서 연신 미안하다고 말했다. 그러면서 삼촌과 링링의 시신을 며칠만 더 놔두면 사나흘 지나 딩샤오유에와 쟈껀바오의 무덤을 판 다음에 삼촌과 링링의 무덤을 파주겠다고 했다.

"껀바오가 링링보다 조금 먼저 죽었고, 샤오유에가 량보다 조금 먼저 죽었기 때문에 매장하는 사람들도 순서에 따라 일을 처리해야 할 것 같아요."

할아버지는 쟈껀주의 집으로 가서 남는 일손 가운데 일부를 보내 링링과 삼촌의 장례를 지낼 수 있게 해달라고 부탁했다. 쟈껀주는 한참 동안 말없이 할아버지를 쳐다보다가 마침내 입을 열었다.

"가서 댁의 큰아드님한테 한번 물어봐주세요. 다른 마을에서는 열병위원회에서 열병 관리를 아주 잘한 주임들에게 좋은 관을 하나씩 주었다고 하던데, 왜 저랑 유에진에게는 이런 관이 돌아오지 않는지 말입니다."

할아버지는 다시 딩유에진의 집을 찾아가 남는 일손 가운데 일부만 보내줄 것을 부탁했다. 딩유에진은 고개를 하늘을 향해 꼿꼿이 치켜들고는 할아버지에게 물었다.

"아저씨, 다른 마을의 간부들에게는 상부에서 좋은 관을 하나씩 주었다고 하던데, 후이 형님은 왜 저랑 껀주에게 그런 관을 주지 않는 건가요?"

결국 할아버지는 딩유에진의 집에 가서도 허탕을 쳤고, 쟈껀주의 집에 가서도 허탕을 치고 말았다. 할아버지는 삼촌과 링링의 시신을 지키면서 하늘을 우러러보다가 땅을 내려다보기를 반복했다. 우리 아버지가 빨리 신시가지에서 딩씨 마을로 오기만을 기다리고 있었다.

황혼이 지나서야 삼촌 집으로 온 아버지는 삼촌과 링링의 시신을 보고는 길게 탄식했다. 그러고는 삼촌네 집 마당에서 할아버지와 얼굴을 마주하고 한참을 앉아 있었다. 고뇌가 가득한 표정으로 아무 말도 하지 않았다. 달빛이 부드럽게 마을과 삼촌 집 뜰에 내려앉았다. 삼촌과 숙모 링링은 상방 본채의 문판 위에 나란히 누워 있었다. 집 안팎이 몹시 고요했다. 살아 있는 사람이 아무도 없는 것 같았다. 한밤중이 될 때까지 줄곧 고요하기만 했다. 쟈건주와 딩유에진의 집에 무덤을 파는 일을 도와주러 갔던 사람들이 마을 밖에서 돌아와 문 앞을 지나가는 소리를 듣고서야 할아버지는 고개를 들고 아버지에게 말했다.

"서둘러 장례를 지내지 않으면 안 돼. 하루만 더 놔둬도 냄새가 난단 말이다."

할아버지가 또 말했다.

"후이야, 너도 봤지? 일손이 모자라는 것이 아니라 마을 사람들이 우리 딩씨 집안을 안 좋게 생각하고 있는 게 틀림없다. 네가 진작에 내 말을 듣고 마을 사람들을 찾아가 개두를 하면서 사과를 했더라면 일이 오늘 이 지경까지 이르진 않았을 게야."

아버지는 천천히 할아버지 앞에서 몸을 일으켰다. 할아버지를 쳐다보다가 다시 삼촌과 링링의 시신을 바라보고는 흥, 하고 콧방귀를 끼며 말했다.

"아버지, 걱정하지 마세요. 제가 딩씨 마을 사람들의 손을 전혀 빌리지 않고, 딩씨 마을의 삽은 단 한 자루도 사용하지 않고 동생과 링링을 아주 멋있게 묻어줄 테니 한번 두고보세요."

이 한마디를 던지고 아버지는 삼촌의 집에서 나왔다. 내딛는 걸음에 힘이 잔뜩 들어가 있는 것이 금방이라도 땅에 구덩이가 파일 것만 같았다. 무심코 걷어찬 돌이나 벽돌이 마을을 넘어서 황허 고도 옆에 떨어질 것 같았다.

이렇게 아버지는 갔다.

혼자 남은 할아버지가 삼촌과 링링의 시신을 지켰다.

3

한밤 내내 고요하기만 했다. 생각지 못한 일은 아무것도 일어나지 않았다. 하지만 다음 날 해가 뜨자마자 다른 마을에서 십여 명의 장정들이 도착했다. 모두 이웃 마을에서 온 건장한 사내들이었다. 나이가 가장 많은 사람이 사십대이고,

가장 젊은 사람이 삼십대라 힘쓰기 좋은 나이였다. 게다가 이들은 하나같이 마을에서 전문적으로 집을 짓거나 무덤을 파는 토공들이었다. 일흔 살쯤 되어 보이는 노인 하나가 이들을 이끌었다. 이들은 하루 밤낮을 꼬박 일해서 삼촌과 링링의 묘를 다 팠다. 마을 남서쪽에 있는 우리 집 묘지에 먼저 아주 깊게 통로를 판 다음, 그 통로에 문을 내고 그 문에서부터 파 들어가 큰 집만 한 묘실을 만든 것이다. 이 무덤의 기실(基室)은 보통 무덤보다 훨씬 컸다. 평원에 열병이 찾아와 죽은 사람들이 나무의 잎새만큼이나 많고, 무덤을 파는 일도 빈번해졌기 때문에 무덤을 평소의 반 정도 크기로 작게 팔 수밖에 없었다. 하지만 삼촌의 무덤은 두 사람이 들어갈 묘실인 데다 열병이 없었던 시기의 이인용 무덤보다 훨씬 크게 팠기 때문에 규모가 어마어마했다.

크기가 큰 것은 두말할 것도 없고, 보다 중요한 것은 이 집만큼 큰 무덤의 벽면에 열댓 명의 토공들 가운데서도 나이가 가장 많고 경험도 풍부한 인부가 칼과 주걱, 삽 등을 이용해 모래와 흙으로 둥징성의 시가지 그림을 새겨놓았다는 것이다. 이 그림에는 둥징성의 유명한 용정(龍亭)과 철탑, 그리고 반가호(潘家湖)와 양가호(楊家湖), 송나라 때 축조한 상국사(相國寺), 포공사(包公祠)와 대우치수(大禹治水) 묘당 등이 망라되어 있어 묘실 벽면에 옛날의 색채와 향기가 흐르게 했다. 마치 조각으로 새긴 한 폭의 궁정화 같았다. 또 다른 벽면에는 둥징성의 고층 건물들과 광장, 분수 그리고 시 정부 청사와 시위원회 건물 등이 새겨져 있었다. 그 유명한 상점가도 있었다. 상점가는 수많은 상점과 노점상 그리고 물건을 사거나 구경하러 나온 인파의 행렬로 가득 차 있었다. 둥징의 옛 모습을 그린 왼쪽 그림은 '송성(宋城)'이라 이름 짓고, 최근의 모습을 그린 오른쪽 그림은 '신둥징(新東京)'이라 이름 지어 그림 맨 위에 이런 명칭을 새겨 넣었다. 그림과 글씨가 종이 위에 필묵으로 그린 것처럼 세밀하지는 않았지만 무덤 안에 이런 것들을 새겨 넣는 것이 평원에서는 대단히 드문 일이었다.

천하의 신기한 소문이 생생하게 딩씨 마을로 날아와 딩씨 마을 전체에 퍼져나가면서 사람들이 이 무덤을 찾아와 구경하기 시작했다.

사람들은 무리를 지어 무덤을 구경하러 왔다.

다 보고 난 뒤에는 무덤이 얼마나 훌륭한지, 벽면 조각이 얼마나 정교한지, 또한 용정 기둥에 새겨진 용과 기린이 얼마나 아름답고 신기한지 자랑하기 시작했다. 무덤 벽면에 새겨진 상점가에서는 실제로 사람들이 싸우는 소리가 들리는 것 같다고 했다. 이런 이야기들이 이 사람 저 사람에게 전해져 어른 아이 할 것 없이 모두들 무덤을 구경하러 찾아왔다. 마치 갑자기 땅속에서 솟아난 궁전을 구경하러 찾아오는 것 같았다.

　사흘째 되던 날은 사람을 땅에 묻기로 한 날이었다. 삼촌의 무덤을 구경하러 온 사람들은 마치 땅속의 궁전을 구경하고 있는 것 같았다. 그때 막 평원의 해가 솟아올라 동쪽 지평선을 진한 붉은색으로 물들이고 있었다. 붉은 호수 같았다. 불타는 호수 같았다. 마을과 밭이 온통 눈부신 빛으로 가득 찼다. 젓가락만큼 자란 보리는 황금 이삭 같았다. 땅 위의 풀도 옥을 깎아놓은 것처럼 밝고 푸른빛을 띠고 있었다. 두 사람을 함께 묻을 수 있는 삼촌의 무덤은 우리 집 묘지 맨 아래에 자리 잡고 있었고, 삼촌의 무덤에서 파낸 흙이 그 입구에 잔뜩 쌓여 있었다. 쌓인 흙이 사람들의 발길에 닿으면서 새 흙에서 나는 진한 향기가 풍겼다. 마을 사람들은 삼촌의 무덤을 보고 나오면서 제각기 소감을 말했다. 무덤 밖으로 나오면서 어떤 사람이 말했다.

　"정말 믿기지 않는 일이야."

　한 사람이 고개를 끄덕이며 말을 받았다.

　"딩량과 링링의 죽음은 정말 값진 죽음이야."

　또 다른 사람이 말했다.

　"누가 내게 이런 무덤을 파준다면 백번이라도 열병에 걸릴 수 있을 것 같군."

　바로 이때 쟈건주와 딩유에진의 집에 무덤을 파기 위해 갔던 사람들이 왔다. 딩씨 마을 최고의 토공과 미장들이 돌아왔다. 마을 사람들은 그들도 삼촌의 무덤을 구경할 수 있도록 길을 내주었다. 지하 궁전을 구경할 수 있게 해주었다. 무덤으로 내려갈 때는 믿지 못하겠다는 표정이 역력했던 사람들의 얼굴에 올라올 때는 감탄과 웃음이 걸려 있었다. 한 사람이 줄곧 무덤 옆에서 기실과 공구를 지키고 있던 삼십대 장인에게 물었다.

"조각을 당신이 했소?"

"우리 아저씨가 했지요."

"당신 아저씨는 어디서 그런 기예를 배웠소?"

"조상 대대로 내려온 기술입니다."

"그럼, 당신 아저씨를 모셔다가 저쪽 집 무덤에도 그런 조각을 할 수 있겠소?"

삼십대의 젊은 장인이 딩씨 마을의 사십대 토공에게 말했다.

"이건 관묘(官墓)예요. 옛날에는 사품 이상의 벼슬을 지낸 사람들만 묘실 벽면에 이런 그림을 새길 수 있었지요. 지금은 사품의 관리가 아니어도 상부에서 허가 도장만 받아 오면 얼마든지 우리 아저씨한테 부탁해서 그림을 새길 수 있습니다. 상부의 허락이 없이는 누구도 마음대로 이런 관묘의 그림을 새길 수 없지요."

"그럼 딩량은 어떻게 무덤에 관묘의 그림을 새길 수 있는 거요?"

"그의 형 딩후이가 현 열병위원회 주임이잖아요."

사십대 토공은 할 말이 없었다. 마을의 토공들은 철수하여 딩씨 마을로 돌아왔다. 해는 이미 서서히 솟아오르고 있었다. 장례를 맡은 사람들이 입관을 할 때가 되자 묘지에 있던 마을 사람들은 전부 돌아가야 했다. 이때 딩샤오유에와 쟈건바오의 관은 각기 자기 집 문 앞에 놓여 있었다. 딩씨 마을에 열병이 돌기 시작한 이후에 만든 아주 좋은 관이었다. 둘 다 커다란 오동나무로 만든 관으로 판자의 두께는 네 치였고, 잣나무로 만든 뚜껑의 두께는 세 치였다. 관 뚜껑에는 '전(奠)' 자와 '제(祭)' 자가 새겨져 있었고, 글자 위에는 백금 가루와 황금 가루가 상감되어 있었다. 세숫대야만 한 금꽃과 은꽃 같았다. 쟈건주와 딩유에진이 자신들의 동생을 위해 만든 무덤은 확실히 우리 아버지가 동생을 위해 만든 무덤만큼 좋지 못했다. 삼촌의 무덤은 관묘였다. 관묘는 송나라 때 이후로 평원에서 사라진 분묘 형식이었다. 삼촌의 무덤 안에는 신시가지의 풍경화가 새겨져 있었다. 아버지가 번화한 둥징성의 풍경을 동생의 부장품으로 제공한 것이었다. 아쉬운 것이 있다면 이 무덤이 딩씨 마을에서 간통을 저지른 두 남녀를 위한 것이라는 사실이었다. 쟈건주와 딩유에진은 이 점이

488

영 마음에 걸렸다. 다행히 그들이 준비한 관도 아주 **훌륭한**
것이었다. 각 마을에서 여든까지 산 노인들만 쓸 수 있는 상
품 관이었다. 집안에 돈과 권력이 있는 사람들만 쓸 수 있는
관이었다.

상상품의 관이었다.

돈이 있고 권세가 있는 사람들만 그런 관을 쓸 수 있었다.

관은 각자 집 문 앞에 놓여 있었다. 두 집은 서로 그다지 멀
리 떨어지지 않은 골목에 살았다. 관 두 개가 함께 놓여 있
는 것처럼 느껴질 만큼 가까운 곳에 살았다. 딩씨 마을 사람
들, 관을 둘러싸고 구경하던 사람들은 하나같이 좋은 관이라
고 말하면서 딩유에진과 쟈껀주는 형제들에게 체면이 서는
사람들이라고 칭찬했다. 딩후이처럼 동생에게 관묘를 만들
어주진 못했지만 어쨌든 두 사람 모두 망자들을 위해 **훌륭한**
관을 마련했다는 것이다. 바로 이때 차 두 대가 마을 안으로
들어서더니 우리 삼촌네 집 앞에 멈춰 섰다. 두 개의 관을 실
은 차였다. 관은 종이와 부드러운 천으로 싸여 있었다. 관을
내려 받침대 위에 올려놓은 뒤에야 종이와 천을 벗겼다.

이번에도 마을 사람들이 구경하러 모여들었다. 모두 와서
관을 구경했다.

한 쌍의 부부 관이었다.

천하에 보기 드문 금은행목관(金銀杏木棺)이었다.

열병으로 인해 평원에서 죽은 사람들이 등불이 꺼지고 나뭇잎이 떨어져 휘날리는 것처럼 많았다. 산 사람들에게 집이 필요한 것만큼 죽은 사람들에게는 관이 필요했다. 그러다 보니 관을 만드는 데 필요한 오동나무가 은처럼 귀해졌고, 관 뚜껑을 만드는 잣나무는 금처럼 귀해졌다. 그러나 우리 아버지가 주문한 관은 오동나무관도 아니고 잣나무관도 아닌 은행나무관이었다. 관 전체가 은행나무로 되어 있었다. 삼촌은 남자라서 관의 크기가 좀 컸다. 삼촌의 이런 관은 금관이라 불렸다. 금관의 자재는 두께가 세 치나 되는 천년 된 은행나무였다. 은행나무는 목질이 부드러우면서도 단단하고 무늬가 평평하며 흠집이 없어서 조각이나 부조에 가장 적합한 나무였다. 삼촌의 관은 바닥을 제외한 좌우 측면과 뚜껑의 크고 작은 부위마다 번화하고 아름다운 풍경화가 새겨져 있었다. 산수화와 인물화는 물론, 상서로운 구름과 봄바람도 새겨져 있었다. 도시의 거리와 골목들, 자동차와 인파, 그리고 시내의 고층 빌딩과 양의 창자처럼 구불구불한 입체 교차로, 공원의 나무, 나무 아래 있는 사람, 연을 날리고 있는 사람, 노를 젓고 있는 사람의 모습도 새겨져 있었다. 옛날의 금은관에는 일반적으로 이십사효설(二十四孝說)이나 만리장성에 가서 우는 맹강녀(孟姜女), 양축(梁祝) 등의 이야기를 새겨 넣곤 했는데, 삼촌과 링링의 금은관에는 번화한 대도시의 풍경이 새겨져 있었다. 베이징의 톈안먼(天安門)과 상하이(上海)의 텔레비전 송신탑, 광저우(廣州)의 대형 호텔 그리고 대도시의 번화가를 가로지르는 대교, 백화점, 분수대 등 온갖 것들이 다 새겨져 있었다. 두말할 것도 없이 두 사람의 관에 도시의 풍경화를 새겨 넣은 장인은 동서남북 각지를 돌아다니며 세상사에 정통한 사람이기 때문에 관 안팎에 그처럼 다양한 도시의 모습을 새겨 넣을 수 있었던 것이다. 상하이를 새기고 베이징을 새기고 중국의 수많은 대도시의 복잡하고 번화한 모습을 새겨 넣고, 이를 금분화와 은분화, 채색 수분화로 묘사해놓을 수 있었던 것이다.

이 관을 둘러싸고 구경하던 딩씨 마을 사람들은 놀라움을 금치 못하며 탄성을 내질렀다.

"우아, 세상에! 이건 무슨 관이지? 옛날 황제들도 죽어서 이런 관을 써보지 못했을 거야."

어떤 사람이 손으로 관에 새겨진 그림을 조심스럽게 만져보더니 말했다.

"한번 만져봐요. 도시가 빛나는 것이 마치 새색시 얼굴 같네요."

이 말에 모두들 관에 새겨진 그림을 만져보았다. 도시의 빌딩과 입체 교차로 위를 달리는 자동차, 광장 주변의 가로등과 호숫가에 앉아 있는 사람들을 만져보았다. 또 어떤 사람은 열려 있는 관의 틈새에 눈을 대고 안쪽에 새겨져 있는 그림을 살펴보기도 했다. 관 뚜껑을 조심스럽게 밀자 관 안쪽 벽면에 확대한 삼촌의 사진이 붙어 있는 것이 보였다. 관 안쪽의 네 벽면에도 도시 사람들의 즐거운 생활상과 텔레비전, 냉장고, 드럼세탁기 그리고 이름은 모르지만 영화나 연극을 볼 수 있는 무슨 기계와 겹겹이 쌓여 있는 대형 스피커 등이 새겨져 있었다. 또한 노래를 부를 수 있는 마이크와 수많은 접시와 그릇이 놓인 풍성한 잔칫상도 새겨져 있었다. 잔칫상에는 좋은 술과 닭고기, 오리고기, 각종 생선, 술잔과 술 주전자, 빨간 젓가락 등이 놓여 있었다. 연극무대와 영화관, 고층 건물도 새겨져 있었다. 영화관과 극장의 문, 모든 고층 건물의 문 위에는 한결같이 '딩가(丁家)'라는 두 글자가 새겨져 있었다. 전자제품에도 한결같이 '딩량'이라고 삼촌 이름이 새겨져 있었다.

가장 중요한 것은 우리 삼촌의 관 뚜껑에 건물이 하나 조각되어 있고, 그 지붕에 '중국인민은행'이라는 여섯 글자가 새겨져 있다는 사실이었다.

한 국가가 수십 년 동안 공들여 이룩한 부유함과 번화함이 전부 삼촌의 장례에 쓰이는 것 같았다.

온 세상의 부유함과 번화함이 삼촌의 관 속에 넣어졌다.

링링의 관은 은관이었다. 크기가 좀 작은 관이었다. 숙모가 여자였기 때문에 은관이라 불렸다. 크기는 금관보다 조금 작았지만 역시 은행나무로 만든 관이었다. 관 겉면에 조각이 있는 것을 제외하면 금관과 크게 다를 것이 없었다. 금관과 비슷한 도시 풍경이 새겨져 있고, 관 뚜껑을 밀면 삼촌의 금관과 마찬가지로 안쪽 정면에 숙모의 사진이 붙어 있었다. 링링이 환하게 웃고 있는 모습이었다. 또한 은관의 네 벽면에는 각양각색의 능라와 주단이 새겨져 있고, 다양한 여성 의복과 장신구가 새겨져 있었다. 화장대와 화장품 함, 옷을 만들 때 쓰는 재봉틀, 밥을 할 때 쓰는 찬구와 도시의 부엌에서 기름과 연기를 빨아들이는 기계, 부엌에 들어갈 때 쓰는 앞치마, 밥 먹을 때 쓰는 그릇, 술 마실 때 쓰는 잔, 가마를 닦을 때 쓰는 솔, 만터우를 찔 때 쓰는 시루, 음식을 만들 때 쓰는 기름 등 온갖 물건들이 다 새겨져 있었다. 뿐만 아니라 관 여기저기에 꽃과 풀, 포도원과 석류나무가 새겨져 있었다. 석류나무 아래에는 링링이 방금 빨아 널어서 물이 뚝뚝 떨어지는 삼촌의 옷과 바지도 새겨져 있었다. 사람들은 삼촌의 금관과 링링의 은관을 둘러싸고 구경하면서 부러움을 금치 못했다. 그렇게 부러워하고 있을 때 할아버지가 삼촌네 집에서 나왔다. 할아버지 얼굴색은 발그스름했고, 며칠 전보다 훨씬 더 젊어 보였다. 마을 사람들이 할아버지에게 말했다.

"딩 선생님, 딩량과 링링은 참 복도 많네요."

할아버지가 관 옆에 서서 말을 받았다.

"복은 무슨 복이 있겠소? 그저 값지게 죽었을 뿐이지."

마을 사람들이 물었다.

"이게 무슨 관인가요?"

할아버지가 대답했다.

"이게 바로 노인네들이 말하던 금관과 은관이라오. 그런데 오늘날의 신식 금관, 은관에는 복잡하고 화려한 장식을 하곤 한다오."

이렇게 우리 삼촌과 링링 시신의 입관이 시작되었다.

마치 회의를 하는 것처럼 대문 앞이 북적였다. 딩씨 마을 사람들 가운데 쟈껀주와 딩유에진만 빼고 거의 모두가 삼촌 네 집 앞으로 몰려와 구경을 했다. 딩유에진의 모친과 쟈껀 주의 아내 그리고 아들까지도 인산인해를 이룬 사람들 틈에 섞여 구경하고 있었다. 수많은 딩씨 마을 사람과 이웃 마을 에서 온 사람들이 딩씨 마을의 대로를 가득 메웠다. 모두 연 극을 구경하는 것처럼 이런 광경을 구경하고 있었다.

연극을 구경할 때처럼 담장에 올라가는 아이들도 있고, 나 무에 오르는 아이도 있었다. 떠들썩한 남정네와 수다스러운 여인네들, 시끄러운 노인네와 아이들이 웃고 떠드는 소리가 연극을 구경하는 분위기와 조금도 다르지 않았다. 해는 이미 중천에 떠올라 곧 하늘 한가운데 걸릴 것 같았다. 해는 마을을 향해 한 다발 한 다발 밝은 빛을 던져주고 있었다.

마을 전체에 한 다발 한 다발 밝은 빛이 던져지자 슬픈 일이 기쁜 일로 바뀌면서 무대에서 연극이 공연되는 분위기를 연출했다. 우리 아버지는 집 안에서 관을 싣고 온 사람들과 이야기를 나누고 있었다. 엄마는 삼촌네 집에 머물며 다른 마을에서 온 사람들에게 차를 따라주거나 담배를 건네면서 대접에 여념이 없었다. 여동생은 사람들 사이를 뛰어다니고 있었다. 사람들 가랑이 사이를 뚫고 지나가기도 했다. 바로 이때 입관이 시작되었다. 아버지가 집에서 나왔다. 아버지 등 뒤로 많은 딩씨 마을 사람과 다른 마을 사람들, 그리고 신시가지 사람과 평원의 시골 사람들이 따라왔다.

아버지가 걸어오는 것을 보고는 멀리서 어떤 사람이 물었다.

"입관을 시작할까요?"

아버지가 대답했다.

"시작합시다."

입관이 시작되었다. 삼촌과 링링의 시신을 집 안에서 들고 나와 관에 넣었다. 삼촌과 함께 매장될 담배와 술, 양복 그리고 링링과 함께 매장될 흰옷과 꽃치마, 장신구 등도 관에 넣었다. 딩씨 마을 사람들은 삼촌의 집에 들어가 관에 이런저런 물건들을 넣는 일을 도왔다. 삼촌과 숙모의 관을 메는 일을 도왔다. 아버지는 삼촌과 링링의 입관을 도와주고 있는

딩씨 마을의 토공과 미장공 그리고 전문 장의사들이 알고 보
니 딩유에진과 쟈건주네 장례를 도와주던 사람들이라는 것
을 알게 되었다.

아버지는 갑자기 기분이 상했다. 얼굴에 붉은빛을 띤 아버
지는 큰 소리로 말했다.

"어이, 이보게. 당신들은 유에진과 건주네 집에나 가서 일
을 돕도록 하게. 그쪽 일도 소홀히 해선 안 될 걸세."

그 사람들이 말했다.

"무덤은 그 집 것을 먼저 팠으니 안장하는 건 이 집부터 먼
저 돕기로 했습니다."

할아버지는 문 앞 계단에 서 있었다. 기분이 좀 언짢은 것
같았다.

"이러면 안 되지. 이러면 안 될 것 같은데?"

딩유에진의 모친과 쟈건주의 아내가 말했다.

"안 좋을 게 뭐가 있겠어요? 안 좋을 게 없다고요. 모두가
딩씨 마을 사람들이고 한 집안 식구들인데 어느 집 장례를
먼저 치르든 무슨 상관이 있겠어요."

이리하여 쟈건주와 딩유에진네 장례는 잠시 미뤄두고 마
을 사람들 모두가 달려와 삼촌과 숙모의 장례를 도와주었다.

이렇게 하관을 했다.

삼촌과 링링의 무덤 앞에는 비석이 하나 세워졌다. 청석 (靑石)으로 만든 비석이었다. 대리석으로 만든 비석이었다. 오른쪽 비석에는 밥그릇보다 큰 글씨로 이렇게 쓰여 있었다.

양산백(梁山伯) 딩량과 축영대(祝英台) 양링링의 묘.*

이 비석을 세우려 할 때 딩씨 마을 사람들과 다른 마을에서 온 사람들, 백 명이 넘는 사람들, 거의 이백 명에 달하는 사람들이 모두 무덤 앞에 서서 박수를 쳤다. 박수 소리는 이월의 햇빛 아래 울려 퍼지는 경칩뢰(驚蟄雷)** 같았다.

겨울이 가고 봄이 올 때에 용이 머리를 들면서 나는 경칩뢰 같았다.

* '양산백과 축영대'는 중국 사대 전설 가운데 하나로, 의로운 남편 양산백이 아내 축영대와 같은 무덤에 묻히게 된다는 이야기다.
** 경칩을 즈음하여 봄비가 올 때 나는 천둥소리.

6부

1장

1

이렇게 삼촌과 링링을 땅에 묻었다.

딩샤오유에와 쟈껀바오도 땅에 묻었다.

장례를 지내는 것으로 모든 일이 마무리되자 아버지는 곧 딩씨 마을을 떠났다.

한 가족이 전부 딩씨 마을을 떠났다.

영원히 떠났다. 백년, 천년 딩씨 마을을 떠났다. 나뭇잎이 가을바람 속을 날아다니듯 날아서 떠났다. 다시는 딩씨 마을에 돌아오지 않을 심산이었다. 날아다니는 나뭇잎들처럼 다시는 나무로 돌아오지 않을 심산이었다. 다시는 나무로 돌아올 수 없었다. 한 가족, 한 가족의 사람들 전체가 도시에서 우리 삼촌의 관을 싣고 온 차에 탔다. 그냥 차를 타고 어딘가 외출하는 것처럼 차에 올랐다. 몇 가지 귀중한 물건들을 차에 실었다. 텔레비전과 냉장고 그리고 일찌감치 준비해 잘 묶어둔 상자들을 차 짐칸에 실었다. 되는대로 어지럽게 차에 실었다. 함께 온 토공과 미장공, 기와공 그리고 도시에서 모셔온 장의사와 다른 사람들도 모두 되는대로 차 짐칸에 탔다. 우리 엄마, 여동생은 운전실에 탔다. 차가 마을 밖을 향해 달릴 준비를 했다.

때는 정오 무렵이라 해가 황금빛으로 타올랐다. 평원에는 또다시 여느 때와 같은 더위가 시작되고 있었다. 땅으로 눈길을 돌리면 평원의 사방에 불이 난 것처럼 보였다. 땅 위로 불길이 미끄러져 돌아다니고 있는 것 같았다. 삼촌의 무덤 위, 그 새 흙에서 따스한 향기가 익어가기 시작했다. 아버지는 그 향기를 맡으면서 할아버지를 한쪽으로 불러냈다.

"별일 없으시지요?"

할아버지는 사방을 둘러보고 나서 말했다.

"별일 없다."

"그럼, 저희는 이만 갈게요."

아버지는 장례를 구경하러 온 사람들이 마을로 돌아가는 모습을 바라보면서 일일이 인사를 건넸다. 사람들이 전부 삼촌의 무덤을 떠나자 아버지는 다시 고개를 돌려 할아버지가 여전히 삼촌과 링링의 무덤 앞에 서 있는 것을 보았다. 삼촌의 무덤 앞에 서 있는 할아버지의 얼굴은 평온하기만 했다. 망연자실한 표정이었다. 아무 일도 일어나지 않았다고 믿고 있는 것 같았다. 일이 일어났다 해도 그게 무슨 일인지 잘 모르는 것 같은 얼굴이었다. 조용했지만 또 약간은 어리둥절한 것 같았다. 어리둥절하면서도 뭔가 알고 있는 것 같기도 했다. 그렇게 어리둥절하면서도 뭔가 알 것 같은 얼굴로 무덤 앞에 서 있었다. 한 노인이 자신이 읽을 줄 모르는 묘비의 문구를 자세히 살펴보고 있는 것 같았다. 아주 조용하고 평온하게 마음속으로 뭔가를 생각하고 있었다. 이때 아버지가 몸을 돌려 할아버지에게로 다가와 물었다.

"아버지, 이만하면 형으로서 동생에게 미안하지 않을 정도로 한 셈이죠?"

할아버지가 고개를 돌려 아버지를 쳐다보았다.

아버지가 좀 더 가벼운 목소리로 할아버지에게 말했다.

"관묘에 금은관을 했잖아요. 거기에 비하면 량과 링링의 존재는 아무것도 아니라고요."

할아버지는 아버지를 쳐다보기만 할 뿐, 아무 말도 하지 않았다.

아버지가 또 말했다.

503

"죽은 두 사람이 뭐 그리 대단한 사람들이겠어요?"

할아버지는 여전히 입을 다물고 있었다.

아버지가 말투를 조금 부드럽게 바꿔 작은 소리로 말했다.

"저는 평생 저 두 사람에게 미안한 일을 한 적이 없어요. 저 애들이 뭐 그리 대단한 인물이라고요. 저는 저 애들에게 면목이 서고도 남아요. 저 애들도 저를 위해 뭔가를 했어야 한다고요."

아버지가 또 말했다.

"아버지, 제발 잊지 마세요. 앞으로 또 누가 예전에 피를 사고팔던 이야기를 거론하면 그게 전부 제 동생 딩량이 한 일이라고, 저 딩후이와는 애당초 아무 상관도 없는 일이라고 하세요. 저 딩후이는 평생 매혈 우두머리를 한 적이 없다고 하시라고요."

할아버지는 아버지를 바라보면서 아무 말도 하지 않았다. 그렇게 한참이나 말을 안 하고 있다가 마침내 입을 열었다.

"후이야, 이 아비한테 솔직하게 대답해다오. 상부에서 각 마을의 간부들에게 고급 관을 하나씩 주지 않았느냐? 한데 어째서 껀주와 유에진에게는 관이 지급되지 않은 게냐?"

아버지가 또다시 할아버지의 얼굴을 쳐다보았다.

"그들에게 줄 관값이 전부 량과 링링의 관을 사는 데 들어간 거예요."

아버지는 담담한 어투로 이야기했다.

"아버지, 한번 생각해보세요. 그 금은행목관이 하늘에서 떨어졌겠어요? 동목관 백 개를 살 돈으로 그걸 산 것이라고요."

말을 마친 아버지는 몸을 돌린 채 더 이상 할아버지를 쳐다보지 않았다. 할아버지가 어떤 반응을 보이든 상관없이 여전히 담담한 어투로 자기 할 말만 하고 있었다.

"저 가요. 나중에 또 뵈러 올게요."

다른 이야기를 하는 것 같았다. 자신이 딩씨 마을을 떠나는 일을 이야기하는 것 같지 않았다. 말을 마친 아버지는 정말로 삼촌의 무덤을 떠났다.

할아버지 곁을 떠났다. 할아버지 곁을 떠나면서 다시 한번 고개를 돌려 소리쳤다.

"잊지 마세요, 아버지. 앞으로 누가 매혈에 관해 물어보더라도 전부 제 동생 딩량이 한 일이라고 해야 돼요. 사람들이 믿지 않으면 딩량의 무덤을 열어 물어보라고 하세요."

2

아버지는 이런 당부를 마치고 곧 떠났다. 앞서가는 사람들을 뒤따라갔다. 그의 구두에 붙어 있다 떨어진 흙이 땅에 비친 햇빛 위를 구르며 와르르 소리를 냈다. 사람이 죽는 것이 나무에서 나뭇잎이 떨어진 것과 같았다. 등불이 꺼진 것과 같았다. 무덤을 파고 사람을 묻는 일이 삽을 들어 마을 어귀에 구덩이를 파고 죽은 고양이나 개를 묻는 것만큼이나 순조로웠다. 슬픔도 없었고, 울음소리도 없었다. 울음소리와 슬픔은 말라버린 강과 같아서 소리도 없고 호흡도 없었다. 사람들의 눈물은 맑게 갠 날 허공에 떨어지는 빗방울만큼이나 희박하여 땅에 떨어지기도 전에 말라버렸다. 그리하여 별로 대단한 일이 없게 되었다. 우리 삼촌과 링링, 딩샤오유에와 쟈껀바오를 단숨에 다 묻어버렸다.

전부 묻어버렸다.

삼촌과 링링을 묻고 나서 아버지는 엄마와 잉즈를 데리고 딩씨 마을을 떠났다. 가서 도시 사람이 되었다.

이렇게 삼촌과 링링은 안장되었다. 무덤 앞에 세운 비석에는 '양산백 딩량과 축영대 양링링의 묘'라는 아주 좋은 문구가 새겨져 있었다.

그러나 사흘 후, 아니 사흘도 채 못 되어서 누군가 무덤을 파냈다. 도굴을 한 것이다. 삼촌의 금관을 누군가 가져가버렸다. 링링의 은관도 누군가 가져가버렸다. 관묘 벽장식에 새겨진 번화한 도시의 그림과 진흙으로 만든 용과 기린을 누군가 삽과 곡괭이로 파내 전부 가져가버렸다. 묘가 도굴되던 날 밤에 할아버지는 꿈을 꾸었다. 하늘에 한 무리의 붉은 해가 떠 있었다. 대여섯 개, 아니 일고여덟, 여덟아홉 개쯤 되는 것 같았다. 뜨거운 햇볕에 도처의 땅이 갈라졌다. 평원 위, 이 세상의 모든 농작물이 말라 죽었다. 모든 강이 말라버렸다. 우물에도 물이 남아 있지 않았다. 하늘에 있는 여러 개의 해를 쫓아버리기 위해, 아홉 개 가운데 여덟 개를 쫓아버리기 위해, 여덟 개 가운데 일곱 개를 쫓아버리기 위해 각 마을에서 장정들을 선발했다. 열 명에 하나꼴로 건장한 장정을 고른 다음 쇠스랑과 삽, 낫을 들고 평원에 모여 한 무리 해를 향해 돌진했다. 해를 하늘가로 몬 다음 하늘에서 끌어 내려 넘실대는 바닷속으로 집어 던져야 했다. 하늘에는 해 하나만 남겨두면 충분했다. 장정들이 무기를 들고 해를 향해 돌진하자 노인과 부녀자, 아이 들은 마을 어귀에, 촌 어귀에 서서 북과 세숫대야를 두드리며 장정들을 응원했다. 해는 하늘 위를 달리고, 장정들은 무기를 들고 땅 위에서 쫓아갔다. 사람들이 가는 곳마다 연기가 났고, 요란한 소리가 하늘을 울렸다. 햇볕에 타버린 나무와 초원, 땅과 집들이 사방에 불꽃과 재와 연기를 일으켰다. 바로 이때, 또 하나의 해가 하늘에서 떨어지려 할 때, 누군가 학교로 달려와 할아버지 방문을 두드렸다.

문을 두드리면서 소리쳤다.

"딩 선생님, 딩 선생님, 빨리 가보세요. 선생님 댁 딩량의 무덤이 누군가에게 도굴되었어요."

할아버지는 꿈에서 깨어났다. 눈을 떠보니 창문 위로 햇빛이 불처럼 타면서 할아버지의 침대를 비추고 있었다. 황급히 침대에서 일어난 할아버지는 찾아온 사람과 함께 삼촌의 무덤을 향해 달려갔다. 무덤에 도착해보니 마을 사람들이 무덤 주위에 둘러서서 구경하고 있었다. 무덤 앞의 비석이 누군가에 의해 쓰러져 있었다. 무덤 안에 채워 넣었던 흙은 다시 파내져 무덤 옆에 그대로 쌓여 있었다. 할아버지는 신발을 벗고 맨발로 무덤 안으로 내려가보았다. 삼촌과 링링의 시신은 관에서 꺼내져 무덤 안 땅바닥에 놓여 있었다. 한 쌍의 금은관, 그 천년 된 은행나무로 만든, 온갖 형상들이 조각된 관은 누군가 가져가버리고 없었다. 관 속에 넣어두었던 담배와 술, 옷과 재물들도 전부 가져가버렸다. 묘실 왼쪽 벽면에 새겨 넣었던 번화한 도시의 그림도 누군가 삽으로 떼어 가져가버렸다. 삼촌의 머리 옆에는 한 줌의 흙 정도만 떨어져 있었고, 흙 알갱이가 삼촌의 얼굴과 눈 위에 흩어져 있었다. 묘실 오른쪽 벽면의 도시 풍경도 지진이 일어나기라도 한 듯이 무너져 있었다. 한 무더기의 깨진 진흙과 기와가 링링의 머리와 손 옆에 떨어져 있었다.

묘실이 온통 난장판이었다.

너무나 어지럽고 혼란스러웠다.

그 어지러움 속으로 썩는 냄새가 차갑게 흐르고 있었다.

할아버지는 묘실 입구로 통하는 통로에 멍하니 서 있었다. 문득 오래전에 평원을 떠돌던 말이 생각났다. 조상 대대로 전해져 내려오는 말이 생각났다.

무덤을 털어 재물을 훔치면
천하에 재물이 없게 되지만,
무덤을 털어 관을 훔치면
천하에 관이 있게 된다네.

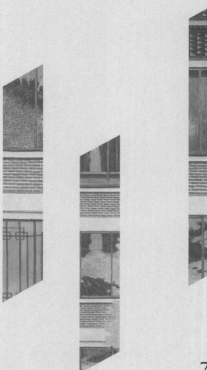

7부

1장

1

큰 가뭄이 들었다.

불타는 듯한 가뭄이었다. 하늘에 여덟 개, 열 개나 되는 해
가 내리쬐고 있는 것 같았다. 사월 초에 한차례 비가 내린 뒤
로 혹서의 구월까지 평원에서는 비 한 방울 구경할 수 없었
다. 반년 내내 물 한 방울 구경할 수 없었다. 처음에는 사람들
도 올해에 이렇게 지독한 가뭄이 들 줄 모르고 천방백계(千方
百計)로 물을 끌어오려고 애를 썼다. 우물을 파서 물을 끌어
올리기도 했고, 트랙터를 밭머리로 끌고 와 앞부분에 달린
모터를 이용해 지하수를 뽑아내기도 했다. 그러자 육칠월이

되어 밀이 어지간히 여물고 꽃가루가 흩날릴 때가 되자 땅속
에도 물이 남아 있지 않았다.

하천의 물을 끌어올 수 없게 되자 땅속의 물도 오래지 않
아 말라버린 것이었다.

땅속에 박힌 밀이 무릎 길이로 자라긴 했지만 자세히 살펴
보면 이미 말라버린 것을 알 수 있었다. 처음에는 밤기운이
밀을 키워 새벽쯤에는 푸른빛을 볼 수 있었다. 그러나 날이
밝아 잠자리에서 일어나 보면 푸른빛이 보이지 않았다. 단지
마른 밀이 밤기운으로 인해 약간 부드러워진 것만 볼 수 있
었다. 해가 동쪽 지평선 위로 솟아올라 폭발하듯 웅장하게
모습을 드러낼 때쯤이면 밀이 그 자리에서 다 말라버렸다.
완전히 말라버렸다. 밀이 하나도 남김없이 시들어버렸다. 밀
은 뽑아내자마자 머리와 잎이 떨어졌다. 바람이 불자 밀의
줄기와 잎새에서 회백색 모래 먼지가 날아올랐고, 마른 풀에
서 먼지가 날아오르면서 뭔가 타는 듯한 냄새가 났다.

평원은 일망무제(一望無際) 말라비틀어진 흰빛이었다.

나무들, 마을 안팎의 모든 나무들, 오동나무와 홰나무, 참
죽나무, 멀구슬나무가 아침부터 밤까지 잎을 말고 있었다.
말라서 잎을 말고 있는 것이었다. 홰나무 뿌리는 땅속의 물
을 빨아들이지 못해 끊임없이 누런 잎을 떨어뜨렸다. 가을로
접어든 것 같았다. 느릅나무는 뿌리가 깊어 잎이 아직 푸른

빛이었지만 나무 위에는 셀 수 없이 많은 벌레들이 바글거리고 있었다. 잎이 아직 푸른빛이라 이 세상의 모든 벌레들이 이 나무의 가지와 잎으로 옮겨 온 것 같았다. 작은 애벌레를 비롯하여 노랑무늬거품벌레, 칠성무당벌레가 있었고, 몸 전체가 하얀데 배만 초록색인 벌레도 있었다. 이 벌레는 굵기가 젓가락만 하고 길이는 사람 혀만 한 것이 느릅나무 벌레들의 왕이라도 되는 양 마구 기어다니며 잎을 뜯어 먹고 줄기를 갉아 먹었다.

원래 그 밑에 서면 해를 볼 수 없던 나무였지만, 지금은 나무 아래서 고개만 살짝 들어도 햇빛이 매섭게 얼굴을 때렸다.

느릅나무에 매달린 벌레들은 사람이 그 밑을 지나갈 때마다 징을 두드리는 추처럼 멈추지 않고 사람들의 머리와 몸뚱이를 두드렸다.

마을은 더 이상 예전의 검푸른색이 아니라 이미 민둥민둥한 투명으로 변해버렸다. 평원 위에서 투명하고 반짝거리는 마을로 변해가고 있었다.

농작물들이 다 말라 죽어 일망무제로 흰빛이 펼쳐져 있었다.

풀들이 다 말라 죽어 일망무제로 흰빛이 펼쳐져 있었다.

아직 살아 있는 풀들은 온통 흰빛 사이에서 누런빛을 띠고 있었다.

일부 살아 있는 나무들도 있었지만 그렇게 많은 잎을 지탱할 수 없어 드문드문 잎이 달려 있고, 뿌리와 몸통만 건재한 상태였다. 매미는 가물어도 죽지 않고 갈수록 더 왕성해지고, 갈수록 더 수가 많아져 아침부터 저녁까지 하루 종일 울어댔다. 한낮의 울음은 온 땅에 말리려고 널어놓은 고추 같았고, 한밤중의 울음은 줄에 꿰어 하늘에 걸어놓은 포도 알처럼 희소했다.

나무에 달라붙은 매미의 허물은 금황색이라 해가 뜨면 모든 허물들이 누런빛을 발했다.

금황의 빛이었다.

뭔가 타는 듯한 냄새가 한낮의 평원에서 밀려왔다. 평원 어딘가가 불타고 있는 것 같았다. 마을 어귀에 서서 바라보면 도처에 연기가 자욱하게 피어올랐다. 해가 질 때쯤이면 사방에 온통 불길이 일었지만 연기는 보이지 않았다. 그저 온 천지에 붉은 재만 남아 있을 뿐이었다.

세상이 온통 붉은 재였다.

하루가 가기를 기다리면 다음 날이 왔지만 사람들은 잠에서 깨어나지 못했다. 해는 걸음을 재촉하듯 빨리 지나갔다. 초저녁에는 아무도 잠들지 못했다. 날이 너무 더워서 잠을 이룰 수 없었다. 한밤중이 되면 간신히 잠이 들지만, 잠들기 무섭게 해가 창문과 문틈으로 기어들어와 침대 맡을 더듬었다.

사람들의 얼굴과 눈에 햇볕이 내리쬐면 몸을 뒤치며 계속 잠을 청해보지만, 어느 집인가 또 누군가의 상사(喪事)를 알리는 발소리가 아주 빠르고 무겁게 마을의 신작로를 울렸다. 곧이어 대문과 창문을 두드리는 소리와 함께 누군가 소리쳤다.

"삼촌, 오늘 우리 집에 와서 좀 도와주셔야겠어요. 우리 엄마가 돌아가셨어요. 아침에 일어나 보니 엄마가 세상을 떠났어요."

누군가 또 소리쳤다.

"형님, 오늘은 형님이 우리 집에 와서 일을 거들어주셔야겠어요. 지난번에 형님 댁에 상사가 있었을 때는 제가 사흘이나 일을 도와드렸잖아요. 형님은 오늘 하루만 우리 집 일을 도와주시면 돼요."

또 하루가 시작되었다. 하늘에 수백수천 개에 달하는 해가 걸려 불에 타듯이 내리쬐고 있었다.

2

열병이 폭발했다.

폭발한다고 하더니 기어코 폭발했다. 과거에는 혹한기와 혹서기가 환자나 노인들이 가장 많이 세상을 떠나는 계절이

었다. 마을 사람들도 이렇게 이야기했었고, 평원에 사는 사
람들도 이렇게 이야기했었다. 청나라 때의 황제도 혹서기에
죽지 않으면 혹한기에 세상을 떠났다고 했다. 이제 평원 사
람들, 열병에 걸린 사람들은 대부분 올해 혹서기에 죽게 될
것이었다. 대부분 지난겨울을 잘 견뎠으니 올 한 해를 더 살
수 있을 것이라고 생각했지만 올해는 날이 너무 더웠다. 죽
도록 더웠다. 해가 뜨기만 하면 땅에서는 보라색 연기가 피
어올랐다. 공기가 물을 끓이는 것처럼 뜨거워 목구멍에 들어
가면 쉬익 소리를 냈다. 목구멍에서 지직 소리가 나면서 물
거품이 일었다.

밀은 모두 죽었다.

풀도 모두 죽었다.

몇 개 되지 않던 나무의 잎새들은 모두 말라비틀어져 있
었다.

마을의 동쪽 어느 집에 자오(趙)씨 성을 가진 며느리가 하
나 있었다. 서른 살도 채 되지 않았는데 몸에 열이 나기 시작
하더니 사흘 만에 몇 살 되지 않은 어린아이를 두고 세상을
떠나고 말았다.

산 채로 타 죽었다. 가뭄 때문에 죽은 것이었다.

마을의 서쪽 어느 집에 쟈(賈)씨 성을 가진 사람이 하나 있
었다. 이제 막 마흔이 되었는데 자신이 열병에 걸려 몸에 저

항할 힘이 없다는 것을 잘 알고 있었다. 충분한 면역력이 없다는 것을 알고 있었다. 그는 추위에 떨거나 감기에 걸리지 않도록, 음식을 잘못 먹어 설사하는 일이 없도록, 피부에 상처가 나서 피가 흐르지 않도록, 절대 다른 병에 걸리지 않도록 조심하고 또 조심했다. 그러나 어느 날 뒷간에 가면서 햇빛 아래를 지나게 되었고, 뒷간에 잠시 쭈그리고 앉아 있는 동안에는 마침 나무 그늘이 드리워져 있었다. 갑자기 더웠다가 서늘해져 열감기에 걸리고 말았다. 콧물이 흐르고, 가벼운 두통이 느껴졌다. 시간이 지나면서 콧물은 더 이상 흐르지 않았지만 열병이 심해졌고, 머리가 참을 수 없이 아파왔다. 머리가 너무 아팠던 그는 머리를 벽에 부딪쳐 죽고 말았다. 머리를 부딪쳐 죽었다.

산 채로 벽에 머리를 부딪쳐 죽었다. 땅바닥 가득 피가 흘렀다.

마을 한가운데 샤오민(小敏)이라는 처자가 있었다. 친정집에 다니러 온 어여쁜 새색시였다. 친정에 왔을 때는 멀쩡했는데 온 지 며칠이 지나자 온몸이 간지럽기 시작하더니 사창(蛇瘡)*과 담창(膽瘡)**이 돋아났다. 그녀는 울지 않았다. 아무 말도 하지 않았다. 단지 친정에 온 지 며칠이 지났으니 다시

* 손가락에 생기는 종기.
** 담에 생기는 종기.

시댁으로 돌아가야겠다고 말하고는 짐을 챙겨 떠났다. 그러고는 시댁으로 돌아가는 도중에 감나무에 목을 매달아 죽고 말았다.

마을의 딩쭈이쭈이는 골목 입구에서 열병 환자 하나와 한가로이 이야기를 나누고 있었다. 딩쭈이쭈이가 말했다.

"옛날에 어떤 관리가 승관을 했대. 벼슬이 높아져 집에 돌아온 그는 아내에게 술상을 봐오라고 했겠지. 부인은 술을 데우고 음식을 만들어 주안상을 차려주었지. 상을 차려주면서 남편한테 이렇게 물었대. '벼슬이 높아졌으니 당신의 그 물건도 커졌겠네요?' 그러자 관리는 벼슬이 높아지면 뭐든지 덩달아 커진다고 말했다. 밤이 깊어 부부가 침대에 올라 그 짓을 하다가 부인은 남편의 물건이 여전히 작은 걸 발견했겠지. 부인이 물었대. '당신은 관직이 높아졌는데 어째서 물건은 예전과 마찬가지로 이렇게 작은 건가요?' 관리는 이렇게 대답했대. '전보다 훨씬 커지긴 했지. 단지 내 관직이 높아져 뭐든지 다 커졌지만 당신도 관리 부인이라 나처럼 뭐든지 다 커졌기 때문에 내 것이 커진 것을 느끼지 못하는 것뿐이라오.'"

원래 예로부터 전해져 내려오는 우스갯소리를 입에서 나오는 대로 들려준 것뿐이었다. 이야기를 마친 딩쭈이쭈이는 몸을 흔들어대면서 웃기 시작했다. 허리가 끊어질 듯이 웃어댔다. 하지만 이야기를 듣고 있던 사람은 전혀 웃지 않았다.

그는 집으로 돌아가 식칼을 들고 와서는 우스갯소리를 좋아하는 딩쭈이쭈이를 찔러 죽여버렸다.

칼로 찔러 죽여버렸다.

칼로 찔러 죽이면서 말했다.

"이런 씹할 놈 같으니라고! 마을 사람들이 전부 죽어나가는 마당에 그따위 우스갯소리를 지껄이다니. 그렇게 천지가 뒤집히도록 웃어대다니."

칼로 찔러 죽이고 나서 말했다.

"대체 뭘 믿고 그렇게 즐거워하는 거야?"

이렇게 칼로 찔러 죽여버렸다.

죽은 사람은 죽은 닭이나 죽은 개와 마찬가지였다. 발에 밟혀 죽은 개미나 다름없었다. 사람들은 더 이상 소리 내어 울지도 않았고, 흰 종이로 대련을 써 붙이지도 않았다. 사람이 죽으면 그날을 넘기지 않고 파묻었다. 관은 일찌감치 마련되어 있었다. 무덤 역시 사람들이 죽기 전에 다 파놓았다. 날이 너무 무더워 사람이 죽은 다음에 무덤을 파면 이미 때가 늦기 때문이었다. 하루만 지나면 시신이 부패되어 지독한 냄새가 났기 때문에 미리 관을 준비하고 무덤을 파놓았다가 사람이 죽으면 후다닥 순식간에 매장해버리는 것이었다.

학교에 있던 열병 환자들도 전부 해산하여 집으로 돌아갔다.

일찌감치 해산하여 각자의 집으로 돌아갔다.

해산할 때는 아직 마을에 열병이 폭발하지 않은 상태였다. 환자들이 해산하게 된 것은 열병이 폭발했기 때문이 아니라 갑자기 상부에서 딩씨 마을에 매달 식량을 지급하지 않기로 결정했기 때문이다. 매달 식량과 기름을 지급하지 않기로 결정했기 때문이다. 식량과 기름을 수령하러 간 젊은이들은 아침을 먹고 마을을 나섰다가 오후에 돌아왔다. 빈손으로 돌아와서 말했다.

"앞으로 딩씨 마을에는 아무것도 지급하지 않기로 했대요. 밀 한 근도 지급하지 않기로 했대요."

이때 쟈건주와 딩유에진 그리고 마을의 열병 환자들은 학교 담장 밑에서 더위를 식히고 있었다. 텔레비전을 건물 밖으로 옮겨놓고 모두들 더위를 식히면서 텔레비전을 보고 있다가 이런 소식을 듣고는 일제히 소식을 전하는 사람들에게로 눈길을 돌렸다.

"뭣 때문에 안 준대요?"

"우리가 딩량과 양링링의 무덤을 도굴해서 금은관을 훔쳐 갔다고 의심하는 모양이에요. 그래서 아무것도 주지 않기로 한 거래요."

열병 환자들은 일제히 쟈건주와 딩유에진에게로 눈길을 던졌다. 모두들 식량을 지급하지 않기로 한 것이 우리 아버지 때문이라는 것을 모르지 않았다. 우리 아버지는 그들이 무덤을 파내 관을 훔쳐 간 것이 틀림없다고 의심하고 있었던 것이다. 환자들은 쟈젠주와 딩유에진이 우리 아버지를 찾아가 분명하게 말하면 될 것이라고 생각했다. 가서 자신들은 도굴과 아무런 관계도 없다는 사실을 확실하게 증명해줄 수 있으리라 믿어 의심치 않았다. 그러나 쟈젠주와 딩유에진은 서로 얼굴만 쳐다볼 뿐, 둘 다 입을 열지 않았다.

학교에 있던 환자들은 며칠 후에 해산했다.

해산하던 날, 할아버지는 학교 입구에 채소를 심고 있었다. 세 군데로 나뉘어 있는 밭이 그의 집 뒤에 자리하고 있었다. 바로 내 무덤 옆이었다. 할아버지는 학교에서 물을 길어 왔다. 우물물이었다. 이렇게 밭에 물을 대어 부추와 마늘 그리고 다른 채소들을 심었다. 우물물을 길어다가 물을 대자 봇도랑에 쏟아부은 물이 끝없이 하얗게 펼쳐진 황허 고도의 마른 모래땅 위를 흘러가는 것처럼 순식간에 사라졌다. 가뭄이 물을 순식간에 삼켜버렸다. 할아버지는 얼마 안 되는 땅에 일곱 번이나 물을 길어다 부었다. 평소 같았으면 네 번이면 되던 일이었다. 이렇게 물 대는 작업이 거의 끝나갈 때쯤 쟈젠주가 스무 명 남짓한 환자를 이끌고 할아버지 옆에 다가와 섰다. 사람들마다 제각기 이부자리와 짐 보따리를 들고 있었다. 각자의 밥그릇과 수저, 부채와 돗자리도 들고 있었다. 이렇게 할아버지 옆에 서서 할아버지를 바라보고 있었다. 자신들을 강제로 해산하게 만든 장본인을 쳐다보고 있는 것 같았다.

모든 눈길이 할아버지에게 쏠려 무언의 압력을 가하고 있었다. 마치 할아버지가 식량과 기름의 지급을 거부하고 있기라도 한 것처럼, 할아버지가 열병 환자들을 하는 수 없이 집으로 돌아가게 하기라도 한 것처럼 할아버지를 노려보고 있었다. 할아버지는 채소밭 머리에 물통을 쏟아부은 다음 사람들을 쳐다봤다. 자신을 바라보고 있는 수많은 눈길, 수많은 얼굴을 바라보았다. 하지만 예전처럼 그들이 두렵지는 않았다. 예전에는 항상 그들에게 미안했고, 그들에게 뭔가 빚진 것 같았지만 이제는 그렇지 않았다. 그들에게 할 말이 있는 것 같기도 하고 없는 것 같기도 했다. 원래는 그들을 잘 알고 있다고 생각했지만 이제는 그들이 어느 마을 사람인지조차 모르는 것도 같았다. 원래는 자신이 그들에게 뭔가 빚을 지고 있다고 생각했지만 지금은 그들에게 아무것도 빚지지 않은 것 같았다. 그들 가운데 누군가가, 한 명이 아닌 두 명의 누군가가 자기 아들의 무덤을 파헤쳐 평원에서 수백 년 동안 볼 수 없었던 관묘를 훼손하고 수백 년 동안 볼 수 없었던 금은관을 훔쳐 갔다는 것을 알고 있었다. 이렇게 따져보고 나서 할아버지는 결국 자신이 누구에게도 빚지고 있지 않다는 생각을 갖게 되었다. 그들에게 빚진 것이 있었다 해도 이미

다 갚은 것이나 다름없다는 생각을 갖게 되었다.

할아버지는 자신을 쳐다보는 사람들의 눈빛과 똑같은 눈빛으로 그들을 쳐다보았다.

아무도 입을 열지 않았다. 그렇게 말없이 서로를 차가운 눈길로 바라보고 있었다.

차갑고 무표정하게 서로를 바라보았다.

그렇게 잠시 바라보다가 사람들은 가버렸다. 쟈껜주가 퉤, 하고 땅바닥에 침을 뱉었다. 뭔가를 토해내듯 그렇게 침을 뱉고는 사람들을 데리고 가버렸다.

사람들은 해산하여 집으로 돌아갔다. 해산하면서 고개를 돌려 할아버지를 노려보는 사람들도 있었다. 그 눈빛이 마치 우리 할아버지가 자신에게 너무 많은 것을 빚지고 있다고 말하는 것 같았다. 삼촌의 무덤을 파헤쳐 금은관을 훔치는 것만으로는 다 갚을 수 없을 정도로 많은 것을 빚지고 있다고 말하는 것 같았다. 할아버지가 아직도 많은 것을 갚아주기를 기다리고 있는 것 같았다. 할아버지는 그렇게 서 있었다. 채소밭 머리에 그렇게 서서 그들의 눈빛을 평가하고 있었다. 속으로 '내가 어떻게 해주기를 바라는 거야? 어쩌라는 거야? 네놈들이 내 아들 무덤을 파헤쳐 관을 훔쳐 갔는데도 나는 마을에서 일언반구 불평을 늘어놓거나 사람들을 욕한 적이 없는데 나더러 뭘 어쩌라는 거야?' 하고 외치고 있었다.

할아버지는 밭머리를 떠났다. 다시 학교로 가서 물을 길어 올 심산이었다.

바로 이때 딩유에진이 학교에서 걸어 나왔다. 짐 보따리를 들고 학교에서 마지막으로 걸어 나오다가 교문 앞에서 할아버지와 마주쳤다. 딩유에진이 말했다.

"아저씨, 밭에 물 주시는 거예요?"

할아버지가 말했다.

"유에진아, 나는 량의 무덤이 도굴된 뒤로 마을에서 방귀한 번 뀐 적이 없는데 너희들은 내게 뭘 더 바라는 거냐? 나를 잡아먹으려는 게냐?"

딩유에진은 할아버지 앞으로 다가와서는 짐을 바닥에 내려놓고는 잠시 생각에 잠겼다가 대답했다.

"량 아우는 참 좋은 사람이었지요. 하지만 후이 형님이 문제예요. 후이 형님은 저와 껀주의 관을 떼어먹은 걸로도 부족해 마을 사람들의 식량과 기름까지 중간에서 가로채고 있다고요. 그러면서 무얼 근거로 저와 껀주가 무덤을 파헤쳐 관을 훔쳐 갔다고 의심하는 건가요?"

딩유에진이 또 말했다.

"우리가 무덤을 파헤쳐 관을 훔쳐 갔다고 칩시다. 그럼 후이 형님은 좋은 사람인가요?"

딩유에진은 햇빛 아래서 고개를 들고 할아버지를 쳐다보

왔다.

"후이 형님이 지금 무슨 짓을 하고 있는지 아세요? 후이 형님은 상부에서 관을 지급하는 일을 관장하고 있을 뿐만 아니라 현 전체에서 열병으로 죽은 사람들을 짝지어주는 일도 관장하고 있어요. 한 쌍을 맺어줄 때마다 음혼비(陰婚費) 명목으로 이백 위안씩 받고 있다고요."

딩유에진이 또 말했다.

"현 전체에 아내를 얻지 못하고 죽은 총각들이 얼마나 되는지 아세요? 남편 구경도 못 하고 죽은 규수들이 얼마나 많은지 아세요? 그렇게 한 쌍을 맺어줄 때마다 이백 위안씩 받으면 평생 동안 얼마나 많은 돈을 벌겠습니까? 량 아우는 죽었지요. 아마 살아 있는 것이 죽는 것만 못했을 거예요."

말을 마친 딩유에진은 다시 짐 보따리를 들고 가버렸다. 할아버지의 눈앞에서 사라졌다. 할아버지는 그의 뒷모습을 바라보았다. 멀리 사라지는 뒷모습을 한참이나 바라보았다. 갑자기 뭔가를 깨달은 듯한 표정이었다. 방금 마을로 돌아간 모든 열병 환자들이 자신을 이상한 눈빛으로 바라봤던 이유를 깨달은 듯한 표정이었다. 교문 앞에 서서 멀어져가는 딩유에진의 뒷모습을 바라보던 할아버지는 갑자기 물통을 내던지고는 몇 걸음 쫓아가며 그에게 소리쳐 물었다.

"유에진아, 방금 말한 것이 사실이냐?"

딩유에진이 고개를 돌려 대답했다.

"못 믿으시겠으면 가서 물어보세요."

딩유에진은 한마디 말을 던지고 가버렸다. 할아버지는 길 한가운데 서 있었다. 약간 높은 곳이었다. 햇볕이 할아버지 머리 위로 내리쬐었다. 흙으로 빚은 사람을 내리쬐고 있는 것 같았다. 나무 말뚝을 내리쬐고 있는 것 같았다. 딩유에진 이 아주 멀리 사라져 안 보일 때까지 할아버지는 그 자리에 서 있었다. 햇볕 아래 썩은 말뚝 하나가 서 있는 것 같았다.

3

줄곧 한번은 신시가지에 가봐야 한다고, 가서 우리 아버지 를 만나봐야 한다고, 우리 엄마와 여동생을 만나봐야 한다고 생각했지만 할아버지는 몹시 게을렀다. 몸을 움직이는 것이 우리 아버지를 만나봐야 한다는 마음보다 더 게을렀다.

마음이 나태해지자 할아버지는 혼자 학교에 남아 있었다. 학교는 이미 비어 있었다. 텅텅 비어 있었다. 교실 안의 책상 과 걸상, 칠판 등은 사람들이 전부 가져가버렸다. 한데 붙여 침대로 사용하던 탁자와 판자도 전부 가져가버렸다. 마당에 있던 크고 작은 나무들도 남김없이 베어졌다. 교실 창문에 붙어 있던 유리창마저도 손이 닿는 대로 전부 떼어 가져갔다.

매일 사람들이 쟈껜주와 딩유에진을 찾아와 서명을 받아 갔고, 관인이 찍힌 종이를 가지고 와서 학교 물건들을 가져 갔다. 이렇게 학교 안의 물건들을 남김없이 가져가버렸다. 할아버지는 학교를 지키고 있었다. 빈 교정을 지키고 있었 다. 자신이 묵고 있는 방을 지키고 있었다. 텅 빈 학교를 지키 다 보니 마음이 한가해져 아버지를 찾아가는 것마저 귀찮게 여겨졌다. 시간이 텅 빈 채로 흘러갔다. 마음이 텅 비어버렸 다. 우리 삼촌이 세상을 떠나던 날, 할아버지의 마음도 몸에 서 떨어져 나간 것 같았다. 할아버지는 아버지가 아직 세상 에서 번지르르하게 살고 있다는 것을 모르지 않았다. 하지만 마음속으로는 아버지에게 빨리 죽으라고 권하고 싶었다.

이렇게 할아버지는 딩씨 마을로 가는 것을 미루고 있었다.

딩씨 마을 사람들을 만나는 것을 미루고 있었다.

이 세상에 딩씨 마을이 없는 것 같았다. 학교 안은 지난해 처럼 고요해졌다. 사람이 아무도 없었다. 선생도 없고, 학생 도 없었다. 열병 환자들도 없었다. 열댓 무 되는 빈 교정에 단 한 사람뿐이었다. 우리 할아버지 혼자서 일찍 자고 싶으면 일찍 자고, 늦게 일어나고 싶으면 늦게 일어났다. 배가 고프 면 밥을 지어 먹고, 목이 마르면 물을 마셨다. 밥을 한 번 하 면 두 끼를 먹을 수 있었다. 밥솥을 씻지 않아도 뭐라고 할 사람이 없었고, 얼굴을 안 닦아도 봐줄 사람이 없었다.

할아버지는 갑자기 세월이 무척 한가해진 것을 느낄 수 있었다. 마치 세상 밖에서 사는 것 같았다. 마을 쪽에서 누군가 소리 내어 울거나 외치는 소리를 들으면 또 누군가 세상을 떠났다는 것을 알 수 있었다. 하지만 누가 세상을 떠났는지는 관심 밖의 일이었다.

장례 행렬이 마을을 떠나 학교에서 그리 멀지 않은 곳을 지나갈 때면 그 자리에 서서 잠시 바라보다가 뭔가 자신이 도와야 할 일이 있으면 가서 돕기도 했다.

할 일이 없을 때는 그 작은 두 뙈기 채소밭을 지켰다. 물을 주고 잠시 서 있다가 잡초를 뽑고 또 바라보곤 했다. 그 작은 채소밭에 벌레도 없어지고 잡초도 사라지면 다시 잡초가 나고 벌레들이 찾아오기를 기다렸다.

평원 위에 있던 풀은 말라비틀어져 재가 되었다. 바로 이런 곳에 두 뙈기 밭이 있었다. 할아버지는 자신의 생명을 지키듯 이 작은 밭을 푸르게 지켰다. 삼촌도 죽고 링링도 죽었다. 할아버지는 딩씨 마을을 떠났다. 가족 전체가 딩씨 마을을 떠났다. 집안이 망하고 사람들이 죽었지만 할아버지에게는 특별한 슬픔이 없었다. 갑자기 오히려 마음이 깨끗해지고 가벼워지기 시작했다. 수십 년 동안 메고 있던 커다란 짐 보따리를 어깨에서 내려놓은 것 같았다.

그렇게 하루하루가 지나갔다. 삼복이 되어 날이 가장 더워졌을 때, 마을에 있던 마지막 나뭇잎 하나마저 말라 떨어졌을 때, 쟈껀주가 마을에서 나와 학교 앞으로 왔다.

할아버지가 벌레를 잡고 있는 두 떼기 밭으로 찾아온 그는 무릎을 꿇고 잠시 머뭇거리더니 낮은 목소리로 입을 열었다.

"아저씨."

어리둥절한 표정으로 고개를 돌린 할아버지는 놀라움을 금치 못했다. 보름 남짓 딩씨 마을에 가지 않았으니 할아버지가 쟈껀주를 보지 못한 것은 고작해야 이십 일 정도였다. 쟈껀주와 딩유에진이 열병 환자들을 데리고 학교를 떠난 것도 이십 일이 채 안 된 일이었다. 그런데 쟈껀주는 이미 쟈껀주라고 불리던 그 사람이 아니었다. 사람의 형상이라고 할 수 없을 정도로 말라 있었고, 얼굴은 검푸른빛이었다. 푹 파인 눈구멍으로 주먹이나 계란 두 개가 들어갈 수 있을 것 같았다. 내 무덤 바로 옆 땅바닥에 꿇어앉았는데, 학교 담장 그림자에 절반쯤 가려져 있었다. 방금 무덤 속에서 걸어 나온 혼령 같았다. 얼굴의 검은빛, 말라비틀어진 검은빛이 산 채로 바람에 날려갈 것만 같았다. 그가 할아버지를 낮은 목소리로 아저씨라고 불렀다. 처음으로 아저씨라고 불렀다. 얼굴에는 누런 채소 잎사귀 같은 미소가 걸려 있었다. 무척 난처한 입장에 처한 것 같았다.

"자네가 무슨 일인가?"

할아버지가 물었다.

"저는 앞으로 며칠 못 살아요."

이렇게 말하는 그의 얼굴에 걸린 미소가 점점 두껍고 무거워졌다. 그 미소를 얼굴에 잘 잡아두지 않으면 나무껍질처럼 떨어져 내릴 것 같았다. 파삭, 하고 땅바닥으로 떨어져 내릴 것 같았다.

"저는 제가 앞으로 며칠밖에 못 산다는 걸 잘 알아요."

그가 웃으면서 말했다.

"곧 죽을 몸이라 바라는 것도 없어요. 문득 아저씨를 뵙고 이야기를 나누고 싶어졌어요."

할아버지는 곧 채소밭에서 걸어 나와 내 무덤 위에 앉았다. 땅속에 쭉 뻗고 있는 내 두 다리 위에 앉아 그와 얼굴을 마주하고 본격적으로 이야기를 시작하려는 듯한 모습이었다. 해가 서서히 질 무렵이라 평원 위에서 하루 종일 극성을 부리던 더위도 물러가기 시작했다. 짜증나는 더위가 이미 평원 깊은 곳으로 기어들어가고 있었다. 시원한 바람이 학교 뒷담 쪽에서 불어오고 있었다. 할아버지와 쟈건주가 앉아 있는 담장 그늘도 점차 시원해지기 시작했다.

멀리서 매미 울음소리가 들려왔다. 작년 가을에 마샹린이 학교 교정에서 연주하던 추자 소리 같았다.

"아저씨, 저 정말 곧 죽어요."

쟈껀주가 얼굴을 할아버지에게 가까이 들이대며 말했다.

"보세요. 제 얼굴에 죽음의 빛이 역력하잖아요."

할아버지가 그의 얼굴을 살펴보니 쇠처럼 퍼렜다.

"괜찮아. 혹서기만 지나면 나아질 거야."

할아버지가 말했다.

"저를 속이실 필요 없어요, 아저씨. 곧 죽을 마당에 아저씨께 한 가지 말씀드릴 일이 있어요. 말을 하지 않으면 죽어서도 눈을 감을 수 없을 것 같아서요."

할아버지가 말했다.

"어서 말해보게."

쟈껀주가 말했다.

"그럼, 말씀드리지요."

할아버지가 말했다.

"말해보라니까."

쟈껀주가 말했다.

"정말 말해도 되는 거지요?"

할아버지가 웃으면서 말했다.

"원, 이 사람이. 어서 말해보라니까."

그가 말했다.

"아저씨, 저는 딩후이가 죽기만을 바라고 있어요. 최근에

도 줄곧 딩후이를 죽게 할 방법만 생각했지요. 꿈을 꿔도 딩
후이가 제 눈앞에서 죽는 꿈을 꾸지요."

말을 마친 그가 할아버지를 쳐다보았다. 할아버지가 지켜
보는 앞에서 뭔가를 집어 가기라도 하려는 듯이 할아버지의
얼굴을 쳐다보고 있었다. 할아버지가 가져가게 허락할지 두
고 보려는 듯이 할아버지를 직시하고 있었다. 아무 말도 하
지 않고 할아버지의 얼굴만 뚫어지게 쳐다보고 있었다.

할아버지는 놀라서 멍한 표정을 짓고 있었다. 놀란 표정으
로 똑같이 쟈껀주의 얼굴만 쳐다보고 있었다. 쟈껀주의 말이
돌덩이처럼 할아버지의 머리를 내리쳤다. 할아버지는 잠시
정신을 잃었다. 마치 그가 할아버지의 얼굴을 만져보겠다고
하고선 따귀를 한 대 세게 올려붙인 것 같았다. 할아버지의
얼굴이 하얘졌다가 다시 잿빛으로 변했다. 아득하게 얼어붙
은 섣달의 안개 같았다. 할아버지는 미동도 하지 않았다. 말
도 없었다. 머릿속이 학교처럼 텅 비어버렸다. 평원처럼 텅
비어버렸다. 이렇게 멍한 표정으로 쟈껀주를 응시하고 있었
다. 그의 얼굴에서 진심인지 거짓인지를 알아내려는 것 같았
다. 그가 입에서 튀어나오는 대로 제멋대로 지껄인 게 아닌
지 확인하려는 것 같았다. 그렇게 서로를 쳐다보고 있었다.
쟈껀주는 곧 죽는다고 이야기하면서 눈빛은 이십 일 전 학교
를 떠날 때보다 훨씬 부드러워져 있었다. 훨씬 온순해져 있

었다. 할아버지에게 뭔가 빌리러 온 사람 같았다. 뭔가를 잃어버리고 나서 찾으러 온 사람 같았다.

해는 이미 서쪽으로 기울면서 뜨거운 빛이 학교 담장에서 번쩍거리더니 한 덩어리가 되어 있는 두 사람을 칼로 자르듯이 내리쏘며, 두 사람의 얼굴을 붉게 물들였다.

할아버지가 그에게 물었다.

"량의 무덤을 자네가 파헤쳤나?"

쟈건주가 대답했다.

"제가 어떻게 그런 짓을 할 수 있겠습니까?"

할아버지가 다시 말했다.

"무덤을 파헤쳐 관을 꺼내 가고 관 속에 있던 물건들도 가져갔으니 일은 끝난 셈이지."

쟈건주가 잠시 생각해보고 나서 다시 입을 열었다.

"제 생각에도 그냥 포기하시는 게 좋을 것 같아요. 한데 최근 보름 동안 딩씨 마을에서 열병으로 죽은 열댓 명의 규수들이 다른 마을에서 죽은 총각들에게 시집을 갔다고 하네요. 무덤을 파내 뼈를 가져가는 것이지요. 우리 딩씨 마을 처녀들의 시신을 가져갔단 말입니다. 제 사촌동생인 홍리(紅禮)는 자오씨우친의 조카딸인 추이즈(翠子)와 음친(陰親)*을 맺었는

---

* 영혼 결혼.

데, 어제 다른 사람들이 추이즈를 다시 류씨 마을의 마(馬)씨 성을 가진 총각과 맺어줬대요. 그런데 이런 음혼의 다리를 딩후이가 놔주었다고 하더군요. 쌍방으로부터 백 위안씩 음혼비를 받았대요. 그리고 마씨 집안에서는 추이즈네 집에 삼천 위안의 채례비(采禮費)*를 보냈다고 하더군요."

쟈젠주는 여기까지 말하고 나서 다시 눈길을 할아버지에게로 옮겼다. 그러고는 목소리에 힘을 주어 계속 말했다.

"저만 딩후이가 죽기를 바라는 것이 아니라 적지 않은 마을 사람들이 딩후이가 이 세상에 살아 있는 것을 탐탁지 않게 여기고 있어요. 아저씨께서 딩후이에게 가서 전해주세요. 제발 딩씨 마을로 돌아오지 말라고요. 그가 돌아온다면 저도 더 참지 못하고 그를 뒤에서 몽둥이로 후려칠지도 모르니까요."

쟈젠주가 또 말했다.

"아저씨, 아저씨는 아주 성실하신 분입니다. 그렇지 않다면 제가 이런 말씀을 드리지 못할 거예요. 딩후이가 마을로 돌아오면 마을 사람들이 그를 죽이게 될 겁니다. 그거 아세요? 처음 매혈이 시작되었을 때 저는 겨우 열여섯 살이었습니다. 고등학교에 다니고 있었지요. 학교 가는 길에 딩후이와 마주치게 되었는데 제게 피를 팔라고 하더군요. 제가 아

---

* 혼인할 때 신랑 집에서 신부 집으로 보내는 예물.

프냐고 묻자 개미가 무는 것 같다고 하더라고요. 제가 피를 팔면 무슨 문제가 생기지 않겠냐고 묻자 딩후이는 사내대장부가 피 한 병도 감히 팔지 못한다면 커서 장가는 어떻게 가겠냐고 되묻더군요. 그래서 저도 피를 팔게 되었던 겁니다."

쟈젠주가 또 말했다.

"아저씨, 제가 딩후이는 당장 죽는 게 낫다고 말한 것이 딩후이에게 억울한 일일까요? 가서 딩후이에게 한마디만 해주세요. 제발 딩씨 마을로 돌아오지 말라고요. 돌아오기만 하면 저와 딩씨 마을 사람들이 그를 때려 죽일 거라고요."

여기까지 말하고 나서 쟈젠주는 자리에서 일어섰다. 말을 다 했으니 가야겠다는 표정이었다. 그가 마을에서 비틀비틀 여기까지 온 것은 바로 이 말을 하기 위해서였다. 절대로 다른 악의가 있었던 것은 아니다. 할아버지가 그의 이야기를 다 듣고 났을 때는 이미 해가 지고 있었다. 천지가 온통 핏빛이었다. 평원의 땅이 전부 피의 호수로 변해버린 것 같았다. 말을 마친 쟈젠주가 가려고 자리에서 일어섰다. 몸을 일으켜 걸음을 옮기려다 말고 다시 한번 '아저씨'라고 부르더니 잠시 머뭇거리다가 입을 열었다.

"아저씨께 말씀드릴 일이 한 가지 더 있어요. 제가 며칠밖에 못 산다는 걸 잘 알고 있습니다. 말하자면 아저씨께 마지막으로 부탁드리는 셈이지요. 저랑 아저씨 조카인 유에진은 둘 다 마을의 간부예요. 하지만 그도 저처럼 몸이 다한 상태이지요. 아마 우리 둘 다 한 달을 넘기기 어려울 거예요. 며칠 전에 우리 둘이 한 가지 문제를 놓고 심각하게 상의를 했습니다. 둘 다 죽으면 마을의 관인을 누구의 무덤에 넣을 것인가 하는 문제였지요. 둘 다 관인을 자기 무덤에 넣어야 한다고 주장했습니다. 서로 다투다가 결국 제비뽑기를 한 결과 유에진이 이겨 관인을 그의 관에 넣어 함께 매장하기로 했지요. 이 일 때문에 저는 이틀 동안 잠을 잘 수 없었습니다. 그에게 관인을 제게 양보해달라고, 관인을 저의 부장품으로 삼게 해달라고 부탁하고 싶어서요."

그가 계속 말을 이었다.

"아저씨, 예전에 제가 딩씨 집안에 면목 없는 일을 한 적이 있었지요. 하지만 이제 저는 곧 세상을 떠납니다. 아저씨께서 유에진을 찾아가 이 문제를 좀 상의해주셨으면 합니다. 유에진이 관인을 제게 양보해서 저의 부장품이 되게 해주셨으면 합니다. 저는 유에진이 아저씨를 줄곧 존경해왔다는 사실을 잘 알고 있어요. 어차피 아저씨나 유에진이나 둘 다 딩씨 집안 사람이니까요. 유에진에게 잘 말해서 관인을 제게 양보하겠다는 약속을 받아주세요."

학교 입구 모퉁이와 할아버지의 채소밭 사이 한가운데쯤 되는 위치에 서서 쟈껀주는 뭔가를 갈망하는 듯한 눈빛으로 할아버지를 바라보면서 이야기하고 있었다. 지는 해가 줄곧 그를 비추고 있었다. 호수 가득한 피가 그를 적시고 있는 것 같았다.

할아버지도 몸을 일으키자 상반신이 햇빛에 걸렸다. 하반신은 당장 그림자에 묻혔다. 눈을 가늘게 떴다.

"그 관인을 부장품으로 삼지 않으면 안 되나?"

"꼭 그래야 하는 건 아닙니다. 단지 마음속으로 그러고 싶은 것뿐이지요."

"그럼 관인을 하나 더 새기면 되지 않겠나?"

"관인을 하나 더 새기면 그건 가짜가 되지요. 가짜를 유에진의 부장품으로 하고, 저는 진짜 관인을 갖겠습니다. 아저씨께서 유에진에게 관인을 양보하라고 해주신다면 저도 더이상 딩후이를 죽이는 일을 마음에 담아두지 않겠다고 약속 드릴게요."

이야기를 마친 쟈껀주는 다시 한번 할아버지를 쳐다보고는 뭐라고 혼자 중얼거리더니 이내 몸을 돌려 약간 비틀거리는 걸음으로 천천히 앞을 향해 걸어갔다. 바람이 별로 세지 않았는데도 그의 걸음걸이는 바람에 넘어질 것을 두려워하는 것 같았다.

그는 마치 바람 부는 대로 떠다니는 한 가닥 메마른 풀잎 같았다. 그가 비틀비틀 걸어가는 모습을 바라보면서 할아버지는 우선 관인에 관한 일은 생각하지 않기로 했다. 쟈껀주가 살아 있고 아직 걸을 수 있는 동안, 서둘러 상부에 가서 우리 아버지를 만나야 했기 때문이다. 우리 아버지를 만나서 딩씨 마을로 돌아오지 못하게 해야 했기 때문이다.

영원히 딩씨 마을로 돌아오지 말아야 했다. 할아버지는 이 날 밤 조금 일찍 자고 내일 아침이 밝자마자 상부로 우리 아버지를 찾아가야겠다고 마음먹었다.

2장

1

그렇게 우리 아버지를 만났다.

할아버지가 먼 길을 걸어 천신만고 끝에 우리 아버지를 찾아갔을 때, 아버지는 자신이 십여 년 전에 딩씨 마을 사람들을 데리고 함께 견학했던 그 샹양 마을에 가서 열병이 발생한 이래로 얼마나 많은 사람들이 죽었는지, 그 가운데 결혼하여 가정을 이루지 못한 사람이 얼마나 되는지 통계를 내고 있었다. 남자는 얼마나 되고, 여자는 또 얼마나 되는지, 동남(童男)과 동녀(童女)가 각각 얼마인지를 계산하고 있었다. 한 집 한 집 죽은 사람들의 친척들에게 와서 보고하게 했다. 아울러 가정을 이루지 못하고 죽은 사람들의 사진을 전부 제출하게 했다. 사진이 없는 사람들에 대해서는 대략적인 생김새를 말하게 했다. 이런 내용들을 전문적으로 기록하는 사람도 있었다. 나이와 키, 뚱뚱한지 말랐는지, 각진 얼굴인지 둥근 얼굴인지, 피부가 검은지 흰지 등을 일일이 기록하고 있었다. 도회지에서 온 젊은 학생들 몇 명이 마을 한가운데 탁자를 한 줄로 늘어놓고 각 탁자마다 한 명씩 앉아 부문별로 통계를 내거나 그림을 그리고 있었다. 우리 아버지는 그 탁자들 앞에 섰다가 앉기를 반복하면서 이리저리 분주히 돌아다니며 자신을 따라온 학생들에게 끊임없이 뭔가를 지시했다.

할아버지는 시골 사람들이 매일 밭에 나가듯이 우리 아버지가 매일 시골을 찾아간다는 사실을 알고 있었다. 그래서 매일 이 마을 저 마을 찾아다니다가 아주 오래전 딩씨 마을 사람들 전체가 견학을 간 적이 있었던 샹양 마을에서 우리 아버지를 찾아낸 것이었다. 할아버지는 마을 입구에 서서 당시에도 상당히 번화했던 샹양 마을의 모습을 대충 훑어보았다. 당시의 양옥 건물들은 아직도 그대로였지만 그때 벽면에 박아놓았던 타일은 여기저기 깨지고 떨어져 나갔고, 남아 있는 흰색 타일들도 누렇게 색이 바래 있었다. 어떤 것들은 이미 바람에 날리고 비에 젖어 반은 가루가 되었고, 반은 모래가 되어 있었다. 당시 다양한 모습을 자랑했던 지붕과 문루들은 이제 기와와 벽돌 틈새에 풀이 자라나 있었다. 가뭄이 지독해 그 풀마저 하얗게 말라 있었다. 마치 황허 고도의 건초 같았다.

할아버지는 그 길을 따라 걸어오면서 광명가와 행복가, 강장도(康

莊道)의 시멘트 길도 이미 모두 돌과 가루로 조각조각 부서져 있는 것을 보았다. 거리 양쪽에 두 줄로 늘어선 문루의 철문은 딩씨 마을과 마찬가지로 문에 달려 있던 자물쇠가 떨어져 있거나 문틀에 흰 문련이 붙어 있었다. 낡은 것도 있고, 새것도 있었다. 어떤 문련에는 '늙은이가 젊은이를 먼저 떠나보내고, 어린 나무는 말라 죽는데 오래된 나무는 푸르네'라는 문구가 쓰여 있었고, 또 어떤 문련에는 '남들은 이 세상을 떠나 새 세상으로 가는데, 우리는 이 낡은 세상에 살고 있네'라고 쓰여 있었다. 또한 어떤 문련에는 보는 사람들로 하여금 가슴을 터놓고 웃게 만드는 문구가 쓰여 있었다. '죽으면 천당에 가서 푸짐한 잔칫상이 되지만, 살아선 지옥에서 초라하고 거친 밥상이 되네.' 어떤 문련에는 아예 글이 쓰여 있지도 않았다. 왼쪽 대련에는 밥그릇만 한 일곱 개의 동그라미가 찍혀 있었다. 그리고 문틀 위에는 밥그릇보다 조금 큰 동그라미 네 개가 찍혀 있었다. 동그라미로 된 문련은 새로운 대련인 셈이었다. 흰 종이에 찍힌 검은 동그라미는 마치 문틀에 놓아둔 두 쌍의 눈이 이 평원과 세상을 지켜보고 있는 것 같았다. 할아버지는 그 문 앞에 잠시 서 있다가 다시 마을길을 따라 걷기 시작했다. 마을 사람들이 장기를 두거나 마장을 하거나 텔레비전을 보던 구락부가 눈에 들어왔다. 대문은 활짝 열려져 있었다. 한쪽 문은 누군가 떼어 가져가버렸고, 다른 한쪽 문에는 밥그릇만 한 구멍 두 개가 나 있었다. 마당 안에 있는 집들마다 누군가 문틀을 떼어 갔거나 유리창을 깨뜨려놓았다. 예전에 누군가 이곳에서 한바탕 싸움을 벌이기라도 한 것처럼 온통 폐허와 찌꺼기만 남아 있었다. 마당 안에는 황량한 풀이 가득 자라 있었다. 지세가 낮아 물기가 넉넉해서 그런지 풀들은 짙은 녹색을 띠고 있었고, 수많은 개미와 메뚜기, 개구리가 뛰어놀았고, 나방과 온갖 곤충들이 끊임없이 날아다녔다. 그 풍경은 마치 버려진 사당 안의 묘지 같았다.

앞으로 계속 걸어가자 예전에 어느 집에서 열었던 전기 방앗간이 나타났다. 지금은 역시 폐기되어 있었다. 전선은 끊어진 채 허공에 걸려 있고, 원래 녹색으로 칠을 했던 분쇄기와 제분기, 압연기에는 하나같이 아주 두껍게 녹이 슬어 있었다. 제분기 위로는 쥐들이 뛰어다니고 있었다.

원래 어느 집 것이었는지 모르지만 마구간과 외양간도 눈에 띄었다. 하지만 지금은 말과 소를 먹이지 않았다. 먹이통 안에 있던 풀들은 어디론가 다 날아가버리고, 빗물에 젖었다가 마른 듯한 낡은 돗자리 한 장이 외양간 선반 위에 매달려 있었다. 말이나 소를 먹였던 큰 나무 구유는 한가운데서부터 갈라져 손가락 굵기만 한 틈새가 나 있었다. 바로 그 외양간 앞에 한 노인이 손자와 함께 놀고 있었다. 귀뚜라미를 잡아 손자를 놀리면서 놀고 있었다. 노인을 보고 할아버지가 다가가 물었다.

"집안은 모두 안녕하신가요?"

"아이 아버지가 죽었어요."

노인은 앞에 있는 손자를 가리키며 말했다.

"얘 어미가 재혼한 것만 빼고는 다 괜찮은 편이지요."

할아버지는 잠시 넋이 나간 표정으로 서 있다가 길게 한숨을 내쉬
며 다시 물었다.

"혹시 상부에서 성이 딩씨인 간부 하나가 마을을 찾아왔었나요?"

노인이 물었다.

"그 딩후이라고 하는 주임 말인가요?"

할아버지가 그렇다고 하자 노인은 몇 번이나 "좋은 사람이지요!
좋은 사람이고말고요!"라고 말했다. 그러면서 우리 아버지가 웨이현
사람이면서도 웨이현의 관을 가장 싼 가격으로 차이현의 샹양 마을
에 팔아 몇몇 죽은 사람들의 어려움을 해결해주었다고 했다. 그리고
지금은 아내를 얻지 못하고 죽은 젊은이들에게 음혼을 맺어주고, 시
집도 가보지 못하고 죽은 처녀나 과부들에게는 시댁을 만들어줌으
로써 산 사람들의 어려움을 해결해주고 있다고 했다. 그 마을에 살던
정신병자 하나는 그렇게 많은 피를 팔았는데도 생전에는 아내를 구
하지 못하다가, 죽은 뒤에 우리 아버지가 나이가 열여덟밖에 안 된
처녀와 음혼을 맺어주었다고 했다. 그 처녀는 원래 열병으로 죽은 것
이 아니라 도시에 나갔다가 차 사고로 죽었는데, 정신병자의 모친은
단돈 오천 위안을 내고 도시의 꽃다운 처녀를 며느리로 맞을 수 있었
던 것이다. 또 마을의 어떤 여학생은 베이징에서 가장 큰 대학에 합
격하고 얼마 지나지 않아 열병에 걸린 것이 발견되어 집으로 돌아와
서 보름도 넘기지 못하고 죽었다고 했다. 집에서는 돈은 한 푼도 받

지 않아도 좋으니 교양이 있고 얼굴도 예쁜 여학생에게 잘 어울리는 총각과 음혼을 맺어 음간에서도 서향세가(書香世家)를 이루어 잘 살기만을 원했다. 하지만 반경 백 리 안에는 죽은 대학생이 없어서 가족들은 매일 눈물을 흘리며 안타까워했고, 죽은 처녀에게 미안해했다. 결국 딩 주임이 찾아와 주머니에서 결혼하지 않고 열병으로 죽은 젊은이의 사진을 한 장 꺼냈다. 이 젊은이는 남방의 어느 대학에서 공부하고 있었다. 단 몇 분 만에 두 집 사이의 음혼이 성사되었고, 남녀 두 집안은 이 좋은 음혼을 위해 백 명이 넘는 사람들을 초대해 잔치를 벌였다.

"정말 싼 가격이지요!"

마지막으로 노인은 탄성을 내질렀다.

"음혼을 맺어주면서 정부에서는 음혼비 이백 위안밖에 받지 않았어요. 그러면서도 살아 있는 사람들의 가장 큰 걱정거리를 덜어준 셈이지요."

할아버지는 이 노인을 잠시 바라보다가 그 딩씨라는 사람이 지금 어디에 있느냐고 물었다.

노인이 저 앞 사거리에 사무실이 있다고 대답했다.

할아버지는 샹양 마을의 강장대도라고 불리는 그 길을 따라 계속 앞으로 걸어갔다. 옛날에 넓고 평평하기만 했던 시멘트 길이 지금은 여기저기 마구 갈라져 틈이 벌어져 있고, 구덩이가 파여 있는 곳도 있었다. 그 틈과 구덩이 속의 흙에서도 풀이 자라나 말라 있었다.

갈라지지도 않고 구덩이가 파이지도 않은 부분에는 회토가 한 치 정도 두껍게 덮여 있어 사람들이 지나갈 때마다 진한 연기 같은 흙먼지를 일으켰다. 이 거리에 있던 음식점과 의류점, 작은 구멍가게는 이미 문을 닫은 지 오래였고, 주인들의 행방도 알 길이 없었다. 마을의 거리는 텅텅 비어 있어 사람 그림자 하나 찾아보기 어려웠다. 어쩌다 마주치는 삼사십대의 장년들은 하나같이 병세가 심해 고름과 물집으로 가득한 몸을 힘겹게 끌고 다녔다. 얼굴빛은 쟈껀주와 똑같이 검푸른빛이었다.

할아버지는 과거에 그렇게 번성했던 이 샹양 마을도 딩씨 마을과 마찬가지로 매혈 때문에 망했다는 것을 잘 알고 있었다.

사람들은 곧 다 사라질 것이고, 마을은 곧 죽은 마을이 될 것이었다. 살아 있는 사람들은 대부분 노인이나 어린아이들뿐이었다.

할아버지는 고적한 길을 따라 계속 앞으로 걸어갔다. 마을 한가운데 예전에 채혈소가 있던 곳, 훙씽(紅星) 광장이라 불리던 두 무 남짓 되는 그 사거리, 둥그런 화단이 있던 그곳에 화초는 다 없어지고 한 자 두께로 높이 솟아오른 화단은 하도 밟아 황토 황무지처럼 단단하게 굳어져 있었다. 그 화단 위에서 할아버지는 사람들을 이끌고서 열병으로 죽은 젊은이들에게 음친을 맺어주고 있는 아버지를 목격했다. 수십 명의 샹양 마을 사람들이 아버지 일행을 에워싸고 이것저것 물어보고 있었다. 자신의 아들 또는 형이 등록되었는지, 그들에게 음친이 배정되었는지를 묻는 사람들이 수두룩했다. 죽은 자기 딸 혹은 여동생의 음친 시댁이 정해졌는지를 묻는 사람들도 적지 않았다. 쉰이 넘어 보이는 중년 사내 하나가 아버지에게 사진을 한 장 건네자 아버지는 사진을 받아 들고 이리저리 자세히 살펴보았다. 사진을 본 아버지는 다시 고개를 들어 쉰이 넘어 보이는 이 중년의 사내를 쳐다보았다. 다 해지고 땀에 전 저고리를 입고, 머리에는 누렇게 바란 데다 곰팡이가 피어 있는 밀짚모자를 쓰고 있는 중년의 사내를 보며 아버지는 아이가 참 귀엽게 생겼다고 말했다.

아이의 아버지라고 하는 중년 사내는 얼굴 가득 흥분을 감추지 못하면서 싱글벙글 웃고 있었다.

"아이의 나이가 어떻게 됩니까?"

"죽었을 때 나이가 열여섯이었어요."

"죽은 지 몇 년이나 됐나요?"

"삼 년 반이요."

"공부는 어디까지 했나요?"

"중학교까지 다녔어요."

"여자친구는 있었나요?"

"있긴 했는데 열병에 걸리지 않아 다른 집에 시집갔지요."

"음친에 특별한 요구 사항은 없나요?"

"조건은 없어요. 그저 나이만 맞으면 되지요."

아버지는 그 사진을 옆에 있는 이목구비가 수려한 젊은이에게 건네며 보통이라고 말했다. 이목구비가 수려한 이 젊은이는 즉시 자신의 가방에서 스무 장이 넘는 처녀들의 사진을 꺼내 그 가운데 생김새가 괜찮은 것으로 하나 골랐다. 그런 다음 사진 뒤에 적힌 이름과 나이, 요구 사항 등을 확인하고 나서 중년 사내에게 보라고 권했다.

"나이는 스무 살, 초등학교까지 다녔고 다른 조건 없이 사천 위안의 채례금만 주면 됩니다."

중년 사내는 넋이 나간 듯 되뇌었다.

"사천 위안이라고요?"

젊은이가 말했다.

"이게 제일 낮은 가격이에요."

중년 사내가 쓴웃음을 지으며 말했다.

"다시 좀 찾아봐주게. 이천 위안 정도 요구하는 집은 없는지 말일세. 전 재산을 다 털어도 이천 위안밖에 없다네."

젊은이는 난처한 기색을 보이며 두툼하게 쌓인 처녀들의 사진 중에서 아기를 안고 있는 과부의 사진을 한 장 찾아내 중년 사내의 얼굴 앞에 들이대면서 말했다.

"이 여자는 이천 위안에 할 수 있습니다."

사진을 받아 든 중년 사내가 사진을 살펴보고는 여전히 쓴웃음을 지으며 말했다.

"우리 아이는 숫총각이었다네."

젊은이는 또 다른 사진을 찾기 시작하더니 이번에는 몸매가 좀 뚱뚱하긴 하지만 큰 눈을 가진 처녀의 사진을 꺼내놓으며 삼천 위안을 불렀다. 사진을 확인한 중년의 사내는 사진 속 여자의 생김새도 괜찮고, 가격도 적당하다고 생각했다. 어디서 천 위안만 빌리면 된다고 판단한 사내는 곧장 여자의 나이와 이름 그리고 살던 마을을 물었다. 아울러 여자 쪽 가정 형편과 요구 조건에 대해 물어보고는 마침내 고개를 끄덕였다. 그런 다음 젊은이에게 이백 위안의 음혼비를 건네며 언제 이 여인을 맞이할 수 있는지 물었다.

젊은이는 사흘 내로 답을 주겠다고 말했다.

중년 사내가 또 말했다.

"여자 쪽에 우리 아이가 고등학교를 졸업했다고 말해주면 안 되겠나?"

젊은이는 안 된다고 말했다. 고등학교를 졸업했다고 말하려면 졸업 증명서가 있어야 한다는 것이었다.

중년 사내가 말했다.

"하지만 우리 아이는 그 여자보다 훨씬 잘생기지 않았나!"

젊은이는 대신 여자의 집이 부유하다고 말했다. 벽돌과 기와를 제조하는 가마를 소유하고 있어 다 쓰지 못할 정도로 돈이 많다는 것이었다.

중년 사내가 다시 물었다.

"돈이 그렇게 많으면서 삼천 위안이나 되는 채례비를 요구한단 말인가?"

젊은이는 화를 내면서 아무리 돈이 많아도 잘 키운 딸을 남의 집

550

에 그냥 보낼 수는 없는 것이라고 말했다.

중년 사내가 잠시 생각해보고 나서 말을 받았다.

"우리 아이는 마음이 착해서 평생 그 집 딸에게 잘할 걸세."

젊은이는 웃으면서 그를 안심시켰다.

"걱정 마세요. 저희도 되도록 두 집의 혼사가 잘 이루어지도록 노력할 겁니다. 그리고 그 댁에서 돈을 적게 요구하도록 부탁드려볼게요."

중년 사내는 즉시 만면에 웃음을 띠면서 한쪽으로 비켜섰다. 아버지는 처녀의 사진을 지니고 있는 한 아주머니를 젊은이에게 소개하면서 나이가 스물다섯 정도 되는 남자의 사진을 찾아오라고 했다. 이때 할아버지가 나타나 아버지가 음혼을 중개하고 있는 모습을 분명하게 보고 들었다. 할아버지는 곧장 아버지에게 다가가 헛기침을 한 번 하고는 높지도 낮지도 않은 목소리로 "후이야" 하고 불렀다.

깜짝 놀라 몸을 돌린 아버지는 할아버지를 보더니 "아버지" 하고 부르면서 어떻게 이곳에 오게 되었는지 물었다.

할아버지는 아버지를 한쪽으로 데리고 갔다. 그 오래된 화단, 예전에 채혈소가 있던 자리로 데리고 갔다. 고개를 들면 십 몇 년 전에 새빨간 색으로 눈길을 빼앗던 붉은 십자가가 아직 선명하게 남아 있는 채혈소의 문루가 눈에 들어왔다. 칠이 잘 되어 있어 십자가의 빨간색이 아직도 선명하게 남아 있었다. 아직도 당시의 칠 냄새가 남아 있는 것 같았다. 바닥에 뚝뚝 떨어지던 피비린내도 아직 남아 있는 것 같았다.

바로 그 빨간색 십자가 아래에서 할아버지는 쟈껀주가 자신을 찾아와서 했던 말을 전했다. 제발 딩씨 마을로 돌아오지 말라는 말을 전했다.

할아버지는 아버지에게 앞으로 다시는 딩씨 마을로 돌아오지 말라고 말했다.

우리 아버지는 히죽히죽 입가에 웃음을 띠었다. 마치 입가에 꽃잎이 두 개인 꽃이 봉오리를 터뜨린 것 같았다.

우리 아버지가 말했다.

"쟈껀주가 뭔데 그런 말을 해요? 제가 지금 신시가지에서 발만 한 번 굴러도 쟈껀주네 집 서까래가 떨어질 거라고요."

할아버지가 말했다.

"그 사람은 살날이 얼마 남지 않았어. 거리낄 것이 없는 사람이지. 아무것도 두려울 게 없는 사람이란 말이다."

아버지의 얼굴에는 아직 웃음이 걸려 있었다.

"돌아가셔서 그의 사촌동생 홍리에게 음혼을 시킬 건지 말 건지 물어보세요. 그가 죽은 다음에 그의 부모들이 평원에서 잘 살기를 바라는지 물어보시라고요. 만일 그러기를 바란다면 마음속에서 우리 딩씨 집안의 일은 지우라고 하세요. 저 딩후이가 무슨 일을 하든지 신경 쓰지 말라고 하시라고요."

여기까지 말했을 때 저쪽에서 누군가가 우리 아버지를 불렀다. 아버지는 할아버지를 그대로 내버려두고 재빨리 사람들이 모여 있는 옛 화단 쪽으로 뛰어갔다. 할아버지는 그 폐기된 채혈소에 혼자 덩그러니 남아 있었다.

2

황혼 무렵이 되었는데도 할아버지는 딩씨 마을로 돌아오지 않았다.

할아버지는 아버지와 함께 차를 타고 신시가지로 갔다. 엄마와 여동생이 마중 나와 할아버지를 모시고 밥을 먹으러 갔다. 함께 식사를 했다. 벽에 온통 크고 작은 전구가 걸려 있는 사층짜리 음식점에서 온 가족이 식사를 했다. 아버지는 할아버지에게 닭과 오리 그리고 할아버지가 한 번도 먹어본 적이 없는 해산물을 먹게 해주었다. 한 사람에 한 그릇씩 탕도 먹었다. 탕 안에는 투명하면서 가는 국수가 들어 있었고, 고구마 전분과 채를 썬 생강, 고수풀 같은 것도 들어 있었다. 탕에서는 이상한 생선 비린내가 났다. 사람의 피를 뽑아 잠시 식혔을 때 나는 냄새 같았다. 탕을 다 먹자 꽃처럼 옥처럼 생긴 예쁜 아가씨가 그릇을 내갔다. 아버지가 할아버지를 쳐다보며 물었다.

"맛있죠?"

"신선하군."

할아버지가 대답했다.

"방금 먹은 탕이 한 그릇에 얼마인지 아세요?"

할아버지는 아버지의 얼굴만 쳐다보고 있었다.

"한 그릇에 이백이십 위안이에요. 관 하나 값이지요."

아버지의 말을 듣고 할아버지는 너무 놀라 입이 쩍 벌어졌다. 얼굴도 창백하게 변했다. 뭔가 말을 하려는 것 같았지만 끝내 아무 말도 하지 못했다. 음식점에서 나온 아버지와 가족들은 할아버지를 모시고 할아버지가 야경을 구경할 수 있도록 신시가지의 거리를 함께 걸었다. 할아버지가 방금 먹은 밥값이 다 합쳐서 얼마냐고 몇 번이나 물었지만 아버지는 더 이상 돈에 관한 이야기는 하지 않았다. 단지 신경 쓰지 말라고, 신경 쓸 일이 아니라고만 말했다.

할아버지는 그 호화로운 외식이 집에서 국수와 무찜 그리고 가는 쌀국수를 먹는 것만 못하다고 말하고 싶었지만 끝내 입 밖에 내지는 못했다. 가족들은 음식점 골목을 나와 신시가지의 대로로 들어섰다.

큰길의 풍경에 할아버지는 또 한 번 놀라고 말았다. 할아버지는 일 년밖에 안 되는 시간 동안 신시가지가 둥징처럼 변해 있을 줄은 상상도 하지 못했다. 고층 건물들이 숲처럼 솟아 있었고, 생선 비늘처럼 빽빽하게 들어차 있었다. 모든 건물이 하나같이 허공에 걸려 있었다. 그 높은 건물들에 짓눌린 지상의 도로는 차가 한 번에 일고여덟 대는 족히 지나갈 수 있을 정도로 넓었다. 길 양쪽에 세워져 있는 가로등은 흰 포도처럼 갖가지 형태와 색깔의 기둥에 줄줄이 매달려 있었다. 밤의 거리가 대낮처럼 밝았고, 붉은 등과 푸른 등이 기둥과 나무에 매달려 화려하게 번쩍이면서 이리저리 흔들리는 빛을 뿌리고 있었다. 신시가지에는 가뭄도 없었고, 장마도 없었다. 시골에서는 가뭄 때문에 모든 것이 말라버렸는데 신시가지의 나무와 풀, 꽃은 여전히 아름다웠다. 길 양쪽의 가로수들도 왕성하게 푸른빛을 드러내고 있었다. 마치 가짜 나무인 것 같았다. 거리를 오가는 사람들은 몇 년 전까지만 해도 아직 촌티를 벗지 못하고 있었다. 시골 사람과 비교하면 확연하게 도시 사람 티가 났지만 둥징 사람과 비교하면 그들 역시 촌사람들이었다. 하지만 지난 일 년 동안 그들은 놀라울 정도로 변해 있었다. 그들의 몸에서는 이제 시골의 모습을 찾아볼 수 없었다. 아주 더운 날이면 젊은이들은 모두 금빛 낭랑한 긴 머리에 발에는 겨울에나 신는 하얗고 두꺼운 운동화를 신었다. 아가씨들은 과거에 비해 머리가 모두 짧아졌다. 어떤 아가씨는 놀랍게도 남자처럼 머리를 박박 밀어버려 뒤에서 보면 영락없는 남자였다. 그래도 여자는 여자라서 몸의 절반만 가리고 배꼽이 드러나는 아주 짧은 셔츠를 입고, 짧은 양말을 신고서 거리를 활보하기도 했다. 남자들이 볼 수 있도록 배를 드러낸 채 배꼽 주위에 형광물질이 들어간 남색과 녹색, 자주색 물감으로 나비나 잠자리 또는 이름 모를 새를 그려 넣기도 했다. 또한 배꼽에는 구리로 된 귀고리가 걸려 있거나 금장식이 달려 있었다. 반짝거리는 백금장식을 박아 넣기도 했다.

할아버지는 지난 일 년 동안 웨이현 현성에 와보지 않았을 뿐인데 마치 몇십 년 동안 와본 적이 없는 것처럼 느껴졌다. 이번에 우리 아

555

버지를 따라 거리 여기저기를 구경하면서 할아버지는 다른 세상에 들어온 듯한 느낌이 들었다. 거리에 가득한 점포들과 상점에서 쏟아져 나오는 사람들의 말소리와 음악 소리를 들으며 할아버지는 현기증을 느꼈고, 아버지에게 집으로 돌아가자고 졸랐다. 그렇게 집으로 돌아가게 되었다. 아버지는 할아버지를 데리고 고층 건물들이 가득 들어선 골목을 지나 그림처럼 화려한 등불들 아래를 걸어 희미한 불빛에 이르렀다. 이어서 십층이 넘는 건물들이 줄지어 늘어선 긴 골목 안의 아주 좁은 길로 들어섰다. 땅바닥 위의 청석판을 지나자 작은 숲이 나타났다. 그 끝이 보이지 않는 숲에는 두 팔로 안을 수 없을 정도로 크고 오래된 잣나무들이 가득했고, 몇 사람이 팔을 이어도 안을 수 없는 은행나무도 몇 그루 있었다. 나무들마다 모두 철사를 엮어 만든 울타리가 주위를 담처럼 둘러싸고 있었다. 그 잣나무와 은행나무 숲속에 갑자기 한 줄로 늘어서 있는 사합원(四合院)* 건물이 나타났다. 하나같이 푸른 벽돌과 기와로 지은 것들로 백 년도 더 된 옛 저택들이었다. 모양이 완전히 똑같은 열 몇 채의 사합원들은 지붕 위에 돌사자와 용마루 같은 것들을 갖추고 있었다. 바로 이 사합원의 서쪽에 있는 한 정원 앞에 서 있던 엄마가 문을 열자 아버지가 할아버지를 집 안으로 안내했다. 도저히 믿어지지 않는 아주 놀라운 연극을 할아버지에게 구경시켜주려는 것 같았다.

* 베이징의 전통 주택 양식으로, 가운데 마당을 중심으로 사방이 모두 집채로 둘러싸여 있다.

할아버지가 물었다.

"여기서 사는 게냐?"

아버지는 빙긋이 웃으면서 상부의 지도자들은 전부 이곳에 산다고 말해주었다.

고개를 돌려 아버지의 얼굴을 자세히 살피던 할아버지는 여동생이 줄을 당겨 켠 대문 입구의 밝은 전등 불빛 아래서 아버지의 얼굴에 떠오른 반짝반짝 빛나는 미소를 보았다. 몇 년 전에 결혼을 준비할 때의 미소 같았다. 막 채혈소를 열어서 처음으로 돈을 벌었을 때와 똑같은 미소였다. 한 가족이 오래된 벽돌과 주석으로 상감한 기와 건물의 대문으로 들어서자 지난 몇 달 동안 딩씨 마을과 평원에서 맡아볼 수 없었던 촉촉하고 보드라운 냄새가 풍겨져 나왔다. 몇 달 동안 느껴보지 못한 습기와 수목의 청량한 향기가 풍겨져 나왔다. 한 무도 채 안 되는 정원 한가운데는 두 사람이 양팔을 벌려도 다 안을 수 없을 정도로 큰 은행나무 한 그루가 서 있었다. 달빛이 비치자 은행나무 잎사귀 주위로 푸른빛이 감돌면서 맑고 신선한 공기가 정원을 온통 뒤덮고 있는 나뭇잎 아래로 어지럽게 흩어져 내려오고 있었다. 나무 양옆으로는 고색창연한 기와 건물을 제외한 정원 전체에 크기가 한 자나 되는 푸른 벽돌이 깔려 있었다. 이 푸른 벽돌에서는 아직도 채 가시지 않은 가마 냄새가 은은하게 풍겨져 나왔다. 그제야 할아버지는 이 사합원이 청나라나 명나라 때의 고택이나 민국(民國) 시기의 사합원도 아니며, 최근에 고택을 모방하여 지어진 건물이라는 것을 알아차렸다. 정원 한가운데 잠시 서서 정원을 온통 뒤덮고 있는 은행나무를 올려다보면서 삼촌과 링링의 은행나무 금은관을 떠올리던 할아버지는 아버지를 따라 집 안으로 들어갔다. 집 안을 가득 메우고 있는 장식품들은 큰 음식점에서나 볼 수 있는 호화찬란하고 신기한 것들이었다. 최근에 꾸며져 화려하게 빛이 나는 그런 모습이 아니라 여러 해 전부터 대가족이 함께 살아오면서 꾸며놓은 것 같은 모습이었다. 가구는 전부 자단과 화류목으로 만든 것으로, 청나라나 명나라 때의 고가구와 똑같은 모양이었다. 소파와 의자, 좁고 긴 탁자와 걸상들은 등불 빛을 받으며 하나같이 검붉은색과 누런빛을 드러냈다. 방 안에는 짙고 강렬한 나무 냄새가 가득 차 있었다. 할아버지는 가구들이 빽빽하게 들어차 있는 그 넓고 큰 본채 한가운데 서서 문득 어느 사찰 안에 서 있는 것 같은 느낌이 들었다. 바로 이 집 안에서 엄마는 할아버지에게 물을 따라주었고, 여동생은 숙제를 하러 갔다. 아버지는 할아버지와 서로 얼굴을 마주하고 앉아 아주 긴 이야기를 나눴다.

아버지가 말했다.

"아버지, 앉으세요."

할아버지는 자리에 앉지 않고 아버지를 쳐다보면서, 그리고 집 밖의 오래된 벽돌들과는 대조적으로 집 안의 벽돌들은 온통 눈처럼 하얗게 칠해져 있는 것을 둘러보면서 아버지에게 물었다.

"이게 다 네가 지은 게냐?"

아버지가 웃으면서 대답했다.

"이 사합원은 제가 번 돈으로 지은 거예요."

할아버지는 더 이상 놀라지 않았다. 자리에 앉은 할아버지는 이미 모든 것을 알아차린 것 같았다. 할아버지는 이 모든 것이 관을 팔아 번 돈으로 지은 것이냐고 물었다.

아버지는 할아버지를 힐끗 쳐다보면서 관을 판 것이 사람들에게는 천재일우(千載一遇)의 호사를 시켜준 것이 아니냐고 반문했다.

할아버지가 따져 물었다.

"관을 판 돈은 네가 번 것이냐, 아니면 상부에서 번 것이냐?"

아버지가 웃으면서 대답했다.

"전부 제 몫인 셈이지요. 저는 도시의 절반을 사들일 수도 있다고요."

할아버지가 다시 물었다.

"지금 혼인을 못 하고 죽은 사람들에게 음혼을 알선해주고 받는 돈은 네가 받는 것이냐, 아니면 상부에서 받는 것이냐?"

아버지는 정색을 하고 자신은 노임을 벌었을 뿐이고, 정부를 대신해서 사람들에게 좋은 일을 했을 뿐이라고 반복해서 말했다.

그러고는 아무 말도 하지 않았다. 밤이 깊어지자 정원 안으로 비 오기 전날에나 맡을 수 있는 짙고 어두운 밤공기의 냄새가 밀려왔다. 할아버지는 문가로 가서 고개를 들어 하늘을 보았다. 은행나무 잎사귀 사이로 하늘에 무수히 많은 별들이 떠 있는 것을 보니 내일은 날씨가 맑을 뿐만 아니라 몹시 무더우리라는 것을 예측할 수 있었다. 비 오기 전날에나 맡을 수 있는 이 밤공기 냄새가 한밤중에 은행나무에서 나는 냄새라는 것도 알게 되었다. 잠잘 시간이 되었다는 것을 안 할아버지는 아버지를 따라 사합원의 남쪽 사랑채로 들어갔다. 이 사랑채에서는 특별히 색다른 것이 느껴지지 않았다. 구식 가구와 침대보가 안방에 있는 것들과 똑같았기 때문이다. 할아버지가 막 잠자리에 들려고 하는 순간 아버지가 갑자기 한마디 물었다.

"아버지, 설마 작년처럼 제 목을 조르지는 않으시겠지요?"

할아버지는 멍한 표정을 지었다. 아들이 갑자기 이런 질문을 하리라고는 상상도 못 한 데다 뭐라고 대답을 해줘야 할지도 몰랐다. 상의 단추를 풀던 손이 그대로 굳어버렸고 할아버지의 얼굴이 벌겋게 달아올랐다.

아버지는 할아버지가 난처해하는 모습을 보면서 빙긋이 웃으며 말했다.

"아버지가 저를 목 졸라 죽이려고 하지만 않으신다면 아버지를 제가 자는 방에 모시고 하룻밤 함께 자고 싶어요. 하룻밤 같이 자는 것만으로도 조금이나마 아들로서 아버지께 자식 된 도리를 하는 게 아니겠어요?"

이렇게 말하면서 아버지는 할아버지 앞을 지나쳐 가서는 안쪽에 있는 벽처럼 생긴 하얀 나무 문을 열었다. 문에는 잠금장치가 되어 있었다. 자물쇠는 폭이 아주 넓은 그림 뒤에 감춰져 있었다. 그림은 재신의 형상을 그린 것으로, 그림의 윤곽선이 마치 흐르는 물 같았다. 문을 열자 그림은 허공에 걸리게 되었다. 아버지가 어딘가를 눌러 불을 켜자 순식간에 또 다른 방이 나타났다.

방 안이 대낮처럼 밝아졌다. 신시가지에 있는 큰 도로처럼 밝아졌다. 그 강렬한 등불 빛 아래서 할아버지는 꿈을 꾸는 것처럼 방 안에 돈이 가득 쌓여 있는 것을 보았다. 아버지가 먼저 탁자 위에 쌓여 있는 물건을 덮고 있는 침대보를 걷어 할아버지에게 상 위에 가득 쌓여 있는 돈을 보여주었다. 전부 백 위안짜리 지폐로 만 위안씩 작은 다발로 나눠 붉은 고무줄로 묶여 있었다. 만 위안짜리 묶음은 다시 십만 위안씩 중간 크기의 다발로 묶여 있었고, 또다시 백만 위안씩 큰 다발로 묶여 있었다. 한 묶음에 하나씩 붉은 명주 띠가 감겨 있고, 명주 띠마다 붓꽃이 하나씩 매달려 있었다. 아직 사용하지 않은 깨끗한 새 지폐에서는 잉크 냄새가 진동했고, 명주 띠 역시 새 명주실이라 붉은 빛에 눈이 부실 정도였다. 지폐는 붉은색도 있고 초록색, 노란색, 주황색도 있었다. 상 위에 가득 쌓인 돈뭉치들은 마치 말린 꽃들을 가득 쌓아놓은 것 같았다. 할아버지는 아버지가 왜 돈을 잘 간수하지 않고 굳이 탁자 위에 쌓아놓았는지 궁금했다. 물어보려 하는 차에 아버지가 서랍을 열어 그 안에도 돈이 가득 채워져 있는 것을 보여주었다. 아버지는 침대 머리맡에 있는 장롱과 궤짝도 열어 보여주었다. 장롱과 궤짝 안에도 역시 돈이 가득 쌓여 있었다. 또한 침대와 탁자 밑, 침대 밑에 놓인 나무 상자 두 개와 종이 상자, 문 뒤에 있는 마대자루 그리고 아버지가 잠자는 침상의 이불과 요 아래에도 돈이 겹겹이 쌓여 있었다. 벽돌을 차곡차곡 쌓아놓은 것처럼 쌓여 있었다. 벌려놓은 돈과 깔아놓은 돈은 마치 길쭉한 벽돌을 깔아놓은 것 같았다. 방 안은 돈으로 만든 산과 돈으로 만든 바다였다. 오색 휘황찬란한 빛이 가득했고, 돈의 잉크 냄새가 코를 찔러 숨 쉬기조차 어려울 지경이었다. 돈 뭉치들 사이에 방충제와 방부제가 끼워져 있어 하얀 방부제의 지독한 냄새가 바늘 뭉치처럼 콧속을 찌르는 듯했다. 오랫동안 햇볕에 말리지 않은 침대보와 이불, 요에서도 냄새가 났다. 방습을 위해 바닥 어딘가에 깔아놓은 흰 석회 냄새도 진동했다. 방 안은 냄새와 냄새가 뒤섞여 있고, 색깔과 색깔이 서로 부딪치고 있어 다채로우면서도 기괴했다. 냄새 역시 몹시 이상하여 방 안에 있으면 마치 해가 뜨기 전에 습지 근처에 서 있는 것 같은 느낌이 들었다. 하지만 아버지는 이미 그 방의 냄새와 색깔에 적응되어 마치 배고플 때 만터우를 찌는 찜통 옆에 서 있는 것처럼 보였다. 이에 반해 할아버지는 그 크지도 작지도 않은 방 안에서 목구멍이 조여드는 것 같은 답답함을 느꼈다. 뭔가가 숨통을 막고 있는 것처럼 답답하기만 했다. 할아버지는 애써 코로 몇 번 숨을 들이마시고 손으로 코를 문질러댔다. 코를 문지르고 나서는 다시 방 안에 가득한 돈을 바라보았다. 꿈을 좋아하는 할아버지는 자신이 지금 꿈을 꾸고 있는 것이 아닌가 하는 생각에 허벅지로 손을 가져가 꼬집어보았다. 예전에도 할아버지는 꿈에서 깨어나고 싶을 때마다 항상 자신의 몸을 꼬집었다. 한 번 꼬집기만 하면 곧장 꿈에서 깨어나 자신이 원래 모습 그대로 학교에 있는 방 침상 위에 누워 있는 것을 발견하곤 했었다. 하지만 이번에는 계속해서 허벅지와 허리를 꼬집어봤지만 얼얼한 통증만 느껴질 뿐 꿈을 꾸고 있는 자신의 침상을 발견할 수 없었다. 여전히 은행이나 금고 같은 아들의 방 안에 서 있을 뿐이었다. 여전히 금산은해(金山銀海)에 짓눌리고 파묻히는 듯한 느낌이었다. 여전히 어지럽게 뒤섞인 냄새와 정원에서 밀려오는 비 오기 전날 밤의 냄새 같은 옅은 은행나무 냄새가 코를 자극했다. 할아버지는 자신이 꿈속에 있는 것이 아니라 아들의 눈앞에, 돈이 가득 쌓여 있는 아들의 방 안에 있다는 것을 깨달았다.

할아버지가 물었다.

"이 돈이 얼마나 되는 게냐?"

아버지가 웃으며 대답했다.

"저도 잘 모르겠어요."

할아버지가 잠시 생각에 잠겼다가 입을 열었다.

"쓸 만큼만 있으면 되지 돈이 이렇게 많아서 어디에 다 쓸꼬?"

아버지가 난처한 표정으로 말했다.

"이 열병이 끝나지 않으면 어떻게 해요? 저는 상부를 대신해서 대형 관 공장 다섯 개를 관리하고 있고, 때문에 평원에 있는 나무들을 전부 베게 되었어요. 지금은 동북 지방에서 구한 나무를 이곳으로 운반해 오고 있지만 그래도 매일 만들어내는 관이 아직도 부족한 실정이라고요. 이번 달만 해도 저는 죽은 아들딸들의 음혼을 열 건 이상 성사시켰어요. 그리고 매일 농촌으로 가서 음혼 실적을 집계하고 있는데, 이제 겨우 보름이 지났을 뿐이라 아직 음혼이 이루어진 사람 수가 결혼하지 못한 채 죽은 혼령의 삼 분의 일밖에 안 되는 실정이에요."

할아버지가 말했다.

"음혼을 주선하는 일은 선을 행하는 일이라 할 수 있겠지."

아버지가 웃으면서 말을 받았다.

"저는 한평생 선행만 하고 있잖아요."

할아버지는 잠시 입을 다문 채 다른 쪽으로 눈길을 돌렸다.

"이곳에 사는 사람들은 전부 이런 돈 창고를 하나씩 가지고 있는 게냐?"

아버지가 고개를 끄덕였다.

할아버지가 다시 물었다.

"다들 이렇게 돈이 많은 게냐?"

아버지가 고개를 가로저으며 대답했다.

"그건 잘 모르겠어요. 다들 자기 볼일만 보지 다른 사람의 일에는 신경을 쓰지 않으니까요."

할아버지는 더 이상 말을 하지 않았다. 입을 굳게 다문 채 방 안에 가득한 돈을 바라보다가 다시 졸린 듯한 표정으로 아버지를 바라보면서 마지막으로 부탁하는 어투로 나지막하게 말했다.

"후이야, 이 아비 말을 잘 듣거라. 앞으로 다시는 딩씨 마을에 돌아오지 말거라. 다시 딩씨 마을로 돌아오면 이번에는 정말 목숨을 부지하기 힘들 테니 말이다."

아버지는 여전히 웃는 낯으로 흥, 하고 콧방귀를 뀌면서 말을 받았다.

"하늘이 무너져도 제 머리가 터질 일은 없을 거예요. 딩씨 마을은 제 집이 있는 곳이니 당연히 딩씨 마을을 왔다 갔다 할 것이고, 며칠 지내면서 제 아들에게도 음혼을 치러줄 겁니다. 아주 호화스럽게 음혼식을 치러 딩씨 마을 사람들에게 감히 누구도 저를 어쩌지 못한다는 걸 확실하게 보여줄 거예요."

여기까지 말한 아버지는 졸려 게슴츠레해진 눈을 비비면서 화제를 돌렸다. 할아버지를 바라보면서 다시금 얼굴에 효심이 가득한 미소를 지으며 말했다.

"아버지, 이만 주무세요. 오늘 밤 이 방에서 주무시면 꾸고 싶은 꿈을 전부 꾸실 수 있을 거예요. 이 아들이 효도 한번 제대로 하는 셈이지요."

3

할아버지는 돈으로 가득한 아버지의 방에서 자면서 정말로 생각지도 못한 꿈을 꾸게 되었다. 잠이 들기 전에 아무래도 돈과 관련된 꿈을 꿀 것이라는 생각이 들었지만 정작 잠이 들자 돈이라고는 한 푼도 보이지 않았다. 단지 내가 할아버지를 향해 손을 흔들며 소리치고 있는 모습만 보일 뿐이었다.

아버지는 내게 음친을 맺어주려고 했다. 아버지가 나를 위해 구한 여자는 나보다 나이가 많았고, 이름은 링즈(菱子)였다. 나의 누나뻘이었다. 그녀는 다리에 약간의 장애가 있었다. 선천적으로 타고난 장애인 데다 주기적으로 발작을 일으켰다. 사흘이 멀다 하고 발작을 일으켰다. 그녀는 발작을 일으켜 강물에 뛰어들어 익사한 것이었다. 이번에 음친을 맺게 된 그녀는 결혼을 해보지 못하고 죽은 여자 혼령들 가운데 가장 못생긴 여자였다. 그런데도 아버지는 그녀를 나와 맺어주려는 것이었다.

아버지는 조금도 망설이지 않고 나를 그녀와 맺어주려고 했다.

아버지는 사람들을 데리고 딩씨 마을로 가서 내 유골을 삼촌의 것보다 훨씬 정교한 금관에 담은 다음, 둥징 황허 고도에 있는 묘역으로 나를 옮길 예정이었다. 링즈의 아버지는 나와 링즈를 위해 가장 좋은 명당자리를 골라놓은 상태였다. 황허에 인접한 자리로 모래언덕을 등지고 있어 바람을 피할 수 있는 남향이었다. 겨울에는 따뜻하고, 여름에는 시원한 자리라 일찍이 누군가 이백만 위안에 달하는 돈을 지불하고 친척의 묘지로 사용하려 했던 적도 있었다. 링즈의 아버지는 그런 묘지를 내게 내어준 것이었다.

그날 해가 뜨자마자 아버지는 수십 명의 사람들을 데리고 딩씨 마을로 와서는 내 무덤 앞에 지전을 태우고 향을 피우며 폭죽을 터뜨렸다. 그런 다음 내 무덤을 파헤쳐 색이 칠해지지 않은 백목관 안에 있는 나를 꺼내 정교한 금관으로 옮겼다. 하지만 아버지는 내가 딩씨마을을 떠나고 싶어 하지 않는다는 사실을 알지 못했다. 할아버지와 학교 뒤쪽의 그 자리를 떠나고 싶어 하지 않는다는 사실을, 내가 새로운 곳으로 가는 것을 몹시 두려워한다는 사실을 알지 못했다. 나를 옮기려고 할 때, 나는 금관 안에서 몸을 버둥거리며 큰 소리로 부르짖고 있었다.

"할아버지, 할아버지!"

심장이 터지고 폐부가 찢어지도록 부르짖었다.

"할아버지, 저는 이곳을 떠나고 싶지 않단 말이에요. 빨리 와서 절 구해주세요."

하늘이 무너지고 땅이 꺼지도록 부르짖었다.

"빨리 와서 절 좀 구해주세요, 할아버지. 빨리 와서 절 좀 구해주세요, 할아버지!"

잠에서 깨어난 할아버지는 넋을 잃은 채 침상 위에 앉아 동쪽에서 우윳빛 밝은 빛이 방 안으로 새어 들어오는 것을 바라보고 있었다.

3장

1

아주 절묘한 일이 한 가지 있었다.

할아버지가 잠자리에서 일어나 이부자리를 정돈하고 나서 상부로 아버지를 찾아가려 할 때, 아버지는 딩씨 마을로 돌아와 있었다. 아버지는 사람들을 이끌고 왔다. 음친을 맺기 위해 사람들을 데리고 시골길을 걸어 딩씨 마을로 가는 길에 학교에 들러 막 문을 나서려던 할아버지와 맞닥뜨린 것이었다.

아버지는 회색 제복 반바지에 가죽 샌들과 흰색 상의를 입고 있었고, 머리에는 어느 지역 양식인지 모를 남방의 밀짚

모자를 쓰고 있었다. 그런 아버지의 모습은 딩씨 마을을 떠났을 때보다 피부가 다소 검게 탄 편이었고, 약간의 홍조도 띠고 있었다. 얼굴에도 검붉은빛이 감돌았다. 할아버지를 보자 사람들은 학교 대문 안쪽에 그대로 서 있었고, 아버지는 작은 종이로 싼, 줄로 묶은 가벼운 보따리 하나를 할아버지에게 건넸다. 할아버지가 뭐냐고 묻자 아버지는 최상품 산삼이라고 대답했다. 할아버지는 손에 든 것이 들 수 없을 정도로 무겁게 느껴졌다. 이때 해는 아직 중천까지 가지 않고 동쪽에서 빛을 쏟아내고 있었다. 평원 위에는 누런 열기의 냄새가 가득했다. 뭔가 불에 타는 듯한 냄새였다. 밀짚 더미가 타면서 불길이 하늘로 치솟고 있는 듯한 냄새였다. 벌거벗은 대지에는 밀과 들풀이 모두 말라버렸고, 사람들도 모두 모래밭처럼 잿빛으로 시들어가고 있었다. 할아버지가 아버지와 처음 마주쳤을 때의 얼굴색 같았다.

할아버지가 놀란 표정으로 물었다.

"마을로 들어와 껀주 일행과 부딪치지는 않았지?"

"못 만났어요."

아버지가 말했다.

"마주친다 해도 두려울 게 뭐가 있겠어요. 하늘이 무너진다 해도 두려울 게 없지요."

아버지는 쟈껀주와 마주칠 경우 어떻게 그를 대해야 할지 잘 알고 있는 것 같았다. 쟈젠주가 우리 할아버지에게 했던 말을 다 알고 있는 것 같았다.

"딩씨 마을 사람들이 제게 와서 특별한 일이 없는 한 마을에 오지 말라고 하더군요. 하지만 저는 기필코 찾아가 그들에게 보여줄 겁니다. 그리고 며칠 있다가 제 아들의 음혼을 치를 거예요. 거창하게 음혼을 치르면서 쟈젠주가 감히 제게 어떻게 나오는지 두고 보겠습니다."

할아버지의 얼굴에 걸려 있던 놀라움과 두려움의 기색이 한층 더 깊어졌다. 할아버지는 생면부지의 사람이 자기 눈앞에 서 있기라도 한 것처럼 아버지의 얼굴을 쳐다보았다.

"정말로 샤오창(小强)에게 음혼을 치러줄 생각이냐?"

"벌써 다 정해놓았어요."

"어디 사람이냐?"

"신시가지 사람이에요. 현장님 따님이지요."

이렇게 말하는 아버지의 얼굴에 미소가 피어올랐다.

"샤오창보다 몇 살 위예요. 많으면 많은 거죠, 뭐. 그 애 아버지가 우리 현의 현장으로 오면서부터 현 사람들이 피를 팔기 시작했지요. 그 딸은 이상한 병에 걸려서 물에 빠져 익사한 거예요."

할아버지는 잠시 말이 없었다.

"샤오창보다 몇 살 위인 게냐?"

"대여섯 살 정도요."

"그게 적합하다고 생각하느냐?"

"그 애 아버지가 현장인데 그 집에서 부적합하다고 하지 않는 한, 우리가 뭐라고 말할 수 있는 입장은 아니지요."

"언제 데려올 생각이냐?"

"곧바로 돌아와서 말씀드릴게요. 요 며칠 안으로 샤오창의 유골을 둥징의 한 묘역에 옮겨다가 그 집 딸과 함께 가장 좋은 묘지에 묻을 거예요."

아버지는 음혼을 준비하기 위해 데리고 온 사람들이 마을 남쪽 국도에서 자신을 기다리고 있다고 말하고는 자리를 뜨려고 했다. 그러면서 할아버지의 먹는 것과 입는 것에 대해 물었다. 심한 가뭄에 학교의 우물이 마르지 않았는지 묻고, 식수를 구하기가 어렵지 않은지 물었다. 마침내 자리를 뜨려는 순간, 문득 마을에 남아 있는 옛집을 둘러보고 가야겠다는 생각이 들었는지 말라 죽은 보리밭의 논두렁을 따라 걸어갔다. 비교적 가까운 길을 택해 할아버지와 함께 마을 북쪽의 신작로를 우회하여 우리 집 문 앞에 다다른 순간 아버지는 잠시 넋을 잃었다.

할아버지도 넋이 나가버렸다.

우리 집 대문에 있던 자물쇠가 비틀린 채 열려 있고, 비틀려 망가진 자물쇠는 대문 문루 아래 떨어져 있었다. 두 개의 대문은 사람들이 떼어 갔는지 보이지 않았다. 방문 역시 열려 있는 상태였고, 문짝도 보이지 않았다. 창문에 창틀은 아직 남아 있었지만 유리는 산산조각 나 있었다. 깨진 유리가 마당 가득 어지럽게 널려 있었다. 방 안에 남겨두었던 책상과 상자, 앉은뱅이 의자와 걸상, 세숫대야 받침대와 커튼 천들은 전부 사라지고 남아 있는 것이 없었다.

사람들이 전부 가져가버린 것이었다.

무덤을 파헤쳐 훔쳐 간 것과 다르지 않았다.

집 한가운데에 오줌도 갈겨놓았다.

아버지의 얼굴빛이 회청색으로 변해갔다. 그 회청색 속에 녹슨 쇠 같은 검은빛이 감돌았다. 아버지는 그렇게 방문 앞에 있는 계단에 서서 방 안을 살펴보다가 또다시 차가운 표정으로 고개를 돌려 할아버지를 바라보면서 낮은 목소리로 물었다.

"누가 이랬을까요?"

할아버지가 고개를 가로저었다.

아버지는 발을 들어 담벼락을 걷어차면서 이를 악물었다.

"염병할 놈들 같으니라고! 쟈건주랑 딩유에진 이것들을 그냥!"

욕을 하고 난 아버지는 낯빛이 파랗게 질려 있었다. 입가와 코 양옆의 살이 부들부들 떨리고 있었다.

할아버지는 얼굴이 새파래져 부들부들 떨고 있는 아버지의 모습을 보면서 갑자기 방문 앞 계단에 쭈그리고 앉았다. 그러고는 겁에 질린 표정으로 연신 중얼거렸다.

"후이야, 네가 나더러 임시로 물건을 가져가 쓰라고 해서 내가 문짝을 떼어 간 것이고, 방 안의 소변도 내가 눈 것이니 너 하고 싶은 대로 이 아비한테 분을 풀면 안 되겠니?"

말을 마친 할아버지는 간곡한 표정으로 고개를 들어 아버지를 바라보았다. 그 모습이 마치 아버지에게 애걸복걸하는 아이 같았다.

할아버지를 바라보던 아버지는 자기 앞에서 생떼를 쓰고 있는 아이를 보는 것 같아 얼른 고개를 돌리고는 아무 말 없이 자리를 떴다.

2

아버지는 마을 어귀의 지름길로 질러갈 수도 있었지만 굳이 마을 한가운데로 걸어갔다. 기세등등하게 걸어갔다. 마을 한가운데 사거리 입구에 마을 사람 몇몇이 앉아 있었다. 지금까지 용케 살아 있는 사람들이었다. 때마침 아침식사를 하는 시각이라 사람들은 모두 식사 장소에 모여 있었다. 날이 더

더워져 바깥출입을 할 수 없게 되기 전에 한자리에 모두 모여서 함께 식사를 하면서 이야기를 나누고 있었던 것이다. 밥을 다 먹으면 빈 그릇은 발 옆에 내려놓았다. 이때 아버지가 기세등등한 걸음으로 두 발을 평소보다 더 높이 쳐들면서 걸어왔다. 사람들이 식사하고 있는 곳으로 막 들어서는 순간, 아버지는 다소 느슨해진 발걸음으로 왼쪽 구두를 오른쪽 바지에, 오른쪽 구두를 왼쪽 바지에 대고 가볍게 문질렀다. 구두는 금세 번쩍번쩍 광이 났다. 거울처럼 빛났다. 아버지의 얼굴에서도 거울처럼 빛이 났다.

아버지는 고개를 쳐들고 힘찬 걸음으로 사람들이 식사하기 위해 모여 있는 곳을 향해 걸어갔다.

사람들에게 거의 다다랐을 때 사람들 틈에 끼어 있던 왕바오산이 멀리서 아버지를 보고는 목청을 가다듬고 큰 소리로 불렀다.

"이보게, 후이 아우. 자네가 아침 일찍 마을엔 무슨 일로 왔나?"

아버지가 왕바오산의 웃음에 웃음으로 답하면서 말했다.

"마을 입구를 지나다가 잠시 둘러보려고 들른 거예요."

그러고는 필터 담배 한 갑을 꺼내 먼저 한 개비를 입에 문 다음 왕바오산에게도 한 개비를 건넸다. 그리고 왼쪽에서 오른쪽으로 모든 사람들에게 각각 한 개비씩 나눠주며 말했다.

"피워보세요. 한번 맛을 좀 보시라고요. 이 담배 한 갑 값이 관 절반 값이라니까요. 이 담배 한 개비가 소금 열 근이나 기름 한 근 또는 고기 한 근 반과 맞먹는다니까요."

마을 사람들은 하나같이 놀라움을 감추지 못했다. 왕바오산 역시 놀란 표정으로 말했다.

"정말인가?"

아버지가 웃으면서 대답했다.

"이 진한 담배 향을 좀 맡아보라고요."

라이터를 꺼낸 아버지는 먼저 왕바오산에게 불을 붙여준 다음 이어서 다른 사람들에게도 담배를 나눠준 순서대로 불을 붙여주었다.

쟈젼주는 오른쪽에 몇몇 사람들 사이에 앉아 있었다. 아버지는 한 사람 한 사람 담배를 나눠주면서 쟈젼주는 건너뛰었다. 쟈젼주에게는 담배를 건네지 않고 얼굴만 힐끗 쳐다볼 뿐이었다. 그는 얼굴이 거무튀튀하게 말라 있고, 온통 종기 흉터가 가득한 모습으로 그곳에 앉아 있었다. 누군가 손으로 툭 밀기만 해도 뒤로 나뒹굴 것만 같은 자세였다. 눈빛은 다소 흐릿하고 모호한 빛을 띠고 있었다. 그 눈빛 속에는 뭔가를 애걸하는 듯한 기색도 느껴졌다. 이 지경으로 열병이 깊어져 마음대로 쓸 수 있는 기력이 조금도 남아 있지 않게 되어버린 그는 아버지의 이런 태도를 묵묵히 참고 있어야 했다. 오히려 우리 아버지에게 최대한 잘 보이려고 애쓰고 있었다. 아버지가 담배를 나눠주는 것을 처음 보았을 때 그의 얼굴에도 다소 기뻐하는 기색이 역력했었다. 그러나 막상 아버지가 자신의 앞에 이르러 힐끗 쳐다보기만 하고 건너뛰어 손에 들고 있던 담배를 바로 그 뒤에 있는 사람에게 건네는 순간, 쟈졘주의 얼굴이 곧바로 검붉은빛으로 변했다. 점점 붉어져 마치 간처럼 진한 자줏빛이 되었다. 돼지 간과 똑같은 색깔이었다.

담배를 다 나눠주고 나서 아버지는 음혼을 준비하면서 자신을 기다리고 있는 사람들을 찾기 위해 길로 걸어갔다. 기세등등하게 걸어가다가 고개를 돌리는 순간, 때마침 아버지를 증오하면서도 어떻게 해볼 도리가 없어 애태우고 있는 쟈졘주와 눈이 마주쳤다. 아버지는 또다시 잔인한 눈빛으로 그를 노려보았다. 그의 눈을 칼로 도려내기라도 할 기세였다.

칼로 그의 눈을 찔러 피를 보려는 듯한 기세였다.

3

할아버지는 뭐든지 다 알고 있었다. 아버지가 하는 일들이 전부 할아버지의 눈앞에 펼쳐지고 있는 것 같았다. 아버지가 가고 나자 할아버지는 아버지의 뒤를 따라 마을로 들어갔다. 먼저 딩유에진의 집을 찾아갔다. 마침 딩유에진은 혼자 식탁 앞에 앉아 밥을 먹고 있었다. 호박볶음을 먹고 있었다. 계란과 부추를 한데 볶은 음식도 있었다. 문을 닫아걸고 노란 호박 채와 계란, 푸른 부추 잎에 쌀죽과 부침개를 곁들여 먹고 있을 때, 우리 할아버지가 들어왔다. 딩유에진은 황급히 누군가 방금 부침개를 가져다주었다고 말했다. 자신의 병세가 먹고 싶은 게 있으면 뭐든지 먹어도 되는 그런 지경에 이르렀다고 했다. 그러면서 혼자 먹기에는 마음이 편치 않아 부침개를 넉넉하게 만들어 다른 식구들에게도 먹이기로 했다고 말했다.

할아버지가 말했다.

"어서 먹게. 먹으라고."

할아버지는 열병 환자들이 마지막으로 학교를 떠나 흩어질 때 딩유에진이 상부에 어떻게 이야기했는지 약간의 식량을 타 왔다는 사실을 잘 알고 있었다. 그의 손에는 아직 마을의 관인이 있기 때문에 환자들의 식량을 대신 수령할 수 있었고, 그의 집에서는 매일 쌀밥과 가는 국수를 먹을 수 있었다. 매일 부침개를 먹을 수 있었다. 이렇게 문을 닫아걸고 부침개를 먹을 수 있었다. 할아버지는 식탁 옆에 앉아 딩유에진 집의 처마 밑을 살펴보았다. 학교에서 가져온 새 책상 열

개가 그곳에 있었다. 톱질을 해서 여러 마디로 나눠놓은 오동나무도 있었다. 두께가 일곱 자나 되기 때문에 혼자서는 들 수 없는 나무였다. 학교 교정에 있던 그 커다란 오동나무임을 한눈에 알아볼 수 있었다. 좀 더 자세히 살펴보니 딩유에진의 집 산장(山牆)* 밑에 십여 장의 널빤지가 기대어져 있었다. 이 널빤지들은 모두 학교 교실 문 위에 있던 것이라 반번호가 선명하게 남아 있었다. 유감스럽게도 전부 학교에 있던 나무와 널빤지, 책상, 의자들이라 마치 할아버지가 조사를 하기 위해 찾아온 것 같았다.

할아버지는 얼른 눈길을 다른 데로 돌렸다.

사실 딩유에진의 집은 넉넉한 세월을 보내고 있었다. 집도 큰 데다 시멘트로 바닥을 마감한 마당에는 작년 겨울에 수확한 옥수수가 줄줄이 엮여 쌓여 있었다. 사실 딩유에진의 집은 매우 넉넉하여 사람들의 혈색이 좋았고, 집에서 키우는 돼지도 투실투실 살이 쪄 있었다. 딩유에진의 집에서 키우는 하얗고 통통한 돼지는 계속 식탁 주위를 맴돌고 있었다. 딩유에진은 다른 데로 가라고 돼지의 엉덩이를 가볍게 두드려주고 나서 할아버지를 쳐다보며 말했다.

"아저씨, 무슨 일로 절 찾아오셨어요?"

* 지붕을 떠받치고 있는 'ㅅ'자 모양의 벽.

할아버지는 손에 들고 있던 종이 꾸러미를 펼쳐 어린아이 머리만 한 인삼 세 뿌리를 꺼내놓았다. 온몸에 수염이 수북한 인삼이었다. 황백색 투명한 인삼이 신문지 밖으로 몸을 드러내는 순간 청량한 약초 냄새가 풍겼다. 순식간에 약초 냄새가 딩유에진의 집 마당까지 퍼져나갔다. 한 번도 인삼을 구경해보지 못한 딩유에진의 식구들은 인삼을 둘러싸고 이구동성으로 말했다.

"우와, 정말이네. 정말 인삼이 사람처럼 생겼네. 꼭 아이들처럼 생겼네."

할아버지는 종이 꾸러미에서 인삼을 한 뿌리 집어 딩유에진에게 건네며 말했다.

"이걸 자네에게 줄 테니 잘 달여 먹도록 하게. 동북 지방에서 나는 천연 산삼일세. 사람이 심은 것이 아니라 야생 인삼이란 말일세. 수십 년을 자라야 젓가락만 한 굵기가 되지만 몸을 보양하는 데는 최고라네. 열병을 억제하는 효과가 그 어떤 약보다 뛰어날 걸세."

딩유에진은 감히 그 약을 받을 수 없었다. 인삼이 얼마나 귀한 약인지 잘 알기 때문이었다. 그가 몸이 뻣뻣해지고 얼굴이 빨개져서 말했다.

"아저씨, 후이 형님이 아저씨 드시라고 준 것이잖아요. 그걸 제가 어떻게 달여 먹겠어요?"

할아버지가 억지로 인삼을 딩유에진의 손에 쥐어주며 말했다.

"후이가 자네에게 한 뿌리 주라고 했네."

딩유에진은 인삼을 받아 아주 조심스럽게 종이 꾸러미로 싼 다음 식탁에 내려놓으며 갑자기 입을 열었다.

"아저씨, 후이 형님에게 다시는 딩씨 마을에 돌아오지 말라고 하세요. 껀주와 몇몇 사람들이 형님에게 앙심을 품고 있거든요. 형님을 해칠 게 분명해요."

할아버지가 말했다.

"껀주는 자네 수중에 있는 관인을 원한다네. 그것만 있으면 죽기 전까지 아무것도 바라지 않는다고 말했어."

딩유에진은 잠시 생각해보더니 웃으면서 말했다.

"만일 제가 껀주보다 먼저 죽게 된다면 이 관인을 그에게 물려주도록 할게요. 관인을 부장품으로 삼을 생각은 없어요. 사람이 죽어 목숨이 없는 마당에 부장품이 무슨 소용이 겠어요."

그는 여기까지 이야기하고 나서 식탁 위에 차려져 있는 음식과 부침개를 보고서 다소 미안한 생각이 들었는지 재빨리 말을 이었다.

"껀주는 곧 죽겠지만 제 몸에는 약간의 가려움증과 종기를 제외하면 다른 죽음의 징후는 전혀 없어요. 그가 먼저 죽

고 제가 살아 있게 된다면 저는 여전히 그 관인으로 상부에
가서 식량을 수령해 와야 하겠지요."

이렇게 말하면서 그는 힐끔힐끔 식탁 위에 있는 인삼에 눈
길을 던졌다.

"아저씨, 껀주를 대신해 그의 생각을 전하러 저를 찾아오
신 건 아니시죠? 망설이지 말고 말씀하세요. 어차피 아저씨
나 저나 딩씨 집안 사람이잖아요."

할아버지는 다소 미안해하는 듯한 표정으로 말을 이었다.

"아닐세. 그건 아니야. 내가 껀주의 말을 전하기 위해 여기
까지 올 이유가 있겠나."

말을 마친 할아버지는 조금 더 앉아 있다가 딩유에진의 집
을 나섰다.

4

이어서 할아버지는 쟈껀주의 집으로 갔다.

할아버지는 본채 안방에서 그와 얼굴을 마주하고 앉았다.
쟈껀주의 집도 딩유에진의 집과 마찬가지였다. 처마 밑에 학
교에서 가져온 열다섯 개의 책상과 걸상이 놓여 있고, 톱질
을 해 여러 마디로 나눠놓은 나무 두 그루가 그 옆에 놓여 있

었다. 학교 식당 문 앞에 있던 버드나무와 오동나무였다. 학교에 있던 철제 골대와 농구대도 집 한가운데로 옮겨져 있었다. 천장 위에는 학교 창문이 하나하나 쌓여 그대로 쟈껀주 집의 천장이 되어 있었다. 또한 학교에서 열병 환자들이 단체로 만터우를 쪄 먹던 큰 솥과 쇠 주전자, 대형 칠판, 등받이 의자, 학생들에게 미처 다 나눠주지 못한 숙제장, 선생님들이 다 쓰지 못한 분필과 연필 등이 전부 쟈껀주 집 헛간이나 담벼락 아래 쌓여 있었다.

쟈껀주의 집은 학교 창고나 다름없었다.

우리 할아버지가 반평생이나 두드려온 종도 언제부터인지 쟈껀주 집 뒤편으로 옮겨 와 있었다. 그 종을 무슨 용도로 쓰려는 것인지 알 수 없었다. 종은 쇠로 되어 있었기 때문에 문 뒤쪽에 놓여 있었다. 할아버지는 그 뾰족한 고깔모자 같은 종을 바라보면서 종이 이제는 학교의 것이 아니라 그의 것이라고 생각했다. 그가 집으로 훔쳐 왔기 때문이다.

할아버지는 더 이상 그 종 쪽으로 눈길을 돌리지 않았다.

쟈껀주가 곁눈질로 할아버지의 눈치를 살피며 말했다.

"아저씨, 혹시 우리 집에 물건을 조사하러 오신 건가요?"

할아버지는 재빨리 집 안에 있는 물건들로부터 눈길을 거둬들이고 어색한 웃음을 보이면서 연신 손사래를 쳤다.

"그럴 리가 있나! 그게 무슨 소린가!"

그러고는 손에 들고 있던 인삼을 꺼내 쟈젠주 앞에 내밀면서 말했다.

"이것은 후이가 신시가지로 가면서 자네에게 전해주라며 내게 맡겨놓은 걸세. 진짜 산삼일세. 야생 인삼이지. 천천히 달여서 며칠만 먹어도 자네 몸에 힘이 생길 거라고 하더군."

할아버지는 인삼을 쟈젠주 앞으로 밀어놓았다. 남에게 뭔가를 구걸하는 듯한 표정이었다. 할아버지는 가장 큰 산삼을 쟈젠주 앞으로 밀어놓고는 얼굴에 미소를 지으며 반복해서 말했다.

"젠주 조카, 이 인삼을 한번 달여 먹어보게. 예로부터 지금까지 사람들은 병이 깊어지면 인삼을 달여 먹곤 했다네. 옛날 황제들도 그랬지. 병에 걸렸는데 잘 치료가 안 될 때는 인삼을 달여 먹으면 금세 병세가 호전되곤 했다네. 그렇게 계속 먹다 보면 병이 다 나았다고 하더군."

쟈젠주는 잠시 산삼을 쳐다보다가 이내 고개를 들고는 차가운 어투로 말했다.

"오늘 아침에 딩후이가 딩씨 마을에 와서는 모든 사람들에게 담배를 한 개비씩 나눠주더군요. 그런데 저에게는 주지 않았어요."

할아버지가 웃었다. 마른 웃음을 웃으면서 말을 받았다.

"그랬겠지. 그래서 자네에게 산삼을 가져다주라고 부탁한

게 아니겠나. 담배는 이 인삼의 뿌리에 난 털만큼도 좋을 게 없지."

쟈껀주의 얼굴에 웃음이 걸렸다. 차가운 웃음이었다. 억지로 웃는 웃음이었다.

"설마 딩후이는 제가 인삼을 달여 먹고 힘이 나서 뒤에서 자기 머리통을 후려치는 것이 두렵지 않은 건 아니겠지요?"

할아버지의 얼굴이 금세 노래졌다 파래지기를 반복했다. 억지로 웃고 있었다. 억지로 웃던 할아버지는 애써 웃는 낯으로 말했다.

"조카, 이 인삼을 달여 먹게. 이걸 달여 먹어야 힘이 나서 딩후이 형의 머리를 후려칠 수 있지 않겠나. 후이는 이삼 일 후에 딩씨 마을로 돌아와 샤오창에게 음친을 맺어줄 거라고 하더군. 그 애가 돌아오면 뒤 등 뒤에서 몽둥이로 머리를 후려칠 수 있을 거야."

5

이날 해가 뜨자 아버지는 십여 명의 사람들을 이끌고 딩씨 마을로 돌아왔다. 꽃이 조각된 은행나무관을 하나 메고 왔다. 관은 두께가 다섯 치로, 관 위에는 금분이 칠해져 있었다. 사람들의 말로는 베이징과 상하이, 광저우 등지에서 가장 번화한 대도시의 풍경이 조각되어 있다고 했다. 그리고 얼마나 번화한지 알 수 없는 외국 대도시들의 풍경도 새겨져 있다고 했다. 그리고 그 그림 위에는 글씨도 쓰여 있다고 했다. 파리와 뉴욕, 런던 같은 이름이었다. 나는 파리가 어디에 붙어 있고 뉴욕이 어디에 있는지, 베이징이 어디에 있고 상하이가 어디에 있는지 알지 못했다. 내가 아는 것이라곤 우리 집이 딩씨 마을에 있다는 사실뿐이었다. 딩씨 마을은 위둥 평원 위에 있었다. 나는 그 관이 얼마나 좋은 것인지, 관 위에 칠해진 금분이 진짜인지 가짜인지에 대해서는 관심이 없었다. 햇빛 아래서 관은 해가 하늘에서 내려와 네모로 변한 것 같은 모습이었다. 너무 번쩍거려 사람들이 눈을 제대로 뜰 수 없었다. 할아버지와 사람들은 그 관을 들고 마을을 돌며 아직 살아 있는 딩씨 마을 사람들을 전부 끌어모았다. 살아 있는 사람들은 모두 나와서 나의 관을 바라보면서 그 위에 있는 금분이 진짜인지 가짜인지 살피면서 그들 가운데 아무도 본 적 없는 대도시의 풍경을 구경했다. 대도시는 매우 번화했다. 외국 도시들도 마찬가지였다. 관을 내 무덤 앞에 내려놓고, 내 무덤 앞에서 지전을 태우고, 향을 피우며, 폭죽을 터뜨렸다. 그러고는 무덤을 파헤쳐 내 유골을 아무런 칠도 되어 있지 않은 관에서 꺼내 금빛 은행나무관에 담았다. 꽃이 조각된 관 안에 유골을 담는 이 의식을 통해 나는 무덤에서 파내져 옮겨졌다.

나는 그 금빛 관 안에서 큰 소리로 외쳤다.

"할아버지, 할아버지!"

심장이 터지고 폐부가 찢어지도록 부르짖었다.

"할아버지, 저는 이곳을 떠나고 싶지 않단 말이에요. 빨리 와서 절 구해주세요!"

하늘이 무너지고 땅이 꺼지도록 부르짖었다.

"빨리 와서 절 좀 구해주세요, 할아버지. 빨리 와서 절 좀 구해주세요, 할아버지!"

그때 학교 전체와 딩씨 마을 전체, 평원 전체와 이 세상 전체에 목이 찢어질 듯한 내 외침이 가득 울려 퍼졌다. 뜨겁게 말라버린 평원 위에 하늘과 땅을 뒤덮을 듯이 비가 쏟아져 내리는 것 같았다.

6

이날은 바람이 약간 불어 날이 제법 시원했다. 해가 뜨기 시작하자 우리 엄마와 내 여동생은 여자 측 집에 가서 음친을 맺게 될 유골을 맞아들였다. 아버지는 사람들을 이끌고 학교로 가서 나를 땅에서 파내 음혼을 성사시켰다. 사람들은 내게 신부를 시집보내지 않고 나를 신부에게 보냈다. 해는 예전과 마찬가지로 하늘 높이 떠올라 찬란하게 빛났다. 그 주위로 불길이 일었다. 하늘에는 구름 한 점 없었다. 물에 헹군 수건 같은 쪽빛이었다. 다행히 약간의 바람이 불어 시원했다. 시원한 기운이 마을 밖까지 퍼져나갔다.

풀과 씨앗이 자라고 있는 땅은 하룻밤 사이에 촉촉해졌다. 온통 메마른 흰색이긴 했지만 자세히 보면 군데군데 희미한 초록빛을 볼 수 있었다. 초록색이 메마른 흰색 사이에 끼어 있었다. 학교에 있는 나의 무덤 옆에 십여 명의 사람들이 서 있었다. 삼촌과 링링을 위해 무덤을 파주었던 토장과 미장들이 가래와 곡괭이를 들고 있었다. 한 무더기, 또 한 무더기 물건들을 잔뜩 들고, 금으로 장식한 최상품 은 행나무 조각관을 메고 있었다. 관 위에는 대도시들의 풍경이 새겨져 있었다. 하나같이 현대적이고 번화하며 천당과 같은 모습들이었다. 그 도시 풍경마다 고층 건물과 넓은 도로, 사람들과 자동차의 흐름 그리고 상점과 음식점들이 그려져 있었다. 음식점에는 드나드는 식 객들의 모습과 경비원 및 종업원의 모습도 그려져 있었다. 광장의 화 단 옆에는 어린이 놀이동산도 설치되어 있었다. 놀이동산 안에 있는 기구들은 내가 한 번도 본 적이 없는 것들이었다. 용처럼 하늘을 나 는 작은 기차가 있는가 하면 하늘 한가운데에 빨간색의 철로가 있었 다. 철로 위에는 철로를 따라 돌면서 움직이는 작은 의자가 있었다. 마음껏 달리다가 서로 부딪치게 만든 고무차도 있었다. 놀이동산 안 은 대단히 시끌벅적하면서도 신선했다. 봄날 아침 숲속에서 새가 우 는 것 같았다. 그곳에서 노는 어른과 아이들은 지찰(紙紮)*의 동남동

---

* 종이를 오리고 감아서 형상을 만든 다음 화려하게 색칠한 것으로 망자를 위한 명 기(冥器)로 쓰였다.

녀보다도 옷을 잘 차려입고 있었다. 마음껏 뛰어다니며 노는 모습이 마치 이들의 웃음소리와 말소리까지 관 위에 새겨져 있는 것 같았다.

성인용 관에 비해 치수가 다소 작긴 했지만 관 안쪽 벽면에는 이 세상의 모든 수목과 화초, 작은 다리와 흐르는 물 그리고 물 위를 노 저어 다니는 배도 새겨져 있었다. 바로 그 호숫가, 산 아래 숲속에 산을 등지고 물가에 인접한 옛 서양식 건물 한 채가 있었다. 이 양옥집의 기와는 전부 옛날에 사용했던 노란색의 반월형 유리 기와였고, 담장의 푸른 벽돌은 각종 무늬와 도안을 넣어 구운 것들이었다. 건물 앞을 둘러친 담장 역시 다양한 무늬를 누공(鏤空) 기법으로 구워 만든 벽돌로 되어 있었다. 정원 안에는 오래된 잣나무와 커다란 은행나무가 있었다. 화려한 문루의 문틀에는 대련이 한 쌍 붙어 있었다. 문련은 젓가락처럼 좁고 길었지만 문련에 쓰인 글자들은 하나하나 선명하게 알아볼 수 있었다. '천당에서의 세월은 길기만 하고, 선경의 수목은 사시사철 푸르기만 하다'라는 구절이었다. 문틀 위의 횡비(橫批)*에는 딩성대택(丁姓大宅)이라는 네 글자가 쓰여 있었다. 그 문 안으로 들어서면 정원을 끼고 옛 서양식 건물의 현관 앞까지 자갈길이 나 있었다. 문과 창을 통해 안을 들여다보면 방 안에 놓여 있는 각양각색의 전자제품과 진열품들도 볼 수 있었다. 벽에 걸린 서화나 악기도 볼 수 있고, 벽 아래에 아버지가 나를 위해 마련해준 책장도 볼 수 있었

---

* 대련과 짝을 이루는 가로로 쓰여진 서화나 글.

다. 책장에는 고서들이 뒤죽박죽 진열되어 있었다. 또한 도처에 각종 간식과 음료수들이 진열되어 있었다. 이는 아버지와 엄마가 내가 즐겁게 여생을 보낼 수 있도록 마련해준 것들이었고, 아버지와 엄마가 나를 위해 마련해준 집이었다. 아버지와 엄마가 내게 주는 번화함과 떠들썩함이자 요란함이었고, 아버지와 엄마가 내게 주는 가산(家産)과 저택이었다.

이것들 말고도 관 안쪽, 내 몸이 누워 있는 바닥에도 각양각색의 건물들 십여 채가 새겨져 있었다. 각 건물들마다 은행 이름이 쓰여 있었다. 중국은행과 중국인민은행, 중국공상(工商)은행, 중국농업은행, 중국성시(城市)신용사, 중국농촌신용사, 광대(光大)은행, 민생(民生)은행 등이었다. 중국에 있는 거의 모든 은행들이 내가 누워 있는 관 바닥에 새겨져 있어 마치 내 몸 아래 중국의 모든 돈, 세상의 모든 돈이 잠들어 있는 것 같았다.

수많은 대도시와 시골, 산수가 새겨져 있는 관 옆에서, 화려하고 아름답고 풍요로운 평원 위에서, 아버지가 나를 위해 도처에 마련해준 번화함과 은행이 있는 세계에서, 아버지와 아버지를 따라온 사람들은 몇 마디 이야기를 나누고 나서 곧장 유골을 꺼내기 위한 첫 삽을 뜨기 시작했다. 음혼을 맺어주는 것은 대단히 경사스러운 일이었기 때문에 삽과 곡괭이 자루마다 붉은 비단으로 된 줄이 매달려 있었고, 무덤 앞뒤로 엄청나게 많은 폭죽이 터지고 있었다. 커다란 화포(花砲)도 몇 상자나 터뜨렸다. 무덤 앞에서는 붉은 종이로 만든 커다란 꽃가마를 불에 태우고 있었다. 연달아 폭죽을 터뜨리던 사람이 새로 불을 붙인 폭죽 한 줄을 들고서 다시 내 무덤 앞으로 와서 원을 그리며 세 바퀴를 돌더니 다시 반대로 세 바퀴를 돌았다. 두 번, 세 번 연이어 터지는 화포 소리가 사방으로 퍼져나갔다. 무덤 옆에 서 있는 사람들에게도 바닥에 있는 폭죽을 마음대로 가져다가 터뜨리라고 했다.

딩씨 마을에는 이미 여러 해 동안 이런 경사가 없었다. 이렇게 시끌벅적한 소란도 사라진 지 오래였다. 한순간에 폭죽과 화포 소리가 쉴 새 없이 팡팡, 우르르 쾅쾅, 하고 울려 퍼졌다. 그 불빛이 하늘에 있는 해보다 더 밝아 눈이 부실 지경이었다. 폭죽이 터지면서 그 잔해가 하늘을 날아다녔고, 공중에는 불빛이 가득했다. 사람들이 떠드는 소리도 허공을 가득 채우고 있었다. 극상품인 은행나무 조각 금관은 내 정수리에서 몇 장(丈) 되지 않는 거리에 놓여 있었다. 기름에 튀긴 제물과 신시가지에서 싸가지고 온 사과와 배 등이 내 무덤 앞에 차려졌다. 향 세 개가 내 무덤 앞에서 타고 있었다. 공기 속에는 화약과 풀로 만든 거친 종이 타는 냄새가 가득했고, 허공에 퍼진 과일 향기와 뜨겁고 끈적끈적한 땀 냄새도 진동했다.

이렇게 의식이 치러지는 가운데 무덤을 파헤쳐 유골을 꺼내기 시작했다.

딩씨 마을 사람들은 폭죽 소리에 내 무덤 쪽으로 몰려들기 시작했다. 묘회에 가듯이 이곳으로 몰려와서는 구경을 하거나 일손을 거들었다. 또 나를 위해 복을 빌어주면서 이처럼 성대한 음혼식은 살아서 진짜로 장가가는 것보다 훨씬 낫다며 이야기를 주고받았다.

딩씨 마을에 그렇게 많은 사람들이 죽었는데도 아직 절반 가까운 사람들이 여전히 살아남아 내 무덤 앞에 새까맣게 몰려와 있었다. 앉아 있는 사람도 있고, 서 있는 사람도 있었다. 햇빛을 가리려고 밀짚모자를 쓴 사람도 있고, 박박 민 머리가 햇빛에 반짝거리는 사람도 있었다. 머리에 땀이 나 땀방울이 반짝이는 모습이 마치 물에 씻어놓은 박처럼 보였다. 파토(破土)가 시작되자 불려 온 토공들은 자루에 붉은 비단이 매달린 삽으로 땅을 파기 시작했다. 파낸 흙이 내 무덤 양쪽에 쌓여갔다. 의식을 맡은 중년의 사회자는 혼례를 진행하듯이 찾아온 남자들에게는 담배를 건네고, 여자나 아이들에게 사탕을 건넸다. 신시가지에서 준비해 온 떡도 돌렸다.

학교 문 앞 역시 여느 때와 달리 떠들썩했다. 딩유에진은 사람들을 몇 명 데리고 와서는 일부러 폭죽 종이를 태우기 위한 땔감을 발로 비벼 끄면서 아버지에게 요사이 큰 가뭄이 들었으니 가급적 불은 피우지 말아야 한다고, 지하에 있는 조카 샤오창을 불에 데이게 해서는 안 된다고 말했다. 집에서 나와 내 무덤을 찾은 딩샤오밍도 얼굴에 미소를 지으면서 아버지에게로 다가가 자신이 도울 일이 없느냐고 물었다. 특별히 할 일이 없다고 판단한 그는 아버지에게 자신은 병에 걸리지 않았고 몸도 건강하니 가서 사람들이 흙을 나르고 무덤을 파는 것이나 도와야겠다고 말했다.

학교에서 자오씨우친과 함께 밥을 짓던 펀(芬)은 이미 살날이 얼마 남지 않은 듯 몹시 야위어 있었다. 그녀가 아버지에게 어째서 우리 엄마는 오지 않았느냐고 물었다. 그녀는 우리 엄마가 보고 싶다면서 자신이 처음 딩씨 마을에 오던 첫날 우리 엄마가 친정집까지 가서 자신을 데려왔던 일을 아직도 잊지 못한다고 말했다. 우리 엄마가 그녀를 딩씨 마을로 데려와 시댁 대문으로 들어설 수 있도록 옆에서 시중을 들어주었던 것이다.

또한 마을에는 자신이 열병에 걸렸다는 사실을 처음 알게 된 자오 창즈(趙椿子)가 혼자 집 안에 며칠씩 틀어박혀 지내고 있었다. 이날 오랜만에 집 밖에 나온 그는 무덤에서 파낸 흙이 제물이 담긴 쟁반에 떨어지는 것을 보고는 제물을 한쪽으로 치우면서 아버지에게 어떻게 하면 되느냐고 물었다. 아버지가 손사래를 치면서 먹어도 된다고 말했다. 그는 하얀 만터우 두 개를 주머니에 집어넣고는 기름에 튀긴 제물을 사방팔방 뛰어다니는 아이들에게 나눠주었다.

학교 대문 앞과 그 옆 모퉁이도 몹시 시끌벅적했다. 전통극을 공연하기라도 하는 것처럼 사람들이 떼를 지어 움직이고 있었고 수십, 수백 명에 달하는 사람들이 달려들어 우리 집 일을 도와주고 있었다. 모두들 나의 음혼식을 지켜보면서 중년의 사회자가 의식의 각 순서마다 어떻게 진행하는지 구경하고 있었다. 파토를 하기 전에 어떻게 연발 폭죽을 터뜨리고, 무덤 안에서 내 관을 들어 올릴 때는 또 어떻게 연발 폭죽을 터뜨리는지, 내 관에서 모래를 깨끗이 치운 다음 관을 열려고 할 때는 또 어떻게 연발 폭죽을 터뜨리는지 구경하고 있었다. 그런 다음에 붉은 천으로 된 덮개를 무덤 입구에 깔고서 사람들에게 뒤로 몇 걸음 물러나게 하여 모든 사람들이 내 모습을 보지 못하게 한 다음, 마지막으로 길상을 의미하는 붉은색 옷과 바지를 무덤 입구에서 아래로 내려주어 무덤 안에 있는 사람이 내게 입히는 것도 지켜보았다.

길상의 옷을 입었으니 이제 내가 바깥으로 나올 차례였다. 가장 엄숙한 시점에 이른 것이었다. 서서 구경하던 살아 있는 무리들은 모두들 숨을 죽이고 아무 말도 하지 않았다. 내가 어서 온몸에 붉은색을 두르고 지하에서 바깥으로 나오기만을 기다리고 있었다. 바로 그때 우리 아버지가 나를 보고서는 참지 못하고 끝내 울음을 터뜨리고 말았다. 내 혼백이 놀라지나 않을까 걱정이 되었던 사회자는 우리 아버지를 한쪽으로 물러나게 한 다음 아버지에게 할아버지를 찾아 함께 이 자리를 피해 있으라고 일렀다. 아버지는 할아버지를 찾았다. 할아버지에게 내게 음혼식을 치러준 다음 큰 잔치를 열어 손님들을 대접해야 하는지를 상의하기 위해서였다. 손님을 대접하고 잔치를 여는 일은 모두 아버지가 정해야 하는 일이었기 때문이다. 아버지는 이미 딩씨 마을에서 잔치를 열어 손님을 대접하지는 않겠다고 마음을 정한 상태였다. 열병 환자와 그 가족들을 모두 한자리에 모아놓고 한 상 잘 차려 먹고 마시게 해봤자 별 의미가 없다는 결론을 내린 뒤였다. 아버지는 잔치를 베풀어 손님들을 대접하는 일은 신시가지에서 하되 그곳에 있는 친척과 친구들만 초대할 생각이었다. 이미 신시가지에 있는 가장 큰 호텔에 삼층을 통째로 빌려놓은 상태였다. 사돈댁은 신시가지에서 가장 높은 지위를 차지하고 있는 사람들이라 신시가지에 명망이 자자하기 때문에 이곳 음혼식 장소에는 한 명도 찾아오지 않았다. 음혼식을 마친 다음 아버지가 잔치를 마련하리라고 기대하는 사람은 아무도 없었다. 하지만 사회자는 아버지에게 할아버지를 찾아 딩씨 마을 사람들에게 식사를 대접할 것인지 상의하라고 권했고, 아버지는 학교 안으로 할아버지를 찾아갔던 것이다.

아버지는 학교에서 할아버지를 찾아봤지만 찾지 못했다. 인파 속에서도 찾지 못했다. 어디에도 할아버지의 모습이 보이지 않자 그제야 아버지는 유골을 꺼내려 파토를 하던 순간부터 지금까지 아무도 할아버지를 본 사람이 없었다는 사실에 생각이 미쳤다.

그리하여 사람들을 사방으로 보내 할아버지를 찾기 시작했다.

학교에서 딩씨 마을로 통하는 길가에 있는 작은 느릅나무의 얕은 그늘 아래 누렇고 허옇게 뜬 얼굴로 혼자 쓸쓸하게 앉아 있던 할아버지는 메마른 평원과 딩씨 마을을 우두커니 바라보고 있었다. 뭔가를 골똘히 생각하고 있는 듯한 모습이었다. 하늘은 드넓고 땅은 광활하며 산은 높고 물은 깊다는 사실을 생각하고 있는 것 같았다. 사람들이 비참하게 죽고 집안이 무너진 일들을 생각하고 있는 것 같았다. 아무것도 생각하지 않고 단지 몸이 너무 피곤해 그곳으로 피신하여 조용히 숨을 고르고 있는 것 같기도 했다. 그렇게 쓸쓸하게 그곳에 앉아 담배를 피우면서 평원과 말라비틀어진 밭을 바라보고 있었다. 실의에 빠진 얼굴에는 수심이 가득했다. 한참 후에야 아버지가 왔다. 할아버지는 가지가 몇 안 되는 나무 그늘에 앉아 햇빛을 상대로 대화를 나누고 있는 것 같았다. 머리와 얼굴에서 솟아난 땀이 목을 타고 자연스럽게 흘러내리고 있었다. 흰 면으로 된 셔츠 등판이 이미 축축하게 젖어 있었다.

이때 아버지가 다가와 조심스럽게 물었다.

"아버지, 여기서 뭐 하고 계세요? 날도 무더운데."

할아버지가 천천히 고개를 돌렸다.

"샤오창을 땅속에서 꺼내 입관하는 일은 잘됐니?"

아버지는 네, 하고 대답하면서 할아버지 옆에 쭈그리고 앉았다.

"여기서 뭐 하고 계셨어요?"

할아버지는 아버지의 얼굴을 뚫어지게 쳐다보면서 한참 동안 말이 없다가 입을 열었다.

"그 링즈라는 아이는 대체 샤오창보다 나이가 몇 살이나 위인 게야?"

아버지가 웃으면서 대답했다.

"쟈껀주가 음혼식장에 와서 소란을 피울까 봐 걱정이 돼 여기서 지키고 계셨던 거예요?"

할아버지는 그 말에 대답하지 않고 다시 따지듯이 물었다.

"도대체 몇 살이나 위인 게야?"

아버지가 할아버지 곁에 다가앉으며 말했다.

"몇 살 위가 아니고서야 어떻게 샤오창을 돌볼 수 있겠어요?"

아버지는 고개를 돌려 할아버지를 쳐다보면서 쟈껜주가 음혼식장에 와서 자신에게 손가락 하나 까딱할 수 있는지 두고 보라고 말했다.

할아버지가 다시 아버지를 뚫어지게 쳐다보면서 말했다.

"그 링즈라는 아이는 왼쪽 다리를 약간 전다고 하던데?"

아버지는 시선을 다른 쪽으로 돌리며 대수롭지 않다는 듯이 담담하게 대답했다.

"자세히 보지 않으면 전혀 티가 안 난다고 하던데요, 뭐."

그러고는 다시 할아버지를 향해 만약 쟈껜주가 샤오창의 성대한 음혼식을 봤더라면, 자기가 기침만 한 번 해도 허튼생각을 다 접었을 것이라고 말했다.

할아버지는 아버지의 말을 무시한 채 나에 관한 이야기만 계속했다.

"그 애 아버지가 현장이냐?"

아버지는 얼굴에 미소를 짓는 것으로 대답을 대신했다.

"사람들 말에 따르면 그 집 딸애에게 간질도 있었다고 하던데?"

두 눈이 휘둥그레진 아버지는 할아버지를 쳐다보면서 어떻게 그런 사실을 알게 되었는지 눈빛으로 되물었다.

할아버지는 더 이상 아무 말도 하지 않았다. 아버지를 힐끗 쳐다보면서 꿈에서 본 광경이 전부 사실이라는 것을 깨달은 할아버지는 장탄식을 내뱉었다. 그러고는 다시 고개를 돌려 딩씨 마을로 통하는 길을 바라보았다. 쟈껀주가 사는 집 쪽을 바라보았다. 그 자리에서는 쟈껀주네 집 마당으로 난 문을 훤히 들여다볼 수 있었다. 버드나무로 된 두 짝의 대문은 항상 빗장이 걸리지 않은 상태로 닫혀 있었다. 반 나절이 지나도록 집 안에서 나오는 사람은 하나도 없었고, 밖에서 안 으로 들어가는 사람도 없었다. 그 집에 아무도 살지 않는 것처럼 보 였다. 그 문을 드나드는 사람이 없다고 단정하는 순간, 할아버지는 문 안쪽에서 한 사람이 대나무 장대를 들고 나와서는 문 앞에 있는 마른 나무 꼭대기에 흰 천을 걸어 딩씨 마을과 이 세상을 향해 상사 를 알리고 있는 것을 보았다. 그 사람은 마치 아무 일도 없다는 듯이 다시 뜰 안으로 되돌아가 대문을 잠갔다. 쟈껀주네 집 대문 앞에 상 사를 알리는 흰 천이 깃발처럼 공중에 펄럭이는 것을 보고서 심장이 쿵쾅쿵쾅 뛰기 시작한 할아버지는 그 집 대문에서 눈길을 거둬 다시 아버지를 쳐다보았다. 할아버지는 안심과 유감의 표정을 동시에 드 러내면서 아버지를 뚫어지게 쳐다보며 말했다.

"너는 하루 종일 잘난 척만 하면서 자식에게는 이따위 혼사를 치 러주는 게냐?"

아버지는 의아하다는 듯이 할아버지를 쳐다보며 말을 받았다.

"어딜 가서 이렇게 좋은 사돈댁을 찾아요. 그 애 아버지가 앞으로 어떻게 될지 누가 알겠어요?"

아버지는 이렇게 되물으면서 갑자기 언성을 높여 사돈이 이제 곧 둥징 시장이 될 거라고 말했다.

할아버지는 흥, 하고 코웃음을 치고는 더 이상 아무 말도 하지 않았다. 얼굴에는 아버지를 경멸하는 듯한 조소가 가득했다. 할아버지는 차가운 눈초리로 아버지를 쳐다보면서 자리에서 일어나 땀을 닦고 엉덩이에 묻은 흙을 털어낸 다음 고개를 돌려 내 무덤 앞에 있는 사람들을 쳐다보았다. 바닥에 깔아놓았던 크고 붉은 천이 내 무덤에서 금관 위로 옮겨져 있는 것을 보았다. 내 시신이 높이 들려 크고 작은 뼈들이 붉고 큰 저고리에 감싸이고, 다리뼈도 붉은 바지에 감싸이고, 발에도 붉은 신발이 한 켤레 신기는 것을 보았다. 나는 이미 낡은 무덤에서 나와 새로 금관 안에 눕혀졌다. 나는 장례에서 벗어나 혼사의 주인공이 되었다. 큰 슬픔이 큰 경사로 바뀌는 순간, 할아버지는 학교 쪽을 향해 걸어가기 시작했다.

아버지가 할아버지를 뒤따라가며 말했다.

"아버지, 이제 연세도 있으시니 저와 함께 신시가지로 가서 사세요."

할아버지는 아무 말도 하지 않은 채 느린 걸음을 재촉했다.

"신시가지에서 앞으로의 여생을 편안하게 지내셔야죠. 앞으로 딩씨 마을에는 딩씨 성을 가진 사람들이 살지 않을 테니 아버지도 평생 딩씨 마을에 다시 돌아오실 일은 없을 거예요."

할아버지는 아무 말도 하지 않았다. 고개를 돌려 아버지를 쳐다보지도 않았다.

학교 대문 앞에 이르자 사회자의 안내에 따라 이미 젊은이 여덟 명이 내가 누워 있는 관을 어깨에 떠멘 채 연달아 터지는 폭죽 사이로 걸어오고 있었다. 나는 겨우 열두 살의 나이로 죽었기 때문에 내 관 앞에 효포(孝布)을 두르고 나를 전송해주는 자식들이 없었다. 게다가 이건 음혼식이라 돗자리만큼이나 크고 붉은 천으로 만든 꽃이 내 금관 뚜껑에 매달려 있었다. 이렇게 나는 사람들의 어깨에 실려 옮겨지고 있었다.

사람들에 의해 옮겨지고 있었다.

할아버지와 헤어지게 되었다. 학교를 떠나고, 딩씨 마을을 떠나게 되었다.

이제 나는 낯선 곳으로 옮겨 가게 되었다. 나보다 나이가 대여섯 살이나 많은 데다 다리를 절고 간질을 앓고 있는 여자의 남편이 되는 것이었다.

그렇게 사람들이 나를 떠메고 갔다.

폭죽이 팡팡 소리를 내면서 터지자 불빛과 불꽃이 사방팔방으로 튀었고, 폭죽에서 나온 종이 재가 둥글게 말리면서 마구 떨어져 내렸다. 사람들이 왁자지껄하게 떠드는 소리가 주변에 가득했다. 오랜만에 떠들썩해진 분위기 속에서 내 관 뒤에 서 있던 아버지가 주변에 있는 딩씨 마을 사람들을 보고는 나를 떠메고 가는 사람들에게 잠시 걸음을 멈추라고 지시했다. 그러고는 모래언덕 위에 올라서서 멀리 딩씨 마을을 바라보면서 나를 전송하러 나온 사람들에게 큰 소리로 말했다.

"딩씨 마을의 고향 친지 여러분, 어르신, 아주머니, 형제자매 여러분, 여러분은 여기까지만 전송해주시면 됩니다. 금일 이후로 여러분들 가운데 누구든지 난처한 일이 생기면 신시가지로 오셔서 저를 찾으세요. 뭐든지 다 도와드리겠습니다."

아버지는 목소리가 찢어지도록 소리쳐 말했다.

"저는 딩씨 마을 출신으로서 어떤 일로도 마을 분들을 속이지 않습니다. 제가 여러분들께 사실대로 말하지요. 저는 곧 현장과 함께 웨이현, 둥징, 성도를 잇는 이 삼각지대의 정중앙인 황허 고도에 오천 무의 땅을 사들일 예정입니다. 이 오천 무의 부지에는 산도 있고 물도 있고 평원도 있지요. 저는 이 오천 무의 땅에 능원을 만들 계획입니다. 여러분은 능원이 무엇인지 아시나요? 전문적으로 사람들을 매장할 수 있는 땅입니다. 풍수지리에 맞는 보물 같은 땅을 말하는 것이지요. 그 오천 무의 능원 안에 있는 이백 무의 땅에는 황허의 물줄기가 지나고 있고 베이망(北邙)*의 산마루를 등지고 있어 최상급의 묘지로 평가되고 있습니다. 예전에 우리 평원에 있는 촌락과 마을, 딩씨 마을의 집집마다 모두들 쑤저우(蘇州)와 항저우에서 나고, 허난의 베이망에 묻혀야 한다는 말을 했지만 과연 누가 쑤저우나 항저우에서 태어났습니까? 누가 죽어서 황허 연변에 있는 베이망산에 묻혔

---

* 허난성 뤄양(洛阳)에 있는 산으로, 묘지로 유명하다.

느냔 말입니까? 하지만 이제 저 딩후이가 상부 사람이 되었으니 제가 여러분들을 쑤저우나 항저우에서 태어나게 해드릴 수는 없겠지만 여러분들을 기필코 허난의 베이망산에서 장사를 지낼 수 있도록 해드리겠다 이겁니다. 저 딩후이는 우리 딩씨 마을의 친지 여러분께 이 한마디는 꼭 보장해드릴 수 있습니다. 우리 딩씨 마을 사람들 가운데 누구든지 베이망산 능원에 묻히기를 원하는 분이 있다면 제가 그분을 풍수지리에 맞는 보물 같은 땅에 묻어드리고, 제 아들 샤오창과 이웃이 되게 해드릴 것을 확실히 보장하겠습니다. 우리 딩씨 마을 사람들 가운데 묘지를 그 능원으로 옮기고 싶다거나 땅을 사고자 하시는 분이 계시면 가장 싼 가격으로 이 풍수지리의 보배 같은 땅을 사실 수 있도록 주선과 예우를 아끼지 않겠습니다."

이런 이야기를 다 늘어놓은 다음 아버지는 머리 위를 떠가고 있는 뜨거운 해를 바라보면서 자신이 소리쳐 말한 이야기에 귀를 기울이고 있던 마을 사람들을 재빨리 힐끗 쳐다보고는 모래언덕에서 내려와 나를 떠메고 가던 사람들에게 계속 가라고 눈짓을 보냈다.

딩씨 마을 사람들은 여전히 관 뒤쪽을 에워싸고 천천히 따라가면서 이런저런 이야기를 나누기 시작했다. 사람들이 뭔가 물으면 아버지가 친절하게 대답해주기도 했다. 하지만 이때 할아버지는 관을 따라가지 않고 방금 전에 관이 놓여 있던 공터에 그대로 서서 아버지에게 마지막으로 몇 마디 당부를 했다.

할아버지는 이제 쟈껜주가 세상을 떠나 아버지를 어떻게 하지 못하게 됐으니 안심하고 딩씨 마을을 지나가라고 말했다.

아버지는 할아버지를 향해 웃으면서 말했다.

"아버지, 실은 아버지만 저를 죽이려고 하지 않으면 이 평원에 있는 여러 마을 중 그 누구도 저 딩후이를 어떻게 할 사람은 하나도 없어요."

말을 마친 아버지는 사람들 뒤를 따라 딩씨 마을을 향해 걸어갔다. 빈 무덤가, 내 금관이 놓여 있던 평원의 공터에 그대로 서 있던 할아버지의 얼굴이 갑자기 굳어지면서 푸른빛이 감돌았다. 아버지의 말에 뭔가 쾅, 하고 터진 것 같았다. 오래전에 잊고 있었던 무언가가 다시 생각난 것 같았다. 심장이 쿵쾅거리기 시작하면서 얼굴에 땀이 줄줄 흘렀다. 손바닥에도 똑같이 땀이 가득 배어 나왔다. 할아버지는 아버지에게서 눈길을 거둬 앞에 걸어가고 있는 관과 관을 뒤따라가고 있는 행렬을 바라보았다. 사람들이 떠메고 가는 관이 눈에 들어왔다. 관은 붉은 비단으로 된 덮개로 덮여 있어 마치 꽃가마 같았다. 허공에서 불타고 있는 불덩이를 메고 가는 것 같았다. 햇빛은 찬란하고 밝게 빛나고 있었고, 평원에는 옅고 투명한 안개가 한 겹 깔려 있었다. 앞뒤 좌우로 류씨 마을과 황수이 마을, 리얼 마을이 햇빛 아래 더없이 고요하게 펼쳐져 있었다. 모래언덕 사이에서 마른 풀을 뜯어 먹고 있는 소나 양조차 아무 소리도 내지 않았다. 사위가 쥐 죽은 듯 고요하기만 했다. 단지 한동안 보기 드물었던 나무 위 말매미들의 울음소리만 이 순간 귀가 따갑도록 끊이지 않고 울려대고 있었다. 이와 동시에 콰르릉 소리를 내면서 타오르는 폭죽 소리가 끊임없이 할아버지 귓전을 때렸다. 이때 할아버지는 또다시 고개를 돌려 파헤쳐진 채 메워놓지 않은 내 무덤을 바라보고 있었다. 그제야 할아버지는 아차 하면서 사람들이 나를 떠메고 가고 있다는 사실을 깨달은 것 같았다. 아버지가 나를 떠메고 간다는 사실을 깨달은 것 같았다. 이제 딩씨 마을에도, 학교에도 할아버지를 제외하고는 정말로 다른 친척이 없게 되었다. 그제야 나는 할아버지의 머리에 검은 머리카락이 한 가닥도 없다는 것을 똑똑히 볼 수 있었다. 희끗희끗한 머리칼이 지저분하게 바람에 날리고 있었다. 마치 사람들이 들어 올렸다가 바닥에 내던져 죽인, 눈처럼 하얀 새끼 양 한 마리 같았다. 얼굴에 주름이 가득해 늙고 초췌한 할아버지의 바싹 마른 모습은 가뭄으로 인해 수천수만 갈래로 갈라진 땅바닥 같았다. 관과 관을 떠메고 가는 사람들을 바라보는 할아버지의 두 눈에는 눈물이 보이지 않았다. 어떤 슬픔의 빛도 보이지 않았다. 원망과 분노의 기색도 드러나지 않았다. 다만 말로 다 설명할 수 없는 절망의 빛이 진하게 드리워져 있었다. 영원히 외부로 흘러 나갈 수 없는 말라비틀어진 우물 안의 물 같은 모습이었다.

이제 나는 점차 멀어져가고 있었다. 내 눈에 비치는 할아버지의 모습이 점점 희미해져가고 있었다. 마침내 나는 그 금빛 관 안에서 큰 소리로 외치고 말았다.

"할아버지, 할아버지!"

심장이 터지고 폐부가 찢어지도록 부르짖었다.

"할아버지, 저는 이곳을 떠나고 싶지 않단 말이에요. 빨리 와서 절 구해주세요!"

하늘이 무너지고 땅이 꺼지도록 부르짖었다.

"빨리 와서 절 좀 구해주세요. 빨리 와서 절 좀 구해주세요!"

"절 좀 구해주세요, 할아버지. 절 좀 구해주세요, 할아버지!"

할아버지는 갑자기 어떤 일을 생각해내고는 얼굴이 새파래졌다. 부들부들 떨리던 두 손으로 바닥에 떨어져 있는 팔뚝 굵기의 밤나무 몽둥이를 집어 들더니 빠른 걸음으로 사람들을 따라잡기 시작했다. 관을 멘 사람들의 대오를 따라잡았다. 네 걸음, 다섯 걸음, 대오의 후미를 따라잡게 되자 할아버지는 길이가 다섯 자쯤 되는 그 밤나무 몽둥이를 들어 올려 아버지의 뒤통수를 세게 내리쳤다. 세게 내리찍었다. 아버지는 미처 뒤돌아볼 틈도 없이, 꽥 소리도 지르지 못하고 세워놓은 최상품 정제분처럼 잠시 흔들흔들거리더니 힘없이 땅바닥에 쓰러지고 말았다.

땅바닥에 흐르는 피가 봄날에 핀 꽃 같았다.

4장

아버지가 죽자 할아버지는 딩씨 마을에서 가장 큰 일을 해 낸 것 같았다. 할아버지는 아버지의 시신이 바닥에 널브러져 있는 것은 전혀 아랑곳하지 않고 희소식을 전하듯 사람들에게 말했다.

"여보게, 내가 딩후이를 때려 죽였네."

"여보게, 내가 몽둥이로 딩후이를 때려 죽였다고."

내 무덤 옆을 지나친 할아버지는 십 년은 더 젊어진 모습으로 걸음을 재촉하여 딩씨 마을로 돌아갔다. 할아버지는 마을 서쪽의 첫 번째 집부터 시작하여 집집마다 대문을 밀어젖히면서 집 안을 향해 소리쳤다.

"여보게, 안 들리나? 내가 딩후이를 때려 죽였네. 그놈 뒤로 가서 몽둥이로 후려쳐 때려 죽였다네."

두 번째 집 대문을 밀어젖히고 말했다.

"집에 아무도 없소? 부모님께 말씀드려라. 내가 딩후이를 때려 죽였다고 말이야. 몽둥이로 그를 때려 죽였다고 말씀드려. 사용한 몽둥이는 밤나무 몽둥이였다고, 게다가 아주 굵고 무거운 몽둥이였다고 말씀드려. 그놈 뒤로 가서 한 번 내리치자마자 죽었다고 말이다."

세 번째 집 대문을 밀어젖히고 말했다.

"지금 집에 있지? 거, 잘됐네. 어서 무덤에 가서 지전을 태우게. 무덤에 잠들어 있는 자네 아버지와 어머니, 형에게 이렇게 전하게. 내가 내 아들 딩후이를 때려 죽였다고 말일세. 그 녀석 뒤로 가서 몽둥이로 한 번에 내리쳐 죽게 만들었다고 말이야."

일곱째 집 대문을 밀어젖히자 그 집 마당 안에 있는 모든 문들이 다 잠겨 있었다. 모든 문마다 모진 비바람을 맞은 하얀 문련이 나붙어 있었다. 그런 모습을 보고서 할아버지는 마당에 무릎을 꿇고 앉아 하늘과 땅을 향해 세 번 읍(揖)을 하고 나서 혼잣말로 중얼거리듯 말했다.

"이봐 아우, 제수씨. 내가 자네 가족 모두에게 좋은 소식을 하나 전해주지. 내가 딩후이를 때려 죽였다네. 그놈을 몽둥이로 쳐서 죽게 했단 말일세."

쟈껀주의 집 대문을 밀어젖히자 뜰 안에 검은 관이 하나 놓여 있었다. 이를 본 할아버지는 쿵, 하는 소리와 함께 쟈껀주의 관 앞에 무릎을 꿇고 엎드려 머리를 조아리고 개두를 하면서 말했다.

　"조카, 내가 자네에게 좋은 소식을 알려주지. 자네 형 딩후이가 나한테 맞아 죽었다네. 이제 마음을 놓을 수 있게 됐어. 내가 그 녀석 뒤통수를 몽둥이로 내리쳐서 죽게 했네."

　할아버지는 다시 마을 어귀에 있는 새 무덤 앞에 무릎을 꿇고 큰 소리로 외쳤다.

　"여보게, 다들 듣고 있지? 내가 좋은 소식을 한 가지 알려주겠네. 내가 우리 집 큰아들 딩후이를 때려 죽였다네. 뒤에서 몽둥이로 내리쳐 때려 죽였단 말일세……."

8부

여름이 지나갔다.

다시 가을이 왔다.

여름 내내 비 한 방울 내리지 않았다. 가을도 반이나 지나
갔다. 여섯 달하고도 백팔십 일 동안 끝내 비 한 방울 내리지
않았다. 평원에는 백 년 만에 한 번 올까 말까 한 가뭄이 찾아
왔다. 가뭄 때문에 농작물의 씨앗과 풀이 전부 말라 죽었다.

나무들, 가뭄을 견디지 못한 나무들도 말라 죽었다. 오동
나무와 홰나무, 멀구슬나무, 느릅나무, 참죽나무 그리고 좀
처럼 보기 힘든 쥐엄나무 할 것 없이 온갖 나무들이 말없이
말라 죽었다.

큰 나무들은 베어지고, 작은 나무들은 가뭄을 이기지 못해

전부 죽어갔다.

연못이 말라버렸다.

강물이 말라버렸다.

우물도 말라버렸다.

물이 없어지자 모기나 벌레들도 없어졌다.

나무들이 죽자 매미들도 아직 세상을 떠날 계절이 되지도 않았는데 줄줄이 허물을 벗은 채 마른 나무의 몸통에서, 줄기에서, 가장귀에서 말라 죽었다. 바람과 햇빛을 등지고 세워진 마을의 담장들은 온통 황금빛 매미 허물로 가득했다.

해는 아직 살아 있었다.

바람도 아직 살아 있었다.

일월성신이 모두 살아 있었다.

아버지를 땅에 묻은 지 사흘째 되던 날, 할아버지가 상부에 불려 갔다. 할아버지는 살인을 했다. 아버지를 죽였기 때문에 상부에 불려 간 것이었다. 석 달 동안 갇혀 있었다. 가을이 깊어지면서 한차례 비가 내렸고, 할아버지는 갇혀 있던 방에서 풀려났다. 할아버지를 구하기 위해 비가 내린 것 같았다. 평원의 모든 풀과 나무가 죽을 때까지 가뭄이 지속되다가 할아버지가 끌려가 딩씨 마을에서 일어난 모든 일들, 매혈에 관한 일과 관을 판 일, 음혼을 주선한 일 등에 관한 물음에 전부 대답하고 나자 비가 내린 것이었다. 비는 이레 밤낮을 쉬지 않고 내렸다. 우물과 강, 연못, 봇도랑 할 것 없이 전부 물이 채워졌다. 이렇게 할아버지는 풀려나 돌아왔다.

비가 할아버지를 구한 것 같았다.

할아버지가 딩씨 마을로 돌아오던 날, 그날 황혼 속에서, 황혼 속의 일몰 속에서, 평원 전체가 황혼 때문에 한 덩이 핏빛으로 뭉쳐 있었다. 하늘이 온통 붉은빛이었다. 온통 붉은빛으로 뒤덮여 그날의 황혼이 있었다. 지는 해는 여느 날과 다르지 않게 평원 서쪽의 지평선 위에서 하하 웃고 있었다. 조용하고 말 없는 대지 위에 가늘게 지지, 하는 소리가 울렸다. 예전에 가을이 찾아올 때 나무에서 잎이 떨어지는 소리였다. 하지만 올가을에는 평원 위에 완전히 씨가 말라버린 풀들이 다시 살아나는 소리였다. 논밭 위에, 황야 위에, 황허 고도의 모래언덕 위에 조금씩 푸릇푸릇한 것들이 보였다. 연한 녹색이었다. 가을 풀의 비릿한 향기인데도 초봄의 맑은 향기와 다르지 않았다.

맑고 진한 향기였다.

하늘에는 환하고 붉은빛이 걸렸다. 가끔씩 참새와 까마귀도 날아 지나갔다. 저쪽 하늘에서 날아온 기러기도 보였다. 기러기의 그림자는 연기처럼 평원 위 하늘을 스쳐 지나갔다.

이렇게 할아버지가 돌아왔다.

그 모습 그대로였다. 야위고 마른 모습에 얼굴은 잿빛을 띠고 있었다. 낡은 밀짚모자를 쓰고, 옆구리에는 돗자리를 말아 들고 있었다. 멀리 놀러 갔다가 다시 딩씨 마을로 돌아온 것 같았다. 딩씨 마을 안은 말로 표현할 수 없을 만큼 고요했다. 겨우 석 달이었다. 아무리 길어도 백 일밖에 되지 않았다. 한여름에서 중추까지의 짧은 시간이었는데도 딩씨 마을은 예전의 딩씨 마을이 아니었다.

이제 딩씨 마을에는 사람이 없었다. 거리는 죽은 듯이 고요하기만 했다. 사람도 없었고, 가축도 없었다. 닭이나 돼지, 개, 고양이, 오리 할 것 없이 가축이라고는 한 마리도 없었다. 가끔씩 참새 소리가 땅과 깨진 유리창 위로 떨어졌다. 개 한 마리가 있었다. 어느 집 개인지 너무 말라 배의 근육이 다 드러나 있었다. 개는 자오씨우친네 집 건물 밑에서 걸어 나와 길 한가운데 서서 할아버지를 바라보다가 짖지도 않고 귀와 꼬리만 쫑긋 세운 채 어디론가 가버렸다.

신시가지로 통하는 골목으로 꺾어 들어갔다.

할아버지는 마을 입구에서 주변을 두리번거리면서 자신이 길을 잘못 든 것이 아닌가 의심했다. 잠시 두리번거리던 할아버지는 마을 어귀에 있는 반쯤 무너진 외양간을 발견했다. 예전 그대로의 모습, 곧 무너질 것 같은 모습이었다. 반은 벽돌, 반은 흙으로 올린 아주 오래된 담장에는 외양간에서 떨어져 내린 서까래가 젓가락처럼 무수히 흩어져 깨진 밥그룻들 옆에 누워 있었다.

마을 안의 길도 여전했다. 여러 해 전에 처음 매혈이 시작됐을 때 사람들이 돈을 걷어 새로 깐 시멘트 길이었다. 지금은 길 위에 흙이 열 치 두께로 쌓여 있어 종자를 심을 수 있을 정도였다. 길 위에 갈라진 무늬도 예전처럼 구불구불했다.

지도처럼 구불구불했다.

마샹린의 집은 아직 그곳에 있었다. 문루가 아주 높았고 문 위에는 희미하게 흰 문련이 붙어 있는 것을 볼 수 있었다. 대충 닫은 문에는 틈이 나 있었다. 할아버지는 문 앞에 잠시 서 있다가 문을 열고 안으로 들어가 소리쳤다.

"누구 없소?"

대답이 없었다. 죽은 듯이 대답이 없었다.

다음 집으로 가서 또 외쳐보았다.

"왕바오산, 왕바오산!"

여전히 대답이 없었다. 죽은 듯이 대답이 없었다. 어디선가 쥐만 두 마리 찍찍거리며 나타나서는 할아버지를 비스듬히 쳐다보다가 다시 마당을 가로질러 집 안으로 뛰어들어갔다.

그다음 집에 가봤지만 역시 대답이 없었다.

알고 보니 딩씨 마을에는 사람이 없었다.

딩씨 마을에는 원래 사람의 흔적이 없었다. 열병이 대규모로 폭발한 뒤로 세상을 떠나야 할 사람들은 전부 세상을 떠나

615

고 말았다. 살아 있는 사람들은 전부 이사 가버리고 없었다.

전부 이사 가버렸다.

날이 너무 가물어 전부 떠나버렸다. 바람이 딩씨 마을의 나무에서 모든 잎새들을 떨어뜨린 것처럼 모두들 떠나버렸다. 모든 등불을 바람이 전부 꺼버린 것 같았다. 할아버지는 이렇게 한 집 한 집 찾아다니며 외치다가 목이 쉬었지만 어디선가 개 한 마리만 뛰어 나와 꼬리를 흔들며 뒤따라올 뿐이었다.

지는 해는 석 달 전 내 관 위에 덮었던 붉은 비단처럼 섬세하고 매끄럽게 마을의 집들과 거리, 나무 위를 비추고 있었다. 하늘에서는 닭 깃털이 떨어지는 것처럼 미세한 소리가 들렸다.

할아버지는 신시가지 쪽을 향해 걸어갔다. 먼저 우리 집에 가보니 그 집으로 이사해 들어왔던 딩샤오밍 일가가 모두 보이지 않았다.

대문에서 쓸쓸하게 자물쇠가 떨어졌다.

할아버지가 우리 집에 도착해 보니 삼층 건물이 여전히 하늘을 가로지르고 있었지만 대문과 현관문, 창문은 전부 어디로 갔는지 보이지 않았다.

사람들이 일찌감치 떼어 가버린 것이었다.

마당 안은 보기 좋았다. 쥐깨풀이 가득 자라나 있었다. 마당 가득 거칠고 짜릿한 냄새가 가득했다.

할아버지는 학교로 돌아왔다. 딩씨 마을을 가로지르면서 혼자 끝도 시작도 없는 도랑을 뚫고 가는 것 같았다. 딩씨 마을에서 학교까지 가는 길이 마치 혼자 사막 위를 걷는 것 같았다. 사람의 흔적이 없는 황허 고도 위를 걷고 있었다. 햇볕이 쨍쨍 내리쬐는 것이 소리도 느낌도 없는 붉은 열기 그 자체였다. 평원 위로 바람이 시원하게 불어왔다. 말라 썩어버린 풀냄새와 새로 솟아난 풀의 비릿한 냄새가 한데 뒤섞여 할아버지의 몸 위로 불어왔다. 맑은 물과 더러운 물이 함께 강을 흘러가는 것 같았다.

멀리 옛 하도 위의 모래언덕은 예전보다 낮아지고 작아진 것 같았다. 예전보다 더 높아지고 커진 것 같기도 했다.

학교 안도 예전과 똑같은 모습이었다. 교정 안에 풀이 자라난 것이 다를 뿐이었다.

개미와 메뚜기, 나방과 잠자리가 교정 안을 날아다녔다.

할아버지는 지쳐 있었다. 극도로 지쳐 있었다. 방 안에 들어선 할아버지는 벽에 걸린 회색 모범 교사 표창장을 힐끗 쳐다보고는 곧장 침대 위로 쓰러졌다. 다시는 일어나고 싶지 않았다. 그렇게 잠이 들었다. 잠이 든 할아버지는 딩씨 마을 주변의 류씨 마을과 황수이 마을, 리얼 마을, 구허뚜(古河渡), 얼허뚜(二河渡), 싼허커우(三河口), 샹양 마을, 밍왕 마을 등지를 둘러보았다. 수백 리 길을 돌아다니면서 백 개가 넘는 마을과 진(鎭)을 방문했다. 평원 위의 백 개, 천 개나 되는 마을과 진들이 전부 딩씨 마을과 똑같은 모습이었다. 사람도 없고, 가축도 없었다. 하지만 각 마을과 촌락의 집과 건물들은 그대로 남아 있었다. 나무는 없었다. 관을 만드느라 하나도 남김없이 베어버린 것이었다.

집은 그대로인데 문틀과 옷장, 상자 등은 보이지 않았다. 전부 뜯어서 관을 만들었던 것이다.

주변에 있는 차이(蔡)현과 밍(明)현, 바오산(寶山)현에서도 사람을 찾아볼 수 없었다.

평원은 완전히 벌거숭이가 되어 있었다. 사람과 가축이 완전히 사라진 것이었다.

다행히 그날 밤, 또 비가 내렸다. 쏟아붓는 것 같은 소나기 속에서 할아버지는 드넓게 펼쳐진 평원 위에서 한 여인이 손에 버드나무 가지를 들고 있는 것을 보았다. 버드나무 가지에 진흙을 묻혀 높이 흔들고 있었다. 한 번 흔들자 땅에 수많은 진흙 인간들이 생겨났다. 다시 한번 진흙을 묻혀 흔들자 또다시 땅 위에 수천수백의 진흙 인간이 생겨났다. 쉬지 않고 진흙을 묻혀, 쉬지 않고 흔들어댔다. 땅 위에 온통 진흙 인간들이 펄쩍펄쩍 뛰고 있었다. 진흙 인간은 비 오는 땅에 물방울만큼이나 많았다. 할아버지는 새롭게 펄쩍펄쩍 뛰기 시작하는 평원을 보았다.

새롭게 펄쩍펄쩍 뛰는 세상을 보았다.

창작의 붕괴

2005년 팔월 중순의 어느 날 오전 열 시, 장편소설 『딩씨 마을의 꿈(丁莊梦)』 마지막 페이지를 다 쓰고서 펜을 내려놓았을 때, 나는 혼자 책상에 앉아 있었다. 갑자기 몹시 불안하고 초조해 마음을 가눌 수가 없었다. 누군가에게 말을 하고 싶고, 사람들과 이야기를 나누고 싶은 충동이 엄습해왔다. 전에는 한 번도 경험해보지 못한 느낌이었다. 마치 마약 환자가 된 듯한 기분이었다.

그때 나의 아내는 허난의 고향으로 돌아가 있었고, 아들은 상하이에서 공부하고 있었다. 게다가 수업을 하고 있을 시간이었다. 나와 마음이 잘 통해 자주 전화 통화를 하는 친구 몇 명도 웬일인지 그날 그 시각에는 하나같이 휴대전화가 꺼져 있거나, 서비스 지역 밖에 있었다. 나는 연달아 몇 번 통화를 시도하다가 결국 휴대전화를 탁자 위에 내려놓고 말았다. 그러고는 풀이 죽어 앉아 있었다. 두 줄기 눈물이 하염없이 흘러내렸다. 늑골이 뽑히기라도 한 듯이 온몸이 흐느적거렸다. 고독과 절망의 강력한 압박에 무력감이 느껴졌다. 인간의 흔적이라고는 찾아볼 수 없는 드넓은 대해(大海)에, 새 한 마리 날아오지 않는 외딴섬에 홀로 버려진 것 같은 느낌이었다.

건물 밖에서는 끊임없는 자동차의 행렬이 현실 속을 강처럼 흐르고 있었지만, 몇 점의 가구가 놓여 있는 텅 빈 집 안은 마치 황량한 들판 같았다. 나는 혼자 거실 소파 위에 앉아 넋이 나간 듯 멍하니 하얀 벽을 바라보고 있었다. 소설 속에 나오는 '눈처럼 하얀 효포가 바람에 펄럭이는 것'을 보고 있는 것 같았다. '흰 눈이 쌓인 듯 집집마다 대문에 붙어 있는 하얀 문련'을 보고 있는 것 같았다. '이미 사람의 흔적이 사라진 황량하고 아득한 평원'을 바라보고 있는 것 같았다. 의지할 데 없는 마음속 고통과 절망은 1997년 겨울에 『일광유년(日光流年)』을 썼을 때도 경험했고, 2003년 봄에 『레닌의 키스(受活)』를 탈고했을 때도 느꼈던 것이다. 하지만 그 두 번의 경험도 이번에 『딩씨 마을의 꿈』을 탈고했을 때처럼 말로 표현할 수 없을 정도로 너무도 강렬하여 견디기 어려운 정도는 아니었다.

나는 이 강렬한 고통과 절망이 『딩씨 마을의 꿈』을 썼을 때만 경험할 수 있는 단 한 번의 결과가 아니라 일종의 장기적인 창작의 붕괴라고 생각한다. 『딩씨 마을의 꿈』을 완성한 데 대한 일종의 제사인 셈이었다. 1994년 『일광유년』을 쓸 때부터 2002년 『레닌의 키스』를 쓰고, 2005년 『딩씨 마을의 꿈』을 쓸 때까지 장장 십이 년에 달하는 고통의 누적과 폭발이었다.

　창밖에서 햇빛이 쏟아져 들어오면서 거실 허공에 먼지가 날아다니는 모습과 소리를 선명하게 보고 들을 수 있었다. 소설 속에 등장하는 무수한 망령들이 나에게 귓속말을 하고 있는 것 같았다. 나는 그렇게 그 자리에 멍하니 앉아 있었다. 걷잡을 수 없이 눈물이 흘러내리면서 순간적으로 머릿속이 하얗게 비어버렸다. 동시에 머릿속은 무질서하게 마구 늘어놓고 쌓여 있는 난장판이 되어버렸다. 무엇 때문에 고통스럽고, 누구 때문에 눈물이 흐르는 것인지, 무엇 때문에 한 번도 경험해보지 않은 절망과 무력감을 느끼게 된 것인지 알 수 없었다. 나의 삶을 위해서일까? 아니면 내가 처해 있는 이 세상 때문일까? 아니면 나의 고향인 허난을 포함해 숱한 재난 지역에 사는 에이즈 환자들과 그들의 생명 때문일까?

　어쩌면 『딩씨 마을의 꿈』을 완성하면서 정신과 에너지를 소진한 다음 나의 글쓰기가 맞게 될 위기와 궁지 때문이었을

지도 모른다. 그렇게 나는 얼마나 많은 눈물을 흘렸는지 모른 채 말없이 앉아 있었다. 얼마 동안 눈물을 흘리고 나무처럼 미동도 없이 앉아 있었는지 모른다. 내가 알 수 있었던 것은 점심에 밥을 먹지 않았다는 사실뿐이었다. 한 시쯤 되었을 때였다. 나는 집 밖으로 나가 우리 집에서 그리 멀지 않은 베이징 지하철 13호선 철로를 따라 사람 그림자도 찾아볼 수 없는 황량한 들판을 걸어갔다. 그곳 수풀 옆에서 또 한참을 나무처럼 앉아 있었다. 해가 진 뒤에야 나는 다시 집으로 돌아왔다. 천천히 현실의 의식을 회복하면서 이 세상에 살아 있는 한, 속세의 일들이 생명을 유지하는 데 반드시 필요하다는 사실을 깨달았다.

나는 컵라면을 하나 먹고 나서 얼굴을 씻지도 않고 양치질도 하지 않고, 옷도 벗지 않은 채 침대 위로 쓰러져 잤다. 뜻밖에도 다음 날 날이 훤히 밝아올 때까지 죽은 듯이 잠들 수 있었다. 아주 먼 거리를 걸어온 여행자가 해가 저물 때 여관 침대에 오르는 것과 다르지 않았다. 그 후 석 달 동안 나는 이 소설에 대한 몇 번의 수정과 보완 작업을 진행했다. 글을 고치고 다듬을 때마다 생명과 절망을 체감해야 했다.

이제야 마침내 『딩씨 마을의 꿈』을 출판사로 넘기게 되었다. 원고를 넘기면서 내가 출판사에 넘겨주는 것이 한 편의 소설에 그치는 것이 아니라 한 두루마리의 고통과 절망도 함께 넘기는 것이라는 생각이 들었다. 그리고 나에게 남아 있는 것은 여전히 내가 직면해야 하는 현실의 생활과 현실의 세계이다. 『딩씨 마을의 꿈』이 잘 쓴 소설인지 아닌지는 모르겠다. 하지만 부끄러움 없이 말할 수 있는 것은 이십만 자에 달하는 이 작품을 쓰면서 내가 소모한 것이 체력이 아니라 생명이었다는 사실이다. 내 목숨의 뿌리였다는 사실이다. 이십만 자가 넘는 글을 이십만 자로 고치면서 나는 내 생명에 대한 사랑을 느꼈고, 소설 예술의 멍청함에 대한 뜨거운 사랑과 이해를 경험했다.

이제 독자들이 이 소설에 대해 많은 이야기를 할 것이다. 침을 튀기며 『딩씨 마을의 꿈』이라는 이 소설에 대해 이야기할 것이다. 하지만 나는 이미 마음을 비워냈다. 편안한 마음으로 누구에게라도 자신 있게 『일광유년』과 『레닌의 키스』, 『딩씨 마을의 꿈』을 내 마음의 힘으로, 내 생명으로 썼다고 말할 수 있다. 독자들이 『딩씨 마을의 꿈』을 읽지 않고, 『레닌의 키스』를 읽지 않고, 『일광유년』을 읽지 않을 수도 있을 것이다. 하지만 독자들이 이 작품들을 읽어줄 때 나는 조금도 부끄럽지 않을 자신이 있다. 모든 독자들에게 당당할 수 있다. 유일하게 나를 불안하게 만드는 것은 즐거움으로 가득한 세상에서 독자들이 내 소설을 읽을 때, 내가 쓴 『딩씨 마을의 꿈』을 읽을 때 즐거움을 느끼지 못하고 가슴을 도려내는 듯한 고통을 느끼게 될지도 모른다는 사실이다.

그러므로 먼저 독자들께 사죄의 말씀을 드리고 싶다. 내 소설이 가져다줄 고통에 대해 모든 독자들께 사죄의 말씀을 올리고 싶다.

2005년 11월 23일
베이징 칭허(清河)에서

고통의 인식과 수용

  고금을 막론하고 중국 문학에 가장 결핍되어 있는 요소
가 비극의식과 참회의식이다. 중국인들은 전통적으로 골계
(滑稽)의 대가들이다. 희극에 강한 반면 비극에 약한 것이 중
국 문화이다. 삶의 처절한 고통과 비애마저도 낙천적인 해학
으로 소화하는 것이 고통과 절망에 대처하는 중국인들 특유
의 방식이었는지도 모른다. 참회의식이 서양의 문학사를 관
통하고 있는 데 비해 중국 문학에는 참회의식이 결여되어 있
는 것도 이처럼 비극에 둔감한 중국인들의 기질 때문일 것이
다. 한때 중국사회과학원 문학연구소 소장을 역임한 바 있고,
'6·4 톈안먼 사태' 이후로 중국을 떠나 여러 문화권 사이를 떠
돌고 있는 '틈새인' 류짜이푸(劉再復)도『죄와 문학(罪與文學)』

이라는 저서에서 서양 문학과 중국 문학의 가장 본질적인 차이로 이 점을 지적하고 있다.

2008년에 서울에서 개최되었던 동아시아문학포럼에서 한 중국 작가는 '치유로서의 문학'이라는 개념을 제시한 바 있다. 한 민족이나 국가가 경험한 역사의 상처와 개인적 삶의 고통을 문학이 치유할 수 있고 또 그래야 한다는 '아주 착하고 순진한' 발상이었다. 하지만 정말로 문학이 사회와 개인을 집단적 또는 개인적 트라우마에서 벗어나게 해줄 수 있는가 하는 것은 검증하기 쉽지 않은 문제다. 별로 실감이 가지도 않는 일이다. 오히려 문학의 보다 본질적이고 보편적인 기능은 고통과 절망을 드러내고, 좀 더 처절하게 인식하게 만드는 것일지 모른다. 적어도 문학이 우리의 고통과 상처를 치유할 수 있으려면 먼저 드러내고 체감하는 일부터 선행되어야 할 것이다. 고통과 절망의 노정과 적극적인 수용이 치유의 전제인 것이다.

옌롄커는 우리 삶을 구성하고 있는 가장 중요하고 본질적인 요소인 고통과 절망을 아무런 두려움 없이 가장 적극적으로 잘 묘사하고 표현해내는 작가다. 그의 작품에는 다양한 형태의 비극과 절망, 고통들이 가득 차 있다. 옌롄커 문학의 축이 되고 있는 주제를 한마디로 규정한다면 고통과 절망이라고 할 수 있을 것이다. 그런 점에서 그는 이 세상의 모든 부

정과 불의에 대한 지상의 영약으로 신이 내려준 것이 고뇌이
며, 모든 예술은 이를 기초로 존재한다는 보들레르(Charles-
Pierre Baudelaire)의 명제를 가장 실천적으로 증명하고 있는 작
가라고 할 수 있다. 하지만 옌롄커는 고통과 절망의 드러냄
이 치유와 회복으로 연결될 것을 기대하거나 확신하지 않는
다. 작가로서 그가 할 수 있는 것은 고통과 절망을 적극적으
로 드러내고 받아들이는 것에 국한된다. 그리고 이를 독자들
에게 전이하기 위해 그가 가장 선호하는 장치가 바로 꿈이
다. 고통과 절망을 희화화하거나 축소하지 않고 그 무게와
질감을 그대로 드러내되, 그 아픔과 추한 외상의 충격을 경
감시켜줄 수 있는 서사의 장치가 바로 꿈인 것이다. 이러한
서사를 통해 그는 중국문학이 결여하고 있는 비극의식과 참
회의식을 집중적으로 구현해내면서 오늘의 중국 문단에서
다른 작가들과 확연히 구별되는 독창적 영역을 구축하고 있
다. 이런 그의 서사 경향을 중국의 적지 않은 비평가들은 주
저 없이 '마술적 리얼리즘(魔幻現實主義)'이라고 부른다. 너무
나 처절하고 아픈 상처에 판타지라는 당의를 입혀 일종의 안
전거리를 설정하는 동시에 앙리 루소(Henri Rousseau)의 〈잠
든 집시〉나 마르크 샤갈의 〈나와 마을〉과 같은 그림을 감상
하는 듯한 신비감을 갖게 해주는 것이 바로 '판타지 리얼리
즘'이다. 덕분에 우리는 옌롄커의 소설에서 현실과 허구, 상

627

상과 진실, 합리성과 부조리성(absurdity), 과장과 변형의 경계를 동시에 탐험할 수 있는 것이다.

소설가는 완벽하고 아름다운 허구를 통해 역사가들이 꿈꾸는 진실에 도달하고, 문제의 발견에 탁월한 독자들은 소설을 통해 역사의 진상을 유추한다고 한다. 우리가 정말로 노련한 독자라면 이 책에서 오늘날 인류가 처해 있는 역사의 진상을 감지할 수 있어야 할 것이다. 이와 관련하여 옌롄커는 「가상(假想)」이라는 제목의 글에서 오늘날 인류가 처한 현실에 대해 이렇게 진단하고 있다.

이미 인간의 약육강식 상태가 극대화되는 시기가 되었다. 이런 추세는 이미 점진에서 맹진의 상태로 접어들었다. 그래서 사실 인류가 진정으로 문명의 상태에 속했던 단계는 오늘이나 내일이 아니라 어제였다고 말할 수 있는 것이다. 적어도 농경시대에는 해가 뜨면 나가 일하고, 해가 지면 들어와 쉴 수 있었고, 배가 고프면 먹고, 추우면 옷을 입을 수 있었다. 소박하긴 하지만 이것이야말로 가장 진정한 의미의 문명 시기가 아니었을까? 남자는 밖에 나가 일하고, 여자는 집에서 옷감을 짜던 시기야말로 인류문명의 절정 단계가 아니었을까? 그 뒤로 인류가 처한 모든 생산관계의 단계는 절정을 지난 내리막길이라고 해야 하지 않을까?

번역을 하면서 가장 경계해야 할 것이 흥분이다. 역자가 텍스트와의 일정한 거리를 유지하지 못하고 텍스트에 푹 빠져버리면 자신도 모르게 텍스트를 과장하거나 왜곡하게 된다. 『인민을 위해 복무하라』에 이어 이 소설 『딩씨 마을의 꿈』을 번역하는 동안 이런 '흥분'을 억제하느라 무척 애를 먹었다. 쉽지 않은 번역이었다. 그렇게 고생한 번역이 고작 이것이냐고 따져도 어쩔 수 없다. 번역을 마치면 책 뒤꽁무니에 '역자 후기'를 쓰는 것이 상례라 간단한 소감을 적긴 했지만 사족일 수밖에 없음을 모르지 않는다. 선입견으로 독자들의 심미안에 장애를 만드는 일이기 때문이다.

작가가 천명한 것처럼 자신의 체력이 아닌 생명을 들여, 목숨을 걸고 쓴 이 책이 우리가 추구하는 욕망과 권력이 오히려 고통과 절망의 뿌리임을 깨닫게 하는 벼락같은 사건을 마련해줄 수 있기를 기대한다. 독자들께 멍청한 소설의 위력을 체감할 수 있게 해줄 수 있기를 기대한다.

사족이 너무 길었다.

2009년 4월 15일
김태성

딩씨 마을의 꿈

© 옌롄커, 2019

초판 1쇄 발행일   2019년 6월 28일
초판 4쇄 발행일   2024년 8월 1일

지은이   옌롄커
옮긴이   김태성
펴낸이   정은영

펴낸곳   (주)자음과모음
출판등록   2001년 11월 28일 제2001-000259호
주소   10881 경기도 파주시 회동길 325-20
전화   편집부 (02)324-2347 경영지원부 (02)325-6047
팩스   편집부 (02)324-2348 경영지원부 (02)2648-1311
이메일   munhak@jamobook.com

ISBN 978-89-544-3976-3 (03820)